余声之证

南风语 著

群众出版社·北京

图书在版编目（CIP）数据

余声之证 / 南风语著 .—北京：群众出版社，2024. 9. —ISBN 978-7-5014-6393-0

Ⅰ. I247. 5

中国国家版本馆 CIP 数据核字第 20245GC748 号

余声之证

南风语 著

责任编辑：张晔
责任印制：周振东

出版发行：群众出版社
地　　址：北京市丰台区方庄芳星园三区 15 号楼
邮政编码：100078
经　　销：新华书店
印　　刷：天津盛辉印刷有限公司

版　　次：2024 年 9 月第 1 版
印　　次：2024 年 9 月第 1 次
印　　张：16. 125
开　　本：880 毫米×1230 毫米　1/32
字　　数：390 千字

书　　号：ISBN 978-7-5014-6393-0
定　　价：69. 00 元

网　　址：www. qzcbs. com
电子邮箱：qzcbs@ sohu. com

营销中心电话：010-83903991
读者服务部电话（门市）：010-83903257
警官读者俱乐部电话（网购、邮购）：010-83901775
文艺分社电话：010-83901350

目　录

第1章　师徒

中国人民公安大学，木樨地校区第一食堂。

刚刚完成强化训练的学生们，在一楼排起了长队，将近七比一的男女比例，让此时的第一食堂放眼望去，全是剃到只剩发茬儿的圆寸头和鼓鼓囊囊的肌肉。

学生们窃窃私语的交谈声和餐具碰撞餐盘发出的脆响声交织成一片，形成了让人无法分辨细节的嗡鸣。

窗口 4 处正在给学生打饭的大师傅，手里的铁勺在餐盘上碰撞了三次，说明他给这个学生多打了一勺菜，看来正在打饭的这个学生很受大师傅的喜欢。

坐在右边第三桌的一个高个儿男生看起来人高马大，实际上却有些挑食，这会儿正一边把餐盘里的芹菜往外挑一边抱怨着。

这些声音，像是一个个信息流，全部涌进了沈默的耳朵里。

沈默刚到食堂门口，他扶了下戴在头上的隔音耳罩，犹豫了片刻，还是转身回了宿舍。正值饭点，研究生宿舍楼里没什么人。沈默刚走到楼梯口就听见了大大咧咧的交谈声，从声音传来的方向和距离判断，说话的人应该就在他的宿舍里。

“听说沈默要申请去实习?”

“好像是，之前韩教授带着他去参加了一个声纹识别研究与应用的学术研讨会，沈默似乎表现得挺出彩的。”

“我还以为他要继续往下读呢，韩教授不是挺看重他的吗?”

“管他呢，他早点儿去实习，咱们也能早点儿解脱，跟他在一个宿舍住了两年，到点就不让闹动静，说什么吵，我打个哈欠，他都听到了，什么怪人。”

“他要去实习了，我们要不要请他吃个饭？算是欢送同学。”

“请什么请？你愿意请，人家还不一定愿意吃呢。不过我们下午倒是可以出去吃一顿好的，就当是庆祝重生。”

沈默推开宿舍门，把这个人没说完的话全吓回了嗓子眼儿里。

“沈、沈默……你回来了啊？”徐明阳对上沈默沉沉的目光，不禁哆嗦了一下，嘴里稀里糊涂地打着招呼，“午饭吃了没有啊？”

沈默没说话，只是拽着耳罩，脸色显得有些不太好。

相比徐明阳在面对沈默时的尿劲儿，贺生戈就显得硬气了很多：“听说你要去实习了？什么时候走啊？”

沈默又扶了下耳罩：“明天。”

“明天？”贺生戈大喜，“那你东西收拾好了吗？我们来帮你。”

次日下午两点。

沈默提着行李箱站在校门口等他叫好的网约车。他的行李箱很大，看起来分量也不轻，但沈默却坚持提着，不肯拖着走，完全把行李箱下面的轱辘当成摆设，仿佛这些轱辘碾轧地面时发出的声音是他无法容忍的东西一样。

在 APP 显示网约车距离他只有一个拐角的距离时，沈默的手机突然响了起来。接通后，沈默始终沉默着，只是听对方在说。

半晌，沈默才说道：“老师，您不用劝了，我有必须去南都市的理由，警察无论在哪里都是警察，再小的城市也一样，我做警察不是为了将来。”

电话彼端传来了叹息声。似乎想放弃，但还是有些不舍。

倏然，沈默身后传来了贺生戈的声音：“我到校门口了，你们还在磨蹭什么呢？算了，我先去店里点菜，你们一会儿过来。”

一会儿，只见贺生戈推着一辆拉风的山地车来到了沈默面前，两人对视了一眼后，他跨上了车，踩着踏板就要走。不想，沈默一把拉住了他的车子。贺生戈蹙眉。他看着全副武装的沈默，又盯着他的耳朵，下意识地问道："你什么意思？总不能大白天骑车，也影响你耳朵了吧？"

"刹车坏了。"

"啊？"

"你的车子，刹车坏了。"

"我这车子刚买的，怎么可能刹车坏了？"贺生戈单脚撑地，像是示威一般，不停地在沈默面前捏刹车，"你哪只眼睛看出来它坏了？"

"声音。"

"声音？"

"我听出来的。"沈默道，"你刚刚打电话的时候，捏了刹车，摩擦声不对。通常情况下，刹车完好，会有很强的摩擦声。你这车子，一开始还有轻微的摩擦声，后来几乎没有了。"

贺生戈像是听到了什么笑话一般，嗤笑道："我知道你耳朵灵敏，但这都能听出来，那真是见鬼了。放手！"

沈默不松手。贺生戈脚踩踏板，加速，然而沈默还是不松手。

贺生戈扭头瞪着沈默："你再不松手，我就要生气了。"说着，他再次踩上了脚踏板。沈默忽然松开手，车子像拧了发条的玩具车，一溜烟儿地往前冲。

贺生戈吓了一大跳，连忙捏刹车，却发现刹车不听使唤，好在他腿长，脚在地上撑了好几次，终于把速度降了下来。幸好校门口没什么人，所以没造成什么严重后果。

事后，贺生戈一身冷汗。他平时骑车速度很快，这要是在过马路或者是避让车子的时候刹不住车，后果不堪设想。

半晌，他平复了心情，将车子推到沈默面前："还真是刹车坏了，你真是听出来的？”

沈默没说话。贺生戈也没再追问下去，而是有些别扭地问道：“那个……其实下午这顿饭，本来是要请你的，算是欢送饭。你现在有空儿吗？”

网约车到了，司机帮忙将行李箱塞进后备厢，沈默拉开后车门坐进车里，说了声：“没空儿。”

网约车绝尘而去，留下贺生戈一个人呆呆地站在原地。

沈默的幼年时期是在南都市度过的，他在这里长到六岁，之后却因为种种缘故再也没有回来过。

出租车在残破的小区门口停下，司机一边看计价器一边和沈默搭话：“小帅哥，你住这里啊？租的房子？不会是被人骗了吧？”

沈默拿出手机付款，随口问道：“怎么？”

“这个小区都荒多少年了？十来年前就说要拆迁，结果一直没动静，离市区又远，要不是还通水通电，这里跟烂尾楼也没啥区别了。”司机下车替沈默把行李箱拖下来，“你要是被人骗了就赶紧去找房东，或者直接报警。住这里不是坑人吗？干啥都不方便。”

沈默拎起行李箱：“我就是警察。”

沈默进了小区，远远还能听见司机在嘀咕：“现在连警察也这么好骗了。”

其实说这里像烂尾楼倒也不至于，但是确实没比烂尾楼好到哪里去。这个小区建于二十七年前，最高的楼层是六楼，小区里没有绿化，也没有任何健身设施，连扔垃圾用的都是那种老式的垃圾通道。小区的门卫室是空着的，看门锁上的锈迹，应该至少有一两年没有人进出过了。

沈默下午从北京出发，在飞机上度过了四个小时，从机场打车过来又用了两个半小时，所以此时的天色早已经黑透了。

他提着行李箱静立了片刻，目光又环视一圈，心里对这个小区大概还有多少住户就有了数。整个小区，一共十二栋楼，现在亮着灯的加起来不到十户。

这也是没办法的事，小区周边没有公交或者地铁的站点不说，连超市和便利店这种生活必备设施都没有，可以说住在这里连出行和饮食都成问题，也难怪搬走的人越来越多。

沈默将行李箱靠在腿边，摘下兜帽和隔音耳罩，又从左右耳里分别拿出两枚指肚大小的海绵耳塞。他捏了下耳塞顶端，发现触感湿黏。医生的话仿佛又在耳边回响："沈默，你如果不想下半生都当个聋子，最好尽快做手术！现在，你的耳朵还只是有异常分泌物和间歇性耳鸣，再拖延下去的话就会出现器质性病变，到时候再治疗就晚了！就算手术会导致你的听力在一定程度上受损，但也比永久性失聪强吧？"沈默盯着耳塞上的黏液看了一会儿，随手将东西揣进了裤兜里。

这个小区以现在人的眼光来看，当然是一无是处，但在二十多年前却是颇有家资的人才能买得起的房子。

沈默的家在一楼，自带后花园。由于常年无人打理，曾经被精心打理的花园长满了荒草，狭窄的石子路上爬满青苔，铁门上遍布铁锈，枯枝烂叶被风吹得到处都是，让人几乎找不到落脚的地方。花园的最右边种着一棵石榴树，二十多年过去了，树干已经变得十分粗壮。

沈默拿出手机打开手电筒，跨过荒草与枯叶，将手电筒的光对准石榴树的树干，伸手一寸一寸地抚摸过去，最终在接近自己胸部的高度找到了几道深深的刻痕，耳边仿佛又响起熟悉的声音："小默，看到没有？你现在有这么高，以后每年爸爸都会帮你量一次，这样就能留下你成长的痕迹了。"

花园里，提着水壶给花浇水的长相秀丽的女人闻言柳眉倒竖，单手叉腰，张嘴就骂："沈弥成，你是傻还是蠢啊？给儿子量身高往树上刻标记？这树是死的吗？你儿子长了，它难道就不长？"

被老婆指着鼻子骂的青年干咳一声："那小默不正好可以跟这棵树一起长大吗？这也算是青梅竹马吧？"

……

沈默轻抚着刻痕，仿佛又回到了二十年前的那一天，看到了平时严肃却会在家人面前展露柔软的父亲，还有刀子嘴豆腐心的母亲。

"爸爸，妈妈，我回来了。"

闲置二十年的屋子要打扫起来并不容易，沈默忙活了半宿才勉强收拾出个大概，好歹是不用受打地铺的苦了。

深夜十一点半，沈默躺在床上辗转反侧，之所以难以入睡并不是因为不习惯，而是小区里有人吵架。女人泼辣的叫骂和男人凶狠的吼声交错着传来。

沈默习惯性地通过传来声音的大小和感官上的判断，推测出吵架的应该是隔壁栋六楼的那户人家，再结合进小区时看到的亮着灯的窗户，最后锁定在了隔壁栋的 605 号房。夫妻俩吵架的内容与钱相关，女人怪男人无能，男人骂女人贪得无厌。

秉持着不窥探他人隐私的原则，沈默从行李箱里翻出一副新耳塞戴上，再扣上一层隔音耳罩，这才勉强将人声隔离在外。

沈默的资料早在回南都市之前就已送到了南都市公安局刑警支队。沈默家和公安局的距离几乎横跨整个南都市，为了不在上班第一天迟到，他清晨五点天没亮就出了门，到公安局的时间是七点五十分，正好赶上上班。

“小沈对吧？你的资料我看了，是个人才啊！希望你能在我们局把声纹技术发扬光大，也多给我们提供一个办案手段。”副局长丁世忠，今年五十三岁，身上荣誉无数，破获的大案要案更是数不胜数，但他看起来并不是一个严肃刻板的人，对待沈默十分和蔼。

沈默敬了个礼：“一定尽我所能。”

“好！”丁世忠欣慰道，“年轻人就是得有冲劲，好好干！对了，我们局实行老带新，我给你安排了个师父，叫夏东风，你要是有什么不懂的就直接问他。”

沈默一板一眼：“谢谢丁局。”

丁世忠失笑：“不用这么严肃，进了南都公安局就都是战友，是兄弟。对了，你的办公室是 206，里面有提前给你准备的声纹设备，你待会儿看看还有没有缺的东西，要是有就尽快打报告，让采购那边给你补上。”

沈默并不太擅长应对这样的善意，一时间颇有手足无措之感，木着脸沉默了几秒才挤出四个字：“谢谢丁局。”跟上一句一模一样，连语气都没什么区别。

丁世忠好笑地摆手：“行了，你去吧。”

夏东风是快九点才到的局里，进门的时候完全没有迟到的感觉，左手捏着半个驴肉火烧，右手端着杯豆浆，吃一口喝一口地溜达进了办公大厅，活像个遛弯老大爷。

“夏东风，你又迟到！”刑警支队长付铭海恨铁不成钢地冲着夏东风脑门虚点了两下，“你看看你，像什么样子？”

“也就迟了不到一个小时啊，手里又没案子，来早了还不是得干坐着。”夏东风全然一副死猪不怕开水烫的模样，对着付铭海晃了晃手里的驴肉火烧，“付队，吃了没有啊？不嫌弃的话，驴肉火烧给你咬一口?”

付铭海哭笑不得:“滚滚滚!该干嘛干嘛去,别在我这里犯嫌!哦,对了!”他眼珠子一转,“有人找你,好好招待,这是任务。”

夏东风不明所以,低着头边啃驴肉火烧,边往自己办公工位走,还没等拉开椅子坐下,一道人影就从挡板后面站了起来,抬手就是个标准的敬礼。

“啊!”夏东风被吓了一跳,右手一抖,杯子跟着一歪,滚烫的豆浆登时溅了他一手,“小伙子,你谁啊?不知道人吓人,能吓死人吗?”

还真不怪夏东风不禁吓,沈默没穿警服,纯黑色的套头兜帽遮住了他大半张脸,看起来黑黢黢的一团,这么扑面而来,搁谁见了恐怕都得哆嗦一下。

沈默没料到夏东风会是这个反应,微微一抿唇,不确定道:“夏警官?”

夏东风愣了一下,又低头喝了口豆浆:“是我。”

“警号612506,公安大学研究生沈默前来报到!”沈默略微犹豫了一下,又道,“师父,你好。”

听到这个称呼,夏东风的反应都不能说是惊讶了,简直是惊恐:“你叫我什么?”

“师父!”

夏东风一退八丈远,本能地拔高音量:“不带这么碰瓷儿的啊,我可不是你师父!”

近距离的声音攻击,让沈默不适地皱了皱眉:“丁局让我跟着您学习。”

“你等等,先让我缓缓。”

夏东风一脸菜色,早饭都顾不上吃了,火烧、豆浆往办公桌上一丢,抹了把脸就往丁世忠办公室里冲。

十分钟后，夏东风灰头土脸地出来了。他看着还板板正正站着的沈默，表情顿时更丧了，唉声叹气道："小伙子，看样子丁局不是很待见你啊，不然怎么能把你分到我手上呢？"夏东风摸了摸下巴，"算了，我带就我带，从今儿起，你就是我夏东风的关门弟子了。"

沈默嘴角一抽，声音干涩："谢谢师父。"

"不谢不谢。"夏东风一摆手，端起桌上半凉的豆浆，用喝酒的架势一口闷了才问，"老丁把多少号办公桌分给你了？我带你过去，别在这里杵着了，影响别人干活儿，主要是影响我吃早饭。"

沈默额角青筋一凸："……206。"

"206，206……"夏东风嘀嘀咕咕，突然觉得有点儿不对劲，错愕道，"单间啊？"

南都市公安局这边，除了局长、副局长、支队长拥有独立办公室，就只有各种技术型人才，例如法医、枪弹痕迹之类的需要独立工作环境的职务。

夏东风想了想 206 的位置，轻轻啧了一声："你这年纪轻轻的，怎么就把自己给混到玄学组去了？来，这边，我带你过去。"

沈默一怔："玄学组？"

夏东风边走边比画："看见这条走道没有？走道这边的人呢，破案主要靠的是科学和经验，所以是科学组。走道那边的人呢，破案靠的是玄学和冥想，所以是玄学组。你，就是玄学组的新人了。"

沈默没有听懂，但等他走到走道另一头，看见那一排办公室外挂着的牌子之后就反应了过来。

201 犯罪心理侧写室、202 犯罪心理画像室……属于沈默的 206 声纹分析鉴定室。总的来说，走道这边就是一些非常规的，正在尝试实践应用中的，为侦破案件提供辅助信息的特殊技术员办公室。

沈默忍不住拧紧了眉头。不是对办公室有什么不满，而是从夏东风的话里，听出了南都市公安局一些人对新兴技术的排斥与不信任。

“行了，你自己进去忙活吧，我先回去吃饭了。”把人送到办公室门口，夏东风自觉已经功成身退，两手往后脑勺上一放，晃晃悠悠地走了。

沈默看了他的背影一眼，沉沉地呼出一口浊气，开门进了办公室。丁世忠之前说缺什么设备再告诉他，这话显然只是个谦词，办公室里配备的设备其实十分齐全。从用来做声纹采集的智能语音采集终端和声纹采集静音仓，再到用来做声纹鉴定的鉴定工作站和多源数据处理工作站，最后是工作站里安装的智能声纹应用平台，几乎已经囊括了所有用来做声纹工作的设备。

沈默确认全部设备都可以正常运行后，就拉开椅子在工作站前坐了下来，准备调试工作站上安装的软件参数。就在这时，熟悉的声音透过门板传到沈默耳边，是夏东风正在跟人扯闲篇。

“听说丁局把新来的声纹专家丢给你带了？”

夏东风估计还在啃他的驴肉火烧，回话的声音里，时不时掺杂着几下咀嚼声：“嗯，给我送了个关门弟子，回头我就教他怎么关门！完事儿我再去跟老丁打声招呼，再来新人还让他安排给我，我再收个开门弟子。俩徒弟，一个负责开门，一个负责关门，以后我出门办案，那就是左清风右明月，走哪儿都带着俩剑童，想想就美！”

沈默心想，原来关门弟子是这个意思。他抬手按住额角突突直跳的青筋，摘了兜帽和耳罩，换上工作站配备的监听耳机，把音量调到能压过外面的谈话声后，才轻轻松了口气。

因为设备都是全新的，要从头调试并不容易，沈默在办公室里耗了一整天，连吃饭都是别人给他送进来的。等沈默忙完，已经是晚上九点半了。他在酸痛的后颈上按压了几下，转头看见外面漆黑的天色，才意识到早过了下班时间。

沈默摘了耳机，没了其他声音的干扰，他清楚地听到一阵震耳欲聋的呼噜声。他习惯性地在脑内分析，鼾声超过正常音量，存在断续情况，喉咙中有异物，偶尔伴随哨音。可得出结论：打鼾的人是个老烟枪，烟龄至少十年以上，大概率还酗酒，推测有服用镇定安眠类药物的情况，所以才会有鼾声断续抑制呼吸的症状。

沈默重新戴好耳塞和耳罩，推开门就看见了歪歪扭扭瘫在椅子上，大张着嘴打呼噜的夏东风。

这个师父，沈默是真的不想要。

第2章 凶案

距离下班时间已经超过四个小时，公安局的人早就走得干干净净，只剩夏东风坐着椅子歪七扭八地横在走道上，整个二楼也只有他头顶还亮着一盏瓦数极低的小吊灯。

沈默挎着包，在经过夏东风身边时，往他的椅子上踹了一脚。也不知道是他没控制好力道，还是夏东风这把椅子的轱辘格外丝滑，沈默这一脚直接把夏东风连人带椅子，踹出了三米多，直到撞上办公桌才停了下来。

被迫体验了一回梦中飙转椅的夏东风，惊得直接从椅子上弹了起来，一边抹着不存在的口水一边急慌慌地喊道："咋了咋了？什么情况？地震了？"

听到夏东风过速心跳的沈默有些无语。

夏东风捂着心口缓了缓，看看椅子，又看看沈默，眯起眼睛："是你小子踹的我？"

沈默垂着头，半张脸都掩在了兜帽下面："没有。"

夏东风不太信："真的？"

沈默语气平静："别给轮子加那么多油，容易失控滑走。"他上前弯腰，在轮子轴承附近抹了一下，将指尖沾到的机油亮给夏东风，"你自己看。"

夏东风抓了抓后脑勺，打了个哈欠："算了算了，算我冤枉你了，行吧？你也真是，头一天上班要挣表现我能理解，但也用不着熬到这个点吧？害我等这么老半天。"

"等我干什么？"

"你头一天来，付队说要给你办个欢迎会，大家一块儿出去撮一顿，你倒好，关上门就跟进了禁闭室似的，老丁还不让打扰你，队里人等不住就先走了，也就是我，想着一个师父等于半个爹，才等你等到现在。”

沈默咬紧腮帮子，从牙缝里挤出声音来：“用不着。”

夏东风翻了个白眼：“你就是用得着，这会儿也迟了！”他瞥着裹得密不透风的沈默，“我早上就想问你了，你一个大小伙子裹这么严实干什么？又不是黄花大闺女。”

夏东风边说还边手贱地去扯沈默的帽子。夏东风虽然看起来不修边幅，但出手的动作极快，至少毫无防备的沈默是没反应过来，兜帽被一把扯了下来，露出一张没什么血色的脸。

沈默长得挺好，但夏东风关注的却不是这个。他盯着沈默的隔音耳罩看了两秒，又伸手敲了两下。这种距离的敲击声震得沈默耳心一痛，待他反应过来的时候，夏东风把他的耳罩给摘了。

“你戴这东西干什么？”夏东风看完耳罩，又看向沈默，在看清他耳朵里还堵着俩耳塞之后，登时嘴角一抽，“不是，你这又是捂又是堵的，平时真能听见声音？”

沈默差点儿没给气笑了，扯着嘴角，皮笑肉不笑道：“听不见，我能跟你说话是因为我会读唇。”

夏东风目瞪口呆，愣了两秒才对沈默竖起大拇指：“牛！不愧是搞玄学的。”

沈默劈手把隔音耳罩抢了回来，戴好后头也不回地就往外走。

夏东风跟在他身后：“你是开车来的吧？”

“没有。”

“你不是说你听不见？读唇不需要看着我吗？”

沈默走得更快了。

“行了行了，不逗你了。”夏东风两手插在口袋里，“说正经的，咱们局地方有点儿偏，最后一班车是晚上八点，你怎么回去？”

“打车。”

“家里有矿啊？”夏东风摊手，“很遗憾地告诉你，要想打车，你至少得走三千米。”

“……啊！”

夏东风倒着走到沈默前面：“师父送你？”

五分钟后，夏东风骑着一辆矮墩墩的女式小电驴晃悠到了沈默面前。沈默看着粉绿交织的糖果色小电驴陷入沉默。

“上来！师父让你知道什么叫风驰电掣！”

一个小时后，风驰电掣的小电驴载着两个成年男人，横穿半个南都市，电量消耗已经严重超标。

夏东风感觉自己再这么骑下去，搞不好要直接进山，惆怅地扯着嗓子吼道：“沈默！你到底是给我指错路了，还是准备把我骗到深山老林里宰了？我告诉你，袭警是犯法的！”

“袭的不是警察也犯法。”

又过了半个小时，小电驴的电量亮起了红灯，速度大幅下降。

夏东风几近崩溃：“到底还有多久才到？你是住在山沟沟里吗？”

沈默麻木着脸：“快了。”

确实快了，但粉绿的小电驴终究是没坚持到最后，在距离沈默家差不多两公里的地方直接熄了火。伸手不见五指的深夜，一对刚刚建立关系的塑料师徒，轮流推着小电驴，在前不着村后不着店的黑夜里负重前行。等他们推着小电驴到达沈默家时，已经是凌晨一点。

“沈默，住在这种地方是有助于你冥想吗？”夏东风看着荒草丛生的院子，“这是人住的地方？”

沈默打开门：“你还充不充电？”

充电肯定是要充的，夏东风打量着眼前这栋跟危房差不多的老楼，一边拖过插线板一边咋舌道："你这住得实在太偏了，要有个紧急任务不得跑断腿？回头我另外给你找个房子，你趁早搬了。"

沈默沉默下来，这一点确实是他考虑不周。住在这里确实清净，路程远也可以克服，大不了就少睡几个小时，但出紧急任务赶不上趟却是个大问题，犯罪分子可不会因为他住得远就不犯案，耽误时间就是给犯罪分子机会。

"那就麻烦师父了。"

"客气什么。"夏东风插好电，抬手冲沈默比了个"OK"的手势，"五天之内给你办得妥妥的。"

两人有一搭没一搭地说着话，正在倒水的沈默突然动作一顿，走到院外朝隔壁那栋楼看去。

夏东风不明所以："怎么了？"

沈默凝神听了一会儿，从牙缝里挤出两个字："家暴。"

发出声音的应该还是昨天晚上吵架的那一家，只是比起昨夜有来有往的互相指责，今天的声音小了很多，就连沈默都需要专注一些，才能听到女人的哭声和击打碰撞导致的闷响，但只凭着这些声音，也足够让沈默确定是家庭暴力。

他犹豫了一下："我去看看。"

"哎哎哎，我说你这小年轻怎么回事？"夏东风是什么声音都没听见，"先不说人家那是不是家暴，就算真是，也轮不到你管啊，没听过什么叫清官难断家务事吗？你是警察！又不是居委会大妈！"他拍着沈默的肩膀，"小沈啊，听师父一句劝，这上班呢，最重要的就是混！混一天是一天，混成老资历就能升迁了。那些吃力不讨好的事，咱也没必要干，对不对？"

沈默拧眉回头，死死盯住夏东风："混？"

"对！"

“警察混了，谁去抓罪犯？谁去保护民众安全？”

夏东风摊手：“总有做事的嘛！天塌了还有个儿高的顶着呢，轮不到咱们这种小杂鱼操心。”

沈默甩开夏东风的手：“明天我会跟丁局申请换个人带我。”他望着夏东风，一双眼眸在黑夜里亮得惊人，“我不是为了混日子才做警察的。”

女人的哭声渐渐停了。沈默听了许久，确定哭声是渐渐止息而不是戛然而止后才放下心来。

沉默了好半天的夏东风突然一拍脑门，笑道：“也行！我就说老丁不该让我带新人的，年轻气盛的毛头小子，哪是我能带得动的。”他抬手在小电驴的坐垫上拍了一把，“行了，这点儿电够我骑到市区了，我先走了。”

沈默抿了一下唇：“我这里睡得下两个人。”

“睡得下我也不睡。”夏东风往小电驴上一跨，“跟你这种愣头青住一个屋，我睡觉都得做噩梦。”他拧了下电门，左手一摆，“走了，你小子明天可别迟到！”

小电驴歪歪扭扭地驶出小区，沈默静静地在花园里站了几分钟，也不知道在想些什么。

另一边，夏东风骑着小电驴出了小区之后就停了下来，他也没放下地撑，而是抻直了两条腿抵在地上，从口袋里摸出一根烟点燃，隔着袅袅烟气抬头望着天空。一口气把烟抽掉了三分之一，弯折的烟灰掉落在夏东风的手背上，他也不觉得烫，只是随手抹了一下，低声嗤笑，喃喃道：“不是为了混日子才当警察的。”

抽完烟，夏东风把小电驴推到角落里锁好，又转身回了小区。之前夏东风确实没有听到声音，但他留意过沈默的视线落点，大概能推断出发生家暴的是哪一户，就在沈默家隔壁栋，六楼。

大概是因为常年有人居住，所以这栋楼看起来比沈默住的那一栋多了些人气，但肮脏程度却远胜隔壁，就连楼道里都充斥着垃圾腐败的味道。

夏东风一口气爬上了六楼，只在 605 室门口看见了生活垃圾的痕迹。看样子，这家的女主人，并不怎么勤快，否则只住着这一家子人的楼里，不至于邋遢成这样。

夏东风在 605 室门口站定，抬手在脸上狠狠搓了几下，将两边面颊搓出不正常的殷红，清亮的眸光也在转瞬间变换成了迷蒙，看起来就像是个喝糊涂了的醉汉。

他抬手重重拍在门板上，嘴里还含糊地叫嚷着："开门！开门给老子赔裤子！谁让你们把垃圾堆门口的？给老子开门！"

过了将近一分钟，605 室的门才被人从里面打开。一个烫着卷发，脸上带着明显瘀青的中年女人站在门内："吵什么吵？几点了？老娘把垃圾堆门口关你屁事？堆你家门口了？"

夏东风不动声色地打量着女人身上的伤痕，胳膊、脖颈、脸上都有瘀青和红肿，从伤痕形状推断，应该是被宽度在三厘米左右的皮带抽打导致的，再从这女人敢深夜给陌生人直接开门的情况来看，打她的人，或者说现在还在这屋里的另一个人，对她而言是可以信任、可以依靠，甚至是能被称为底气的对象，大概率是她的丈夫。

综上所述，是家暴的可能性高达百分之九十五。这个发现让夏东风不得不赞叹沈默的听力。

他心念急转，嘴里还大着舌头嚷嚷："怎么不关老子的事了？你家的垃圾弄脏了老子的裤子就得赔钱！知不知道我这裤子多贵啊？"

中年女人闻言冷笑："我赔个屁！装什么大瓣蒜呢？都沦落到住这种地方了，能穿得起什么好裤子？滚！"

“嘿！你这婆娘！”夏东风眯着眼，状似迷迷糊糊地凑近，“你这婆娘咋一身伤啊？被你男人打的？该！就你这种又懒又泼的女人，活该挨打！”

中年女人脸色铁青，抓起门后的晾衣杆就往夏东风身上抡：“老娘让你满嘴喷粪！让你嘴里不干不净！”

夏东风左闪右躲：“哎哟，被我说中了？跟我耍什么横啊？真挨了打就报警啊！家暴犯法的！咋？人民警察不乐意为你服务是吧？”

中年女人一边用晾衣杆打人，一边道：“贫嘴贱舌！老娘挨不挨打关你屁事！滚滚滚！”

半掩着的房门突然被人一把拍开，一个身形健硕、满脸凶相的男人恶狠狠地瞪着夏东风，伸出手就要抓他的衣领：“跑我家来讹钱是吧？谁给你的胆子？”

夏东风的视线从男人隆起的肌肉上掠过，随即露出畏惧之态，跌跌撞撞地就往后退，退到楼梯前连忙转身，撒丫子就跑。

“大哥大哥，对不住，是我喝多了，我这就走，这就走！”

男人见他跑得飞快，倒也没追上去，只是朝着楼道啐了一口，低低骂了句“晦气”。

夏东风一口气跑下六楼，完全是脸不红气不喘的状态，显然体能极佳。他回想着刚刚那个凶悍男人的长相，眉头微微蹙起。不知道是不是他的错觉，夏东风总觉得这男人有点儿眼熟，偏偏又想不起来在哪里见过。夏东风挠着后脑勺，心不在焉地往小区外面走，却没注意沈默家的花园里正站着个挺拔高瘦的身影。

沈默是在洗澡时听到脚步声的，一开始并没有放在心上，因为听力特殊的原因，他已经习惯了在非工作状态，尽可能忽略一些没有特别含义的杂音，直到他听到了夏东风故意大着舌头说话的声音。说好清官难断家务事，走都走了，怎么又返回去提醒人家报警？沈默觉得他这个便宜师父可能多少是有点儿大病在身上的。

“喂！”

正溜溜达达往外走的夏东风脊背一僵，顿了几秒才垮着脸回头：“喂什么喂？对前辈能不能有点儿礼貌？”

沈默面无表情：“快三点了。”

“所以？”

“你那小电驴最多骑到市区就得没电，你是准备推着它走个通宵，还是直接去上早班？”

夏东风偷偷松了口气，好歹沈默没直接问他为什么跑去隔壁栋，总算还知道给他留点儿面子。

刚这么想着，就听沈默道：“清官难断家务事？不是居委会大妈？混日子？天塌了有个儿高的顶着？”

这臭小子！

沈默打开铁门，侧过身：“住不住？”

“……住！”

凌晨五点，即使是夏日，这个时间点天也是没亮透的。

洗漱完就已经快凌晨四点的夏东风，只蜷缩着在破旧的沙发上睡了不到一个小时，就被沈默叫了起来。

“起来，五点了，再不出发就迟到了。”

睡得迷迷糊糊外加腰酸背疼的夏东风，费劲地睁开眼，然后一巴掌拍在自个儿脑门上，含混地嘀咕：“我这到底是造了什么孽。”

十分钟后，匆匆洗了把脸，一双眼因为困倦微微肿着，看起来像是还没睡醒似的夏东风，晃晃悠悠地跨上了他的小电驴。沈默打量了下他的脸色，没动。

夏东风打了个哈欠，扭头看他："上车啊，还要我请你吗?"

"你这样能骑车吗？要不我来?"虽然沈默并不想骑这个粉绿色的糟心小电驴，但他更怕夏东风直接把他带进沟里。

夏东风不满道："看不起谁呢？我闭着眼都能骑!"

再次驮着两个成年男人，承受着它本不该承受的重量的小电驴，歪歪扭扭地开出了小区。

经过路边的早点摊时，夏东风犹豫了一下，好声好气地商量："咱能先停下来吃个早饭吗？饿肚子对胃不好。"

沈默委婉拒绝："大概、可能、或许不行，时间不够。"

"你这委婉得就很没有必要。"夏东风长长叹了口气，"答应我，到了局里，你就马上跟老丁申请换个师父，行吗?"

沈默抿了下唇，没吭声。

夏东风震惊地扭头："你该不会是后悔了吧？年轻人，说话要算话呀！昨天是你自己说要换师父的!"

"我没说过。"沈默面无表情，镇定的语气跟他昨天晚上否认是他踹了夏东风椅子的时候一模一样，"你听错了。"

主打的就是一个睁着眼睛说瞎话。

夏东风噎了噎，忽然意识到他这个便宜徒弟好像跟他想象中的不大一样。就像是个被煮熟了的汤圆，表面看起来白白软软，一切开，里面的芯子全是黑糊糊的芝麻馅儿。

夏东风直接给气笑了："小子，脸皮挺厚啊！敢说不敢承认是不是?"

"你有证据证明我说过吗?"沈默淡定得很，仿佛他才是被夏东风冤枉的那一个，"师父，警察查案讲究的是证据。"

"好家伙，你还教训上我了?"夏东风气极反笑，"蔫儿坏!"

换师父肯定是不会换的，反正丁局第一个不答应。

沈默到了局里，就先跟档案室那边申请调取了历年来的案件归档资料，主要是一些悬案或是凶手至今在逃的案件。

“你要这些东西干什么?”夏东风没能吃上早饭，干脆就在午饭上暴饮暴食，吃了两碗牛肉面还不够，这会儿正拿着个肉夹馍在啃。

沈默坐在工作台前：“试试把这些案件里和声纹有关的部分单独提取出来。”

“就从这些视频或者录音里提取?”夏东风不太懂这个，“有用?”

“国家正在推行声纹技术。”沈默正在采集的是一个发生在三年前的凶杀案，凶手下手果断，行凶时镇定，把犯罪现场清理得十分干净，导致警察能在现场采集到的证据极少，这个案子至今连个嫌疑人都没找到。

在为数不多的证据里，有一份证据是段音频，受害人的邻居是个网络歌手，案发时正在家中录制歌曲，在录制的过程中，意外录下了隔壁受害者的一声哀号，因为声音很小，歌手本人当时并没有听见，是在给音频做后期处理时，才发现了这一闪即逝的“噪声”，之后就把这个音频作为证据提交给了警方，可惜并没有起到太大的作用。

“每个人的声纹都是独一无二的，人在成年之后，发声器官在生理上已经完全成熟，个人的语言习惯也已经形成，所以声纹具备一定程度的稳定性，足够成为排查嫌疑人的佐证。”沈默在解释的同时，手里的动作也没停，耳朵甚至还兼顾听着音频的内容，“通过音高、音长、音质、音强的差别，在有对应的情况下，就可以将声纹锁定到个人。我现在要做的，就是找出这些留存在证据里的罪犯的声纹，即使现在不能当作破案的突破口，以后说不定也会有用，毕竟在犯下大案后还能成功潜逃的，大多数都是惯犯，在他们下一次作案时，这些声纹就会成为铁证或是引路标。”

“明白，就跟录入指纹似的，只要是指纹库里有的，咱们就能把人找出来。”夏东风抽了张纸巾擦掉手指头上的油渍，“啧，但声纹这东西，听起来是真的不太靠谱。”

沈默瞥了他一眼，正要说些什么，神色却猛地一凝，原本歪戴着的监听耳机也被他端端正正地扣在了头上。

“怎么了？”

沈默没说话，手指飞快地在键盘上敲击跳跃，之前那段音频在他的操作下，被去掉了歌声和高频的炸裂旋律，只截取出了 2 分 25 秒到 2 分 50 秒这一段。在经过反复调试和还原放大后，沈默的面色彻底阴沉了下来。

“你来听听这个。”沈默将摘下来的监听耳机递给夏东风。

“这有什么不对吗？不就是一个女人在唱歌？”

沈默露出了稍显无奈的表情，又把音量调大了一些，然后干脆敲击键盘，选择循环播放。陡然放大的音量，吵得夏东风耳朵里一阵嗡鸣，更别说还有这魔音贯耳式的循环播放。再好听的歌曲，再好听的声音，也架不住像这样逮着几个字无限循环啊！

夏东风听得脸色发青：“你到底想让我听什么？”

沈默抿了抿唇：“你确定这是一个女人在唱歌？”

夏东风摘下耳机，当场翻了个白眼：“不然呢？还能是两个？”

“确实是两个。”沈默笃定道，“另一个声音很小很小，又和主体旋律的声调几乎完全重合，所以很难被发现。”他调出声纹图谱，“因为这个声音实在太小了，所以连声纹采集都采集不到，但我觉得……另一个歌声，应该是从隔壁传来的，也就是凶案现场。”

夏东风目瞪口呆：“你在说什么胡话？按你这意思是说，这凶手在杀人的时候，听见了隔壁的歌手在录歌，他就跟着一起唱了起来？这得多大的心？”他又把耳机戴了回去，闭着眼睛认真倾听了许久，最后无奈道，“我真听不出来。”

因为凌晨的事，夏东风对沈默的听力还是有一定程度的信任的，可眼下这情况实在离谱，让他没办法无条件相信沈默。

沈默却已经调出了案发地点的地址："我想去现场看看。"

"这是三年前的案子，你现在去现场看有什么用?"

"进行模拟还原，尽量确认另一个歌声，确实是出自案发现场。"

夏东风麻了，一把将沈默按回椅子上："小沈，你听我说啊。首先呢，这声音只有你能听见，其次呢，你也说了，这声音连设备都采集不到，也就是说，你这个假设是没有任何实质性证据的，其缥缈程度就约等于你说你有阴阳眼，能看见鬼，但这世上只有你能见鬼，那你怎么说服别人相信你呢？你就靠这个查案？谁会给你批?"

"……我知道。"沈默语气平静，"所以我准备自己去。"

夏东风抽了抽嘴角："我是这个意思？我是让你别瞎折腾，想一出是一出的!"

沈默不说话了，只是起身从打印机里拿出刚刚打印出来的文件，看着上面案发现场的地址，微微蹙了蹙眉。

这地址，沈默很熟悉。他的舅舅方树功，就住在这个小区。

手里的打印纸被人一把抽走，夏东风两三下把这张纸给撕成了渣儿揣进口袋："我警告你啊，别惹事，少逞能，有工夫异想天开，不如先把你的本职工作做好!"

沈默攥紧手心："……知道了。"

南都市，贵和园小区。

沈默拎着两袋在小区门口买的水果，乘坐电梯上了十一楼，在 1106 室门口停下，空出手来敲了敲门。

方树功正在厨房做饭，听见敲门声，连忙将沾着水的手在围裙上抹了两下，小跑着出去开门，看见门外的沈默就咧嘴一笑：

“臭小子，回南都也不提前跟舅舅说一声，亏我还想着下个月抽空儿去北京看你。”

沈默将两袋水果塞进方树功手里，神情是前所未有的放松：“想给你个惊喜。”

“惊喜？惊吓还差不多。”方树功把水果放到餐桌上，“你先去洗手准备吃饭，我做了你最爱吃的梅菜扣肉和烟笋炒腊肉，马上就好。”

沈默将外套挂在门口的挂钩上，随口问道：“舅妈和轩轩呢？”

沈默离开南都市差不多二十年，方树功又在南都市定居，舅甥俩见面的机会很少，大多数都是微信或者电话联系，但感情一直很好。至于方树功的妻子黄薇薇，沈默除了二人结婚时就再没见过了，只隐约有印象是个很漂亮大气的女人。轩轩则是方树功的儿子，也就是沈默的小表弟，今年六岁，刚上一年级。虽没怎么见过，但每次和舅舅电话联系的时候，也会和表弟说上几句。

“你舅妈去接轩轩放学了，估计得晚点儿回来，不管他们娘儿俩，我们先吃。”方树功背对着沈默站在厨房里，说这话的时候表情略微有些僵硬。

沈默正在削苹果的手微微一顿。

声调轻松，声音却略显紧绷，音节停顿不符合日常习惯，这些都是不自然和情绪压抑的表现。

沈默不动声色地摘掉隔音耳罩：“舅舅，最近是出什么事了吗？我听你声音好像没什么精神头，是射击馆的生意不顺利？”

方树功正在给烟笋炒腊肉装盘，闻言胳膊一颤，铲子在餐盘上刮出一声尖锐的声响。他下意识地做了个深呼吸：“哪能啊？射击馆的生意好着呢，整个南都就数我那射击馆名声大。”

深呼吸，无意识提高音量，是为了隐藏真实情绪而做出的本能掩饰。

沈默眸光闪烁，开玩笑道：“那是怎么了？跟舅妈吵架了？”

方树功的呼吸声更重了，但也只是短短一瞬，就恢复了过来：“我跟你舅妈好得很，小孩子家家的，乱操心。”

沈默得出结论，方树功应该是真的遇到什么不顺心的事了，大概率是家庭方面或者夫妻感情方面的问题。这就超出沈默能帮忙的范畴了。

方树功坚持不等黄薇薇母子回来一起吃饭，沈默也只能奉陪，舅甥俩边吃边有一搭没一搭地聊天。

“舅舅，你射击馆里真的有真枪吗？”沈默随口问道。

“有。”方树功的指甲盖在木筷子上抠出了个半月形的痕迹，面上却笑道，“怎么着？想去玩啊？你一警察还怕没机会摸枪？说实在话，我真是不愿意让你碰这玩意儿，你自己的耳朵自己心里没点儿数？”

隔音耳罩这种东西对沈默而言用处实在有限，以他的听力，任何超出正常范围的大音量都很容易刺激到耳膜，更何况是开枪。沈默淡淡道：“习惯了就行。”

方树功抬眼看了看他，然后自然而然地转移话题，问起了沈默为什么突然决定提前实习的事。方树功态度很自然，沈默又确实只是随口一提，竟也没意识到方树功对射击馆问题的回避。

“不想在学校待了。”沈默道。

方树功松了口气：“我还以为你是为了你爸妈的事……算了，你这么大的人了，什么事能做，什么事不能做，舅舅相信你分得清楚。”

“嗯。”沈默扒了口饭，“舅舅，你在这小区住了有七八年了吧？”

“对，第一批就入住了。”

“那你知道这个小区三年前，就在你住的这栋楼 503 室发生的命案吗？”

三年的时间实在太久，要打听消息并不是一件容易的事。

“这么大的事，还能有不知道的?”方树功道，“但我了解的也不多，只知道被杀的那姑娘是个从事自由职业的，家里也没有直系亲属，平时几乎不出门，说实话，我压根儿就没见过这人。”

这也是这个案子至今连个嫌疑人都找不出来的原因，被害人性情孤僻，患有轻度抑郁，没有关系特别好的朋友，父母也不在人世，完完全全就是个活在现代社会的孤岛，让警方连调查都找不着方向。最后一通排查下来，对被害人了解最多的反而是周围的邻居。但这所谓的了解也只是相对而言，现在社会的现状就是，回家门一关，谁能认识谁？多少人在同一个小区里住了十来年，都不一定清楚自家对门的邻居长什么样。

被害人这种交际圈，在凶手把现场处理得极其干净的情况下，简直是让警方愁秃了头。

“舅舅，你能不能帮我个忙?”

“怎么?”

沈默把方树功推进书房：“你在这屋里用正常音量唱歌，随便唱什么都行。”

方树功没辙，只能操着他的破锣嗓给自家外甥唱了两句“大河向东流，天上的星星参北斗”。

沈默没忍住，用小拇指掏了掏耳朵眼。接下来，沈默又让方树功分别在主卧、次卧、健身房挨个唱了一遍，等他把方树功直接推出门外，准备让他在走道里高歌一曲的时候，方树功彻底顶不住了。

“不是，你舅舅我不要面子的吗?”

沈默才不管他舅舅有没有面子：“舅舅，是正事儿。”

方树功能怎么办？还不是只有硬着头皮给他唱。

在方树功第无数次唱到“风风火火闯九州哇”的时候，电梯门突然开了，黄薇薇牵着举着根糖葫芦的轩轩，母子俩目瞪口呆地看向还拖长了音调，在唱最后一个“哇”字的方树功。

黄薇薇问道：“你干吗呢？”

沈默干咳一声：“是我请舅舅给我帮个忙。”

“是小默啊。”黄薇薇柔柔一笑，嗔怪地白了方树功一眼，“你也真是的，小默过来也不知道提前跟我说一声。”

轩轩看见沈默眼睛一亮，撒丫子跑到沈默面前往他身上一跳：“表哥！”

耳塞、耳罩都没戴的沈默，直接被这声“表哥”吼得眼前发黑，耳心里一阵刺痛，连带着喉咙都有些发痒。方树功看沈默表情不对，赶紧提着轩轩的后衣领把熊孩子提溜了下来。

“小默，没事儿吧？”

沈默缓过劲来，摆了摆手：“没事儿。”

“先回屋吧？”黄薇薇左右看了看，“还是你们俩还要在这里继续唱？”

“不用了。”沈默让方树功换着地方唱歌，主要是想听听看，在这栋楼里，距离和介质在声音传播的过程中会对音质本身产生怎样的影响，“舅舅，这栋楼的户型都是一样的吧？”

“都是一样的。”回答他的是黄薇薇，“怎么突然问这个？”

沈默笑道：“随便问问。”

黄薇薇和方树功的相处显得有些奇怪，至少黄薇薇要显得亲昵许多，方树功偶尔会有些眼神闪躲，但也不会拒绝黄薇薇的靠近，言辞上也不见生疏，这情况显然不是沈默之前猜测的夫妻吵架。

“表哥，我妈妈给我报了个钢琴班，我弹琴给你听啊，老师说我弹得可好了！”轩轩抱着个便携式手卷钢琴，边在饭桌上铺开边得意洋洋地冲着沈默显摆。

方树功失笑：“卖弄什么呢？知不知道什么叫班门弄斧？你

表哥弹钢琴的时候，你还不知道在哪里呢。”

“表哥还会弹钢琴？”

沈默笑道：“会一点儿。”

“那我要听！”轩轩拉着沈默的手坐到手卷钢琴前面，“表哥弹给我听。”

沈默也不拒绝：“想听什么？”

轩轩捧着肉嘟嘟的脸蛋：“表哥，你会弹《天空之城》吗？我妈妈可喜欢了。”

“会。”

沈默已经很久不弹琴了，手卷钢琴的按压感也不算好，这让他的前几个音节弹得磕磕绊绊的，但这种磕绊只有短短十几秒，随之而来的就是动人的乐曲。

弹到一半时，旁边突然传来轻轻的哼唱，和乐曲同步，柔柔地融为一体。

沈默瞳孔骤缩，连音都弹错了两个。

离开的时候，方树功把沈默送到小区门口。

“舅舅。”

“嗯？”

“舅妈她……很喜欢跟着音乐一起唱歌吗？”

方树功虽然有些不明白他为什么问这个，却还是笑道：“你也发现她这毛病了？只要听见音乐就爱跟着一起哼哼，她自己经常还意识不到。”

“嗯……”沈默抬手按压了下太阳穴，“舅舅，你要是真遇到了什么事，可千万要告诉我。”

方树功沉默片刻，扯着嘴角笑了笑：“你少操点儿心，管好自己吧。”

第3章　雪茄剪

从舅舅家离开后，沈默又投入到忘我的工作中，把师父夏东风看得直咋舌。更让夏东风受不了的是，自从这愣头青进公安局以来，有案子就查案，没案子就查旧案。也幸好他还没到退休年龄，不然这把老骨头，哪经得住他这么熬。

这边的夏东风每天叫苦不迭，那边的沈默，因为大量多年前的案子中都有有关声音的证据可查，让他更是兴趣有加。大概是听多了，他的耳朵，痛得整个人仿佛置身于爆炸现场。硬扛了几天后，沈默最终还是挂了个号，准备看看耳朵。毕竟，也该看看了。

南都市医院的耳鼻咽喉科。

直径大约八十厘米的 LED 观片灯箱上，并列吸附着两张 CT 耳部片子。主任医师屈肃平双手捂着保温杯审视许久，长长叹了口气："你的情况，老陈已经在电话里跟我说过了。"他口中的老陈，指的是沈默原来的主治医师陈敬。

屈肃平用笔虚指了下左边的片子："这是你一个月前拍的？"

"是。"相比医生的唉声叹气，沈默本人的表现，简直能用漠不关心来形容。

"情况不容乐观，恶化的速度很快。"屈肃平不动声色地瞥了沈默一眼，有点儿明白为什么陈敬说起这个患者时，会是一副恨铁不成钢的模样了。

有时候医生最怕的其实不是疑难杂症，而是患者本人拒不配合，比如眼前的沈默。

"你有多久没好好睡过觉了？"屈肃平又问。

沈默微微皱眉："我每天都睡。"

"我指的是深度睡眠。"屈肃平看沈默的眼神，简直像是在看一头倔驴，"药物能起到多大的作用，跟你的生活习惯是息息相关的，你如果再这样不能保证睡眠质量的话，恶化的速度只会更快。"

沈默不吭声了。因为听力特殊的缘故，深度睡眠对他来说是一件很困难的事。并不是他不想睡，而是任何一点儿风吹草动都会让他惊醒，他的耳朵就像是一台永不休眠的机器，随时随地都在捕捉周围的所有声响。

"我的建议和老陈一样，尽快安排手术，早治早好，也省得你一直遭罪，对不对？"屈肃平好声好气地劝道。

"……暂时还不行。"

屈肃平看着堪称油盐不进的沈默，眉毛都快要竖起来了："暂时不行？那要什么时候行？等扩散了就行了？等彻底听不见了就行了？"

沈默嗫嚅了下，哑然半晌，最后木愣愣地站起身："谢谢您，也替我谢谢陈医生，我今天就先回去了。"

屈肃平深吸了口气，一拍桌子："回去什么回去？手术的事你可以先考虑着，但该吃的药还得吃，还有你这睡眠问题也必须得解决！"他拿起笔在处方笺上一顿龙飞凤舞，写完撕下来递给沈默，"其他的基本上没变，我给你多添了个佐匹克隆片，安眠的，睡前吃，一天两片，先吃五天看看情况。"

沈默接过处方笺看了一眼，愣是一个字没认出来，犹豫了一下才问："这个药……吃了会对听力造成影响吗？"

屈肃平差点儿没给气笑了："你还在意你的听力？真在意你就该马上手术！"他缓了缓，无奈道，"放心吧，佐匹克隆只要不长期服用，基本上没有副作用。"

沈默道了谢，拿完药后就回家了。院子已经被整理了出来，虽然谈不上精心打理，但至少看起来有了人气。给新移植过来的花浇完水，沈默站在后院里犹豫再三，最终还是掏出了手机。

“老师，您能不能给我帮个忙？”

电话那边是沈默的恩师韩文慧教授，可以说，如果没有韩教授的指导，沈默在声纹方面绝对不会有现在这样的成就。

“我这边有个音频想请您帮我解析一下。”沈默顿了顿，“我很确定这段音频里有两个人的歌声，但采集设备并不能采集到另一个声音的图谱，我也找其他人试过了，除了我，没有人能分辨和听见另一个声音，所以我想请您帮我看看。”

韩教授虽然对沈默放弃继续深造有些失望，却不会拒绝给自己的学生提供帮助。

沈默将截取下来的音频发给了韩教授，挂断电话就开始靠在石榴树上出神。从方树功那边回来之后，沈默对三年前那个案子的疑虑不但没有打消，反而愈演愈烈，潜藏在内心深处的不安更是让他下定了对这个案子刨根问底的决心。

夏东风知道他私底下搞的小动作后，这两天就指着沈默脑门骂他没事儿找事儿，说他凭直觉办案迟早要完。

沈默当然不是凭直觉，他只是相信自己的耳朵。别人听不见的声音被他听到了，那他就有责任，也有义务挖出这些被隐藏起来的声音。

晚上九点，沈默按照医嘱吞了两片佐匹克隆。药效上来得很快，不到十分钟，沈默就感觉几乎二十四小时充斥在他耳边的各种声音，如同浪潮般退去。而他，则在药物作用下沉入黑暗。

一辆黑色的老式小轿车行驶在公路上，坐在副驾驶座上的秀丽女人，拿出一瓶果汁递向后座。

“石榴树结果子了，就那么可怜巴巴的三五个，看着就不甜，你爸还非要榨成汁给你喝，赶紧尝尝什么味儿。”

沈默有些昏昏沉沉的，隐约察觉出来自己应该是在做梦，却控制不了身体。梦中的他还是个小豆丁，正被安全带紧紧捆在车后座上，听见妈妈的话后，连忙抻长了胳膊去接果汁。

正在开车的父亲气呼呼地哼了一声：“儿子，别听你妈胡说，你爸亲手种出来的果子，哪有不甜的？我还往里面加了半瓶蜂蜜！”

沈默听到加了半瓶蜂蜜，更不敢喝了。

他妈妈闻言，没好气地在他爸胳膊上抽了两巴掌：“沈弥成，你是不是有毛病？半瓶蜂蜜？你怎么不直接把蜂蜜罐子拿来给你儿子喝？”

“哎哟哎哟。”沈弥成侧身闪躲，两手还握在方向盘上，“快别打了，开着车呢，出……”

巨大的阴影笼罩下来，全世界的光亮似乎都在此刻被遮蔽。视线里只剩下母亲满脸惊惶，试图越过扶手箱，想要将小小的沈默护在身下的模样。

嘭！

猛烈的撞击，瞬间颠倒倾覆的世界，父亲的怒吼，母亲满是鲜血的脸……

叮！

一声类似金属物品撞击的清脆声音，打断了沈默的梦魇，将他从只有血与暗的噩梦中拖拽出来。

沈默急喘着翻身坐起，床单被冷汗浸湿了大半。他捂着抽痛不止的额头，闭眼回忆着噩梦中的一切。

只差一点儿！

只差一点点，他就能听到那个在那场车祸里，只有他能听到的声音。

沈默起身下床，卷起床单擦干身上的冷汗，又从药盒上掰下两片佐匹克隆，连水都没喝就仰头干咽了下去。

他想再听一次那个声音。只是这一次，他没有马上安睡，而是陷入了想睡也睡不着的怪圈。以他现在的状态，他很清楚，那个萦绕在他心头已久的声音，终究是听不到了。

沈默攥紧手里的药盒，目光透过窗户，看向了外面的夜色。墨黑色的天幕上，几颗星星异常显眼。而在常人的感知里算是万籁俱寂的夜里，却传来了微弱的声音，多而杂乱。虽然这些声音沈默都听得见，但比起市区，这里的声音，对他算是极度友好了。

半晌，沈默将药盒扔在床上，整个人陷入了无尽的深渊中。

南都市公安局刑警支队，晨会刚刚结束。

"哎哟，你这昨天晚上是做贼去了？"夏东风拿着个煎饼果子，围着沈默一个劲儿打转，活像个欠抽的陀螺，"啧啧啧，你这脸色难看的，拍聊斋都不用化特效妆了。"

沈默的脸拉得能有二尺长，垮着脸道："你把饼渣弄我身上了。"

夏东风大大咧咧地帮他拍了两下："说说，到底什么情况？失恋了？"

沈默也说不好是个什么情况。昨天晚上，他被噩梦惊醒后，为了再次听那个声音，便继续吃药，可却没有立刻安睡。也不知道过了多久，他睡着了，而且睡得很沉，并且再也没梦到二十年前那场车祸。能睡一次安稳觉本来是好事，可早上起来简直浑身难受，四肢无力，太阳穴刺痛，甚至连睁着眼都觉得费劲。

夏东风用胳膊肘杵了沈默两下："说说呗，真要是有什么难过的事，就该说出来让大家一起开心开心。"

路过的支队长付铭海，没好气地用文件夹在夏东风背上抽了一记："你还有没有点儿正形了？有你这么当师父的？"

夏东风动作夸张地揉着后背，还要再说什么，队里的一个年轻警员就白着脸猛地拍开了会议室的门："付队，刚刚接到群众报警，西林区长福路星辉小区发生命案。"

付铭海脸色骤变，丢开手里的文件夹，急匆匆就往外走，边走边说："通知民警封锁案发现场，通知当值法医和痕检科，夏东风、沈默，你们俩也一起来。"

事发突然，夏东风跟着一起上了车才感觉有些不对："星辉小区……这名儿怎么这么耳熟？"

沈默面沉如水："就是我住的那个小区。"

一行人匆匆赶到案发现场。

"死者宋明珠，四十九岁，在附近一家小超市里当售货员。报案人是这家超市的老板，今天早上九点，超市老板发现她没开门营业，打电话也没人接，就直接找上了门。"

付铭海皱眉："因为她没上班就直接找上门了？"

负责问话的警员道："这个老板就是个甩手掌柜，店门钥匙都是直接给死者的，他早上送孩子上学，回来的路上经过超市才发现没营业，按他的说法是……"小警员干咳一声，"死者平时不怎么勤快，那超市也不赚钱，他早就想把死者给开了，今天本来是想借题发挥的，结果……"

结果就直接撞上了案发现场。

付铭海戴着手套，俯身拨弄了下门锁："报案人到的时候这门锁就是坏的？"

"对，根据报案人的说法，他到的时候敲门没人应声，随手一拉，这门就开了，我们同事检查过了，这锁应该是老化加猛烈撞击导致损坏。"警员指了指门背后凹陷一块的墙壁，"那里就是被门锁撞出来的痕迹。"

凹痕很深，呈放射状向四周裂开，表面的石灰已经被撞没了，露出了里面的红砖。付铭海轻轻推动房门，门锁位置与凹痕吻合。大概是有人用极大的力气踹门，才导致门锁撞击墙壁后留下了这么深的凹陷。

根据经验，付铭海推测道："这门是外开的，也就是说，踹门的人并不是在进门的时候踹的，而是在出门时踹的。"

不远处，法医正在进行初步尸检。

沈默和夏东风惨白着脸对视。半晌，沈默声音干涩地问："是她吗？"

夏东风蜷缩了下手指，面色难看地点了下头。死者宋明珠，就是那个住在沈默隔壁栋，被丈夫家暴的中年女人。

两人走到付铭海身边，正要说明情况，就听负责询问情况的警员道："死者的人际关系简单，不是南都市本地人，父母双亡，儿子不久前出了车祸，人还在重症监护室躺着，没有联系密切的朋友和亲戚……"

"等等，"夏东风忍不住出声打断，"她丈夫呢？"

警员翻了下记录，摇头道："宋明珠已经离婚十几年了。"

夏东风一愣："那我之前见到的是谁？"

付铭海问："什么情况？你见过死者？"

夏东风连忙把前因后果说了。

付铭海沉吟片刻："查一查宋明珠的前夫，再问问小区里的其他住户，最近有没有发现什么可疑的人，联系医院那边，问问宋明珠的儿子现在能不能接受问话。"

一系列安排下去，法医那边也有了初步结果。

"初步推测，死亡的时间应该是昨天晚上十点到十二点之间，更具体的时间需要回局里进行详细尸检后才能确认，致命伤在头部，身上有多处挫伤，疑似长期遭受暴力。"

这就和夏东风提供的信息对上了。

“把重点放在死者的前夫身上。”

回公安局的路上，夏东风全程若有所思：“我总觉得在宋明珠家里见到的那个男人有点儿眼熟。”

沈默低垂着头，没吭声。

“沈默?”还是不见反应，夏东风在他肩膀上推了一把，“沈默!”

沈默猛地回神：“怎么了?”

“想什么呢你?”

沈默抿着唇，满脸倦色：“案发时间是昨天晚上十到十二点。”

夏东风一脸莫名：“对啊，怎么了?”

“……我在家。”

夏东风愣怔一瞬才反应过来沈默想表达什么，不禁有些激动：“对啊！你人在家，以你的听力，应该能听到声音才对。”

沈默痛苦地揪住头发：“我没听到。”

怎么偏偏就是昨天？他怎么就偏偏在昨天吃了安眠药?

夏东风沉默数秒，重重拍了拍沈默的肩膀：“没听到也是没办法的事，现在不是想这个的时候，你先……”

“我要是听到了，也许就能把她救下来了。”或者他要是能把宋明珠被家暴的事更放在心上一点儿，多留意一下，事情也不至于发展到这个地步。

夏东风半晌没说话。他的两只手还插在裤兜里，看起来有些漫不经心，语气却并不轻快：“你知道我们局一年要经手多少案子吗？知道一天得死多少人吗？小年轻，有担当是好事，但也别什么锅都往自己身上背。”他笑了一声，很短促，模糊的笑声转眼就消逝在风里，“照你这逻辑，我是不是还得想，那天晚上我要是直接帮宋明珠报了警，那她是不是就不用死了?”他踢了踢沈默的鞋帮，“菩萨都有打盹的时候，何况是警察？警察也是人，不会未卜先知，与其在这里后悔，不如把精力花在查案上。”

沈默捂住额头：“这不一样。”

“哪里不一样？”

“我……”沈默不知道该怎么说。说他不该在昨天晚上吃安眠药？不该不把被家暴的宋明珠放在心上？

“你是觉得，你本来是可以救她的，是吧？”夏东风略显烦躁地从口袋里摸了根烟出来，用手指搓了半天也没点燃，“宋明珠的死，不是因为没人救她，而是因为有人要杀她。”顿了顿，又问，“警察的职责是什么？”

沈默干巴巴道：“预防、制止和侦查违法犯罪，维护社会治安秩序……”

“行了，给我背课文呢？”夏东风没好气地打断他，“别的事先不谈，光说这个案子，宋明珠要是没死，那警察的职责就是保护她，可她已经死了，那警察的职责就是查清楚她是怎么死的，把凶手绳之以法。难过可以，懊恼可以，有情绪也可以，但要分清楚主次，搞清楚现在最重要的是什么。”

查验完现场后，众人回到警局。

“曹建设，五十一岁，长渭华溪县人，二十四岁时和宋明珠结婚，三十四岁因为非法收购、运输、出售国家重点保护动物入狱，因情节极其严重，被判了十七年，上个月刚刚出狱。”付铭海在白板上写下曹建设的名字，“宋明珠在曹建设入狱的第二年向当地法院提出离婚诉讼，之后独自抚养两人的儿子曹耀长大。”付铭海又将曹耀的名字写了上去，“曹耀，二十六岁，十九岁出国留学，两年前刚回国，回国后找了几份工作，但都是高不成低不就，目前待业在家。两天前跟人出去喝酒，回家的路上出了车祸，伤势严重，抢救效果不理想，目前还在 ICU 里躺着，至今没有脱离危险期。”

付铭海继续说道：“星辉小区位置偏僻，又是老小区，内部并没有安装监控，距离星辉小区最近的监控是在华阳路上，我们查找了近十五天的监控，都没有拍到过曹建设，周边居民也表示没有见过他。”付铭海敲了敲白板，“但是，菜市场的摊贩说，宋明珠近段时间买菜的分量变多了，而且身上经常带伤。至今为止，倒是我们局里的某人搞不好成了唯一的目击证人。”付铭海语气无奈，转头看向夏东风，随即额角青筋凸起，“夏东风！你能不能把你那破夹馍给老子放下？”

夏东风呛了一下，三两口把夹馍吃了，用手背一抹嘴：“有曹建设照片吗？把他的档案也给我瞧瞧，我总觉得这个人有点儿眼熟。”

付铭海深呼吸了一下，把调出来的档案劈头砸了过去。夏东风低头翻看，脸色逐渐古怪。

付铭海问：“是他吗？”

“……是他。”夏东风按了按太阳穴，“而且这王八蛋当年还是我跟……跟老刘一起送进去的。”

坐在他旁边的沈默转头看了一眼。刚刚夏东风提起那个“老刘”时，呼吸有不自然的停顿，发声瘀滞，说明他要么不想提起这个人，要么就是这个人触碰到了一些他不愿意提及的过往。

付铭海也诡异地沉默了片刻，抬起手安抚似的在夏东风肩膀上重重按了一下，全然不见先前的凶神恶煞。

夏东风一把扒开付铭海的手，略微提高了音量：“十几年前的事了，难怪我看这家伙眼熟，这家伙当时硬气得很。结果认罪比认爹都快，等判决一下来就更㞞了，法盲一个，我估计他认罪的时候都没想过能判那么重，这王八蛋走私的那批货里，全是……”

他这段话说得那叫一个脏话连篇，声音也比平常时候要大一些。沈默在心里默默作出总结，虚张声势、色厉内荏，一般这种情况，会出现在试图转移他人的注意力和话题，用来掩盖内心真实想法的时候。看样子夏东风是真的不太愿意提那个“老刘”，也不希望因为这个被付铭海安慰。

付铭海听得脸色发青：“说话注意点儿，你是警察，不是街溜子！”

夏东风干咳一声：“反正我那天，在星辉小区见到的那个男人，肯定是曹建设！我敢打包票，我没看错。”

“行了，那就着重追查曹建设的下落，散了，赶紧动起来！”

沈默磨磨蹭蹭走在最后，出门的时候还被地砖缝给挂了一下，明摆着一副心不在焉的样子。

夏东风拧眉回头：“沈默，你干吗呢？还在忙着自我谴责呢？”

“不是，我就是在想，曹建设十七年前因为走私入狱，那他的财产应该是被没收了吧？”

“这肯定啊。”

“宋明珠离婚后并没有再婚，现在也只是在一家小超市里打工，这说明她本身并不具备特别优秀的赚钱能力，之前我听到过她和曹建设吵架，互相埋怨，根源是出在经济上，说明他们家也没有太多存款，那她是怎么供出一个留学生的？”

夏东风翻了个白眼，浑不在意道：“还不准人家年轻的时候发笔横财了？老了没本事，不代表年轻的时候没有啊。”

沈默闭了闭眼，在心里勾画着对宋明珠的印象：一个有些刻薄的、斤斤计较的、文化水平不高的普通妇女。这样一个女人，是怎么在丈夫入狱、资产被全部没收的情况下，供出一个留学生，还把这个留学生儿子养得一事无成的？

“查查宋明珠这些年的工作经历和收入情况就知道了。”

夏东风人都感觉麻了：“你还真是想一出是一出啊！就算你

查明白宋明珠怎么发财的又怎么样？咱们现在要找的是凶手，不是财神爷！”

沈默脚步微顿：“我只是觉得不该放过任何疑点，万一就有关联呢。”

“行行行，我算是怕了你了，陪你查行了吧！反正咱们师徒俩就是两个闲人……”夏东风跟在沈默身后嘀嘀咕咕，经过走廊时突然脚底一滑，一枚尾指大小的钢珠被他踹了出去，滴溜溜撞上不远处的铁栅栏，发出一声脆响。

叮！

沈默的脚步猛地顿住。

夏东风骂骂咧咧：“谁啊？这么缺德，钢珠都往地上丢！”

沈默走上前将钢珠捡了起来。

夏东风赞同道：“对，赶紧捡起来，做个讲道德、有素质的好警察，不然……”

话还没说完，就见沈默蹲了下来，把钢珠往地上一放，瞄准之后屈指一弹，钢珠再次撞向了铁栅栏。

叮！

沈默开始弹第二遍。

夏东风无语：“你还挺有童心哈。”

回答他的是一声接一声的叮叮叮。

在沈默弹第八次的时候，夏东风忍不住了，他往便宜徒弟旁边一蹲，试图打个商量：“要不我买盒弹珠给你玩？玻璃的，比钢珠好看。或者那种弹珠迷宫盘？”夏东风越说越来劲，“你玩过没有？就是一个木盘子，上面钉上了各种障碍物，玩的时候只需要……”

沈默额角的青筋突突狂跳：“我对玩弹珠没兴趣。”

夏东风看看钢珠，再看看沈默，露出了个一言难尽的表情：“你这是不好意思了？没事儿，男人至死是少年，喜欢玩弹珠又不丢人，我还喜欢玩魔方呢。”

沈默无言半晌，中肯道：“你确实应该多玩点儿益智游戏。”

……

沈默当然不是因为喜欢玩弹珠才弹钢珠的，他只是觉得钢珠和铁栅栏碰撞的声音很熟悉。钢铁撞击的声音在日常生活中并不少见，但这样短促又清脆的……

沈默凝神回顾着这几天的经历，从现在往前倒退，一点一点地回想着，他最近听到这个相似的音节是在什么时候。对沈默而言，每一个音节都代表着一个符号，这就像是一种独属于他的特殊记忆方法，只要想到某个特别的音节，就能立刻回忆起对应的画面。

他能隐约记得，听到类似音节的时间，就在最近两天内，但仔细回想的时候却又难以捕捉。这种情况对沈默来说是极其少见的，近期听到的声音，他不该记忆模糊才对……

沈默猛地一怔。这两天里，他唯一意识比较模糊的时候就是吃了佐匹克隆片的那段时间。沈默在那段时间里在药物影响下变得模糊的记忆，终于清晰了起来。他想起是在哪里听到这个声音了，就在案发当天的那个晚上，有一声清脆的撞击声将他从噩梦中唤醒。他中途醒来和第二次吃药之间，间隔了大概十分钟，当时他还特意看了一眼挂钟。

深夜十一点半。

“法医那边出详细的尸检结果了吗？”

负责尸检的法医摘下手套说：“根据角膜混浊程度和膀胱尿量判断，死亡时间是在十一点到十二点之间，要精确到分钟就不行了。”他将尸检报告递给沈默，“死者身上并没有明显反抗的痕迹，这一点很奇怪。她的额头有反复撞击伤。”法医模拟从身后抓住头发，将死者额头频繁撞击硬物的动作，“这个殴打方式很常见，但正常情况下，只要死者当时还有意识，就一定会挣扎。”

沈默听懂了他的意思：“检测出药物了吗？”

“没有。”法医摇头，“所以我推测，凶手应该是先重击了死者后脑，在死者失去反抗能力后，又揪住她的头发进行了前额撞击。重击后脑的凶器已经在现场找到了，是根棒球棍，上面没有发现指纹。”

靠在门边的夏东风突然开口：“这么说的话，不是冲动杀人？”

“对，大概率不是。”

沈默问道：“不能是行凶后再清理现场吗？”

“凶器上的血迹很完整。”法医开了个很冷的玩笑，“如果是事后清理，凶器大概会更干净一些。”

家暴致死的案件其实并不算少，但大多数都是失手或者冲动杀人，像这样明显有预谋的，倒是真的不多见。

夏东风若有所思：“总觉得哪里怪怪的。”

沈默也觉得怪。

通常有预谋的杀人和清理犯罪证据，都是为了消除自身的嫌疑，但这个案子的指向性太明显了，几乎所有的证据都指向曹建设。

那这么谨慎作案有什么意义？为了让警方找不到证据？那曹建设就不该失踪，他这一跑不就成不打自招了吗？

夏东风总结道：“多少有点儿画蛇添足。”

夏东风这个结论还真跟沈默不谋而合了。

而法医给出的死亡时间，也证实了沈默之前的想法，他听到的那一声“叮”，大概率就是发生在案发当时的。

听音辨物，是沈默研究了很久的内容，毫不夸张地说，他可以凭声音判断出这个世界上所有的常见材质，在对环境有一定了解的情况下，甚至可以通过声音估计出物体的重量大小和基本形状。

“我回案发现场一趟。”既然已经确定那个音节是出自案发当时，那他现在要做的就是把发出那个音节的东西找出来。

案发现场已经被封锁，沈默戴好手套和鞋套，一寸一寸地找了过去。

夏东风头大如斗，深觉这一届的徒弟实属难带：“你到底要找什么东西？给个准话行不行？别让我跟个没头苍蝇似的。”

沈默思忖片刻：“不锈钢制品，大小应该在十厘米左右，具体是什么……我也不知道。”

夏东风无语。

师徒俩闷头在案发现场找了将近两个小时，连地漏都揭开掏了一遍，毫无收获。

夏东风无奈道：“我怀疑你是在耍我，这一整套房里，属于不锈钢制品的就那把菜刀，她家连炒锅都是铁的!”

沈默没有说话，只是反复回忆着那个音节，试图从中找出更多的线索。他有至少百分之八十的把握确定那个音节是钢铁相撞发出的声音，既然不锈钢制品找不到，那铁制品呢?

沈默闭上眼，一点点抠着细节。清脆的碰撞声，短促，说明撞击的物体重量和面积不会太大。那个音节里似乎有很轻微的嗡鸣，说明相撞的物体中，有一个是中空的。沈默进厨房拿起了那口铁锅。

夏东风简直是糟心又无语：“别看了，那口锅真是铁的！不是你要找的东西。”

沈默从口袋里掏出那颗从局里带过来的钢珠，往炒锅里一丢。钢珠在发出一声撞击音后，开始骨碌碌地活动，又发出一连串的碰撞摔动声。

不是这个。因为声音不对，距离也不对。

任何物体在触底撞击后，都会产生惯性，球形物体会滚动，多边形物体会弹动，如果铁制品真是不锈钢制品的落点的话，那就不该只发出一个音节。

也就是说，那个不锈钢制品，只是在产生运动的过程中，短暂地经过了那个铁制品，所以才会是一个极其清脆短促的音节。

这套房子里，没有符合条件的东西。

“回去吧。”

被使唤得团团转的夏东风痛苦抹脸：“这也就是我了，以摸鱼为乐，换个人谁乐意陪你这么折腾啊。”

“我们先回去查查宋明珠这些年的收入来源。”沈默充耳不闻，权当没听见抱怨，“就算宋明珠真是曹建设杀的，那也该有个作案动机。”

夏东风像是被什么东西劈开，整个人都不好了：“祖宗，我叫你祖宗了行不行？有你这样东一榔头西一棒槌地查案的吗？”

沈默还是挺能听得进话的，闻言转身道：“那你说现在该从哪儿查起？”

“让我说？”夏东风两手插兜，迈出六亲不认的步伐，“我说我们现在应该先去吃个饭。”

这师父，真的靠谱？

宋明珠的工作经历说简单也简单，说复杂也挺复杂。

总结下来就是什么零工都打过，保洁、保姆、服务员、切菜工……工作种类堪称百花齐放，但没一样是特别能赚钱的，甚至没几份工作是能干得长久的。

“你觉得这样的工作经历，能独自供养出来一个留学生？”沈默想了想，又给自己的说法打了个补丁，“如果她一天打三份工，那确实有点儿可能，但宋明珠显然没有。”

宋明珠的工作经历很好查，她在一个中介 APP 上做了登记，近几年的大部分工作都是通过 APP 接洽的。沈默辗转联系上了 APP 的地区负责人，请对方协助调查。该负责人不但给出了宋明珠通过 APP 接取的工作清单，还顺带给了相关反馈："宋明珠，她身上的差评有点儿多啊，还有过几次比较严重的投诉，都是说她躲懒或者偷奸耍滑的，不过她这一年，都没在我们平台接过活儿了，钟点工都没接过，估计是找着稳定的工作了吧。"

一年，正好和宋明珠去小超市工作的时间相符。

夏东风翻着记录，也有些无语："她这哪是上班啊？磨洋工吧她？怎么比我还能混呢？"

一时之间，沈默竟然不知道是该劝夏东风别连自己一起损，还是该夸他有自知之明。

"星辉小区的房子是宋明珠零八年买的，三室两厅，一百一十平，全款，三十五万。"沈默敲击着桌面，"零八年的三十五万跟现在可是两码事，而且她当时才刚和曹建设离婚一年多。"

夏东风的神情终于正经了起来："两个可能，第一，曹建设在被没收财产之前就提前藏了一笔钱，但这个可能性很低，因为情节过于恶劣，曹建设那个案子查得很紧，他名下的所有财产都是清算过的；第二……"他朝着沈默眨了下眼睛，"宋明珠在离婚不到两年后，运气爆棚鸿运当头中了彩票。"

正经不过三秒。

中年老男人的眨眼，让沈默全身的鸡皮疙瘩都起来了，他抬手搓了搓胳膊："中彩票也是有记录的，能查。"

这回轮到夏东风无言以对了。

"我开玩笑的。"沈默耸了耸肩，"宋明珠的经济来源确实有问题，有往下查的必要。"

夏东风站起身："走吧，去跟付队说一声。"

沈默慢悠悠地跟在他身后，突然想起一件事："对了，曹耀出车祸住院，那肇事司机呢？"

"跑了。"

沈默错愕至极："跑了？"

夏东风"嗯"了一声："你刚来南都不清楚，咱们这儿毕竟是沿边，真豁出去要跑，总比内陆城市要简单得多。"

沈默脚步微顿："那曹建设……"

夏东风烦躁地抓了抓后脑勺："付队也担心这情况，曹建设早些年干走私的，说不定还真知道些门路，真要是跑出境可就麻烦了，现在也只能盯紧点儿。"

把宋明珠的情况跟付铭海说清楚之后，天也差不多黑了，搜查找人的事轮不到沈默和夏东风，两人直接原地下班。这段时间沈默都是打车上下班，夏东风负责用他的小电驴把便宜徒弟送到方便打车的地方。

"你觉得曹耀的车祸是意外吗？"

骑着小电驴的夏东风笑了一声："我觉得不觉得都没用，办案讲究的是证据，更何况，全靠猜的话，这事是不是意外都说得通。"他顿了顿，又道，"但我希望是意外。"

因为这样，这个案子会简单很多。越是简单，就越省事。

小电驴在路口停下，沈默下车，师徒俩分道扬镳。

沈默到家的时候已经是晚上九点。往常这个时候，星辉小区附近基本上见不到几个人，但今天却是例外。小区附近三三两两地聚着人，有上了年纪的大爷大妈，也有年轻小夫妻，讨论的话题非常统一，全是围绕宋明珠的死展开的。

沈默下车后也没急着回去，反倒摘了隔音耳罩，在门卫室外面坐了下来。这个位置，足够让他听清周围的窃窃私语。

"警察来的时候，我踮着脚往里头看了一眼，哎哟，血里呼啦，死得惨嘞。”

“小超市的小吴吓坏了，听说下午还特意去庙里上了香。”

“今天警察不是挨个找附近的人问话嘛，还专门问了宋明珠家里，最近有没有出现陌生男人。喏，这意思是不是说，她私底下跟野男人不清不楚？”

“离婚好些年了，守不住也正常。”

“你别说，我前阵子还真看见过她，跟个男人在西街口那头说话，那男人戴着个大金链子，看着有钱得很，就是面相有点儿凶，还挺年轻，估计三十来岁吧。”

“三十来岁的男人能看上她？别是来找她儿子的吧？啥时候的事啊？”

“得有半个月了吧。”

……

沈默在门口坐了将近两个小时，直到扯闲篇的人走完才青着脸往家走。几乎没收集到什么有用的信息，只有那个老太太口中三十来岁的有钱男人，让沈默有些在意。三十多岁，明显不会是曹建设。但半个月以前，时间又确实隔得太远。最重要的是……

沈默这些年被动听八卦也听出经验来了，这些大爷大妈私底下扯的闲篇得挑着信，添油加醋，夸大其词都是正常情况，真要是全信了，那才要被坑得不轻。

沈默洗完澡后，时间已经接近午夜十二点，他盘腿坐在床上，手里拿着那盒佐匹克隆。

沈默盯着说明书看了半天，最终还是扬手把药扔进了垃圾桶里。

砰！砰！砰！

凌晨一点，沈默被一阵稍显空洞的拍打声惊醒，随之而来的还有陌生男人的骂骂咧咧。他几乎是下意识地从床上弹了起来，穿上拖鞋就往声音传来的方向跑。

小区没有路灯，沈默打开手机手电筒照了过去："谁?"

对方抬手挡住眼睛："不好意思啊，小伙子，是不是吵醒你了?"

来的人，是晚上在门口扯闲篇的人之一。

沈默松了口气："出什么事了吗?"

男人指了指面前的排水管道："下水道堵了，屋里一股臭味，实在受不了，我就下来看看。"

沈默顺着男人指的方向看去，倏地怔住。金属管道，锈迹斑斑，中空的铁制品。

对，就是它。

现在的下水管道，多数是采用塑料或是 PVC、PP、PE 等材质，铸铁管道已经使用得很少了，这也是沈默之前完全没往这方面想的原因。

打发走男人之后，沈默拿着手机，借着手电筒的光，开始以宋明珠家所在的下水管道为中心往外搜索。沈默老黄牛似的转了一晚上，捡了大半箱子杂七杂八的东西，全是十来厘米的不锈钢制品，里面什么玩意儿都有，光开瓶器就捡到了十来个。他要是真把这些东西交到局里，痕检科的人得跟他拼命吧!

沈默叹了口气，只能先把这件事按下，已经快五点了，再不回去收拾，今天也不用去上班了。天还没亮，手机也没电了，沈默只能抱着脏兮兮的纸箱子，小心翼翼地盯着脚下艰难行走。眼角的余光突然捕捉到一道亮光，沈默心头一跳，下意识转头看去。在距离他不到两米的地方，一把锃亮的雪茄剪正躺在草丛里。

那是一把长度十厘米左右的不锈钢雪茄剪。近乎是毫无道理的直觉，在看到雪茄剪的那一刻，沈默的心里就开始疯狂叫嚣。

是它，是它，是它。这就是他要找的东西。

没办法，这东西出现在星辉小区实在是太突兀了，活像是出现在贫民区的贵公子。沈默脱了上衣裹住手，将雪茄剪捡了起来。

上午九点，痕检科的邱季刚一上班，就被沈默堵在了门口。

“能不能帮忙做个纹检？看看能不能从这上面提取到指纹。”

邱季接过装在物证袋里的雪茄剪，问道：“哪儿找到的？”

“星辉小区。”

邱季挑眉：“犯罪现场？”

沈默干咳一声：“的楼底下。”

邱季无语三秒，说道：“行，我抽空儿给你做，中午过来拿结果吧。”

从痕检科出来，夏东风正在综合办公室门口等着。

“发现什么了？一大早就往痕检科跑。”夏东风瞅着沈默的黑眼圈，“你小子，该不会是一晚上没睡吧？”

沈默在把雪茄剪交给邱季之后，紧绷了一晚上的神经就松弛下来，闻言忍不住打了个哈欠：“嗯，确实有点儿发现。”他把原委向夏东风讲了一遍。

夏东风听得啧啧称奇：“可以啊你，要是真能在那个雪茄剪上找到指纹，那你这耳朵也算是立了大功。”

沈默静默一瞬，扯了扯嘴角：“最多算是亡羊补牢吧。”

夏东风默然，抬手拍了拍他的肩膀：“行了，少想着有的没的，趁着这会儿没事儿，你先回办公室睡会儿。”

沈默有些犹豫：“……不好吧？”

“有什么不好的？就当你昨天值夜班行不行？赶紧去，有事我会叫你的。”

沈默想了想，觉得好像是这么个理，干脆也不再忸怩，一回办公室就趴在桌上眯了过去。可能是太累了，哪怕一直能听见门外传来的脚步声和说话声，沈默也还是睡了过去。

半梦半醒间，他似乎听见夏东风和邱季打招呼，问邱季刚刚找丁世忠干什么去了。邱季怎么回答的，沈默没听见，他已经彻底睡死了。

夏东风是到了午休时间才来叫沈默的，手里还拎着两份盒饭。

“你别说，这单间就是舒服啊，清净，睡觉都没人打扰。”夏东风一手一个饭盒，“辣子鸡丁，回锅肉，要哪个？”

沈默按着太阳穴：“回锅肉，谢谢。”

夏东风把辣子鸡丁放到他面前：“年轻人要懂得谦让，辣子鸡丁给你吃。”

“那你还让我选什么？”

夏东风贱嗖嗖道：“我就是想看看你，想吃又吃不着的样子。”紧接说道，“对了，老邱说结果出来了，让你吃完饭过去一趟。”

听了这话，沈默扒饭的速度都变快了。夏东风撩起眼皮瞅了他一眼，不知道出于什么心态，也跟着加快了速度。师徒俩花了不到五分钟吃了顿战斗餐，随后火急火燎地进了痕检科。

邱季正端着饭盒刷剧，看着跑进门的师徒俩，没忍住翻了个大白眼：“真是欠了你们的，饭都不让人好好吃。”邱季放下筷子，把检查结果拿给沈默，“不过很遗憾，要让你失望了，没在上面发现指纹。”沈默心头一沉，还想再问什么，就听邱季又道，“也没有潜血反应。”潜血反应也就是鲁米诺反应，说明这个雪茄剪上没有沾染过血污。

邱季的语气颇有些遗憾：“这东西估计就是意外掉在星辉小区的。”

夏东风蹙眉："怎么会没有指纹？这是雪茄剪，没有什么都不该没有指纹吧？"

"检查结果就是没有。"邱季坐回椅子上，"可能是被人刻意擦掉了？你们不是说星辉小区案的凶手把现场清理得很干净吗？再或者，这雪茄剪可能丢了有一段时间了？指纹很难被水洗掉，但如果长时间被雨水冲刷浸泡，也是会模糊，甚至消失的。"

沈默没再说话，直到出了痕检科，才斩钉截铁地说道："这个雪茄剪绝对没经过雨水的冲刷浸泡，这两天根本没下过雨。"他相信自己的判断，更相信自己的耳朵。

夏东风沉默片刻，眸中掠过一丝复杂之色，随即笑道："那就只能是被人特意擦掉了，老邱说的没错，以星辉小区案凶手的谨慎程度，提前擦掉指纹的可能性还是很大的，更何况，如果你当时听到的声音不是这个雪茄剪呢？"

"我……"

"其实你也不确定对吧？你会认定是雪茄剪，唯一的理由就是这东西跟星辉小区格格不入。沈默，你应该明白，这是站不住脚的。"

沈默下颌线紧绷："……我知道了，我会继续找的。"

曹建设的抓捕工作毫无进展，这个人就像蒸发了一样，无论怎么排查都摸不到一点儿踪迹。

"医院那边别松懈，看看能不能堵到人，曹耀现在情况不好，说不定曹建设会想去看看儿子。"付铭海看了两天的周边监控，这会儿双眼通红，"实在不行的话，就只能发通缉令了。"

沈默心里有事，难得准点下了班，一回小区就直奔下水管道去了。又捡了两个小时"垃圾"，沈默把材质重量相符的东西，全部塞进了纸箱子里，那把雪茄剪也被他从邱季那边要了回来。

沈默把捡来的东西挨个称重，测量大小，记录数据，再根据案发现场和管道之间的距离，用软件对会发出的声音状态进行模拟。

晚上九点，夏东风打来电话："睡了没有？没睡出来撸串。"

沈默揉按了下刺痛的耳朵："不去。"

电话那头沉默了两秒，问道："你该不会真又去捡垃圾了吧？我那就是随口一说……"

沈默打断他的话，自顾自道："我还是觉得就是那个雪茄剪。"重量、材质、形态、距离，综合考虑各项因素之后，雪茄剪是最符合条件的。

夏东风无奈道："可它上面没有指纹，没有任何残留信息，就算真是凶手丢的又怎么样？你还能靠个雪茄剪把人给找出来？"

沈默不说话了。

现在购物过于方便快捷，也不能从购买渠道入手，这条线索似乎在此刻进入了死胡同。

夏东风还在劝他："现在最要紧的事，是把曹建设给揪出来，要不你抽空儿听听付队搜刮来的那些监控，说不准就能有什么发现呢。"

这可以说是非常会给沈默安排无效工作了。

沈默抿紧了唇，沉默半晌："我知道了。"

听出他语气消沉，夏东风又急忙道："知道你年轻，性子轴，但办案不能钻牛角尖懂不懂？要劳逸结合！我正好在西林区呢，赶紧出来撸串。"

"不去，你自己吃吧。"

挂了电话，沈默把装着那堆"垃圾"的纸箱子推进了储物间，回身的时候才发现忘了把那把雪茄剪放进去了。他盯着雪茄剪看了一会儿，鬼使神差地把东西握进了手里，转身去了隔壁栋。

宋明珠家的门锁还坏着，门口拉着封条，沈默小心翼翼地避开，戴上手套开了灯。如果凶手当时真的是从这套房子里扔出雪茄剪的，要砸到下水管道，那他站的位置应该是……

沈默不断地在脑海中进行着推演，最后站在了靠近阳台的位置。他其实没想过凶手到底为什么要扔这个雪茄剪，是故意的，还是意外？甚至沈默都不敢肯定，扔东西的人一定就是凶手。

他只是下意识地想要抓紧所有线索，抓住所有疑点，就像他至今都想抓住二十年前那场车祸里的奇怪声音一样。理智上，沈默知道夏东风说的是对的，但胸腔里始终有一口气推着他犯倔。

确定楼下没人之后，沈默借着昏暗的灯光，瞄准了这栋楼的下水管道。他的眼力不差，准头也很好。雪茄剪穿过阳台的防护栏缝隙，精准地撞在了下水管道上，发出“叮”的一声脆响，然后又弹开，最终掉在了他捡到雪茄剪的位置附近。

听到熟悉的音节。

沈默彻底确认，他的猜想是对的。这个雪茄剪确实是从这里被扔出去的，他那天晚上听到的声音，也确实出自案发现场。可就算确认也无济于事，这个声音只有他听过，也是很主观的佐证，不能作为实打实的证据。

沈默像是泄了气的皮球一般，整个人都耷拉着。他迈着沉重的步伐，走出门时，却突然听到了一阵凌乱的脚步声。这声音很小，抛开距离因素，听起来应该是刻意放轻了脚步，一共有六个人。

沈默皱了皱眉，摘掉隔音耳罩和耳塞，声音变得更清晰了一些。在熟悉声纹的人的耳朵里，脚步声能传达出的信息很多，比如体重、身高、是否有生理缺陷，虽然都是些大概，但都是重要的信息。

“哥，咱们要在这里守多久啊？”

“别多问，钱都堵不上你的嘴？”

“守得越久钱越多，我还巴不得那个龟孙子不敢回来呢。”

……

刻意压低的交谈声传入耳中，沈默神色一凛，立刻意识到情况不对。再仔细分辨，这些人迈动脚步时，偶尔还能捕捉到轻微的金属碰撞声，好像是钢筋。

沈默几乎立刻脑补出了六个揣着钢筋棍的小混混儿形象，年纪应该都不大，两个体重在一百八十斤左右，其余四个体重在一百四十至一百六十斤，身高……

沈默边想边往楼下跑，他已经尽量放轻了脚步，但却在拐弯时不小心撞上了楼梯扶手。这声音惊动了逐渐靠近的六人。

“楼上有人？”

“肯定是他！”

“快上去！老二，你守住出口，一个人都不许放走。老三、老四，你俩堵住楼道。”

“好家伙，这才第一天，就让咱们把人给蹲到了？”

几个人商量了一番怎么围堵沈默。而这些，全被沈默听了去。根据他们的商量，沈默朝着另外一条道走。这些人扑了个空后，意识到不对劲，继而决定兵分三路去围截。

听着他们的部署，沈默不慌不忙，加上他能听声辨位，总能恰到好处地避开这些人。所以，这些人围了他大半个小时，连个人影都没见着。

沈默一直和他们玩着捉迷藏，那些人抓不到他，但沈默也没办法彻底将他们甩掉，原因就是他们有人守在楼道的出口处。

就这样僵持了约莫一个小时，沈默的体力有点儿跟不上，动作也慢了半拍。也因为这慢半拍的动作，拿着钢筋棍的小混混儿们大跨步冲上了楼，直接跟沈默打了个照面。小混混儿举着钢筋棍就招呼了上去。

沈默格斗成绩很好，但有句话叫乱拳打死老师傅，楼道里又实在狭窄，根本施展不开。在劈晕了两个人之后，沈默也不可避免地挨了几棍。

领头的混混儿骂骂咧咧，声如洪钟："身手可以啊，可惜也就这样了！兄弟们，下手不用顾忌，不弄死就成，反正有老板给兜底。"

特意摘了耳罩和耳塞的沈默被这音量震得眼前一黑，耳心刺痛，下手的力道也不由自主地轻了两分。在膝弯处重重挨了一棍之后，沈默摇摇晃晃地跪倒在地上。

混混儿头子往地上吐了口唾沫："成了，把人带回去吧。"

在被小混混儿们拖拽起来的时候，沈默终于找到了说话的机会："我是……警察。"

楼道里一阵静默。过了将近一分钟，混混儿头子摸出手机，打开手电筒照向沈默。一片黑暗的楼道里总算是有了光源，双方也都互相看清了长相。

混混儿头子脸色铁青："居然搞错人了！"

沈默深吸一口气，压制住强烈的眩晕感："你们来找谁的？"

混混儿头子不吭声。

沈默试探性询问："曹建设？"

回应他的是劈在后颈的一记手刀，本就是强弩之末的沈默，彻底昏了过去。

第4章 听声辨位

“厉害啊沈默，极限一挑六，空手对白刃，国家武术协会知道了都得给你颁个奖。”

沈默已经醒来半个小时了。这半个小时里，沈默充分领教了夏东风阴阳怪气的功力，基本上是可以用各个角度发出暴击嘲讽的水平。

病床边给沈默检查伤势的年轻女医生白了夏东风一眼：“说了快半个小时了，你口不干？”

语气熟稔，两人应该是认识的，沈默想。

夏东风冷笑：“不干，我还能再说半小时，不说这小子不长记性！”

“那你当警察可真是屈才了，去说脱口秀呗。”女医生头也不抬道。

夏东风抽了抽嘴角：“夏青，你就是这么跟你哥说话的？”

原来是兄妹。也对，就这两人阴阳怪气的段位，不是亲兄妹都说不过去。

夏青在病历本上划拉了两笔：“工作时间，别攀关系。”

夏东风放弃跟夏青继续抬杠，把攻击目标重新落在沈默身上：“你能跟我说说你是咋想的不？对面六个人，你也敢上？你长腿干什么的？不会跑？听到响动不对，不知道报警？人民警察也不给你服务了是吧？再不济你摇人啊！打电话也不会了？”夏东风越想越气。

夏东风昨天是挂了电话之后觉得沈默情绪不对，怕小年轻没经历过事钻了牛角尖，这才拎着烧烤上门找人。本来是打算去当心灵导师的，结果家里没人。他猜沈默八成是去了隔壁栋，然后就在楼道里捡到了浑身是血、半死不活的便宜徒弟，吓得他烧烤都扔了。

“你得在医院观察三天，老丁那边给你批了半个月的假。”夏东风咋舌道，“真是了不得啊，工作一星期，休假十五天，你这工资拿着烫手不？”夏东风冷笑连连，“你应该庆幸那六个人都是些上不了台面的地痞流氓，不敢真下狠手，不然你也不用休假了，入职即退休，眼睛一闭，一辈子过去了。”

“人抓到了吗？”

沈默身上没有太严重的伤，但皮外伤却不少，这会儿稍微动弹一下就浑身疼。他用胳膊肘撑着床试图调整坐姿，站在旁边的夏青伸手扶住他，又拿了个靠垫放在他身后。沈默不习惯跟人近距离接触，更别说还是同龄异性，嘴巴张张合合老半天才不尴不尬地挤出句“谢谢”。

“不客气，应该的。”夏青放下病历本，“问题不大，安心养着吧。”

夏东风左看看，右看看，眼珠子一转：“夏青啊，你这几天帮我盯着点儿这小子，别让他再犯浑了，你哥我就这么一个徒弟，承受不起白发人送黑发人的打击。”

夏青额角的青筋突突跳了两下：“知道了，我先忙去了。”

等夏医生走出病房，夏东风立马贱嗖嗖地凑到沈默面前：“怎么样？”

沈默有点儿心不在焉：“什么怎么样？”

“我妹妹！”夏东风的表情，活像是菜市场推销自家水灵大白菜的卖菜大叔，“市医院最年轻的主刀医师，跟你同岁，长这么大没谈过恋爱，不对……”夏东风摸着下巴，嘀嘀咕咕地改口，“初中的时候好像暗恋过一个臭小子。”

沈默愣怔一瞬，若有所思。

夏东风抬手在他眼前晃了晃："想什么呢？"

沈默实话实说："我觉得你妹妹好像有点儿眼熟。"

夏东风五官一阵扭曲，最后挤出个八七版《红楼梦》中贾宝玉的标准表情，用夸张的语气道："这个妹妹我曾见过的？"

沈默不忍直视地撇开了头："说正事行吗？那六个人抓到了吗？"

夏东风也不是非要拉郎配，只是发愁夏青的感情问题，刚刚见自家妹妹对沈默的态度还行，这才突发奇想。

"肯定抓住了啊。"夏东风摊手，"六个人，目标那么大，又不是哪个排面上的人物，哪有抓不到的？"

"他们是去找曹建设的？"

夏东风点头道："说收了钱，老板让他们去星辉小区蹲守，见到人就带走。"他顿了顿，"不止找了他们六个，小半个南都市的混混儿都听到风声了，全在削尖了脑袋找曹建设呢。"

沈默蹙眉："这老板是谁说了吗？"

"说了，叫刘东，付铭海已经把人请到局里问话了。"

"请？"注意到夏东风的措辞，沈默略微挑眉，"有来头？"

夏东风沉默许久："……也不算吧。"他想了想道，"你知道咱们南都市这段时间，一直在筹备的那个大型旅游博览会吗？"

"知道，万华集团主办的那个，说是为了招商引资。"

"嗯。"夏东风坐回凳子上，跷起二郎腿，"万华集团的董事长叫林永华，他有个亲弟弟叫林永万。这个刘东，有个妹妹是林永万的女朋友之一，差不多算是林永万的大舅哥之一吧。"

费了点儿劲才理清楚人物关系的沈默问道："这还能有之一的？"

夏东风摊手："重婚违法，但脚踩几条船不违法，更何况是这种你情我愿的事。”

沈默无语。

“这刘东也算不上是什么大人物，老付应付得来。”夏东风站起身，“行了，我也该回局里了。”

“等等。”沈默把人叫住。

夏东风回头：“怎么了？”

“你能不能帮我跟丁局说我不想休假？”沈默实在放心不下宋明珠的案子，真要让他在家休养半个月，他估计能急出病来。

夏东风翻了个白眼：“你有毛病吧？白嫖工资都不要？”

“我不爱白嫖。”沈默顿了顿，又没好气地补了句，“我又不是你。”

夏东风气了个倒仰：“不识好人心。”也没说答不答应，扭头就走了。

没过多久，来了个意料之外的人。

“舅舅？”沈默看着拎着保温桶的方树功，一脸错愕，“你怎么过来了？”

方树功脸色难看：“你电话打不通，我怕你出事，就把电话打到了你们单位，这才知道你出了事。”他给沈默架好小桌板，又打开保温桶放上去，“吃吧。”

沈默瞟了眼方树功黑漆漆的脸色，只觉得筷子有千斤重：“舅舅……你吃了没有？”

方树功皮笑肉不笑：“我还吃得下？真是能耐啊，才上了几天班就把自己搞进医院了。”

沈默又挨了一顿数落，这回持续时间更久，硬生生被方树功训到头皮发麻。

“沈默。”方树功的语气前所未有的严肃。

沈默放下筷子：“您说。”

“我知道你是警察，也清楚警察的职责，但你要明白，老沈家已经没有另一个人可以继承你的警号了。”他一字一顿道，“命比什么都重要，以后遇事掂量着点儿。”

方树功的到来就像是打开了什么奇怪的开关，接下来的两天里，认识的人几乎都来了一趟，最后连丁局都抽空儿来医院看了沈默一回。

“小沈啊，你的事我都听夏东风那个老小子说了，对工作有热情是好事，但也得量力而行。”

沈默又被说了将近十分钟，好在丁局说话比较客气，也不是什么老阴阳人。

“我听夏东风说你不想休假？”丁局问道。

“是，丁局。”沈默活动了下胳膊，“我这都是皮外伤，休息两天就差不多了。”

丁世忠也没多劝，只道：“那就让医院给你开个证明，只要医生说你能复工了，我就给你把假销了。”

沈默觉得这有点儿难。

丁世忠前脚刚走，后脚准时准点给沈默送饭的方树功就到了。两人估计是在走廊上打了个照面，方树功进门就问：“刚刚那是你们领导？”

沈默随口道：“嗯，是副局长，你见过他？”

“没有。”方树功的语调略微有点儿僵硬，“就是觉得……那什么……他看着挺气派的。”

沈默隐约觉得有些怪异，却又想不出方树功和丁世忠能有什么交集，只当是自己想多了。除了第一顿饭，这两天方树功送饭都是直接带两个保温桶，双人份，不但送餐，还提供陪吃服务。

饭吃到一半，方树功突然问道：“你们那个副局长看着不年轻了啊，有孩子了吗？”

这话问得颇有些莫名其妙，沈默疑惑地抬头："怎么想起问这个？"

方树功夹着的蒜薹落回了饭盒里："随口一问。"

沈默定定地看了方树功一会儿，到底没再多问，只是回忆着在局里被动听来的八卦："丁局没孩子，说是妻子身体不大好。"

方树功咀嚼的动作慢了下来，过了许久才轻轻"嗯"了一声。

方树功下午还得去射击馆，吃完饭就先走了。沈默吃了不少，干脆趁着没人的时候下床活动一下筋骨，顺便寻思该怎么让医生帮他开复工证明。

溜达到窗边时，沈默无意识地往下看了一眼，却没想到竟然看到个熟人。他舅妈黄薇薇正站在住院部楼底下，看姿势像是在跟人说话，但对方却被树荫完全遮挡了身形，看不清模样。

沈默心里瞬间五味杂陈，黄薇薇竟然是跟他舅舅一起来的医院。既然来了，那为什么不一起上来？无论怎么想，沈默都觉得他舅舅的婚姻恐怕是出了大问题。

只这一会儿走神的工夫，楼下跟黄薇薇说话的人就不见了，倒是方树功提着俩保温桶慢悠悠地走了过去。看这样子，基本上已经可以确定两人是一起来的。

沈默静静地看了许久，直到方树功夫妻完全走出视线范围才收回目光。

下午夏青来查房，沈默前所未有地主动搭话道："夏医生，能不能请你帮我个忙？"

夏青撩起眼皮："先说说看。"

"我们局最近挺忙的，我想尽快回去上班，能不能麻烦你帮我开个健康证明？"

夏青看了他两眼，低头掏出手机给夏东风打电话："哥，你徒弟说他已经活蹦乱跳了，现在就能一打十，还说你们局人手不足，其他人能力不够，必须得他回去帮忙才能解决案子，让我给他开个复工证明，你怎么看？”

夏青这个阅读理解的水平显然很有应试教育的风格，作者写一加一，考生自觉从一加一里领悟出了世界起源。

夏东风在电话那头扯着嗓子吼：“开扬声器，我来跟他说！”

沈默眉心一跳：“不用开，我听得见。”

“好好养你的伤，别咸吃萝卜淡操心，局里少谁都不少你，老实待着。”夏东风说罢又道，“夏青，你不准给他开证明，听见没有？”

沈默被他吼得脸色发青：“星辉小区的案子有进展了吗？”

夏东风沉默了一会儿，像是在考虑到底要不要跟他说。

沈默面无表情：“你要是不说，那我就自己回局里问，马上。”

夏东风头大如斗：“这会儿正忙着，我晚点儿正好要去市医院，到时候再跟你细说。”说完还不放心地又叮嘱了一遍，“你别胡来啊，敢跑我就让老丁罚你写两万字检讨。”

挂了电话，沈默幽幽地盯着夏青看了一会儿，没忍住问道：“什么仇什么怨？”

夏青的眼神不躲不闪：“沈默，你这是真把我给忘到后脑勺去了，是吧？”

沈默茫然且无辜。

“那我重新做个自我介绍？”夏青整理了下白大褂，凉飕飕地扯动嘴角，“夏青，曾就读于北京市第四中学，跟你做了三年同学，一年半同桌，哦，就是那个毕业的时候让你帮忙写下同学录，你问我叫什么名字的那位不知名的女同学。”

沈默的记性其实还行，也不脸盲，只是他记事和认人的习惯略微有些特别。沈默是通过声音来记忆的。他的大脑里就像是有个独立的声纹库，会在日常生活中无意识地把人、事、物和与其相关联的声音记下来。只要声音没变，他就一定能认出这个人。但……

众所周知，人在成年之后发声器官才会彻底成熟，声纹才具备稳定性。而十二到十五岁，也就是初中时期，则是青少年的变声期，这个阶段的少男少女们，也许今天还是个阳光小太阳，明天就变成了公鸭嗓，还会随着变声期的阶段，出现不同程度的改变。

也是因为这一点，初中时期的沈默，几乎每天都觉得自己班里来了新同学，今天刚把同学的声音和名字对上，明天这位同学的声音就变了。最可怕的是，一位同学还不止变一次声，毕竟变声期一共有三个阶段，每个阶段，声音都会有一定程度的变化。

夏青就属于比较倒霉的，变声期是在十五岁，也就是初三的时候，她要是早两年进入变声期，至少沈默不会没礼貌到在毕业季，问自己同桌叫什么名字。

事实上，沈默也不是对自己的初中同桌毫无印象，在他大脑内的声纹库里，这位不知名的女同学也是有标签的。这是位唱歌跑调、声音尖细、猫嫌狗厌的女同桌。

他沉默了两秒，真诚地询问："那复工证明还能开吗？"

夏青冷笑："不能，凭什么给你开？凭你走路一瘸一拐，还是凭你左胳膊到现在都抬不起来？"

沈默认真回想许久，最后红着耳根小心试探："凭我曾经旷课翻墙出去，帮你买过卫生棉条。"

这是被逼的也是没办法的事，沈默的弱点太明显了，只要和他相处一段时间就会发现他的听力异常，作为同桌，夏青有一万种办法让沈默屈服。沈默隐约记得，有段时间夏青为了"震慑"他，还往书包里装过唢呐。

夏青的脸逐渐涨红，最后直接把病历夹砸到了沈默头上，离开时甚至把门板摔出了差点儿击穿沈默耳膜的动静。

夏青前脚刚走，夏东风后脚就来了。

“你到底把我妹妹怎么了？”夏东风把右腿架在左腿膝盖上，一边把剥好的橘子往嘴里塞一边问。

沈默靠在病床上调整了一下隔音耳罩的位置，至今想起夏青摔门时的惊天巨响还心有余悸：“你应该问问她把我怎么了。”

夏东风咽下橘子，眼睛一亮：“她把你怎么了？占你便宜了？”

“你好像变态。”

夏东风悲愤道：“老子是你师父！”

沈默冷笑：“你到底来医院干吗来了？”

“医生说曹耀的脑电波变得活跃起来了，估计明天早上就会醒。”夏东风大大咧咧地靠在椅背上，“老付给我派的活儿，让我来医院守一晚。”

沈默微微一怔：“曹耀在市医院？”

“你不知道？”夏东风一拍脑门，“哦对，是我忘了跟你说了。他就在三楼的 ICU 病房。”

沈默点了下头：“说说案情进展。”

“曹建设那边还是没消息，老付带着人，把他十几年前的朋友都挨个走访了一遍，什么用没有，这孙子挺能躲的，跟人间蒸发了一样。”夏东风屈指弹了弹裤腿，“倒是宋明珠的经济状况确实不太对，目前可以确定的是，大概十六年前，宋明珠名下突然多了一笔来路不明的巨款，初步估计在一百万左右。十几年前的一百万，确实不是一笔小数目。”

沈默沉思道：“宋明珠无亲无友，没人会平白无故地给她一百万。”

夏东风赞同道：“对，所以有继续深挖的必要，这也是老付一听曹耀快醒了，让我来连夜蹲守的原因，就是为了看看能不能第一时间从曹耀嘴里挖出点儿有用的线索。”

“刘东那边交代什么了吗？”

夏东风嗤笑：“他说曹建设欠他钱，让那些小混混儿追曹建设是为了讨债。”

沈默疑惑：“曹建设刚刚出狱，一无所有，跟他借钱他就借了？”

“谁说是借的？他在地下赌场欠了一屁股债。”

沈默嗓音干涩：“南都还有地下赌场？”

夏东风叹气：“这里端了就换个地方，在沿边……这些事是禁不绝的。”

因为 ICU 是非医护人员禁入，夏东风就干脆在沈默的病房里支了张架子床睡了。

凌晨一点十三分，沈默被一声轻响惊动，他在半梦半醒间习惯性倾听数秒，随即猛地坐起身：“师父，起来！”

蜷缩在架子床上的夏东风咕哝了一声，完全没有要清醒的意思。沈默翻身下床，却没靠近架子床，反倒是一瘸一拐地走到窗边，同时提高音量：“师父！别睡了，楼下有情况！”

从沈默的视角可以模糊看见一道人影，正试图从二楼放置的空调外机上往三楼爬，看方向应该是打算翻进 ICU 病房。光线昏暗，又有遮挡物，沈默看不清这人的全貌，只能大概看出此人身体健硕，身高不低。沈默不敢开窗惊动对方，只能暗暗着急，偏偏夏东风还睡得宛如一条死狗。

沈默左右看了看，直接抓起放在窗台上的一瓶矿泉水，朝夏东风砸了过去，正中夏东风的下巴。

迷迷糊糊的夏东风骂了句脏话：“你干什么？”

“有人，看样子是准备进 ICU。”

夏东风瞬间清醒，立刻起身靠近窗边，确认攀爬者的位置后，急急道：“我下去抓人。”

“我跟你一起。”

夏东风飞快地穿上鞋："省省吧你，少拖后腿，就你现在这样子，下去跟送死有什么区别？你赶紧联系老付，指不定楼下就是曹建设那家伙。"

沈默这才应了。

就在沈默给付铭海打电话时，夏东风已经赶到了三楼走廊。他推开走廊的窗户，直接跳到外面的小平台上，恰好跟正在往上爬的男人迎面撞上。

"曹建设，果然是你！"

曹建设狠狠咬牙，只犹豫了不到一秒，就直接松手从将近十米的高度跳了下去。在即将落地时，曹建设屈膝抱头，落地翻滚，将受伤的可能性降到最低。而在楼上的沈默，可以通过对方的呼吸声断定，曹建设毫发无伤。

夏东风没料到曹建设能这么不要命，错愕之下，反应也慢了半拍，再加上在往下跳时，出于本能在二楼借了一次力，等他落地时，曹建设的身影就已经隐没在了住院部后面的小树林里。

"这家伙可真能跑！"夏东风一脑门的汗，心里又急又气，在这种光线不足、障碍物又多的情况下，他还真不敢保证一定能抓到曹建设。

揣在衣服口袋里的手机突然响了起来，夏东风边跑边把手机往外掏，来电人是沈默，他问道："怎么了？"

沈默冷静道："你别说话，手机保持通话状态，我能通过曹建设的呼吸判断他的位置。"

"这也行？"

事实证明，这样还真行。接下来的十分钟里，沈默就仿佛一个活体导航。哪怕夏东风追出了医院，跑进了巷道繁杂的居民区也没跟丢。

"左边……前方大概五米左右，右拐……往前……他翻墙了……避开地上的垃圾桶，他是故意踹翻来阻拦你的。”沈默提供的信息很是准确，错误率很低。以至于夏东风都怀疑，他要不是跟在后面，就是开了什么天眼。将近半个小时的追逐，曹建设避无可避，最终跑上了马路。

夏东风松了口气：“我看见他了。”

沈默却语气骤变：“师父，退后！你身后有车！”

一辆宝石蓝的敞篷跑车，从夏东风面前飞驰而过，发动机的轰鸣声盖住了所有声音。坐在驾驶座上的是个戴着大金链子的男人，看起来流里流气的，三十来岁的样子。仅仅五秒钟的时间，跑车开过后，曹建设已经消失无踪。

“可恶！”夏东风没忍住骂了句脏话。

电话那头的沈默许久没吭声，半晌才呼出一口浊气：“听不到了。”

夏东风朝着路边的垃圾桶踹了一脚：“就差一点儿！只差一点点！”

市医院，住院部。

沈默趴伏在窗台上，双手紧紧地捂着耳朵，显示通话结束的手机被丢在面前。冷汗顺着沈默的额头滑落，一滴一滴地砸在手机屏幕上。

耳内的轰鸣如同不断翻卷而来的浪潮，让沈默的大脑一片空白，仿佛所有的现实，都在此刻被海浪击碎，所有对真实的感知，都在此时被隔绝在外。

电话那头的夏东风还在骂骂咧咧，本该清晰的男声混入混沌般的轰鸣，就像水滴落入大海，无论沈默怎么努力，都捕捉不到任何一个清晰的音节。

在协助夏东风追捕曹建设的过程中，沈默为了准确分辨出嫌疑人的呼吸声和脚步声，刻意将手机的音量开到了最大，也摘掉了几乎常年不离身的隔音耳罩和耳塞。

虽然隔着手机，分辨声音会相对麻烦一些，但对沈默而言，其实并不算困难。但那辆突然出现的跑车给了他致命一击——发动机的轰鸣宛如故意挑衅般频频响起的车喇叭。

只是跟夏东风擦肩而过的短短几秒，对方就接连按了五次喇叭，一波接着一波的刺耳声响，在那一瞬间，全部化为了贯穿沈默耳膜的尖锥。紧接着，他就什么都听不到了，只剩下一片让他汗毛直立的轰轰耳鸣。

沈默很清楚，这种情况只是暂时的，但生理上承受的痛苦，并不会因为心理上的平稳而减少分毫。许久，他朝着右边倾斜了两下头部，然后松开捂着耳朵的手。在他的手心里，有一抹混杂着血迹的黏液。

沈默静静地盯着看了半晌，随即抓起病号服的衣角，在手心里重重擦拭了几下，直到黏液彻底消失，他才握手成拳，停下动作。耳鸣还在持续，耳膜鼓胀的感觉也始终存在，痛感不算强烈，却让沈默觉得整个脑袋都已经麻木。

沈默看向手机，目光锁定在显示时间的位置。一分钟……两分钟……三分钟……他一动不动，如同静止的雕像。

将近二十分钟过去。耳内的轰鸣终于开始减弱，如退潮般逐渐归于宁静。沈默也重新听到了习以为常的环境音，微风吹动树叶的摩擦声，微不可闻的虫鸣声……

他伸手，打开手机备忘录，点开其中一个文档，在最下面输入：20××年×月×日，因外部刺激出现耳鸣，持续二十五分钟，有异常分泌，伴随轻微出血症状。

这个文档很长，往前看去，全是相关的记录。记录着沈默从确诊以来，每次出现异状的具体情况。这是他主治医师的要求。

将该记录的内容输入完，沈默的指尖在屏幕上停顿片刻，最终微微蜷缩了一下。

楼下突然传来急促的脚步声，紧跟着就是一声尖叫，然后是病房门被重重甩开的声音……嘈杂的声音越来越多，沈默隐隐有种不祥的预感。直到他听见有个颤抖着的女声说道："三楼 ICU 的患者停止心跳了!"

沈默如同被惊雷劈中，在原地愣怔了好几秒才跌跌撞撞地朝楼下跑去。三楼，ICU，这两个信息让他很难不多想。

医护人员正在尝试做最后的抢救，沈默被挡在了 ICU 门外。中途，有护士匆匆出来，沈默将人拦住："你们……"他深吸一口气，勉强稳住情绪，"你们在抢救的患者是……是叫曹耀吗?"

护士狐疑地看了他一眼："抱歉，先生，患者的情况无可奉告，我现在必须去……"

沈默拿出证件，将护士后面的话全部堵了回去："是曹耀吗?"

"是。"

沈默闭了闭眼，一股说不出的无力感涌入四肢百骸："……还能救回来吗?"

护士抿了抿唇。事实上，在他们发现的时候，曹耀心跳停止就已经将近六分钟了，纵使他们尽快进行抢救，但能救回来的希望也微乎其微。

护士只能模棱两可道："……发现得有点儿晚。"

沈默松开手，扶着墙摇摇晃晃地挪到等候椅前坐下，脑子里千头万绪，一团乱麻。ICU 里的抢救还在继续，沈默却什么声音都听不进去了。

过了五六分钟，气喘吁吁的夏东风回来了。

"付队他们马上就到，曹建设既然敢冒头就别想……"话说到一半，夏东风终于注意到了 ICU 里的异常，"出什么事了?"

沈默的喉咙火辣辣地疼，他吞咽了下口水："曹耀出事了。"他低头看了眼时间，"大概十分钟之前，医护人员发现曹耀心跳停止……但他们发现得并不算及时。"

夏东风的脸色登时无比难看，他紧攥着拳头，愤怒到两眼发红。

"可恶！"夏东风一拳一拳地捶打着墙面。

ICU 的门恰好在此时打开，参与抢救的医护人员个个面色难看，夏青也是其中之一。

"抱歉，患者没能救……"

"你们医院到底是干什么吃的?!"夏东风怒不可遏，"你们知不知道曹耀有多重要？知不知道他身上承担着多大的干系？你们不是说他今天就能醒吗？现在是什么情况？一句救不回来就完了?"

夏青蹙眉："你冷静一点儿。"

"我怎么冷静！"夏东风朝旁边啐了一口，"患者心跳停止多久你们才发现？人躺在 ICU 里，你们为什么会来不及抢救?!"

夏东风态度恶劣，措辞粗鄙，但话糙理不糙。躺在 ICU 里的患者，怎么会心跳停止将近六分钟才被发现？正常情况下，心电图检测到心脏停搏就会立刻发出提示音，医护人员的反应时间最迟也不可能超过两分钟，而心跳停止四分钟以内，抢救的成功率并不算低，但超过六分钟，情况就完全不一样了。换句话说，只要医护人员发现得够早，曹耀死亡的概率就会大大降低。

这是一次毫无疑问的医疗事故，也难怪夏东风会控制不住脾气。几名医护人员被质问得哑口无言。夏东风重重地踹了一脚等候椅，差点儿把坐在上面的沈默一起掀翻。

"说话啊！为什么?"

说来也怪，夏东风发火之后，沈默就莫名其妙地冷静下来了。他摸了下感觉有些湿黏的耳朵，掏出一副新耳塞戴上，站起身让出了等候椅，意思是让夏东风随便踹。

夏东风一腔邪火直接噎回了嗓子眼里。他抬手抹了把脸："曹耀是案件的重要证人，如果你们给不出合理的解释，警方有权怀疑你们医院。"

一个年轻护士不满道："你这是什么话？难道是我们不想救吗？我们……"

负责曹耀的主治医师摆了摆手，拦住了护士的辩解："患者的心跳监护仪并没有警报提示，所以我们发现得不够及时，这确实是我们的失职。"

沈默皱眉："没有提示？"

"是的，正常情况下，在患者出现心跳异常的时候，监护仪都会发出提示音，每隔三秒提示一次，但今天，我们没有接到任何异常提示。"

夏东风又想骂人了："死因呢？曹耀的死因是什么？总不能是突然病情恶化吧？"

"目前只能判定为心脏骤停，具体原因恐怕需要进行尸检。"

半个小时后，付铭海带人赶到，开始对现场进行勘查。

夏东风和沈默站在三楼走廊尽头，神情晦涩。

"你怎么看？"夏东风手里拿了根烟，没点燃，只是用两根手指反复搓捻，烟丝一根一根落在地上，如同目前的案情，一地鸡毛。

"不可能是巧合。"天底下没有这么巧的事，曹建设刚好出现，心跳监护仪正好坏了，曹耀正好死了。

夏东风呼出一口浊气："我也觉得是人为。"顿了顿，他又问，"你就没听到一点儿动静？"现在夏东风也对沈默的听力有了一定了解，既然他能听到曹建设爬楼的声音，那大概率也能听到有人进入 ICU 的声音。

沈默嘴唇发白："……没有。"如果心跳监护仪确实是人为破坏的，曹耀也是死于谋杀，那么对方行凶的时间大概率是在他出现耳鸣的那个时候。而那时候，他确实什么都听不到。

这是第二次了。宋明珠死时，他因为服用安眠药错过援救时机。曹耀死时，他又因为耳鸣错过时机。每一次，每一次，都是错过。

夏东风见沈默脸色不好，连忙抬手拍了拍他的肩膀："我就是随口一问，你别往心里去，你的耳朵已经够厉害了。"

沈默勉强扯了下嘴角，没吭声。

两人相顾无言，直到付铭海沉着脸过来。

"心跳监护仪一切正常，目前技术员正在尝试检查内部程序，指纹已经采集完成，但没有发现除在场医护人员以外，其他人留下的痕迹。"付铭海摘下手套，"要么这一切真是巧合，要么就是对方足够谨慎。"

夏东风嗤笑一声："你觉得是哪种？"

"我觉得是后者，但我觉得没用，还得等法医那边的检查结果。"付铭海叹了口气，"说说你们的发现。"

夏东风耸了耸肩："该说的我之前打电话都跟你说过了，之后的事，我俩也就是在外面干等，没什么好说的。"

沈默突然开口："医院的监控查了吗？"

"已经把医院留存的全部监控录像拷贝了。"付铭海一甩手套，"走吧，回局里加班。"

路上，夏东风还在叨叨："要不是那个半夜飙车的家伙，老子早把曹建设抓住了！这混蛋，看我不把他揪出来。"

沈默头抵着车窗无声苦笑。岂止，要不是那个飙车的突然按下喇叭，他说不定连曹耀都有机会救下。

等等！那个飙车的？沈默蓦地一顿："能找出那个人吗？"

"啊？"夏东风怔了怔，"你该不会真想找茬儿吧？我就是随口一说而已，徒弟弟啊，咱们当警察的，可不能知法犯法，滥用职权。"

沈默额角青筋一跳："能不能找出来？"顿了顿，"多大岁数了，还用叠词？恶心。"

夏东风的脸皮比城墙拐角还厚，哪是一句恶心能打倒的！

"徒弟弟啊，你听师父父跟你说，这半夜开车路过一下，真的不犯法，就算那个人一脸贼相，戴着个大金链子，看着就不像个好人，不但故意冲老子冷笑，还按喇叭示威挑衅，那也不违法！"夏东风摸了摸下巴，又补了句，"就是挺欠打的。"

沈默无语片刻，猛地怔住，问道："你刚刚说什么？"

夏东风耷拉着胳膊："我说那个人确实挺欠打的，你要是想套他麻袋，我们俩可以一起去。"

在前面开车的付铭海干咳一声："稍微拿我当个外人行吗？你们这么当着我的面商量，我容易防患于未然。"

夏东风正想附和着再贫两句，却感觉沈默的脸色更加难看："小年轻就是好啊，对案子有想法、有热情，对线索也是一个也不放过，但是呢……你查案子查久了就知道，不是身边出现的每一个人都可疑。查案不是看电视剧，哪那么多巧合给你碰上。"

沈默冷着脸："师父，你能不能把你之前说的话再重复一遍？"

夏东风察觉出他态度不对，也不再插科打诨，麻溜地把之前的话又复述了一遍。

"戴着个大金链子……大金链子……"沈默松开手，嘀嘀咕咕，若有所思。

夏东风揉了揉脖子："别叨咕了，戴大金链子有什么稀奇的？"

"不是。"沈默总算想起在哪里听到过类似的话了，"宋明珠出事之后，我在小区附近听到有人议论，说宋明珠曾经跟一个戴着大金链子的男人见过面，大概三十来岁，面相很凶……”

开车的付铭海一打方向盘，直接把车靠边停下：“具体说说。”

沈默把当时听见的那些老头儿老太太的议论复述了一遍，又问夏东风：“那个飙车的男人，符合吗？”

夏东风面沉如水：“符合，确实是三十来岁的模样，面相凶悍，看起来戾气很重。”

付铭海掏出手机点了几下，又将屏幕转向夏东风：“是他吗？”

夏东风定睛一看：“就是他！”

沈默心跳加速：“他是谁？”

“林永万。”付铭海面色凝重，“万华集团董事长的亲弟弟。”

第 5 章　他杀

比起常年活跃在南都市财经新闻上的哥哥林永华，林永万更为低调。据说他就是个啃哥的铁废物，唯一的本事就是混吃等死。

付铭海道：“我也是因为要查刘东，所以才顺着摸到了林永万。”刘东，就是指使那六个地痞流氓去蹲曹建设的人，也是林永万的大舅哥之一。

这案子就像是一张用麻线编织而成的大网，看起来有着千丝万缕的关系，但扯出的每一根线最终却会打成死结。

沈默认为这不是巧合，可夏东风却觉得林永万如果和刘东是一伙的，那杀曹建设的理由就站不住脚。商议过后，他们决定先调查清楚曹耀的死，第二天再找林永万问话。

可惜他们忙活了一整夜，到了次日早上，依旧一无所获。

夏东风耷拉着眼皮：“我们把医院的监控看了个遍，依旧没有看到这个人的身影，他到底是会飞，还是会隐身？”

“会不会……是医护人员？”有人猜测。

负责查看 ICU 斜对面那个监控位置的小年轻叹了口气：“问题是，昨天晚上十点到曹耀被发现心脏骤停的这段时间，无人进过 ICU！”

“说不定夏哥在发现曹建设的时候，他不是要进 ICU，而是成事之后准备逃跑？”

夏东风还没开口，沈默就斩钉截铁道：“不可能。”曹建设当时的路线规划，明显是准备翻窗进 ICU，如果他已经进去过了，沈默不可能没听到声音。

“怎么不可能？曹建设明显是认真踩过点的，他也完全避开了监控点位……”

“时间对不上。”夏东风道，“曹耀心脏骤停的时候，我已经把曹建设跟丢了，他没有作案时间。”

“那也不见得是他动手之后，曹耀就马上死了啊，服毒还得有个生效时间呢。”

夏东风听乐了，问道：“那你说说，曹建设闲得没事儿杀他儿子干什么？享受断子绝孙的快乐？还是要杀子证道，原地飞升？”

一直反驳的小警察无言以对。

沈默突然开口：“我听到了，我的听力很好，我可以确定曹建设没有进过 ICU。”

他不说这话还好，一说反倒更闹腾了。小警察当即道：“听到了？你当时在睡觉吧？病房也不在 ICU 附近，这能证明个啥？”

夏东风无奈地瞥了沈默一眼。他之所以没拿沈默的听力来反驳，就是担心这个情况。沈默的听力，实在是超出常人太多，很难具有被认可的说服力。

沈默冷笑：“那你现在就去一楼，用正常音量说话，试试看我能不能听到。”

小警察不服气道：“试试就试试，玄幻故事看多了吧你？真当自己有超能力呢？我……”

付铭海一拍桌子：“吵吵够了没有？都给我闭嘴！现在是给你们耍嘴皮子的时候吗？”

综合办公室内登时安静下来。

“呦，干吗呢这是？”技术员拿着报告单出来就是一怔，“搁这玩沉默是金呢？”

付铭海气笑了：“一个两个的，当什么警察？直接去说相声得了。”他朝技术员伸出手，“有结果了？”

“有了。”技术员推了下眼镜，“我复原了那台监护仪的后台程序，发现它被设置过定时开关机，案发当时，监护仪应该是定时关机了，直到曹耀死后才重新开机。”

这说明，曹耀的死是板上钉钉的他杀。

“痕检科那边没有在监护仪上提取到指纹，对方太谨慎了。”技术员语气无奈，“再加上设置定时开关机和删除后台记录也不是什么需要技术的操作，没办法从这方面入手。”

付铭海面色阴沉：“至少百分百确定是他杀了。”

上午九点左右，法医那边也终于有了结果。

“曹耀，死因心脏骤停，尸检的初步结果是强心苷中毒。”法医道，“死者本身就有慢性心功能不全的毛病，强心苷类药物是他的日常用药之一，但强心苷类药物的治疗剂量和中毒剂量非常接近，如果说中毒剂量是百分之百，那常规的治疗剂量就是百分之六十，所以在用药方面必须非常谨慎。尸检显示，曹耀的死因就是强心苷类药物导致心脏骤停，强心苷是处方药，这或许可以给你们提供一个新的调查方向。”

从法医室出来，夏东风拧巴着眉毛直挠头：“我怎么总觉得这案子怪怪的，你说凶手谨慎吧，那确实挺谨慎的，我们到现在，一点儿具有指向性的证据都没找到，但要说他手段高吧，又很容易就确认曹耀是他杀……”

无论是心跳监护仪的定时，还是用药过量致使曹耀心脏骤停，都处于一种似乎能用巧合或者意外解释，但只要一深入调查，就可以确定是他杀。

总之就是，掩饰了，但又没完全掩饰。

沈默两手插兜跟在他身后：“凶手根本没想把曹耀的死伪装成意外，他所做的一切，应该都只是为了模糊线索，让我们找不到明确的证据。”

说是找不到明确的证据都客气了，他们现在连个明确点儿的嫌疑人都没有。从用药和案发地点来看，市医院的医护人员似乎是可疑的，但门口的监控录像又证明案发期间根本没人进过 ICU……

沈默脚步一顿，对夏东风道："我想回去重新看看 ICU 外面的监控录像，你去吗？"

"去呗。"夏东风耸肩，"老付让人去请林永万了，估计得一两个小时才能到，现在正好没什么事。"夏东风把 ICU 外面的监控录像拷贝了一份，带着沈默去了综合会议室。

由于整个支队熬了个通宵，这会儿会议室里趴满了人。他们悄悄找了个旮旯，开始仔细查看监控录像。夏东方这两天只睡了不到三个小时，看了一会儿就撑不住了，歪在椅子上打起瞌睡。也不知道眯了多久，他的椅子一震，夏东风骤然惊醒，抬头看去，才发现是沈默挪了下椅子，不小心碰到他。

二人发出的声响也惊醒了会议室里的同事，众人的目光不由得转过来看向始作俑者。此刻沈默正操作着拷贝录像，看到夏东风醒来，沈默道："昨天晚上的监控录像应该是被覆盖过，我需要仔细分析一下声纹。"

夏东风瞬间清醒："你怎么发现的？这录像我也看了，没毛病啊！"

沈默抿了抿唇，一抬头就撞上了会议室里其他人质疑的目光，沉默片刻道："等我做完声纹分析吧，用专业数据说话。"

夏东风也转头看了眼其他人，哼笑道："行，你去吧，要帮忙就叫我。"

沈默回了办公室，先把录像格式转为音频模式，然后导入工作站，开始一帧一帧地查看声纹波段。两个小时后，沈默长舒一口气，摘下了隔音效果极佳的监听耳机。他拿着刚刚打印出来的材料，正准备出去，就听见外面传来一道飞扬跋扈的男声。

“不是吧？我就是半夜出去兜个风，一没超速，二没撞到猫猫狗狗，这都要被你们请到这里喝茶？各位警官，你们这么闲吗？”

沈默想，这大概就是那位万华集团董事长的弟弟林永万。他戴好耳塞和耳罩，悄无声息地出了门。

林永万的气势不小，进了公安局没半点儿拘束谨慎，反而像回了自己家一样自在，表面上是打电话跟人打情骂俏，实际上是含沙射影骂人。

沈默抬手将隔音耳罩挪开半边，电话那头的人声也传入耳中。和林永万通话的确实是个年轻女性，对话内容也相符，看来林永万确实没拿进公安局当回事。是因为他真的与案件无关，还是笃定即使警方查到了什么，他也不会有事？沈默倾向于后者。

付铭海的脸色也不好看：“林先生，请你配合调查。”

林永万眉毛都没抬一下：“我还不够配合啊？真要是不配合，我这会儿就应该在家里睡大觉。”

付铭海对林永万的态度十分不满，当即表现出强硬的态度。林永万面上安分地跟着付铭海进审讯室，可明眼人一看就知道，他根本没打算配合。

审讯室里，付铭海坐在林永万对面，在他旁边的是预审科的两位同事——崔玉林和闻显。

闻显率先提问：“你认识宋明珠吗？”

林永万靠在铁椅上，跷着二郎腿，有一搭没一搭地拨弄着戴在手腕上的小叶紫檀珠串。

“宋明珠？谁啊？”林永万耸肩，“不认识，哪根葱啊？听名字像是女人，漂亮吗？”

“你态度放端正点儿！”崔玉林本就对林永万的态度很不满，此刻面上的怒色越来越明显，看起来像下一秒就能暴起伤人似的。

坐在他旁边的闻显连忙一把拉住崔玉林：“别上火，好好说，林先生现在只是有嫌疑，又不是真罪犯，你心态放平点儿。”

崔玉林狠狠地瞪着林永万，好半天才甩开闻显的手，重重坐回了椅子上。

闻显冲林永万笑了笑，翻出一张照片推到林永万面前：“这就是宋明珠，您应该认识的。”闻显的态度很好，跟崔玉林一对比，那就更好了，堪称温声细语。

审讯室的单向透视玻璃后面，沈默和夏东风，以及公安局的一位心理分析师、一位微表情专家，还有几个队员都沉默不语地看着这场审讯。

可能是因为闻显的态度不错，林永万总算是屈尊纡贵地低头看了眼照片。“好丑的老女人。”他啧了一声，“我怎么可能认识这种女人?”

崔玉林又火了：“林永万，你最好说的是实话！有人亲眼看见你和宋明珠有过接触，诡辩在事实面前毫无意义!”

林永万沉默数秒，仰靠回椅背：“确实不认识，你们那个证人别是认错人了吧?”

单向玻璃后面，拿着本子时不时写上两笔的微表情专家停住笔尖：“在知道我们有人证的时候，他很意外。”

沈默感兴趣地扭头：“怎么说?”

“在听到老崔提到人证时，林永万有一瞬间，眉毛和上眼皮同时上挑，眼睛微微睁大，嘴唇微张，虽然只有一瞬，但这确实是个标准的吃惊表情，他没想到我们能找到人证，这说明在此之前，林永万一直认为，他把他和宋明珠之间的接触痕迹藏得很好。”

沈默对人的情绪也很敏感，但这种敏感和观察能力无关，纯粹是因为听力出众，可以精准地分辨出呼吸和心跳的不同变化。

为了把听力的用处最大化，沈默还特意进行过针对性学习，现在听到微表情专家的分析，竟然也觉得挺有意思。

旁边的夏东风干咳一声：“不愧是玄学组的，果然神乎其神。”

微表情专家翻了个白眼：“你少说两句，我会更神。”

夏东风默默地在自己嘴前比画了个拉拉链的动作。

审讯室里，崔玉林还在咆哮：“你不认识？那为什么有人看到你们有过接触？宋明珠的丈夫还恰巧欠了你朋友刘东一笔钱，昨天宋明珠的儿子出事，你又刚好出现在医院附近，妨碍了我们对宋明珠的丈夫曹建设的抓捕，一桩桩一件件，哪个都跟你脱不开关系！这些你又怎么解释？”

林永万耸耸肩：“巧合而已，我压根儿不认识这个女人。”

接下来的半个小时，无论崔玉林和闻显怎么反复盘问，怎么打配合，林永万都只咬死了一句话，他不认识宋明珠，也不认识曹建设，昨天出现在市医院附近只是单纯的巧合。

全程旁听的付铭海起身离开审讯室，拐进隔壁，端起保温杯喝了口水，问道：“你们怎么看？”

最先答话的是心理分析师：“今天这场审讯估计是白搭了，林永万的心态很稳，很难找到突破口。”

沈默道：“我们现在掌握的信息还是太少了。”

警察办案讲究证据，但在掌握实证之前，也需要通过猜测来大概构建出一个调查方向，可他们目前掌握的信息是碎片化的，连猜测构想都做不到，就像是被打散的拼图，缺失了最重要的几块，暂时无法把信息串联在一起。

付铭海叹气：“确实。”

夏东风抓了抓后脑勺：“没有证据，我们最多留林永万二十四小时，之后他要是……”

“留不了那么久。”付铭海神情晦涩道，“待会儿捞人的人就该来了。”

果不其然，一个小时后，南都市公安局局长徐建军和副局长丁世忠就陪着一名身着正装的中年男人，一起走进来。这个中年男人大概四十来岁，和林永万有三分相似，身上却有着和他全然相反的儒雅随和，一看就知道是他的亲哥林永华。

一进门，徐建军就对付铭海招了招手："小付，问完话，要是没什么问题，就把小林总放了。"

"是我那个弟弟太不省心，给大家添麻烦了。"站在徐建军身后的林永华笑了笑，"最近我们万华集团正忙着旅游盛典的事，我看永万成天闲着，就给他安排了点儿活儿，他这一耽搁，我不来接他都不行，就怕项目出问题。"

林永华口中的旅游盛典，是南都市政府为了打开本市对外贸易市场，与万华集团合力举办的项目，这确确实实是一件不能耽搁的大事、要事。

徐建军听林永华抬出旅游盛典，脸上的笑容微微一僵，随即笑道："今天这事是我们莽撞了。"

沈默怪异地看着徐建军，作为公安局局长，他对林永华的态度客气得不像话。

林永华摆了摆手："徐局这是说的哪里话？你们办案是一心为民，我打扰了你们办案，我得跟你们赔罪才是。"

徐建军干笑了两声，没接茬儿，只是催促付铭海："还愣着干什么？放人啊！"

付铭海脸色难看："徐局，林永万这边拒不配合，我们……"

徐建军冷下脸："放人！小林总就是个来配合调查的无辜民众，你们凭什么扣着人不放？"

付铭海气得不行，但局长发话，他不得不从。

始终沉默的丁世忠突然开口："徐局，林董，宋明珠这个案子已经牵涉两条人命了，小林总这边要是能提供点儿信息，对我们帮助真的很大。既然都来了，不如一次性问清楚，省得之后再跑一趟，造成不好的影响，你说是不是?”最后这句话，丁世忠是问林永华的。

丁世忠猝不及防的阻拦，让徐建军直接黑了脸，倒是林永华依然一派温和。“丁局说的也有道理。”他想了想，“不如这样，我来帮你们问问？我这个弟弟从小就性子倔不听话，牵着不走，打着倒退，也就是在我面前能老实点儿。”

话说到这个份儿上，就算是丁世忠也没法儿再说什么。更何况林永万确实油盐不进，说不定林永华真的能帮忙问出点儿什么。

沈默就站在屋里，静静地看着外面的人你来我往地打着官腔，心里说不出的腻味，感觉就像是看见苍蝇，在绕着一块香甜可口的蛋糕乱飞。

夏东风用胳膊肘杵了他一下，压低声音提醒：“注意你的表情，收敛一点儿!”他是真的发愁，总觉得沈默这性格是因为社会经历太少了。

林永华一行人进了审讯室，夏东风和沈默也重新回到了单向玻璃后面。

“你觉得林永华这人怎么样?”夏东风双手环抱在胸前，看似随意地问道。

沈默怔了一下，下意识回想着刚刚的画面。因为距离不算远，又没有什么隔音材质阻挡，所以他刚才清晰地听到了林永华的呼吸声和心跳声。全程都很平稳规律，无论是丁世忠提到继续询问林永万，还是和徐建军商业互吹，林永华的呼吸心跳都没什么明显变化，可见这人是真的坦荡随和，跟他那个嚣张跋扈的弟弟完全不同。

沈默只能说：“挺好的。”

心理分析师道：“那肯定是好的啊！这可是林永华，就没见过这么讲良心的商人！”

微表情专家也凑了过来：“这倒是大实话，其他商人做生意，就是想着怎么把钱往自己口袋里揣，林永华做生意，却是想着怎么带着大家伙一起赚钱，思想境界是真的高。”

夏东风撩起眼皮看了三人一眼，扯了下嘴角，没说话。

审讯室内，林永华一见林永万就蹙起了眉头：“老老实实给我坐好，这里是公安局，你摆这副大爷样子给谁看呢？”

“大、大哥，你怎么亲自过来了？”林永万结巴了一下，连忙把跷起来的二郎腿放下。

林永华叹气道：“行了，说说你到底知道些什么，好好配合警察办案。”

林永万沉默一瞬，又嬉皮笑脸道：“我能知道什么啊？他们非说我跟那个叫宋明珠的女人认识，可我连见都没见过！还有昨天晚上那事，我就是半夜睡不着，开车出去兜个风而已。”

林永华拧眉：“真的？”

“我骗你干吗？我真跟这些事一点儿关系都没有，这些警察还偏要翻来覆去地问，他们有工夫在这里问我，还不如赶紧去抓那个宋……宋什么玩意儿的老公呢！杀人犯还在逃呢，干吗非逮着我这个无辜路人不放啊？！”

崔玉林冷笑出声：“昨天晚上要不是你突然出现，我们早抓着曹建设了！”

“警官，讲讲道理好不好？我压根儿不知道你们在抓人啊！我真就是刚好路过！”林永华来了之后，林永万的态度确实好了不止一星半点儿，问什么答什么，既不呛声，也没有阴阳怪气，就是一点儿线索都没提供。

见实在没进展，林永华对徐建军开口道：“徐局，这案子我们兄弟俩恐怕是帮不上忙了！我了解我弟弟，脾气暴，做事也不着调，缺点多如牛毛，但他有个优点，敢作敢当，这事要是真跟他有关系，他绝对不会不承认。”

这话一出来，全场都沉默了一瞬。哪个蓄意杀人的罪犯，会在警察面前敢作敢当啊？又不是不想活了！

徐建军静默数秒才又笑道：“今天的事实在是麻烦二位了。”

审讯到这里算是彻底结束了。林永万站起身，大大咧咧地伸了个懒腰，从兜里摸出个便携式雪茄盒，抽了一根出来，又从裤子口袋里掏出个雪茄剪。

沈默猛地扑在了单向玻璃上，撞击声惊得一屋子人全部看了过来。

夏东风连忙去拉沈默：“怎么了？”

沈默拨开他就往外走：“雪茄剪！一模一样的雪茄剪！”

夏东风怔了怔才反应过来：“你是说……”

“林永万现在用的雪茄剪，跟我在小区里捡到的那个一模一样！”说话间，沈默已经冲到了林永万面前，“林先生，请问你之前是不是丢过一个雪茄剪？”

林永万动作微顿，片刻后才抬起头：“没有。”

沈默听到林永万的心跳频率变了！不正常的停顿之后又开始加速跳动，说明他很紧张！

沈默眼睛一亮：“是吗？警方曾在凶案现场捡到一个雪茄剪，跟你现在用的这个一模一样，我还以为是你的呢。”

林永万冷笑道：“批量产的东西，又不是只有我一个人有。”

沈默抿了抿唇，心下一横，干脆诈道：“那你觉得我要是把那个雪茄剪送到痕检科，能通过上面的指纹找到失主吗？”

林永万盯着沈默看了许久，倏地玩味一笑：“你可以试试。”

沈默的眉头微微皱了起来，为什么在他提到提取指纹后，林永华反倒平静了下来，还表现出一副稳操胜券的模样？是真的坦荡，还是笃定雪茄剪上毫无线索？

沈默还想继续追问，见徐建军突然瞪了他一眼：“该干什么干什么去，别在这里耽搁小林总时间。”

“我……”

沈默话还没说出口，赶过来的夏东风就一把捂住了沈默的嘴，冲林永万赔笑道：“局里新来的愣头青，让您见笑了。”

林永万咧嘴一笑：“有工作热情是好事。”他伸手在沈默的肩膀上重重拍了两下，“我看好你哦，小兄弟。”

等林永万一行人全部转过身了，夏东风才松开捂住沈默嘴的手。

沈默火大道：“你拦着我干什么？”

“我拦着你找死！”夏东风这会儿的火气也不小，一把抓住沈默的胳膊就把他往办公室里拖。

陪着林永华兄弟往外走的徐建军回头看了一眼，恰好对上了沈默执拗不退的目光。徐建军脚步微顿，转过头，走向出口。

因为接触少，沈默对徐建军这个局长印象很少，他从进入南都市公安局，跟他对接的人就一直是副局长丁世忠。相比丁世忠事事紧跟的工作状态，徐建军简直就是个隐形人。沈默还听说徐建军已经打通了关系，今年年底就会平调到一线城市，所以才不太管事了。从南都市调去一线城市，这哪里能算是平调？明摆着的升迁。今日一见，沈默对这位局长却感到不舒服，仿佛这人就是蒙在警徽上的一层烟尘。

沈默的办公室隔音效果极佳，夏东风把人拖进来之后也不再压着声音：“你给我说说你是怎么想的，就那么上去直接问？你手里有实证吗？就硬诈是吧？万一被人记恨上了呢？”

沈默还是一张毫无波澜的脸：“还有警察不被罪犯记恨的吗？”

夏东风被堵得差点儿一口气没喘上来：“林永华不一样。”

沈默寸步不让："我问的是林永万，关林永华什么事？"

"他们是兄弟！你说关林永华什么事！"

沈默刚要反驳，却又倏地愣住，思绪都没理清楚就下意识地问道："林永华有问题？"

夏东风搭在身侧的手微微攥紧，面色不变："林永华能有什么问题？你没听他们说吗？良心企业家！慈善家！"

"我刚刚说，没有警察会不被罪犯记恨，你反驳我的时候，说的是林永华不一样，而不是林永万不一样。"沈默分析得有理有据，"也就是说，在你的认知里，如果我被林永万记恨上，是会引来林永华的报复的？"

夏东风翻了个白眼："你想到哪里去了？不都跟你说了吗？林永华是良心企业家，有事儿没事儿就搞慈善，能报复你什么？"

"哦。"沈默点了点头，"那按照这逻辑，林永华应该是个正直的人，至少是个遵纪守法的人，那我追查他弟弟有什么不可以？只要证据确凿，他这么一个好人，还会为了他弟弟知法犯法？"

夏东风被他说得额头青筋直跳："那你有证据吗？你没证据就去招惹人家弟弟，还不准人家护犊子？"

他说话乍一听似乎没什么逻辑上的问题，也确实合情合理，但沈默就是觉得古怪，偏偏一时半会儿也找不到反驳的点。

沈默道："林永万刚刚说谎了，而且在听说我捡到雪茄剪之后，心跳漏了一拍。"

夏东风差点儿没给气笑了："这就是你的证据？你打算怎么做？跟林永万说，你刚才慌神了，紧张了，所以你就是嫌疑人？"

沈默瞬间不知如何开口，看向夏东风的目光就像在看一个傻子。他叹了口气，无奈道："按照我们之前的推断，宋明珠是死于家暴的，杀她的凶手就是曹建设，那属于林永万的雪茄剪，为什么会在案发当时遗失在星辉小区？"

夏东风被气到发蒙的脑子总算冷静了下来，愕然道：“你的意思是……杀宋明珠的可能不是曹建设？”

这真的是一个他们从未设想过的角度。

“不不不，你等等。”夏东风捂住额头，“咱们现在并不能确定雪茄剪就是属于林永万的，也不能确定雪茄剪是在案发当时遗失的，虽然我相信你的听力，但这些都没有实证，你的猜测完全就是空中楼阁……”

“雪茄剪一定是案发当时遗失的，这一点我已经反复确认过了，也确定林永万刚才是慌神了。”沈默笃定道，“虽然我没有实证，但这也算是一个调查方向。”

夏东风沉默许久才道：“这确实是可行的，但……如果错了呢？不仅影响调查，甚至可能引发更糟糕的后果。”

万华集团在南都市是实打实的龙头企业，商业方面如此，和政府机关的各种合作也是如此。它就是南都市竖立起来的一个标杆，是城市标签之一，是南都市的面子。维护万华集团的形象就是维护整个南都市的形象。旅游盛典在即，警方在没有实证的情况下去查林永万就等于是在强行抹黑万华集团，这里面的阻力可想而知。

这个道理沈默也懂，但他不愿意屈服在这种潜规则之下：“明知道有问题，却不去查，那还当什么警察？”

这次，夏东风沉默得更久了：“你追求的是真相，这也是你的行为准则，但这世上，更多的人是以权衡利弊为准则的，你能说他们是错的吗？不能！因为从长远看，从大局观看，他们都不算错。”

沈默冷笑一声，显然没有被夏东风说服。

夏东风笑了，他拍了拍沈默的肩膀：“你得学会圆滑，要懂得向现实低头。”

沈默充耳不闻，只是将手里捏着的材料丢给夏东风："我怀疑林永万还有一个原因，这是我打印出来的声纹图谱，采集自 ICU 外的监控录像，从画面上看，那段监控录像毫无问题，丝滑，没有卡顿，甚至连光线都没有矛盾的地方，但是……"

夏东风拿起材料翻看着，沈默伸手点了点一段声纹："声纹不对，那天晚上 9 点 7 分 23 秒的声纹出现了断层，有 0.08 秒的静音，我已经把这段声纹特意截取出来了，你应该看得出来。"

这真的很明显，但凡夏东风不是个瞎子，他都能看出来那 0.08 秒的静音。

声纹的显示与心电图很像，在一排高高低低的声音起伏中，这 0.08 秒的空白静音简直像黑夜里的明灯一样明显。

沈默道："这代表着这段监控录像被替换或者覆盖过了，而操作者不够小心，在进行拼接时，遗漏了声纹上的 Bug（错误，缺陷），所以才有了这 0.08 秒的铁证。"

夏东风皱眉，他觉得这应该不是操作者不够小心的问题。毕竟 0.08 秒的静音能干什么？连吸半口气的时长都不够！

夏东风木着脸，声音都有点儿发抖："你这……是怎么发现的？"

别看声纹被单独截取放大之后，这 0.08 秒的空白一目了然，可那段监控录像将近五个小时，把五个小时的声纹放在一个音频轨道里，谁能发现这 0.08 秒？

最重要的是，ICU 门口的监控是市医院特意安装的有声款，只要监控开启，周围的所有环境声音包括风声、雨声、脚步声，甚至是虫鸣等细微的声音也会被同时录入保存，没有高精度的辅助设备，根本分辨不出来，而沈默竟然做到了！只凭听力，就找出了这 0.08 秒的声纹断层，比精密的仪器更为敏锐。

夏东风震惊地捂着胸口诚恳地建议："要不你给你这耳朵买

个保险吧？我听说那些钢琴家什么的，都会给自己的手买个百万保险，我觉得你这耳朵起码得买个千万级别的。”

沈默看着夏东风：“师父，你真会说话，下次别说了。”他适时把话题扯回重点，“曹建设刚刚出狱，甚至还欠了一屁股债，家庭经济条件连普通都算不上，这种没钱、没势、没朋友的人从哪儿找来的人帮他替换录像的？再来说曹耀，他死于药物中毒，或许替换监控录像的和毒死曹耀的是同一个人，也或许是两个人，甚至是三个人相互配合，无论是哪一种，我们都姑且可以把这个称为买凶杀人，曹建设能做到这一点吗？不能，他没这个条件。所以，基本上可以排除曹建设杀曹耀的可能。”

夏东风点头：“这一点咱们之前不就确定了吗？我相信你的听力。”这回是真相信，沈默这耳朵简直是邪了门了。

“那要杀曹耀的是谁？”沈默沉声问道，“谁会怕曹耀醒来？”

夏东风目光游移，避而不答：“无论是谁，反正医院肯定是有问题的。”

沈默瞥了他一眼，气笑了，干脆自问自答道：“我猜是林永万。”他从抽屉里拿出纸笔，边在上面写写画画边说，“我们之前获取的信息都十分零散，完全没办法关联起来。”

截至目前，他们可以确定的信息是：

第一，宋明珠是被人殴打致死的。

第二，曹建设逃亡。

第三，曹耀在宋明珠死之前就出了车祸。

第四，林永万的雪茄剪出现在案发现场附近。

第五，在抓捕曹建设的过程中被林永万阻拦。

第六，刘东，也就是林永万的小弟，也一直在找曹建设。

第七，宋明珠曾经有一笔差不多一百万的不明收入。

第八，林永万和宋明珠认识。

第九，曹耀死亡当天，曹建设曾出现在市医院。

沈默在纸上勾画许久，说道："咱们现在没有更多的实证，那就干脆大胆假设，先找个方向。"他把第七条和第八条连在一起，"打个比方，只是假设，假设宋明珠那一百万来源不明的钱款是林永万给的，这些年里，宋明珠为了培养曹耀，把这一百万花得干干净净，但这个时候，曹耀出车祸了，宋明珠急需用钱，她又一次找上了林永万……两人没能谈妥，林永万殴打宋明珠发泄，导致宋明珠死亡，并在行凶过程中意外遗失雪茄剪。之后，为了洗清嫌疑，他在杀人之后，将现场伪装成家暴，同时派手下去抓曹建设，或许是打算花钱封口，也或许是想杀人灭口，但曹建设发现不对，先一步跑了。"沈默思忖片刻，又道，"然后……曹耀身体恢复，马上会醒的消息传到了林永万和曹建设的耳朵里，曹建设偷偷潜入医院探望儿子。如果以上推测成立，那林永万是一定不希望我们抓到曹建设的，因为只要曹建设落到我们手里，之前的家暴伪装就会全部穿帮，所以他在最恰当的时机，开车挡在了你面前，导致曹建设成功逃脱。"

夏东风眸光晦涩一瞬，随即夸张咋舌："你有这编故事的本事，还当什么警察啊？去写小说或者当编剧不香吗？真就开局画几笔，故事全靠编是吧？"夏东风语气无奈，"小伙子，案子不是你这么办的呀。"

"但逻辑上是说得通的，不是吗？监控录像被替换，曹耀被下毒，这些曹建设都没条件完成，但林永万有！"

"行行行，就当你这个故事是合理的，那林永万杀曹耀干什么？他可是在宋明珠死之前就出事了，全程什么都不知道，林永万有什么必要冒着风险去杀他?”

沈默抿了抿唇:“万一曹耀知道什么秘密呢?比如……那一百万?不然为什么这么巧,曹耀就死在了医院刚判定他要醒的时候?”他说着说着,倏地一顿,“你觉得……曹建设现在有没有可能已经落到林永万手里了?所以我们才无论如何都找不到人……”

“别再编故事了,饭得一口一口吃,案子也得一点一点查。”夏东风笑了笑,拿起那份声纹材料,“现在的重点是查清楚这个监控是怎么回事。”

第 6 章　邻居

夏东风的建议是合情合理的，但沈默却并不认为突破口应该在曹建设身上。沿边很乱，哪怕有法律和警方的约束，私底下乱七八糟的事情也很多。

沈默感激夏东风不想让他撞南墙的好意，但他有自己的信念。他是来当警察的，是要查出真相，给受害者一个公道，哪怕头破血流，哪怕强权压迫，他也不会弯下自己的腰。这也是他拖到现在都不愿意通过手术来治疗耳疾的原因。

夏东风把他们的新发现交给付铭海，这会儿他正在听心理分析师和预审说刚刚那场审问。付铭海的脸色很难看，或许是因为案件没有突破口，也或许是因为他也感觉到了束手束脚。

在看完材料后，付铭海当即决定让技术部尝试复原监控录像，随后又看向沈默，笑道："做得很好，果然声纹技术的推广是有必要的。不过……你还能从这段音频里分析出更多信息吗？"

"我推测这段录像是经过覆盖或者拼接的，无论是哪一种，我们现在看到的这份假的都应该有个来源。"

这就像是拿一块布蒙住了另一块布，要想缝补得天衣无缝，那这两块布本身就必须高度相似，至少不会有色差或者材质区别。所以这段被挪过来的假监控录像，应该也是截取自市医院 ICU 门口监控录下的某一个晚上。

那谁又能拿到这两份录像，并在警方调查之前进行替换呢？

沈默说出自己的推测："假监控之所以这么完美，就是因为作案人用来替换的这份录像，无论是光线还是周边情况，都跟案发当天极度吻合，这么一来，需要排查的范围就很小了。作案人不可能预知案发当天的天气情况，要作假替换也只能在案发当天进行，这就要求他必须对最近一段时间 ICU 门外的监控录像内容极其熟悉，所以他才能在短时间内挑出最合适的那一份进行覆盖替换。”他难得露了个不带嘲讽意味的笑脸，“在市医院，什么人能有条件做到这一点？”

夏东风下意识回答：“保安？”

付铭海略一点头：“可能性很高，但也不排除其他可能。如果不是保安，作案人要做到这些事就太显眼了，要排查起来也更加容易。”

沈默沉吟数秒：“或许，被替换的监控录像并不止有这一份。”

市医院监控数量不少，作案人如果是内部人员，要想彻底不被怀疑，那他要替换的监控录像就绝对不止这一份。

付铭海呼出一口浊气：“先对市医院进行排查，把人揪出来再说。”

“还有……”沈默叫住急匆匆就要带着人赶去市医院的付铭海，“我对这个案子有些猜测……”

“沈默！”夏东风拧眉打断他的话，又冲付铭海摆了摆手，“老付，你先带人去忙，哪有什么靠谱的猜测？你别听他胡说。”

“我有！”沈默不避不让，完全不顾夏东风的阻止，倒豆子似的把他关于林永万的猜测说了一遍，“我认为，可以试着查一查宋明珠或者曹建设和林永万之间的交集。”

付铭海认真听完，表情逐渐古怪：“你觉得宋明珠那来路不明的一百万是林永万给的？”

“不止这样，当时曹建设前脚入狱，后脚宋明珠就莫名其妙拿到了一笔巨款，我觉得这里面可能本身就存在联系。”这也是沈默建议付铭海查宋明珠夫妇两人和林永万之间的交集，而不是只查宋明珠一个人的原因。

“可是……”付铭海尴尬一笑，像是不愿意打击年轻人的热情，语气十分温和，“林永万今年三十四岁，曹建设入狱是十七年前的事，当时林永万才十七岁。”

沈默这才反应过来，他忽略了年龄问题。

付铭海怕他丧气，笑着拍了拍他的肩膀：“别急，慢慢来。”

等付铭海带着人走了，夏东风才贱嗖嗖地笑出了声：“这下该老实了吧？你总该不至于觉得林永万十七岁就能捣腾出这些事？那可是一百万，不是一百块！”

沈默垂着头沉默许久：“我还是觉得他有问题。”

“倔驴。”夏东风无语，忍不住伸手在他额头弹了一下，然后又一惊一乍道：“哎！应该带着你跟老付一块儿去市医院，还得让夏青给你重新检查一下。”

沈默扭头就走。

“行了，逗你呢。”夏东风笑着掏出手机看了眼时间，“老付那边排查完估计要很长时间，趁这会儿有空儿，你要不要睡一觉？”

沈默现在哪有心思睡觉，当即拒绝。这个结果正中夏东风下怀，他立刻拉着沈默去看房，正好沈默也觉得星辉小区距离单位太远，容易耽误事，便同意了。

夏东风给沈默找的房子也是在一个老小区里，但地段很好，附近还有小吃街和夜市，从这小区去公安局，走路最多一个小时，正常通勤二十分钟，跟星辉小区比起来，那真是再合适不过了。房子也挺好，两室一厅，七十五平方米，家具齐全，冬天供暖，房租也便宜。虽然有点儿旧，但收拾得挺干净。

确定沈默对此十分满意，夏东风当即联系房东安排签租房合同等事宜，并拉着他找个地方坐坐。

沈默以为夏东风说的“找个地方坐坐”，是指找个咖啡厅或者快餐店之类的地方，却没料到夏东风带着他直接往上爬了一层，推开楼上的门，嘿嘿一笑：“来，进来坐吧，以后咱们就是邻居了。”

沈默一脸麻木地抬脚进屋，结果刚迈了两步，就听见一声尖叫，这击穿耳膜的女高音还有点儿耳熟。裹着浴巾包着头发，刚洗完澡的夏青仿佛刚出锅的红焖虾，差点儿对着沈默和夏东风把眼珠子给瞪出来。

四周一片安静，场面十分尴尬。最后还是夏东风最先反应了过来：“我跟你说过多少次了？在家的时候把衣服穿好！再这样你就给我滚回你那小破屋自己住！”

夏家兄妹其实在夏青成年后就分开住了，只是因为前几年夏东风这边出了一些意外，夏青才搬回了这套老房子，死赖着不肯走。

夏青白了他一眼，又瞅了眼沈默，然后通红着脸一头扎进卧室，用两分钟穿戴整齐后，就披头散发地冲了出来跟夏东风掐架：“我买的房子破？能破得过你这儿？要是没有我天天给你收拾，你这里就是个猪窝！”

夏东风扯扯嘴角：“我稀罕你给我收拾？还有，你那也叫收拾？垃圾往床底下一扫，只要眼睛看不见，垃圾就不存在是吧？”

夏青被气得脸通红：“你……我懒得跟你吵这个，我问你，我有没有说过，但凡在非常规时间回家，都要提前给我打声招呼？你哪次做到了？”

“开玩笑！我回自己家还得给你打招呼？而且，你是不是有毛病？这不早不晚的，你洗的哪门子澡？”

“你管我！”

沈默被迫听了一场小学生级别的吵架，恨不得扭头就走。兄妹俩的嗓门一个赛一个大，硬生生吵了十来分钟才停，沈默差点儿以为他又得耳鸣了。

吵完架，两人一左一右地往沙发上一坐，谁也不搭理谁，反倒是沈默这个客人越俎代庖地动手倒了三杯白开水。

夏青看看白开水，再看看沈默，端起杯子将水喝了个底朝天："你来得正好，我还在找你呢，出院手续办了吗？我同意你出院了吗？"

这兄妹俩是真的烦！沈默斟酌了一下，答道："你哥同意了。"

夏东风急忙说："推卸责任是吧？"

夏青想起昨天医院闹出来的事，到底还是没再抬杠："待会儿我给你检查一下。"

沈默听出夏青同意帮忙开复工证明，马上老老实实道谢。

夏青溜了他一眼，问道："你们这会儿不是应该在上班吗？怎么突然回来了？"

夏东风说："我给我的关门弟子安排了个新洞府，有助于他日后修行……"

夏青不耐烦地翻了个白眼："说人话。"

"我给沈默找了套房，他之前住的那个破地儿实在太远了。"

夏青想了想："楼下刘叔叔家？"

"嗯，他家房子空着也是空着，租出去还能沾沾人气。"

三人又坐了一会儿，夏青才站起身示意沈默把胳膊伸出来，动作麻利地把伤势检查了一遍。夏青道："日常生活应该影响不大，但切记不能剧烈运动，这条胳膊在一个月内也尽量不要提重物。"顿了顿，又补了句，"复工证明我可以给你开，但你得每隔三天来让我检查一次，或者我抽空儿到楼下找你也行，反正住得近。"

夏青的态度十分坦荡，夏东风的脸色却瞬间极为复杂。他对这个妹妹还是有些了解的，医德嘛，确实有，但得分地点和时间段，工作时间、工作场合尽心尽力，除此以外什么麻烦都不乐意沾边，更别说像现在这样主动给自己揽事了，简直是前所未有！

房东很守时，快半个小时的时候就打电话说人已经到了。

临出门，夏东风故意落后了两步，凑到夏青耳边低声问道："你该不会是真看上他了吧？"

夏青沉默三秒，用最冷酷的表情应道："关你什么事？"

刚走到楼梯口的沈默脚步微顿，抬手扶了扶隔音耳罩。

因为都是熟人，租房合同签得很顺利，沈默交了一年房租，就开始搬家。离开之前，他依依不舍地看了一眼他小时候住了多年的房子。昨日种种，仿佛发生在昨天。今日，却已物是人非。

沈默提着行李箱才走到小区门口，就听到一道有些耳熟的声音从不远处传来："哎哟，小陆，你怎么这个点儿才买菜啊？都不新鲜了吧？"

沈默蹙眉思索片刻，微微睁大了眼，这声音的主人不就是不久前在小区门口跟人闲聊，说见过宋明珠和林永万的那位老太太吗？沈默几步走到老太太面前："阿姨你好，能跟你打听点儿事吗？"

老太太被他吓得退后一步。沈默拿出证件："您别怕，我是警察。"这原本是一句安抚的话，但等沈默说话之后，他却发现这个老太太的心跳频率变快了。她在紧张！

沈默眸光轻闪："我是住星辉小区的，之前偶然听到您说见过宋明珠和一个三十多岁的男人……"

"没见过没见过。"不等沈默把话说完，老太太就连连摆手，"我什么时候说过这个话？你可别胡说，跟死人扯上关系忒晦气。"

在她摆手的间隙，沈默瞥见了老太太衣袖里一闪而过的灿金色，看起来应该是个金镯子，大概有成年女性小拇指那么粗，算下来价格可不便宜。

沈默悄悄打量着老太太的穿着打扮，她皮肤粗糙，双手满是厚茧，说明这个老太太家里并不富裕，可她手腕上的金镯子却明显是新的……

沈默不动声色，开玩笑似的问道：“您这金镯子新买的吧？”

老太太哆嗦了一下，拉下袖子盖住金镯子：“跟你没关系！我、我孙子还等着我回家做饭呢，你让开，别耽误我时间。”说完就急急忙忙地小跑着走了。

沈默盯着老太太的背影看了几秒，立刻朝和老太太说话的中年妇女亮了下证件：“你好，方便问你点儿事吗？”

比起那老太太对他避如蛇蝎的情况，这个中年妇女虽然也是一脸怯懦，但态度上却是配合的：“您问。”

“那个老太太，你跟她熟吗？”

“你说汪婶子啊？不算熟，但我们这一片人少，住的时间长了，跟谁都能聊上几句。”

沈默又问：“那她家里条件好吗？经济宽裕吗？”

中年妇女无奈：“经济宽裕的哪会在这里常住啊？”

“可我看那个老太太手上戴着金镯子……”

“那个啊？那是汪婶子的儿子给寄过来的，她高兴得跟我们显摆了半天呢。”

沈默蹙眉：“什么时候的事？”

“就今天晌午。”

沈默的眉心狠狠一跳，一堆疑问挤上脑海。老太太知道他的身份后为什么会惊慌？前几天还在嚷嚷着宋明珠跟一个三十多岁的男人不清不楚的老太太，为什么突然改口？她的金镯子到底是她儿子送的，还是来自某位大人物的封口费？若是，对方又是怎么找上她的？

审讯林永万的两位预审可没透露那个所谓的证人的身份，可对方还是在两个小时内就精准地找到了那个老太太。到底是对方机敏，还是有人将消息透露出去？而消息的来源，是否就来自公安局内部？

这些猜测纠缠了沈默一整晚，直到次日一早，依旧没消散。

而他的异常也引起了夏东风的注意。夏东风试探着问了几次，都被沈默推脱过去，最后他只能道："有事就跟我说，一日为师，终身为父，我既然给你当了爹，那就肯定不会抛下儿子不管。"

沈默不想继续纠缠，立刻转移了话题，问起了付铭海那边的进展。正如他所料，依旧没有进展。

市医院的监控二十四小时都有人盯着，三班倒，每班两个人，轮流盯着监控，互相做证，当天值班的两名保安更是被付铭海盘问了一遍又一遍，可惜都没有收获。目前正找技术科从专业技术入手，调查被覆盖的监控录像。

二人正说着话，付铭海就火急火燎地找过来，给沈默安排了一个任务。

案发那天，因为夏东风追曹建设闹出的动静，两个保安大概同时离开值班室将近半个小时。他们怀疑作案人是趁两个保安不在的时候对监控录像进行了覆盖。现在希望沈默能找出市医院储存的监控录像里，有哪些是造假的，试试看能不能通过这个方式找出作案人。

市医院监控位置多，对方极有可能是医院内部的人，那他的行动轨迹就会分成"能见人"和"见不得人"两个部分。"见不得人"的部分应该已经被作案人覆盖替换过了，但人只要行动，就会留下蛛丝马迹，还真有可能找出嫌疑人。

沈默没有立刻答应，因为监控录像数量庞大，就算不眠不休工作，也得十几二十天，这庞大的工作量显然不是他一个人可以完成的。可是技术部那边说，作案人视频处理方面的技术能力很好，要找起来不太容易。于是这活儿最终还是落到了沈默身上。

沈默沉默了好一会儿，才长长叹了口气："我能请外援吗？专业的。"

付铭海倒是不在意这个："能保密就行。"

沈默拖着犹如千斤重的脚步回了办公室，背影既沉重又颓丧。

等他一走，夏东风才假模假样地于心不忍道："你这是拿人当驴使呢？"

付铭海语气复杂道："这活儿是丁局的意思。"

夏东风惊讶地看向他。

付铭海叹了口气："沈默有能耐，有冲劲，但有时候太有冲劲了，也不是什么好事，丁局这安排其实是为了他好。"

夏东风没吭声。

付铭海在他肩头按了按："听丁局说，昨天徐局陪林氏兄弟吃完饭回来后，特意找他问过沈默的情况。"

夏东风的脸色一下子黑透了。

"你是个明白人，这事就别跟沈默细说了，省得他多想。"

夏东风沉默许久才沉沉地点了下头："我心里有数。"

付铭海已经提点得很明显了，安排给沈默的这个活儿，局里其实根本不指望他真能查出什么，最主要的目的其实就是想给沈默找点儿事干，免得这个愣头青不明不白地惹祸上身。

道理夏东风都懂，只是想到沈默坚韧执拗的态度，不禁有些心口发堵。他仰起头往身后的办公桌上一靠，莫名其妙就想到了沈默说他不是为了混日子才当警察的模样："这个莽莽撞撞的臭小子……"

沈默要找外援并不是说说而已，一是想早点儿找到线索，二是他的病情不允许他长时间专注于倾听，所以回了办公室，他立刻向恩师韩文慧求救。

工作不到半个月，就向恩师场外求助了两次，沈默实在是有些不好意思。韩文慧也有些无奈，在听完沈默“心细、耐心”的要求后，就向沈默推荐了一个人，她的另一个学生，沈默的师姐庄梦瑶。

沈默和她顶多算是点头之交，但庄梦瑶在公安大学其实很出名，超强的记忆力和对声音的辨识度，让她可以同时记住并分辨近百种声音，再加上专业技术辅助，在声纹方面的造诣不比沈默低，在多轨辨音方面尤其出色。

沈默之前发给韩文慧的音频就是庄梦瑶分析的，最近她一直想要去警队实习，还求到韩文慧那里。沈默当然没有意见，韩文慧当天晚上就给了准话，说庄梦瑶后天就能到南都市。

沈默将此事上报，丁局干脆就把庄梦瑶的事务丢给了沈默，沈默把办公室一分为二，隔出一半分给了庄梦瑶。两天后，前往机场接庄梦瑶。

航班难得没有晚点，沈默刚到机场不久，就等到了拖着行李箱的庄梦瑶。身穿白色长裙、黑发披散的庄梦瑶，十分贴合小说里描述的白衣校花形象，笑起来的时候更是明艳又大方。

“沈师弟。”庄梦瑶看见沈默之后，就直接把行李箱提了起来，笑着冲他招了招手。

沈默注意到她的动作，眉毛微微挑起。他是从来不会拖着行李箱走的，因为近距离听到轱辘声会让他不太舒服。现在庄梦瑶特意改拖为提，是为了照顾他的耳朵？

没再多想，沈默主动上前几步，从庄梦瑶手里接过行李箱。

“谢谢师弟。”庄梦瑶柔柔一笑，眉眼弯弯。

沈默神色平静地点头：“应该的。”

“不仅谢谢你帮我提行李箱。”庄梦瑶说话的语调很轻柔，“也谢谢你百忙之中抽空儿来机场接我。”

沈默一板一眼地回答："老师让我来的。"

庄梦瑶眨了下眼睛，随即又笑出了声："那我也得谢谢你，虽然是老师让你来的，但你也有权利选择不来呀。"

沈默不知道如何应付她，索性不再出声，就算庄梦瑶提问，也是含糊应对。

拎着行李箱站在公安局楼下的时候，沈默终于主动开了口："住处安排了吗？"

"嗯。"庄梦瑶笑着指了指距离公安局不远处的一家四星级酒店，"因为只计划在南都待一两个月，租房或者买房都太麻烦了，我就提前在那家酒店订了两个月的长包房。"

沈默一时之间，不知道怎么回答。

一切安顿好之后，沈默给庄梦瑶安排了工作内容，同时提醒她："排查的时候，不能只找静音的文件。我之前发现的那个，出现静音有概率只是意外，是作案人在覆盖时多剪辑出了 0.08 秒，但不一定每个造假录像都会出现这个问题。"

"我明白你的意思。"庄梦瑶点了点工作站屏幕上显示的声纹波段，"声纹的拼接是很难完全丝滑的，作案人覆盖的重点是画面吻合，那音频上就有概率出现重叠、忽高忽低，或者断开的情况，只要是类似这样的，都是我们需要排查的目标，对吗？"

"很对。"沈默见她一点就透，登时放下心来。然后他就眼睁睁地看着庄梦瑶同时往工作站里导入了十条截取下来的音频，分别拖进十个音频轨道，最后戴上耳机，按下播放键。

沈默只觉得呼吸都无法顺畅了。庄梦瑶这个操作意味着她要在十种不同的声音冲进耳膜的同时，从各自的细节分辨出有问题的部分，这真的能做到吗？

沈默其实很少质疑他人的能力，但现在也忍不住抬起手按压了下眉心。为了不打击师姐的积极性，沈默最终没有出声，准备等庄梦瑶先听几个小时，自己发现这个操作有问题再说。

两个小时后，庄梦瑶终于发现问题，但不是发现自己的操作问题，而是发现了音频有问题。庄梦瑶把其中一条音频播放给沈默听。沈默凝神听了片刻，在听到某处时，他的眉头略微蹙起，下意识将手伸向庄梦瑶的鼠标，偏偏庄梦瑶的手又没有挪开，两个人的手就这么叠在了一起。

沈默猛地回神，收回手："抱歉。"

庄梦瑶的眼睫一阵乱颤，红着脸将手挪到旁边："没事儿，我手挪开了，你用吧。"

"谢谢。"沈默也没多想，干脆地握住鼠标，拖动音频，选中其中一段，再次点击播放。

在沈默专注地倾听音频的时候，庄梦瑶愣愣地望着他握着鼠标的手，也不知道想了些什么，脸颊越来越红，最后更是直接红到了脖子根。

"师姐，你很厉害。"沈默反复把这一段音频听了五次，确定这确实是一段被覆盖过的监控。再一想庄梦瑶是怎么找出这个问题音频的，沈默这句夸奖说得可谓是真心实意。

庄梦瑶抬起手，轻轻地捏了下自己滚烫的耳朵："比不上你的，师弟你才是真的厉害。"

沈默觉得这没什么好比较的，他和庄梦瑶完全就是把天赋用在了不同的地方。这时，他终于发现了庄梦瑶红得出奇的脸，直白地问："师姐，你很热吗？"

"不是的。"庄梦瑶捏着耳垂转头看他，"我只是……有点儿害羞，被你夸奖，太开心了。"

沈默有点儿不知道这话该怎么接，半晌，才拖过椅子在庄梦瑶旁边坐下。"不用不好意思，我只是实话实说而已。"他欣赏有能力的人，对庄梦瑶的态度也柔和了许多，"能跟我讲讲你是怎么在同时听十条音轨的情况下，找出这个问题声纹的吗？”

庄梦瑶轻轻咬了下下唇：“因为我不是听出来的。”

她挪过鼠标，打开软件界面。沈默这才注意到，她把音频文件放得很长，可以清晰地看见每一个波段。

“我是看的。”庄梦瑶解释道，“我的记忆力和动态视力很好，同时速记浏览十条音轨对我来说并不难，之所以会播放音频，只是为了让音轨自动后移，加快浏览速度。”

所谓动态视力指的是眼睛在观察目标时，捕获分解感知移动目标影像的能力。举个例子，动态视力一般的人，看到一个乒乓球从桌子上滚下去，就是单纯地看见一个球落地了。但动态视力极佳的人，可以看清这个乒乓球在掉落过程中的所有行动轨迹，比如旋转翻滚，每个细节都会在他们眼里逐帧放大。

极佳的动态视力和记忆力，简直就是快速分解、分析声纹的利器。

沈默由衷赞叹道：“很了不起的天赋。”

庄梦瑶抿嘴一笑：“从声纹工作的角度来说，还是师弟你的天赋更厉害一些。”

一个是视力，一个是听力，从事声纹工作，当然是听力天赋更占优势。

沈默实事求是道：“不是的，如果是声纹分析的话，你要比我厉害得多。”

庄梦瑶又忍不住开始捏耳垂：“……谢谢。”

有了庄梦瑶这个在声纹分析上开了神级挂的人帮忙，造假录像的排查速度简直是进展飞快。

到了下班时间，夏东风准时准点把脑袋伸进办公室：“沈默，一起回去？”

沈默原本想再加会儿班，但想到庄梦瑶今天刚来南都市，什么都没来得及收拾，最终还是关闭了工作站，起身道：“你先回去吧，我把师姐送到酒店之后再回。”

“行。”夏东风靠在门边，默默地看这一对俊男美女头碰着头低声说话，嘴角狠狠抽搐了两下。这情况对他那个蠢妹妹很不利啊！

庄梦瑶预订的酒店距离公安局很近，抄小道过去最多十分钟。

沈默把人送到酒店门口：“那我就先回去了。”

“等等。”庄梦瑶左右看了看，把行李箱提到角落打开，从里面翻出个包装精美的礼盒，“给你的谢礼。”

沈默没接：“不用……”

“用的。”庄梦瑶截住话头，“以后需要师弟你帮忙的时候还多着呢，你要是过意不去，不如收下之后，以后再多照顾我一点儿。”

“就算不收你的礼物，我也会……”

庄梦瑶上前两步，直接把礼盒塞进沈默怀里，仰起头认真道：“师弟，这是我的心意。”

两人对视片刻，沈默颇有些不自在地移开视线，抱住礼盒干巴巴道：“那就谢谢了。”

庄梦瑶笑了笑，重新提起行李箱：“我进去啦，师弟你也早点儿回去休息吧，明天见。”

沈默提着礼盒，慢悠悠地往家里晃，经过小吃街的时候又打包了一份炒米饭，到家的时候已经将近晚上八点了。他左手提着炒米饭，右手提着礼盒，边上楼边腾出手来摸钥匙，踏上最后一个台阶时，一道幽幽的女声从楼上传来：“你回来得可真早啊。”

沈默看着趴在楼梯扶手上，头发倒垂下来，宛如女鬼的夏青，顿觉头疼，只能无奈道：“有事？”

夏青的目光从沈默提着的礼盒上掠过："你是真的一点儿都不把我说的话往心里放是吧？我有没有说过让你每隔三天来找我检查一次？"

沈默无言以对，他是真把这事给忘了。

夏青又问："你是走路回来的？"

"嗯。"

夏青气笑了："我有没有说过让你不要剧烈运动？从公安局走回来，你可真能耐啊。"

沈默感觉自己像个小孩儿似的，被大人训得服服帖帖："走路不算剧烈运动。"

"那也得看你走了多少路！"夏青冷着脸，再次将视线定格在礼盒上，"最后一个问题，我有没有叮嘱过你不要提重物？"

沈默解释："这东西不重。"

"我不信。"夏青从楼上蹦蹦跶跶地跑下来，"给我，我要检查一下。"

沈默看了她两秒，避开夏青伸向礼盒的手："抱歉，这是别人送的礼物，不太方便。"

夏青脸上的笑容倏地凝滞，僵了一会儿才又牵动唇角，勉强笑着问："谁送的？女朋友？"

沈默莫名想起了几天前听到的话。当时，夏东风问夏青："你该不会是真看上他了吧？"

沈默垂下眼睫："夏医生，我们应该还没熟悉到可以聊私人感情问题的程度吧？"

夏青所有的表情都在此刻褪去。她定定地望着沈默，脸色难看："沈默，你什么意思？"

"没什么，只是不太喜欢交浅言深。"

夏青抬起头，直勾勾地对上沈默的目光，许久，她狠狠转身："沈默，你就是个傻子！"

沈默无言地在楼道里站了一会儿，隔着楼板都能听见夏青在上面踢踢踹踹，可见是真的气得不轻。他转身打开门进屋，将礼盒随手丢到沙发上，刚打开炒米饭的盒子准备吃饭，门就被人敲响了。

来者是夏东风："哎哟，赶紧让我避个难，夏青那个小兔崽子搁楼上发疯呢。"

沈默侧身让开，夏东风直接蹿进了屋，看见桌子上的炒米饭，立刻端起来直接吃。沈默无奈地想，这兄妹俩是真的克他。他只能问："你没吃饭？"

夏东风把嘴里的炒米饭咽下去："本来想等你一起出去吃火锅的，谁知道你竟然回来得这么晚，饿死我了。"

沈默愣了一下："抱歉。"

"抱啥歉啊，是我没提前跟你打招呼。"夏东风又扒拉了两口米饭，"你再拿个碗来，咱俩分着吃？"

沈默拒绝："不用，我再叫个外卖就行。"

夏东风用小学生举手的动作举起筷子："那给我也来一份。"

"行。"

夏东风三两口就把炒米饭扒拉完，等外卖的间隙就跟个大爷似的瘫在沙发上，胳膊正好撞到了被沈默随手丢过去的礼盒，顺手拎起来一看："呦，新来的那个小姑娘送你的？"

沈默服了，并且发自内心地感觉到了血缘关系的强大。就夏东风和夏青这个性格，说不是亲兄妹都没人信。他无奈地叹了口气："那是我师姐。"

"那不就等于是我的便宜徒弟？"夏东风也不在乎他回不回答，提着礼盒翻来覆去地看了半天，最后还是八卦和好奇心占了上风，"能打开看看不？"

沈默捂住额头："随你。"

夏东风刚要动手，想了想又觉得不合适，干脆把礼盒往沈默手里一塞："你来拆，你来拆，别人送你的礼物，我拆不合适。"

沈默只能瘫着脸把礼盒拆开，才发现里面是一副隔音耳罩。因为听力的缘故，沈默几乎尝试过市面上百分之八十的隔音耳罩品牌。礼盒里的这一款是国外的牌子，单个耳罩的价格就在五位数往上，但从网络测评来看，隔音效果确实挺好。他本来想买，但是这耳机订购麻烦，最后不了了之。

夏东风也看清楚了盒子里的东西，不由得咋了咋舌："这耳罩看起来不便宜啊，浑身上下都充斥着金钱的味道。哎，还有张卡片，看看，看看，上面写了什么?"

沈默没辙，只能把卡片摸出来，却见上面有一行娟秀的字迹：希望你以后可以只听你想听的声音。

沈默倏地怔住，清楚他听力状况的人，都觉得他的这种天赋既特殊又优秀，要么羡慕，要么避而远之。可是只有他自己知道，这种天赋让他无法过正常人的生活。

沈默痛苦，却从不抱怨，因为从父母过世之后，他就知道，他必须要珍惜这种天赋，这样才能抓住找出真相的希望。

这是第一次有人恰到好处地祝福他，只听他想听到的。说不动容是假的，但更多的是疑惑。为什么庄梦瑶像是……很了解他的样子。

夏东风也看清了卡片上的字："啊，这小姑娘很懂你嘛。"他觉得现在的情况对他那个二百五妹妹来说，不是不利，而是十分危险了。同样都是知道沈默的听力异常，人家姑娘送来了隔音耳罩，还写了这么贴心的卡片。他妹妹干了什么？竟然对着沈默吹唢呐。这是人能干出来的事？连夏东风这个亲哥都没法儿昧着良心替夏青说好话。

沈默把卡片放回礼盒里，随手将东西放在一边："大概是从我老师那里打听来的吧。"

夏东风在他旁边坐下："说起来，你这听力，应该给你添了不少麻烦吧？"

"其实也还好。"沈默本来只想随口敷衍过去，但对上夏东风隐含关切的目光，他又鬼使神差地补了一句，"习惯了。"

"这种事哪能习惯？我光是想象一下都觉得恐怖。"夏东风叹了口气，"就你这听力，别人随便在你耳边吼两声，没准儿就能把你当场送走。"

两人有一搭没一搭地扯着闲篇，不知道怎么的，就又聊到了工作上。

"案子有进展了吗？"

夏东风噎了噎："……毫无进展。"

"搬家那天……"沈默迟疑了一下，还是选择说了出来，"我在星辉小区又遇到了那个说她见过宋明珠跟林永万说话的老太太。"

听他提到林永万，夏东风的头皮登时麻了。

"我当场就问了，你们之前也派人去问过吧？"

夏东风尬笑："这我就不知道了，事儿都是老付安排人去办的。"

"那个老太太跟我说，她没见过林永万……"沈默语速缓慢地把那天的事说了，"如果真是被封口了，你觉得林永万是怎么找到这个老太太的？消息又是从哪儿来的？"

夏东风是老刑警了，几乎是瞬间就听懂了沈默话里的暗示。他沉默了很久，然后长长地呼了口气："沈默啊，水至清则无鱼，这话你听过没有？"

沈默反问他："如果连公安机关的水都不清，那谁又能去捞泡在污水里的鱼？”

长久的静默过去，夏东风给了个模棱两可的回答：“南都不一样。”

“哪里不一样？不是中国国土？还是不受中国法律约束？”

夏东风苦笑一声：“沈默。”

沈默垮着脸：“有话就说。”

夏东风伸手在他肩膀上捏了一把：“有机会的话，就从南都市调走吧，以你的本事，调去哪里都能比在这里混得好。”

沈默扒开他的手：“我有必须留在南都市的理由。”

第7章　排查

从音频分析的角度来说，庄梦瑶的工作效率比沈默要高得多，她只用了三天时间，就把从医院拷贝过来的监控录像筛选了一遍。他们不仅找到了被替换的部分，还找出了用来替换的视频来源，可惜，修复不了。不过这恰恰证明，被覆盖的这段监控视频里存在猫儿腻，比如拍到了嫌疑人。

“既然监控视频恢复不了，那只能找找看有没有目击证人。”

庄梦瑶正仰头靠在椅背上滴眼药水，闻言眼睫微颤，透明的眼药水从她眼角滴落：“这可是个大工程。”发现问题的监控录像数量不算少，医院本身的人流量也大，排查起来绝对不是一件容易的事。

“擦擦，滴下来了。”沈默抽了张纸巾递向庄梦瑶，另一只手还在整理资料，“我去跟付队商量一下。”

庄梦瑶面颊微红，伸手要接过纸巾，却在即将碰触到的前一秒偏到一边，闭着眼睛道：“我看不见，你帮我擦一下。”

沈默停下收拾资料的动作，放低声音询问：“师姐，你现在的心跳有点儿快。”

庄梦瑶像是突然挨了一记闷棍，整个人都僵硬了一瞬，随即弯下腰呛咳了起来，咳得浑身发颤，像是窘迫到了极点。

两人之间的距离很近，沈默又因为工作的原因，耳塞和隔音耳罩通通没戴，庄梦瑶这一连串的咳嗽声，听在他耳朵里的效果堪比惊雷。他下意识地退后几步拉开距离。这个行为落在庄梦瑶眼中，就属于“小小的动作，伤害却那么大”的范畴。

庄梦瑶停下呛咳，用手背抹了下眼角，尴尬道歉：“对不起，吵到你了。”

“没事儿。”沈默把纸巾塞进庄梦瑶手里，神色淡淡的，完全没觉得有哪里不对，又转身开始整理资料。

两个人同处一室，却活像待在两个完全不同的片场。庄梦瑶在言情片场，而沈默大概是在热血打工人片场。

完全没察觉到庄梦瑶心思的沈默，拿着资料就向付铭海汇报结果。付铭海对他们的效率倒是很意外。

“庄师姐比较擅长这个，节省了很多时间。”沈默解释了一句，又问，“技术科那边还是说没办法吗？”

“嗯。”付铭海翻阅着资料，眉头越皱越紧，“修复不了。”

沈默本来也没抱太大希望：“那是不是得挨个排查？”

“恐怕不行了。”付铭海的脸色不太好看，“刚刚接到通知，上面让我们配合维护旅游盛典的安保工作。抽调不出人手了。”

沈默觉得自己像是听了个笑话：“维护旅游盛典的治安有治安队。所有人都去维护治安，那凶杀案放在一边？”

“也不是放在一边。”大概也是觉得这事离谱，付铭海解释道，“这次旅游盛典代表的意义不同，虽然是万华集团牵的头，但对整个南都市的经济都有着推动作用……”

“但是有人死了。”沈默打断他的话，干巴巴地扯了下嘴角，“两个。”

宋明珠死了，曹耀死了，谁能保证不会再有第三个受害者？旅游盛典明天开始，为期一周，如果真的将所有警力都投入到盛典上，那不就等于是给曹建设制造了逃跑的机会？沈默说服不了自己接受这样的结果。

最重要的是，他们不是摸不到线索，而是每次掌握的线索，都会因为这样那样的原因，变成无效且无意义的东西。这让沈默如鲠在喉。

“我们……不是刑警吗?”沈默的发问很认真，没有任何阴阳怪气的意思。

付铭海呼出一口浊气:“服从上级安排。”

沈默无言许久，好半天才点了点头:“那我自己去查。”

“沈默!”付铭海有些恼火。

“反正安保工作也用不上我吧?”沈默将手插进裤兜里，语气淡淡，“如果只是需要多点儿人去站岗，我可以花钱请两个专业保安。”

付铭海哪里听不出他话里的嘲讽，脸色铁青，又气又无奈:“你……”

才刚说了一个字，夏东风就从门后冒出头来，胳膊往沈默肩膀上一搭，勾得沈默一个趔趄:“一大早就这么大火气? 小沈啊，注意你的态度，对咱们队长说话的时候客气点儿。”

沈默懒得搭理他，只是一个劲儿去掰夏东风的手臂。

夏东风暗暗跟沈默较劲，目光却移到了付铭海脸上:“老付，小沈之前受的伤还没好全呢，这安保工作也确实不适合他干，不然就干脆让他继续休假算了?”

沈默挣扎的动作倏地停下。

付铭海对上夏东风的视线，沉默许久才道:“你知道，惯着他，其实对他没好处吧?”

在场的三人其实都明白，什么伤没好只是托词，夏东风不过是找个借口，把沈默从旅游盛典的安保工作里摘出去，让他能自由地去做想做的事。

付铭海又问:“你真觉得你这是在帮他?”

夏东风好半天没吭声。小会议室里安静得落针可闻。

半晌，夏东风笑了一声:“这怎么能是惯着他呢? 就事论事而已，咱们局里也没有负伤工作的规矩吧?”

说完，他还用胳膊肘杵了沈默一下：“对吧？沈默，你现在是不是浑身都疼，完全失去了工作能力？”

沈默抿着唇纠结了两秒，然后抬手捂住心口，动作夸张地退后三步，脚步踉踉跄跄，整个人摇摇欲坠，浑身上下都充斥着一股下一秒就会原地去世的破碎感。

“是的，我非常难受，疼得像被卡车碾过。”顿了顿，沈默又耷拉下一条胳膊，“啊，伤口可能发炎了。”

夏东风一脸欣慰：“对，就是这样！伤成这样还怎么当保安？这不是拖后腿吗？老付，你说是不是这个道理？”

付铭海的脸更黑了，这师徒俩是拿他当傻子呢？但他没有办法，只能平静地告诫了一句然后离开。他说：“沈默，服从命令和遵守规则，也是警察的职责。”

他一走，夏东风撇过头，拍了下沈默的肩膀，转开话题：“想去排查就去吧，师父我只能帮你到这里了哦。”

沈默很感激，但是在没有人手的情况下，想排查出市医院的嫌疑人并不容易。事情过去这么久，又是匆匆路过，根本没有人记得当时的情况。沈默把那些可能跟嫌疑人擦肩而过的人排查了一遍，基本一无所获。

沈默坐在医院绿化带前的长椅上，仰头望着天空，脑中思绪飞转，试图寻找新的突破口，却觉得自己像是陷入了一摊淤泥，每动一下都有种束手束脚的感觉。

这时，一沓照片突然被人送到他的眼前，捏着这沓照片的手白皙修长。沈默顺着这只手朝上看去，对上了庄梦瑶带着笑意的眼眸。

“我听说你一个人在排查监控录像的问题，怎么没叫我帮忙？”庄梦瑶是半编外人员，不需要去旅游盛典维持治安。

沈默蹙了蹙眉："没必要。"

他能感觉到无论是夏东风还是付铭海，其实都不太希望他深入调查这个案子，既然是这样，那就没必要把庄梦瑶也拖下水。

庄梦瑶晃了晃手，被她捏着的那沓照片随着动作扇动。像是压根儿没听见沈默的拒绝似的，她笑道："我又把那些监控录像检查了一遍，这些是有可能见过嫌疑人的目击证人照片，先看看吧。"

沈默原本打算拒绝的话又全部卡回了嗓子眼里。沈默在排查之前，当然也是提前确认过可能的目击证人人选的，只是庄梦瑶准备的这些照片显然更加精确。沈默翻看着这沓照片，在翻到其中一张时倏地顿住。

庄梦瑶注意到他的动作，转头看了一眼："她啊，是这些人里可能性比较大的一个，有极高概率和嫌疑人有过交流。"

沈默看着照片上的夏青，眸色沉凝："为什么这么说？"

"在找出她的那段监控录像里，被替换掉的部分大概有两分钟，但她出现在另一个监控地点的时间不符合正常步速，这说明她在两个监控点之间耽搁了一段时间。"大概是出于严谨，她想了想又道，"当然，她也有可能是去做了别的事，我只是觉得她大概率和嫌疑人有过接触。"

虽然只是猜测，但也给陷入僵局的沈默提供了一条相对明确的线索。

沈默呼出一口浊气，认真道谢："麻烦师姐了，等案子结了，我请你吃饭。"

庄梦瑶打量着他的神色，轻声询问："师弟，你认识她吗？"

"认识。"沈默按压着眉心，鬼使神差地又想起了那天夏青要拆礼盒的事，"她是夏东风的妹妹，也是……我以前的同学。"

庄梦瑶若有所思地盯着照片看了一会儿，笑道："还挺漂亮的。"

沈默没接话茬儿，只是把照片揣进了外衣口袋：“师姐你先回局里吧。”

庄梦瑶犹豫：“真不需要我帮忙？”

“不用。”等庄梦瑶走后，沈默给夏青打了个电话。

一接通，夏青就是一通冷嘲热讽：“哎哟，多稀罕啊，你竟然会主动给我打电话？”

沈默倒是完全不在意夏青的态度，开门见山道：“你今天不在医院？”

“轮休啊，我又不是驴，总得休息吧！”

沈默感觉夏青就像只野性难驯的猫，时时刻刻都在奓毛，刺头得要命。这种人到底是怎么当上医生的？真的不会殴打患者吗？

“你现在在哪儿？我有点儿事想跟你谈谈。”

电话那头安静了下来，似乎连呼吸都停顿了几秒：“谈什么？”

“电话里不方便说。”

夏青的呼吸瞬间转变成了急促：“那……是私事吗？”

“私事？我们俩有什么私事好谈的？”沈默茫然反问，一锤定音，“是公事。”

夏青想掰开沈默的脑袋，看看里面到底装了多少糨糊。哦，也有可能是塞满了钢筋。夏青深呼吸了两下：“我在家，但今天还有别的约，如果你一个小时之内赶不到，那就不用谈了。”

市医院离夏青家的距离并不算近，但好在沈默幸运地打了一辆“飞的”。靠着司机熟练加塞的技术，沈默在一个小时的最后五分钟里，敲响了夏青家的门。开门的夏青穿了一条藕色的连衣裙，脸上化着精致的妆容，连头发都特意卷过。

“抱歉，我还以为你说有约只是借口，没想到……”沈默停顿了一下，“我就问点儿事，不会耽误你约会的。”

夏青暗暗地磨着后槽牙，只觉得趁着这一个小时疯狂打扮的自己像个二傻子。她侧过身让沈默进门，冷着脸道：“你知道就好，要问什么赶紧问，我赶时间。”赶时间去问问同事，有没有什么药能治榆木脑袋！

沈默在沙发上坐定，从口袋里掏出了那张以夏青为主角的照片。夏青的表情瞬间古怪了起来，原本是一只手拿着水杯，看清照片后变成了两只手捂着的姿势，脸颊微红，眼神乱飘，紧张得非常明显。

沈默在认真状态下很习惯去倾听周围的声音，包括心跳和呼吸，这是他判断人情绪的一大标准。现在，他也察觉到了夏青的这份紧张。为什么紧张？因为他拿出来的这张照片？虽然不太合适，也过于不近人情，但沈默下意识地给夏青的这份紧张做出了批注，那就是做贼心虚。

沈默原本稍微懒散的坐姿，瞬间板正了起来，目光灼灼地看向夏青。这视线的存在感太强了，夏青简直不自在到了极点，甚至忘了手里的水是倒给沈默的，稀里糊涂就凑到嘴边喝了两口。

温水过喉，她的情绪稳定了一点儿，别别扭扭地问道：“你、你随身带着我的照片啊？”

沈默一下子没反应过来，但是他发现夏青的心跳越发快了。

她抻长脖子仔细看了下那张照片：“还是偷拍的？这张不好看，回头我另外发你几张。”

沈默后知后觉地发现，他和夏青对照片的理解出现了分歧。

“你误会了。这是一张从监控录像上面打印出来的截图，拍摄时间是曹耀死亡的前一天，地点是你们医院二楼的药库外面。”沈默无奈，伸手点了点照片的背景，“在这里，你遇到什么人了吗？”

同一天的不同监控探头都拍到了夏青的身影，正如庄梦瑶所说的，从药库门口这个监控位置走到一楼的另一个拍到她的监控位置，中间的时间差不太对。

夏青定定地看着照片，五官逐渐扭曲。她重重地把水杯拍在桌子上，玻璃杯直接裂了条缝。她甩了甩手上的水，面红耳赤、咬牙切齿道："到底我是个傻子，还是你是个傻子！"

表情堪称狰狞，沈默甚至怀疑要不是故意伤人犯法，夏青会直接把这个玻璃杯砸他脑袋上。

两人沉默对视，沈默无辜又茫然，夏青气得像只斗鸡。许久，夏青闭上眼，长长呼出一口气，循环做了五六个深呼吸之后，她抬手抹了把脸："我不太记得了。"

沈默不死心："能不能请你仔细回想一下？这可能会是曹耀那个案子的突破口。"

夏青看了他几秒，转身在另一边的沙发上坐下，看起来蔫头耷脑的，完全没了之前的精气神："我得先缓缓。"

让她先冷静一下。这种情况别说是回忆细节，她连冷静思考都做不到啊！沈默左右看了看，总算是有眼力见儿一回，起身重新给夏青倒了杯水："喝点儿热水。"

夏青感受到了"多喝热水"的绝望。她一手接过杯子，一手按住额头："医院里每天遇到的人和事太多了，药库那边我又经常去……还有别的提示吗？"此时的夏青那叫一个头痛欲裂，还十分心疼自己。真没有比她更惨的人了，自作多情一波之后，还要对着榆木脑袋掏心掏肺。

"稍等。"沈默掏出手机，也不避着夏青，直接将电话打给了庄梦瑶，"师姐，你回局里了吗？"

庄梦瑶刚回局里，接到沈默的电话还颇为意外："刚刚到，突然打电话来是案子有进展了？"

"暂时还没有。"沈默解释道，"想让师姐帮个忙，麻烦你把拍到夏青的那两段问题监控发给我一下，我需要求证一些事情。"

庄梦瑶一口答应下来。

夏青单手捂着额头，神情说不出的复杂。虽然听不到电话那头的声音，但她知道沈默这通电话是打给谁的。夏青之前听夏东风提过，沈默的同门师姐，温柔开朗，疑似对沈默抱有好感，也是之前送沈默礼物的人。夏青又想起了沈默那天告诫她的话。他说："夏医生，我们应该还没熟悉到可以聊私人感情问题的程度吧……只是不太喜欢交浅言深。"

想到这里，夏青混乱沸腾的脑子突然冷静了下来，自作多情是该有个限度。夏青收敛好情绪，等沈默挂断电话看过来时，她已经恢复了往常落落大方的姿态，连过速的心跳都在转瞬间平复。

沈默微微一怔，却没多想。庄梦瑶很快就把监控录像的文件发了过来。夏青看着录像上的画面，记忆逐渐变得清晰。不知道过去了多久，夏青原本紧皱的眉头逐渐舒展开来。

"我想起来了。"夏青松了口气，安抚般地冲一直紧张等待的沈默弯了弯唇角，"正常情况下，我们医院的药库是每周一让合作药厂送药入库的，但那天是星期三，我经过二楼的时候，恰好遇到了那个医药代表，因为之前也跟对方有过接触，所以就停下来聊了几句。"

"是你们固定合作的医药代表?"

"是的，其实在非固定时段送药的情况并不算少见。"她摊了摊手，苦笑道，"毕竟是医院嘛，你懂的，意外总是不可避免的，急用的时候很多。"

"这个说法是完全合理的。前提是，如果这段监控没有被特意覆盖的话。"

夏青也挺无语："仔细一想，这人不太聪明啊，这不就是此地无银三百两吗?"

"不见得。"沈默思忖片刻，"有时候露出一个破绽，可能是为了掩盖另一个更重要的破绽。"就像那个被刻意修改了后台程序的心电监护仪，对方不怕被查出程序有问题，因为这无法指认凶手。

沈默叹了口气，随口问道："你们合作的这个医药代表是哪个公司的？"

夏青答道："算是万华集团旗下一个专门研究医药的子公司。"

又是万华集团！沈默猛地从沙发上站了起来。

雪茄剪、宋明珠死前曾和林永万有过接触、蹲守曹建设的刘东、打断夏东风追捕曹建设的林永万、老太太的金镯子，一直到这次的医药代表……如果说一次是意外，两次是巧合，这么多次，已经不能用巧合来解释了！

那么，有问题的，到底是林永万这个人，还是整个万华集团？如果是前者还好，如果是后者……那公安局警力被全部调走去维护旅游盛典治安，是不是也是幕后之人拖延查案进度的一种手段？

沈默突然想起了付铭海和夏东风的态度，他们似乎……都不希望他继续深入调查这个案子。这个念头乍一浮现在脑海，沈默的脑中就是一声天塌地陷般的轰鸣。激烈的情绪压制了理智，沈默几乎是本能地掏出手机打给了夏东风。

"你为什么从一开始就不想我查这个案子？这个案子是不是跟万华集团有关？你是不是早就知道?!"连珠炮似的问话，质问的语气，失望中又夹杂着难以置信的态度。

刚接通电话就被疯狂输出一顿的夏东风沉默片刻："啊？你在说什么鬼话？"

"夏东风，你别给我装傻！"

夏东风语气无奈："你讲点儿道理好不好？我要是真不希望你查下去，我会在老付面前帮你说话？"

沈默沸腾的情绪倏地一滞："那这个案子是不是跟万华集团

有关？”

“你当我是神仙吗？我怎么知道啊？再说了，你小子是不是有什么被害妄想症？什么叫我是不是早就知道？人与人之间还能不能有一点点的信任了？”

暴涨的愤怒在夏东风痞里痞气的话语中渐渐退去，沈默克制住情绪：“你最好说的是真话。”

“嘿！”夏东风硬生生给气笑了，“你就这么跟师父说话的？”

沈默懒得跟他掰扯：“我先挂了。”

“等等。”夏东风叫住沈默，“你是不是查到什么了？”

短暂的静默后，鬼使神差，沈默选择了说谎：“……没有，目前还什么都没查到。”他不是不信任夏东风，只是下意识地认定，现在隐瞒信息或许会更好。坐在旁边听着他打电话的夏青一直没开口，以一种默认的方式配合了沈默的谎言。

电话那头的夏东风松了口气：“那就好，行，你接着查你的案子吧，我这边还有事，真是够了，我是警察，又不是工地上的临时工！怎么连会场布置都要我们参与……”

听着夏东风抱怨，沈默眸光渐沉。旅游盛典会在明天正式开始，这两天公安局的人一直配合着在做现场布置。按照上面的说法，为了安全起见，需要公安局的人全程盯着，防止在会场布置上出现隐患，这真的很离谱。

挂断电话后，沈默越想越觉得不对，情绪逐渐变得焦虑。

一只手突然伸到他眼前晃了晃，夏青歪着头问道：“沈默，你在想什么？”

“没事儿。”沈默站起身，“今天谢谢你了，我还有事，先……”

“你是要去查那个医药代表吧？”夏青打断他的话，“我可以帮忙哦。”

“不……”

“先别急着拒绝嘛。你刚才瞒着我哥，说明你要查的事情并不打算让你们局里的人知道对吧？”她沉吟了一下，自己否定道，“不一定，也有可能是你查到了什么，觉得我哥是个叛徒，所以才瞒着他。”

沈默露出了一言难尽的表情：“你要不要听听你自己在说什么？”

“合理分析嘛。”夏青耸耸肩，“不过这个可能性不大，毕竟我哥如果真的投敌了，那我就是敌方家属，你肯定不会当着我的面打那个电话。”

沈默默默扭过头，放弃了跟夏青进行正常沟通的可能。有工夫听这个坑哥的妹妹在这里满嘴跑火车，他还不如抓紧时间查案！

“喂！别走别走！”夏青起身跟上来，“所以你确实是不想让你们局里其他人知道你在查的事情对吧？”

沈默无奈：“你到底想说什么？”

“我不是说了吗？我可以帮忙。”夏青一本正经地抛下诱饵，“我可以帮你搞到那个医药代表的住址和联系方式。”

沈默的脚步停住了。

“毕竟是长期合作对象，医院那边肯定是有相关信息的，我是内部人员，查这个很容易的啦。”夏青将两手背在身后，上身凑近沈默，“怎么样？需要我帮忙吗？”

沈默并没有纠结太久：“谢谢。”

“倒也不必急着道谢。”夏青笑了笑，“有条件的，我要一起去。”

“不行。”沈默一口拒绝。

“啊，拒绝得好果断。”夏青眨了下眼睛，掏出手机，“那我还是给我哥告密吧，说不定还能敲他一笔。”

沈默无奈地按住夏青正准备拨号的手："真的不行，可能会有危险。"

夏青定定地看了他一会儿，神情莫测，几秒后又恢复了常态："别看不起人，我可是很能打的，而且……"想到几年前发生的事，想到夏东风这几年的持续消沉，夏青的眸光晦涩一瞬，她迅速掩住情绪，变本加厉道，"反正我就要去，你不带我去，我就直接给那个医药代表打电话，说他已经被你盯上了，让他赶紧跑路，我还可以……"

沈默不由得抬手按住太阳穴，哪怕明知道夏青是在胡说八道，也还是被气得脑仁疼："这不是能拿来开玩笑的事。"

"你说的对，那就不开玩笑了，说点儿认真的。"她盯着沈默，神情严肃，"如果你不带我一起，那我就自己去。到时候我可能会落到犯罪分子手里成为人质，也有可能当场被杀，还有可能会……"

"行了。带你一起去。"顿了顿，他呼出一口浊气，"我会保护你的。"

由夏青出面调查那个医药代表的住址和联系方式确实方便很多，而且也不会打草惊蛇。这个念头在脑海中一闪而过的时候，沈默无意识地抿起了嘴。能惊什么蛇呢？如果由他来调查，最多也就是回局里直接调取资料，或者拿着证件去医院询问。这两种方式操作起来都没什么难度，但他却下意识地拒绝这么做，为什么？

沈默鬼使神差地想起了局长徐建军面对万华集团董事长林永华时的样子，谄媚讨好的、连平等相交都谈不上的样子……

喉结不受控制地滚动了一下，沈默的胃里翻腾起一阵呕意，耳内轰鸣不断。

"行了，可以走了。"夏青把记录好地址和联系方式的纸片递给沈默，“住得还挺远的，在小县城里。”

沈默还没回过神来。

夏青举着纸片看了他一会儿，微微蹙眉：“沈默，你到底怎么了?”

像是溺水的人突然浮出水面，沈默猛地喘了口气：“没事儿，走吧。”

医药代表和市医院只是合作关系，预留的家庭住址不一定准确，但他们还是决定试试。在将近三个小时的车程后，两人终于抵达了目的地。

这个小县城就像个村镇，几乎看不到什么高楼，大多数住户都是独门独户的自建房，每家每户之间的距离也隔得很远。医药代表家的自建房外也建了两米五左右的围墙。

沈默绕着围墙走了一圈，确定只有一道大门后，才和夏青一起上前敲门。铁皮大门看起来十分老旧，喷漆掉得斑斑驳驳，手一拍上去，漆皮就哗啦啦地往下掉。铁皮震荡时的声音很大，沈默不自觉地皱起眉头。

夏青扭头看了他一眼：“这声音对你来说是不是太吵了？要不我来敲?”

沈默无语，意味深长道：“还行，比唢呐好点儿。”

夏青无言以对，人总是要为自己的年少轻狂付出代价的。

两人在外面把铁皮大门拍得震天响，院子里却始终没有动静。反倒把附近另一家院门拍开了，一个穿着碎花圆领衬衣的老太太探出头来，告诉他们王家早就没人住了。

沈默连忙掏出了证件，表明身份，细细问起了王家的情况。这才知道，这个叫王高途的医药代表是个孤儿，小时候在当地的名声并不好，经常跟城里那些地痞流氓混在一起。后来他去城里找了个好工作，半年后就把老房子重新翻修过，但是自从抚养他的爷爷去世后，就很少回来。

问完话，沈默却生出了疑惑，据夏青介绍，医药代表也是有门槛要求的，可王高途只有初中学历，如何胜任这份需要一定专业水平的工作，并且还能在半年内就盖了一栋房？

听完沈默的提问，夏青愣怔一瞬，随即笑道："万华集团嘛，在南都市就是口碑的代表啊，医院肯定会优先合作的，这么一来，对医药代表的个人能力要求就低了。"

"你的意思是万华集团的医药代表门槛很低？"

夏青噎了一下，略一琢磨："关系户吧？"

沈默点头："我也这么觉得。"

夏青瞬间不知道怎么回答。其实她只是在胡说八道，没想到却得到了沈默的认同。

得到答案的沈默并没有立刻回去，而是绕到院子后面，找到了一处不容易被人发现的视线死角，三两下翻进了院内。这个行为把夏青吓了一跳，幸好现在天色已暗，没有人发现。她朝着蹲在围墙上的沈默正要开口，便见他冲她做了个噤声的手势："在这儿等我一下。"说完直接跳进院子里。

王高途家的院子空荡荡的，一株高大的槐花树靠在墙边，墙根下码着两三百个空啤酒瓶，窗台上还扔着几张扑克牌，上面全是厚厚的尘土。王家的自建房一共三层，除了主栋，旁边还有一间单独的平房，看起来应该是厨房之类的地方。所有的门窗全部锁着，沈默挨个凑近观察，从上面堆积的灰尘可以断定这里确实很久没人居住了。

就在这时，身后突然传来幽幽的女声："看什么呀？破门而入呗？围墙都翻了，还怕撬锁吗？"

沈默无语回头，就见夏青正趴在围墙上，只冒出个脑袋对着他阴阳怪气。

夏青还在叨叨："快七点了哦，你要进去就赶紧，我可不想熬夜开长途。"

"算了。"沈默摘下耳塞凝神聆听片刻，确定这个院子里确实没有活物后才把耳塞塞了回去，"回去吧。"

"不查了？"

"回去查一下王高途现在的住址，先找到人再说。"沈默也有些无奈，他本来是想先打听一些消息的，结果王高途这情况，几年都不回来一次，能打听到的消息也就非常有限了。

他边说边退后，然后冲刺助跑，准备一举跃上墙头。在迈出第三步时，沈默的动作略微一滞。

夏青扯了扯嘴角："不会吧？不会吧？你该不会是跳不上来了吧？"

"血缘……真奇妙啊。"

夏青和夏东风最像的地方就是这张嘴了吧？

夏青瞅着他："你在说什么怪话？到底走不走？"

沈默没再出声，直接翻上墙头，在即将跳下去之前，他又回头看了一眼他刚刚停滞的地方，总觉得哪里不对劲。

夏青拽了他一把："快走，饿死我了，一想到还得饿着肚子开车，我就想把你活煮了。"

一路开车回到南都市已经是晚上十一点了，夏东风竟然还没有回家。夏青往沙发上一瘫，嘀咕道："好家伙，万年单身狗都学会夜不归宿了，哪个女人这么瞎啊？竟然留他过夜。"

沈默嘴角抽搐："有没有一种可能……你哥他只是在加班？"

"我知道啊。"夏青坦然道，"但这又不妨碍我口头迫害他一下。"

沈默拒绝这种无用的交谈："明天旅游盛典就正式开始了，他们今天晚上估计有的忙。"这次由万华集团牵头的旅游盛典确实声势浩大，如果没有私底下的那些疑虑，沈默也会认为这是一件推动南都发展的大好事。

夏青看到沈默站在门口，没进来的打算，便坐直身体：“你不吃饭？我点个外卖。”

“不用，还有点儿事……”

“我刚刚联系了药库管理采购的同事，他那边有王高途的住址。”她说完，又瘫回沙发上，晃了晃手机，“想要吗？陪我吃完饭就给你。”

沈默本来是打算装死到底的，只要他摆明态度，夏青迟早会退回去的，但他确实没想到夏青在这方面的进攻性会这么强。沈默叹了口气：“抱歉，我没有跟异性深入接触的打算。”说这话的时候，他都已经做好夏青骂他自作多情的准备了。

“啊，你知道啊？我还以为你是真的缺根筋，什么都不知道呢。”夏青只是僵硬了一秒就恢复了正常，她单手撑着下巴，十分认真地指责，“你这样不行啊，只想马儿跑，还不给马儿吃草，这不就是白嫖了吗？”

这一刻，沈默觉得自己确确实实自作多情了，竟然为夏青的自尊心担心。

“我可以自己查。”沈默停顿一下，忍不住道，“还有，注意你的措辞。”

夏青心不在焉地“嗯”了一声，说道：“可我已经查到了啊，你再自己去查不是显得很傻吗？”

“夏青，我觉得我已经把我的想法表达得很清楚了。”沈默并不迟钝，甚至能称得上是敏感细心，绝佳的听力给他带来了特殊的信息获取渠道，比如现在，沈默就很清楚，夏青并不像她所表现出来的那么无所谓和厚脸皮。她的心跳声是这么说的。

夏青沉默了两秒，掏出手机开始打字，紧跟着，沈默的手机响了一声，是新短信的提示音。

“地址发给你了。”夏青把手机丢到一边，“查案的时候记得叫上我，不然我就把你搞的这些事全部告诉夏东风。”

沈默之前的挣扎和保护距离全成了毫无意义的笑话。

“走吧你，不吃饭就赶紧走，明天见。”夏青起身把沈默推出门，再把门关上，回头看了眼只剩下她一个人的客厅，小声嘀咕，“这到底是什么品种的狗东西啊？一个愿打一个愿挨的事情，我都愿挨了，他竟然还不愿意打？傻子吧？”

沈默站在门外还没来得及走，隔着门板把夏青的话听得一清二楚，而后，沉默了。

第8章　尸臭

其实夏青跟着沈默，是想帮她哥盯着点儿徒弟。毕竟她那个名为夏东风的亲哥，看起来大大咧咧没心没肺，实际上心灵脆弱得很。一次打击就让夏东风从天空坠入了淤泥，要是再来一次，夏青觉得她可能会就此失去亲哥。

没想到的是她刚刚到阳台上喘气，就看到沈默出门的身影。不用想也知道，他肯定是去找王高途了！

夏青长长叹了口气，下楼，开车，直接跟了过去。半个小时后，她先沈默一步，抵达目标地点，把被跟踪人沈默远远甩在了身后。她下了车，掏出手机，准备先发制人，给沈默一个惊喜，就听见了一阵砸门声。声音来自这一栋的二楼，而王高途的家，也在二楼。

夏青微微皱了皱眉，几乎毫不犹豫地就迈开腿往前跑去。她本来是想等沈默到来后一起行动的，但现在来不及了，没想到才跑了两步，一只手突然扣住了她的肩膀。手很大，手指修长，骨节分明，掌心发烫。

夏青转过头，对上了沈默阴沉沉的脸。沈默眉头紧皱，看夏青的眼神像是在看什么难以理解的奇怪生物："你为什么会在这里?"

刚被吓了一跳的夏青，迅速冷静了下来，笑道："来这里等你啊。"

沈默额角青筋凸起："我说过了吧？我……"

夏青抬手指了指二楼的位置："上面好像出事了。"

沈默呼出一口浊气，松开夏青的手走进楼道："你在这里等我，如果愿意回去就最……”

然而夏青直接无视他的话，亦步亦趋地跟在他身后，明摆着一副要把狗皮膏药做到底的样子。沈默还要继续说下去，又被巨大的撞击声打断，显然，二楼的人已经放弃了砸门，改成了用脚踹。

沈默和夏青对视一眼，直接从安全通道跑上了二楼。家门被踹的是左边第一户，也就是王高途的住所——206 室。踹门的是个年轻漂亮的女人，大概二十出头，身上穿了件长及膝盖的蓝色浴袍，长发湿漉漉地垂在肩膀上，套着双白色拖鞋的脚踹在王高途家的防盗门上，光裸的脚腕上青筋凸起。

剧烈的心跳和急促的呼吸声同时涌进沈默的耳朵里。这种声音代表的情绪是愤怒，极致的愤怒。站在沈默身后的夏青突然往前探了探头，鼻尖轻轻抽动了两下，眉头紧紧皱起，像是闻到了什么不好闻的味道。

踹门的女人已经看见了他俩：“你们是这一家的住户？赶紧开门，找人来修修你们家的管道，漏水都漏到我家来了！”

沈默这才明白，这位应该是一楼的住户，因为漏水，大半夜杀上门来泄愤。

女人还在抱怨：“我正在泡澡啊！你们知道泡澡泡到一半，污水滴我脸上的心情吗？那水还特别臭！真是要疯了！”

沈默无奈：“抱歉……”

“污水？”夏青上前两步，凑到女人的面颊旁，伸手勾住对方的一缕头发扯到鼻尖闻了闻，“不是哦。”这动作过于亲密，也十分没有界限感，完全不该出现在两个陌生人之间。

被闻了头发的女人脸颊涨红，猛地往后退了两步：“姐们儿，你……有点儿变态啊。”

夏青默默扭头看向沈默。

沈默还没意识到问题的严重性，鬼使神差地赞同道："确实变态。"

夏青当场哽住，无语地抬手按了按眉心："沈默，现在摆在你面前的选择有两个：第一，马上联系你们局里的人出警；第二，破门而入，当然，选了二，你们局里还是得出警。"

这话代表的意思沈默瞬间听懂了。他几乎是立刻沉下了脸色："有问题？"

"大问题。"夏青指了指年轻女人的头发，"这位小姐头发上的味道是尸臭。"作为医生，夏青对这个味道不可谓不熟悉。

沈默闻言，毫不犹豫地拿出手机，电话联系了付铭海。

穿着浴袍的年轻女人已经彻底傻了："尸臭？"她勾过一缕自己的头发闻了闻，难以形容的臭味涌入鼻腔，本身就存在的臭味和糟糕的联想叠加在一起，产生了"1+1"远大于"2"的恐怖效果。"呕……"她冲到窗边开始干呕。

此时，沈默已经挂断电话，直接破门了。虽然夏青说了是尸臭，即证明屋里的人已经死了，但沈默还是在想，万一没死呢？万一赶上了呢？

可事实却是，王高途死了。而且死亡时间已经超过了二十四小时。这意味着沈默再次与真相擦肩而过，又一次，没能阻拦触手可及的死亡。

之后，公安局的人赶到，对现场进行推理还原，确定王高途被人按着头溺死在了浴缸里，凶手离开时并没有把水龙头关严实，涓涓细流经过一整天的汇聚，把整个卫生间都淹了，直到卫生间的防水层不堪重负，泡过尸体的水渗透楼板，滴到了住在楼下的女住户脸上。更糟糕的是，经过长时间的浸泡，凶案现场几乎没能留下什么证据。

痕检科在王高途家里忙活了三个小时，而王高途的尸体则被送回局里解剖。

凌晨四点，因为熬夜而有些耳鸣的沈默靠在窗边出神。一罐冰凉凉的可乐贴在了他的侧脸。沈默转头，看见了一手可乐一手捂嘴打哈欠的夏青。他怔了怔："你怎么还没走？"

"你是真的没良心啊。"她气呼呼地把可乐往沈默手里一塞，发脾气似的说，"爱喝不喝。"

沈默抿着唇犹豫片刻，最终还是拉开了易拉罐的拉环，眼睛却始终看着窗外："谢谢。"

注意到沈默的视线落点，夏青好奇地抻长了脖子："你在看什么？"

楼下，付铭海拉开车门，匆匆扭头对其他人交代了一句。声音不大，但沈默却听得清清楚楚。付铭海说的是："我还得赶回盛典会场那边，后续的事就交给你们处理了。"

付铭海的车子驶出小区，沈默静静地看着，只觉得今天的夜色似乎比他以往见到的都要黑一些。

"你的脸色好难看。"夏青蹙眉，抬手指了指车子离开的方向，"是他说了什么吗？"

沈默有些诧异她的敏锐，却还是否定道："没什么。"

"你简直就是个闷葫芦啊，凡事憋在心里很容易患上心理疾病的。"夏青定定地看了他一会儿，无奈道，"不过你不说我也能猜到，付队是回旅游盛典那边去了吧？"

沈默意外挑眉："你知道的还挺多。"

"我们医院前天下了通知。"她喝了口可乐，笑意不达眼底，"内容是，为了防止旅游盛典期间出现急症患者，医院需要派出五名医生随时在盛典现场待命。"

沈默的一句"神经病"涌到嘴边，没有说出口。

"其实给出的理由是合理的。"夏青解释道，"学校开运动会还得校医随时待命呢，对不对？就是有点儿好笑。全南都市，排得上号的医院都被抽调了，市医院是最多的，其他医院大概一到两个。”

沈默只觉得上面的人疯了。夏青显然也是这么想的。

“那么多医生啊，去灾区救援都不一定能派出这么多人！他们到底想干什么？”她缓了缓，平复下逐渐暴躁的情绪，“我想不通，就去问了院长，他说……”

见夏青停下，沈默转头询问：“说什么？”

“他说，这是一种态度，不一定能用得上，但态度一定得有。”夏青嘲讽一笑，“还说，反正医院也不缺人手，只是借调几天，不妨碍什么。”

沈默拧紧了眉头：“医院会不缺人手？”

任何时候，医院都是不可能不缺医生的，因为他们和警察一样，都是需要随时待命的职业，都是人命关天的职业。罪犯不会等警察有空儿的时候再犯罪，患者也不会等医生充足的时候再生病。

夏青脸上的笑容更大，也更冷了：“是啊，我也想不通，医院怎么会不缺人手呢？如果是派去救灾，派去支援，再危险的地方我都愿意去，我都不会有任何抱怨！但我没办法接受抽调人手只是为了摆出一个态度！”她把易拉罐重重地砸在地面上，“南都真是个鬼地方！”

“我能问问你今天为什么非得跟着我吗？”沈默本来是不想问的，在感情方面，虽然他能拒绝就会果断拒绝，但也不至于没完没了地给对方难堪。但听完夏青刚刚说的话之后，沈默莫名觉得，夏青今天一直跟着他的理由，恐怕和他一开始猜测的完全不同。

“我哥哥……”夏青神色莫名地瞅了他两眼，又别开视线，像是有些烦躁地抓了下头发，“没什么，要是非得要个理由，那你就当我是被拒绝了心有不甘，所以不依不饶呗。”

话都说到这个份儿上了，真信了才是傻子。沈默最讨厌别人打哑谜，偏偏在南都市的每一个人都喜欢打哑谜，说一半留一半，还摆出瞒着他是为他好的架势，真的让人很不舒服。

沈默立刻将注意力转移到了公事上，等负责收尾工作的同事从王高途家里离开，便穿上鞋套进去。不是为了再找什么线索，而是有点儿遗憾，差一点儿，王高途就不会死。

“我实习是跟着市医院的一位外科专家，姓刘，我叫他刘老师。”夏青突然没头没尾地说了起来，“刘老师当时带我观摩了一场手术，手术很成功，但是半个月后，患者病情出现恶化，死了。”

沈默站定脚步，倏地转头看向夏青。

“我当时非常难过，甚至担心以后没有拿起手术刀的勇气，但我的老师告诉我……”她走近沈默，“这世上‘与死亡擦肩而过’有两种，一种是擦肩而过时死了，一种是擦肩而过时活了。我们要做的，就是尽力让第一种成为第二种，失败了或许会遗憾，但努力从来不是错的。”

沈默总算听懂她想表达什么了。

难言的沉默在屋内蔓延开来，半晌，沈默干咳了一声，略有些别扭道：“鸡汤味儿好冲。”

夏青瞪了沈默一眼，这家伙可真不识好歹！

也不知道是不是收尾的同事忘了关窗，一阵夜风从窗外吹来，夏青突然皱着鼻尖嗅了嗅。沈默看着她这个眼熟的动作，心头莫名一跳：“你该不会又闻到什么了吧？”

“有股香味，很淡，有点儿像槐花香。”夏青抻长脖子看向窗外，“奇了怪了，这附近也没有槐树啊。”

沈默没太在意，他对花香之类的东西不太了解，也没什么兴趣。夏青却开始在窗户附近转悠了起来，边走边闻，最后，视线落在窗台下的矮柜后顿住，她上前两步，从缝隙里摸出一朵槐花："我就说嘛，肯定有的。"

沈默的笑容倏地僵在了脸上，他几乎是用抢的方式从夏青手里拿过那朵槐花。鹅黄色的花朵，只有指甲盖大小，凑近了能闻到清甜的香味，但沈默却指着槐花被碾碎的边角和上面的泥渍："你看这里，像不像脚印？"准确地说，是被踩过的痕迹。

夏青凑近观察："确实像，会不会是从外面吹进来的？"可是窗外并没有槐树。

沈默沉默一下，说道："还记得吗？王高途老家的院子里……"那座自建房小院里就种着一棵槐树，如今正是槐树开花的时节。

夏青像是突然抓住了什么关窍，有些紧张地问道："会不会是王高途死前回去过？"

"不排除这个可能，但我觉得……"沈默蓦地想起他在离开王高途家小院时发现的那点儿异常，当时没想明白，但现在，他终于发现问题在哪里了！在落下第三步的时候，脚步声不对劲！

沈默的脸色陡然间变得无比难看："我们回王高途老家。"

再次踏上长途路线，开车的人是沈默。

再次抵达小院时是早上七点，二人飞快翻过高墙进了院子后，沈默既不撬门，也不翻窗，反倒满院子乱转，边转还边跺脚，最后，他伸出手在院子里大概比画了一圈："这里，有一间地下室，距离地表至少三米，我们得找到入口。"

通过地面的脚步确认地底的情况，并且推测出具体距离，这得要有多灵敏的听力！

夏青后知后觉地意识到了自己年少时期的缺德。她对着沈默的耳朵吹唢呐的时候，没当场把人送走可真是上辈子积了大德，否则她现在可就是妥妥的杀人犯了。

在夏青忸忸怩怩，不知道该不该为过去的自己道歉时，沈默终于在一个十分刁钻的位置找到了地下室的入口，就在围墙边那一排啤酒瓶底下。

这几百个啤酒瓶其实是全部被粘连在了一起，搬开之后露出一块钢板，钢板被挪开，露出了狭窄到仅容一人通过的地下室入口，同时，一股浓烈、刺鼻的恶臭与硫黄味扑面而来。

沈默脸色骤变，伸手将夏青护到身后，神经紧绷到了极点："下面有炸弹，你先离开这里！"他必须让夏青意识到问题的严重性，这样才能避免她继续胡来，他甚至有些后悔把夏青带过来，现在还要想办法说服她。

"我知道了，我会退到院外等你。"出乎意料，夏青退让了，见沈默没露出错愕的表情，夏青耸肩，"如果是打架，我说不定还能帮点儿忙，但是拆弹，我真不行，这点自知之明我还是有的。"

沈默本来也没打算拆弹，不过是担心有危险，才让她离开，不过他没有说明，谁会蠢到自己拖自己后腿呢？

夏青退出了院子。沈默弓身走进地下室。入眼的是满地的血迹脏污，被摔打至扭曲的铁制椅子，固定在墙上的铁链，屋里甚至还有大小便留下的排泄物，这说明有人曾被囚禁在这里。

他捡起垂落在地上的铁链逐一检查，清晰地看见了上面的血迹和皮肉，大概是被囚禁在这里的人为了挣脱出来，硬生生地剐下了自己手上的一层皮，甚至是四肢。

在入口闻到的恶臭来源应该是那些排泄物，硫黄味则来自放在角落里的大铁桌，上面摆着的都是自制炸药的材料。通过桌上的血痕可以确定，真正制作炸药的其实是从铁链里挣脱出来的被害人。但这间地下室里只有材料，那制作出来的炸药去了哪里？

沈默一寸寸地搜寻着这间地下室，直到在一堆垃圾里翻出了一个被人揉成团的纸团，竟然是旅游盛典的宣传页。

哪怕理智上清楚盛典会场戒备严密，多的是人查漏补缺，一般不会出问题，沈默也还是在这一刻感到手脚冰凉。他掏出手机，开始边往外跑边打电话。打给夏东风，没人接。再打给付铭海，还是没人接……

冷汗顺着鬓角流了下来，不到两分钟的时间，沈默的头发就被汗水浸透了。他离开地下室，和夏青直奔旅游盛典，可还是太迟了。

就在他惨白着脸冲向台上准备提醒众人时，剪彩已经结束，烟花被人点燃，变成了炸药，爆炸产生的轰鸣和冲击几乎掀翻主席台。

付铭海为了保护林永华受伤，林永华也陷入昏迷，硝烟的味道，鲜血的气息，混乱的人群，刺耳的尖叫，整个会场乱成一团。被调来守在会场的医护人员出乎预料地起到了作用，原本热热闹闹的盛典直接变成了灾难现场。付铭海被送去医院，昏迷的林永华被工作人员扶进了休息室。

"问题不大，擦伤已经处理过了，现在等人醒就行了。"负责给林永华检查的医生道，"让林董在这里休息吧，先别打扰他了，等人醒了再去医院检查一下。"林永华的助理也配合着把警察赶出了休息室。

等到所有人都忙着去会场救援之后，林永华所在的休息室的门被人从外面推开。"哥，你还好吧？"一身腱子肉的林永万缩手缩脚地凑到沙发旁边。

本该昏迷的林永华睁开了双眼："是谁干的？"

林永万眼神飘忽。

林永华冷冷地盯着他："现在不说，是想等警察查清楚了再说吗？"

"应该是……曹建设。"林永万吞了下口水，"我也是刚知道，王高途死了，曹建设跑了，我……”

林永华怒极反笑，一脚踹向林永万：“我有没有让你老实点儿？有没有让你别给我惹事？你不知道这场旅游盛典我筹备了多久？啊?!”

嚣张跋扈的林永万在他面前连躲都不敢躲：“这回是我大意了。”

“行了，现在最重要的是赶紧把人找出来。”林永华沉着脸，“一定不能让他落到警察手里，明白吗?”

“知道了。”林永万模棱两可道，“绝对处理得干干净净。”

林永华瞥了他一眼，没对“干干净净”这个词表达任何看法：“去吧。”

林永万小心翼翼地避着人走了，林永华盯着他的背影看了一会儿，眸光幽暗。直到休息室的门合上，他才又躺回沙发上，双眼紧闭，像是压根儿没醒来过。

场外的夏东风心急如焚，他的脸上全是黑灰和半干的血迹，两眼赤红，仿佛距离情绪失控只有一步之遥。他烦躁地抓着头发，随手抓住一个路过的小警察：“沈默那小子人呢?!”

付铭海距离爆炸近，当时扑向主席台的沈默也不遑多让。可爆炸发生后的盛典会场实在太乱了，夏东风折腾了半天都没能找到人。小警察被夏东风凶神恶煞的样子吓了一跳：“好、好像在那边树底下。”

夏东风转身就往树下跑，一走近就看见自家妹妹正哭着照顾他徒弟，顿时一冷。沈默并未察觉到夏东风的靠近，他垂着脑袋，极力掩饰脸上的痛苦。

爆炸发生的时候，沈默根本来不及反应，震耳欲聋的爆破声直穿耳膜。紧跟着就什么也听不到了，只剩下无休止的轰鸣在耳道和颅腔回荡，以及隐隐约约的痛感。他的耳朵流血了，这是否意味着他就要失聪了？恍惚中，他仿佛又听到了根植在他噩梦中的音节，是真的听到了，还是极度恐慌之下产生的幻觉？

夏青是第一个找到他的人，见到他时，他的身上倒是没有多少伤口，但是耳朵里流出的血却触目惊心，与其说是血，不如说是血和一些黏稠的分泌物。夏青一眼就看出这些分泌物是病变导致，可沈默却没有跟她说过。

“为什么不跟我说？”夏青不知道此时的沈默什么都听不到，“我好歹是个医生吧，生病了为什么不跟我说？”

沈默没反应，落在夏青眼里恍若是在用沉默表达抗拒。夏青愤怒又委屈，一边稀里哗啦地哭一边搀扶着沈默往树荫下走。她倒是想直接带着沈默回医院，但是沈默不肯，倔驴一样抗拒着不肯往盛典会场外面走。

扶着人在树荫底下坐下后，夏青就去跟医院的同事借来了急救箱，半跪在地上替沈默处理伤口，沈默却一直垂着头，不知道在想什么。

此刻，望着树下两个人的样子，夏东风的心里有种预感，他的妹妹以后可能会倒贴得更厉害。他走到沈默身边踢了踢他的鞋子：“喂。”沈默抬头，指了指耳朵，又摇头，示意自己暂时听不见。

夏东风登时反应过来了，距离爆炸那么近，以沈默的听力，十成十是遭大罪了。他黑着脸说：“那你还待在这里干什么？去医院啊！留在这里就能好吗？”吼完了才想起来沈默听不到，他只能掏出手机打字。屏幕刚亮起来就看见上面近百个未接来电。

原来沈默在来盛典会场之前就已经发现了什么，所以才急着联系他，偏偏他和付铭海为了保证活动流程，都把手机设置成静音了，也是命里该有这一劫。

夏东风在备忘录里开始打字，问沈默是不是赶过来之前就确定会发生爆炸。

沈默摇头："不确定，没有百分百的把握。"

可这种事，哪怕只有百分之一的可能，沈默都必须要当百分百处理。今天没出人命纯粹是运气外加自制炸药的威力有限，否则谁能承担得起后果？不过，就算没出人命，对上面来说，后果也已经很严重了。

更糟糕的是，这个"没出人命"有很大概率只是暂时的，那几个负责点烟花的人靠得那么近，就算当时没死，后面也不一定能救得回来。

旅游盛典泡汤，宣传得有多声势浩大，舆论反噬得就有多厉害；前期投入的有多多，此时毁于一旦的就有多亏损。

夏东风很清楚，在不是百分百确定的情况下，就算沈默赶到了，上面也不会为了一个可能而放弃旅游盛典。这么一想，竟然不知道如今的情形到底是好还是不好了。

可以肯定的是，他们整个公安局都会因此事倒大霉。在几乎投入全部警力排查戒备的情况下，竟然让人把炸药放在了最接近主席台的位置，连夏东风自己都觉得离谱。

虽然沈默没有提过半句和嫌疑人有关的信息，但夏东风总觉得他应该是有所猜测的，所以他直接就问沈默，动手的人会是谁？

"曹建设。"沈默张了张嘴，好半天才从喉咙里挤出三个字，随后报出了王高途老家的地址，"在王高途家的地下室里，绑人的铁链上有血迹和皮肉，交给痕检科。"

如果检测结果证明那些血肉是曹建设的，那就说明林永万在曹耀死亡的那天夜里是故意阻拦夏东风抓人，又在警方跟丢后找到了曹建设，将人囚禁在了王高途老家。这会是一个至关重要的线索，借由这个线索，足够他们抽丝剥茧，找出真正的凶手。

夏东风点头，不再多问，只是让夏青带沈默去看医生。夏青扶着沈默走了。夏东风定定地看着两人的背影，许久之后，突然抬手狠狠抓了一把自己的头发："这回可麻烦了，这小子真够能惹事的。"

被搀扶着的沈默在即将离开盛典会场时突然停下了脚步，转头看向某处，他居然看见他舅舅甩了舅妈一耳光，他正要看仔细点儿，谁知一阵眩晕袭来，引得他身体晃了晃，再扭过头时，已不见他们的身影。也许是被爆炸搞得眼花了。

沈默是在检查结束后三个小时，终于能稍微听清声音了。对于常年通过声音来辅助判断的他而言，听力突然变迟钝的感觉就像是一个正常人突然被砍掉了右手，令他很不习惯。

检查结果一出来，夏青的脸就黑了："为什么不做手术？"

沈默虽然不想解释，但也不屑于撒谎糊弄："暂时不能做，吃药缓解就行了。"

夏青气笑了："缓解？你知不知道它正在恶化？"

沈默当然是知道的。

见他沉默不语，夏青又气又急，咬着下唇在病床边站了好一会儿，然后弯下腰："沈默，这个手术对于现在的医疗水平来说并不是很难，恢复期也不算长，趁早做手术才是最好的选择。"

沈默没有回应，他的思绪依旧停留在离开盛典会场时看见的那一幕。

夏青伸手在他眼前晃了晃："沈默，你到底有没有在听我说话？"

"等等。我先打个电话。"沈默拿起手机朝夏青晃了晃，随后无视她无奈的神色，拨通了方树功的电话，那边很快接通。

"小默，怎么了？"

沈默凝神听着电话那头的动静，他现在听力不佳，耳朵里像灌了水，听什么都似乎隔着一层："舅舅，你现在在哪儿？"

电话那头沉默了两秒，笑道："在家啊，怎么了？"

一直仔细捕捉着对面动静的沈默突然皱紧了眉头，他听到电话那头传来丁世忠发号施令的声音。这会儿身为副局长的丁世忠应该在盛典会场收拾烂摊子。方树功为什么不想让他知道自己在会场，还是在已经被封锁了的会场？

疑点一个接一个冒了出来，沈默百思不得其解，口中却道："我受伤了，现在在医院里，你能给我拿一套换洗衣服过来吗？"

挂断电话，沈默看了眼时间。从方树功家里到医院，车程大概半个小时，就算耽搁了，也不会超过一个小时，但从盛典会场过来，则需要至少一个半小时的车程。如果方树功回家帮他拿换洗衣物，时间会更久。他会什么时候出现呢？

答案是两个半小时。

沈默的心，沉了下去："舅舅，你是遇到什么麻烦了？"

"没有啊。"方树功把带来的换洗衣物放在病床边，又把顺路买的水果放在床头柜上，"苹果、橘子、香蕉，想吃什么？"

如果是平时，沈默可以通过心跳和呼吸来判断方树功有没有说谎，但现在不行，他听不到，所以只能尽量观察着方树功的表情，可惜看不出破绽。

"舅妈呢？没跟你一起过来吗？"沈默问。

一直表现得极其自然的方树功陡然僵硬了一瞬。

沈默捕捉到了，他又问了一遍："你真的没遇到什么麻烦吗？"

方树功却已经恢复了常态，没好气地搓了下沈默的脑袋："我能有什么麻烦？最大的麻烦就是你了！厉害啊沈默，能把自己搞成这样。你才出院几天？现在就又住进来了，要不我直接在医院给你开个长包房？"

沈默没有开玩笑的心情，但也明确感觉到了方树功对说实话的抗拒。沈默不说话，方树功一个人也唱不动独角戏，两人只能一坐一站，脸对脸无语。

不知道过了多久，方树功突然语焉不详道："我好歹是你舅舅，还没废到让你来操心的地步，省点儿心吧你。"

"最好是。"沈默没有再追问，算是把这件事揭过了。

虽然还是心存疑虑，但是夫妻之间出现争执也难免，方树功身为长辈，也不可能告诉他这些私事。

方树功又问起沈默的情况，听说明天就能出院，刚刚松了口气，就听到一直沉默的夏青冷笑一声："出院？做梦呢你？不做手术，你就在医院住到老死吧！"

沈默头疼欲裂："医院也没有强迫患者做手术的权力吧？"

夏青双手环胸，冷笑连连："哦，原来你还知道你是患者！"

沈默躺回床上，两眼一闭，不说话了。

这副油盐不进的鬼样子气得夏青火冒三丈，直接把矛头对准了方树功："您是他舅舅对吧？这位患者患有严重的耳疾，鉴于他讳疾忌医的态度，我怀疑他已经被感染到了脑子，建议尽快切除。"

方树功干咳一声，一时竟无言以对。事实上，他也是第一次知道沈默的耳部问题已经到了必须要手术的程度，担心肯定是有的，但方树功和其他人最大的不同在于他知道沈默为什么不愿意接受手术。

当一个人面前有座必须要跨越的高山时，怎么会愿意主动锯掉自己的腿？哪怕这双腿上已经满是疮疤与溃烂的伤口，可只要腿还在，那撑一撑就还能走。可如果腿没了，那就连最后的机会也失去了。

方树功不赞同却理解沈默的选择，所以面对夏青的建议，他只能沉默以对。看懂他意思的夏青瞬间无语，这是亲舅舅？别是捡来的吧！

方树功离开后没多久，夏东风就来了，同时带来了曹建设的消息："他死了，淹死在距会场两公里远的河里，是丁局带着人在附近搜查凶手时发现的，目前的结论是畏罪自杀，暂时没有决定性的证据，所以不排除他杀的可能。"

沈默抬头，静静地看着夏东风，眼中满是质疑。按照正常情况，在爆炸发生后，除了伤患需要紧急救治，其他人都该被排查询问。但今天来参加盛典的人至少有三分之一都是南都市有头有脸的人物，这让调查工作变得极其困难，只能事后再好声好气地把人请到局里问话，甚至还得配合对方的时间。

"我以为配合警方是公民的义务？"沈默语带讽刺。

"但旅游盛典这个烂摊子必须要有人收尾，沈默，你应该知道，这件事处理不好的话，后果会很严重。今天受伤的，可不只是中国人。"

以打开国际市场为由举办的旅游盛典，结果差点儿一波烟花把国际友人一起送上天。后续处理但凡有点儿差错，都有可能酿成国际问题。这不是开玩笑的事，也不是他们这些警察能承担得起的事。在这种重压之下，真相似乎都变得不再重要了。

沈默笑了一下："比起粉饰太平，难道不是查明真相更能给国际友人一个交代？"

夏东风沉默了一会儿才道："丁局和付队被停职了。"

沈默一愣："什么意思？这是要让公安局当替死鬼？"

"炸药被人藏进会场，本来就是我们的疏忽导致的。"在这件事上，夏东风完全没有推卸责任的意思，无论背后的阴谋算计是怎么样的，爆炸会发生就是他们的错。

这一点，哪怕是沈默都无言以对。

夏东风苦笑道："出事之后，我其实特别后悔，如果当时说服老付分出人手跟你去查案的话……"

沈默之所以会到最后关头才赶来会场，最主要的原因是他只有一个人。除了会帮他开车的夏青，没人给他提供任何帮助。可如果他当时不是一个人在查呢？是不是就来得及阻止了？

沈默没忍住露出个无语的表情："这是你说服付队就能解决的事吗？你得说服那些按头让你们当保安，出了事又让你们背锅的人！现在这个案子由谁负责？"

夏东风眼神游移："徐局。"

沈默一听说是徐建军负责，就忍不住抬手捂住脑门，表情前所未有地沮丧，总觉得这案子还没开始查就已经结束了。

夏东风说警方从王高途老家的地下室找到了沈默说的那些东西，如果铁链上查出曹建设的痕迹，意味着这个案子绝对与林永万，或者说与万华集团有关，同样也说明曹建设的死不是自杀，而是他杀，是杀人灭口。

沈默才将自己的猜测说出口，夏东风便打断了他，借口要去探望付铭海离开。

付铭海已经醒了，只是后背伤势过重，现在只能趴在病床上。瞥见夏东风进门，付铭海放下手机，略显艰难地摆了下手："来了啊。"

夏东风拖了个凳子坐下，直接问道："停职的事怎么办？"

付铭海笑了下，动作间扯到了伤口，疼得直抽气："这不挺好的吗？这个节骨眼上被停职可不是坏事，约等于把我和老丁给摘出来了。"

爆炸案的后续影响绝对不会小，被上面追责是肯定的，现在付铭海和丁世忠两个负责人率先被停职了，那就算上面再想动肝火，也不能把人往死里逼。这就类似于孩子在学校打了同学，家长率先抽了孩子两个嘴巴子，那被打孩子的家长要找茬儿也会收敛点儿。

夏东风琢磨了下付铭海的意思，略有些错愕："给你们停职是徐局的意思？"

"嗯。"付铭海意有所指道，"咱们徐局这个人，该糊涂的时候糊涂，该清醒的时候比谁都清醒。"

夏东风却是心头一沉："那这个案子……"

"查肯定是会查的，但查到什么程度，查出什么结果就不好说了。"付铭海艰难扭头，直勾勾地盯着夏东风道，"这次你必须劝住沈默，他才多大？别犯糊涂。"

夏东风沉默两秒，扯了扯嘴角："我哪能劝得住他啊？"

"夏东风。"付铭海一字一顿，"你不想再死一个搭档吧？"

夏东风的脸倏地阴沉了下来。

第9章 失望

沈默第二天下午就出了院，他的听力还没恢复，但耳鸣的情况比昨天略有改善。夏青给他开了一堆药，还强制决定每天为他检查耳朵，一旦出现恶化，就得手术。对此，沈默的态度很含糊。

而王高途地下室里那些东西的检验结果也出来了，不是曹建设的。这个结果完全出乎沈默的预料。

“不可能。”不是拒绝接受的气话，而是笃定这不可能。

“根据检验结果，那些血肉都是属于一个叫张顺利的小混混儿的，跟王高途有矛盾，已经失踪半个月了，失踪的这段时间大概就是被王高途关在自己家地下室了吧。”夏东风似笑非笑，“徐局的意思是，先把这个张顺利找出来再说，哦对，就目前的情况来看，王高途应该也是被张顺利杀的。”

就是完全把这件事归类成私怨，彻彻底底把王高途和曹建设之间的关联断开了。沈默之所以会笃定这个案子与万华集团脱不开干系，王高途的存在就是重要的佐证之一。他是篡改市医院监控的人，也是万华集团的人，只要王高途的罪名能确定，那往下深挖就一定能查到背后的人。但现在查出来的东西，却是在试图从根源处斩断拔出萝卜带出泥的可能。

沈默连生气的力气都没有了：“这些话你自己信吗?”

“信啊，为什么不信？警察办案讲究的从来都是证据，而不是臆测。”夏东风把胳膊搭在沈默肩膀上，苦口婆心道，“你查这案子查了这么久，现在突然来了个急转弯，心里肯定不好受，但你得接受事实啊。”

沈默扯了一下他的手臂，没扯下来，只能认命地耷拉着双臂："从很早以前开始，比起警察，我更相信我自己。"

真的是很早很早以前，早到他的记忆已经模糊，唯一清晰的只剩下满眼血色和那几个噩梦般的音节。

夏东风叹了口气："沈默，你知道我为什么在楼下跟你说这些吗？"

"知道。"沈默笑了下，不外乎就是怕他不能接受，当着局里所有人的面闹起来，"检验是谁做的？"

"痕检科的邱季。"

沈默垂着头，思索半晌才意味不明地说道："上次雪茄剪的检验也是他做的。"

夏东风的心登时咯噔一下。

沈默拽开他的胳膊："帮我请两天假吧，就说我脑震荡，需要休息，反正局里现在也用不上我。"

夏东风脸色骤变："沈默，你想干什么？"

"不干什么。"沈默转过身，摆了摆手，"就是觉得上班没意思。"

夏东风盯着他的背影："你最好是真这么想的。"

沈默没吭声，拎着东西走了。他跟没目的似的，在大街上游魂般晃悠了许久，直到因为不放心跟在他身后的夏东风放弃了这种无意义的跟踪行为，沈默才从裤子口袋里掏出个透明的塑料物证封存袋。袋子里装着些红褐色的粉末，是沈默之前从铁链上刮下来的血痂。当时他是打算拿回来交给痕检科检验的，只是因为爆炸没顾上，后来他被送去医院，局里派人去王高途老家收集证据，沈默还以为这东西用不上了。哪能想到世事难料。

沈默竟然都不知道是该庆幸，还是该难过。他掏出手机，从通讯录里翻出个从来没拨通过的电话号码。

"贺生戈。"沈默对自己的脚臭大学室友印象挺深刻的，"我记得你爸是南州市公安局的副局长？能不能帮我个忙？”

脚臭同学虽然脚气不好闻，但好在热情，在沈默保证不会给他添麻烦之后就答应了下来。沈默确实不打算给别人添麻烦，否则也不会找八竿子打不着的贺生戈帮忙。

半个小时后，沈默坐上了前往南州的高铁。

第二天早上，沈默拿到了贺生戈找人帮忙弄出来的检验报告，以及 DNA 对比结果。

地下室的那些血肉，确实来自曹建设。

证据摆在眼前，真相摆在眼前，却还要硬生生作假，没有比这更滑稽的事了。如果曹建设的检验结果是假的，那雪茄剪的检验结果会是假的吗？是不是他早就掌握了证据，却因自己人的背后插刀而错失了真相？

沈默没在南州久留，拿到检验结果后就回了南都市。前所未有的迷茫让他裹足不前，不是不敢，而是不知道该怎么做，甚至不清楚还有谁能信任。

回到局里，沈默又从夏东风处了解到了案件的进展。曹建设的案子以自杀结案，同时宋明珠和曹耀也都确认是曹建设杀的。他出狱后，宋明珠和曹耀都不愿意接受他，所以泄愤杀人。

“那曹建设的本事可真大啊。”沈默觉得自己像是在听一个天大的笑话，“那他为什么要在盛典会场制造爆炸？”

“哦，你说这个啊，也查清了。”夏东风回答，“炸药是张顺利放的，为了报复王高途，你不是都在地下室发现制作炸药的痕迹了吗？怎么会认为曹建设和爆炸案有关？”

“为了报复王高途，所以搅和了旅游盛典？王高途有这么大面子？他人都死了！”

夏东风始终没看向过沈默：“张顺利的母亲之前得了重病，

因为比较拮据，就私下找王高途买药，但是病情恶化了，导致张顺利的母亲死亡。药是万华集团名下的药厂生产的，心思偏激的张顺利因为这个恨上万华集团也正常。”

沈默现在觉得这个张顺利简直就是个老倒霉蛋，平白无故就犯下了足够被枪毙的罪行。

“张顺利人呢？抓到了吗？”沈默深吸了口气，指甲死死地掐进掌心。

“没有，但是找到了目击证人，他应该是逃到境外了。”夏东风终于抬头笑了一下，“咱们也不能跨国追凶对不对？”

沈默重重呼气。就在这时，他听到了外面有人说话。

“下午好啊徐局，这位是？”听起来像是徐建军带着什么人来了公安局。

徐建军道：“这是上面的领导，来问问爆炸案的结果。”

沈默倏地从椅子上弹了起来，抓着那份从南州带回来的检验结果和物证袋就往外跑。夏东风看见他拿的东西，心头狠狠一跳：“沈默，你干什么？”

沈默置若罔闻，出去的时候，正好听见徐建军在对上面的人说：“是叫张顺利，对，实在没想到这人能这么偏激，竟然会因为私事捅出这么大的娄子……”

“不是张顺利！杀了王高途的凶手不是他，在会场放置炸药的也不是他！这个张顺利只不过是个替罪羊而已。”沈默直接冲到两人面前，“这个案子不能就这么结了！”

这话一出来，别说是徐建军，就连那位领导的脸色都难看了起来。如果沈默这个时候听力恢复的话，就会发现，在他指出张顺利并不是凶手之后，这个领导的心跳和呼吸甚至比徐建军的还要急促一些。可惜，他没能听到。

领导不动声色地扫了沈默一眼，笑着问徐建军：“这是？”

“是局里新来的愣头青，脑子不清楚，让您见笑了。”徐建军瞪了沈默一眼，“还不赶紧滚蛋？证据确凿的事，你有什么好质疑的？”

沈默不闪不避地回视：“我也有证据。”

徐建军：“你……”

夏东风突然凑了上来，一边把沈默往身后拽一边道：“领导，徐局，让你们看笑话了啊，小沈之前受到了爆炸波及，医生说他脑震荡了，搁这里说胡话呢。”说完又重重一扯沈默的衣袖，压低声音，“别在这儿愣着了，回你工作间去。”

领导像是对夏东风给的这个台阶很满意，笑道：“不舒服就多休息，身体重要。”

沈默却在这时把不识好歹表现了个淋漓尽致，他甩开夏东风的手，掏出物证袋：“有人在检验结果上作假了，王高途老家的地下室是我发现的，我在第一时间收集了现场的血迹，这根本就不是什么张顺利的血，我申请重新检验一次！”他转头看向人群后面已经惨白了脸色的邱季，“换个人，让除了邱季的人检验。”

这话的指向性太强了，邱季咬牙看向徐建军：“徐局，我……”

徐建军摆了下手，示意他闭嘴，只是对沈默道：“你确定要这么做吗？污蔑同事的后果你能承担吗？”

沈默面无表情：“是不是污蔑，也得检验完才知道吧？”

徐建军彻底沉下了脸：“沈默！”

“行了，别吼了，年轻人有干劲是好事。”这位领导拍拍徐建军的肩膀，“重新检验就重新检验，真相比什么都重要。”

徐建军的冷汗从额角滴落：“您……”

领导看了下腕表：“哎哟，都这个时间了，我还有事，后面你就看着处理吧，出了结果再联系我。”

上面的领导头也不回地走了，整个公安局落针可闻，气氛紧绷到了令人窒息的程度。

不知道过了多久，徐建军接过物证袋："痕检科除了小邱，今天还有谁在?"

一个高瘦青年从人堆里挤了出来："我。"

徐建军把物证袋交给他："是小陈啊，那检验这事就交给你了?"

"是。"

就在小陈接过物证袋，准备回痕检科时，沈默再次站了出来："为了防止二次弄虚作假，我可以申请旁观检验过程吗?"

一听这话，小陈就跟被猫挠了似的："你什么意思?"

"没有怀疑或者不信任同僚的意思，这么做只是为了让事情公开透明，以防万一罢了。"沈默语气淡淡道，"咱们办案，不就得小心谨慎吗?"

尴尬到极点的静默扩散开来，最后打破僵局的还是徐建军："那就看吧，多来几个人一起看。"

谁也没想到事情会发展成这个样子。

前往痕检科的路上，徐建军故意落后几步，走到了脸色铁青的夏东风旁边："你带的好徒弟。"

夏东风狠狠咬了下后槽牙："徐局，小沈他就是年轻冲动。"

"冲动?"徐建军笑了一下，"我看不见得，这不是考虑得挺周到吗?"

瞒着所有人藏下证据，又直接当着众人的面把事情捅出来，直接断了粉饰太平的可能。

被一群人盯着，检验结果当然是不出意料，物证袋里的血痂是曹建设的。所有人都看向了邱季。徐建军也看着他，还是笑着的："挺有本事的啊，这么大的案子都敢动手脚?不想要前途了是吧?"

邱季哆嗦着没有血色的嘴唇："徐局，我不知道这事，我拿到的物证真的就是张顺利的。”

徐建军摆了摆手：“狡辩的话就免了，带去审讯室吧，该问问，该查查。”说完又看向夏东风，“东风，小付和老丁都休假了，这个案子就交给你负责。”

夏东风不情不愿地接下了。

“还有你。”徐建军伸手点了点沈默，“小沈对吧？私藏物证，停职两个月。我就不往上报了，以后做事记得按规矩来。”

一个停职处分砸到头上，沈默还来不及反应，就清楚地看见夏东风狠狠松了口气。至少沈默被停职也算是从这事里摘出来了，不然后面还不知道要有多少幺蛾子。

在邱季被戴上手铐押往审讯室时，沈默追了上去：“那个雪茄剪上到底有没有指纹？”

面如死灰的邱季闻言竟然笑了一下：“没有，当然没有了，我怎么可能对证据做手脚？”这就是抵死不认的意思了。

“还挂念着那个雪茄剪呢？我可得提醒你一下，徒弟，你已经被停职了。”夏东风从背后推着沈默，一副急不可耐要把他撵走的架势。欢天喜地地把沈默送到楼下后，夏东风笑嘻嘻地拍着他的肩膀：“这回可是放长假了，好好休息哦。”

沈默抿了下嘴：“你会好好查清楚这个案子对吧？”

楼下门口的玻璃倒映出夏东风的表情，复杂的、难以用言语描述的表情。“那你可想多了。”夏东风伸了个懒腰，“我没你那么大的干劲，尽人事听天命呗。”

沈默皱紧了眉头：“夏东风！”

“唉！在呢！”夏东风用胳膊重重压住沈默的肩头，“沈默，这天底下就没有胳膊拧过大腿的事，你给我添的堵已经够多了，这两个月让我省省心行吗？”

沈默被他压得一个趔趄，扶住旁边的墙才稳住身形：“谁是胳膊谁是大腿？夏东风，你是不是什么都知道?”知道局里有人有问题，知道万华集团有问题，也知道背后的弯弯绕绕。知道，但却什么都没做。这个猜想让沈默的呼吸都止不住停滞了。

夏东风默然许久，才收回了胳膊：“回去休息吧。”在沈默转身离开的时候，夏东风突然叫住他，“这阵子就别乱跑了，老老实实待在家里。”

夏东风回办公室了，沈默却在门口站了很久。他在想，夏东风最后一句话是什么意思。只是随口一句叮嘱，还是意有所指，暗示他最近会遇到危险？如果是后者的话，危险又来自哪里？

这个问题的答案很好猜。在这个节骨眼上，如果真的有人要收拾他，那就只能是被他坏了好事的人。林永万，或者是万华集团。

回到住处之后，沈默按照夏青之前的叮嘱吃了药，这药大概有点儿宁神助眠的效果，不到半个小时，沈默就迷迷糊糊地睡了过去。可能是心理压力太大，沈默全程都睡得不是很安稳，被电话铃声吵醒时更是出了一身冷汗。

打电话过来的是庄梦瑶：“我听说你被停职了，有点儿担心，所以打电话来问问。”

庄梦瑶的声音很轻，明显是在刻意照顾沈默的听力，但现在的沈默听起来却有点儿吃力。他把听筒的音量调大，在心里对比着今天的听力和昨天的听力之间的微弱变化。他发现他的听力正在缓慢恢复。

“我没事儿。”沈默在爆炸发生后和庄梦瑶也有过联系，虽然只是简单的问候，但也算报过平安了。

庄梦瑶迟疑了一下，说道：“我刚才路过审讯室，听说邱季矢口否认销毁证据伪造检验结果的事。”

“这很正常。”沈默捏了下鼻梁，“他不承认，说不定背后的人还会出手保他，一旦承认才是真完了。”

要想撬开邱季的嘴只有两个可能，要么拿出铁证，要么让他知道背后的人已经彻底放弃他了。

庄梦瑶在电话那头笑了下：“你最近就安心休息吧，案子有什么进展我会跟你说的。”

沈默皱了皱眉：“庄师姐，你让老师重新给你找个地方实习吧，别在南都待了。”要是早知道情况会复杂成这样，当初老师说让庄梦瑶过来时他就不会同意了。

沈默本以为他莫名其妙说出这种话庄梦瑶一定会不高兴，不想电话那头却还在笑着。“你是在担心我的安全问题吗？”不等沈默回答，庄梦瑶就又道，“谢谢。”

二话不说直接道谢，连否认的余地都没给沈默留。沈默倍感无奈：“你能说出这样的话，就说明你对现在的局势也是有所了解的，所以……趁早走吧。”

“不着急。”庄梦瑶的语调还是温温柔柔的，“对了，之前老师让我帮你分析的那个音频已经有头绪了。”

话题转移得很生硬，但确实引起了沈默的注意。

庄梦瑶说：“我对音频做了分离处理，虽然这样处理会让音频受损，但确实从里面找到了一段类似人声的声纹。”

沈默猛地从床上坐了起来。因为时间过去太久，最近的事情又实在太多，沈默险些都要忘记之前那个案子了，那个不小心录到凶手一边行凶一边唱歌的悬案。

“也就是说，那个案子的凶手确实是在行凶过程中听到隔壁的住户在唱歌，然后就跟着一起唱了，对吗？”鬼使神差地，沈默想到了他在方树功家里弹琴，黄薇薇无意识地跟着哼唱的模样。

“大概率是这样。”

沈默的手心都开始冒汗了：“可以尝试进行声纹比对吗？”

“抱歉，目前还不行。”

虽然庄梦瑶说还无法进行声纹比对，但在沈默看来，几年前的旧案，只要案情有进展就是天大的好事。

挂了电话不到二十分钟，沈默就又接到了韩文慧教授的电话。他的老师开口就是劈头盖脸一顿训，总体来说，想表达的中心思想是：“咸吃萝卜淡操心，你管你师姐在哪儿实习呢？”

沈默反应过来，是庄梦瑶向他老师告状了，因为他劝她离开南都市。沈默觉得自己很冤。这种事情可以沟通的嘛，为什么要当面对他笑嘻嘻，扭头就让老师来骂他啊！

沈默不知道的是，另一边的庄梦瑶也觉得自己很冤。她之所以会联系老师说这件事，只是为了防止沈默率先说动韩文慧啊！

沈默被停职之后就彻底消停了下来，倒不是他真的怕了或者放弃了，而是夏东风压根儿不给他插手案子的机会，不管他问什么，夏东风全都用一句“案件内容不能透露给无关人士，这是规定”打发沈默。

直到一周后，夏东风喜气洋洋地提前下班告诉沈默，结案了。

“刘东你还记得吧？”夏东风坐在沙发上，随手拿了个抱枕揪揪扯扯，“就是林永万那个大舅哥。”

沈默一脸麻木。他已经猜到夏东风要说什么了。果然，夏东风的下一句话就是：“都是他指使的。”

沈默冷笑。这可真是前仆后继的替罪羊。

夏东风似乎也没指望说服他，反而坦然道：“沈默，这个案子能查成这样已经是极限了。”

沈默撩起眼帘：“什么意思？”

夏东风摊手：“干吗装听不懂呢？这多没意思。”

事实上，沈默还真听懂了夏东风的暗示。当面对无法匹敌的庞然大物时，持续纠缠只会消耗己方战斗力，要么一击即中，要么见好就收。现在的情况就是见好就收。

刘东既是幕后黑手丢出的挡箭牌，也是愿意息事宁人的表态，如果再揪着这件事不放，那就是图穷匕见，甚至不只是万华集团的问题。上面的人就真的希望万华集团被牵连进去吗？

不见得。万华集团在南都市树大根深，要动他们就会牵涉到很多人的利益。公安局在没有领头羊的情况下继续进行针对，那就无异于蚍蜉撼树。

沈默可以为了查案不顾自身安危，但他能一点儿都不为其他人考虑吗？很多时候，妥协都是因为无可奈何。

沈默呼出一口浊气："我知道了。"知道了的意思就是暂时接受这个结果，但也只是暂时。沈默会继续朝着真相迈进，既然不愿意见好就收，那就等待一击即中的机会。

"沈默，你看啊，"夏东风朝他伸出一只手，"我手上有个小口子，昨天被裁纸刀划的，今天已经差不多愈合了，但伤疤留下了。一只好好的手，今天留一道疤，明天留一道疤，伤痕多了，时间久了，这手肯定就没法儿看了。"

这个案子，就是万华集团身上的一道疤。

"两个旗鼓相当的人博弈才能打得有来有往，假如差距过大，那就必须要有耐性。"夏东风笑了下，"能把人一拳打死固然很爽，但做不到就该另想办法，你说对不对？"

"是另想办法还是打不过就放弃？"沈默问。

夏东风摸了摸下巴："也可以打不过就加入。"

沈默的脸绿了。

"开玩笑的，开玩笑的。"夏东风举起双手，"是另想办法，我保证。"

沈默没好气地白了他一眼："能说说刘东是怎么回事吗？"

"他说曹耀是他撞的，为了不招惹麻烦，他去找曹建设和宋明珠私了，但曹建设夫妇对开出的价码不满意，一直威胁他加价。杀宋明珠是一时冲动，事后曹建设跑了，他就把现场伪装成了家暴失手，嫁祸给曹建设，然后一直暗中派人在找曹建设打算灭口。杀曹耀是为了防止对方醒来说出实情，也是为了把藏在暗处的曹建设钓出来。之后，他把曹建设囚禁在王高途的老家，没想到曹建设竟然跑了，然后制造了爆炸案。哦对，刘东在爆炸时确实受了重伤，到现在还坐着轮椅呢。”

“逻辑上是说得过去的。”沈默跟听故事似的，“那曹建设的死呢？”

“刘东的小弟在爆炸案发生后，正好撞上了逃离现场的曹建设，就把人按在水里淹死了。”

“是吗？”沈默冷笑，“那还真是死无对证。”

夏东风笑笑：“是吧？有理有据。”

但这能说服谁呢？刘东被捕，这个案子的时间线就等于被圈定在了曹耀车祸之后，但事实上，他们一开始追查宋明珠之死时，发现的最大疑点是多年前那笔巨款。可惜时间久远，查无可查。

“为什么不直接杀了曹建设？”沈默是真的不解，“按理说，曹建设在曹耀死的那天就落在了刘东……姑且就真当是刘东吧，既然那么早就落到了他们手里，为什么没直接杀了，而是选择囚禁？”

夏东风倏地一怔。

沈默又道：“从他们的行为来看，杀人对他们而言，并不是一件困难事，既然能毫不犹豫地杀了宋明珠和曹耀，为什么又要留下曹建设？他不是一开始就打算灭口的吗？怎么人落到手里之后，反而不杀了呢？”

王高途老家再偏僻，那也不是深山老林，来来往往总有被人看到的风险。更何况，如果不是他们没杀曹建设，那王高途都不用死，爆炸案也不会发生。所以，到底是什么原因，让幕后之人非得留曹建设一条命？

沈默笃定道："我觉得这或许会是一个突破口。"

夏东风深深地看了他一眼："我会让人去问的。"

"大概率问不出什么吧？"沈默叹气。刘东明摆着就是心甘情愿当这个替罪羊，既然是这样，又怎么可能在最后一刻暴露自己的身份？

"能让刘东老老实实地扛下所有罪名，是威逼利诱的结果，还是他真的对幕后黑手忠心耿耿？"沈默越想越多，"真的没法儿从这里查下去吗？"

夏东风好半天没说话，过了半晌才幽幽道："这就默认是有幕后黑手了？你这是把我说的话当耳边风啊。"

"这不是可以偷偷查吗？"

"这个节骨眼上不行，万华集团把旅游盛典的损失都扛下了，现在去找他们的事儿就是自找麻烦。"

沈默语气干巴巴的："那他们还挺大方的。"

夏东风无语三秒，适时转移话题："邱季的调查结果也出来了，销毁、伪造证据，因为是公安人员，所以会从重量刑，五年起步吧。"

沈默倏地瞪大眼："他承认了？那、那个雪茄剪……"

"跟那个雪茄剪没关系。"

沈默问完就自己反应过来了。只有邱季知道雪茄剪上到底有没有指纹，他不承认，那就只能当作没有。而他显然不会再给自己多添一桩罪名。

沈默其实能理解夏东风决定见好就收的原因，但是无法接受，更不会放弃调查。

沈默打算再去宋明珠家、王高途老家的地下室，以及王高途在市区租住的房子这几个地方走一趟，找一点儿事做，以此来压制住心里那股深藏着的恐慌——一种如果不做点儿什么就有可能会随波逐流的恐慌。

打定主意后，沈默第二天就去找夏东风要这几个地方的钥匙。尽管夏东风不同意，可耐不住沈默的软磨硬泡，只能暂时答应第二天给他，而沈默则去了不需要钥匙的王高途老家，没想到的是，地下室被人用一堆垃圾毁得彻底，旁边的那堆啤酒瓶更是稀碎。

出来一打听才知道，原来王高途的事情传开之后，附近的小孩儿就来这里玩试胆游戏，直接把现场彻底破坏。至于地下室里的铁椅和铁链，应该是局里的人查案时带走的。

总而言之，这一趟一无所获。可沈默依旧生出怀疑。这座房子空置了这么久都没人闯入，偏偏事情发生之后，小孩子来这里试胆？怀揣着这个疑惑，沈默走访了村里的一些住户，还真让他发现了线索。其中一名参与试胆游戏的孩子说，是有个年轻的叔叔拿着高级玩具，让那些小孩儿去折腾地下室的。也就是说，有人利用这群小孩子破坏现场。

回去的时候，夏东风正好下班，除了给沈默带来了钥匙，还提了两斤卤肉。夏东风就跟回了自己家似的，去厨房拿了个盆，把卤肉往里面一倒，边拌边问："你今天是去看那个地下室了吧？怎么样？有没有新发现？"他说这话的时候是带着笑的，明摆着的调侃，显然不认为沈默能发现什么，纯纯嘲讽。

沈默惜字如金："有。"

夏东风震惊："还真有啊？那个地下室的地皮都被扒过一层了，能弄走的全让他们给弄回了局里，你这都能有新发现？"

"不是在地下室发现的。"沈默跟夏东风讲了那群小孩儿的事，总结道，"很显然是有意为之。"

夏东风没忍住翻了个白眼："你是说有人要销毁证据？可这

操作也太随便了吧？万一指使那群孩子的人只是单纯看王高途不顺眼呢？”

“当然不能排除这个可能。”沈默道，“但更大的可能还是销毁证据吧？我个人觉得，与其说这人是有目标地销毁证据，不如说是以防万一。”他顿了顿，“还记得我们昨天讨论的，为什么他们没有直接杀曹建设吗？”

夏东风若有所思地点头。

沈默倚靠在厨房门上：“假设，他们不杀曹建设是因为曹建设手里有什么东西或者把柄，囚禁曹建设是为了逼问这个东西的下落，但很显然，曹建设什么都没说。所以，为了防止这个下落不明的把柄落到警方手里，他们选择广撒网，把曹建设有可能藏东西的地方全部毁掉。”

夏东风放下盆和筷子，冲沈默鼓掌：“合理！猜得好！”夏东风憋着笑，“那么请问，你觉得什么要紧把柄，是一群小孩儿扔点儿烂菜叶子和臭鸡蛋就能毁掉的？真是那么重要的东西，怎么可能交给一群小孩儿去处理？未免过于滑稽了。”

沈默被问住了。

夏东风笑个不停：“说不出个一二三了吧？那我给你提供个思路。”他这语气像是在配合沈默编故事。

沈默沉着脸：“说。”

“他们已经去过地下室了，并且在寻找东西的过程中在地下室留下了无法复原的痕迹，为了掩盖这一点，才让那些小孩儿去折腾的，这样一来，就算我们事后发现不对，也会以为地下室被毁全是熊孩子干的。”

沈默的眼睛亮了：“用痕迹掩盖痕迹，这很合理。”

“不是吧你？我随口说说的！你真当这是写侦探小说呢？”

“只是假设而已，其他的等我明天去过另外两个地方再说吧。”

夏东风冲他竖了个大拇指："坚持下去，不忘初心，持之以恒，你迟早是当代包青天的料。"

沈默没好气地踹了他一脚，劈手抢过装卤肉的盆，趴在饭桌上开吃。

"让让，让让。"夏东风挤到他旁边，"怎么一点儿都不尊师重道呢？那个猪尾巴留给我。"

沈默把猪尾巴塞进了他嘴里："这案子已经结了，丁局和付队那边的停职处分……"

"老付那边说不准，一方面是伤得太重，丁局应该快了。"

沈默有些意外："怎么会？"旅游盛典的事，丁局是总负责人，出了事大概率也是被罚得最重的。付铭海虽然也是失职，但他当时救下了林永华，算是有功，怎么也不应该处罚得比丁局还重。

夏东风八卦兮兮道："我也是听说的，你记得保密啊，好像是说徐局要被调走了。"

沈默愕然："升迁？"

"不算，平调吧。"夏东风摊手，"但你知道的，从南都往一二线城市平调，跟升迁也没什么区别。"

"竟然在这个时期。"沈默眉头紧皱，"旅游盛典的安全工作虽然不是徐局负责的，但他可是直属上级，出了这么大的事之后，怎么还能不降反升？"

"这你就不懂了，咱们徐局背景深着呢，而且……"夏东风压低声音，"这是好事，上面应该没有安排人空降的意思，徐局调走之后，最有可能接任的人是丁局，你懂我的意思吧？"显然，比起圆滑世故的徐建军，由刚正不阿的丁世忠接任是最好的结果。

"可丁局刚受了处分……"

夏东风摆手："问题不大，毕竟南都这地方，长脑子的都不愿意来，也就是你这种愣头青，跟个铁头娃似的往里钻。”

沈默一时间无言以对。

第二天一早，沈默就拿着钥匙去了王高途在市区的租住房。比起地下室那边的满地狼藉，租住房这边倒是没什么不对。

揣着找不到东西也得掘地三尺，尽人事听天命的心思，沈默开始在这个两室一厅里翻找起来。

王高途的住所只有一间卧室，另一间被改成书房，书桌上放了个超大的花梨木茶盘，看起来十分土豪。靠墙的位置摆着一个大书架，虽然被塞得满满当当，但上面的书全是新的，没有翻阅过的痕迹，全都落满厚厚的一层灰。唯独书架第三层左上角的位置不太一样，这里有一个空隙，空隙的位置没有落灰，正好能放得下一本书。这说明，这个空隙原本放着一本书，并且经常被人拿出放回，所以空隙旁边两本书上的灰被蹭掉了一点儿，那么书在哪里呢？

沈默掏出手机给夏东风打电话，向他要取证时拍下的书架照片。夏东风虽有疑惑，但还是满足了他的要求。

夏东风发来的现场照片里没有专门拍摄书架的视角，但有一张照片在拍其他地方时，正好把书架的左上角囊括了进去。正如沈默猜测那般，空隙的位置确实放了一本书，而且是在警方取证过后被人拿走的。

沈默拧着眉毛把照片放大，发现丢失的那本书的书脊上压根儿没有印任何花纹和字符。纯黑的书脊上，只有十二个胡乱排列着的小白点，形状和大小还有着细微的差别，有的大一点儿，有的长一点儿……像形状不一的“圆”。

作为命案现场，这套房子按照规定会被封锁十天，但现在，还不到十天。当日他和夏青是最后离开的，离开前，所有门窗都关紧了，目前窗户没有被破坏和强行打开的痕迹，锁芯没有被破坏或被强行撬开的痕迹。这说明拿走那本书的人应该和王高途认识，并且手里还有这套房子的钥匙。

沈默通过物业联系到了房东，房东说王高途住进来时已经把门锁换了，自己也没有钥匙，由此可以推测出，拿走那本书的人是王高途的朋友，两人之间必定关系极好，好到可以把家门钥匙给出去的地步。

"也有可能是有人偷偷配了钥匙。"夏东风怕沈默又闷不吭声搞大事，午休时间硬是约他出来吃饭。当然，吃饭是次要的，主要是敲打一下沈某人躁动的灵魂。

沈默心不在焉地拌着凉面："这个可能性很低吧？除非他预料到了王高途的死，早早就做好了等人一死就去偷东西的准备。"

"查过小区附近的监控没有？"夏东风问。

"查了。"沈默叹气，"我正要跟你说这个事，那个小区只有大门口装了监控，保安又是摆设，陌生人出入根本不需要登记，每天来来往往的人不知道有多少，如果要排查的话，就必须从王高途的交际圈入手。"这意思就是一个人搞不定，需要局里帮忙。

夏东风又往面里加了一勺辣椒，边拌边翻白眼："容我提醒你一下，你已经被停职了，同意你私自调查本身就是违规的，你现在还想搞大动作？大白天做什么梦呢？"

沈默贼心不死："王高途的人际关系你们之前就查过了吧？现在再排查一下又……"

夏东风撂下筷子，冲沈默比画了个打住的手势："闭嘴，没得商量。"

沈默决定退一步："那你把跟王高途有关的资料给我，我自己查。"

夏东风痛心疾首："徐局要是知道你这么会搞事，肯定特别后悔停了你的职。沈默，记住你答应过我什么。"夏东风态度严肃，“这个案子就只能是刘东做的，不是也得是，明白吗？”

沈默胃口全无，丢开筷子定定地看了夏东风一会儿：“对着警徽宣过誓吗？”

夏东风沉默了一会儿，把沈默的面端到自己面前：“不吃了？不吃我帮你吃了啊。”

沈默突然觉得，继续纠缠变成了一件毫无意义的事。

第 10 章　追查

沈默单方面和夏东风不欢而散。他走之后，夏东风也撂了筷子，他总觉得沈默会闹出麻烦，索性给档案室的老宋打电话，让他提前把刘东那个案子的档案封了。如果有人要调刘东案的档案，就说只有经过徐局的允许才能调取。

夏东风想不明白，说好暂时收手，见好就收，沈默怎么能变卦得这么快？但他也很清楚，情况之所以变成这样，一部分是因为沈默的执拗，另一部分也是因为自己的纵容。他只能告诉自己，这不是纵容，给沈默提供帮助，只是为了避免他闯出更大的祸。

沈默并不知道夏东风断了他查档案的路，也清楚以自己的资历，绕开夏东风拿到刘东案档案的可能性很低，可一时之间又想不出其他能帮他的人，最后决定趁着夏东风没有改变主意要回钥匙，去一趟宋明珠家。其实警队的人已经把该搜查的都搜查了，这次过去，他只是想看看，在警方搜查过后，这里是否还有变动。

距离宋明珠死亡已经超过一个月了，这套房子外面的封锁线已经被拆掉了，房子里没水没电，大概是业主一家死亡后，没有人再去缴费的缘故。

沈默怔怔地在门口站了一会儿，心里说不出是什么滋味。最近发生的事情实在太多了，直到这一刻，一个残酷的认知才清晰地浮现在他的脑海。一家人全都死了。宋明珠、曹建设、曹耀，一家三口，无一幸免。可罪魁祸首却始终藏在死亡的阴影之后，或许都不会为他们的死亡发出一声叹息。

这个念头让沈默止不住地开始思维扩散，他下意识地想着，当年他父母的死亡，在幕后黑手眼里，是不是同样不值一提？

沈默握紧了拳头，转过头，看向外面。就像隔着重重的砖墙看见了隔壁栋一楼，看见了他曾经完整的家，看见了那棵已经长高的石榴树。墙可以翻越，甚至推倒，但死亡却坚不可摧，无法挽回。

沈默收回视线，抬起手按压着太阳穴，试图通过这种方式将突如其来的感性抽离。

宋明珠家的装修风格很过时，客厅的顶灯样式繁复、花里胡哨，沈默举起手机，将打开的手电筒照上去，甚至能看见吊坠缝隙里厚厚的积灰。沙发是人造革的，很多地方都已经爆皮了，露出了皮革下面的网状底衬……宋明珠家近些年的经济情况，大概是真的不太好。这也正常，那笔来历不明的巨款估计都耗在了这套房子和曹耀身上。

这套房子不算特别大，但因为居住时间很长，犄角旮旯里都塞满了东西，不知道该说是凌乱，还是充满生活气息。一路看下来，沈默几乎能清楚地分辨出三个主人的痕迹。曹建设留下的痕迹相对少一些，衣柜里几件不值钱的衣服，塞在床头柜后面的烟头，留在墙壁上的脚印，等等。宋明珠的生活痕迹则是最多的，放在电视柜里的记账本，歪歪扭扭堪比小学生水平的字迹，收纳盒里各种零碎的小赠品……一个经济拮据的家庭主妇形象随着这些细节的拼凑，逐渐在沈默的脑海中变得鲜明起来。

暴躁的曹建设，斤斤计较的宋明珠，在经济情况不好的时候，会发生争执太正常了。这也对应上了沈默刚搬回来时听到的吵架声。从时间推算的话，那个时候，曹耀应该已经出车祸了吧？一对没有经济能力的中年夫妇，面对巨额的医药费，会做出什么事来呢？或许，刘东的供词并不全是假话？曹建设和宋明珠确实狮子大开口，或者说是勒索了，但沈默从不认为被勒索的人会是刘东。他不觉得那个雪茄剪是错误的线索，比起刘东，林永万的嫌疑明显更大。

沈默有些疲惫地坐在了沙发上，随着他的动作，沙发里的弹簧发出几声嘎吱嘎吱的响动。他侧了下身，装在口袋里的手机突然滑落。直到现在，沈默才发现这个沙发上竟然有个巴掌大小的破洞，他的手机就这么好死不死地掉进了这个洞里。

沈默无奈叹气，起身将手伸进沙发内部摸索，因为洞口不大，他只能小范围一点儿一点儿去摸。在捡起手机的瞬间，沈默突然感觉手机好像撞到了什么东西，伴随而来的还有当的一声脆响。

沈默立刻掏出一看，是个体积不大的铁制的存钱罐，上面喷绘了彩色的房子图案，顶上有个两指宽的缝隙，是用来塞硬币的入口，正面还挂了个小锁，把锁打开后就能掀开“屋顶”，拿出里面的东西。

沈默盯着那个比装饰物强不到哪里去的小锁，犹豫了两秒，干脆揪着锁头一拧，铝制的小锁直接掉了下来，里面除了面值一元的硬币，还有很多被叠成小方块的零钱，整整齐齐的，塞了半罐子，粗粗算下来大概有上百块钱。

沈默有些失望，靠在沙发上开始整理罐子里的东西。硬币仔细堆叠好，然后用废纸包起来，叠成小方块的纸币一张一张地展开铺平……

沈默甚至都不清楚自己这么做的理由是什么，就像是有了希望之后又突然失望，堆积的压力在瞬间释放出来，让他不得不做点儿什么来转移注意力，哪怕这件事枯燥乏味、毫无意义。

被折叠起来的纸币很多，面值最大的是十元，沈默甚至还从里面拆出了一张早已停止流通的两元面值的纸币。他单独把这张大小长宽和其他不太一样的纸币拿出来放到一边，随手又从存钱罐里摸出下一张，可刚把这个叠起来的纸币捏在手里，沈默的动作就顿住了。

从表面露出来的花纹和颜色看，这是一张面值十元的纸币，但重量和厚度却稍微有些不对。这张纸币比之前拆出来的那两张十元纸币更厚也更重一些。

这个发现让沈默刚刚平复不久的心跳再次躁动了起来，他小心翼翼地将这张纸币拆开，展露在眼前的除了一张普通的十元纸币，还有一张收据！

不，准确地说，只是一张手写的收款字据：

今收到林永华一百万，双方两清。

再往下是宋明珠和林永华的签名，林永华的名字上还盖了私章。最下面的签署时间是在 2007 年末。也就是宋明珠买下星辉小区这套房子之前。

写这张字据的笔迹让沈默非常眼熟，与宋明珠记账本上的笔迹基本一致，都是那种略显幼态、一笔一画的生疏字迹，每个字下笔都极重，在纸背上画出了深深的凸痕。

沈默看到这里，心头一跳，那些人抓到曹建设后没有直接灭口，或许就是在找这个会把他们最大的依仗拖下水的东西。

而那个人，竟然是林永华！

字据应该在林永华手中，但宋明珠可能担心自己的安全，就又写了一份字据，双方签字后，她将它保存起来。

沈默攥紧拳头，强迫自己将急促的呼吸缓和下来，小心地将字据装进物证袋，边往外走边给夏东风打电话。

“沈默？又怎么了？我这正……”

沈默打断他的絮叨，开门见山地问道：“我记得你之前跟我说，当年曹建设入狱是因为走私对吧？”

电话那头静默许久，直到沈默忍不住再次追问时，夏东风懒洋洋的声音才传了过来：“……啊，对。”

“你还说过，曹建设刚刚被捕时表现得非常坦然，没有任何恐惧，认罪的速度也很快。”

“是。”夏东风不以为意，“就是死猪不怕开水烫呗，这种人多了去了。”

“这不是重点，重点是，你之前说，曹建设的态度在知道判决之后就变了。”

“是是是，我都说过，我还说过他就是个法盲，估计走私之前压根儿就不知道他出手的那些东西会被判那么久。”夏东风听得直翻白眼，“你到底想说什么？”

“如果他是真的不知道呢？”沈默长出一口气，“如果他走私其实是受别人指使的呢？或者真正走私的人是他身后的老板，而他不过是个马前卒呢？”

十几年前，曹建设因为帮林永华走私入狱，之后宋明珠收到了林永华给的一百万元作为补偿，双方两清。今年，曹建设出狱，曹耀车祸，为了给儿子救命，刚刚出狱，没有任何经济来源的曹建设再次把主意打到了林永华的头上，试图用当年的事作为把柄，向林永华勒索。林永华安排林永万来处理这件事，但林永万暴躁易怒，在跟宋明珠和曹建设谈判时冲动杀人，宋明珠当场身亡，曹建设逃走……

可如果是这样的话，他们没必要对曹耀动手，因为在被勒索前，曹耀就已经因为车祸陷入昏迷了，他知道旧事的可能性很低，林永华、林永万兄弟没必要冒险杀他。

那就只剩下一个可能。曹建设出狱后，家中经济困难，曹耀虽然留过学，但因为能力和心性都非常一般，所以并没有稳定的工作，无论具体是什么情况，曹建设一家缺钱是必然的。

如果曹建设当年入狱的事真有猫儿腻，那他不可能不恨罪魁祸首，会威胁勒索也就顺理成章了。假如这个猜想是对的，那么曹耀的车祸恐怕就不是意外，而是林永华兄弟给曹建设的一个教训。

电话那头的夏东风不知道想了什么，再开口时，嗓音异常干哑："他能是谁的马前卒？"

"我在宋明珠家里找到了一张收据，2007 年底，曹建设入狱之后，林永华给了宋明珠一百万。"沈默语气沉沉道，"我猜，这一百万大概就是封口费了。"

电话那头突然传来啪的一声。沈默下意识地作出判断，这是手机落地的声音，估计屏幕也碎了，因为他还听到了微弱的破裂声响。都这样了，电话竟然还没挂断，手机质量还挺好。

"师父？你没事儿吧？"

沉重的呼吸远远传来，只听这样的呼吸声，沈默似乎都感觉到了夏东风此刻的压抑和暴怒。不知道过去了多久，手机终于被夏东风重新捡了起来。

"……没事儿，手机不小心碰掉了。"他深吸了一口气，"刚刚的话，我就当没听到过，那个收据，你最好是毁掉。"

沈默愕然："夏东风你……"

"我还有事要忙，先挂了。"

通话结束，沈默怔怔地望着暗下去的手机屏幕，一时间大脑一片空白。为什么要把这么重要的证据毁掉？这难道不是他们一直希望找到的突破口吗？

“东风，你觉不觉得这个案子有点儿奇怪？”熟悉的声音自不远处传来，夏东风愣怔了一瞬，才发现自己不知道什么时候趴在椅子上睡着了。他眨了下眼，有些迷茫地抬头向说话的人看去，却只看见一片朦胧。仿佛有重重迷障遮住了他的眼睛，让他无论如何都看不清对方的长相，可是那感觉却很熟悉。

哪怕看不清，哪怕只是听到声音，夏东风就已经感觉到了发自内心的熟悉和信任。思绪似乎被分成了两个部分，一部分清醒理智地告诉他，他是在做梦，跟他说话的人早在十几年前就死了，而另一部分却沉沦在梦境之中。

“哪里奇怪？”夏东风听到自己说，“小刘同志，听我一句劝，不要疑神疑鬼的，这案子早就结了，证据确凿的事情，能有什么问题？”

“我还是觉得不对……”面目不清的青年摸着下巴，“曹建设确实一开始就认罪了，可他交代的东西跟我们查到的并不完全一致，而且他知道要判十几年的时候……表现得太奇怪了，我甚至都觉得他快崩溃了，但他妻子来见了他一面之后，他就又变回了一开始那个样子。东风，你真的不觉得有问题吗？”

梦里的夏东风趴在椅背上想了想：“你这么一说，好像确实哪里不对。我之前听预审那边的人闲聊时提到，说曹建设虽然一开始就认罪了，但在预审跟他核对走私物品的时候，他否认过，但后来又承认了。”

“这事我知道，预审那边给出的结论，曹建设反口大概是因为后悔了。”青年弯腰凑到夏东风耳畔，压低声音道，“你说曹建设会不会是被人算计了？”

夏东风翻了个白眼：“我只知道他绝对不无辜。”

“你没明白我的意思。”青年连连摆手，“我拿偷东西打个比方吧，曹建设是偷东西了，但他以为他偷的只是一个钱包，就算被抓也没什么大不了的，可能关几个月就出去了，但他没想到钱包里装了一枚价格高昂的稀有宝石，这也让整个案件的性质变得不一样了。”

“你可真能想啊，那他后来为什么不反驳？”

青年若有所思：“或许……是他妻子来见他的时候说了什么？”

夏东风连白眼都懒得翻了：“你以为队里其他人是吃干饭的？他老婆就算来探视，说话做事也都有人盯着呢，要真是你说的这种，局里会发现不了？”

“我还是觉得……”青年直起腰，“不行，我得再查查。”

夏东风赶苍蝇似的挥手：“查吧查吧，有事要帮忙就说，真有情况可别一个人冲。”

青年大笑：“真遇到事儿了，我还能忘了你这个搭档？”

静谧的画面突然染上了血色。再回神时，夏东风已经站在了倾盆大雨中，他的搭档胸口中刀，血流了一地，被发现时尸体都凉透了。当时还不是局长的徐建军拍着夏东风的肩膀：“我们不知道小刘为什么会出现在这里，但发现的时候……”

他不知道，夏东风却是知道的。小刘，刘梓勤，这段时间一直在追查曹建设的案子，会出现在这里，十有八九是发现了什么线索。

梦里的徐建军还在说：“上面的意思是按照持刀抢劫结案，小夏你……”

夏东风愕然：“结案？持刀抢劫？证据呢？劫犯呢？什么都没找到，凭什么结案？!”

他所有的愤懑不甘都被一句话按了回去：“这是上面的意思。”

……

夏东风入警队的第二年，他的搭档用生命教会了他什么叫量力而行，也用生命告诉了他南都市的水究竟有多深。这代价沉重的一课，夏东风记了很多很多年。梦境中，他的眼神空洞地望着地上那具尸体。恍惚之间，刘梓勤的脸似乎开始逐渐扭曲。慢慢地，慢慢地，变成了沈默的样子。

夏东风浑身喘着粗气从床上坐了起来，冷汗浸湿了他的后背，连枕头和床单上都被汗渍印出一个可笑的人形轮廓。

过于激烈的心跳，让他的眼前一阵发黑，夏东风想抹去额头的冷汗，可抬起手来时才发现，他的指尖正在控制不住地颤抖。

卧室的门被猛地推开，穿着睡裙的夏青急吼吼地跑了进来，应该是夏东风刚刚起身时，不小心掀翻了床头柜上的台灯，响动惊醒了睡在隔壁的妹妹。

夏青看了他两眼，转身出去倒了杯温水递过去，等夏东风喝了才轻声问道："没事儿吧？"

"没事儿。"夏东风又喝了口水，笑道，"我能有什么事儿？"

夏青定定地望着他："不想笑就别笑了，这里又没有外人。"她侧身在夏东风旁边坐下，"又做噩梦了吗？这两年不是已经好很多了吗？怎么又……"

作为妹妹的夏青很清楚，她哥哥的精神和心理状态一直谈不上健康，哪怕表面上表现得再大大咧咧，梦魇也是不会骗人的。从十几年前，她还是个不懂事的孩子起，夏东风就经常被噩梦惊醒，症状时好时坏。几年前最严重的时候，夏东风几乎没办法入睡，稍微假寐半个小时左右，就会像今天这样从床上弹起来。

夏青知道这个情况的起因是什么。十几年前，夏东风的第一任搭档死了，他开始夜夜不得安寝。几年前，夏东风带的第一个徒弟也在执行任务时身亡。他的情况进一步恶化，梦魇缠身。原本已经搬出去独居的夏青因为放心不下夏东风，又重新搬回了这里，并抽空儿去辅修了心理学。

在她有意的引导下，夏东风的精神状况逐渐好转，好歹晚上能睡个安稳觉了。之前沈默要私下查案，夏青非得跟着去，其实出于私心的部分很少。她只是不希望她的哥哥再一次陷入噩梦之中。

出于某种直觉，夏青试探着猜测：“是沈默又做了什么吗？”她倒不觉得是沈默出了意外，毕竟现在就住楼上楼下，夏青昨天晚上还去给沈默检查了耳朵。

夏东风沉默许久，久到夏青以为他不会再开口的时候，他突然长长地叹了口气：“我只是觉得我的运气实在不太好。”

遇到的人，一个两个，都是不让人省心的东西。

早上六点半，夏东风提着两袋小笼包和两碗豆腐脑，开始一脚接一脚地踹沈默家的防盗门。门的质量很好，踹上去的声音也是闷闷的，并不算刺耳。但躺在主卧的沈默，还是觉得自己像是听到了一声又一声的旱天雷。

他昨天心里有事，在床上翻来覆去到凌晨才睡着，要不是最近吃的药都有一定的安神助眠功效，沈默甚至怀疑自己能睁着眼睛熬到天亮。因为睡得不好，所以他现在也是真的困成了死狗，但踹门的声音实在太响，让他连装死都装不下去。两分钟后，头发凌乱、踩着拖鞋的沈默沉着脸打开门。

“有事儿？”他问完就又想起了昨天的事，当即决定先发制人，“如果是劝我把字据毁了的话，那你还是趁早走吧。”

“怎么跟师父说话呢？”夏东风脸上的笑容一滞，“你这人，怎么不识好歹呢？”他把手里的早饭往上提了提，“我来请你吃早饭。”

沈默上下打量了夏东风几眼：“除了之前住星辉小区那天，你从来没在七点之前起过床。”沈默扭头看了下挂钟，“现在是六点三十五分，你提的小笼包是长吉巷王记的，骑小电驴来回也得三十分钟左右，也就是说，你今天应该五点半左右就起床了。”他凑近夏东风，语气不善，“你五点半起床，就是为了请我吃早饭？”

夏东风无言以对。沈默作势要关上门，并总结道："黄鼠狼给鸡拜年。"

"哎！等等，等等！"夏东风连忙用肩膀抵住房门，"话可以不谈，饭不能不吃啊。"

沈默冷笑，正想说恐怕他一放夏东风进来，这人就要跟他硬谈了，结果一走神，就被夏东风瞅准时机蹿进了饭厅。等沈默沉着脸走到饭厅时，夏东风连筷子都摆好了。

"来！"夏东风帮他拖开椅子，"沈警官请上座。"

沈默不想笑，毕竟气氛不合适，但他实在没绷住。

看他总算给了个好脸色，夏东风也松了口气："吃吧。"

沈默揣着"看他能憋到什么时候"的心态开始闷头吃饭，结果硬是等到一顿饭吃完，夏东风也没开口提字据的事。

这么一来，反倒是沈默有些沉不住气了。在夏东风提着垃圾准备离开时，沈默垮着脸开口："字据的事……"

"哦，你说那个啊？"夏东风一手提着垃圾一手摸了摸下巴，"无所谓，我已经跟局里打过招呼了，在你停职期间，不准进公安局大门，谁敢放你进来就削谁。哦，还有，也不能给你提供任何帮助。"他笑嘻嘻地冲沈默比了个 OK 的手势，"这样你还能查下去，我就服你。"

付铭海停职，资历够老的夏东风，现在基本上就是接了付铭海的活儿，他说的话，在局里还是有点儿用的。沈默确实有很多东西需要查，例如曹建设入狱前和林永华之间的交集，两人的关系网有没有重叠。这些东西都是需要用到公安系统的，夏东风这波操作完全就是堵住了沈默的后路。

夏东风还火上浇油："哦，对了，如果你愿意的话，把证件也交一下吧，免得你利用人民警察的身份肆意妄为。"

没了证件，他还查什么案？沈默咬牙："我不愿意！"

“那不行。”夏东风咧嘴一笑，“沈默同志，我以南都市刑警支队临时队长的身份命令你上交证件。”

“夏东风，你非得这样吗？”沈默气得脸色铁青，连“师父”也不喊了，直接喊名字。

夏东风知道，他是生气了，反问：“交给我总比交给局里强，对吧？”

沈默咬紧后槽牙，从鞋柜上面的抽屉里拿出证件丢了过去：“拿走。”

夏东风随手接住，嘴里还在贱嗖嗖地撩拨：“哎，这可是警官证，多么严肃的象征，你怎么能随便扔呢？”

沈默懒得跟他打嘴炮，直接动手把人推出门外，“嘭”的一声甩上了防盗门。夏东风还在外面拍门：“沈默，你忘记把钥匙还我了，那可是重要证物。”什么时候现场的钥匙都成重要证物了？那钥匙上是带指纹了，还是溅上血了？“沈默，你别装听不见，我知道你耳朵好使，赶紧把钥匙还给我，不然我就去给徐局打报告，说你偷拿物证，让他再停你两个月职！”

回应夏东风的是两把甩出来的钥匙，以及飞速打开又飞速关上的防盗门。

“臭小子，跟我斗？”达到目的的夏东风接着钥匙，得意洋洋地走了。

不知道是不是出于上面给的压力，刘东的判决很快就下来了，死刑，并且会在七天内执行。

这段时间，夏东风对沈默可谓是严防死守。等沈默知道判决结果的时候，一切都已经尘埃落定。如果沈默的推测是对的，那七天后，刘东就会成为板上钉钉的冤死鬼，而曹建设一家的案子和爆炸案也会就此一锤定音。

坦白地说，沈默其实是对夏东风抱有希望的。他以为那个看起来大大咧咧，实际上心思深重的老警察会有所行动。哪怕不是推翻结果，至少也会想办法拖一拖。可事实却是，夏东风不但死死拦住了他，还在刘东明显是为人顶罪的情况下，选择了放任。那种仿佛正在陷入泥沼的错觉又出现了，而且比任何一次都要强烈。

沈默深吸一口气，强压下心头不知道是失望，还是愤怒的情绪，开始努力寻找转机。

两天后，沈默打听到了一个消息。万华集团和上面的人会就爆炸案赔偿一事召开记者招待会，算是给民众喂一颗定心丸。沈默的打算是，混进招待会，当场质问林永华。他现在已经不指望能当场翻案，一举打垮幕后黑手了。沈默只希望至少……至少再争取一点儿时间，别让刘东就这么不明不白地死了，也别让对生命毫无敬畏之心的幕后主使事事顺遂。

“都检查过了吧?”徐建军抹着额头上的热汗，一边盯着涌入会场的人群，一边转头询问夏东风。

夏东风捂着嘴打了个哈欠：“都查了，出入口也安排人守着了。”

“可不能再出岔子了。”徐建军的脸上难掩焦虑，“这次的记者招待会，一方面是为了公开赔偿问题，另一方面其实也是为了挽回旅游盛典的损失。”

夏东风意味不明地笑了下：“明白，这就跟开酒店似的，就算当场发生命案导致开业典礼成了恐怖事件，但生意还得继续做，所以只能拼命补救，对吧?”

旅游盛典从来都不是重点，重点是万华集团负责开发的各类旅游项目和景点。这次的记者招待会，就是为了按下爆炸案引起的恐慌，然后再把真正的重头戏宣传出去。

万华集团这操作不可谓不聪明。单从表面上看，万华集团是爆炸案毫无疑问的受害者，蒙受损失最大的就是他们。可在这样的情况下，万华集团依然愿意站出来承担在盛典时受伤的那些人的医药费。要不是心里有了先入为主的印象，就连夏东风都想夸林永华一句宅心仁厚。

万华集团不缺这么点儿赔偿款，但这一笔不算什么的金钱付出，却能给万华集团换来极好的名声和极高的声望。而这些名声与声望所带来的利益，根本就不是单纯用金钱可以衡量的。万华集团名下的所有产业、之前开发的所有项目和景点，都将因此受惠。如果再算上国际问题的话，那万华集团这一波别说是亏，搞不好直接就是赢麻了。毕竟正常走宣传流程，可没现在这样的关注度。

夏东风越看越觉得可笑，不禁讽刺道："这沽名钓誉的水平，普通人还真做不到。"

"老夏，你就少说两句。"徐建军额角青筋乱跳，"小心祸从口出。"

夏东风比徐建军要高一些，这会儿哪怕站得歪歪斜斜，看向对方的视角也带着点儿居高临下的意思。他盯着徐建军看了一会儿，嗤笑着扭过头："老徐，你这样可就没意思了。"

徐建军的语气凉飕飕的，说话直捅夏东风的肺管子："有意思的都死了。"

"你！"这回换夏东风暴青筋了。

"别你啊我啊的了，来人了。"徐建军说着就撑起笑脸，朝入口的方向迎了过去，"小林总到了啊，我安排人带您去休息室？"

夏东风这才注意到是林永万来了。想到沈默挖出来的那些证据，夏东风禁不住有些黑脸，但也知道这不是能表现不满的场合，所以只能憋着气退回了角落里。

比起看起来温文尔雅的林永华，林永万的表面功夫是真的很糟，他对徐建军的态度，简直就像是在挑剔一条冲他摇尾巴的狗。哪怕这条“狗”几乎称得上位高权重。

夏东风暗暗瞥着，一时间竟然有点儿分不清这两个人究竟哪一个更可笑一点儿。是直接低头的徐建军，还是蠢而不自知的林永万？哦，大概还得算上视而不见的他。好像都挺可笑的。

夏东风不愿再看，却在调转视角的瞬间猛地怔住。因为邀请了多家媒体，所以此时进场的人数众多，大部分还都扛着采访用的“长枪短炮”，以至于场内看起来十分拥挤。

另一边，徐建军跟林永万打完招呼也回来了，看见夏东风严肃的神情就是一怔：“怎么了？”

夏东风的视线在人群中搜寻：“没事儿……大概是我看错了？”也有可能是他最近盯防沈默盯得太死，导致神经过敏了。怎么想，沈默都不至于胆子大到混进这种场合吧？

一个小时后，夏东风痛苦地捂住额头。如果事情有变坏的可能，不管这种可能性有多小，它总会发生。墨菲定律降临到了夏东风的头上。

在一群举着话筒的记者中间，沈默摘下棒球帽和口罩，无所顾忌地问出了最尖锐的问题：“请问林董，您当年付给曹建设的一百万是封口费吗？因为他替您走私？后来派人杀了曹建设一家三口是因为利益分配不均导致的吗？替您杀人的是您的弟弟林永万吗？”他全程用的称呼都是颇具尊重意味的“您”，但问出来的问题却极其辛辣，只差没指着林氏兄弟的鼻子给两人定罪了。

全场一片哗然。

徐建军翻着白眼，恨不得当场昏厥过去。他一把抓住夏东风的手腕，咬牙切齿道：“还愣着干什么？赶紧把他带走啊！”

夏东风回神，这才发现自己的心跳已经快到了胸口泛疼的程度。他试图拨开人群，但嗅到大新闻味道的媒体却不愿意给夏东风这个机会，反倒直接把话筒对准了沈默。

“请问你刚刚的话是什么意思？”

“你是受害者家属吗？你能为你刚才的指控负责吗？”

……

媒体人大多数都是些要爆点不要命的，但这场发布会的性质不同，这些媒体在来之前其实都被提前打点过，就连需要提的问题都是有剧本的。原本这些人都是一副走过场的半演戏状态，但沈默的出现却等于是把整个舞台给掀翻了。

什么剧本？会比万华集团董事长涉嫌谋杀更有爆点吗？会比知名慈善家其实是法外狂徒更能引来关注吗？如果都不会，那还要什么剧本？当然是什么话题能爆问什么啊！

有些胆大不要命的记者甚至直接把矛头对准了林永华：“林董，这位先生的指控是真实的吗？您真的走私？还涉嫌谋杀？”

林永华还没开口，林永万就直接掀桌了：“你们！”

林永华按住林永万的胳膊，避开支到嘴边的话筒，用眼神示意他闭嘴。林永万还想发火，却被林永华冰冷的目光钉在了原地。

“哥……啧！”他烦躁地咬了下后槽牙，仰头靠回了椅子上。

林永华看他终于老实了，这才转头看向刚刚提出问题的记者，笑容温和：“我不会接受任何莫须有的指控，无论是走私还是谋杀，我都没有做过。”他看向被记者们挤得几乎没法儿移动的沈默，笑容不变，“我不清楚这位先生为什么要污蔑我，甚至污蔑我弟弟，但我愿意接受调查，相信警方可以证明我的清白。”

“我就是警察。”沈默隔着人群冲始终镇定的林永华冷笑，抬手拿出装着那张收据的物证袋，“你要怎么向我证明你是清白的？”

无数闪光灯在沈默拿出物证袋的瞬间亮起。扛着吃饭家伙的跟拍摄影师十分机敏地把镜头对准了物证袋，动作快得像是生怕晚一秒就会错过大新闻。记者们看清收据内容后，有人满脸不解道："这只是一张收据啊，能证明什么？"

林永华的助理也凑近看过了收据，然后回去对林永华一阵耳语。

"原来是这个啊。"林永华先是心里一惊，然后笑了笑，没有丝毫心虚的表现，"我确实给过曹建设妻子钱，当时曹建设入狱，他的妻子和孩子完全没有经济来源，我作为老板，总不能看着员工家属出事。虽然曹建设做出了走私的事，辜负了我对他的信任，但他的妻子和孩子是无辜的，他在我手底下工作了那么久，我总不至于连这点儿钱都舍不得。"

"这点儿钱？"沈默险些被这个说辞气笑了。十几年前的一百万元，无论如何都不是一笔小数目。

"确实是一笔小钱，至少对我而言是这样。"林永华屈指敲了敲桌面，"这些年来，我捐赠出去的钱也不少了，包括这次召开记者招待会，也是为了公开赔偿事宜。"

这话一出来，刚刚还躁动的记者们像是兜头被泼了一盆冷水。不是怕了，而是想起了最初的目的。就连上面派来配合记者招待会的领导也突然醒过神来。现在是讨论林永华有没有违法犯罪行为的时候吗？在南都市的经济发展与万华集团直接挂钩的情况下，别说是给林永华定罪，哪怕是让他背负污名和猜疑都是不应该的！

"如果真的只是出于善意的赠予，那这个收据上写的两清是什么意思？"沈默逼问道，"赠予还需要写收据？难道不该是写感谢信？"

林永华苦笑："这可真是欲加之罪了，我如果早知道签个收据会引来这样的怀疑，当年一定会认认真真地拟订一份赠予合同。"他叹了口气，像是十分为难似的，"这位警官，你之前的指控，都是基于我和曹建设利益分配不均这个前提下的，对吗？如果是这样，那你是真的不够了解我，但凡你抽空儿去查查万华集团这些年投入在慈善事业上的款项，应该都不会得出这种荒谬的结论。”

“没人规定做慈善就不能违法犯罪吧？否则这个世界上就不存在伪君子了。”沈默心知继续这样下去将毫无意义，咬了咬牙，决定将他的推测和盘托出，“曹建设当年……”

一只手按在了他的肩膀上。夏东风笑嘻嘻的声音紧跟着传来：“沈默？你不是因为精神状态不稳定被停职了吗？怎么跑来这里了？”

沈默从来都不知道夏东风的身手竟然好到了这个程度，只是眨眼工夫，沈默就被反钳住了双手，而且还是用单手钳制住的。这样主要是为了空出一只手来捂沈默的嘴。

确定沈默没法儿再开口之后，夏东风歪头对准凑得最近的那支话筒：“抱歉抱歉，这是我们局里一位已经办理了停职的同事，停职原因是精神方面受到了刺激，有被害妄想症的前兆，他在爆炸案发生后一直非常自责，急于将凶手捉拿归案，所以……”

一通胡说八道，直接把记者们全给说蒙了。

终于挤进人群的徐建军嘴角狂抽，一边在心里暗骂夏东风找的是什么离谱的借口，一边又不得不硬着头皮帮忙打圆场：“对对对，虽然小沈这行为确实不应该，但他毕竟……毕竟病了，大家体谅体谅。”

坐在台上的领导也跟着道：“既然病了那就好好治疗，跑来这里闹腾算个什么事？知不知道他的指控多么容易引起误会？”

徐建军连忙配合着道歉。几个人一唱一和的，捧哏的捧哏，逗哏的逗哏。不到五分钟，沈默就被贴上了精神不正常的标签，之前的指控也跟着成了笑话。

等到现场气氛重新平和下来之后，林永华适时开口：“原来是这样，这么说来，这位警官其实也算是我们这次需要赔偿的受害者之一。”他语气郑重地对徐建军道，“之后我会安排精神方面的专家过来，放心，治疗这位警官的所有费用都将由万华集团承担。”

徐建军笑容发苦，嘴里却还在恭维：“不愧是林董，真是宽宏大量。”

客套话说完，徐建军和夏东风就一左一右地按着沈默退了出去。这押人的架势，不知道的还以为沈默才是那个杀人犯。

出了会场，徐建军松开手，对夏东风交代道：“我回去处理后续，你给我把人盯紧了，可别让他再跑去惹事了。”

徐建军走后，夏东风干脆直接给沈默上了手铐。一个环套在沈默的左手腕上，一个环套在自个儿的右手腕上。完成强行绑定工作后，夏东风拖着一言不发的沈默走到墙脚下，摸出一根烟点燃，问道：“什么感想？”

沈默没吭声，只觉得一股刺骨的寒气从心脏扩散到了四肢百骸。

夏东风叼着烟，饶有兴致地弯下腰看他：“是不是觉得全世界的人都在跟你作对？只有你是正义的，其他人都是活在烂泥里的垃圾？”

“……是。”沈默扯了下嘴角，挤出个扭曲嘲讽的表情，“你还挺有自知之明的。”

“那确实是比你有。”夏东风咧嘴笑道，“能跟我说说你是怎么想的吗？拿着个破收据就敢往记者招待会上冲？那收据上是写林永华让曹建设走私了？还是写了曹建设一家都是被林家兄弟搞死的？都没有吧？一点儿实证都没有！你是怎么敢的啊?!”他的语气逐渐从玩笑变成了严厉，最后的质问更是几乎到了疾言厉色的程度。

沈默撇开头："……刘东快行刑了。"

这话说得颇有些没头没尾，夏东风琢磨了一会儿才反应过来他的意思："所以你是想中止行刑？"

"我没想过凭这个就能给林永华和林永万定罪，但至少得让这个案子被重启。"

沈默的想法其实并不复杂。他也不是真的天真愚蠢。他只是想，至少不要再多死一个替罪羊。刘东的行刑日就在这两天，如果再不叫停，那才是真的来不及了。他没能救下宋明珠，没能救下曹耀，没能救下曹建设……他错过了很多本可以被挽救的生命，但刘东的还来得及。所以哪怕是孤注一掷，哪怕后果会很糟糕，甚至是失败，沈默也没办法什么都不做就放弃。

夏东风沉默了很久才道："沈默，我应该跟你提到过，就算没有曹建设这个案子，刘东身上背着的事儿也足够他被判死刑了，他不冤枉。"

"那他也该死在他犯下的案子上！而不是替人顶罪！法律就是法律，是目标明确的规则，而不是可以拆东墙补西墙的东西！"沈默道，"执法的目的是公道公正，又不是判刑！"

夏东风定定地看了他半晌，叹了口气："你要的太多了。"

第 *11* 章　死刑

夏东风掐灭了烟头，用套着手铐的那只胳膊拽了拽沈默："沈默，你觉得结果和过程哪个比较重要？"

这个问题问得有些莫名其妙。沈默试着结合了一下前后两句话才意识到，夏东风之前说他想要的太多了，大概是指他既想要过程又想要结果。沈默道："结果和过程难道不是互相印证的关系吗？通过调查这个过程得到结果，通过结果知道调查没有白费……"

"你误会我的意思了。"夏东风抬手打断沈默的话，"我之前看过一部国外的电影，名字叫什么来着？忘记了。"他抓了下后脑勺的发茬，无所谓道，"电影讲的是一桩凶杀案，在距离案件追诉期只剩二十四小时的时候告破，嫌疑人也落网了，但因为警方没有掌握切实的证据，嫌疑人也矢口否认，所以在种种线索都指向他的情况下，警方也依然没办法定罪，只需要拖过这二十四小时，即使警方再找到证据也没用了。嫌疑人在被扣押的时候表现得极其嚣张，可只要他不认罪，没有掌握铁证的警方就拿他毫无办法，最后只能在二十四小时后放走嫌疑人。"

沈默虽然没看过这部电影，但光是听描述就拳头梆硬。

夏东风还在讲后续："电影的结局是，那些出去找线索的警察并没有找到一开始调查的那个案子的铁证，但他们在调查过程中发现这个嫌疑人还杀了另一个人，而那个死者的追诉期还没过……最后，电影反转，杀人犯被绳之以法。"

沈默冷着脸问道："你到底想说什么？"

"我们可以把这个电影里的案件看作两个，一个案件的死者是 A，一个案件的死者是 B，因为死者 A 的追诉期已经过了，所以杀人犯逃过一劫，但又因为死者 B 被发现，最终杀人犯落网被捕。”夏东风竖起两根手指，“无论是 A 还是 B 的死亡，都可以给杀人犯判处死刑，按照这个电影的结局，你会遗憾死者 A 到最后也没有得到法律的公正吗？”

沈默终于理解了夏东风想表达的意思。死刑是结果，让罪犯因为 A 和 B 的死得到应有的惩罚则是过程。听起来似乎很绕，但这确实是两种含义，或者站在死者家属的立场上，会更容易理解一些。作为过了案件追诉期的死者 A 及其家属，可能直到杀人犯被执行死刑都无法得到一句抱歉或者忏悔。因为给杀人犯定罪的案件，已经跟死者 A 无关了。这和刘东的情况何其相似？

“过程和结果兼备是最理想的状态。最糟糕的状态，是警方没发现第二桩凶杀案，罪犯逃出生天。现在的情况则是中间值，比上不足比下有余，对吧？”夏东风这段话里既有对电影剧情的描述，也有对现实事件的影射，听起来似乎很混乱，但确实把想告诉沈默的意思完整地表达出来了。他按住沈默的肩膀，再次发问：“现在，你能回答我了吗？过程重要还是结果重要？”

沈默垂着头沉吟许久：“没有过程哪来结果？没有顺着第一个案子往下查的过程，又怎么去发现第二个案子给杀人犯定罪？”他顿了顿，突然抱住头蹲了下去，连在一起的手铐把夏东风拽了个趔趄。

“我知道你所说的过程，不只是我说的这一方面，但是……”夏东风所谓的过程，指的不只是查案的过程，也是给“被害人”的交代。

刘东身上背的事不少，但警方没有实证，仅凭目前掌握的线索，是没法儿给刘东定罪的，所以在被推出来当替罪羊之前，刘东才能过得那么潇洒滋润。

现在，从结果上看，刘东得到了他本该得到的死刑，但从过程上看，真正被刘东伤害过的人却并没有得到公正。

“结果和过程哪个更重要呢?”

沈默攥着拳头：“……过程。”冤屈需要申诉，痛苦需要发泄。他查案，不是单纯为了惩罚罪犯，也是为了让受害者安心。在沈默心里，受害者永远比加害者更重要。

夏东风沉默数秒：“很遗憾，我的答案是结果。”他说的是“我的答案”，而不是“正确答案”。这只能代表夏东风与沈默理念不同，却并不意味着他认为沈默的想法是错的。

赤诚与温柔，从来都不该是错误的。但在很多时候，作出选择的那一刻都是无奈的。谁不想“应有尽有”，谁不想“我全都要”呢？可在做不到的时候，那也只能屈就。

这些话，夏东风都没有说给沈默听，也没有说出来的意思。他只是俯身拍着沈默的肩膀，笑着问道：“做好准备了吗？你的停职要延期了，毕竟现在的沈默同志可是个精神病预备役。”

沈默抹了把脸：“怪谁啊?”

“怪你自己。不听老人言。”夏东风冷笑一声，“你信不信，就算你今天闹翻天，曹建设的案子也依然会结，刘东判决也依然不会变?”

“我想过这种结果。”沈默已经彻底冷静下来了，“可那又怎样？因为预想过这种结果就什么都不做了吗？这是死一个刘东的问题吗？不是的！是真正的幕后黑手会逃脱法律制裁的问题!”

夏东风居高临下地睨着他，半晌，淡淡评价道：“倔驴。”

沈默在记者招待会上闹腾的事，最终也只得到一个雷声大雨点小的结果，甚至连雷声都算不上大。因为消息被压下来了，关于那场记者招待会的报道都与赔偿相关，记者们用极大的篇幅夸赞了万华集团的仁义，仿佛沈默这个人压根儿没在记者招待会上出现过一样。

在利益面前，真相似乎真的成了无关紧要的东西。

沈默关掉网页，疲惫地闭上了双眼。放在旁边的手机突然响了，他侧头看了一眼。陌生来电，但号码归属地是南都市当地。

沈默犹豫了一下，选择接通："你好，请问哪位？"

电话那头的男声温和有礼："是沈默沈警官吗？我是林永华，有没有时间一起吃顿便饭？"

黑暗中的猛兽主动走了出来，用柔软的皮毛藏起了利爪。它窥伺着曾冒犯过它的人，仿佛在通过这个人的反应来决定，究竟是收起爪牙，还是直接让对方头破血流。

被窥伺者却毫不犹豫道："好。"

林家别墅里，林永万烦躁地抱怨着："那种没有眼力见儿的小警察，稍微给点儿教训就老实了，哪用得着哥你……"

后半句话在林永华冰冷的目光下自动消音。刚刚签署完文件的林永华将钢笔插进笔帽里，抬手捏了下鼻梁："永万，你知道这次的麻烦是谁惹来的吧？"

在外嚣张跋扈的林永万，在面对林永华时却老实得要命。他颇有些不安地抠着屁股底下的坐垫："……是我。"

"确实是你。"林永华毫不留情道，"本来给点儿钱就能解决的事情，却被你闹成了这样。"

"是曹建设那两口子不识好歹！"林永万说完就骂骂咧咧地开始飙脏话，听得林永华一个劲儿皱眉。

"怎么这么多年过去了，你的眼皮子还是这么浅呢？"林永华露出失望之色，"曹建设夫妇虽然贪婪，但眼界和胆量，决定了他们开出来的价码，而对我们而言，他们提出的条件只是九牛一毛，不值一提。"

被威胁又怎么样？适当给点儿钱作为安抚，事后这个人没准儿还能继续用。退一步说，就算不想再用这个人了，那也有一万种方法可以神不知鬼不觉地把人解决了，而不是像现在这样闹得人尽皆知，还为踩死一只蚂蚁付出了购买钻石的代价。

林永万自知理亏，但面对林永华的失望，还是忍不住嘴硬："我就是看不惯他们那副嘴脸，两个老废物罢了，竟然还敢威胁我们？简直是吃了熊心豹子胆了！"

"够了！"林永华垂下眼睫，掩住眼底的厌烦，"别再让我给你擦屁股了，最近老实点儿。"

林永万别过头，没再说话，也不知道究竟有没有把林永华的劝告听进去。

晚上十一点，沈默推开出租车后座的门，看着眼前装修豪华的港式茶餐厅，忍不住又看了下腕表上的指针。哪家正常人的"便饭"是约在这个时间点吃啊？总不能是谈不妥就让他暴毙，方便深夜抛尸吧？没有经历过社会人应酬的沈某人，倒是没什么担忧害怕的情绪，完全就是单纯想不通。

林永华提前订好了包间，沈默进门后刚报上名字，就被服务员带了进去。包间里只有林永华一个人。坦白地说，沈默觉得有些意外，他以为林永华跟他见面，要么会带上一堆保镖或者小弟什么的，要么也会再请几个大人物，比如徐建军之流的人来给他施压。无论是哪种，至少都不该是这种好像真的是跟朋友一起吃晚茶的放松状态。不是沈默妄自菲薄，他是真觉得他这么一个被停职的小警察，从林永华的角度来看，应该没有被这么对待的必要才对。

林永华面带倦色，反应似乎也有些迟钝，领着沈默进包间的服务员都退出去之后，他才像是刚看见人似的抬头道："来了啊，坐吧，不知道你的口味，我就没点餐，正等着你呢。"

过分体贴，也过分和善了。自觉没什么被示好价值的沈默戒备心瞬间拉满："您客气了，我……"

刚想说没胃口，菜单就被推到了眼皮子底下。林永华笑道："抱歉，之前有个推不掉的应酬，喝了点儿酒，这会儿脑子有点儿不清醒，我们边吃边聊？就当是陪我醒醒酒了。"

这种自来熟的态度让沈默十分不适："林董，我……"

"先点菜吧，之后再聊。"林永华还是那副不温不火面上带笑的模样，完全看不出两次截断沈默话头儿的强硬，"沈警官总不至于连这点儿耐心都没有吧？"

沈默只能随手点了几道点心，林永华见后接过菜单又添了几笔，这才按铃叫来了服务员。等待的时间并不漫长，并不是茶餐厅的上菜速度有多快，而是林永华这个人很健谈。是那种仿佛什么都能说上几句，却永远不往重点上扯的健谈，非常消磨耐性。沈默从进门时的全神戒备到现在的心不在焉，也就用了不到十五分钟。

"我听说沈警官是研究声纹的？"

沈默眼皮一跳："……是。"

"挺新的技术啊。"林永华感叹，"科技发展得快就是好啊，打击违法犯罪的效率都提升了很多。"

沈默一时间竟然不知道这话该怎么接。

反倒是林永华似乎被他僵硬的表情逗笑了："沈警官，放松一点儿，我是守法公民，不会做违法犯罪的事，别担心。"

沈默只觉得可笑。

点的菜送了上来，沈默耐着性子看着林永华吃了将近半个小时，直到对方放下筷子才问道："林董约我出来到底想谈什么？"

林永华用手帕擦了下嘴，他的行为举止有种十分老派的矜贵，要不是有着先入为主的印象，沈默觉得他八成会被这人的表象迷惑。

“不是什么要紧事，只是对声纹方面有点儿兴趣，想跟沈警官聊聊。”林永华的态度十分真诚，“你大概不知道，我对音乐一直很感兴趣，以前也……”

沈默打断他的话：“抱歉，声纹和音乐是两码事。”

“是吗？那倒是我无知了。”林永华的脸上看不出丁点儿被冒犯的不快，始终表现得极其大度，“其实我之前看过一些通过声纹破案的案例，对这个还挺看好的。南都的情况沈警官应该也清楚，这里比较乱，属于案件高发区域，多一种侦破手段是件大好事，我想给市局赞助一批声纹器材，沈警官觉得怎么样？”

沈默沉吟片刻，最终选择开门见山：“不好意思，我想问一下，林董这话的意思是……想招揽我吗？”

林永华脸上的笑意第一次彻底散了。有些事情就是这样，双方心知肚明地互相试探，才能表现出你好我好大家好的样子，一旦撕破表皮，底下的真实不一定好看，也不一定能摊到明面上说。

林永华道：“怎么会？只是聊聊。”

一方向另一方抛出橄榄枝，在另一方还是警察的前提下，无论如何都该否认“招揽”这个措辞。同时，林永华也心知肚明。

沈默拒绝了招揽，是铁了心要继续跟他过不去了。简而言之就是初次交涉，谈崩了。

“既然是聊聊，那不如聊点儿我感兴趣的，比如曹建设一家的死。”

这波啊，是属于沈默的图穷匕见。可惜扎不穿滚刀肉，林永华平静道：“坦白说，我对曹建设那个案子，了解并不算深入，主要是最近太忙了，沈警官要是想聊的话，那我就洗耳恭听。”既不拒绝谈及此事，也不急于撇清干系，林永华的表现就像是个彻彻底底的局外人。

“我以为作为另一方涉案人，林董应该从头到尾都很清楚才对。”沈默这话说得太直白了，直白到林永华都有点儿不适应。

林永华忍不住笑了一下：“沈警官还是怀疑我啊？那我可真是太冤枉了，关于对你的处分，还是我居中调停才给你免了的呢。”

沈默这才知道他没接到新处分的原因。可惜他并不打算领情：“我不是怀疑你，而是确信是你。”

沈默之前还真认真考虑过处分的事，甚至想过搞不好会被直接开除警籍，没想到帮他平事的竟然是林永华。并不感动，且忍不住浑身发毛。明枪易躲，暗箭难防。林永华这种目的不明的行为，比直接针对更让沈默警惕。

“从哪里开始说起呢？”沈默今天没戴耳塞，在交谈时，他一直刻意关注着林永华的心跳和呼吸频率，“宋明珠死的那天晚上，我听到……”从听见雪茄剪掉落开始说起，一直说到在曹建设家里发现收据。沈默并不在意林永华会给出怎样的言语反馈，反正横竖都是抵死不认。他在听，听心跳和呼吸。

可是没用。无论他采用什么样的措辞，林永华的呼吸始终平稳如初，更别说是心跳加速了，镇定得简直像是在听故事一样。最终，林永华对这个故事做出了评价：“沈警官的听力真是了不得啊，太厉害了。”

一次面谈，双方都算得上是一无所获，只是在离开前好歹维持住了表面的和平。但也只是在离开前。从沈默的角度而言，说得更精确一点儿，是在他到家之前，他都以为自己和林永华之间的表面和平关系维持得挺好。

沈默在回家的路上甚至还在想，林永华这样的伪君子，其实也不是完全没好处，至少不管私底下怎么想，大家面对面的时候都还是个笑脸人。遗憾的是，这个想法维持的时间实在是有点儿短。

沈默的家被拆了，而且还拆得相当惨烈，连席梦思床垫都被掏出了几个大洞，露出了里面的弹簧和棉絮。不知道的八成会以为沈默至少养了十只哈士奇，少于十只在家里撒欢都拆不出这效果。他把被人丢在地上的相框捡了起来，伸手抹去上面的脚印，冷笑连连："林永华，好虚伪的人。"

难怪要约他面谈。恐怕招揽是假的，示好也是假的，调虎离山才是真的。是想找到收据吧？怕他去鉴定笔迹？或者是担心他顺藤摸瓜找出更多的证据？

沈默正想着要不要连夜去保安室调监控，房门就被人拍响了。夏东风单手撑着门框，面色铁青。这还是沈默第一次看到他脸色难看到这个地步，活像下一秒就能提着刀去捅人。

沈默看看一片狼藉的室内，也不知道是怎么想的，脱口而出："损坏的家具我会赔的。"

夏东风脸侧的咬肌隆起，显然是一直死死咬着牙关："这是赔家具的事儿吗？"

"啊……那没事儿就早点儿休息。"沈默心挺累，有种被愚弄了的愤怒，却什么都不想跟夏东风说了。

夏东风气势汹汹地上前："沈默，你这个臭小……"

骂人的话才刚说出口，楼上就传来一阵踢踢踏踏的脚步声，几秒后，捂着脸的夏青出现在楼道里。

"哥，回去了，你别冲沈默发火。"

沈默在看清楚夏青的模样后，猛地怔住，随即就是暴怒："怎么回事？"

夏青的脸上不但有红肿和瘀青，额头上还在往外渗血，大概是刚消过毒，创口是涂过药后的红褐色，连捂着脸的那只手上都全是擦伤。这样的伤势很明显不是意外导致的。有人打了夏青。

沈默倏地转头看向室内，目光搜寻过墙面和地板后，最终在靠墙的矮柜上发现了血迹："来找东西的那些人打了你？"

夏青侧过头，用疼得不住地颤抖的手扒拉着头发，试图用发丝挡住伤口："……跟你没关系。"

"怎么跟他没关系？"夏东风一脸火大，"要不是他自以为是……"

"行了，我说了，跟沈默没关系。"夏青扯了扯嘴角，"是我自己大意了。"

今天沈默有约出门，夏东风又加班回来得晚，那些人撬门闯进沈默住处的时候，只有一直等着给沈默检查耳朵的夏青发现了。她听夏东风抱怨过沈默在记者招待会上做的事，也知道那张收据的存在。意识到那些人是有目的地在找什么东西之后，夏青就想到了那张收据。

那是很重要的证据，当时的夏青就是这么想的。然后她就拿着手机闯进一群地痞流氓中间，一边威胁着说要打电话报警，一边色厉内荏地让那些人赶紧滚。但这种威胁对常年肆意妄为的人来说，作用非常有限。尤其是这些人连警察的家门都敢撬了，又怎么会怕所谓的报警？

夏青确实是练过的，身手在普通人里也算是中上水平，但女性的身体素质天生弱于男性，更何况还是以一对七。她额头上的伤是被人抓着头发在矮柜上磕的，身上和脸上的瘀青都是干架的时候不小心被揍到的。

事实上，女性的身体素质相对较弱不是重点，以一敌七不是重点，磕得头破血流也不是重点，真正的重点是她是个女人，还是个漂亮的女人。在面对毫无底线的人渣时，女性会吃的亏，绝对不是挨打那么简单。

沈默注意到了夏青的手腕。她的两只手腕上都有被勒出来的指印状瘀痕，这说明在不久前，曾有人用手死死钳住过她的双手。什么样的姿势会造成这样的瘀痕？

沈默在大学时看过各种各样的案例，女性作为受害者的案子也看过很多，在某类令人不齿的案件中，这样的伤势很常见，或是用手直接钳制，或是用绳子捆绑……

沈默两眼赤红，翻涌的怒火从胸腔开始焚烧，灼得他五脏六腑都像被浇了热油。

大概是注意到了沈默的视线落点，夏青连忙往下扯了扯袖口："不是你想的那样，当时我哥回来了。"

所以，最糟糕的情况并没有发生。

"那我要是没有刚好赶回来呢？"沉默许久的夏东风突然开口。

夏青的报警电话当时根本就没有拨出去。面对那种情况，她当时最该做的是先报警，然后回家躲起来，当作什么都不知道。证据再重要，难道还能比大活人重要？可夏青当时太着急了。急到连先确保拨通报警电话都忘了，所以才会在等待电话被接通的过程中被那些人渣抢了先手。

夏东风并不是一个喜欢迁怒的人，但他很清楚，夏青的失常和不理智，主要原因还是在沈默身上。因为沈默重视那个案件，因为沈默在意那个破烂收据，所以夏青在情急之下就什么都顾不上了。

在梳理完全过程后，作为一个哥哥，夏东风实在很难不对沈默感到火大，哪怕这件事其实是他妹妹剃头挑子一头热。

夏青勉强笑了一下："咱们家又不是住在深山老林里，闹腾的动静大了，肯定会有邻居听见的。"

可邻居又不是沈默，并没有那么出色的听力，当时的夏青头破血流，真的能闹出被人听到的动静吗？更何况，现在社会的社交形态跟以前可不一样，以前的邻居相当于半个家人，现在的邻居……

夏东风能想到的事情沈默也能想到，而作为导致夏青这么做的“罪魁祸首”，沈默甚至想的更多。

“我明天就搬回去。医药费我会付的，以后没事儿就别见面了，也别再管我的事，很麻烦，我……”沈默还没说完，脑袋被夏东风一拳头捶得偏了过去。

“小王八蛋，你不会说人话是吗？”夏东风怒不可遏，“狗嘴里吐不出象牙的东西！”

沈默用舌头顶了下被打到麻木的腮帮子：“我说错了吗？今天的事难道不是她自……”

夏东风抬起脚就踹了过去，直接把沈默的后半截话给踢回了肚子里。夏青先是愣了几秒，然后才上前拉住夏东风：“你打他干什么？他也没说错，确实是我自找的。”然后又转向沈默，“但以后这种垃圾话还是少说点儿吧，真的很欠打，也很搞人心态。”公平地各打五十大板后，夏青扯着夏东风就往楼上走，“回去了回去了，疼死了啊，我想休息了。”

夏青表现得很潇洒，甚至勉强能称得上活泼开朗。夏东风的嘴巴张开又合上，最后还是跟着夏青一起走了，只是在上楼前又扭过头狠狠剜了沈默两眼。

门锁被破坏了，室内一片狼藉。沈默起身搬了把椅子把坏掉的门从里面抵住，然后一屁股坐在了地上。他的两条手臂分别架在两个膝盖上，脊骨弯曲，脑袋深深地垂着，就像是正在承受着他无法抗衡的重压。

不知道过了多久，沈默抬手把耳塞和隔音耳罩摘了下来，断断续续的抽泣声隔着楼板传入耳中。夏青在哭，是一种努力压抑了，尽量隐忍了，却又实在忍不住的憋屈哭法。

沈默想，哭才是正常的。经历了那么糟糕的事情，生理和心理都遭受了伤害，还被他这个“罪魁祸首”倒打一耙……易地而处的话，沈默觉得他应该也是会哭的，不但会哭，还会痛痛快快地把不识好歹的他狠狠骂一顿。

夏东风刻意压低了的训斥声夹杂在哭声里："现在知道哭了？你在我面前哭有个屁用？有本事对着人家哭啊！什么品种的窝里横啊你是？"

"我本来没想哭，实在是憋不住。"夏青带着哭腔的声音听起来十分委屈，"而且在他面前哭也太丢人了，还像道德绑架。"

夏东风的语气听起来颇为无奈："你想的还挺多，看样子是伤口不疼了。"

"疼还是疼的……但面子比较重要。"

夏东风大概是被这个回答给无语到了，好半天没说话。

沈默就这么坐在地板上，安静地听着。

许久，夏东风才开口："以后别这么冲动了，命才是最重要的。"过了一会儿，夏东风的语气里就又带了点儿火气，"我还是想揍那个臭小子一顿，上回他带着你到处乱跑查案，我还没跟他算账呢，这回还变本加厉了！"

"哥！哥！你冷静一点儿，你妹妹我是自愿跪舔的，不关人家的事。"

夏东风大怒，音量都没控制住："我没有当舔狗的妹妹！"

"嘘！小声一点儿，别让沈默听见了。"

不知道听了多久，楼上渐渐安静了下来。沈默站起身，翻出行李箱，开始轻手轻脚地收拾东西。他说准备搬回去住是认真的。按照目前的情况来看，只要他不放弃，林氏兄弟那边恐怕就不会停止找他麻烦。与其再殃及池鱼，不如自己扛着。

第二天一早，沈默拖着行李箱出门，恰好撞上了准备上班的夏东风。

夏东风一手撑着楼梯扶手，居高临下地睨着他，语气不善："真搬走啊？"

“嗯。”

“搬走好，最好走了就别回来了，局里也别回了，趁早另外找份工作，我看当侦探就很适合你。”夏东风一顿阴阳怪气，跟沈默擦肩而过的时候还故意撞了他肩膀一下。

沈默想了想，还是没忍住，问道：“昨天晚上那些人呢？”既然是夏东风赶回来救了夏青，那就说明在他回来的时候那些人渣都还在。

“送局里了。”夏东风现在约等于支队长，有配枪证，肉搏打七个很悬，但拿枪控制七个欺软怕硬的人渣还是可以的。

沈默犹豫了一下：“交代什么了吗？”

“跟你有关系吗？”夏东风冷笑，“停职的人少管闲事。”说完，夏东风骑着小电驴去了局里。

“人呢？”夏东风看着空荡荡的拘留室，脸色黑如锅底。

正巧刚在档案室的徐建军路过：“我让放了，一人罚了一万，留了底子。”

夏东风恶狠狠地咧开嘴角：“一万？他们砸了我徒弟家，还打了我妹妹，一人一万就完事了？”

徐建军捧着保温杯反问：“那不然呢？意思意思拘留十五天，然后再请人家走？”他拍拍夏东风的肩膀，“这事到底是怎么闹到这一步的，别人不清楚，你心里还能没数？”

夏东风咬着后槽牙：“几个小喽啰，不见得会有人保他们吧？”

“平时不好说，但现在没准儿就是有人非要在咱这里逞威风呢。”

“我都怎么跟你交代的？你是真拿我的话当耳旁风啊？”林永华扬起手狠狠一耳光抽在林永万的右脸颊上。

林永万皮厚肉糙，这一耳光伤害性不大，却充满了侮辱性。本来就偏黑的肤色被这一巴掌抽得黑中透红，再配上林永万五大三粗的身材，看起来非常滑稽。要是换个人敢这么干，林永万早就攥起沙包大的拳头捶人了。但这不是别人，而是把他从小拉扯到大的亲哥。

“哥，你那么给那个姓沈的小子面子，不就是忌惮他手里的那个破收据吗？我把东西找回来不就没事儿了？”林永万发自内心地觉得委屈。

林永华接过助理递来的手帕，慢条斯理地擦着刚抽完人的手，语气凉凉：“那你找回来了吗？”

林永万不敢回答。

“之前让你暂时留着曹建设，你就该明白，那个收据所代表的意义。”一张收据确实没什么大不了的，十几年前的东西了，就算是去鉴定笔迹，林永华也有一万种方法可以否认。重要的是他为什么要留下这个收据，为什么会给出那笔钱，藏在背后的事情才是不能让人深挖的东西。

千里之堤，溃于蚁穴。收据本身能起到的作用很小，但它有成为导火索的可能，更何况那个小警察的身份也没那么简单。

“那就直接把人绑来问！”林永万一身匪气，“不就是个刚入行的小警察吗？我之前让人查过了，那小子爹妈早就死了，要钱没钱，要权没权，一点儿能借力的背景都没有，就算是死在外面，估计都没人给他收尸。”

林永华看向他的眼神更冷了几分：“你查过他？查到什么了？”

“啊？”林永万一愣，“就那些啊，刚不都说了吗？他就是个孤儿，哦，还有个舅舅……”

“不准再往下查了！”林永华厉声呵斥，“你这段时间给我添的麻烦已经够多了，正事倒是一件都没办成，要是再有一次，我会考虑送你出国。”

林永万人都傻了，愕然道：“哥，至于吗?！事情不都摆平了吗？南都市现在就是咱们家的地盘，能有什么麻烦？”

“出去。”林永华抬手一指门口，“赶紧走，我看见你就头疼。”

林永万悻悻地走了，刚出门就看见了之前才被他“赎”出来的七个地痞：“你们怎么还没走？”

一个地痞颇有眼色地递了烟，又弓着背上前点火：“这不是怕万哥您之后还有事找我们办吗？”

“没事儿了。”林永万语气不甘，“都散了吧。”

“不继续找东西了吗？”一个地痞问道。

这几个地痞都是刘东之前的手下，全是不怎么上得了台面的小混混儿，大事没胆子办，刘东以前也不会让这些人接触到真正的要紧事。现在刘东进去了，林永万要用人，又不乐意惊动林永华，只想着先找到东西之后再给他哥一个惊喜，就干脆找了这些小喽啰。这些地痞自己也十分乐意，没了头顶上罩着他们的人，正愁不知道以后该怎么办呢，林永万就找上来了，而且还是办这种没有后顾之忧又能拿钱的大好事。就比如昨天晚上那一桩，虽然去局子里坐了一会儿，但扭头就拿到了五六万元的辛苦费，这不比以前舒服多了？

他不提这个还好，一提林永万的火气登时就上来了，抬脚就踹了过去：“关你屁事。”

这地痞被踹了个趔趄，连揉都不敢揉。他虽然跟林永万接触不多，但以前毕竟是在刘东手底下混的，对林永万的身份和性格都有一定了解，知道这人刚愎自用，还极其要面子，连忙赔笑道：“是是是，是我多管闲事了，我就是……就是想着您要我们找的那个东西肯定特别重要，没找回来万一出了事怎么办，所以才多嘴问了一句。”

“能出什么事？在南都这个地界上，人都死绝了，我林永万都不会出事。”嘴上这么说，但林永万却还是把这小混混儿的话给听进去了。虽然不知道那个十几年前的收据到底能惹出什么麻烦，但既然他哥在意，那就绝对不能落在警察手里。更何况那个小警察最近这段时间给他们找了不少事，简直是哪哪都有他，还不如干脆解决了。

林永万越想越觉得不能就这么算了。至于他哥的叮嘱，无所谓，反正他不听话也不是一两天了，只要找到东西，他哥肯定不会跟他多计较。林永万打定主意，冲地痞勾了勾手指："接下来你们……"

林永华的书房窗口，一个彪形大汉站在窗帘后面，看着林永万带着一群小混混儿风风火火地走了："老板，永万那边恐怕不会乖乖听话，要不要再劝劝？"

林永华靠在椅背上，手上慢悠悠地擦拭着眼镜，闻言沉默片刻，眸中波澜不断，许久，才叹了口气："不用管他了。"

今天是刘东被处决的日子，按照规定，法院会在执行枪决后将尸体移交给火葬场送进焚化炉，最后把骨灰交给死者家属。当然，死前同意过遗体捐赠的情况除外。但刘东显然不在此列。

沈默对刘东的同情十分有限，正如夏东风所说，刘东虽然是这个案子的替罪羊，但他本身的罪行也已经足够被判死刑，并没有什么值得同情或者惋惜的地方。

而他之所以会在今天出现在火葬场，为的只是见一见刘东的家属。根据夏东风之前透露的消息，刘东有一个妹妹和林永万关系匪浅。自己的哥哥作为替罪羊死了，如果刘东的妹妹对他还有几分亲情，心里大概会不满吧？而作为林永万的枕边人，那个女人有可能会知道更多内情。如果她愿意做证的话……

不知道是不是心理原因，沈默总觉得今天的天雾蒙蒙的，哪怕只是站着一动不动，身上都有一股挥之不去的潮湿感。在火葬场这种地方，哪怕不走进去，沈默也能听到无休止的哭声，细弱的啜泣，撕心裂肺的痛哭……负面情绪永远比积极快乐更能感染人，沈默不知道自己在外面站了多久，到最后只觉得手脚冰凉。

没有人来“接”刘东。别说是他的妹妹，就连一个来认领骨灰的亲属都没有。

天色渐渐暗了下去，终于死心的沈默长长呼出一口浊气，缓步离开火葬场。他已经搬回了星辉小区，在被停职又基本没有社交的情况下，住在这个人烟稀少的小区里。

沈默偶尔会产生一种连阳光都在屏蔽他的错觉，就像活在伸手不见五指的黑暗里。一个人，踽踽独行。

第 12 章　吞枪

火葬场距离星辉小区很远，完全就是对角线式的距离。沈默饿了一天没吃饭，索性直接打车到距离小区最近的夜市区。说是最近的，但要从这里走回去，也至少得将近半个小时。随便挑了个人少的摊位，沈默食不知味地嘲了一碗米粉。

夜市很热闹，却又好像跟他毫无关系。要不是嘈杂的人声给他耳朵带来了无法忽视的负担，沈默几乎感觉自己就是个被隔绝在世界之外的透明人。他和这里格格不入。他和整个南都市格格不入。他走进了一扇布满荆棘、无人相伴的窄门。

沈默突然想起了《圣经》里的一段话：

> 你们要进窄门。
>
> 因为引到灭亡，那门是宽的，路是大的，进去的人也多；引到永生，那门是窄的，路是小的，找着的人也少。

浑浑噩噩了一整天的沈默像是突然清醒了过来，他喝完最后一口汤，放下筷子起身。

他要进窄门。哪怕路是小的，是崎岖的，是孤独的，是不被理解的，他也要走进去，否则他这么多年的执着将毫无意义。

沈默是在离开夜市区之后发现不对的。有人跟踪他，人数不少，但并不专业。有武器，猜测是钢筋棍，不，还有一把刀。只听碰撞声没办法判断出刀的制式，但一定很锋利。

沈默两手空空，身上别说是武器，连个能拿来砸人的硬币都没有。他暗暗啧了一声，在经过一条连路灯都没有的巷道时，毫不犹豫地拐了进去。

跟踪他的脚步声变得凌乱急促，伴随而来的还有低低的几句交谈。

“这小子发现我们了。”

“不愧是条子，这狗鼻子就是灵。”

“赶紧跟上，这次搞定了肯定能拿不少好处。”

……

简单几句交谈却透露出了不少信息。这些人是冲着他来的，有人花钱雇了他们，这些人很清楚他是警察……原本凭借对地势的了解打算避开的沈默停下脚步。

他注意到了这些人的一个用词“这次”，所以说，还有上一次？一个猜测在沈默脑海浮现。这些人，跟打了夏青的，大概率是同一伙人，他们被放出来了？不应该啊。非法入室，破坏财务，恶意伤人，还是被警察直接抓现行逮进去的，怎么可能只两天就放出来了？

沈默一边想着这不应该，一边却又克制不住地想起了上面对林氏兄弟相关案件的懈怠。他没再跑，而是借着夜色，直接贴墙站在了一排垃圾桶旁边，在那些人追过来时，一脚将垃圾桶踹翻，又用刚脱下来的外套裹住朝他挥过来的钢筋棍。沈默一边反击一边清点人数，一共七个，人数也是符合的。

沈默冷然开口：“之前砸我家的也是你们？”

几个地痞骂骂咧咧，互相对视后干脆四散开来。领头的地痞狞笑：“岂止啊？我不但砸了你那个狗窝，还差点儿睡了你的女人，要不是……”

在他说话的间隙，沈默已经抢来了一根钢筋棍，在对方提到夏青的瞬间直接横扫了过去，正中这地痞的肩窝。沈默烦躁地皱了皱眉。人太多了，光线也暗，很难命中要害。以一对多的麻烦之处就在于，如果不能迅速废除敌方战力的话，就会很容易陷入苦战。问题是，作为警察，沈默也确实没办法毫无顾忌地下狠手。

好在对面这几个人是真的废柴，拿着武器却只知道乱舞，沈默只需要凭借听力就能避开大部分攻击，甚至偶尔还能让他们“自相残杀”。真的太废了。林永华兄弟也不缺钱吧？怎么就雇来了这么些玩意儿？要是林永华兄弟俩手底下都是这种二百五，那之前曹建设的案子可就太古怪了。感觉就像是突然从黑帮械斗片场，降级到了街头小混混儿干架片场。

到底怎么回事？沈默越想越觉得不对，正要抓个人问清楚，后腰就被什么东西抵住了。沈默突然意识到，他忘记了一条至关重要的信息。在被跟踪时，沈默通过撞击所发出的声音判断过，这些人里，有一个人是带了刀的。现在，那把被沈默忽视的刀正抵在他的后腰上。

“别动。”嘶哑的男声从身后传来，“跟我们走一趟。”

沈默心情格外复杂，一般这台词，都是他跟别人说来着。他配合地举起双手，脑子里却在思索着脱身的办法。后面这人身手很一般，只要找准机会就能反制，前提是，对方不会直接把刀捅进他身体里。

“你们知道袭警和挟持警察要被判多久吗？”

“判多久？”男人冷笑了一声，把刀往前一递，刀尖扎破了沈默腰后的皮肤，温热的血液流了出来，“我们就算直接在这里把你杀了都不会有事！”

沈默眸光微闪，像是感觉不到疼似的：“因为林永华会保你们？”

包围着他的呼吸声突然一滞。半晌，拿着刀的男人才冷笑道：“你知道的挺多啊。”

那就是没猜错。林永华竟然会找这种废柴绑架他？万华集团是要破产了吗？

“别跟他废话了！赶紧把人带回去交差。”

在众人转身的瞬间，沈默打算找准时机拧腰避开刀尖。这其实是个很危险的动作，失败的话，拿刀的地痞可能会直接捅他，就算成功了，这把刀也会横着划过他的后腰，也就是伤势轻重的区别。但他不能落到林永华手里。看着众人的动作，沈默在心中倒数。三、二……

频率极快的脚步声从巷道外传来，紧跟着的就是一道熟悉的男声：“警察！举起手来！不然我开枪了！”是夏东风。

地痞们混乱一瞬，沈默没有错过这个机会，反身拧腰，抓住地痞拿刀的手腕往下一撇，紧跟着就是一个过肩摔。

尖刀落地，发出“当啷”一声脆响。夏东风的到来让局面瞬间逆转，地痞们来不及逃跑，全被两人拦了下来。

“送回局里？”

夏东风把枪别回腰后，神情难测：“不用了，直接在这里打一顿吧。”

沈默顿时愣住。拳拳到肉的殴打方式配上老辣的格斗技巧，正在这条狭窄的小巷中上演。

沈默先是蒙了几秒，然后才后知后觉地感觉到了疼和晕眩。他反手在腰后摸了一把。出血量不大，应该能撑到夏东风揍完人。

“那什么……”沈默语气犹豫，“暴力执法是违规的。”

夏东风还在踹人，态度平平：“哦，我知道。”

沈默其实也没多想拦着。就冲夏青之前遇到的事，他要是个当哥的，估计得直接卸了这些王八蛋的腿。

差不多又过了二十分钟，沈默腰后面的伤都凝血了，夏东风可算是打够了。他整理了下衣服，踢了踢领头的地痞："滚吧。"

"你要放他们走？"沈默再次愣住了，他以为夏东风打人只是想出口气，出完了气还是要送局里的，可现在这意思怎么像是就这么算了。

夏东风虽然打了挺久，但他下手显然很有分寸，这几个地痞竟然还能互相搀扶着跑路。沈默倒是想追来着，但伤口不答应，一动就滋滋往外冒血。

"不然呢？"夏东风看都没看那些狼狈逃窜的落水狗一眼，只是带着嘲意笑道，"反正送进去也会被放走。"这话透露出来的内容已经足够多了。

"因为他们是林永华的手下？"

"你怎么会这么想？林董那么风光的人，养狗都得挑品种，何况是手下？"

"可他们说……"

夏东风无所谓地耸肩："你管垃圾说什么呢，走吧。"

沈默沉默了两秒，跟着夏东风走出了巷子。他一动，身上的血腥味就明显了起来。

"你受伤了？"夏东风停下脚步，看过来，巷子里的光线实在太暗了，之前沈默又一声不吭的，夏东风是真没发现他受了伤。

沈默面无表情："没事儿。"

夏东风信他个鬼，掏出手机按亮手电筒，不顾沈默的躲避往他后腰上一照，登时就惊了："好家伙，这口子至少得五六厘米吧？完蛋，布料粘伤口上了，得赶紧处理，我直接叫个车！"

"不用。"沈默别过头，"我还有事。"

夏东风沉默片刻，然后露出认同的表情："找死确实是大事。给你两个选择：第一，我送你去医院；第二，我现在就打电话叫救护车。"

去医院的路上，沈默忍了又忍，还是没憋住问道："你怎么会出现在那里？"他之前跟夏东风闹得并不愉快，沈默以为他俩不说老死不相往来，但至少在他回局里上班之前，应该是不会再有交集了。

夏东风鬼扯道："路过。"他其实是来找沈默的。检查了刘东枪决的后续档案后，夏东风得知沈默在火葬场外面等了一天的消息。当时他就知道沈默还没死心放弃。一开始找过来只是想好好谈谈，年轻人不该往火坑里跳得这么冤枉。结果就遇上了这事。

夏东风有点儿头疼。这些地痞很好应付，麻烦的是指使他们的人。而这些人的出现就代表着，不只是沈默不想放过幕后的人，对方现在也不想放过沈默了。夏东风突兀地想起了去给刘梓勤收尸的那一天，也想起了之前那个噩梦。尤其是噩梦的最后，刘梓勤的脸变成了沈默的。夏东风并不迷信，可事情现在的发展，总让他产生一种那个梦会是某种预示的错觉。

去医院缝了针开好药之后，夏东风又把沈默送回了家："把你找到的那个收据给我看看。"这是夏东风第一次要求看这个东西。按道理说，在记者招待会之后，那个收据就该被局里收回。但刘东的案子已经结了，上面并没有重启的意思，沈默又被盖了个精神不稳定的戳，就跟粉饰太平似的，谁也没来找沈默要过这东西。仿佛他们不要，这收据就是假的，就是沈默脑子出问题自己瞎编出来的一样。

沈默看了夏东风一会儿，最终还是起身推了他一把："让开。"

夏东风稀里糊涂地让开，嘴上还在贫："不给看就不给看，你怎么连坐都不让人坐了？我可是你的救命恩人！"

沈默翻了个白眼，在夏东风让开后就动手拖沙发。星辉小区这边的家具都是十几年前的款式，沙发主体也是那时候流行的分段式。拼在一起的沙发被挪开，沈默伸手在侧面摸索了一会儿，然后扯下了用胶布贴在皮革上的物证袋。

夏东风直接看傻了，片刻后，他的眸光微微闪烁了一下，随即又不动声色地笑开："好家伙，你可真是够能藏的。"

沈默没搭理这句调侃。可以的话，他倒是想把这东西贴身带着，毕竟之前已经被撬了一回门了，难保不会有第二次。但最终还是放弃了。他并不觉得放在身上会比放在家里安全。事实证明，他的想法是对的。

沈默把物证袋丢给夏东风："东西我复印了一份寄给了我老师，请她帮忙找人鉴定一下字迹。"

夏东风眉头紧皱："你把这案子跟你导师说了？"

沈默不答反问："你是担心我对无关的人泄露案情，还是担心我再牵扯其他人进来？"

夏东风没吭声。

"没说。"沈默坐回沙发上，顿了顿，又补充道，"只是请她私下找人帮忙看看，也拜托老师保密了。"

沈默其实挺庆幸的，这收据上留下的是林永华的签名，人的用笔习惯是可以改的，常用的字体也可以练，但名字不一样。名字，是人从生到死都在书写和使用的东西。就是因为一直在用，所以有些习惯才会根深蒂固。

"既然你拿到了，那就收好。"夏东风看完，把东西还给沈默，"我先走了，等你停职结束再见。"

夏东风说这话的时候，是真以为他短时间内不会见到沈默了。结果第二天一早，他刚进公安局，就看见了负伤上阵的沈某人。

"我来报案，昨天晚上有人围殴我。"沈默一脸严肃，"差点儿就没命了。"

夏东风真是被沈默这神来之笔给惊到了。几个意思？作为警察抓人没用之后，就干脆换成受害人的身份来试试是吧？

沈默已经把昨天在医院缝针的各种诊断单和记录拍桌子上了。负责接待他的队员跟沈默也认识，都是年轻人，性格再冷淡，聚在一起的时候偶尔也能说上几句话。一开始听到沈默说要报警的时候，这小队员还在憋笑，听到沈默说差点儿没命之后当即绿了脸，再一看诊断单："袭警啊？"

沈默一脸正直："是的，他们也知道我是警察。"

小队员惊了。恰巧徐建军也到了，把话听了个半截，路过沈默时嘴巴一撇："被打了？"

沈默说："是的，重伤，我要报警。"

徐建军说："你长了这么个嘴，活该被打！"

"打我的人跟之前撬锁进我家的是同一批，你们这里有案底的吧？"沈默理直气壮，"我以受害者的身份要求警方抓捕罪犯。"沈默的伤还疼着，不方便大动，干脆就支着上身只转脖子，扭头直勾勾地看着徐建军，"不抓人我就打 110 投诉了。"

徐建军能怎么办？还不是只能抓人。

警方出警两个小时后，把七个地痞又带回了局里。个个鼻青脸肿。

徐建军心想，这到底谁是受害者？

夏东风捂着脸，生怕被发现暴力执法，即使被发现了，以他的脸皮厚度也只会来个抵死不认。

徐建军指着那群猪头似的地痞："这是你被围殴的战绩吗？"

"怎么可能？"沈默语气无辜，"这是我正当防卫的证据。"

一群人都沉默了，只有夏东风偷偷躲在旮旯角里冲沈默竖大拇指。接下来就是正常流程，沈默这个受害人在外面老老实实地等。他之所以这么干，其实并不仅仅是为了折腾人，当然还有其他目的：第一，他要看看林家兄弟这次会不会再来赎人；第二，他想知道局里对林家兄弟相关的案子，到底是什么样的态度。

沈默越等越觉得矛盾，他坐在大厅里，时不时就有人路过跟他扯两句审问地痞的情况。地痞当然不承认他们身上的伤是沈默打的，嚷嚷着说有另一个警察拿着枪威胁他们，还揍他们……

夏东风不知道从哪摸了个鸭舌帽扣在头上，侧身轻声问沈默："是不是挺茫然的？"

沈默的拳头紧了又松，松了又紧："嗯。"

夏东风笑了，揉了下他的脑袋："这世界上没有非黑即白的事。任何时候，任何事情，其实都是权衡利弊之后的结果。"

因为重启曹建设案的风险和阻力太大，局里抗衡不了，所以选择放弃。这是黑吗？因为知道这些小地痞不是什么好东西，被揍也是他们咎由自取，所以对明摆着的暴力执法视而不见。这是白吗？从情感上来说，或许都是对的，都是情有可原和迫不得已。但从规则上来说，这两件事又都是错的。

"是非和黑白，不是判断人和事的唯一标准。"

沈默扒拉开他的手，嘀咕道："又灌鸡汤。"

夏东风被逗乐了，刚要开口，手机却突然响了。他看了眼来电显示，冲沈默打了个手势，拿着手机去旁边接电话了。

沈默在他走开之前听到了两句，说是又有了新的案子，还是枪杀案。他现在被停职了，夏东风避开他接电话是理所当然的，沈默甚至还十分配合地把隔音耳罩戴了回去，确保自己不会意外偷听到任何信息。

可很快，沈默就觉得不对劲了，因为夏东风一直在看他。不是直勾勾地盯着看，而是跟电话那边说两句就会扭头看他一眼，脸色还十分难看。

沈默莫名感到不安，说不出的寒意顺着脊梁骨爬了上来。他无意识地拉紧了外套，心跳快到大脑嗡嗡作响。他虽然习惯用声音作为辅助来判断人的情绪，但最基本的察言观色能力还是有的。

夏东风现在正在了解的这个案子跟他有关。就在沈默忍不住要摘掉隔音耳罩和耳塞的时候，夏东风挂了电话，青白着脸匆匆走了过来：“沈默。”

沈默在被点名的瞬间咬紧了牙关：“你说。”直到发出声音，他才意识到，自己已经紧张到了声带紧绷的程度。

夏东风深吸了一口气，缓缓在他面前蹲下：“有件事必须要通知你，但你一定要冷静。”

沈默闭了闭眼，勉强开着玩笑，试图让自己放松：“你别这样啊，越这样我就越紧张。”

夏东风看着他这样，一时间喉头哽得几乎不能发声。

沈默呼出一口浊气：“直说吧，谁出事了?”他在短短的几秒钟内，把所有认识的人都在脑子里过了一遍。

夏东风嗓音干哑：“刚刚……接到民众报案，在市郊旧连山附近发现一具男尸……死者身份确认是 FH 实弹射击俱乐部的老板方树功。”

在听到夏东风报出俱乐部名字的时候，沈默就已经蒙了。为什么会是他舅舅？怎么会是他唯一的亲人?

沈默克制不住地颤抖了起来，先是手，然后是脚，再是腿……到最后，整个人都像抽搐般开始震颤。大脑一片空白，所有的声音听起来都像隔着一层。

“沈默!”夏东风抓住他的胳膊，“沈默！冷静一点儿！沈默!”

胳膊被掐得很疼，夏东风的嗓门也很大，硬生生把沈默从那个仿佛与世隔绝的空白中拽了回来。沈默眨了下眼：“死……死因是什么?”

“从现场痕迹推断，大概率是吞枪自杀。”

沈默茫然至极：“怎么可能呢?”他舅舅有妻有子，有房有车有事业，又正值盛年，怎么可能自杀，还是用吞枪这种方式？“不可能！”沈默赤红着眼，笃定道，“我舅舅绝对不可能自杀。”

夏东风放轻声音，像是生怕再刺激到他：“这只是初步调查结果，我现在马上就赶去现场，你先冷静，在这里等我消息行吗？”

夏东风站起身，准备叫上局里的枪弹痕迹专家一起走一趟，可刚迈开腿，就被沈默一把拉住了：“我也去……把我也带上。”

夏东风拗不过沈默，现在这情况，他也不忍心拒绝，最后只能把沈默带去：“带你去可以，但你现在是被停职状态，不能进现场，只能在外围等着。”

沈默突然感到了前所未有的懊悔。在此之前，他对于停职这件事，其实是不太放在心上的。他认为他走在正确的道路上，哪怕被停职，只要没有走歪路，最后总能回来。沈默是相信邪不压正的。但现在，他开始后悔了。停职这样的代价，他不在乎。可停职之后，连进现场亲自调查的权利都没有了。这一点，沈默不能不在乎。那是他仅剩的亲人了。

二十年前，他父母死的时候，他还太小，只能在旁边哭，哭着去求警察查车祸的原因，哭着说车祸不是意外，可是没人信他。二十年后，他舅舅死了，他学到的知识，他的专业技能，他最应该使用到这些东西的时候，因为他的冲动和莽撞，将他拦在了隔离带之外。他用了二十年的时间去长大，去成长，却……

去现场的路上，沈默一直都是浑浑噩噩的，夏东风因为担心他，就干脆陪他坐在了后座上，另外拉了个壮丁开车。

“把这个垫在腰上，路不太好走，估计会有颠簸，别把伤口崩开了。”夏东风拿了个靠枕塞在沈默身后，小心翼翼地察言观色。

沈默一直没说话。他不是感觉不到夏东风的关心和其他人的担忧同情。他只是像是突然赤身裸体地出现在了雪地里，还没来得及反应就被冻僵了，根本不知道该给出什么样的反馈。

许久，沈默将头抵在车窗玻璃上，跟说胡话似的喃喃道："是为了报复我吗？还是警告我？"他的脑子似乎终于开始转了。舅舅安分守己，与人为善，根本不可能跟人结下什么大仇，也不会招来什么动不动就要人命的仇家。可他是有的。

他刚刚得罪了人，还是一而再再而三地得罪。而被他得罪的人，恰好就是视人命如草芥的凶徒。所以，这会是对他的报复和警告吗？否则他舅舅在南都市这么多年都平平安安的，怎么他刚回来这么点儿时间，舅舅就出事了？时机也很巧。就在他拒绝了林永华的橄榄枝，又打了那些地痞之后。沈默没办法不多想。

"什么？"夏东风没反应过来，但沈默的表情看得他心头发紧，就像是下一秒就能冲出去跟人拼命一样，"沈默，你在说什么？"

"我拿到了他们在意的证据，还扰乱了记者招待会……"或者说，如果没有沈默的紧咬不放，刘东也不会成为替罪羊。如果林家兄弟有什么计划的话，那沈默就是扰乱了他们计划的那个搅屎棍，虽然能力弱小，不能造成太大的伤害，可是没完没了，不依不饶，烦人至极。"所以决定给我个教训？用我舅舅的命？"沈默的叙述很乱，想到哪里就说到哪里，说他发现雪茄剪，说他发现收据，说他听到曹建设半夜爬医院的墙去见曹耀……他说了很多很多，几乎囊括了他回南都后做的每一件事，就好像他没做过一件对的事一样。

"你不是也觉得我很烦吗？"沈默的头还抵在车窗上，一双黯淡无光的眼睛却落在夏东风的脸上，"你不是也怪我连累了夏青吗？"

如果一个人的信念可以具象化成实体，那么夏东风可以确定，他在此刻看到了沈默信念崩塌的模样。他对沈默的了解其实并不深入，知道他待人接物的性格，知道他的口味喜好，但也仅此而已。哦，还有，他知道，方树功是沈默最后的亲人。可其他的，夏东风一概不知，不知道他为什么对是非公道这么执拗，不知道他为什么明明有更好的选择，却偏偏来了南都，不知道他的父母究竟因何去世……

都是在黑暗中踽踽独行的人，能为他们照亮前路的，只有提在自己手里的光线微弱的灯。他们都是连自己前路都不能完全看清的人，又怎么去照亮别人的前路？所以，在今天之前，夏东风和沈默的相处都是极其表面的。

夏东风一直以来对沈默的照顾，不是对朋友，不是对认可的战友，更不是信任的搭档，而是仅仅作为一个年长者对晚辈的照看。很多时候，夏东风看他做什么都像是在看一个不懂事的没有真正经历过磨难的小屁孩儿。可如果成长的代价是这样的，那是不是也太沉重了？而且这样都算成长的话，那肯定会长成很糟糕的大人啊，像他夏东风一样糟糕。

"你有时候是挺烦的，固执，还不听劝。但是，做人可以没有信念，可做警察必须有，尤其是做一个合格的警察。"夏东风话锋一转，"单从这个角度看，你可比我强多了。"

沈默嗫嚅着唇，搭放在膝盖上的手微微颤抖："可我害了……"

"先不说这些事到底能不能怪到你头上，单就说一点，沈默，你是什么受害者有罪论的支持者吗？"夏东风往后一靠，"夏青出事的时候，我确实生气，也因此迁怒了你，但你要知道，我只是个拗不过妹妹，所以只能无能狂怒的便宜哥哥。"

沈默垂下头。

"最重要的是，现在这些都只是你的猜测，甚至可以说是你的想象，就凭这个，你就要给自己、给万华那两位定罪吗？"夏东风拍了下他的肩膀，"等案子查清楚了，你再来懊悔也不迟。"

夏东风没有完全否定沈默的猜测，虽然理智上觉得不至于，而且这么干也太明显了，但一想到那个嚣张到仿佛智商被狗啃过的林永万，他又实在没法儿拍着胸脯说绝无可能。

无论任何时候，枪支在中国都是不可触碰的禁区。同样是命案，这次的调查速度就要比宋明珠那个时候要快得多，只因为方树功是死于吞枪。

比起方树功的死因，目前在现场的警察更在意的问题是，方树功为什么会有枪。这个问题很快就得到了解答，只要查清楚方树功的身份就能知道，作为实弹射击俱乐部的老板，方树功要接触到枪支非常容易。

“差不多就这些信息了，准备收队吧。”

夏东风扶着沈默下车的时候，听见的就是这么一句，登时有点儿裂开。他几乎是下意识地看向了沈默。沈默的脸色难看到了极点。

他们过来这里大概用了四十分钟，第一批人赶到现场，也只比他们早一个小时。不到两个小时的时间，竟然就要收队回去了。这只能说明一件事，现场的人确认了死者自杀这一事实，认为没有继续在附近搜查线索的必要。

夏东风稍微易地而处地想象了一下，他要是沈默的话，估计现在就得原地爆炸：“收什么队？把附近都搜一遍，看看有没有漏掉什么线索。”

之前负责现场的领队当场傻眼：“老夏，这人就是自杀，一路过来的痕迹都很明显，自杀用的枪也找到了，还查……”

夏东风瞪了他一眼，然后放开沈默，哥儿俩好似的勾着领队的肩膀，把人带到旁边开始嘀嘀咕咕。嘀咕的内容不外乎就是死者是沈默的舅舅，没有自杀的理由，最好再仔细看看。

“……啊。”这领队扭头扫了眼沈默，“行，那就做做样子，让小沈心里好受点儿？”

夏东风觉得他应该把人带得再远一点儿，或者干脆捂住这人的嘴，这个距离，沈默绝对能听见啊！

沈默静静地在原地站着，目光落在几米开外方树功的尸体上。他的视力很普通，站在这里几乎看不到什么细节，但他知道，那是他舅舅。

夏东风已经回来了，一脸尴尬地凑到沈默面前："那你就在这里等会儿，我带人进去看看，你放心，绝对不会放过任何线索。"其实，他并不是不能暗度陈仓让沈默直接进现场，但夏东风觉得这太残忍了。

沈默也不想让夏东风为难，付铭海被无限期停职，夏东风随时都有可能上位，他不想因为这件事挡了夏东风的路。

"我能看看现场照片吗？"

夏东风无奈："沈默，等你情绪好点儿再看行吗？"

"我没事儿。"沈默执拗道，"我已经冷静下来了。"二十年前他就知道，面对死亡，哭泣和把希望寄托在他人身上都是最没有价值的事情，也没有意义。他可以难过，也可以哭，但不是现在。

夏东风定定地看了他一会儿，最终无奈妥协，对旁边整理物证的队员一挥手："给他看。"

吞枪的死状是什么样子的呢？将枪口塞进嘴里，对准上颚方向，子弹会穿过脑干，然后从颅后穿出。根据子弹射出时伤害的部位，死者会在吞枪后十秒至一百八十秒内死亡。运气好的话就是一瞬间的炸裂，运气不好就是将近三分钟的折磨。

沈默看着照片上的方树功，一瞬间竟然产生了一种陌生感。不久前还在关心他的舅舅，转眼就变成了无知无觉的死人，他又怎么能不感到陌生？沈默认真观察着现场的照片，一丝一毫都不敢遗漏，他看了很久，也看得很专注，但越看就越觉得心头发凉。因为，只看这些照片的话，沈默也会做出方树功是自杀这种判断。现场没有方树功以外的人的脚印，旧连山荒僻至极，附近压根儿没有人居住，又不是什么旅游景点，这种地方平时几乎不会有人来。而方树功的尸体之所以会被这么快发现，还是因为旧连山后有一片土葬的坟地，报案人是去给家中故去的老人烧纸的时候意外看见的。

这样的地方，如果方树功不是自愿来的，一路上肯定会留下痕迹，毕竟满地都是泥土杂草，想清理都做不到。

沈默强迫自己冷静下来，他开始回想回南都后与方树功相处的各种细节，最后想到了黄薇薇。

是因为夫妻不和？不，不可能。他舅舅不是个会因为夫妻问题就放弃生命的人，更何况他还有个那么小的儿子。

“能把那把枪给我看看吗？”

“可以是可以，但你别乱来啊。”痕检科的人把装着枪的物证袋交给沈默，胆战心惊地叮嘱着，像是怕他这个死者家属也会想不开给自己一枪似的。

贝雷塔 87 型 5.6mm 半自动手枪。这个型号的枪基本上国内大型的实弹射击俱乐部都有，属于常用枪械，本身并不特殊。可能把枪带出俱乐部这件事本身就足够特殊了！

实弹射击俱乐部是有公安枪支专管员的，枪支弹药的进出库都必须经过严格的筛查和确认，这是每天都要走的流程，就算方树功是俱乐部老板，也不可能把真枪当玩具一样，说带走就带走。

退一万步说，就算方树功真的不想活了，那他有什么理由，费这么大劲儿偷一把枪出来，然后再吞枪自杀？说句不应当的话，怎么死不是死？总不能是吞枪比较有仪式感吧？没这种道理！

沈默隔着物证袋摸索着这把贝雷塔，神色逐渐凝重。突然，他的视线在枪管上凝住。他几乎是不管不顾地扯开了物证袋。

“沈默，你干什么？”痕检科的人惊叫出声，要不是沈默还戴了手套，这人估计能惊得直接跳起来。

“不对劲！”沈默声音颤抖，“这把枪太新了。”

夏东风听到这边的动静，连忙上前：“应该是刚从哪里的配置中心买的吧？”

“不是的。”沈默的额角冒出冷汗，“我舅舅以前跟我说过，因为南都市本地没有配置中心，每次更新枪支都必须去北京安华。他以前是专业射击运动员，在这方面勉强算是有点儿人脉，所以就想办法联系了其他渠道。”他深吸了一口气，“国内各个部队的枪支大概十年到二十年会进行一次更新，换下来的旧枪要么销毁，要么封存，要么军改民用，要么转卖他国，我舅舅联系的就是购买旧枪的渠道。”沈默把手里的枪递给夏东风，“但你看这把。”

这把枪很新，保养得跟刚出厂似的，怎么可能是旧枪军改民用的产物？！

夏东风让人给他拿了双手套戴上，三两下把枪拆开，仔细看过之后，脸色也沉了下来。如果方树功告诉沈默的是实话，那这问题可就大了！

第13章　演戏

“死者方树功，男，四十三岁，前国家级射击运动员，FH实弹射击俱乐部的老板兼教练，目前初步断定，死因为自杀，自杀原因不明。”

夏东风坐在会议厅，一边听着其他人汇报，一边忍不住扭头去看守在外面的沈默。这个案子，沈默是彻底没法儿参与了。不仅仅是因为他被停职了，而是如果FH实弹射击俱乐部的枪支来源真的有问题的话，那方树功本身就属于嫌疑人，沈默作为亲属，必须避嫌。

沈默不后悔当着那么多人的面说出他的发现。因为没有人比他更清楚，他舅舅是个什么样的人。无论俱乐部的枪支有什么问题，沈默都坚信这件事与方树功无关，但他不能被排除在这个案子之外。

沈默知道，他现在还能留在局里，其实已经是夏东风给他开后门了。别人不清楚，夏东风却一定是因为考虑到哪怕不进会议厅，他也一样能听到里面的谈话内容，所以才让他留下的。可只作为一个旁听者不够。在里面开始讨论调查方树功的人际关系时，沈默咬牙起身，第一次进了徐建军的办公室：“徐局，我是沈默。”

办公室里一片静默，但沈默知道里面是有人的，他听到了呼吸声。每次呼吸的间隔偏长，长吸长呼。这个呼吸频率似乎是在抽烟？

他又敲了敲门：“徐局？”

大概过了十几秒，徐建军开口：“进来吧。”

办公室内烟雾缭绕。徐建军一手夹着烟靠在椅背上，眼底全是红血丝，与早上精神抖擞的状态截然相反。

沈默没有多看，只是恭恭敬敬地朝徐建军弯下了腰：“徐局，请您让我参与这个案子。”他的腰后还有伤，这样的动作拉扯出来的疼痛瞬间爬满后背。沈默几乎是立刻就出了一身冷汗，但他却没有直起身，而是维持着这个请求的姿势，一动不动。

徐建军又抽了口烟，眉宇之间全是焦躁，但说话的口吻却十分儿戏：“哎哟，赶紧起来，我还活着呢，可别像对着死人似的朝我鞠躬。”这玩笑并不好笑。尤其是在沈默的舅舅刚刚去世的情况下，颇有种故意捅沈默心窝子的味道。

沈默呼吸一滞，垂在身侧的手紧握成拳：“请您让我参与这个案子，之后无论是什么处分我都接受。”

徐建军隔着烟气看了沈默许久：“沈默啊，是不是无论你面前横着多大的山，你都敢不管不顾地撞上去啊？”

“师父告诉我，做一个好警察必须要有信念，只要我的信念还在，那无论前面是什么样的山，我都会撞上去。”沈默顿了顿，又补充了一句，“要么山崩，要么我死。”

徐建军夹着烟的手抖了一下，长长的烟灰落在了他的手背上，他却连拍都没拍一下：“那你就去吧。待会儿我给你写个条子，就写让你参与查案是我的意思，局里不管是谁都没权力收回你的参与权，怎么样？”

沈默精神暴亮：“谢谢徐局。”

“谢什么。”徐建军把烟摁灭，“又不是啥好事。”

后半句的声音非常小，几近于无，但沈默还是听到了。这一瞬间，他觉得这个看起来油滑无能的局长，或许对什么都是心里有数的。这个时候，沈默以为徐建军说给他写条子，只是给他一颗定心丸。

第二天丁世忠回到局里，徐建军直接请了长病假，说是旧伤复发，必须去一线城市的大医院住院治疗。

沈默还记着徐建军有可能会调走的事，问夏东风："那徐局病好之后还会回来吗？"

"回来干什么？老徐这假休完就直接调走了。"夏东风昨天一晚上没睡，下巴底下全是胡子茬儿，他侧过头啧了一声，"没胆子的老东西，溜得比兔子都快。"

沈默听出不对："徐局是真病还是假病？"

夏东风笑了一声："有旧伤是真的，复没复发就不知道了。"

到底是老局长，现在要"住院"，局里的人怎么也得去探望探望。队里的人商量了一下，还是决定忙里抽闲去送一送徐建军。沈默也去了，哪怕他现在心急如焚，恨不得一天有四十八小时，好让他能分分钟把方树功的案子查清楚。

徐建军住在一个三合院里，家里人口不少，一进院子就看见两个小豆丁在疯跑，大概是徐建军的孙辈。昨天还活动自如的徐建军，今天却病恹恹地歪在床上，来了人也没法儿下床招待，全是他妻子忙里忙外。

沈默看着徐建军一脸虚弱地跟局里的人说客套话，嘴角一个劲儿地抽抽。就凭徐建军这稳如老狗的心跳和绵长的呼吸，沈默病了他都不会病。再结合夏东风之前说的话，所以，这是装病避难？那难又会是什么？

因为徐建军"病"得不轻，众人也没久留，谢绝了留下吃饭的好意，简单坐了二十来分钟就起身告辞。沈默随着大流往外走，他腰上有伤，走不快，也怕被挤到，所以就落到了最后。

"哎哟，小沈啊，你能帮我捡一下书不？我这动弹不了。"徐建军突然开口。

沈默愣了愣，回头就发现徐建军床边掉了本军事杂志。

他连忙弯腰去捡，把杂志递过去的时候，徐建军突然凑近，低声道："我听说你在声音方面很有研究，那你见过有人能把声音当摩斯密码使的吗？"

沈默倏地怔住。这话是什么意思？

他正要细问，就见徐建军接过杂志往枕头旁边一拍，摆着手道："快走快走，你们走了我正好睡会儿，哎哟，可疼死我了。"

这是明摆着不打算再多说一句了。恰好这时，夏东风发现沈默掉队，进屋把他拽了出去。

回公安局的路上，沈默忍不住问夏东风："徐局，是个什么样的人？"

夏东风沉默许久："他是个……特别聪明，又特别看得开的人。"

丁局复职，沈默复职，那场爆炸案直接或间接导致停职的人一共三个，丁世忠和沈默都回来了，只有付铭海毫无动静。这太反常了。付铭海既不是直接负责人，又救人有功，怎么都不应该落到现在这个境地。沈默去问了夏东风。

夏东风先是沉默，然后一脸贱笑道："我让他先别折腾的。老付休息一段时间，我就能多过一段时间当队长的瘾。"

这一听就是个玩笑话，但沈默莫名觉得应该是半真半假。他很聪明，但从来没有真正踏入过社会，所以考虑问题时总有些难以周全，尤其是在人际关系方面。

黄薇薇作为方树功的妻子，按理说公安局应该在得知方树功死讯之后第一时间联系她，但因为怀疑枪支来源不正，方树功身上有嫌疑，那真正把控俱乐部运营的黄薇薇当然也有。丁局定下来的方案是，先着手调查 FH 实弹射击俱乐部的所有枪弹来源，同时安排人暗中跟踪黄薇薇，这个跟踪既是保护，也是盯梢。

连死者的妻子都不打算直接找来问话，可见公安局对枪械方面的问题敏感到了什么程度。

“沈默的说法是对的。”夏东风找到了方树功生前购买旧枪的渠道，“方树功给俱乐部购买枪弹的时间很固定，一年一次，说是找的关系渠道，但其实手续齐全，来路都是没问题的。”

旧枪出售很正常，卖给其他国家和卖给国内俱乐部都可以，只要流程手续合法合规就没问题。可这样一来，事情反而如同他们一开始担心的那样，性质变了。既然方树功从来没购买过新枪，那他自杀用的那把枪是哪来的？渠道是什么？方树功又为什么要自杀？跟这个枪弹来源有没有关系？

这个案子，从这一刻起，彻底由自杀案转变成了非法持有枪支案，甚至是枪械走私案。

沈默坐在会议厅里，全程死死掐着手心，舅舅舅妈成了嫌疑人，并且还是这种性质的大案要案。沈默必须足够冷静客观，才能继续拥有坐在这里的权利。

“跟踪黄薇薇的人怎么说？”丁世忠问道。

“她好像还没发现丈夫出事了，行踪一切正常，一大早送孩子上学，然后去俱乐部……”

方树功的死亡时间已经接近四十八小时，黄薇薇却毫无察觉。

夏东风杵了下沈默：“他们夫妻感情不好？”

“不，很……”沈默本来想说很好的，他舅舅曾告诉过他，是黄薇薇把他从泥潭里拉了出来。当时方树功因伤退役，前途渺茫，是黄薇薇一直体贴安抚，才让他走了出来，所以夫妻两人的感情一直很好。

但是沈默想到之前被他忽略的种种异常，这句感情很好就怎么也说不出来了。其实他之前也猜测过，他舅舅舅妈是不是感情出了变故，可是感觉又不像是单纯的夫妻争执。

方树功以前跟沈默聊天时很喜欢提老婆孩子，不说是妻奴，但绝对也是爱妻一党。但自从他回南都之后，这种情况几乎没有，还有每每他提及黄薇薇时方树功刹那间的异常心跳和呼吸反应。从这些细节来看，夫妻感情破裂的概率很高，可当两个人相处的时候，又不全是这样。亲密举止依然有，方树功对黄薇薇依然体贴。外部表现和心跳反应完全不相符，就像是方树功在粉饰太平。

见沈默久久卡壳，夏东风又推了他一下："沈默?"

"我说不上来。他们以前感情真的很好，但最近……有点儿奇怪。"沈默回神，想了想，"就比如，之前我住院，我舅舅来给我送饭，还陪我一起吃，我当时以为他是一个人来的，但在他走的时候，我透过窗户看见，我舅妈其实也来了，正在跟别人说话……"

沈默在一片平稳的心跳中，突然捕捉到了一段紊乱的频率。他下意识地循声望去，却看见了丁世忠的脸。心跳突然失序，要么是紧张错愕，要么是身体不适，丁世忠是哪种?

可能是察觉到了沈默的注视，丁世忠对上他的目光，笑道："怎么了？接着说啊，现在正是集思广益的时候，你想到什么就说什么，免得漏掉细节。"

恢复正常了。大概是他想多了吧，沈默压下心头的疑惑，继续道："我当时觉得有点儿奇怪，但也没多想，毕竟也有可能是两人本来打算一起来的，但在楼下的时候，舅妈遇到了熟人，我舅舅就一个人进了病房。"

夏东风支着下巴："你舅舅那天带了几个人的饭?"

"两个，就我和他的。"

"意思就是，他从一开始就没打算带着你舅妈一起吃饭?"

这件事，说正常也很正常，人本来就是随心的，吃饭这种事，想一起吃就一起吃，不想吃就拉倒。但细究起来又确实能揪出问题，这也是沈默会对这件小事留有印象的原因。正常情况下，一起出门的夫妻俩，要么在出门前就一起吃过饭了，要么不一起吃，出去之后再解决。什么情况下才会出现方树功夫妇这种，一个带着饭上去跟外甥吃，一个在楼底下等着？

夏东风一锤定音："很明显的夫妻不和吧？平时为了孩子做做表面文章，其实早闹崩了。"

沈默幽幽地看他。

夏东风在嘴边比画了个拉拉链的动作，结果没忍到三秒，还是没憋住话："我这是就事论事啊，沈默同志，你得保持客观的立场，不能因为那是你舅舅舅妈就听不进去不好的话。"

会议厅里一阵窒息。因为都知道死者是沈默的亲属，但案子又绕不开方树功，所以其他人在提起的时候都会尽量采用公事公办的口吻，避免刺激到沈默，结果夏东风倒好，毫无避讳。

沈默却觉得松了口气。他能参与这个案子是求来的，完完全全的违规操作，自己给人添了麻烦，事后还要别人照顾他的情绪，沈默只会更加不安。夏东风来这么一出，对习惯自省的沈默来说，反倒算是帮了忙。

"我没有听不进去，也没什么不能说的话。"他顿了顿，又道，"对现在的我来说，没有什么比侦破这个案子更重要。"

沈默一直在强撑着一口气。因为他知道，如果不强撑住这口气，他的情绪可能会崩溃，他的理智可能会受到干扰。而他现在最需要的就是镇定。这样才不会让舅舅死得不明不白。

即使现场痕迹无论从哪个角度看方树功都是死于自杀，而且沈默自己也认可这个判断。但是，自杀也是有区别的。有的人自己选择走向终结，而有的人不得不选择终结。一开始，沈默怀疑方树功是前者，可在发现枪械问题之后，沈默就笃定，方树功是后者。他的舅舅，因为一些原因，不得不走上死路。而沈默现在要做的就是找出这些原因，然后挖出“凶手”，不让舅舅死得毫无价值。

沈默很悲痛，但同时他又很冷静，可以冷静地分析，冷静地回忆所有线索。他的情感像是被分割成了两个区域，一边是悲伤的蓝色，另一边是愤怒与执着的火红。两种情绪共同存在，互不干扰，又都不曾衰减。这已经是沈默现在能做到的极限了。把难过藏在心底，把精力留给案件。

沈默的态度显然让会议厅里的其他人也松了口气，他甚至听到了几声刻意放轻松的呼气声。他是公安局里的新人，除了他，在座的大部分都或多或少地经历过队友的死亡。所以，他们谨慎又克制，体贴地照顾着沈默的情绪。

沈默从发现邱季在证据上作假，公安局对与万华集团相关的案件睁一只眼闭一只眼之后，一直持续不散的失望和迷茫突然间就散了。或许夏东风是对的。世间的事不能只用好坏黑白来区分。他坚定地走向窄门，但也不能因为其他人走向宽门而认定他们就是坏和黑。人性，本身就是混合了各种内容的混浊颜色。

会议的后半程，众人一致商定把接下来的行动重心放在调查方树功和黄薇薇的人际关系上。

沈默的情绪很复杂，一方面痛心于舅舅的死亡，另一方面又有一点儿微妙的庆幸。庆幸方树功的死牵涉到了枪械问题，这样公安局才会出动最大的警力来彻查这个案子。如果不是这样，方树功的案子现在恐怕已经进入结案流程了。毕竟是板上钉钉的自杀，查也没什么好查的。

“你们觉不觉得……”夏东风挠了挠下巴，“方树功这老婆有点儿奇怪？”

丁世忠问道：“怎么说？”

不知道是不是沈默的错觉，刚刚在夏东风说这话的时候，他好像听见丁世忠的呼吸略微急促了一点儿。

"从资料上看，她的日常生活就是工作、老公、孩子，偶尔出去购物、美容，看起来很像个普通的家庭主妇吧?"夏东风抽出属于黄薇薇的那份初步调查档案，"可她在俱乐部待的时间太长了，无论天晴下雨，还是生意好坏，她都会去俱乐部，甚至连周六周末都会去，这正常吗?"

队里一个小年轻道:"事业型女性?"

"我就是觉得很奇怪，你们看这里，这是队里的人去打听消息的时候打听来的，去年的事了，当时黄薇薇和方树功的儿子急症住院，方树功在外地赶不回来，黄薇薇全程陪护，都这样了，她竟然还会抽时间去俱乐部!"夏东风一脸的匪夷所思，"她虽然是俱乐部的主要管理人，但其实每天能干的事很少。这就跟开店似的，店员备齐了，老板去不去重要吗? 无所谓的事吧?"

"……好像也是这么个道理。"

"最重要的是……"夏东风一脸严肃，"方树功已经死亡两天了，她至今一点儿反应都没有……"

话还没说完，丁世忠的手机就响了。这个距离，哪怕戴着耳塞，沈默也能听清电话内容。听清之后，沈默无语了两秒，神情复杂地看了夏东风一眼。紧接着，丁世忠挂断电话对众人道:"负责盯着黄薇薇的人打来的电话，说黄薇薇去了所属辖区的派出所，报案说她老公失踪了。"

沈默也不知道是该松一口气，还是该更紧绷。他对黄薇薇的了解很少，沈默虽然和方树功联系密切，但因为之前一直不在南都，所以真正见面的时间其实不多，对黄薇薇这个舅妈的了解就更有限了。除了逢年过节的范本式的客套问候，其他时间几乎没有交流。

他对黄薇薇的所有印象都来自方树功的描述，大概丈夫看妻子总是有滤镜的，在方树功的描述里，黄薇薇简直就是个漂亮善良还救苦救难的天使。用方树功的话来说，黄薇薇选择和当时的他在一起完全就是在扶贫。

沈默的性格本就孤僻，也从来没想过要去主动去了解这个舅妈。他很正直，同样也很冷漠。比如，他一直认为方树功是他最后的亲人。这就代表着，在沈默的概念里，黄薇薇甚至是他们的孩子轩轩，都不属于“亲人”这个范畴。这个范畴是个人认知上的，并不代表血缘层面。也因为这种漠不关心，反而让沈默在回南都后，见到黄薇薇时产生了一种非常清晰的割裂感。

其实以前也见过，但那个时候方树功一个人就能传达出夫妻和睦的信号，所以沈默并不会额外关注黄薇薇这个人。直到最近，方树功对黄薇薇的态度出现了变化，沈默也因此有所察觉。当然，真正让沈默关注到黄薇薇的还是之前发现的那桩旧案，那个藏在音频里的另一个声音。

“既然黄薇薇已经报案了，那我舅……方树功的死就不能再瞒下去了。”沈默停顿了一下，还是理智地选择了更客观的称呼。

丁世忠点头确认：“让人请她来公安局走一趟吧。”

虽然要公开方树功的死讯，但枪械问题还是得继续隐瞒。所以最后的商定结果是，不让黄薇薇知道他们发现枪械有异这件事，然后以方树功非法携带枪支，怀疑俱乐部内部管理有问题为由，搜查 FH 实弹射击俱乐部。

众人兵分两路。一路负责审讯，或者说“接待”黄薇薇，另一路趁着黄薇薇不在，带着搜查令直接去俱乐部。沈默没去俱乐部，他的听力优势，留在这里直面黄薇薇才能发挥出更大的优势。夏东风则是带队去俱乐部那边。

出会议室的时候，夏东风突然凑到沈默旁边嘀咕：“我总觉得哪里不对。”

沈默抿了下唇，有点儿跟不上思路："哪里不对？"

夏东风左右看了看，确定他们已经落在了最后面，没人能听见之后才道："正常情况下，在发现方树功自杀用的枪有问题之后，你觉得我们应该怎么做？"

沈默不确定道："通知死者家属？"

夏东风无奈，他算是发现了，沈默虽然看起来冷静，言谈之间也不会回避问题，但他下意识带入的还是死者亲人这个身份。不过，以沈默的阅历和年龄，能在遭遇这种事情之后做到这样，已经是极其出色了。反正刘梓勤当年死的时候，夏东风整个人是崩溃过的。他呼出一口气："是直接查封俱乐部。"

枪械问题在中国，任何时候都是绝对禁区，一切理由和原因都要为此让步。有人死了当然不是一件小事，但如果让枪支在眼皮子底下流通，那就是天大的事！任何事情也比不过的大事！

沈默愣住了。他能被允许参与调查，心里一直十分感激，所以这两天都是听令行事。只要给出了合理的理由，他就不会质疑什么。

那他们为什么没有第一时间查封俱乐部，甚至连查都没去查呢？因为他们不能打草惊蛇，需要隐蔽行动，在找出线索之后，才能保证一击即中。

沈默之前觉得这么做没有任何问题，他们这两天也确实核查了很多信息，比如方树功的货源、方树功夫妻的资料……可这真的是第一时间该作出的反应吗？之前沈默没从这个角度思考过，但夏东风现在告诉了他答案。

"不过也说不准，有利有弊吧。"夏东风像是有些烦躁，大概是因为拿不准情况，"如果直接封锁调查，通常会有两种结果，运气好的话，猝不及防，一网打尽；运气不好的话，抓几个明面上的小卒子，幕后之人弃车保帅。"

从稳妥性上来说，他们之前的做法其实真的没什么问题。

沈默拧眉："可你刚才说……"

"沈默，这其实也是一个取舍问题。"夏东风解释道，"我举个例子，现在我们发现了一个地下赌博的窝点，但我们怀疑窝点不止这一个，立马端掉这个窝点，没准儿可以让参与其中的赌徒晚点儿破产，但会让幕后老板缩回下水道里，其他窝点可能会为了避免被查暂停经营；如果不马上端掉这个窝点，我们可以顺着这里的线索往下继续查，直到掌握足够的信息，把背后的人一锅端掉，可这样的话，在我们调查期间，说不定又会有很多家庭因为出了个赌棍而家破人亡。"

夏东风举的这个例子很贴切，沈默立刻就懂了他想表达的意思。

"通常，我们会选择直接端掉，因为保护民众和打击犯罪都是我们的责任，而保护的优先级高于追查，因为我们是警察，是人民警察，为人民服务的警察。"夏东风突然很像一个对学生谆谆教诲的老师，"但这一次，我不确定老丁是不是因为涉及枪支，性质过于恶劣了，所以才选择了另一种方式。"

坦白地说，无端猜测真的很影响心态。至少沈默现在的脑子就有些乱。他思忖片刻，长长呼出一口浊气："已经这样了。"

夏东风点了点头，在上车前又拍了下沈默的肩膀："大概是我想多了，老丁这人破案很有一手，估计是有其他考虑。"

在等黄薇薇被送来公安局的这段时间里，沈默一直在看方树功的验尸报告。这份验尸报告是法医和枪弹痕迹专家共同努力的结果。两个人都断定，方树功是自杀。

沈默终于按下了对方树功死因的最后一丝疑虑。这样也好，比起被害，自杀可能也算一种出于本心的选择。哪怕是被迫的，至少也是……

沈默的思绪倏地顿住。他重新翻开验尸报告，上面说方树功的口腔里没有任何多余的伤痕，说明他在吞枪和开枪时没有丝毫犹豫，非常果断。

正常自杀的人，会犹豫，跳楼的人会在天台上反复试探，上吊的人会在感到窒息的时候不断挣扎。但方树功太果断了。他的自杀完全就是，把枪吞进嘴里，开枪，等死。连基本的自救反应都没有，因为没在他身上发现多余的伤痕。

这不合理，甚至是违反人类本能的，除非，他必须这么做，有什么信念支持他一定要这么做?

沈默想到了那把贝雷塔半自动手枪。到底是他足够敏锐，迅速地捕捉到了线索，还是这个线索本来就是方树功特意给他们留下来的呢?

沈默无意识地攥紧了拳头，克制不住的愤怒让他浑身发抖。

直到丁世忠过来叫他："黄薇薇到了，预审已经把人带进去了，你的身份不方便露面，去监控室那边吧。"

沈默倏地回神，压下脑海里乱七八糟的猜测，朝丁世忠道谢后就进了监控室旁听。

黄薇薇已经得知了方树功的死讯，大概是哭了一路，她的眼睛红肿得厉害，神情也有些恍惚。负责问话的还是预审科的崔玉林和闻显。

崔玉林问："方树功是什么时候离开家的?"

黄薇薇边哭边说："前天下午，他说有事要出去几天。"

闻显问："他没告诉你去办什么事吗?"

"说是有个老朋友身体出了问题，他要去探望，不在本地。"

闻显又问："这期间你就没打电话联系过他吗?"

"没有，我怕打扰他，毕竟是去探望病人。"

……

监控室里，沈默突然转头问负责接黄薇薇过来的队友：“你接她来的路上，她一直在哭吗？”

“对，知道死讯之后就开始哭了。”

沈默沉默片刻，开口问了个看似莫名其妙的问题：“路上，她喝过水吗？”

这问题是真的很奇怪。负责接人的队员嘴角一阵抽搐，回想了一下才道：“喝了。”

“你给递的？”

“不是，她自己包里带的。”队友有些无奈。

沈默垂下眼睫，他舅舅生前有个习惯，大概是和平时运动量大有关系，方树功无论去哪里，身上都会带瓶水，防止遇到意外情况缺水。这习惯黄薇薇也有。

沈默少言寡语，问的问题又奇奇怪怪，反倒把队友的好奇心给勾了起来：“你问这个干什么？”

沈默心情稀烂，撩起眼皮：“你刚知道你老公死了，会有心情喝水吗？”

队友一脸裂开：“我男的，怎么可能有老公！”

“重点是这个？！”

再严肃的气氛也架不住这种神来之笔，登时监控室所有人都因为憋笑扭曲了脸。除了沈默。他现在的状态很奇怪，思维和行为好像都是正常的，但总是隔着一层。就仿佛是他把悲恸之类的负面情绪压抑下去之后，连正面情绪也一起被隔离了。假如人的精神有形状的话，沈默现在大概已经遍布裂痕了，只靠着一股不肯散去的执拗勉强维持着表象。

或许是终于有人意识到了在沈默面前笑并不合适，监控室里的气氛从短暂的轻松变成了凝滞。

最后是丁世忠打破了沉默，他转头问沈默：“怎么发现的？”

沈默言简意赅道："声音。"

按照负责接黄薇薇过来的队友的说法，黄薇薇从得知消息后就一直在哭，中途几度崩溃，用撕心裂肺来形容都不过分。

把黄薇薇从辖区派出所接到公安局，耗时差不多是一个半小时。正常人别说是哭一个半小时，痛哭半个小时都会头昏眼花，口腔和喉咙也会因为缺少水分而产生痛感，并在说话时控制不住地发痒咳嗽。这是生理反应，不存在用意志力克制的可能。所以沈默在听了没多久就意识到，黄薇薇体内的水分很充足，大概率是在来的路上补过水。

沈默隔着单向玻璃看着审讯室。黄薇薇的精神状态很不好，不是那种骤然遭逢巨变的神思不属，而是一种疲惫导致的虚弱。之前安排人去跟踪黄薇薇的时候，沈默是直接被排除在人选之外的。一方面是因为他是死者家属，另一方面则是因为黄薇薇认识他，万一被发现不好解释。所以他只知道黄薇薇这两天的行程，对她具体的精神状态并不了解。

"她的睡眠质量应该不太好，失眠至少有两天了。"沈默说完又解释了一句，"长时间缺少睡眠会导致气息不足，心律不齐。"

丁世忠问道："这都是你听出来的？"

"嗯。"沈默道，"问问她这两天是不是没睡好，为什么。"

他要确定黄薇薇是不是真的刚刚知道方树功的死讯。如果不是，那她会失眠，会在听到噩耗后还有心情照顾自己的身体状态，就都说得通了。

丁世忠把沈默的问题通过耳麦传达给了审讯室里的闻显。闻显照办。黄薇薇的表情很明显僵硬了一瞬，随即又抹了一把眼泪："……我睡眠状态一直不好。"

闻显和崔玉林都是预审科的老手，察言观色的水平堪称登峰造极，当然没有放过黄薇薇刚刚那一瞬的不自然。

一开始两人还不明白丁世忠为什么要让他们问这个，现在回想一下，立刻就领会到了问这个问题的原因。

监控室那边是在怀疑黄薇薇早就得知方树功的死讯了！

崔玉林微微眯了眯眼："黄女士，方树功的死还存在疑点，希望您可以配合警方，至少得诚实，对不对?"

黄薇薇放下擦眼泪的手，沉默了一会儿："我跟老方吵架了，之前没联系他也是因为这个，直到今天我给他打电话，发现手机关机，又联系了他说要去探望的朋友，才知道老方根本没过去。"她用手捂住脸，边哭边道，"我意识到可能是出事了，就去报警，结果……"

沈默听着耳机那边传来的声音，一直悬着的心开始慢慢下沉。黄薇薇在说谎。人的生理反应是很奇妙的，它永远比语言诚实，也永远比人心直观。黄薇薇的心跳太平稳了。除了被指出说谎的那一瞬间，她的心跳一直维持在一个相当稳定的频率，平静得就像是在念早就打好了腹稿的台词。

哪怕她泪流满面，哪怕她看起来伤心欲绝。真正情绪剧烈波动时的心跳绝对不会这么平稳。他这个舅妈，大概真的有问题。

沈默蹙眉思考着，该怎么引导黄薇薇说实话，或是想办法制造她的逻辑漏洞。异常优秀的听力是伴随沈默从小到大的能力，但他却是直到父母去世之后，才明确地知道，他听到的东西不算证据，在别人眼里也不算事实。所以他很多时候，都是在抱着结果倒推过程。比如现在，他知道黄薇薇在说谎，但只有他知道没用，必须得让所有人都知道她在说谎才行。

在沈默思考的时候，闻显和崔玉林正在让黄薇薇描述方树功离家之前的情况，然后针对其中几个点反复提问。这也是审讯的一种常见手段。人在紧张的时候是很容易说错话的，尤其是反复被询问，嫌疑人就会随着这个过程越来越紧张，紧张到极点的时候就会出错。

可这个方法对黄薇薇没用。她太冷静了。这种冷静甚至根本不该出现在一个普通家庭的已婚妇女身上。

她的演技也很好，心里波澜不兴，表情却时而悲伤，时而痛苦，时而自责……表情完全就是跟着嘴里说出来的话实时变更。

沈默的目光一直凝聚在黄薇薇身上，心情从审视逐渐转为愤怒。没办法不愤怒。谁能忍受最后的亲人离世之后，对方的妻子还在他面前演戏？

第 *14* 章 密室

“她在……”沈默正想说黄薇薇在说谎，突然响起的手机铃声打断了他的话。沈默猛地冷静下来。凭空指责毫无意义，反而会引起黄薇薇的戒备。

电话是夏东风打来的：“沈默，你现在有空儿吗？来俱乐部一趟，我们把所有地方都搜遍了，没有任何发现，枪支记录和库存也完全匹配……”这就说明方树功用来自杀的那把枪根本就不是从俱乐部拿的。

夏东风原本已经做好了无功而返的准备，但收队前，他突然想起了沈默在王高途老家找到地下室的事情。或许让沈默走一趟，会有不一样的发现？

“你的听力很好，要过来看看吗？”夏东风没明确说怀疑俱乐部还有暗室，但这样的说法已经足够让沈默明白他的意思了。

沈默瞥了一眼审讯室，闻显还在反复盘问。估计这边不会有什么进展之后，沈默果断答应下来。挂了电话，他跟丁世忠请示了一下就赶去了俱乐部。

FH 实弹射击俱乐部。F 是方树功姓氏的首字母，H 是黄薇薇姓氏的首字母，经常来这里的顾客都知道，这家俱乐部是个夫妻店。老板是退役的射击运动员，在俱乐部兼职教练；老板娘是个女强人，经营方面的事情都是由老板娘管理。沈默其实没来过几次，以前他不在南都，射击俱乐部对他的听力也不太友好，至于回南都之后……

沈默下车的动作倏地僵住。他想起了一件事。在回南都市后，他曾跟方树功提过想去俱乐部看看，但方树功随口调侃了他几句，然后就不动声色地绕开了话题，而且当时方树功的心跳反应似乎也不太正常。现在回想起来，他舅舅大概不希望他去俱乐部。为什么？更让沈默难以接受的是，如果真是这样，那他岂不是从一开始就错过了重要的信息？如果他当时坚持去了……

夏东风从后面一巴掌拍在沈默背上："发什么呆呢？赶紧的。"

俱乐部有两层，占地面积将近一百亩。一楼主要分为室内射击区域、室外射击场地和模拟彩弹对战区，二楼则是健身区、餐饮区、娱乐区和包间休息室。一百亩的大小跟国内知名的大俱乐部比起来不算什么，但从纯民营个人所有的角度来说，也绝对算不上小了。

在沈默的印象中，俱乐部一开始其实只有一层，面积也只有现在的一半左右，目前的大小都是这些年扩建的结果。

"我们已经把明面上的地方都检查过了，但你也看到了，这里太大了，真想藏东西也不难。"夏东风叹气，"为了以防万一，所以才叫你来看看。"

"知道了。"沈默在进室内的时候，先拐弯去看了下室外场地，"确实是过于大了……你让人去帮我找个篮球。"

"找个什么？"

"篮球，用来打的那个篮球。"

夏东风无奈："现在是要篮球的时候吗？就今天一天时间，你赶紧检查场地，查完了要什么球我都给你找，仙人球都行！"

沈默有时候真的怀疑夏东风的脑子不正常。他闭眼运气，把蹿上来的火气压下去，语速飞快道："室外场地太大了，而且如果这边也有地下室的话，深度超过一米，正常走路的回响太微弱了，我需要辅助工具，借助球类落地时的声音来判断地下有没有其他空间。"

夏东风瞠目结舌，跟听神话故事似的，好半天才竖起大拇指："多才多艺啊小徒弟。"

沈默额角青筋凸起："师父，我是认真的。"

夏东风笑了一声："行，我去给你找篮球，你先去检查一下室内？"

"不急，我先看看档案资料。"沈默不是不相信队里的人，而是他现在能参与这个案子完全就是队里徇私，如果真查出来更严重的情况，为了不连累两个局长，他势必会失去参与权，这么做完全就是想以防万一。

夏东风看了他一眼，也不知道脑补了些什么，笑道："可以，你想看就看。"说完就跟负责清查的人打了声招呼，自己则给沈默找篮球去了。

记录确实是没问题的。进货记录和库存记录完全一致，每天使用的进出库记录也一致，包括损耗记录都没有任何问题。这些记录档案，哪怕放到全国任何一个实弹射击俱乐部，都是标准的范本。

沈默紧紧蹙着眉头，心想从档案记录上是查不到什么东西了，正准备按夏东风的说法检查室内，目光却在另一本册子上停住。那是 FH 实弹射击俱乐部的会员名单。俱乐部的生意很好，南都市民风偏彪悍，FH 又是市内唯一的一家设施齐全的大型射击俱乐部，所以市里不少有钱人都是这里的常客。

沈默原本只是抱着既然看到了那就翻一翻的心态，可这种心态却在看到一个名字时变了：至尊会员　林永万。

出于某种说不清道不明的直觉，沈默看向负责收录档案的警员："能查到林永万来这里的记录吗？"

当然是能查到的。俱乐部操作规范这一点简直是帮大忙了。警员帮沈默调出会员消费记录，然后筛选出林永万的相关内容。

"来得很频繁啊。"用常客都不足以形容林永万来这里的频率，FH 简直就像是他的固定活动场所，平均每周来两次，一次会在这里停留四五个小时，偶尔还会直接在这里预订房间过夜。

突然，沈默握着鼠标的手猛地攥紧，目光死死凝聚在一行消费记录上：

> 20××年×月×日，包场五天，费用××××元，室外场消费×××××元，室内场消费×××××元，合计：××××××元。

沈默的关注点并不在那几个夸张的消费数额上，而是在时间。这条消费记录的时间点就包含在宋明珠死亡的那天！

如果这条消费记录是真的，说明宋明珠死的那一晚，林永万其实是在 FH 俱乐部。那宋明珠是谁杀的？那个雪茄剪真的不是林永万的吗？

心情过于大起大落，以至于沈默都出现了短暂的晕眩感。他努力保持冷静，细细思索，比起一条消费记录，他应该更相信自己的听力和判断。

没有其他人能听见的声音，如果连自己都不愿意确信，那还有什么意义？所以沈默对听力反馈来的信息，永远都是笃定的。

以沈默的听力不会出错为前提的话，那这条消费记录的存在就只有三种可能：第一，有人使用了林永万的会员卡，在俱乐部消费后留下了记录；第二，这是故意伪造出来的不在场证明；第三，将前两种可能合并，为了伪装不在场证明，在林永万杀宋明珠的那天，故意安排人来俱乐部以他的名义消费。

如果是第一种可能，那这条消费记录就是无意间产生的，使用者和林永万本人都没留意这件事。第二种可能和第三种可能很相似，区别只在于，第二种可能大概率是事后伪造，而第三种可能则是提前预谋。

从万华集团的行事风格来看，沈默当然是倾向第二和第三种。可是，在他指认林永万杀害宋明珠时，林永万从来没有提起过这个“不在场证明”！伪造的消费记录不拿来使用的话，跟不伪造有什么区别？只这一点，就将第一种的可能性大大提高。

不过要求证应该也不难，作为大客户，想必俱乐部的老板娘，黄薇薇对林永万应该印象深刻，直接询问就行。如果不是时间过去太久，其实查监控才是最稳妥的，可惜了。

“帮我把他的消费记录打印一份行吗？”沈默觉得这里面搞不好还有可以继续深挖的细节，干脆就拜托警员帮忙给他打印一份出来慢慢琢磨。

出去给沈默找篮球的夏东风正好回来，问道：“打印谁的消费记录？”

“林永万。”沈默意有所指，“他是这里的常客。”

夏东风眸色微沉：“那还挺巧。”

消费记录打印出来，夏东风接过来一看就乐了，皮笑肉不笑道：“这可真是妥妥的大客户，十次来有八次是包场，这俱乐部至少有十分之一的收入都赚的是林永万的吧？这就是有钱人的排场吗？”

沈默耸耸肩：“也不好说，万一人家只是不想见到其他人呢？”

他原本只是随口一说，不想夏东风却倏地怔住，他匆匆翻看着消费记录：“也不是没可能，说不定包场只是为了掩人耳目。”

沈默心头剧震，为这个猜测心惊不已。他之前的想法都还停留在曹建设一家的案子上，可夏东风的猜测却是直接将两个案子关联了起来。

夏东风直接把篮球抛给沈默：“你先排查场地。”他脸色阴沉，“究竟是不是咱们猜测的这样，只要检查完场地就知道了。”

室内场地二楼的排查用不上沈默，沈默要检查的区域主要是室内场地的一楼和室外场地。但属实是太大了。一百亩地，接近七万平方米的占地面积，都需要沈默一寸一寸地筛查过去。最要命的是，他们的时间是有限的。拖得越久，变故就越多，打草惊蛇或是狗急跳墙的概率就越大。

篮球被拍在地上又反弹回来，再拍下去，再弹回来……沈默一边避开室外场地的障碍物一边带球跑。

“这是干吗呢?”队里的小年轻不明所以，“跑这里健身来了?”

另一个吐槽：“你家健身这么野？这都跑四个小时了，中途只停下来休息过两次，加起来十五分钟，这要真是健身，得健死人吧?”

夏东风靠在旁边的树底下，食指无意识地敲击着腕表表盘。

室内场地早就检查完了。夏东风和沈默都清楚，室内场地有问题的概率很低，作为娱乐场所，几乎每天都要接待大量顾客，真把东西藏在室内场地范围内，被发现的概率会大大提高。

事实也和他们预想的一样，室内场地没问题。只剩下室外场地。但室外场地，队里的其他人就帮不上忙了。他们不可能一寸寸地挖过去，在没找到证据的时候，也调不来热成像设备或者激光设备，所以只能靠沈默。这是沈默一个人的战场。

夏东风其实犹豫过，当把希望寄托在一个人身上的时候，这种希望就会变成无形的压力。这次的案子又很特殊，直到现在他们都没办法给这个案件做出明确分类，只是凭着一个怀疑在强行调查。如果再找不出有价值的东西……

“夏哥，买来了。”一个队员把买来的快餐和饮料一起递给夏东风。

“嗯，我给沈默送去。”夏东风又吩咐道，“你们也抽空儿去填下肚子吧。”

夏东风提着塑料袋晃悠悠地跑到沈默旁边：“小沈啊，饿不饿？叫一声师父就给你吃饭饭。”

多大岁数了，竟然还学人家小姑娘说叠词？

沈默铁青着脸：“我饱了。”他说话的时候喘得厉害，一张嘴就觉得肺部胀疼。这也没办法，体力消耗太大了。

夏东风倒退着跑，面朝沈默，笑道：“别这么拼，先停下吃点儿东西，命要紧。”

“……行。”体力的消耗和身体的不适达到一定程度的时候，人的听力也会同步受到影响，再坚持下去意义不大，确实需要休息一会儿缓解症状。

沈默抹了把脸，刚要伸手去接塑料袋，就见一路倒退着跑的夏东风，不知道脚底下绊到了什么东西，整个人往后翻了过去，装在塑料袋里的食物和水也跟着一起被甩飞。

沈默都顾不上无语，连忙去抓夏东风的胳膊。好不容易把人扶稳，沈默的晚饭也在半空中划完了优美的弧度，直直落地。

夏东风干笑着打哈哈：“我再去给你买一份，别急别……”

他对上沈默亮到惊人的双眼，沈默亢奋地舔了下嘴唇：“找、到、了。”

模拟对战区是专门布置过场景的，这片区域障碍物很多，就算是沈默运球测试，也不可能在这种地貌上进行。现在夏东风一瓶水砸过去，反倒是搞出了意外之喜。

沈默蹲在地上，手里拿了个榔头，一下一下地砸着地面。夏东风看着地上那一个又一个的小坑，莫名头骨一阵幻痛。

大概过了一个小时，沈默终于起身，用石灰粉在地上圈出了一个大概范围：“应该就是这一片了。”

夏东风为了听声音整个人都趴地上去了，衣服上全是泥灰。他倒是不在意这个，就是挺怀疑人生的。这真能听出区别？他人都快钻进去了也听不出来啊！

夏东风干巴巴地问道："深度呢?"

"地下八米左右，怀疑用金属浇筑过外墙。"

这让人怎么听得出来? 夏东风抽了下嘴角："确定?"

"确定。"沈默顿了顿，换了个相对严谨的说法，"不能确定底下是我们要找的东西，但可以确定下面一定有东西。"

这就够了，夏东风道："找人来挖吧。这个深度，不上挖掘机是不可能的了。"

沈默愕然："直接挖? 不找入口?"

夏东风无奈道："得先把东西露出来，这样才能争取更多的时间。"找入口当然可以，可谁也不能保证需要多久。但只要挖出来地下室，哪怕只是露出一个角，他们的时间就宽裕了。

之前只是猜俱乐部里藏了东西，光靠猜能证明什么? 什么都不能，所以能争取来的时间只有二十四小时。但现在不一样了。确定俱乐部藏了东西，虽然不知道是什么，但警方有权力进行彻查，在查清楚之前，使用的搜查时间都是合理合法的。

沈默懂了："行，那你去安排人，我再去找找入口。"

"别去。"夏东风叫住他，"你回局里去。"

"为什么?"沈默不解。已经找出了大概范围，接下来想顺藤摸瓜找入口，对他来说就是花点儿时间的事情，为什么要让他现在回局里?

夏东风抿了下嘴，面露犹疑。他只是在想，如果地底下藏着的真是他们要找的东西，那真的会没有防护措施吗? 找到入口就能进去? 万一用错了方法，出事了怎么办? 但他如果实话实说，沈默这头倔驴是绝对不会走的。

夏东风琢磨了一下，说道："黄薇薇还在局里，这里挖开之后就会进行针对性审问，你最好回去盯着，还有这边的情况也要报告给丁局，由你来说比较清楚。"

沈默被说服了："知道了，但是挖开了你得第一时间通知我。"

沈默离开俱乐部的时候，借调来的挖掘机已经到了。他打车回了公安局，刚进监控室就听闻显在问："黄薇薇，我们在你经营的俱乐部下面发现了密室，你有什么要解释的吗？"

那一瞬间，沈默终于听到了黄薇薇的心跳变化。从平稳到剧烈，从温和如水到山崩海啸般的变化。沈默眸色冰冷，原来，他这个舅妈也不是真的无所畏惧。

黄薇薇这一瞬的失态太明显了。闻显立刻抓住机会："你知道。"

崔玉林问："里面放了什么？黄薇薇，你应该清楚，密室既然已经被我们找到了，那打开就是时间问题，你现在坦白还来得及。"

两人接连施加压力。黄薇薇按在椅子把手上的手用力到青筋凸起，仿佛随时都有可能崩溃。

这时，站在沈默旁边的丁世忠突然开麦，声音从审讯室上方的音响传出："里面是你们非法购买的枪械吗？"

沈默猛地扭头看向丁世忠。他对审讯是有一定了解的，在嫌疑人出现心态漏洞的时候，抓住机会层层施压是对的。

闻显和崔玉林的审问内容只是针对密室，在黄薇薇心绪不稳的时候，丁世忠敲下重锤，告诉黄薇薇"不用隐瞒了，我们已经知道你干的事了"。

这本来是没错的，从流程上来说也完全正确。但是，丁世忠太急了。审讯是一个循序渐进的过程，层层递进，然后将嫌疑人的外壳层层剥离。可是丁世忠的做法却显得有些冲动，或者说急躁。最重要的是，沈默的听力告诉他，丁世忠在说刚刚那句话时，非常紧张。

审讯到了关键阶段，不紧张才奇怪。可紧张和紧张也是有区别的，比如沈默刚刚的紧张，是紧绷里带着亢奋，带着对即将抓住真相的兴奋，所以他的紧张反馈是心跳加速。但丁世忠的紧张不一样，他的紧张是心跳和呼吸都接近停滞，这是紧张加紧绷到极点的表现。怎么会呢？

沈默攥紧手心，是他判断失误了？或许每个人在紧张时的表现都有差异？丁世忠就是那种一紧张就会瞬间紧绷的人？猜疑，质疑，迷惑……种种思绪一股脑涌入。

就在沈默大脑一片混乱的时候，审讯室里的黄薇薇却冷静下来了。她竟然冷静下来了！在扛过沉重的压力之后，黄薇薇的心跳从剧烈逐步变缓，最终恢复成一开始的平稳。她抬起头，满是泪水的脸上露出惊愕的神情："密室？什么密室？我不知道。"

沈默提着的那口气瞬间泄去。他们错过了刚刚那个机会，也低估了黄薇薇的心理素质。这个女人没有在重压之下崩溃，反倒更冷静了，冷静到了有恃无恐的地步。

沈默忍不住暗暗瞥向丁世忠。不知道有没有察觉到沈默的视线，总之丁世忠关了麦，十分惋惜和懊恼道："是我太急了，本来以为直接挑明可以突破她的心理防线。"

旁边的队员完全没有察觉异样，反而安慰道："这种女人一看就是干大事的，心理素质强很正常。"

沈默闭了闭眼，强迫自己冷静。还有机会，这只是开始。只要打开了那个地下室，在证据确凿的情况下，黄薇薇不承认也无所谓。

这时丁世忠的手机响了，不知道是个人爱好还是怎么的，他的手机铃声像极了法庭宣判时的落锤声。丁世忠接起电话，吵嚷的背景音从听筒里传来，紧跟着的是在俱乐部那边留守的一个队员哽咽的声音："丁局，出事了，那个密室……炸了！"

闻言，沈默只觉眼前一黑。

晚上十点，FH 实弹射击俱乐部户外对战模拟区发生爆炸，一人死亡，三人重伤，六人轻伤。

夏东风是重伤的三个人之一。

沈默站在一片废墟里，闻着空气中的硝烟味和血腥味，抬手重重地抽了自己一耳光。

“密室外围有引爆装置，如果强行打开密室，炸弹就会爆炸。我们的人在进入地下通道的时候就发现不对了，但是通道太窄，撤离时间不够，夏哥他们三个是走在最后面的，小吴是……”报告情况的人哽咽了一下，“爆炸发生时，小吴站在通道正上方，距离太远，没有听到撤离通知……”

小吴，吴晨生，算是支队的新人，只比沈默的资历老一点点。是个很安分，也很上进的年轻人。平时没什么存在感，但是听话本分，很爱笑，被使唤着跑腿的时候从来不抱怨……这样一个人，就这么死了。

丁世忠脱下警帽夹在腋下，整个人紧绷到了极点，神情也冷硬到了极点，只在眼尾透露出一层薄薄的红。

“……清理现场。”丁世忠的喉头哽了一下，“尽量找到证据。”

炸药的分量很大，整个户外模拟区几乎被夷为平地，密室也被炸塌，里面的东西全部被埋在灰土之下。他们在里面只找到了要找的非法枪械。

如果他们打开的是一个完整的密室，那里面或许会有资料档案，会有指纹，会有种种可以帮助他们深挖下去的线索。可现在他们只能从里面挖出扭曲的枪支……

“这就够了。”丁世忠低垂着眼帘，“至少证明了 FH 俱乐部确实非法私藏枪支，至于是用来干什么……继续查吧。”

沈默怔怔地站在原地。这就够了？用人命换来的线索，这样就够了吗？吴晨生死了，夏东风和另外两个队员还在抢救室里。

他们却只能找到这么点儿东西？

“别多想，先回局里。”丁世忠看向沈默的表情带着隐约的不忍，“也……别太难过，做警察就是这样。”

爆炸的消息已经在局里传开，所有人的情绪都不太好，负责带吴晨生的老警察蹲在走廊里捂脸落泪：“今天本来是我去俱乐部那边的，可那小子非说我年纪大了，让我在局里歇着，他去帮我跑跑腿。”这一跑，就把命跑丢了。众人都说不出什么安慰的话。在死亡面前，任何语言都是苍白的，没有什么安慰可以真的抚平悲伤。

闻显和崔玉林审了黄薇薇大半天，得知消息时差点儿崩溃。两个人都在想，要是他们进度快一点儿，要是他们能从黄薇薇嘴里挖出一丝一毫的提醒，爆炸是不是就不会发生？

所有人或蹲或站，压抑的沉默就像是凝聚在头顶的乌云，黑沉沉的，让人喘不过气来。

沈默一路上都表现得很镇定，除了格外沉默阴郁，几乎看不出来什么不对。可一进门，他就直直地冲进了审讯室。

“为什么不说？”沈默揪住黄薇薇的衣领，“为什么不提醒我们？现在死人了，你开心了吗？我舅舅死了，我队友也死了！你满意了吗？啊？！”

黄薇薇像是压根儿没想到会在这里见到沈默，瞳孔剧烈晃动着，也不挣扎，只是任凭沈默把她从铁椅上揪了起来。

“你明明什么都知道……你的心跳都告诉我了，你什么都知道！”

“沈默！”丁世忠抓住沈默的胳膊，“沈默，冷静一点儿，先把人放开，放开。”在他安抚沈默的时候，目光不经意地和黄薇薇对视。黄薇薇指尖颤动，迅速移开视线。

闻显和崔玉林也进来了，两人都是一副眼睛通红的模样，一左一右地架起沈默。

沈默的手指死死抠在黄薇薇的衣领上，指尖用力到像是能把布料戳穿："我知道你有问题……我会抓住你的，我会抓住你的……"什么冷静，什么不要打草惊蛇，什么等待时机……在人命面前，他要怎么冷静？他要怎么等待?!

"沈默！沈默！走！松手！"审讯室里乱成一团，沈默的手指被强行掰开，闻显和崔玉林连拖带拽地把人扯了出去。

审讯室的门合上，沈默突然像脱力般跪坐在了地上："我应该更小心一点儿的。"他应该考虑得更仔细一点儿的。为什么会没想到地下室里可能会有炸药？明知道里面有可能藏着要人命的东西，为什么会一点儿防备都没有?!

丁世忠俯身按住他的肩膀："夏东风想到了，他们在下去前穿了防爆服。"吴晨生会出事，是因为他没有下地下室，没有穿防爆服，站的地方又不对，这才会当场身亡。夏东风他们三人重伤是因为距离爆炸点太近，又错误地估计了炸药的分量。

如果不是提前有所准备，今天的伤亡绝对不止这些。但这也不是什么值得高兴的事。沈默却在听丁世忠说完之后彻底僵住了。许久，他颤抖着胳膊撑住地面，颇有些艰难地站起身："……我去医院一趟。"

夏东风伤得很重，虽然命是保住了，但没个几十天是出不了院的。

沈默以前看过一个军事问答。里面有一个问题，在近距离面对爆炸时，防爆服能起到保护作用吗？专家的回答是能保你留个全尸。仔细想想，比起只留个全尸，夏东风这已经算是运气不错了。

沈默在病床边守了六个小时，其间，局里的人陆陆续续都来了一趟。夏青今天值班，在夏东风被送到市医院的第一时间就知道了消息。

哭肯定是哭了的，但振作起来的速度也很快。医生、警察，都是看惯了死亡的职业。迅速调整好心理状态是基本素养。

第二天早上七点十六分，夏东风恢复意识。沈默一言不发地在病房里看着医护人员忙里忙外，也不知道是个什么心情，只觉得浑身都十分沉重，还有点儿恍惚。

下午一点，夏东风勉强能开口交流，丁世忠第一时间赶来医院询问情况。

下午三点，该来的都来了，该问的也问完了，病房里只剩下沈默。他走到病房边，咬字无比清晰："你当时是故意支开我的吗？"

这一晚上，沈默想了很久。夏东风当时让他从俱乐部回公安局的理由其实多少是有些站不住脚的。回去盯着黄薇薇？他又不能进审讯室。向丁局说明情况？电话里不能说？

当时的沈默确实没多想，他只是觉得或许回公安局能比留在俱乐部掌握更多的信息。俱乐部那边的物证该是什么就是什么，何况还有夏东风盯着。而公安局那边，他要是能在监控室盯紧审讯过程，说不定能借助听力优势掌握更多信息。

沈默是这么想的，也这么做了。可结果就是，他发现的雷，炸翻了警队的人。起初，沈默自责于自己的大意。听丁世忠说夏东风早有防备之后，他才发现，他是被夏东风故意支开了。因为怀疑留在俱乐部那边会有危险，所以提前把沈默支走了。

"我在你眼里就那么没用？在你看来，我是不是除了惹麻烦，什么本事都没有？夏东风，在你眼里我就是个只能被保护的废物吗？"

夏东风现在大半截身体都处于不能动的状态，被沈默这么连珠炮似的一问，只觉得脑瓜子都快要裂开了。

"……沈默，沈小少爷，沈祖宗。"夏东风连直接叫爷爷的心都有了，"没人规定被保护的就一定得是废物吧？废物有被保护的价值吗？"暂时半瘫的夏东风说完，没忍住又翻了个白眼，"你刚才说的话好恶心，像什么狗血偶像剧。"

沈默感觉自己年纪轻轻就快得脑溢血了。

夏东风吐槽完也觉得气氛不太合适，犹豫了一下，还是找补道："没有说你恶心的意思，就是话说得恶心。"

被夏东风这么一打岔，沈默憋了十几个小时的那口闷气登时就垮了。他在病床边坐下，颓丧地用手掌抵住额头："我没想到他们会在地下室周围装炸弹。"

夏东风沉默了几秒，笑了一声："这是经验问题，只能靠时间累积。"

沈默用手掌挡住眼睛："吴晨生死了。"吴晨生活着的时候，沈默对他的印象很是淡薄，交流也很少。现在一死，沈默却像是突然感觉到了窒息。这种窒息并不单纯是因为吴晨生的死，而是被迫一再感受生命重量之后的精神重压。他的喉咙里挤出一声近乎哽咽的气音："一直在死人。"

说到底，在来南都市之前，沈默也只是个还没迈出校门的学生，纵使过去的经历和学习的专业让他看起来远比同龄人成熟漠然，但本质上也还是个没遭受过太多岁月毒打的年轻人。

夏东风好半天没说话，喉头滚了又滚，许久才干巴巴地挤出了一句："……当警察就是这样的。"这句话丁世忠之前也说过。对他们这些老刑警来说，见证死亡基本上就是工作的一部分。

沈默安静了下来。他把头埋在膝盖上，夏东风也不说话了。半晌，沈默轻声问道："丁局是个什么样的人？"问完，他自己倒先扯着嘴角笑了一下，"我最近好像总在问你这个问题。"只不过他上次问的是徐建军是个什么样的人。

“是个好警察。”比起之前形容徐建军的模棱两可，夏东风这次给出的答案十分明确，“老丁因为脾性的原因，来南都之后吃了很多亏，好几次都差点儿没命。我说不好他是个什么样的人，但我知道他是个好警察。”

“……这样啊。”沈默想，那之前大概真的是他想多了。

爆炸发生后，黄薇薇正式从死者家属变成嫌疑人，审讯手段也不再客气。沈默下午的时候才回局里，一进门就被挂着黑眼圈的闻显叫住了：“回来得正好，黄薇薇要见你。”

沈默现在听到这个名字就戾气上涌：“见我？暴力审讯违规的吧？”

闻显一时间竟然不知道该怎么劝。说实话，要是把闻显放到沈默的位置，他估计只会更暴躁。想了半天，闻显只能说：“打女人不合适。”

沈默看着他，只觉得他们公安局的人脑回路都好奇怪，不过他还是去见了黄薇薇。

“听说你要见我？”沈默连坐都没坐，直接站在黄薇薇对面，眼神冰冷。

黄薇薇双眼红肿，说话的声音很小，长时间禁止睡眠显然给她造成了极大的生理负担：“你舅舅不在了，我暂时也出不去，轩轩能不能麻烦你照顾几天？”

沈默的思考角度极其刁钻：“照顾几天？意思是在你看来，只需要几天你就能出去了？”

黄薇薇的心跳倏地漏了一拍。沈默捕捉到了这点微不可查的异常。

“你的倚仗是什么？不，这么说不准确，应该说，你有靠山，是谁？”他想起了一个人，试探着问道，“林永万？竟然不是？但是应该也和林永万有关……除了跟林永万有关的，你还有其他靠山吗？仔细去查一下俱乐部的顾客记录会有线索吗？”沈默突然笑了，“会有啊。”

黄薇薇此时的表情堪称惊恐，看向沈默的眼神简直像是在看一个恶鬼：“你……为什么……”明明她一句话都没有说，为什么沈默能自问自答这么久，而且还像是真的知道了答案一样！

沈默直起了身子：“看来我舅舅没告诉过你。”

只要沈默愿意，凭借他的听力和犯罪心理学方面的研究，在某些时候几乎可以达到半读心的效果。

“你很厉害，心理素质够好，也真的很能演。”沈默用食指点了点自己的耳朵，“但身体的本能反应是不会骗人的，虽然你一句话都没说，可你的心跳和呼吸已经告诉我答案了。”他俯身凑近，冷冷道，“我说过，我一定会抓住你的。”

“……我不知道你在说什么。”黄薇薇在短暂的震惊和恐慌后迅速冷静了下来，“我之所以觉得过几天就能出去，只是因为我是无辜的。”

“是吗？”沈默的语气轻飘飘的，“你最好是。”他转身打开审讯室的门，临走前回头道，“对了，轩轩我会照顾的，毕竟他是我舅舅的孩子，我……”

话没说完，沈默突然瞪大了眼睛，直勾勾地盯着黄薇薇。

“你刚才的心跳又漏了一拍，为什么？”

第 15 章　鉴定

这一刻，黄薇薇的面色简直只能用惨白来形容。这是一种人在遭受巨大惊吓后的本能反应，过度惊惧导致血液瞬间逆流，在心跳骤然停滞的同时反映到了体表。

沈默的脸色也很难看。他很清楚黄薇薇的反应意味着什么，这代表了他刚才说的那句话对黄薇薇来说，杀伤力比之前任何一句都要大。可他刚才说了什么？

“轩轩我会照顾的，毕竟他是我舅舅的孩子……”

前半句显然不会有问题，毕竟照顾轩轩本来就是黄薇薇率先提出来的。那么，有问题的就是后半句。

一个匪夷所思的猜测在沈默脑海里浮现。他整个人宛如被雷劈中一般僵立了片刻，然后大跨步走到黄薇薇面前，阴沉着脸问道：“你在怕什么？我刚才的话有哪里不对吗？”

黄薇薇的指甲深深刺入掌心，强撑着冷静道：“我不知道你在说什么，我有什么好怕的？我可是无辜的啊。”她像是再次恢复了镇定，仿佛之前的失态全是沈默的错觉。

沈默摘下耳塞，扯了下嘴角：“你知道吗？在你刚才说话的时候，我听到了你牙齿打战的声音，本能反应很难控制吧？”

黄薇薇无言片刻，最终也只是干巴巴地重复：“沈默，我真的听不懂你在说什么。”

“是吗？”沈默直起身，收回了逼视的姿态。他掏出手机按了几下，然后把手机界面翻转给黄薇薇看，“害怕吗？”

手机界面上显示的是沈默和夏青简短的聊天记录，内容是预约亲子鉴定。

黄薇薇牙齿打战的声音更清晰了。不只是牙齿，在看清这段关于亲子鉴定的聊天记录之后，黄薇薇几乎整个人都在颤抖。

沈默的心彻底沉入了谷底。他失控般一脚踹上黄薇薇坐着的铁椅，要不是这椅子是固定在地板上的，黄薇薇恐怕会被这一脚直接踹得连人带椅子飞出去。沈默一字一顿地问道："我舅舅的死跟这件事有关吗？你所谓的夫妻吵架，是因为我舅舅发现你出轨了？还是因为他发现养了几年的儿子，其实不是他亲生的？"

黄薇薇如同一条濒死的鱼般抽搐了两下："……我没做过这样的事。"

"真是嘴硬啊。"沈默想揪她的头发。

黄薇薇仿佛终于有了危机感，开始拼命挣扎："沈默，你干什么？疯了吗？"

监控室那边的队员们也意识到了问题的严重性，哪还顾得上再听，忙不迭地往审讯室跑。

最先进来的人是丁世忠。丁世忠一把抓住沈默的手腕，在他的麻筋上重重一按，脸色铁青地训斥道："沈默！你想干什么？"

沈默抽了抽手臂，没抽动。他也不继续挣扎，只是通红着眼盯着黄薇薇，眼底的憎恶完全不加掩饰："我想干什么？你不如先问问这个女人干了什么！"不知道是不是沈默的感知错误，他总觉得丁世忠按在他腕骨上的手也很凉，像冰一样。

丁世忠呼出一口气："她做了什么是我们接下来要查的事情，不是你用来暴力执法的理由。"

沈默扯了下嘴角，发出一声讥讽的嗤笑。

察觉到他情绪不对，丁世忠低声提醒："控制好你的私人情绪，这个案子才刚刚开始，你不想因为这种事失去继续参与的机会吧？"

沈默倒没觉得这话是威胁，因为丁世忠语气里的善意很明显。这真的只是个提醒。提醒他案子才刚刚浮出水面，还有更多的黑暗藏在深水之下，说不定黄薇薇背后的倚仗、靠山也在盯着这里，他如果再有违规行为，无疑就是主动将把柄交到对方手里。

沈默重重地闭上眼睛："我知道了。"他按下暴躁失控的情绪，尽量用平缓客观的口吻道，"我怀疑黄薇薇婚内出轨，她儿子的父亲不是方树功。我个人认为有必要挖出孩子亲生父亲的身份，或许会对之后的调查有帮助。"

在沈默没看到的地方，丁世忠背在身后的左手狠狠颤抖了一下。丁世忠问："你这么推断的依据呢？"

沈默安静了两秒，用右手食指点了点自己的耳朵："我听到的，她的心跳和呼吸都是这么告诉我的。"

挤进审讯室里的人全部沉默了。他们不是夏东风，对沈默听力的了解非常有限，就算知道他听力很好，光凭想象也很难真的搞清楚这个"很好"到底是有多好。

倒是心理侧写师正巧在这里凑热闹，闻言，抻长脖子盯着沈默看了一会儿："那就试试呗，沈默说的是实话。"

众人很无语，这种玄幻科和玄幻科的交流，真的不是他们这些踏踏实实靠线索破案的警察能懂的。

在心理侧写师说完这话之后，黄薇薇的脸色更是难看无比，垂放在身侧的手无意识地抽搐了起来。心理侧写师捕捉到了这个细节，表情微妙地沉默了一会儿，再开口时就换上了更加笃定的口吻："做亲子鉴定吧，我现在也觉得沈默的推测是对的。"

比起沈默这个新人，心理侧写师在局里的可信度显然更高。

丁世忠点了下头："那就做吧，反正不费什么事。"他又看向沈默，"局里安排人来负责，亲子鉴定这事你就别插手了，可以吧？"

沈默蹙眉："我……"

闻显从后面搭上沈默的肩膀，堵住他即将脱口而出的拒绝，笑道："这事交给你本来也不合适，你一来是死者亲属，二来还打算私下操作，怎么看都是违规的，听丁局的话，让其他人去做。"

这话说得没毛病。沈默只能点头："……我知道了。"

"不过孩子可以由你去接。"丁世忠笑了下，"注意态度，不管怎么说，孩子都是无辜的，而且现在还没有定论。"

"……我知道。"

如果只是为了做亲子鉴定，随便去拿一根带毛囊的毛发就够了，丁世忠让沈默直接去接人，大概也是出于对孩子的安全考虑。

沈默对这事没什么意见，他比谁都清楚轩轩的无辜。孩子不能选择自己的出生，自然也没有义务为父母的错误买单。别说轩轩还叫了他这么多年的表哥，就算只是个陌生小孩儿，遇到这种事，沈默也不会袖手旁观。他只是有些心情复杂和难以面对。

沈默到的时候，轩轩正在家里写作业，一双眼睛又红又肿，显然哭过很长一段时间。沈默这才后知后觉地意识到，无论是方树功还是黄薇薇，似乎都没有什么亲人了，所以他们一出事，轩轩就直接没了依靠，只能自己躲起来哭。就像是，二十年前的沈默。

突如其来的共情让沈默喉头一哽，他俯身摸了下轩轩的头："吃过饭了没有？"

轩轩摇了摇头："表哥，爸爸妈妈什么时候回来？"

小孩子的问题有时候很难回答。不是因为问题本身存在难度，而是成年人不知道该怎么回答才能不伤害到孩子。

"他们有事情要忙。"沈默干脆在轩轩面前蹲下，"轩轩先跟我住一段时间可以吗？"

轩轩咬着下唇犹豫了一会儿："可我想在家里等爸爸妈妈回来。"

沈默闭了闭眼："是你妈妈让我来接你的。"

“哦。”轩轩这才点头，“那好吧。”

沈默没养过孩子，甚至都不清楚照顾孩子需要准备什么东西，只能轩轩说要带什么，沈默就往行李箱里塞什么。

他也不可能直接带着轩轩去城市边缘住，折腾了一圈，最后还是带着小孩儿一起回了夏东风家楼下那套房子。好在屋里被破坏的家具都换过了，房子也被打扫得很干净，应该是夏东风和夏青帮忙收拾的。

等把一切都安顿好，沈默把轩轩抱进怀里，伸出手在轩轩脑袋上一阵乱揉，直接把轩轩揉成了个鸡窝头。

轩轩被揉得晕头转向：“表、表哥……”

沈默淡定地把“不小心”薅下来的几根头发装进随身带着的物证袋里。在即将封口的前一秒，他犹豫了一下，鬼使神差地从里面抽了两根出来，封进了另一个空袋子里。

“学校那边我给你请了几天假。”沈默安慰道，“别担心，等我忙完这阵子，你就能回去上学了。”

轩轩眼睛一亮：“我不用上学了？那作业是不是也不用写了？”

沈默一巴掌扣在轩轩脑袋上：“作业还得写，我每天晚上会抽空儿给你检查的。”

轩轩的笑容逐渐凝固。

沈默再接再厉：“老师布置的写完了也没事儿，我待会儿就出去给你买十本习题册。”

轩轩震惊：“十、十本……”

“对了，别忘了练琴。”沈默估计了下时间，“每天练两个小时吧。”

轩轩的十根手指全部搅在了一起：“表哥，要不我还是回去住吧，我一个人可以的。”

沈默扯了下嘴角：“多学习，少做梦。”

这孩子大概是从黄薇薇被带走之后就没怎么睡，跟沈默说了会儿话，心情放松之下，没一会儿就缩在沈默怀里睡着了。把轩轩抱到床上盖好被子，沈默才拿着物证袋下了楼。有队员早就在楼下等着了。

“把东西给我就行，丁局让你今天好好休息。”估计是怕沈默回局里再次心态爆炸，再次在审讯室里上演自由搏击。

沈默递了个物证袋给他：“结果出来之后记得第一时间通知我。”

队员做了个 OK 的手势：“放心吧。”

等人开车离开之后，沈默在原地站了一会儿，从兜里摸出另一个物证袋。他用两指捻着那个物证袋看了半晌，像是要通过这东西看清真相似的。不知道过了多久，沈默给夏青打了个电话：“你现在有空儿吗？我带着东西过来找你。”

夏青正在病房里给夏东风换药：“行啊，你过来吧，我都打好招呼了。”

蔫不唧歪在床头的夏东风等她挂了电话才问道：“沈默？”

“嗯。”

夏东风挑眉：“他找你干什么？”

“说是要做个亲子鉴定，好像是给他表弟做。”夏青耸肩，“反正感觉神神秘秘的。”

夏东风微微一怔。沈默的表弟？那不就是方树功的儿子？他犹豫了一下，让夏青帮忙拨号，打电话联系了档案室的老宋，问清楚了今天局里发生的事情之后，夏东风的心情骤然沉重起来。

夏青察觉他神色有异：“怎么了？”

“如果……”夏东风皱着眉，“沈默过来之后，你把做鉴定需要的时间拖长一点儿，等我跟你说可以给他结果了再给。”

夏青面露怀疑：“你该不会想搞事吧？血缘鉴定这东西不是

闹着玩的，这可是能影响人一辈子的事。”

“我在你心里到底是个什么形象啊?”夏东风无语，“只是让你暂时拖一拖，这鉴定局里也在做，我得看看局里那边的结果是怎么样的。”

如果一致的话还好说，如果不是，那问题可就大了。夏东风相信，沈默会做这两手准备就意味着在这件事上，他并不是完全信任局里的人。可如果结果真的是最糟糕的那种，那后果就不是现在的沈默能承担得起的了。

夏东风咬了下后槽牙：“总之我又不会害他，你听我的话就行了。”

“哦。”夏青翻了个白眼，“有好处吗？没好处不干。”

夏东风快把后槽牙咬碎了：“你不是想把你那个小破屋重新装修一次吗？装修费我掏了。”

夏青喜滋滋地点头：“妥了。”

“时间有点儿晚了。”夏青在住院部楼下等到了沈默，打完招呼就看了下时间，“这个鉴定，你是打算隐瞒消息的吧?”

“嗯。”沈默觉得这也没什么不好承认的。他在局里最信任的人是夏东风，算是爱屋及乌吧，沈默对夏青的信任度其实也很高：“其实只是以防万一。”

“我猜也是这样，不然你就该走司法鉴定程序，而不是找我走个人鉴定程序了。”夏青耸耸肩，“你要是真想把消息瞒住，那就直接由我来操作，只是得耽搁点儿时间，一周左右吧。”

这个时间其实在沈默的预料之中，正常做亲子鉴定也得三五天，七天出书面结果，走特殊渠道则会快一些，但现在显然没有加快速度的条件。

“那就麻烦你了。”沈默把两个物证袋交给夏青，一个袋子里装的是轩轩的头发，另一个袋子里是方树功的。

要拿到方树功的 DNA 很容易，毕竟现在尸体还在局里放着，只要沈默有心，有的是办法瞒过所有人把东西拿到手。

“夏东风的情况怎么样？”沈默问道。

“还行，他身体底子好，恢复起来速度也快。”夏青接过东西装好，“要上去看看他吗？”

“嗯。”沈默主要是想跟夏东风聊聊今天的事，看看这个从业多年的老警察能不能提供点儿思路。

夏东风正歪在病床上吃苹果，因为大半截身体都动不了，所以他现在吃东西的姿势极其别扭，像极了中风偏瘫。

“来了啊。”夏东风用眼神示意旁边的凳子，“坐。”

“你恢复得确实挺好。”沈默上下打量了他一阵，语气微妙，身体情况先抛开不谈，光这精神头就挺让人叹为观止的。

“唉。”夏东风长长地叹了口气，“我这两天一直在想一件事。咱们局这个支队长的职位是不是不太吉利？你看啊，先是老付被炸飞了，到现在还在医院躺着，我这才接手没几天，也被炸飞了，还不知道要躺到什么时候。”夏东风嘀嘀咕咕，“要不回头给老丁建议一下，把这个职位去掉算了，以后就只有副队长，没有队长。”

沈默无奈地看着他，憋了半天才道：“放心，你肯定比付队躺的时间短。”

这是实话，夏东风肉身挡爆炸的时候好歹是穿了防爆服的，付铭海当时可是一点儿防备都没有，要不是旅游盛典那边的炸药质量和数量都跟俱乐部这次没法儿比，付铭海当时恐怕得直接原地去世。所以，虽然两人都算是重伤，但重伤和重伤之间也是有区别的。

夏东风哼哼唧唧：“也不用躺太短，带薪睡觉，谁不愿意呢？”

沈默来的时候心情真的很沉重，结果就这么两句话的工夫，他这心情别说沉重了，简直是直接裂开的程度。沈默勉强控制住跑歪了的脑回路，正色道："有点儿事想听听你的看法。"

夏东风猜到沈默要说什么了，但也没直说，只是挑挑眉表示自己在听。于是沈默就叨叨叨地把这两天发生的事给说了。

夏东风边听边笑："现在局里肯定有人在私底下讨论你是不是脑子有毛病。"

沈默这个听力，不属于正常人能够理解的范畴。夏东风敢打包票，就沈默在审讯室逼问黄薇薇的那一出，局里至少得有一半人是觉得沈默受了大刺激，把脑子给刺激坏了。

"当时太生气了。"沈默想了一下，也无语了，当时火大到没办法维持理智，一想到方树功有可能是因为这种糟心的原因自杀的，沈默就想直接把黄薇薇送去祭天。

夏东风表示理解："正常反应。"顿了顿，他看向沈默，斟酌着措辞问道，"但是沈默，你有没有发现，你的所有推测都是以你舅舅是无辜的这个前提来展开的？"

沈默瞬间警觉："你什么意思？"

要不是动不了，夏东风简直要被沈默这个眼神扎得举双手投降："只是从旁观者的角度来给你捋一捋。就假设一下，自杀的那个人不是方树功，只是一个陌生人，你在面对这个案子的时候会怎么推测？"

沈默好半天没说话。

"不想说？那我来帮你说。"夏东风就像个要戳破孩子梦想的大恶人，"俱乐部的老板是方树功，他同时还兼职射击教练的工作，枪支的进出货也是他一手包办的，也就是说，如果俱乐部真的有问题，那要怎么做，才能完全绕开方树功？"

黄薇薇当然是可疑的，但方树功身上的问题明显更大。比起把两个人当作各有所图的个体来看待，夏东风更倾向于将这夫妻俩视作同谋或者共犯。

“沈默，你舅舅并不无辜，至少没有你想象中那么无辜。”夏东风又敲下一记重锤，“他至少是个知情者。”

这个猜测算是踩到了沈默的痛处。在他怀疑方树功的自杀本身就是一种提醒的时候，沈默就想过这个可能性。

“他或许只是发现了什么，又无力反抗，所以才故意用会暴露问题的枪支自杀，目的就是提醒警方，也是为了把案件的性质扩大。”

说到底，如果不是发现枪支有问题，这个案子根本就不可能引起局里的注意。也就是说，局里现在这个对案件追究到底的局面，本身就是方树功用自己的死换来的。这也是沈默一直坚持认定方树功无辜的根本原因。

“但这也只是你的猜测。”夏东风叹气，“我们办案，本来就要综合考虑所有可能性，但你现在却好像已经认定了一样。”

这是私心所带来的潜意识侧重，沈默会这样完全就是人之常情，但夏东风所说的才是事实。或许方树功真的是无辜的，可沈默站的立场并不是纯粹的家属，而是警察。失去客观立场的警察，又怎么能客观地看待问题？

“或许你对黄薇薇的怀疑全是对的，最后的结果也是好的，但是，沈默，你的过程错了。”

夏东风不是在教沈默侦破这个案子，而是在教他该怎么做一个合格的警察。歪打正着只能说明结果没错，但过程歪了就是歪了。如果不纠正这个心态，这一次能歪打正着，下一次呢？

“……我知道了。”

夏青今天值夜班，忙完手头的事情之后就去病房探望夏东风。结果一进门就看见她哥跟条被晒了七八天的苦瓜似的耷拉在床头，不禁嘴角一抽："你又怎么了？有妖怪来医院吸你精气了？"

夏东风丧丧地说："刚忽悠完小年轻，良心隐隐作痛，十分不安。"

夏青愣怔了两秒，立刻问："你又忽悠沈默什么了？"

夏东风被她这波条件反射似的对号入座给逗笑了，无奈道："其实也不算忽悠，我就是……"就是故意把沈默带偏了一点儿。后半句话，夏东风没说出口。

夏青也不是非得刨根问底，作为警察家属，她习惯了保守秘密和不追究秘密，闻言只是提醒道："这个案子跟别的案子不一样，要是真因为你出了波折，沈默估计是要跟你拼命的。"

"嗯。"夏东风沉默了半晌，突然笑了下，"但人生在世，还是命最重要，对吧？"

夏青蹙眉："你是随口感慨一下，还是因为什么事有感而发？沈默会有危险？"

"没事儿。"夏东风不说话了。他歪歪扭扭地瘫在床上，脑海里却不断浮现出不久前亲眼看见的那一幕。

旅游盛典那天，爆炸发生后，沈默暂时失聪被送往医院，他因为从沈默那里得到了曹建设自制炸药的消息，跑去找丁世忠商量。也是巧了，他在去找丁世忠的路上，遇到了满脸怒气的方树功。只是简单一个照面，夏东风就看出了方树功怒不可遏，明显是在压抑怒火。当时情况紧急，夏东风也没多想，还是照旧去找丁世忠。

找到人的时候，丁世忠正在跟一个女人说话，两人的社交距离很近，至少超出了陌生男女该有的距离。那时候夏东风还不知道那个女人是谁。直到方树功自杀，他从调来的相关资料里看到了黄薇薇的照片。

这本来也不是什么大事，或许只是单纯认识，见面了聊聊天，没什么大不了的，夏东风也确实把这事给忘了。

然后就是今天，夏东风从老宋那里得知了沈默怀疑黄薇薇出轨，可能连孩子都不是方树功的，他突然就想起了这件事。在察觉到这一点之后，夏东风联系了当时去俱乐部调查的一名队员，让对方帮忙调出了俱乐部的客户名单。他在那张名单里，发现了另一位不算常客的会员，他就是丁世忠。沈默在查看名单的时候，把所有注意力都放到了林永万的身上，不然的话，以沈默的仔细谨慎，大概早就发现这一点了。

很多事情都是经不起思维发散的。比如，沈默还说过，他舅舅和舅妈大概是感情出了问题，因为他之前住院的时候，他舅舅只带了两个人的饭，而他舅妈当时明明去了医院，却选择待在楼下跟另一个人聊天。而那一天，丁世忠恰巧也在差不多的时间去医院探望了沈默。

夏东风并不确定真相是不是他所想象的最糟糕的那一种，但哪怕只有万分之一的可能，他都得提前阻拦沈默，以免他这个便宜徒弟不知不觉地跳入火坑。这倒不是说夏东风迎难而退，而是……

如果结果真的是最糟糕的那种，那他们就必须蛰伏，必须等待时机，必须把自己暂时放在暗处。否则等着他们的，大概率不是真相，而是成为众矢之的。

夏青跟沈默说出结果需要一周，但其实第三天她就把亲子鉴定结果拿给了夏东风：“沈默是对的。轩轩和方树功之间确实不存在血缘关系。”

夏东风把这份鉴定结果翻来覆去看了好几遍，最后那行字都差点儿被他摸得起了毛。

“先别告诉沈默。”夏东风把鉴定结果撕碎，又从枕头底下摸出一个小袋子，“做一下这个人和轩轩的亲子鉴定。”

夏青接过来看了看：“这又是谁的？”

夏东风扯了下嘴角，皮笑肉不笑：“我的。”

这根头发是丁世忠的。丁世忠是个非常尽职尽责的人，在他看来，大概关心下属也是职责的一部分，所以在夏东风和付铭海住院之后，只要有时间，他就会来医院探望。这根头发是夏东风让住在隔壁的隔壁的付铭海帮忙弄来的。一根头发，要拿到手太容易了。空调温度调高一点儿，让丁世忠感到热之后脱掉外套，再在外套上找找，总能摸到一两根头发。

夏青大惊失色，语气超级夸张：“哇！哥，你已经进化到可以让人隔空给你生孩子了吗？还是你就喜欢无痛当爹？”

大龄单身狗夏东风虚弱地动动手指：“少扯这些有的没的。这次的鉴定结果，你一定要瞒着所有人，尤其是沈默。”

夏青严肃了起来：“会有很糟糕的后果吗？”

“大概率会，但人得心存侥幸，你说是吧？总之，你瞒着他就对了，那小子有点儿一根筋，这事现在不方便让他知道。”夏东风顿了顿，“这次的结果能出得再快一点儿吗？”

“最快六个小时。”夏青看了下时间，“明天早上给你。”

夏青之前对沈默说的也不全是假话，按照这个保密需求，她肯定是得避开医院其他人的，明天早上拿给夏东风是极限。

“辛苦辛苦。”夏东风嬉皮笑脸，“回头给你买包包。”

夏青冷笑：“你先把装修钱掏了再说。”

沈默这两天也没闲着，除了照顾轩轩，还跟着队里的人跑东跑西，目的就是追查俱乐部地下室那批枪支的来源。是的，一批，不是一两把枪。他们在爆炸之后的废墟里，翻出了将近五百支不同型号的枪械残骸。这显然已经不属于小打小闹的范畴了。

局里的人手被分成了两路，一路深挖黄薇薇这边，另一路则全力排查这些枪械的来源。沈默忙得脚不沾地，直面重大恶性案件的压力让他不得不把私心暂时抛开，全力投入其中。

“截至目前，我们已经排除了这些枪支是从外部流入的可能性。”丁世忠的眼底满是红血丝，“最糟糕的情况出现了，在南都市，就在我们眼皮子底下，有人私造，甚至是贩卖枪支。”接连熬了三个通宵，明显让丁世忠疲惫到了极点，他按压着眉心，“你们都清楚这意味着什么吧？我们南都市有一个大毒瘤！一个如果不拔出的话，说不定会引爆全国的毒瘤！”

……

同一时间，夏青拿着刚出来的鉴定结果，在天色将明的时候，推开了夏东风的病房门：“这次，确定是父子关系。”

夏东风无言许久，重重地把脑袋摔在了枕头上。黄薇薇生的儿子，父亲竟然是丁世忠。如果仅仅只是这样，夏东风也不是不能勉强把这件事当作狗血伦理剧看待，可问题是，黄薇薇的丈夫是方树功，一个因为自杀而牵扯出一桩枪支走私案的人。

在所有人都在查那些枪械来源的时候，夏东风很难不把这件事跟丁世忠联系起来。

吃完早饭，已经勉强能起身的付铭海让护士把他推到夏东风的病房。进门瞥见夏东风的脸色，付铭海的心就是一沉：“出结果了？”

在拜托付铭海帮忙取丁世忠的头发时，夏东风就把原委全部交代清楚了。他和付铭海的关系很好，无论是在公事还是在私交上，都是彼此信任的，所以也没那么多顾忌。

“出来了。”夏东风白着脸苦笑，“是他的。”

付铭海攥紧了拳头，他的手背刚刚才拔了针，现在一使劲，血珠就从针孔往外冒。付铭海低下头，随手抹了。

“我真没想到……”付铭海叹了口气，“我一直以为就算局里真有人有问题，那也该是徐局，而不是……”他捂住额头，“其实情况也不见得真有我们想得那么糟，而且我俩现在瘫的瘫，残的残，再操心也没用。”

夏东风撩起眼皮看他：“你是不想掺和吧？一直不愿意复职，除了受伤，也是因为不想搅和进这些案子里，对吧？”

付铭海低下头，在身上摸了半天，最后从病号服口袋里翻出一根皱巴巴的烟：“在南都这地方待得越久，知道的事就越多，也就越能看清楚自己的斤两，我以为你跟我的想法是一样的。”

夏东风若有所思：“本来是的……”

南都市公安局就像是一潭死水，局里的人对小案子重拳出击，却对大案子畏首畏尾。夏东风本来都习惯了，可偏偏出了个沈默。年轻、冲动、热血、执拗，让夏东风发现，他或许没有他想象中那么麻木，也不是真的什么都无所谓。

付铭海沉默许久才道：“等局里那边的鉴定结果出来再看吧。”

“如果是假的……”夏东风长长叹了口气，“我会让夏青再伪造一份鉴定书，沈默那边还是不知道的好。”

这一点付铭海也是赞同的：“嗯，先不要打草惊蛇。”

“不过你刚才倒是提醒我了。”夏东风笑道，“我觉得老徐应该知道不少事。”

老徐，徐建军。在方树功自杀后，第一时间抱病，急流勇退的人，要说他什么都不知道，夏东风还真不信。只是，经过这事之后，他才突然意识到，徐建军知道的，恐怕比他想象中的更多。

付铭海“嗯”了一声：“现在想想，老徐也是不容易。”

两个人都住院，就算想找徐建军面谈都没机会，打电话就成了唯一的办法。夏东风是中午打的电话，徐建军估计正在午睡，接电话的时候声音都是含含糊糊的，结果夏东风一说明来意，徐建军就瞬间清醒了。

“这事你问我也没用啊。”徐建军在电话那头干笑，“东风，我啊，就是个竖在最前面的靶子，现在好不容易抽身了，哪能再跳回去呢？你说是不是？”

夏东风被气笑了：“你觉得这案子还能压多久？如果不赶紧出个结果，一旦上报，上面派人下来彻查，到时候你这个出事就往后缩的人，可比丁局嫌疑大多了。”

按理说，这个案件的严重性，绝对够成立专案组，由上面派人来彻查，但很显然，南都市这边把消息压了下来。

事实上，夏东风觉得上报没什么不好，南都市这摊烂泥，早就应该被清理了。可问题是，按照目前的情况来看，消息大概率是报不上去的，暂时只能靠他们自己。

夏东风能想到的事，徐建军当然也能，所以他半点儿没被吓唬到，反而笑道：“东风啊，南都市的消息，要是真那么容易就能报上去，盘踞在这里的毒蛇还能被养肥到这个程度？”

“这次不一样。”夏东风一口把话咬死，“几百支枪，亲眼看见的人也不是一两个，想压也没那么容易。”

“也不难。”徐建军失笑，“替罪羊多得很，我觉得老丁就很合适。”

夏东风倏地怔住。他知道，这个看起来不靠谱的老局长，到底还是给他透露了点儿消息。这话的意思是这个案子跟丁世忠关系不大，至少在走私枪械这件事上，要是真查到丁世忠头上，他也只是个替罪羊罢了。这个信息让夏东风的心情骤然复杂了起来。

他当然不是盼着丁世忠有问题，而是刚做完心理建设，好不容易排解了敬重的上司可能不是个好东西的沉重压力，结果扭头又告诉他，一切都是他想多了，这个上司不但在这件事上是无辜的，还很有可能会被推出去当替罪羊。

夏东风沉默了好半天，这才声音干涩地问道：“您还知道其他消息吗？”

“能说的我都说了。”徐建军还在笑，可说出来的话却让人笑不出来，“其实你之前说的没错，如果真要找替罪羊，我也很合适，甚至对某些人来说，我比老丁更合适。”

夏东风现在基本上可以确定徐建军一定是没问题的了，那他这句“对某些人来说，我比老丁更合适”就值得深思了。

某些人指的是真正的幕后黑手吗？那幕后黑手为什么会认为徐建军比丁世忠更合适当替罪羊？难道是身份问题？不，在南都市，徐建军这个局长的面子还真没丁世忠的好使。

只剩下一个可能，那就是丁世忠对某些人来说，比徐建军更有价值。如果这个推论是正确的，这是不是说明，丁世忠确实是跟幕后之人有关联？无辜，但又不完全无辜？

夏东风的思绪搅成了一团乱麻，恍惚之中甚至都不清楚自己到底都思考了些什么东西，回神的时候只觉得遍体生寒。

“行了，你也别想太多。”徐建军道，“船到桥头自然直。我的调令也已经下来了，顺利的话，下个月就能走。”

“那……挺好的。”夏东风干巴巴道。真要是能走，那就真是好事。

“你知道的事情也不少了，以后遇事的时候也多想想，别冲动。”徐建军大概是觉得话都说开了，也不像以前那么装模作样，反倒真像个长辈一样殷殷叮嘱起来。

“……我知道。”

在电话即将挂断的前一秒，徐建军像是突然想起了什么似的说道：“对了，听说万华集团新开发的那个狩猎场还挺有意思的，你出院之后可以去看看。”

夏东风愣住：“什……”

电话挂断，回应夏东风的，只剩下不间断的忙音。

第 16 章　血迹

为了追查枪械来源，沈默跟着支队的人连轴转了好几天，昨天晚上甚至直接睡在了局里，连轩轩那边都是拜托夏青帮忙照顾的。

沈默把盖在身上的外套拿下去随手搭在椅背上，脚步漂浮地去卫生间洗了把脸才感觉彻底清醒了过来。队里有人买了早饭，见沈默出来就塞了杯豆浆过来："无糖的，我没记错吧？"

"没有，谢谢。"沈默很感激这种不经意间的贴心。

一群人正聚在一起吃早饭，丁世忠就把沈默叫进自己的办公室，从桌子上抽了份文件递给他："亲子鉴定结果出来了。"

沈默登时一个激灵，连忙低头细看鉴定意见：

> 依据 DNA 鉴定结果分析，在不考虑多胞胎、近亲及外缘干扰的情况下，支持方树功与方轩轩之间存在亲子关系。

文件末尾加粗的黑体字刺痛了沈默的双眼。他攥着薄薄的 A4 纸，手背上青筋凸起："……这不可能。"

因为黄薇薇之前的反应，沈默在轩轩和方树功之间的血缘关系上早就画上了叉号。说是等鉴定结果，其实也只是在等一个证明自己没错的证据。可偏偏……

"绝对不可能！是不是有哪里搞错了？黄薇薇当时那个反应明显就是心虚！这个鉴定结果绝对有问题！"

"我就猜到你会是这个反应，所以才把你叫来私下说这件事。”丁世忠语气无奈，点了点那份鉴定意见，“这份鉴定走的是司法程序，有法律效应的。”

沈默只觉得茫然：“可是……”

“沈默，”丁世忠语重心长道，“我知道你的听力很好，或许黄薇薇那天的心跳反应也确实不正常，可你有没有想过，可能你只是猜错了她心虚的原因？”

沈默不接受这个说法。黄薇薇的心理素质极佳，要不是真的被戳中痛处，那个女人根本不会心虚。

“比起实证，你难道会更相信猜测吗？”丁世忠叹气，“我知道这个案子对你来说是特殊的，可你必须要保持客观，否则我就得考虑让你休息一段时间了。”

沈默感觉自己似乎又回到了幼年时，父母死于车祸的那一天。他明明听到了，可是无论他怎么说，都没有人愿意相信他，反而拿出无数证据来证明他才是错的那个人。迷茫、无助，又满心不甘。

同一时间，局里这边出了鉴定结果的消息也传到了夏东风耳中。他握着已经挂断的电话，怔怔地躺在病床上，一双眼直勾勾地望着天花板，似乎连眨眼都忘记了。夏东风很清楚局里给出的这份鉴定报告意味着什么，丁世忠是准备把这件事隐瞒到底了。而这份假的鉴定报告也延伸出了其他问题。

要在鉴定报告上造假有两种方法：第一，像夏东风叮嘱夏青那样，直接在结果上作假；第二，替换交给鉴定中心的头发，也就是把方树功的头发从一开始就换成丁世忠的。如果是第一种，那就说明鉴定中心的人不可信了。如果是第二种，那就说明经手过装着方树功头发物证袋的队友里，也有人不可信了。

夏东风闭眼苦笑。那还有谁是可信的呢？很多事情，即便早就作好了心理准备，真正面对的时候难免还会感到失望。

直挺挺地躺了将近一个小时之后，夏东风才勉强有了动弹的力气。他给夏青打了个电话："做一份假的鉴定报告，确认方树功和那个孩子的父子关系。"

而在鉴定结果被拿给黄薇薇看之后，这个从知道会做亲子鉴定起就一直闭口不言的女人终于开口了："我儿子还好吗？"

闻显在她对面坐下："挺好的，小沈把他接走了，每天再忙都会抽时间回去给他辅导功课，日常生活有时拜托同事的妹妹帮忙照顾。"

"是吗？"黄薇薇干巴巴地笑了一下，"……那挺好的。"

闻显附和道："别看小沈年纪不大，但人还是很靠谱的，那天对你发火也只是情绪失控，你别往心里去。"

"我知道，老方不在了，他心情不好是应该的。"黄薇薇神经质地抠着指甲，"警官，我有情况要交代。"

闻显眼睛微微一亮，语气变得更好了一些："是关于枪械的事吗？"

"……是的。"黄薇薇抬手把几天没好好打理过的头发勾到耳后，"老方他其实……一直在利用俱乐部作为遮掩走私枪支，我也是最近才发现的，知道之后，我们大吵了一架。"她苦笑一声，"我也是个自私的人，没想过报警，只想劝他收手，可他不听我的。他自杀的那天，其实不是去探望朋友，而是……我……我威胁他，如果不收手我就去报警，我让他找死就自己一个人去，别拖累我和轩轩，是我不让他进家门的。"

闻显心想，这就能解释为什么黄薇薇在方树功自杀之后两天一直没有联系对方，也没有急着报警了。

黄薇薇捂住脸，眼泪从指缝流出："我真的只是吓唬他的，他是我儿子的父亲，我怎么忍心真的逼他去死？可我没想到……我没想到他会自杀，我真的没想到……都怪我！是我的错，如果不是我威胁他，如果不是我让他去死，如果不是我让他别拖累我和儿子，老方他可能就不会……就不会自杀了……是我，是我对不住老方。”

隔壁监控室里，沈默被两个队员死死按住，屋里的椅子被他挣扎时撞得东倒西歪。沈默两眼血红，一边拼命挣脱一边怒吼：“她胡说！我舅舅不可能走私！这是污蔑！这个女人怎么敢!？她怎么能……”

审讯室里，闻显还在问黄薇薇：“除了这些，你还能提供其他线索吗，比如那些枪械的来源?”

“具体情况我知道的也不多，一开始发现不对是因为发现家里多了来路不明的钱，之后又在老方包里找到了没有登记过的枪，几次追问之后，他才跟我说了实话。”黄薇薇顿了顿，露出了苦苦思索的表情，“但我听老方跟人打电话的时候几次提到过一个地方，好像是叫……九溪林场。”

一直监听着这边的丁世忠立刻下令：“九溪林场，去查!”

九溪林场非常偏僻，几乎靠近边境，早年是用来开采和种植森林资源的。大概七八年前，有开发商看中了这片地，打出了什么名人故居的旗号，又以枫林赏景为卖点，很是热闹过一段时间。可惜好景不长，很快就有人扒出了所谓的名人故居只是噱头，是开发商为了赚钱胡编乱造出来的谎言。最大的卖点就这么变成了洗不掉的丑闻，知道这事的南都人连提都不愿意提起这里，久而久之，这个林场就废弃了。

警队的车在林场外围停下，大概是吸取了俱乐部爆炸的教训，下车之后，丁世忠干的第一件事就是挨个检查队里的人有没有把防弹衣穿齐整。这里已经废弃了至少三年，明面上的路早已爬满青苔，人造的景观也残破不堪。

“分成两队，一队顺着大路进去，另一队在周围找找有没有其他路线。”

光看这路上青苔的长势就能知道，如果制造枪械的据点真的在里面，那他们出入一定走的不是这条路。这样的路面太容易留下痕迹，反倒是把青苔保持原状更能起到掩人耳目的效果。

沈默被分去了第二队，负责在林场周围探索，看看能不能找出那些人日常使用的通道，说不定还能更快找到目标。

地毯式搜索没什么好说的，最大的难点就是占地面积大，只能慢慢磨时间。他们上午九点出发，十一点半抵达林场外围，找到那条明显被人踩踏出来的羊肠小道时，已经是下午两点了。

这条路真的很窄，窄到连让两人并行都做不到。路两旁长着高高矮矮的灌木，稍微不注意就会被灌木上的木刺划伤。沈默就被划了一下，在手背上留下了一道血痕。

“没事儿吧?”走在前面的队友回头问他。

沈默摇了摇头。

这队友也知道亲子鉴定的前因后果，想了想，还是叮嘱道:“知道你心情不好，但现在可不是多想的时候，专心一点儿。”

“抱歉。”沈默抬手抹了下脸，勉强从魂不守舍的状态里挣脱出来。

下午三点半，一行人终于从一大堆乱七八糟的岔道里找出了正确的那条路，最终的位置已经无限接近于山脚下。

沈默蹲在地上，把队友帮忙捡到身边的拳头大小的石头，朝着不同的方向逐一抛扔出去。

“应该就是这里了。”沈默通过石头落地的声音大概圈定出一个范围，“搜查一下周围，看看入口在哪儿吧。”

之前跟沈默搭话的队员抽了抽嘴角：“又是地下空间？这群人是老鼠吗，这么喜欢打洞?!”

确实，最近的案子，先是王高途老家那个地下室，然后是俱乐部地下那个炸弹屋，现在来到九溪林场，最后竟然还是地下室。不过也正常，毕竟要论隐蔽的话，地下空间确实比地面建筑方便很多。

队友们四散找入口，其中一个边找边给另一队发送定位。没办法，几个小时过去了，另一队还在林场里漫山遍野地转悠呢。

在有目的地的情况下，要找到入口并不难，丁世忠带着人到的时候，这边也正好把入口给翻了出来。这里的入口跟地面齐平，只是在上面盖了一层钢板，又在钢板上撒了泥土，肉眼很难分辨，但声音差异非常明显。

“老刘，老方，你们俩跟我下去，其他人退开五十米待命。”丁世忠套上厚重的防爆服，走在最前面开路。

大概二十分钟后，老方灰头土脸地爬了上来，一边脱防爆服一边骂骂咧咧：“那家伙跑得倒是快！清理得挺干净。”

一听这话，沈默就知道，他们这是又来晚了一步。

众人先是沮丧，随即又安慰道：“意料之中的事，俱乐部爆炸的事瞒不了人，但凡那些‘老鼠’对那边有点儿关注，就不可能不知道消息，不跑才怪。”

老方抹了把脸上捂出来的汗水：“一起下去吧，虽然里面的东西都被搬空了，但还是得仔细找找，万一还有其他线索呢。”

比起王高途老家那个跟地窖差不多的地下室，这边的地下室则要大上许多，几乎凿穿了半座山。与其说这里是地下室，不如说这儿根本就是个小型加工厂。虽然里面大部分的器材都被搬空或是毁掉了，但残留下来的东西也足以看出这里的设施有多齐全。

丁世忠捡起一个零件仔细看了看，冷笑道：“还真是在这儿自制枪械呢，看这零件，工艺还挺精湛。”

这里被打扫得非常干净，这种干净并不是指纤尘不染，而是说基本上没留下什么有效信息。由此可见，这些人的撤离应该并不匆忙。沈默觉得很奇怪，如果说本来在这里的人是通过俱乐部爆炸得到的消息，那他们应该是慌乱的。

可要是真的慌乱，又怎么会把现场处理得这么干净？甚至连进出痕迹都刻意清理了。除非他们从一开始就知道，他们有着充足的撤离时间。那这个时间是由谁提供的呢？

是黄薇薇。因为她是目前警方唯一掌握的明确线索，所以她提供信息的时间也间接地决定了警方行动的时间。

沈默有些犹豫，不知道该不该直言自己的猜测。说了吧，担心又像亲子鉴定那件事一样，把自己弄得像个跳梁小丑。不说吧，沈默又实在不能安心。算了，跳梁小丑就跳梁小丑吧，没什么能比真相更重要。

就在沈默决定开口的时候，丁世忠却从一台机器的夹缝里摸出了一张纸。一张满是机油，看起来黑乎乎的，大小长宽应该是张收据的纸。丁世忠将纸举高，又用手电筒对准，仔细辨认着纸上的字迹。片刻后，他关掉手电筒，神情复杂地看向沈默。

沈默隐隐感觉有些不对："……怎么了？"

丁世忠叹了口气，把纸和手电筒一起交给沈默："你自己看看吧。"

不祥的预感越发强烈，沈默接东西的手都在微微颤抖。他没有猜错。这确实是一张收据，纸张很薄，整个纸面几乎全部被机油糊满了，只有借助手电筒的光线才能勉强辨认出纸面上的凹痕。前面两行填写的是材料名称和数量，往后是金额。而右下角，有一个熟悉无比的签名——方树功。

沈默的心直接沉入了谷底，连胃里都感觉沉甸甸的，紧绷到极点的神经滋生出反胃的错觉，让他眼前一阵阵发黑。

“这很奇怪吧？”沈默勉强拉扯嘴角，“费尽心思把现场打扫得这么干净，偏偏又留下了指向性这么明确的证据，这不合理吧？”

丁世忠欲言又止，半晌，长长地叹了口气，没再说话。

旁边检查着那台机器残骸的队员犹豫着开口：“应该不是故意留下的，我检查了一下这个夹缝，从上面的痕迹来看，那张纸应该已经夹在这里面有一段时间了。”这台机器大概有些年头了，旁边的部件略微松动，那张纸应该是起着类似垫桌脚的作用。

沈默攥紧拳头：“我不相信。”

丁世忠又在叹气了：“沈默，你应该认得出你舅舅的笔迹吧？那是他的字吗？”

虽然很模糊，但如果真的足够熟悉，也能从中辨别真伪。

沈默说不出话来了。哪怕再怎么拒绝去相信，他也没办法否认丁世忠的话。那个签名，确实很像方树功的笔迹。接下来的行动，沈默全程都没再参与进去。情感告诉他，他舅舅绝对不可能做走私枪械这样的事情，这件事里也有很多逻辑是说不通的。可是，这样的“铁证”，他又要怎么否定呢？

晚上七点，把现场彻底搜查过一遍之后，丁世忠下令收队。

“把那个收据给我吧，我安排人进行修复工作。”丁世忠拍了下沈默的肩膀，“你要是坚持不信，我也可以联系鉴定字迹的专家。”

沈默张了张嘴，却发现自己好像连声音都没法儿发出来了。在接连发出几声诡异扭曲的气音后，他终于勉强挤出几个字：“那就……麻烦您了。”

出了地下室，沈默没再跟着其他人走，只是垂着头道：“你们先回去吧，我想一个人走走。”

丁世忠也没勉强，匆匆带队离开。

天色已经渐渐暗了下去，这片荒无人迹的林场看起来就像是一座巨大的坟墓，在短短几个小时之内就斩断了沈默心里的希望。他浑浑噩噩地顺着摸索出来的小道往林场外面走，没有路灯照明，沈默只能凭着记忆往前，中途还走错过几次岔路。

在再一次经过那片灌木丛时，沈默的手背又被划了一道。大概是这次的木刺比较粗硬，伤口也比上一次要深很多。沈默像没感觉似的随手抹了一下，在迈开腿准备继续走的时候却又突然停住。

在第一次经过这里时，沈默就想过，这里的灌木丛这么密集，路又这么窄，但凡有人走过，估计都得被划两下。事实上，他也确实是走了两次就被划了两次。除了他，队里其他人也有被划伤的。既然他们是这样，那些进出地下室的人是不是也会遇到这种情况？那些人，是不是也曾被灌木丛划伤，在木刺上留下了自己都不曾注意的血迹？比起那张模糊不清的收据，DNA是不是更有说服力？就算不能证明方树功是无辜的，能找到那些人的DNA，应该也是个明确的调查方向吧？

沈默打开手机上的手电筒，蹲下身一寸一寸地检查过去，每一株有枝丫朝外的灌木都没放过。灌木的枝丫颜色本来就偏暗，血迹沾在上面一点儿都不显眼，也幸好队里的人被划伤留下的血迹还算新鲜，为沈默排除了很多错误选项。

他从晚上找到了清晨。半夜的时候，大概是听说他没回家，夏东风还打电话过来问过。沈默甚至都不记得自己跟夏东风说了什么，只知道他随身带着的充电宝电量都被耗尽后，终于找到了他要找的东西。

当然，只是找到了带有血迹的木刺，也不止一株。虽然谁也不能保证这上面一定是人血，万一动物经过被划伤也是有可能的。可这也足够再次让沈默产生一丝希望了。在把掰下来的木刺装进物证袋时，沈默再一次把物证分成了两份，打算一份交给分局处理，另一份再另外拿去其他司法鉴定所鉴定。

沈默现在的心情很复杂，心态也明显不对劲，他觉得既然没有人肯相信他，那他就只能相信自己了。夏东风没受伤之前，沈默总觉得这个便宜师父极不靠谱，还不着调。但夏东风住院之后，他才发现，原来这个便宜师父是局里唯一一个会无条件相信他的人。

赶回局里的时候已经是上午八点半，沈默一进门就把局里的人吓了一跳。

“你这是干吗去了？”闻显上下打量着沈默，咋舌道，“躺泥巴里滚两圈都不一定有这个效果啊。”不怪闻显诧异，实在是沈默现在的形象太过狼狈，露在外面的皮肤上全是血印子，最危险的一道在眼角，只差一点儿就会直接划伤眼睛。

沈默不以为意地扯了下嘴角：“没什么，就是去找了点儿东西。”

“找东西？”闻显调侃道，“找什么东西这么拼命？不知道的还以为你是跑去猫窝里跟猫打群架了呢。”

沈默提不起说笑的精神，闻言只觉得恍惚：“丁局呢？”

闻显踮着脚四处看了看，然后给沈默指了个方向：“那边，正跟大伙儿一起吃早饭呢，你也还没吃吧？正好一起。”

沈默点了下头，却不是过去吃饭的。丁世忠看见他就先松了口气：“可算是回来了，一晚上没消息，都把人急死了，以后再这么擅自行动，我可要扣你奖金了啊。”

沈默听得出丁世忠在故意逗他放松，可他现在却没心情应付这样的善意，只是十分不识好歹地把物证袋递了过去。“我在林场那边找到的。”他把关于血迹的推测大概讲了下，“或许能通过这个找出新的嫌疑人，也算是个调查方向吧。”

晕晕乎乎的沈默没注意，在他说完之后，丁世忠的表情明显僵硬了一瞬，却又很快收敛。“年轻人脑子就是活泛，这种细节都能想到。”他笑着在沈默的肩膀上按了一下，“要是真能找出有用的线索，回头可得好好给你发个奖状。”

沈默勉强笑笑：“尽快检测一下吧，要是能直接匹配到 DNA 就省事多了。”他把手揣进裤兜里，死死攥住另一个物证袋，“丁局，我有点儿累，想请一天假。”

大概是沈默的状态看起来实在太惨，丁世忠痛痛快快地给沈默批了假。沈默先是回家了一趟，换衣服，顺便看看轩轩的情况。他虽然没养过小孩儿，但也知道把孩子一个人放在陌生的环境里有多差劲。沈默都已经作好哄孩子的准备了，结果进门就看见夏青正在忽悠轩轩吃青椒。他看着桌上丰盛且营养均衡的早餐，一时间心情颇为复杂。

“谢谢。”除了干巴巴的道谢，他好像也说不出别的话了。

“哇!”夏青语气夸张，“你这脸……被猫挠了吗？等着，我上去拿药箱，你这伤得稍微处理一下。”夏青放下筷子，风风火火地走了，连拒绝的机会都没给沈默留。

沈默无言片刻，无奈地走到餐桌旁坐下。轩轩正在偷偷摸摸地把青椒往垃圾桶里扔，看见沈默坐下，登时动作一僵，扭过头做贼似的偷瞟沈默。

沈默的心思不在这里，只是问道：“昨天晚上是夏青姐姐陪你睡的吗？”

“嗯。”看他没有追究的意思，轩轩长出了一口气，“你不在的时候，都是夏青姐姐陪我的。”

“嗯。”沈默心不在焉地应了一声，“那你记得要好好谢谢她。”

“知道啦。”轩轩看起来很有精神，大概是夏青真的把他照顾得很好，“表哥，你是跟人打架了吗？”

“没有。”沈默随口敷衍，“不小心摔了一跤。”

孩子也分辨不出话里的真假，也不再多问，只是小心翼翼地看了看沈默脸上的伤口，又问道："表哥，我妈妈什么时候来接我回家啊？我想妈妈了。"

听他提起黄薇薇，沈默不由得一阵心塞。明知道不合适，他却还是忍不住问道："轩轩不想爸爸吗？"

小男孩儿嚼着卷饼想了想："也想的，但是感觉爸爸没有以前那么喜欢我了，所以我也不像以前那么喜欢爸爸了。"

十分孩子气的一句话，却听得沈默眉心一跳。他俯身凑近："轩轩能不能告诉表哥，爸爸是从什么时候没以前那么喜欢你的？"

"期中考试之后吧。"

沈默估算了下时间，大概是他回南都之前一个月左右。他蜷缩了下手指，又问："轩轩为什么觉得爸爸不喜欢你了？"

轩轩放下没吃完的卷饼，语气十分委屈，掰着肉乎乎的手指头跟沈默细数："爸爸以前很喜欢抱我的，现在在家都不抱我了，也不带我去游乐场了。以前我放假的时候，爸爸都会专门抽时间陪我玩的，但这几个月他一直说很忙。他才不忙呢，明明就在家里待着，宁可睡觉都不陪我。还有哦，爸爸已经很久没有给我买新玩具了。"轩轩噘着嘴，"他还总跟妈妈吵架。"

沈默若有所思："这样啊。"他是知道方树功有多在乎轩轩的，用他舅舅的话来说，这个孩子就是天使送给他的恩惠。一个父亲怎么会突然不爱自己的儿子了？一个把妻儿放在第一位的男人，为什么会态度突变？沈默想到那份亲子鉴定结果，死死地掐住了手心。

"就是这样！"轩轩就像找到了跟他同仇敌忾的队友似的，重重地点着小脑袋，"爸爸真的太过分了，除非他认真给我道歉，否则我就……我就在他碗里放青椒！"

沈默有点儿想笑，但比笑意更先涌上来的，却是眼底的酸涩。哪里还有机会让轩轩放青椒呢？方树功已经不在了啊。

就在沈默感到不知所措的时候，夏青总算是提着小药箱回来了。她大概听到了几句模糊的交谈，一靠近就嗔怪道："你怎么跟小孩子聊这些啊？"

沈默尴尬地咳嗽了一声："就是随便问问。"

"随便问问也得先想想什么问题能问，什么问题不能问吧？"夏青一边把酒精和棉签往外拿一边吐槽道，"你这问题的性质简直跟讨人厌的亲戚问孩子，你到底是喜欢妈妈还是喜欢爸爸一样，恶劣得很。"

夏青也不是非得让沈默认错，她很清楚真正的亲子鉴定结果是什么，也知道沈默为什么会问轩轩这些问题。她说这话，一是为了把沈默的疑心按下去，二是确实心疼轩轩。不管怎么说，在这种事情里，孩子都是最无辜的。

"行了，把你的脑袋支棱过来，我先给你消个毒。"夏青把蘸了酒精的棉签按在伤口上，在擦拭的过程中小心地将伤口里的脏污和沙砾剔除，"我的天，你好歹也在乎一下自己的脸啊。"她忍不住嘀嘀咕咕，"脾气稀烂，情商还低，最大的卖点就是一张脸了，你竟然还不珍惜。"

这要是换个人，比如夏东风，沈默当场就能反驳八百句。可说这些话的偏偏是夏青，沈默总觉得说什么都不太合适。他一直觉得，既然不能回应，那就最好不要接触。但夏青每一次都出现得恰到好处，让沈默一次又一次地把这项原则抛之脑后。不知道该怎么回应，那就只能转移话题："鉴定结果出来了吗？"

夏青察觉到他的闪躲，眸光暗了下去，语气却还保持着强撑出来的轻松："快了，大概明天就能拿到，我到时候联系你。"

"谢谢。"

吃完早饭，换好衣服，沈默也没在家里久留，叮嘱好轩轩之后，他就直接打车去了高铁站。几个小时后，贺生戈沉着脸给沈默打开了车门。

“祖宗，你薅羊毛也别逮着一只羊薅啊！你是只有我一个同学了吗？每次遇到事情都是找我，公安局我家开的啊?!”

沈默坐在后座上，神情恹恹的。他在来的高铁上睡了一觉，现在脑袋还有点儿发晕：“我人缘不好，同学很多，但没几个愿意帮忙的。”

“我脚臭，和你一样不太受欢迎。又不是欠了你五百万！这也太造孽了。”贺生戈愁眉苦脸地发动车子，“说吧，这次又想让我干什么?”

“验个 DNA，顺便在数据库里匹配一下。”公安系统的数据库是全国联网的，沈默在南都市不好私自查，只能选择换个地方。在把物证袋交给贺生戈之前，沈默认真地叮嘱道，“记得保密，免得惹祸上身。”

贺生戈登时警觉起来：“你该不会是在搞什么大新闻吧?”

“不是。”沈默无奈，“只是在查一个案子，中间出了点儿问题，我需要两相印证，让你保密只是为了不给你和你爸添麻烦。”

“知道了。”贺生戈应了一声，停顿片刻，还是别别扭扭道，“真遇到事情了记得说啊，都是同学，能拉你一把我绝对会拉的，你别忘了报恩就行。”

沈默难得笑了下：“一定。”

沈默把东西交给贺生戈之后也没久留，只是请人吃了顿饭就又坐高铁回了南都。贺生戈把他送回高铁站的时候，全程忧心忡忡，告别的时候还拐弯抹角地叮嘱：“沈默，命重要啊，你还年轻呢，生产队的驴都不带这么使唤的啊!”语气像是学校的看门老大爷叮嘱在教室通宵学习的傻学生。

连续熬了两天一夜，沈默回家的时候脚步都是飘的，强撑着精神陪轩轩练了会儿琴之后，又给留好晚饭，沈默进屋倒头就睡，再睁眼就已经是第二天早上六点半了。他洗漱完看了下时间，打电话给夏青，问什么时候可以拿到鉴定结果。

夏青昨天晚上又是夜班，这会儿刚刚交接完，就干脆让沈默直接过来。鉴定结果被装在牛皮纸袋里，沈默打开的时候，手指控制不住地有些发抖，甚至连他自己都搞不清楚到底是在紧张什么。

夏青心思细，瞥见沈默的动作后，心情不由得一沉。给沈默的这份鉴定结果是假的。夏青很清楚她哥的性格，看起来不靠谱，但实际上保护欲爆棚。无论具体原因是什么，夏青敢肯定，夏东风让她造假确实是为了沈默好。

可是以“都是为了你好”为名义的谎言，真的就是好事吗？她知道，善意的谎言是必要的。可谎言的本质依旧是谎言，哪怕是出于善意，谎言也依旧是能伤人的。况且她很清楚，这份假的鉴定报告，或许会把沈默彻底带到一个错误的方向。

对人来说，究竟是命重要还是信念重要？在乎沈默的人，大概都会毫不犹豫地选择命，夏青也不例外。但对拥有信念的人来说，或许信念才是维持他们坦荡地活下去的支柱。就像夏青，她以前会骂夏东风为了工作不要命，会骂他不珍惜身体，可夏青自己呢？她从还在校时起，就曾参加过不止一次的灾后救援，随队医生和志愿者都当过，再危险的地方都敢去，只为了多尽一份力。

竭尽所能，救死扶伤，这是夏青作为医务工作者的信念。没了这份信念，那她还当什么医生？所以那时候夏东风劝她，拦她，夏青一次都没听过。同样的思维模式，套用到沈默身上也是适用的。因此，夏青不可避免地为这次的弄虚作假感到自责。虽然自责，但还是这么做了，心情就更复杂了，她甚至都不太敢看沈默的表情。

沈默已经控制好情绪，打开牛皮纸袋，目光最后定在了最下面一行字：确认父子关系。他的大脑瞬间一片空白，只能发出一个无意义的音节。此刻的心情就像是自己明明拼了命朝对手打了几套拳，结果却发现自己是在和空气斗智斗勇，多么可笑！

“夏青。”沈默仿佛脱力般地蹲了下去，“我耳朵目前的情况，有可能会因为心理因素产生幻听吗？”

夏青震惊，这话是什么意思？因为接受不了这个鉴定结果，所以就干脆怀疑是自己耳朵出了问题？这跟目睹杀人案之后，因为接受不了凶杀现场，就干脆当自己眼花出现了幻觉有什么区别？

夏青开始在心里疯狂权衡，最后，她还是选择了一个折中的说法：“你也说了，之所以会出现幻听，思维和心理因素才是主导，耳朵本身是不会幻听的。”

沈默捂住脸，自嘲地笑笑：“那我……大概是真的很盼望黄薇薇才是罪魁祸首吧。”因为太希望方树功是无辜的了，所以不自觉地去怀疑其他人，去给旁人增加罪名。

夏青想了想，谨慎地问道：“所以，你现在不是怀疑你耳朵出了问题，改怀疑你脑子有问题了，是吗？”

沈默扯了下嘴角：“说不定呢？”

夏青沉默两秒，道：“这个时间，我哥也应该换完药了，你要不上去跟他聊聊？”反正她是唠不动了，主要是怕再唠下去，沈默会直接怀疑自己精神病晚期。

夏东风不知道沈默早上就会过来拿鉴定结果，这会儿正身残志坚地拿着几本商业杂志在看和万华狩猎场有关的资料。这些杂志都是夏青这两天帮忙收集来的。

万华狩猎场也是当时旅游盛典主推的项目之一，大型开放式山林狩猎场，合法合规，资金投入上亿元。猎场范围极大，囊括了南都市靠边境线的三座山。

夏东风看着杂志下方打出的广告，意味不明地笑了下，轻声喃喃道："一天的狩猎价格是 4888，入山配备双管猎枪、10 发独头弹、20 发霰弹、猎犬一只，可选导猎员全程跟随，食宿全包，全场共上百个餐饮供应点……"他屈指敲了敲杂志页面，"这样的地方，能藏多少东西？又能藏多少人啊……"

真是够不得了的，也够明目张胆的。大概就是太明目张胆了，所以才从来没人怀疑过。所谓灯下黑，不过如此了。

"你在看什么？"突然传来的男声让夏东风悚然一惊，扭头就对上了沈默阴沉沉的脸，他几乎是下意识地把杂志往被子里塞，动作太大，还不小心扯到了胳膊上的伤口。

沈默扯了下嘴角："不想让我看到？"

夏东风视线下移，看见了沈默捏在手指之间的两个耳塞，再抬头往上看，发现向来会给耳朵加上多层防护的沈默，现在竟然什么都没戴！夏东风登时两眼一黑。完了，以沈默的听力，估计还在走廊那头的时候就听到病房里的动静了。他刚才嘀咕的那些话，大概率全部都被沈默听得清清楚楚。夏东风想抽自己这破嘴两下。玩什么自言自语！老老实实闭上不行吗？

"南都市有狩猎场吗？"沈默还真全听清楚了，他来病房的路上，因为鉴定结果受了刺激，忍不住想他的耳朵是不是真出了问题，为了验证，就干脆把隔音耳罩和耳塞全摘了，然后就把夏东风的自言自语听了个真真切切。

夏东风沉默。

沈默还在逼问："狩猎场里藏了什么？跟案子有关吗？"

第17章 嫌疑

病房里的气氛尴尬又沉寂。沈默在夏东风生无可恋的眼神中问出了最重要的一个问题："九溪林场是不是根本就是个幌子？"他活动了下僵硬的脖子，皮笑肉不笑道，"真正的线索其实是在这个狩猎场里？"

夏东风愣了一下，他刚才没透露这么多信息吧？沈默是不是太能联想了？问题是，竟然联想对了！

"……啊，你刚才紧张了。"沈默抬手按了下耳骨，"这回总不是我幻听了吧？"

夏东风终于找回了舌头，结结巴巴道："什、什么幻听？"

"没什么，就是刚才有点儿自我怀疑。"沈默收敛起咄咄逼人的态度，转而在病床边的凳子上坐下，"能跟我说说你在研究的这个狩猎场吗？"

夏东风干笑："什么研究啊？我就是闲得无聊，随便看看。"

沈默瞥了眼那厚厚一沓杂志："那确实挺随便的，随便地买了几本杂志，随便地看看商业新闻？"

夏东风僵了两秒，然后干脆心一横，直接把杂志丢了过去："真就是随便看看，这事还得怪老付，他说我俩在医院瘫久了人得废，就约我出院之后一起去狩猎场打枪玩。"他还专门把杂志翻到了之前在看的那一页，"看到没有？我是在看报价呢。人家这狩猎场合法合规，没一点儿毛病。"

沈默没吭声，低头认真翻阅。差不多十分钟后，他弯了弯嘴角："又是万华集团旗下的产业。"

"沈默啊，"夏东风语重心长，"你别一看到万华集团就神经过敏，这狩猎场是南都市的推广项目之一，怎么可能有问题？"

沈默充耳不闻："这就说明，要是有问题，那就一定是大问题。"

夏东风气得在心里骂了八百句倔驴。

"我们在九溪林场发现了一个制枪工坊，应该有些年头了，里面的机器和摆设都很旧。现场被清理得很干净，唯一找到的线索直指我舅舅。"

这事夏东风也听说了。他当时就觉得沈默大概率会炸，这会儿也只能小心询问："那你是怎么想的？"

"当时很气，但他们都说我是先入为主，我也怀疑过自己。"沈默笑了下，"但仔细想想，不合逻辑的地方其实很多，那个林场就像是个摆给我们看的弃子，或者说是弃车保帅，拿来嫁祸的道具。"夏东风张了张嘴，正要说话，却被沈默打断了，"不用再让我保持客观了，我追求真相是为了保护民众，也是为了给受害者一个交代，没道理受害者是我舅舅，我反倒需要克制了，天底下没这样的事。"

沈默没说的是，如果连他这个被照顾了二十年的外甥都不肯相信方树功，那还有谁会相信他？

"从看过俱乐部的会员名单之后，我就一直在怀疑万华集团和这件事的关系，但因为没有什么明确线索，所以只能把重心全部放在黄薇薇身上。"沈默耸肩，"但仔细想想，其实能证明黄薇薇和万华集团有关联的信息并不算少，林永万是俱乐部会员是一点，旅游盛典那天，黄薇薇也去了，这是另一点，而且我舅舅那天的反应很奇怪，他对我说谎了，并且有意隐瞒了他也在旅游盛典的事。"

夏东风的脸都绿了："旅游盛典那天，你看见黄薇薇和方树功了？"那沈默有没有看到黄薇薇和丁世忠接触？

"嗯，当时情况比较混乱，我一开始以为是看错了。"沈默没留意夏东风的反应，“事后我在医院给我舅舅打了电话，问他在哪里，他说是在家，但我隔着电话听到了丁局的声音，那时候丁局是一定在盛典现场的。”

坦白地说，夏东风都开始同情方树功了。方树功应该是在盛典之前就知道了妻子出轨，孩子也跟他没关系这件事。方树功接电话时能把丁世忠的声音同时录入进去，这就说明他当时距离丁世忠应该不远。再多想一点儿，方树功搞不好连黄薇薇和丁世忠说话，都是全程看在眼里的。设身处地地想想，遇到这种离谱的事，方树功只是自杀，而不是杀了老婆孩子和丁世忠后再去死，已经是性格敦厚的表现了。

夏东风现在唯一庆幸的就是，沈默还不知道黄薇薇的姘头是丁世忠，不然他真怀疑这头倔驴会拿把枪把老丁给崩了。

“我会去这个狩猎场看看的。”沈默的话题急转如风，“如果我舅舅的死真跟他们有关，那这次我一定会让林家兄弟血债血偿!”

“不是，你冷静一点儿。”夏东风挣扎着想从床上坐起来，但伤口太疼，没挣扎动，只能勉强支棱着脖子，“你别一竿子打死一船人啊！你仔细想想，不管是黄薇薇和你舅舅出现在盛典会场，还是林永万是俱乐部的常客，这些其实都是很正常的事啊!”

旅游盛典招待的主要就是商户和企业，俱乐部开门做生意，林永万那种张狂的性格，喜欢去那里放松简直太正常了。

“我知道，细究起来都是说得过去的。”沈默固执道，“可是一条路走死了，没人规定我不能换条路走吧？我只是去查一查，又不是要强行给他们安罪名，真要是无辜的，还怕被查?”

夏东风恼火道：“可你这种行为可能会被视为挑衅找茬儿!”

“大清早亡了，我查个案子都是挑衅找茬儿？那我是不是见面还得给他们跪个安才算尊重啊?”沈默冷笑，“你也知道他们很危险对吧？你也清楚如果被视为挑衅，他们可能会对我动手对吧？”

夏东风无奈：“知道你还……”

“既然这样，那我怀疑这种危险人物有什么问题？”

夏东风哑口无言。

虽然夏东风不肯细说，但沈默还是察觉到了对方的隐瞒，只是他以为夏东风瞒着他的是狩猎场的消息来源罢了。

两个人在病房里不欢而散。

沈默阴沉着脸去了局里，到门口的时候却接到了夏东风的电话。他虽然有些意外，但还是接了起来。

夏东风在电话那头干咳一声：“知道拦不住你，但这事你也别急，最好能等我出院之后一起查。”

沈默知道他是好意，但还是止不住嘴角抽搐：“等你出院黄花菜都凉了吧？”

夏东风被戳中痛处：“我也不想的啊！是我想被炸飞的吗？你这孩子怎么回事？说话咋就这么难听呢！”

“你今天才知道我说话难听吗？”

“是是是，没早点儿习惯你这语言的艺术是我不对。”夏东风跟哄小孩儿似的，“就算你不肯等我一起，那行动之前也别忘了跟我说一声，这种事靠莽撞是没用的，我可不想白发人送黑发人。我收徒弟是为了给以后养老的，不是为了每年清明给你上坟的，明白了吗？”夏东风提高音量，“明白了吗？”

“……知道了。”沈默妥协道，“会跟你说的。”

挂了电话，沈默心事重重地进了局里。不知道是不是他的错觉，总觉得周围同事看他的眼神有些奇怪。沈默越想越觉得不对，一把拉过站在旁边一个劲儿偷瞄他的闻显：“出什么事了吗？”

闻显丧着脸，颇有些尴尬地抬手揉了下鼻尖：“那个……你拿回来的木刺上的血液鉴定结果出来了。”

沈默意外道："这么快？"

"毕竟是大案子，昨天加急检测的。"闻显视线飘忽，死活就是不肯跟沈默对上。

不祥的预感再次冒头。沈默喉头一哽："……结果呢？"

"沈默，不管结果怎么样，我希望你都能保持冷静，行吗？"

有时候这种预防针反而会让人更加煎熬，沈默颤抖着手："你直接说吧。"

"是你舅舅的血。"闻显也知道这种事瞒得了一时却瞒不了一世，"已经做过 DNA 匹配了。"

沈默膝盖一软，仿佛浑身力气都被抽走了似的，重重摔坐在了地上。

闻显连忙伸手扶他，急得眼圈都在发红："沈默，你……"

你什么，闻显说不出来了。不知道该怎么安慰，也没办法安慰。局里所有人都很清楚，沈默为了找到那些带血的木刺，在林场附近转悠了多久，又是怎么把自己搞得浑身是伤的。本以为带回来的会是扭转案情的重要线索，没想到却成了给方树功盖棺定论的致命稻草。易地而处，估计是个人都得崩溃。

沈默确实快要撑不住了，只觉得脑子里有根弦在听到噩耗的那一刻彻底崩断。他努力想张嘴，拼尽全力也没能发出哪怕一丝声音，整个面部似乎都在因为用力而扭曲着。

闻显不忍目睹地撇开头："沈默，你先起来。"

这边的动静把所有人的注意力都吸引了过来，几个队友犹豫了一会儿，还是上前七手八脚地把沈默扶到了休息区的沙发上。有人给他塞了杯热水，沈默魂不守舍地用双手捧住。热意从指尖扩散到双手，再到胳膊，沈默这才恍惚意识到，他的整个身体都是僵硬的，又冷又僵，宛如置身冰窖。

"继续说吧。"他克制着牙关的震颤，"还有其他发现吗？"

闻显一脸为难。

休息室的门被人从外面打开，丁世忠站在门口："你们都去忙自己的事吧，我跟沈默聊聊。"

眨眼工夫，休息室里就走得只剩下沈默和丁世忠了。

"我猜，比起隐瞒，你更想知道事实。"丁世忠在沈默对面坐下，"所以我专门来给你解惑了。"

沈默头也没抬，不是他不想，而是现在的他根本想不到这种跟上司对话时最起码的尊重行为。"除了 DNA 鉴定，你们还查到了什么？"他已经有些后悔昨天请假了。只一天工夫，事态就急转直下，让沈默产生了一种置身于噩梦的错觉。

"我们查了南都市近期的天气，根据木刺上的血迹推断，在沾上血液之后，应该是没有淋过雨的。"丁世忠的语速不快，满是娓娓道来的耐性，"最近的一次下雨是七天前，如果是这个时间范围，以木刺上沾血的长度来看，方树功身上的伤口应该还没有完全愈合，所以法医又进行了一次全面尸检。"

沈默闭着眼，已经不敢再问下去了。可丁世忠却还在说："在他的手腕内侧，发现了完全吻合的旧伤痕。"方树功死后，身上是有些擦伤的，但木刺划出来的伤口和擦伤在法医眼里并不难区分，之前是没留意，现在刻意寻找，当然是能找到的。

沈默只觉得精疲力尽："……还有吗？"

"你带回来的木刺确实提供了很多线索，上面不止有方树功的血，我们还检测出了另外两个人的，并在昨天夜里实施了抓捕行动，但还是晚了一步，人已经跑了，根据线索初步推测，应该是偷渡出境了。"丁世忠停了一会儿，像是在给沈默留下接受消化信息的时间，"除此之外，我们还查了林场附近的车辆进出记录，确定你舅舅在林场周围出现过，而且不止一次。"

沈默蜷缩了下指节："能让我看看吗？"

“可以。”丁世忠给沈默看的是一段视频，来源应该是某辆车的行车记录仪。

画面中，一身黑衣的方树功一闪而过，虽然只是一晃眼的镜头，但沈默还是认出来了。是他舅舅。所有的坚信在这种铁证之下，都变得摇摇欲坠起来。沈默感觉自己像是被人用刀劈成了两半，一半叫嚣着让他相信舅舅，相信那个始终温和的亲人；另一半则强迫着他去理智对待，去接受这些线索所代表的现实。这种感觉实在太糟糕了，糟糕到沈默几乎丧失了思考的能力。

“因为没有查到和黄薇薇有关的信息，截至目前，没有任何证据能证明她牵涉其中。按照规定，最晚明天，我们就必须放她回去。”

沈默喉咙干疼得厉害，嘶哑着声音道：“我不信她是无辜的，她……”

“沈默！”丁世忠的语气严厉了起来，“这不是你信不信的问题，而是有没有证据的问题！无故拘留是违反规章制度的！”

沈默垂下头，用双手捂住脸：“我知道了。抱歉……是我失态了。”

“还有……”从谈话至今，丁世忠第一次露出了为难的表情，“这个案子你不能继续参与了，这段时间先去处理其他事吧，或者我直接给你批半个月假也行。”

沈默愕然：“可我……”

“之前你能参与，是因为方树功是死者，顶天了也只是嫌疑人。”丁世忠叹了口气，“可他现在是证据确凿的要犯，作为有血缘关系的亲属，无论如何，你都不能继续参与其中了。”

沈默垂下眼帘，挡住了通红的双眼：“我知道了。”他停顿了几秒，又道，“那就请您给我批个假吧，我想休息一段时间。”

沈默说想休息，这话半真半假。需要时间调整情绪是真，打算直接休息个十天半个月是假。他只是想到了那个狩猎场。与其留在局里被其他事情绊住手脚，不如直接全力去查那个狩猎场。沈默说不清楚自己作出这个决定的时候是什么心态。他大概只是依然不愿意接受现实。哪怕局里已经盖棺定论，他也还是想拼尽全力挣扎一次。而且，他还得等贺生戈那边的消息。

沈默觉得自己有点儿好笑，也有点儿可悲。在面对这样残酷的现实时，他心里竟然盼望着是局里的检测作了假，不死心又固执地去等一个或许根本不存在的希望。

沈默在家里睡了半天，到晚上时才心神恍惚地爬起来给轩轩收拾东西。黄薇薇要被放出来了，轩轩当然也是会被接走的。

这样也好。沈默想，或许他以后都没办法继续拿黄薇薇当亲人看待了。哪怕最后真的证明了一切都是他的恶意揣测，沈默也不认为自己还能用平常心来对待黄薇薇这个人。

凌晨两点，沈默正躺在床上闭眼发呆，搁在床头柜上的手机却突然响了起来。他伸手拿过来一看，打电话过来的人是庄梦瑶。大半夜的，庄梦瑶怎么会突然给他打电话？而且……

沈默后知后觉地发现，他有很长一段时间没跟庄梦瑶产生交集了，明明都在局里上班，碰面的时候也不少，但聊天的时候几乎没有。庄梦瑶这段时间好像很忙。

电话接通。沈默说："师姐，有事吗？"

"沈默，你现在有没有空儿？来找我一下，或者我过去找你也行。"庄梦瑶的声音很轻，准确地说，是很虚才对。就是那种人在特别疲惫，仿佛连熬了五六个大夜之后的状态。

"我过去找你，现在时间太晚了，女孩子出门不安全。"沈默边穿衣服边道，"另外约个地方见面吧。"大半夜直接去女孩子的住处同样不太合适。

“不，你直接来我这儿。”庄梦瑶的嗓音绷得很紧，时不时就要清一下嗓子，短短几句话的工夫，沈默听到她至少喝了三次水。

“是身体不舒服吗？”

“不是。”她顿了顿，“你之前让我帮忙分析的音频有结果了。”

沈默猛地站了起来，动作之大之快，甚至直接把被子都甩飞了出去。“我马上就到。”挂电话之前沈默才想起来，他压根儿不知道庄梦瑶住哪儿，“师姐，地址……”

“我马上发你。”

拿到地址之后沈默马上赶过去，房门开着，庄梦瑶正在往水杯里加糖，沈默看了一眼，没贸然进去，而是先站在外面敲了两下门。庄梦瑶回过头来，脸色白得吓人，连嘴唇上都没什么血色，眼下是清晰的青黑。

沈默又把之前在电话里的问题问了一遍：“身体不舒服吗？师姐。”

“来了啊。”庄梦瑶笑了下，端起杯子喝了半杯糖水才解释道，“没有，就是低血糖犯了。”

沈默犹豫了一下：“我下去给你买两瓶葡萄糖？正好看到有二十四小时营业的药店。”

“不用，我先带你去看看音频分析文件吧。”庄梦瑶的书房非常乱，比起客厅里的整洁，书房简直乱得让人没处落脚，满地都是被写画过的 A4 纸。

沈默捡起一张看了看，随即怔住。纸上是手绘的声纹波段。他环视四周，发现满地的纸上全是类似的波段。沈默沉默许久道：“你最近一直在忙这个吗？”

庄梦瑶笑笑：“没有一直忙，有空儿的时候研究一下而已。”

沈默心里五味杂陈。这明显是个假话，光看这些纸就知道庄梦瑶应该已经琢磨了不短的一段时间。

“我急着找你过来是有原因的。”庄梦瑶坐下，“说来也是巧了，因为全国都在推广声纹侦破手段，所以这段时间来局里的人都会被带着做声纹采集，这也是为了扩充声纹数据库。”她停顿了一下，说出了重点，“黄薇薇的声音也被收录了。”

沈默一怔，隐隐对庄梦瑶接下来要说的事情有了预感，心跳骤然变快。

“我大概在一周之前，初步把你当时给我的音频分离了出来。”沈默一开始发给庄梦瑶的音频是歌声里混杂着另一道歌声的，而因为录制时隔着一堵墙，凶手的歌声完全没办法被捕捉到。除了沈默，谁也没发现过这一点，所以那个凶杀案才会被搁置多年。

“初步分离音频后，我隐约觉得凶手的声音有些耳熟。”从事声纹工作，对声音敏感是最基本的要求，庄梦瑶显然也不例外，“但当时的声纹完成度是不足以拿来作为证据的，直到今天……”

庄梦瑶选中一条音频，点击播放。熟悉的女声断断续续地从扬声器里传了出来，这次不用庄梦瑶帮忙确定，沈默也能肯定，这就是黄薇薇的声音。

“声纹匹配已经通过了，是她。”庄梦瑶转头，看向沈默的眼神无比温柔，“我已经联系了老师，会请她帮忙走一下司法流程，出书面文件证实这条音频的真实性，这样它才能真正成为可以指控罪犯的铁证。”

突如其来的峰回路转。在此之前，沈默真的以为黄薇薇会被无罪释放。他不信黄薇薇是全然无辜的。一个负责俱乐部经营和管理的人，在这件事上怎么可能无辜？就如同事情发展到现在，沈默也不会认为方树功是完全置身事外一个道理。夫妻是除了直系血亲最亲密的关系，互相隐瞒是件非常困难的事，更何况无论是黄薇薇，还是方树功，都不是什么蠢人。

和局里的意见分歧只在于，沈默至今都认为方树功是被牵连的，他或许深陷局中，但绝对不会主动作恶。俱乐部就两个负责人，他既然选择了相信方树功，那就只能怀疑黄薇薇。现在，庄梦瑶帮忙证实了他的猜测。如果说一个杀人犯，一个在杀人时还会唱歌的愉悦犯是无辜的，那天底下还有不无辜的人吗？

沈默本来以为他已经接受现实了，可直到庄梦瑶伸手拉了他一把，他才意识到，其实他的想法从来就没变过。

“……谢谢。”面对这样的帮助，沈默竟然不知道该如何回馈，只能用干瘪的言语道谢。

“啊，不客气。”庄梦瑶冲他眨了下眼睛，“真要是感激的话，等这个案子结了就抽一天时间跟我约会吧。”

沈默愣住了。

“我还没跟异性出去玩过呢，找不到男朋友，就只能拿你这个师弟凑数啦。”

沈默松了口气，笑道：“我的荣幸。”

“行了，要说的就这些，你回去休息吧，明天还有一场硬仗呢。”庄梦瑶把文件和导入好音频的U盘递给沈默，起身送客，“有了这个东西，至少黄薇薇是能留下了，加油哦。”

“嗯。”沈默在方树功死后，第一次感到了放松。

关上门之前，庄梦瑶冲沈默挥了挥手：“很高兴能帮到你，师弟。”

轩轩早上睡醒就发现他昨天打包好的小行李，又被拆出来放回原位了。小孩子不见得懂事，但大多数都足够敏感。轩轩咬着牙刷，惴惴不安：“……表哥，妈妈今天不来接我了吗？”

沈默从凌晨就隐隐雀跃的心情，随着这个问题陡然沉了下去。他终于意识到，即将发生的事情对轩轩来说有多残忍。沈默蹲下，和小男孩儿平视："不喜欢和我住在一起吗？"

"喜欢的。"轩轩揪着衣角，"但表哥很忙，而且……我已经很长时间没有见到爸爸妈妈了，我很想他们。"

沈默沉默许久，重重揉了揉轩轩的脑袋："那你想着吧。"

轩轩瞪着大眼睛看他，沈默眼睁睁地看着他表弟的眼睛，就跟两个小蓄水池似的，从晶晶亮变成了水汪汪。他开始号啕大哭，叼在嘴里的牙刷"啪嗒"一下掉在了地上。

沈默自知理亏，只能围着孩子一顿哄。小孩子的哭声穿透力极强，不到两分钟就震得沈默两眼发黑，头昏耳鸣。敲门声响起来的时候，他晕乎了将近一分钟才意识到是有人在敲门。

沈默灰头土脸地打开门，夏青提着早餐站在门口："早上好啊，打小孩儿呢？我是不是打扰到你了？"

阴阳怪气的口吻，沈默全当没听见："你来得正好，帮我哄哄他。"

夏青翻了个白眼："我真是欠了你的。"她以前在儿科实习过一段时间，哄孩子很有一手，几句话工夫就哄得轩轩把亲妈丢到了后脑勺。

三个人坐下来吃早饭的时候，夏青想了想，还是没忍住问道："你到底干什么了？一大早让孩子哭成这样。"

她倒不是真的照顾轩轩照顾出了责任感，而是心虚。因为清楚轩轩其实并不是方树功的孩子，又亲手做了假的鉴定报告，所以夏青就格外关注沈默对轩轩的态度。总感觉沈默要是对轩轩不够好，就说明他没信那个鉴定结果。

幸好沈默这会儿也挺心虚，完全没注意到夏青的心跳失序："他想爸爸妈妈了。"一句话就把天给聊死了。

轩轩往嘴里扒拉着饭，含含糊糊道："表哥，我爸爸是不是真的不要我了？”

这问题很难回答，但沈默的关注点却有点儿歪：“什么叫真的不要你了？有谁跟你说过你爸爸不要你了吗？”

夏青没忍住从桌子底下踹了沈默一脚，用眼神示意他注意措辞。轩轩蔫不唧地放下筷子：“妈妈说的。之前我缠着爸爸带我出去玩，爸爸不肯，我就哭了。妈妈哄我的时候跟我说，让我乖一点儿，不然爸爸就不要我们了。”

夏青的心直接提到了嗓子眼。沈默撩起眼皮扫了她一眼，意味不明地应了一声，最后也没再说什么。

吃完饭，沈默把轩轩托付给正好休假的夏青之后就出了门。

到局里的时候，正巧赶上闻显送黄薇薇出来。大概是拘留的日子不好过，或者是心理压力太大，短短几天时间，黄薇薇看起来就老了不少。

闻显开玩笑道：“走吧，回去记得用柚子叶洗个澡。”

“她可能走不了了。”沈默的出现让两人齐齐一怔。

闻显问道：“沈默，你怎么过来了？不是说休假了吗？”

“有点儿事。”沈默走到黄薇薇面前，“你大概是走不了了，放心，轩轩我会好好照顾的。”他的态度很平和，完全不见之前的激烈和凶狠。可越是这样，黄薇薇就越是感到不安。沈默现在给黄薇薇的感觉就像是一个早已拿到金牌的猎手。因为已经知道了结局，所以就没有争执愤怒的必要了。

“沈默，你对我的误解真的太深了。”黄薇薇勉强笑道，“不管你信不信，我真的是无辜的。”

闻显也皱起了眉头：“沈默，目前并没有证据证明黄女士和枪械走私……”

“谁说我是为了走私案来的？”沈默把夹在腋下的牛皮纸袋子递给闻显，“看看吧，我可是为了一个有反社会人格的杀人犯来的啊。”

黄薇薇脸上的血色瞬间褪尽。

闻显愕然地打开牛皮纸袋，掏出里面的文件翻看，越看面色越沉。约莫五分钟后，闻显把文件塞了回去，掏出挂在腰后的手铐，直接铐在黄薇薇的手腕上：“抱歉黄女士，现在看来，你确实是走不成了，再回局里坐坐吧。”

黄薇薇意识到情况不妙：“不是，我真的什么都没做过，什么杀人犯？我根本就不知道……”

“你之前能出来，是因为没有找到你和枪械走私案有关的直接证据，但现在……不一样了。”沈默笑了一下，“把罪名全部栽赃到我舅舅头上的时候，你是不是很得意?”

黄薇薇被闻显拖着往前：“我没有，沈默，我根本不知道你在说什么!”这句话，在被拘留期间，黄薇薇对沈默说过很多次。仿佛只要她听不懂，就代表什么罪行都不存在了一样。可惜这次不好使了。

“像你这样的人，是不是真的很享受别人的痛苦？就像你把所有的罪名都推给我舅舅，就像你……”沈默俯身，压低声音，“在杀人的时候高兴得跟着隔壁一起唱歌一样。”

黄薇薇瞬间僵住。

“啊，看样子你还记得。”沈默的表情终于带上了明显的恶意，“你很喜欢跟唱吧？习惯这东西，有时候真的很要命，对吧?”

黄薇薇重重地闭上眼睛。她知道，在情况没有彻底明朗之前，少说少做才能少错。

“你知道吗？不久前，有人问过我一个问题，到底是结果重要还是过程重要。”沈默回想起跟夏东风讨论这个问题时的画面，自嘲一笑，“我当时的答案是过程，现在看来，我其实也可以是个只注重结果的人。”

既然走私案没有证据，那就换个案子把黄薇薇送进去！

庄梦瑶帮忙准备的材料十分充分，充分到当场开庭都没问题的程度。因为有了新的证据，三年前贵和园小区那桩悬案的档案也被飞快地调了出来。

声纹技术虽然还没有全面推广普及，但它在侦破案件时能起到的作用却是巨大的，是像指纹或是 DNA 一样的铁证。

“为什么要杀害徐飞莎？根据我们查到的信息，你们虽然都住在同一个小区里，但并没有任何交集。”闻显口中的徐飞莎就是三年前贵和园小区案的死者。

黄薇薇神色憔悴地坐在铁椅上，手指有一下没一下地拨弄着腕上的手铐：“对啊，认都不认识，我有什么理由杀她？”

嘭！崔玉林一巴掌重重地拍在桌子上，语气严肃：“黄薇薇，注意你的态度，现在铁证如山，已经不是你拒不承认就能解决的事了！”对待嫌疑人和对待杀人犯的态度当然是不一样的，黄薇薇早在被套上手铐时就感受到了两者之间的区别。

“没做过的事，我为什么要承认？”黄薇薇不是不知道否认也不见得有用，只是她现在除了拖延时间，也做不了别的。

审讯持续了整整一天，凌晨时分，拒不配合的黄薇薇被带进了拘留室。她靠在发黄的墙壁上，目光透过拘留室的栅栏门朝外看去，脸上没什么表情，看不出在想什么。可她始终没有躺下，就像是在等什么人。

一个小时后，看守的警察突然起身离开，约莫又过了五分钟，一道高大的人影站在了栅栏门外。黄薇薇笑了下：“我就知道你一定会来。”

站在阴影中的男人声音嘶哑：“你从来没跟我说过，你还杀过人。”

黄薇薇将两条胳膊搭在膝盖上，语气轻松：“就杀了那么一个，不是突然被提起来，我都快忘了。”

“为什么要杀她?”

黄薇薇诧异地瞥了男人一眼：“你到底是来救我的，还是来套我话的?”

“救你?”男人语带讽刺，“现在没有人会救你了，谁也救不了你。”

黄薇薇的脸色登时阴沉了起来。她安静了一会儿，突然笑了起来：“我猜也是，我的价值就这些了，救我的代价大过我的自身价值之后，确实没人会救我了。”黄薇薇倏地起身，将脸贴在栅栏门上，“那你呢？你也不救我了吗？我可是你儿子的妈妈啊。丁、局、长!”

丁世忠终于走出了阴影范围，一张刚硬的脸彻底暴露在黄薇薇面前。他的眉宇之间满是戾气：“那孩子到底怎么来的，你心里没数吗?”

“那又怎么样？就算你再不愿意，我不还是怀了你的种?”黄薇薇眉眼带笑，“谁让你老婆不能生呢？但凡她肚子争点儿气，给你留个种，我都没办法这么轻易就拿捏了你。”她带着恶意总结道，“丁世忠，你啊，就是运气太差了。”

“黄薇薇，不要再试图激怒我。”丁世忠掸了下袖口，“不救你，不是我的意思。”

黄薇薇瞪大眼，两手死死抓住栅栏门：“什么意思？他不救我，也不让你救我?!”

“你活着只会带来更大的麻烦。”丁世忠语气怜悯，“有些事情，只有死了才算真正的结束。沈默那孩子很倔，他不放手，就没人能救你。”

“嗯，我早该想到的。”黄薇薇脱力似的把额头抵在栅栏门上，早在沈默让方树功到处唱歌，确认贵和园小区的传声情况时，她就应该想到的。

丁世忠打量了黄薇薇片刻，讽刺地问道："就这样？我还以为你会要求我把沈默推出去。"

黄薇薇扯了下嘴角，神情恍惚："……他毕竟是老方的外甥。"

"真让我意外，你这样的人竟然也会有真心？"丁世忠嘲讽道，"不过就算你想也没用，沈默不是真的无依无靠，他的老师韩文慧教授很看重他，韩教授在公安系统里的人脉可不是说着玩的。"

黄薇薇喃喃道："我没想过。"

丁世忠沉默了下来，脸上的恶意和厌恶也渐渐褪去。半晌，他还是叹着气、颇为不愿地说道："还有，'他'……让我提醒你，多想想你儿子。"

听丁世忠再次提到这个"他"，黄薇薇不受控制地颤抖了一下。她很清楚，这是个威胁。如果她不配合，轩轩就会有危险。黄薇薇确实是个烂人，但她同时也是位母亲。

"……我知道了。"黄薇薇松开手坐了回去，"无所谓了，早在老方死了之后，我就没多想活了。"

丁世忠神情复杂地闭了下眼："孩子我会尽量照顾的。"

黄薇薇突然扭头瞪了过来："不用你照顾！让沈默照顾他！丁世忠，我可以配合，我也可以去死，但你要保证，轩轩这辈子都必须是方树功的儿子！不然我……"她目眦尽裂，"就带着你们所有人一起死！"

次日，警方联系了徐飞莎的亲友。徐飞莎的直系亲属早已不在，交际圈也小得可怜，事过三年，愿意为了这个孤僻的姑娘来警局一趟的，竟然只有一个网友，说是网友也不完全合适。

"我和莎莎是网上认识的没错，但她靠画画吃饭，我是个开画廊的，她去世前的两年时间，其实也算是在我手底下工作，约出来见面的时候也不少。”这位名叫陈娇的女性网友提起徐飞莎就两眼通红，“我一直很担心她，她太孤僻了……”三年前刚出事时，陈娇也被请来协助调查过，只是没能提供什么有价值的线索。

沈默正在翻看文件，崔玉林给他递了杯水，顺便瞥了一眼沈默正在看的东西，愣了一下：“你还是觉得黄薇薇和枪械走私案有关？”

“嗯。”沈默现在还是休假状态，只是情况特殊才能旁听几句，他没穿警服，整个人看起来稚嫩了不少，“你就当我是不甘心吧。”

崔玉林叹了口气。因为两人站的位置离陈娇不远，这位会为了网友奔走的成熟女性大概是听到了谈话内容，皱着眉转头看了过来。

“枪……”陈娇若有所思。

沈默瞬间警觉，急忙上前询问：“你是想到了什么吗？”

“是有一件事。”陈娇抱着头，蹙眉回想，“三年前，应该是莎莎出事前一周左右，我跟她在网上聊天的时候，她跟我提过一件事。”她的叙述逐渐流畅，“她说她出去吃饭，回家的时候不小心撞到了同一栋楼的邻居，把人家装在包里给孩子买的玩具枪给甩地上了……”她的脸色微微发白，“莎莎当时还感慨说……那个玩具枪，看起来跟真的一样，现在小孩儿的玩具可真精致。莎莎就是随口提了一嘴，我也没多想，所以三年前被找来配合调查的时候，压根儿没想起这件事。”对于普通民众来说，枪是个很遥远的东西，哪怕真看见了，大概率也会被当成玩具。

一群警察的表情全都严肃了起来。

第 18 章　琴谱

事情已经过去三年，哪怕是警方也没办法复原三年前的网络聊天记录，倒是档案室那边还有人记得这事。

“我们当时确实查看过徐飞莎的社交账号，但你们也知道……”这位队员苦笑了一下，也没指名道姓，只是委婉道，“现在的年轻人，在网上聊什么的都有，隔着网络什么都敢说。”

徐飞莎本身就患有抑郁症，她的想法只会比普通人更丧更偏激，要从她的网络言论里关注到这个“玩具枪”还真是不太容易。

关于那位邻居，好在陈娇还记得一点儿：“她说那位邻居是个很漂亮的大姐姐，住在她楼上……”因为冥思苦想的缘故，她一直低着头，不停用指甲抠着衣服的边缝，“看起来很有钱，哦对！眼尾有颗痣。”说到这里，陈娇尴尬了一瞬，补充道，“莎莎说，那个大姐姐看起来一点儿都不像是当孩子妈的人，保养得特别好，眼尾那个痣超级加分，一下子就显得妩媚起来了。差不多就是这样。”

沈默愣了愣：“你记得好清楚。”

三年前的一段网络聊天内容，真的会记得这么清楚吗？如果印象这么深刻，为什么当时被请来协助调查的时候没提？

陈娇怔了一下笑道：“您大概不了解，我们画画的人，会下意识捕捉和记住‘美’的部分，眼尾痣很适合画美人呢。”

陈娇给出的信息其实已经够明确了，完全符合黄薇薇的形象，再加上有声纹作为证据，只针对三年前那桩凶杀案的话已经足够了。

对沈默来说，最好的消息还不只是这个。真正的好消息是，陈娇的口供中提到了枪。光凭这一点，黄薇薇就不可能再从枪械走私案里把自己摘出去了。

在拿到陈娇提供的信息之后，闻显和崔玉林再次进了审讯室："就因为徐飞莎看到了你带回家的枪，所以你就杀了她？"

黄薇薇愣了愣，像是颇为意外。她沉默了一会儿说："你们查到了什么？什么枪？"

崔玉林一捶桌："还在狡辩？三年前，你带枪回家，被住在楼下的徐飞莎撞了，你杀她是为了灭口，是不是？"

黄薇薇垂下了头，许久之后，突然又笑了起来："这样啊，是这样的啊。"

在昨天和丁世忠聊过之后，她就知道警方今天一定会拿出"决定性"的证据。但她以为这个"证据"会是只针对凶杀案的，却没想到竟然又把枪械走私案牵扯了进来。这当然不会是"那位大老板"的意思，那就是丁世忠的意思，他到底想干什么？

黄薇薇几乎将头埋在了胸口，借由这个动作掩盖脸上的所有表情。不知道过了多久，她像是放弃了挣扎，彻底接受现实一样："嗯，是这样没错。"她笑了起来，眼泪却同时涌出眼眶，打湿了那颗漂亮妩媚的泪痣，"就是因为这个杀她的。谁让她那么倒霉呢？自己倒霉就算了，还要给我添麻烦。"

黄薇薇撩了下头发，抬起头来。她实在是个很漂亮的女人，在脱离恐慌的情绪之后，整个人都似乎放开了："你以为我想杀她吗？我也不想的，是她自己运气太差，看到了不该看的。"

徐飞莎看到了什么？黄薇薇恍惚之间，似乎回到了三年前那个冬夜。

工坊里新出了一批枪，要放到俱乐部中转，她在跟人接头的时候，被徐飞莎撞了个正着。哪是什么从包里撞出了一把枪啊？

徐飞莎看到的东西，可比丁世忠找来的人编出的假话严重多了，所以她才必须去死，所以黄薇薇才不得不动手杀人。

闻显听着黄薇薇毫无愧疚的描述，第一次认可了沈默对这个女人的判断，就是反社会人格。

“说真的，我有老公有孩子，有钱有闲有事业，真懒得去杀人。你们可怜她死了，我还可怜我自己呢，平白无故就得背条人命。”黄薇薇面带微笑地抱怨着。

崔玉林只觉得脊骨生寒：“你的事业？你的什么事业？走私枪械吗？”

黄薇薇摊手：“谁知道呢？”

“黄薇薇！注意你的态度！”

黄薇薇勾了下头发：“你们不是警察吗？自己去查啊。老方都能查到的事，总不至于你们警察查不到吧？”

闻显神情严肃：“什么意思？方树功的死到底是怎么回事？”

“你猜？”黄薇薇笑着笑着，眼圈又红了，“老方啊，就是个榆木脑袋，又笨又不听劝。”

她单手撑着脸，看向正前方的单向玻璃。她知道，丁世忠和沈默，现在都正隔着这扇玻璃在看着她。

“我还不想死呢。”黄薇薇摊手，“俗话说得好，好死不如赖活着嘛，这案子你们一天查不明白，我就能多活一天，是不是这个道理？”

如果只是凶杀案，那黄薇薇确实很快就得以命偿命。但现在又牵涉进了枪械走私案，那在整个案件查清楚之前，黄薇薇的判决都不会下来。还真就像她说的那样，只要案子一天查不清楚，她就一天不会死。

黄薇薇从审讯室被带出来的时候，沈默和丁世忠都站在门口。她看向沈默，笑了下：“小默，我这也算是遂了你的愿了，作为交换，你能帮我照顾好轩轩吗？”

沈默攥紧拳头，心中悲愤交加。

黄薇薇眼波流转，看似无意地扫过丁世忠：“我都这么配合了，你可得保护好我儿子啊。”

沈默闭了闭眼：“我当然会照顾轩轩。”

丁世忠眸中暗潮涌动。他很清楚，黄薇薇最后这句话压根儿不是说给沈默的，而是说给他听的。她要他保护轩轩。因为他们两个都清楚，把徐飞莎案和枪械案关联到一起，绝对不是背后那位大老板乐意看到的。这么一来，对方就极有可能会为了警告或是报复拿轩轩泄愤。丁世忠在众人看不到的角度，微不可见地点了下头。

黄薇薇舒展眉眼，像是在回应沈默：“那就好。”走出两步，她又转过头来，“小默，带轩轩搬回贵和园去住吧，不要把小孩子放在陌生环境里养着，他还得上培训班呢。”

沈默微微蹙眉，有些不理解这个突来的叮嘱。他迎上黄薇薇的视线，女人柔柔一笑，用口形说了几个字：“去仔细看看。”

早在前几天，方树功和黄薇薇在贵和园小区的那套房，就被警方里里外外地搜查过了，但是没有任何发现。

可按照正常流程，在枪械走私案彻底落幕之前，那套房子不会解封。所以沈默在想，黄薇薇话里的重点，到底是搬进去住，还是那句“去仔细看看”。

沈默倾向于后者。他把这个念头暂时按下，回办公室整理了下东西，再次向庄梦瑶郑重道谢后就离开了公安局。

不久后，做完笔录的陈娇也被送了出来。她是开车来的，车就停在路边。上车后，陈娇拿出手机，查了下汇款记录，确认钱已经到账后，她拨了个电话出去：“我都按你交代我的说了，那个女人确实是杀莎莎的凶手对吗？”

电话那头的男声模糊不清：“是她。”

“莎莎真的是因为看到她带着枪才被……”

“我不知道。”男声道，“这也不是你需要关心的事，钱已经到账了吧？那就按照约定，拿着钱出国采风去吧，玩个一年半载再回来。”

南都市公安局三楼露台，丁世忠挂断电话，摘下耳机点了根烟。闻显急匆匆跑来：“丁局，可算是找着你了，以前也没见你抽烟躲这么远啊。”

丁世忠笑了一下。以前不跑这么远是因为没必要，现在可不行。谁能保证沈默那个顺风耳不会听到什么呢？还是谨慎点儿好。

“顺便吹吹风，找我什么事？”

闻显抹了把汗：“黄薇薇提出要求，说想见见她儿子。她肯定知道不少事，要不要先顺着她的意思来？没准儿见了之后她就松口了呢？”

丁世忠思忖片刻：“你联系沈默问问他的想法吧，以后他才是孩子的监护人，见不见都由沈默决定。”

“行。”闻显忙不迭地去了。

露台上又只剩下丁世忠一个人，他夹着烟在冷风里站了许久，直到烟头烫到了手指才回过神来。摁灭烟头，丁世忠掏出手机，打开一个加密相册。这个相册里全是一个小男孩儿的照片，在襁褓里的、蹒跚学步的、玩积木的……几十张照片被仔仔细细地编辑了日期和备注。

丁世忠怔怔地看了半晌，终于挪动手指。

确定删除该相册？是/否

丁世忠的手狠狠抽搐了一下，指腹重重地点在了“是”上。相册和照片被永久性删除，就像在丁世忠的户口本上，从始至终都没有过一个属于他的孩子。

沈默接到闻显的电话之后考虑了很久。从理智的角度出发，于情于理，他都应该让轩轩见黄薇薇一面，哪怕只是为了告别。可从情感上看，他又觉得这样太过残忍。

见到黄薇薇，轩轩就会知道，无论是爸爸还是妈妈，以后都不会再陪着他了。对这个年纪的小孩儿来说，无异于毁灭性的打击，沈默曾经历过这样的打击，所以才更难以决断。

“带他去见啊。”病房里，抱着苹果啃的夏东风听到沈默说起这件事之后，无奈地翻了个白眼道，“一时的残忍和一世的遗憾，傻子都知道怎么选吧？现在不带他去见什么时候带他去？等黄薇薇也死了之后吗?”

“……我知道了。”沈默被说服了。将心比心，如果他是轩轩的话，大概也会想见见黄薇薇，哪怕只是最后一面。

“我回去接轩轩。”走出病房前，沈默像是想起了什么，“黄薇薇……跟我想象的不太一样。”当时他在监控室，全程听着黄薇薇的自述，心跳比语言更诚实，沈默愕然地发现，那个女人竟然是真的在为他舅舅的死而感到痛苦。

病床上的夏东风翻了个身，背对沈默：“这个世界上，纯粹的好人不会痛苦，纯粹的坏人也不会，只有不够坏也不够好的普通人，才会摇摆不定，痛苦不堪。可惜的是，这世上，普通人才是绝大多数。”所以黄薇薇是这样，丁世忠也是这样。

沈默走后，夏东风偏过头，将脸埋在手臂上，贴着他眼睛的那片病号服的布料，很快氤氲出一团水迹。现在的沈默还不清楚，黄薇薇的罪名多了一条枪械走私意味着什么，但夏东风却知道，这是丁世忠和黄薇薇共同作出的选择。他们用这条罪名，把这个案子继续延伸了下去，毁掉了本该因为黄薇薇落网而画下的休止符。

夏东风不同情黄薇薇，一个罪有应得的女人，没有什么值得同情的必要，但丁世忠……他又想起了徐建军在电话里跟他说过的话："替罪羊嘛，老丁就很合适。"

两天后，黄薇薇暂时被移交南都市看守所。沈默抱着哭到眼睛都睁不开的轩轩，坐在了探视室的椅子上。原本在见过夏东风之后，沈默就打算带轩轩来的，可是他那天回去之后，用尽量直白的说法向轩轩传达了真相。

父亲自杀身亡，母亲犯下重罪。现在的小孩子懂的其实并不少，至少轩轩很快就理解了这些残忍的事实对他来说究竟意味着什么。小男孩儿开始哭，哭到说不出话，哭到当场发起了高烧，然后就在医院躺了两天。

黄薇薇的头发被剪短了，失去了精致的装扮，看起来平庸了很多。隔着玻璃坐下后，她拿起旁边的电话抵在耳畔："轩轩，身体不舒服吗？怎么还要表哥抱着？"

轩轩两手捧着话筒："妈妈……"

母子俩的谈话平淡至极，如果不看场合，几乎和日常问候没有任何区别。黄薇薇和全天下所有母亲一样，认真地询问关心着儿子的衣食住行。轩轩泣不成声，只能胡乱点头。沈默起先还蹙眉听着，到后来却只能不忍地转开了头。

"轩轩，答应妈妈，以后要听表哥的话，好不好？"

"呜……我会的，妈妈，你真的不能回家了吗？"

黄薇薇笑着落泪："对不起啊，宝贝。"

沈默倏地站起了身。他始终认为方树功的死和黄薇薇有关，眼前这样母慈子孝的场面，让沈默格外不适。激烈的情绪不间断地对撞着。

“小默。”黄薇薇并没有让轩轩把话筒递给沈默，“我知道你听得见。”

沈默抬头，隔着玻璃看了过去。

“记得我之前说过的话吗？去看看吧，或许会有惊喜哦。”黄薇薇笑着，“再拜托你一件事吧。”

“什么？”

“南都市真的是个很糟糕的地方，我不想让轩轩在这里长大，你能把他送走吗？”

沈默确定了。黄薇薇上次的话，的确是提醒他去贵和园小区看看。什么带着轩轩回去住，全部都只是托词。

黄薇薇的眼里一片水光：“把轩轩送走之后，你再来见我一次吧。”

“这是交易吗？”

“就当它是吧。”

“我知道了。”沈默个人其实是赞同黄薇薇的想法的。老实说，自从方树功死后，一直有种不祥的预感，在沈默心头萦绕不去。不，准确地说，这种预感从曹建设案时就有了。那是一种被藏在暗处的凶兽窥伺的危机感。而黄薇薇现在的表现也恰恰证明了这一点。黄薇薇不会是主谋。

如果沈默继续深挖下去，就迟早会有撞上主谋的那一天。把轩轩送走，既是为了保护孩子，也是为了让沈默不用束手束脚。在这种情况下，沈默也找不到别人帮忙，只能再次联系韩文慧。

“老师……”沈默隐去了详情不提，只说舅舅一家出了事，有个孩子需要他照顾，“我现在分身乏术，能不能麻烦您一段时间？”

韩文慧有个和轩轩差不多年纪的孙子，两个小孩儿放在一起养也能好一些。韩文慧被他气得怒极反笑："你这是惹上麻烦了，不敢把小孩儿留在身边养吧？"

一句话被揭了老底，沈默无奈道："只是太忙了，怕照顾不好孩子，不需要太久，等我把在南都的事情解决完就行。"

他回南都的目的从一开始就非常明确，在耳朵坚持不住之前，找出父母死亡的真相。但当年的线索真的太少了，沈默只能大海捞针式地去撞运气，这也是他一直在翻看公安局卷宗的原因。

"行了行了，糊弄人的借口就省省吧。"韩文慧虽然不在公安一线工作，但她的敏锐程度不输任何经验丰富的老警察，"孩子可以送来我这里，但这个月不行，我近期有几个讲座，人在外地呢。"

沈默算了下时间："可以，麻烦您了，老师。"

"孩子的住处也得提前收拾，我这里安顿好了就联系你，到时候不管是你把孩子送来，还是我安排人去接都可以。"

"我送他过去就行。"沈默觉得自己还不至于这点儿时间都抽不出来。

挂断电话，沈默刚准备去换件衣服，就见轩轩红肿着眼睛，一脸局促地走了过来。

"表哥，你要把我送人吗？"短短几天时间，轩轩就无师自通地懂了寄人篱下的意思，同时也在因此惶恐不安着。

"不是送人。"沈默叹了口气，把小男孩儿抱进怀里，"是拜托长辈照顾你一段时间。"

轩轩揪着衣角，嗫嚅着唇，半天没说出话来，只是一个劲儿用可怜巴巴的眼神看着沈默。

沈默低头凑近，放轻了声音："轩轩是不想去吗？"

“……不是。”轩轩咬了下嘴唇，“妈妈让我听表哥的话，我会听的。”

沈默突然就难受了起来。不是因为想不想，仅仅只是因为要听话。

怕这么说会让沈默不高兴，轩轩又不安地解释道：“我只是有点儿害怕……就一点点。”

沈默把小孩儿搂紧，安抚似的拍着他的后背：“不怕，表哥会照顾你的，也会很快接你回来，以后我们会一直在一起生活，直到轩轩长大成人……”

他的声音又轻又缓，不知道是逐渐感觉到了安心，还是沈默的声音太催眠，没几分钟轩轩就窝在他怀里睡了过去。

第二天一早，沈默带着轩轩打车去了贵和园小区。一是来看看这套房子里到底还有什么漏掉的信息，二是为了给轩轩彻底收拾收拾行李。上次带这孩子走的时候，沈默其实并没有做好一直照顾他的准备，这次的情况就完全不一样了。沈默现在就莫名有种喜当爹的错觉。

方家的房门上还贴着封条，是之前队里的人来搜查之后贴的。沈默过来之前就先联系过丁世忠了，问了能不能进去。丁世忠一口答应，说他想直接住在这里也可以，黄薇薇和方树功的后续处理，应该牵扯不到这套房子。沈默当然不会住，方树功刚去世不久，哪怕他再心大，也不会乐意住进这里。房子里很整洁，布置也依然温馨，半点儿看不出主人已经永远不会再回来了。

“看看还要拿什么东西，想带的都可以带走。”沈默推了推轩轩，担心轩轩会怕给他添麻烦，又补了一句，“随便什么都可以。”

“……谢谢表哥。”

从见过黄薇薇之后，轩轩就变得拘谨了很多，沈默知道问题所在，却没有办法解决。他可以给轩轩的生活提供保障，却不能真的给轩轩一个幸福的家，因为一个家的基本构成条件已经不存在了。偶尔沈默也会想，等轩轩再长大一点儿，回想起现在的事，会记恨他这个表哥也说不定。

轩轩在屋里转来转去，有要带走的东西就搬来客厅，小件自己拿，大件就喊沈默帮忙。沈默一边照顾着轩轩一边在屋里搜查。两个半小时过去，什么都没有发现。

“表哥，你能来帮我搬一下书吗？”轩轩的书很多，大部分都是儿童画册之类的东西，还有些琴谱什么的。

沈默进去看了眼那些书，嘴角一抽：“全部都要带走？”

轩轩小心翼翼地说：“……不行吗？”

“行行行，怎么不行？”沈默认命开搬。

“床底下也有。”轩轩撩开儿童床上的褥子，“书太多啦，爸爸就专门给我定做了个能放东西的床。”

其实就是床垫下面的木板是可拆卸的，目的是增加收纳空间。沈默把里面的书全部搬了出来，正要装箱，就见轩轩爬进了小床的收纳格里，从夹缝里摸出一本书。

“找到了，这个也要带走，妈妈陪我练琴的时候可喜欢弹这个了。”

沈默看了一眼，是本琴谱。

特殊的是，这本琴谱被人专门用牛皮纸裹了封皮，也是这么多书里，唯一一本被包了封皮的。

“怎么被撕烂了？”轩轩注意到封皮上的破损，犹豫了一下，干脆把封皮给拆了下来，“表哥，你回头能帮我重新包一下吗？”

沈默下意识问道：“为什么一定要包起来？”

轩轩挠了挠头：“我也不知道，是妈妈包的，应该是因为爱惜吧。”

封皮被扒掉，露出一本看起来像是自印的，包装用材都很精美，却没有出版社和名字的琴谱。轩轩合上琴谱递了过来，沈默看到了纯黑的书脊，以及十二个胡乱排列的小白点。沈默曾经看到过这十二个小白点，就在王高途家消失不见的那本书上。

沈默好像知道黄薇薇非得让他带轩轩来一趟贵和园小区的原因了。如果没过来，他一定不会把这个案子和王高途案联系在一起；如果没有带着轩轩一起，即使是找到了这本琴谱，他也不见得会把封皮拆开。

沈默蹲了下来，捡起刚刚被扒掉的封皮，认真观察着破损处的痕迹。没有灰尘和摩擦过的迹象，应该是刚被撕开不久，从撕裂的角度和豁口的大小来看，不是意外破损，而是人为破坏的。

这简直就像是故意要让他发现不对一样。如果真是故意的，那是不是意味着在被带去公安局之前，黄薇薇就做好了留下这个线索的准备？是真的想提供线索，还是故意误导？

沈默又去看守所见了黄薇薇一面。

“在你把轩轩送走之前，没必要再来见我了。”黄薇薇的回复始终只有这一句，堪称油盐不进。但她的态度也说明了一件事，有人在盯着她，在确保她的软肋彻底安全之前，黄薇薇不会做出任何有可能激怒对方的事，让沈默去找那个琴谱也只能拐弯抹角。

连在看守所谈话都没办法放心吗？这几乎是在明示公安系统内部存在问题，他们的谈话有极大概率会被黄薇薇所忌惮的那个人知道。想通这一点之后，沈默也放弃了继续追问的想法。这一刻，他愿意相信黄薇薇对轩轩的母爱是真实的，所以他不能一意孤行。

“我会再来的。”

黄薇薇握着话筒，在沈默即将挂断的前一秒突然开口："小默，其实很多时候，太执着并不是一件好事。"

她的语气很温和，听起来倒真有些像个长辈了。沈默撩起眼帘看了她一眼，仿佛什么都没听到似的，起身把话筒挂上，转身离开。黄薇薇说的这话，从他来南都之后就听得不爱听了。

所有人都在劝他适可而止，劝他见好就收，劝他明哲保身……可如果所有人都这么做了，那这世上还会有光明存在吗？难道要所有人都在黑暗中摸索前行？

沈默到家的时候，轩轩已经写完了练习题，刚把手卷钢琴搬到桌子上铺好。沈默顺手拿起练习册看了两眼。字迹工整，过程清晰，不但做完了他给布置的那些，还自觉多做了两页。在此之前，轩轩也不过是个不那么喜欢学习，会闹腾会耍赖的熊孩子……

有了对比之后，轩轩现在的自觉和懂事，不可避免地让沈默心酸了起来。只有挫折和逆境才能让人在一夜之间长大，但大概没有谁会喜欢"长大"。

沈默叹了口气："我买了牛皮纸回来，把那本琴谱拿来吧，我给你重新包上。"

沈默小时候会拜托父亲帮他把每本书都包好封皮，但他喜欢的并不是封皮本身，而是在使用完一学期之后拆开，发现书还跟新的一样的那种惊喜。后来父亲不在了，沈默也失去了那种追求惊喜的心情。他想，他能给轩轩的很少，但不该连这点儿温柔都吝啬。

沈默坐在沙发上裁牛皮纸，轩轩对着琴谱弹练习曲。耳边是不算流畅的乐声，沈默拿起那本在书脊上印着十二个白点的琴谱，手指抚过时突然顿住。他死死盯着那十二个白点看了一会儿，突然起身从笔筒里抽了支铅笔，在白点上面画了五条并列的直线。

片刻后，乐谱脱手，摔在了地上。沈默指尖颤抖，几乎没办法弯曲。他学了很多年钢琴，音乐素养就算比不上大师，但看乐谱还是没问题的。

早在看到那张拍摄王高途家书柜的照片时，沈默就在想，这十二个白点到底是什么东西。现在，他终于确定了，这是一段旋律。

“轩轩。”沈默的声音发着颤，“琴能借我用一下吗？”

轩轩不明所以地让开。沈默坐在手卷钢琴前，开始不断地组合试弹。把白点看作音符的话，那他现在要做的就是尝试复原节奏和音高。他猜这些圆点的大小应该代表不同的八度，圆点与圆点之间的距离则是节奏。

就像是用不同的词语组合造句，如果只是没有目标的尝试，那一句话里的词语颠来倒去，可能就会是不同的意思。这十二个音符也一样，可以组合成无数相似又不同的旋律。但沈默是有明确目标的。早在给这十二个白点画上五线谱的时候，他就意识到，他找到了一直在找的东西。

二十年前，他们一家遭遇车祸，父母当场死亡，只有他被母亲护在身下逃过一劫。灾难发生时，他在血与泪的绝望中听到了一段旋律，一段很短很短意义不明的旋律。

沈默把这个认定成父母的死是谋杀而不是意外的重要证据，可这段旋律，除了他，没有任何人听到过，警方也没有在车祸现场发现任何发声装置。所有人都说这是他遭受惊吓后产生的幻听，沈默也曾有过自我怀疑。现在事实告诉他，他真的没有听错。他是对的。他的坚持，他的执着，他不顾阻拦地回到南都……这一切的一切，都是对的！都是有意义的！

一个小时后，沈默把最后确定的旋律反复弹了七八遍，神情恍惚，手心里全是黏腻的汗渍。悬在心头二十年的铡刀终于落地，同时又带来了新的疑问。黄薇薇手里为什么会有这段旋律？这段旋律代表了什么意思？他舅舅知不知道黄薇薇或许对他父母的死知情？

沈默本能地不敢再深想下去。一只小手突然抓了下沈默的袖子，沈默扭头，对上了轩轩满是担忧的小脸。小男孩儿迟疑地问道："表哥你没事儿吧？你一直在发抖，冻到了吗？"

沈默看出了小男孩儿的担心，抿了下毫无血色的唇，抬手抹了下脸："没有，只是突然知道了点儿事情。"

接下来的时间，沈默把这本琴谱里的所有曲目都试弹了几遍。这种行为没什么意义，假如把这本琴谱看作摩斯密码的代码表，不同的旋律代表着不同的意思或者指令，那沈默现在缺失的就是注解，只复刻旋律没有丁点儿用处。

这本琴谱里的乐曲本身也就是二流水平，距离顶尖编曲还有很大一段距离，唯一特殊的点是所有的曲子，沈默都没听到过。他要做的是把这本琴谱里的旋律默背下来，确保自己在任何情况下听到符合的旋律时能瞬间反应过来。

他敲打琴键的指尖倏地顿住，晦暗的眼眸渐渐有了亮光，就像是从幽暗的海底升起的一团光晕。既然有曲子，那就该有编曲的人。一个人的曲风和习惯总有固定不变的地方，从这里入手，或许就能找到新的线索。

"是同一个人编曲。"沈默小时候学钢琴是在培训班，当时还有另一个同班同学也报了那个少儿兴趣中心。跟沈默不一样的是，这位同学在钢琴这条路上坚持走了下去，现在已经是知名乐团的钢琴手了，世界巡演都不知道参与过多少次。简单来说，这就是一位音乐天才。而现在，这位音乐天才笃定地告诉沈默，这些编曲都出自一人之手。音乐天才还嘲讽道："很三流的水平，曲子里全是无病呻吟的味道，哦，还特别喜欢炫技，虚荣心很强啊。”

沈默实在不知如何开口，至少让他来判断，这编曲虽然不算顶尖，但也没到三流的地步。不过，沈默对于专业人士的部分评价还是信任的。一个虚荣心很强的作曲人，怎么会不对外发布自己的作品？就算这本曲谱上的旋律没有被发布过，应该也会发布其他的吧？

沈默精神一振：“你知道的作曲人里，有风格相似的吗？”

“你在开玩笑吗？我怎么可能认识这种人？”音乐天才表示眼高于顶，不屑于关注凡人。

“帮我找找？”

“你找这个干什么？拜师学艺？逆向努力？”

“对我手头上这个案子很重要。”沈默早就习惯了这个发小的嘴欠，“但你查的时候动静小一点儿，越少人知道越好。”顿了顿，还是诚实地解释道，“不安全。”

音乐天才扑哧笑了起来：“我还没答应帮忙呢，你就叮咛起来安全问题了？”

沈默垮着脸：“那你帮不帮？”

“帮，怎么不帮？”音乐天才开始谈条件，“沈警官拜托的事，我哪能不给你办？一换三，同意吗？”

意思就是他帮沈默一个忙，回头沈默得还三个回去，土匪式加价。沈默充耳不闻，权当电话那边是在放屁，不说答应也不说不答应：“那就尽快，我还有事，挂了。”沈默站起身，转了一圈才发现轩轩正缩在沙发背后啃饼干，“饿了？”

偷吃被抓了个正着的轩轩浑身一僵，局促地将嘴里的饼干飞快咽下去：“有一点儿。”

沈默微微皱眉：“怎么不叫我？”这样下去不行，他现在是轩轩的监护人，在这个孩子彻底独立之前，是要一直生活在一起的，这么拘束算什么事？

轩轩小心翼翼地瞥了他一下，又迅速垂下眼帘：“表哥，你不是在忙吗？”

沈默一巴掌盖在他的头顶：“再忙吃个饭的时间还是有的。”他顿了顿，在小男孩儿面前蹲下，“抱歉，以后不会这样了，是我没注意时间……”

剩下的话没能说完，因为从沈默道歉开始，轩轩的眼泪就下来了。小孩儿一把抓住沈默盖在他头顶的手掌，张开嘴就是一顿撕心裂肺地号叫，像是要把这段时间的惶恐不安全部哭出来一样。

“我以为……我以为表哥不喜欢我。”轩轩抽噎着，“从接我过来之后，表哥就不太理我，我以为……”

沈默僵在了原地。他曾经看到过一种说法，说人是情感动物。理智是约束，情感才是人的驱动核心。除了需要理智对待的事情，人的大部分行为都是出于情感，或者说出于情绪的。

沈默一直以为自己掩饰得很好，也自认尽力去照顾轩轩了，可小孩子远比他想象得更加敏感。他其实没有刻意去忽略轩轩，不理他的情况更是一次都没有过，但比起方树功出事之前，沈默对轩轩确实没那么亲近了。心存芥蒂，所以哪怕理智上告诉他不可以，行为上也还是受到了情绪的影响。沈默甚至都不知道他到底在介意什么……

不，他是知道的。他介意黄薇薇害死了方树功，哪怕黄薇薇没有在枪械案上坦白太多，目前的信息也足够沈默确认，他的舅舅是被那个女人给拖下水的，甚至连死，可能都是被逼的。但这不足以成为他对轩轩存有偏见的理由。这是他舅舅的儿子，他舅舅唯一的子嗣。他不能，也不应该把黄薇薇的过错迁怒到轩轩身上。沈默也不觉得，他是个是非不分到这种地步的人。

可他为什么还是让轩轩感觉到疏离了呢？沈默扪心自问，不断剖析着内心。最终得出的结论是他还是在意轩轩的血缘问题，还是忘不掉那天在审讯室里，黄薇薇怪异的反应。哪怕沈默已经拿到了两份亲子鉴定，对听力极其自信的他，也依然做不到完全放下疑心。

“抱歉。”沈默捂住脸，有那么一瞬间甚至想抽自己两耳光，“我……”他欲言又止，却又没办法跟孩子解释清楚这些弯弯绕绕，即使解释了，听起来也只是狡辩罢了。他呼出一口浊气，拿出手机开始点外卖：“想吃什么？今天……”

刚打开外卖APP，一个通话请求就弹了出来。沈默看见来电显示，眉心一跳，飞快接通：“贺生戈，结果出来了吗？”

“出来了。”贺生戈抱怨，“你给的那些东西里面压根儿不止一个人的DNA，麻烦死了！有两个在数据库里找不到，但DNA序列我给你单独拷贝出来了……”

沈默起先还算淡定，后面却越听越觉得不对：“没什么让你特别在意的人吗？”

是人都会有好奇心，更何况是帮他这种忙，就算贺生戈不去查，贺生戈的父亲也会稍微了解一下沈默这个人。要帮忙之前，首先得清楚对方是人是鬼吧。但凡对他有所了解，就肯定清楚他的社会关系，也就一定会知道他有一个舅舅！

如果那些血迹里真的检测出了方树功的DNA，贺生戈的态度会这么大大咧咧的吗？冷静，沈默。也有可能只是因为贺生戈心大，压根儿没去在意他的关系网。

“没有啊。”贺生戈的语气听起来非常茫然，“反正查到的几个都不是什么好人，身上多多少少都有点儿案底。”

沈默深吸口气，索性把话直接问明白：“我舅舅方树功……有检测到他的DNA吗？”

旁边的轩轩听到爸爸的名字，抬头看了过来。

“……啊？”贺生戈愕然一瞬，在电话那头又飞快地翻了一遍资料，像是在紧急确认，“没有啊，吓死我了，我就说我不至于连这个都没注意……”

沈默的面部线条彻底绷紧，声音微微颤抖：“确定吗？”

“确定啊，这还能有不确定的吗？你给的那东西麻烦得很，全程不知道检测了多少次，铁定出不了错。”

沈默只觉得浑身力气都泄了出去。

第 19 章　走狗烹

“毕竟是大案子，昨天加急检测的。”

“是你舅舅的血。”

“在他的手腕内侧，发现了完全吻合的旧伤痕。”

……

为了最后一丝希望，沈默在荆棘丛里翻来覆去找了一整晚，结果换来了最大的噩耗。沈默没有忘记那天在局里，丁世忠告诉他 DNA 检测结果时的绝望。结果真是可笑啊！

挂断电话，不知道站了多久的沈默终于讽刺地笑出了声。

轩轩缩在沙发上看着沈默，半天没敢说话。他觉得他表哥现在好像很愤怒，也很难过，从表哥身上散发出来的压抑气氛，让他根本没法儿开口询问。

“咕噜……”肠胃发出饥饿的呐喊，轩轩连忙捂住肚子，怯怯地抬头去看沈默的表情。

沈默终于回神，连忙点开手机：“今天喝粥吧，你饿太久了，吃别的东西不合适。”三两下点好外卖，沈默在轩轩旁边坐下，揉着他的头发笑道，“抱歉啊，刚刚是不是又吓到你了？”

轩轩连忙摇头：“没有，我就是感觉表哥……你好像很难过……”

沈默没办法不难过啊。其他的事情姑且不谈，光是丁世忠那天跟他说的话，就已经暴露了太多问题。首先，那个在他舅舅身上检查出对应伤痕的法医肯定有问题。其次，参与 DNA 检测的人也有问题，甚至每一个经手的人都有可能存在问题！最后，丁世忠真的什么都不知道吗？真的是完全被蒙在鼓里吗？前有邱季销毁证据，让他觉得痕检科不可信，现在又来这一出。

整个南都市公安局内，真的还有可信的人吗?！他每次把证据提交上去，究竟是在揭发罪恶，还是在给罪恶创造更好的脱身时机？只要想到这个可能，沈默就没办法不感到痛苦难过。谁能发现自己活在假象里时，还能保持平静呢？至少沈默不能。

他一个一个回想着局里的同事，一幕一幕地回忆着相处的点滴细节，倏地想起了一件事。不久前，局里的同事一起去徐建军家里探望，在离开前，那位老局长曾问过他一个莫名其妙的问题。当时徐建军说："我听说你在声音方面很有研究，那你见过有人能把声音当摩斯密码使的吗?"

沈默看向了放在桌子上的那本琴谱，突然大笑出声，笑着笑着就红了眼圈："原来有这么多人知道啊……原来你们都知道！知道却无动于衷是吗?!"

轩轩被他忽然爆发的情绪吓得一哆嗦："表哥?"

客厅里瞬间安静下来。沈默攥紧双手，努力平复情绪。半晌，他抬起头，露出干涩的双眼："……我没事儿。"

同一时间，贵和园小区。

一个男人从方树功家出来。他举止自然，神情坦荡，只从他的脸上看不出任何非法入室时该有的表情，前提是……不看拐角处特意被打碎的监控摄像头的话。

一路绕开小区内部的监控位，男人坐进了停在路边的商务车。落座后的第一件事，就是从双手的指腹上撕下一层胶制薄膜。这种薄膜是纯透明的，如果不是特意撕下来，恐怕也不会有人发现他在指腹上贴了东西。这种薄膜是为了防止留下指纹，能和手套起到同样的效果，却比手套更不引人注意，也更好处理。

一直等在车上的司机从后视镜里看着男人的举动，见他处理完才问道："卢哥，已经到吃饭的点儿了，我送你去常去的餐厅?"

司机口中的卢哥是万华集团保安部经理卢志盛，他摇头道："不，直接送我去见老板。"

半个小时后，商务车驶入环境清幽的别墅区。卢志盛从车上下来："你回吧，不用等我了。"

"好的。"

"对了。"卢志盛叮嘱道，"别跟任何人提起我今天的行程。"

司机笑了下："放心，规矩我都懂的。"

卢志盛等他开车离开后才进了别墅，也没进屋，而是熟门熟路地绕到了别墅后面的玻璃花房："老板。"

被他称为老板的林永华正在给花房里的花浇水，温和儒雅的长相搭配着惊人的亲和力，只是看着就能给人一种如沐春风的感觉。他随手一指身后的藤椅："坐，有事等我浇完花再说。"

卢志盛张了张嘴，脸上闪过一丝焦虑，在看见林永华从容的态度后强行按捺了下去。

林永华不紧不慢地浇完花，随手从旁边拿了个帕子，边擦手边在卢志盛对面坐下："出什么事了？这么沉不住气可不像你。"

卢志盛的脸色红了又青："东西没找到。"

林永华挑了下眉毛："是没找到还是不见了？"

"……应该是被人抢先一步拿走了。"卢志盛解释道，"黄薇薇家里属于孩子的东西都被搬走了，我怀疑密码本也被拿走了。"

"孩子的东西被搬走了……那就应该是落沈默手里了。"林永华笑了一声，"又是沈默。"他跷着二郎腿，右手搭放在膝盖上，"志盛，你说那孩子发现密码本的问题了没有？"在他眼里，沈默大概也就是个乳臭未干的孩子。

卢志盛蹙眉："不管他有没有发现，密码本都不能留在他手里。况且，黄薇薇那边的情况也不对劲……"

"确实不对劲，如果只是针对三年前那次凶杀案，黄薇薇现在应该已经开始走流程，只等判决了。但她……”林永华眸光幽暗，“现在只是被关在看守所里，这就说明警方还有别的案子要查。”他思忖片刻，“去查查丁世忠。”

卢志盛愕然道：“您的意思是，丁世忠有问题？”

“他一直都有问题，老警察嘛，总有些放不下的坚持。”林永华笑了一下，“黄薇薇的案子，如果不是丁世忠的默许，她现在判决书都该下来了。既然没有，那就说明丁世忠没按我的意思去办。”

卢志盛神色不安：“如果他真的……那我们该怎么办？”

“能怎么办？合作这么多年了，他豁出去想捅我们一刀确实可以，但要在他捅我们之前先解决他也不难。”林永华敲了敲膝盖，“先去查吧，确定是他有问题的话，那就……去跟他家人好好聊聊。”

卢志盛立刻起身：“我这就去办。”

“对了，还有件事。”林永华的脸掩藏在阴影之中，“把 FH 俱乐部收购了，送给永万当个消遣。志盛，你明白我的意思吧？”

卢志盛垂在身侧的手狠狠颤抖了一下：“……我明白。”

卢志盛出了别墅区，随手从路边招了一辆出租车去南都陵园。

同一时间，沈默在南都陵园门口下了车。

沈默是来给方树功买墓地的。方树功的遗体至今还在局里，但他必须得提前准备起来。

“您看看这里，位置很好，价格也适中……”中介滔滔不绝地说着好处。如果不是沈默信奉科学，八成得觉得这是什么风水宝地，埋进去就能旺儿旺女。

沈默来的时候心情很差，听中介吹了一阵之后，心情莫名其妙就变得微妙起来，这卖活人房子和死人房子的中介，好像压根儿没什么区别。沈默左耳进右耳出地听着中介吹墓地，视线百无聊赖地在周围巡视。

“现在人都讲究个……先生?!”一直安静听着的沈默突然转身走开，把正在沉浸式演讲的中介吓了一跳。

沈默三两步走到旁边的一座墓碑前，眼神发冷地看着大理石石碑上的刻字：“这块墓地是什么时候卖出去的?”他看着刻在上面的死者名讳和出生时间，以及故意模糊掉的死亡时间，冷冷地扯了下嘴角。

没想到南都陵园里竟然有刘东的墓！明明骨灰都没被拿走，这里竟然有墓？衣冠冢？看样子，倒是他低估了刘东与家人之间的亲情了。

中介尴尬地左右看看，小声道：“沈先生，已经有主儿的墓地是不能二次出售的。”

沈默抬手捏了下鼻梁：“我只是想知道这块墓地是什么时候卖出去的。”

中介干笑两声，报了个日期，随口八卦道：“这块墓地卖出去之后也没见人办葬礼，直接就下葬封墓了，我们当时还觉得挺奇怪的，所以私底下聊过几句。”他朝着墓碑下方的生卒年努了努嘴，“连死亡时间都没刻，立碑人也没留名，总觉得怪怪的。”

沈默在心中冷笑：“经常有人过来看他吗?”

刘东的墓前是放了鲜花的，还有焚烧过纸钱的痕迹，从鲜花的发蔫程度来看，大概四五天前才有人来过。

中介赔着笑：“……这种事不好说的。”

“你们都能私底下议论了，还怕这个?”

中介当即一噎。

沈默撩起眼皮看了他一眼，干脆掏出证件：“警察，配合一下。”

中介的冷汗当场就下来了，连忙道：“您问您问，只要是知道的，我一定不瞒着。”

“那就把你们私底下对这块墓地有关的议论都说一遍。”

这中介跟南都陵园是合作关系，但因为家里有亲戚在陵园工作，没事儿就爱聚一起喝上两杯，所以对陵园的情况了解得远比其他中介要多得多。

按照这中介的说法，刘东下葬之后，只有两个人经常来，分别是一男一女，从来不结伴，每次来的时间都是错开的。沈默猜测，女性可能是刘东的那个妹妹，至于男性，倒是没什么头绪。

“哦对，墓地是那男的给买的。”中介又补充道，“具体名字我忘记了，只记得姓卢，您要是想知道，我回头去查查记录。”

沈默若有所思。姓卢，说明大概率不是刘东的直系亲属。沈默问道：“他们来的时间有规律吗?”

“这倒没有。”中介说完又有些不确定地打了个补丁，“至少我知道的情况里没什么规律。”

没有规律，两个人却一直错开出现。比起每次都意外错过，沈默更倾向于两人是在刻意避开对方，或者是，提前商量好了来的时间?

“哦对了，那个女的一般要来就是中午，男的……时间会更随意一点儿。”中介解释道，“不过我们这里每天的关门时间是下午六点。”

沈默看了下时间，已经快下午四点了。既然这样，不如干脆留在这里等等，碰碰运气。

中介看他不说话，小心询问：“警官，我知道的就这些了，您看……”

“你回去查一下这块墓地的购买记录，查到购买人的信息之后联系我。”沈默和这个中介之前就交换了联系方式。

“行，没问题。”中介松了口气，又问道，“那这墓地您还买吗？”

“买。”沈默点头，“我明天会再过来一趟，先把手续办了，其他的……你去忙吧，我在这里逛一会儿。”顿了顿，沈默又叮嘱道，“不要跟任何人提起我找你问过话。”

自从接连出事之后，沈默就谨慎了许多，恨不得每次都叮嘱一遍。中介虽然不知道陵园有什么好逛的，但大多数普通市民对警察存在敬畏心，所以他也没多问，匆匆告别之后就小跑着离开了。

陵园里没什么人，偶尔有人来祭拜，也是沉默地来又沉默地去。沈默站在角落里抬眼望去，全是一座座墓碑，莫名让人觉得压抑。临近下午五点的时候，陵园里已经彻底没人了，沈默索性在台阶上坐下，一边整理思绪一边等着。

下午五点十五分，沉重而又缓慢的脚步声逐渐走近，沈默循声望去。

卢志盛的个子很高，隔着衣服也能看出鼓鼓囊囊的肌肉，头发是利落的板寸，左边眉尾有一道三厘米左右的伤疤。一脸凶相，而且还是个练家子。

沈默微微拧起眉头。这人有点儿眼熟，可一时半会儿又想不起来到底在哪里见过。靠声音认人的半脸盲的沈默陷入苦思。

大概是心不在焉的缘故，卢志盛一直走到刘东的墓前，才注意到坐在边角上的沈默，霎时瞳孔一缩，心跳也停滞了一瞬，然后又飞快恢复平静。

沈默很擅长分析这种“应激反应”，黝黑的眼眸微微眯起：“你认识我。”不是疑问，而是笃定。

卢志盛淡淡道：“不认识，只是之前没注意到这里有人，被吓了一跳。”

其实他和沈默打过一次照面，是在旅游盛典上。之后又看过沈默的资料，所以对这个一直给他们添乱的小警察印象深刻。

沈默眼珠子一转，也没咬死不放，转而问道："刘东是你朋友吗？这块墓地是你买的？你姓卢？"

三个问题，只要卢志盛承认一个，就会引来沈默的特别关注，按下去的旧案说不定也会被重新翻开。

卢志盛烦不胜烦，他至今不理解林永华为什么会忌惮这个初出茅庐的小警察。按理说，卢志盛是应该直接不搭理沈默的。但他沉默了几秒之后，开口给出的答案却是："对。"

沈默还挺意外的。虽然曹建设案已经是过去式，但在沈默看来，这案子简直是结得不明不白，刘东更是一个彻头彻尾的替罪羊。在他面前表明和刘东相交匪浅，无论这位卢先生是什么立场，都一定会引来他的关注。

这人还是承认了，虽然不承认也没什么用。毕竟这些信息只要有心去查，总能查到。但沈默直觉这是一个对方愿意配合调查的信号。虽然眼下重要的不是追究旧案，但沈默也做不到眼睁睁把线索放跑。

"能说说你和刘东的关系吗？"

卢志盛冷着脸："你刚才不是已经说过了吗？朋友。"

他其实已经有些后悔了，还是太冲动了。今天林永华下达的命令对他的冲击有些大，导致卢志盛心绪不稳，见到警察的时候，产生的第一个念头竟然是给自己留一条后路。他跟了林永华很多年，很清楚背叛那位老板的后果，可即使是不背叛，又能有什么好下场？刘东的死，还不足以让他警醒吗？

卢志盛早些年只是个一事无成的混混儿，在他走投无路的时候，是刘东把他带到林永华面前，虽然最后是他爬得更高，但实际上，刘东才是他的领路人，对他有知遇之恩。两人这些年一直相处得很融洽，不是亲兄弟却胜似亲兄弟。几年前，刘东被安排去跟着林永万，逐渐从核心团体剥离出去。

卢志盛觉得这样也挺好，跟着整天招猫逗狗的林永万，出了事也不会是什么大事，总比一直刀口舔血要强。可惜好景不长，林永万嚣张跋扈，一时冲动杀了宋明珠，事情像滚雪球一样恶化了下去。为了防止警方顺藤摸瓜，扯出更多的事情，刘东被推出去当了替罪羊。

而今天，更让卢志盛不安的情况出现了。林永华让他去查丁世忠，这没什么问题，他们和警察从来都不是一路人，尤其是丁世忠那个伪君子。就算真被推出去顶了俱乐部私藏枪支的事，那也是丁世忠活该。

让卢志盛始终悬着一颗心的是另一件事。林永华让他收购 FH 俱乐部，并记在林永万名下。FH 俱乐部现在就是个大雷！谁碰都会被警方死死盯住。记在林永万名下意味着什么？

意味着，或许警方会认为林永万收购俱乐部是为了清理罪证。意味着，一旦警方把枪械走私案和万华集团联系在一起，收购了 FH 俱乐部的林永万就是最大的嫌疑人！

卢志盛不会觉得林永华是真打算给弟弟买个玩乐场所。他考虑得更多，也因此更加恐惧。如果连弟弟都能当成替罪羊，他这个下属又算得了什么？他有老婆有孩子，他有家！他不是孤身一人！刘东当时为了保住妹妹，选择顶罪去死。那他呢？轮到他的时候，他能逃得了？

因为这些深藏起来的恐惧，在沈默开口询问时，卢志盛下意识地给自己留下了余地。这还真不能怪卢志盛不够忠诚。哪怕是条狗，天天看见同住一个狗窝的同类被拖出去炖了，在它感觉项圈被扯住的时候都会挣扎吧？

狗尚且如此，何况是人？蝼蚁尚且偷生，更何况是人？但要真的下定决心也没那么容易，跟着林永华的时间越长，卢志盛对他的敬畏就越深。一个能把整个南都市都玩弄于股掌之间的人，真是那么好背叛的吗？

先等等吧，卢志盛说服了自己，按捺住了不安："没什么事的话能让一让吗？我是来探望朋友的，不是来跟陌生人闲聊的。"

"是吗？"沈默面无表情地说出了极其欠打的话，"墓里什么都没有吧？这也算探望？那你不如直接在家给他烧三炷香。"

卢志盛青筋暴起。

"这就生气了吗？那刘东知道他连骨灰都没人去认领的时候，大概也挺生气的。"沈默盯着卢志盛，"为什么不去认领？都是能给他买墓地的交情了，不至于连认领骨灰都不愿意吧？现在的墓地可不便宜。"

"你以为……"以为他不想吗？还不是为了防止警方不依不饶？！后面的话卢志盛没能说出口，他是真的对刘东心存感激，也是真的在乎这个兄弟，所以才会被沈默激怒，一时情绪失控。

但也就一时了。刘东死了，他还活着，刘东的妹妹也活着，总不能为了一个已经死了的人再把活人也搭进去。

"如果你真的坦荡，那就不会忌讳去认领骨灰，所以不认领本身就足够说明问题了。"沈默的脑子是真的好使，"你是刘东的小弟？不，看起来不像，那你们是……"他犹豫了一下，选择了一个准确的形容，"一丘之貉的同僚？"

卢志盛恶狠狠地看向沈默，暴怒彻底压下了他的不安，在沈默面前露出了本质上的凶狠："小子，你是活腻了？"

"看来是了。"沈默不为所动，自顾自地推测下去，"刘东的老板是林永万，你呢？你也是吗？"

"找死！"卢志盛直接掐住了沈默的领口，两人在密集的墓碑群之间过了几招。

时间接近下午六点，南都陵园快要关门，安保人员进来清场，免得有人没注意时间被关在陵园里。已经打出真火的卢志盛和沈默被迫停手。

卢志盛头也不回地走了。沈默想了想，打车去了市医院。

贺生戈帮他做 DNA 检测，还有他怀疑丁世忠不对劲的事，沈默都是瞒着夏东风的。毕竟是个伤患，知道了又怎么样？还能拖着废胳膊废腿跑去查案？当然，沈默觉得如果夏东风知道了，最大的可能性是劝他当作什么都没发现。

“你这又是上哪儿跟人打架去了？”夏东风看着沈默背后的鞋印，无语三秒，“还打得挺凶。”

沈默注意到他的视线落点，反手摸了一把。他进门之前已经整理过衣服了，但后背这脚印是真没注意到：“没事儿。”

夏东风斜眼看他：“哎，孩子长大了，都有事瞒着师父了。”

沈默纠结了一会儿，想着卢志盛这事，也没什么不能说的，这人就算是不清白，那也是跟曹建设案有关，影响不到他现在的案子。

“去陵园给我舅舅挑墓地，遇到个人……”沈默大概讲了发现刘东的墓地，又遇到卢志盛的事。

夏东风若有所思：“你是说，那个人一开始对你的态度还可以？你问的事，他也没否认？”

“嗯。”沈默啧了一声，“我还以为他能提供什么线索呢，结果下手比谁都狠。”

沈默早在刘东的尸体被送去火葬场那天，就想蹲守一下对方的亲戚朋友了。刘东是给人顶罪死的，他的亲戚朋友要是真在乎他，说不定会愿意跟警方合作。沈默当时为了这个在火葬场外面蹲了一天，结果连个认领骨灰的人都没有。今天撞上了卢志盛，他这个念头就又起来了。然后跟人打了一架，还没能打过。

早上九点，夏东风给档案室的老宋打了个电话："帮我查查万华集团保安部经理卢志盛的资料。"夏东风在听到沈默说他遇到的那个男人姓卢的时候，他就猜到了对方的身份。和沈默只在爆炸发生前后赶去旅游盛典会场不同，夏东风当时在那里"兼职"了好几天的保安，和万华集团的人都混了个脸熟。

卢志盛是万华集团的保安部经理，两人当时还打过几次交道。只是夏东风在此之前还真没把卢志盛和刘东联系起来，因为这两人之间是存在差距的。卢志盛一直跟着林永华，有正经职务，大小也算万华集团里的一个领导，但刘东呢？只是个跟着林永万的混混儿头子，顶天了也就是个陪太子读书的身份。

夏东风之前也确实没想过这两人会有关联："重点查一查他和刘东的关系。"

老宋在电话那头沉默了一下："东风，你这是要……"

"不干什么。"夏东风有些烦躁，"就是有点儿好奇。"

老宋嘀嘀咕咕："你最好真的只是好奇。"

但他还是给夏东风查了。这不算什么隐秘，只要不是想硬挖细节，只查关系确实不难。下午的时候，老宋就主动联系了夏东风。

"认识，老朋友了。"老宋把查到的东西给夏东风念了一遍，"资料我拍下来发你一份？"

"行。"挂了电话，夏东风靠回了床头。

知遇之恩，亲如兄弟。夏东风屈指敲打着膝盖，关系这么好的兄弟死了，卢志盛会没有一点儿怨言？如果真的没怨言，那他就不会偷偷给刘东买墓地，一开始对沈默就不会是那个态度。

因为有过接触，所以夏东风对卢志盛的本性还是有点儿了解的。自大、傲慢，哪怕面对警察，也会不自觉摆出高人一等的姿态。这是在筹备旅游盛典期间，夏东风和卢志盛接触后得出的结论。

这样一个人，在见到沈默后为什么会摆出那样的姿态？夏东风得出的结论是他在动摇。既然动摇了，那就有可能会成为突破口。

夏东风的食指指尖敲了敲手机屏幕，被他点击放大的那行字是卢志盛的联系方式。

"人呢？"卢志盛听完手底下人的汇报，神色莫名。

"在机场被我们拦下了，已经送去狩猎场那边了。"

卢志盛站起身："我去见见。"

狩猎场的范围看起来很大，但实际上被游客使用的面积只有三分之二左右，剩下的三分之一都是"未完全开发状态"，禁止游客进入。

卢志盛上山的时候正巧遇到了扛着猎枪的林永万。他侧身让到一边："小老板。"

林永万嘴里叼着烟，居高临下地扫了他一眼："志盛哥啊，怎么叫得这么客气？以前不都是直接叫永万的吗？"

卢志盛干笑了两声，没答话。

林永万的脸瞬间就拉了下来："我现在从你这儿是一句话都问不出来了？"

自从刘东死了之后，卢志盛对他的态度就差了很多，这种态度不是指不客气，而是太客气了。其实不只是卢志盛，事实上，自从出了曹建设那家子的破事之后，连他哥都不再跟他聊正事了，感觉就像是把他给隔离出去了似的。

林永万烦躁地撇了下嘴："你来猎场干什么？"

卢志盛营业式微笑："今天休息，我来逛逛。"

林永万一个字都不信。他眯了眯眼睛："你真是一句实话都不愿意跟我说了啊？我哥的意思？”

卢志盛笑容不变：“没有的事。”

林永万脸色铁青，但他也不能真拿卢志盛怎么样，只能眼睁睁地看着对方进了山。看着卢志盛渐行渐远的背影，林永万犹豫了一下，扭头往地上啐了一口，把猎枪随手一扔，蹑手蹑脚地跟了上去。

卢志盛这些年给林永华办事，反侦查能力一绝，在被尾随之后很快就察觉到了不对。他略一犹豫，掏出手机不动声色地给林永华发了条信息：我来猎场处理丁世忠的事，遇到了小老板。

回复来得很快：他缠上你了？

卢志盛立刻回复消息：他想知道我来猎场干什么，不相信我找的借口，现在正在跟踪我。

这次的回复间隔时间有点儿久，却简短无比：让他跟。

卢志盛的心重重地砸了下去，连胃里都在此刻变得沉甸甸的。在曹建设案结束后，林永华曾叮嘱过他，不要再向林永万透露任何重要消息。这是对林永万的不信任，但从另一个角度来看，又何尝不是一种保护？

现在突然改变主意，是准备真的让林永万接触核心“生意”，还是……结合收购 FH 实弹射击俱乐部的命令，卢志盛觉得第一种可能几近于无，那就只剩下那个猜测了。

林永万可是林永华的亲弟弟！卢志盛攥紧了拳头，把手机揣了回去，眼尾的余光掠过后方草丛。他脚步停顿片刻，终究还是按照林永华的吩咐，当作什么都没发现，朝着目的地走去。

因为刻意避开了狩猎区，卢志盛一路上都没遇到什么人，进了“未开发区域”后，更是一点儿生命的气息都见不到，只能听见树叶摩挲的声音和偶尔传来的鸟鸣。

大概走了一个小时，卢志盛在一个矿洞上方停下。他拨出一通电话，片刻后，一个矿车从矿洞里被吊了上来。矿车上全是泥灰，卢志盛也不嫌脏，翻身就坐进了车斗里。矿车缓缓下落，带着卢志盛一起坠入黑暗。

他要去见一个人。

陈娇真的很后悔为什么没听丁世忠的话，拿到钱之后就马上出国。要不是她耽搁了这么几天，也不会在机场被人堵个正着。她当时答应丁世忠去做伪证，一是为了钱，二也确实是想还徐飞莎一个公道。

陈娇也想过一旦出事，后果或许不是她能承担得起的。但人都有侥幸心理。在拿到钱之后，陈娇并没有按照约定急着走，而是慢悠悠地处理好画廊的生意，又卖了幅画之后才去办理出国手续。那个时候的她是真的没想到，只耽搁这么几天，就是生与死的距离。

黢黑的矿洞里，身下是黏稠的泥浆，双手被反绑在身后，浑身都是挣扎着尝试逃脱时留下的伤，手机被收走，钱包证件也一样不剩……周围很安静，偶尔能听见有人在低声交谈。踩在泥浆里的脚步声十分明显，这些人每走一步，陈娇就感觉自己又往深渊里落了一寸。眼泪大颗大颗地砸在地上，混入泥浆里，不留一丝痕迹。

她当时就该走的。她为什么没有走！后悔像蚂蚁一样啃噬着陈娇的心脏，让她连呼吸都觉得疼痛。静谧的空间里突然传来滑轮转动的声响，陈娇霎时绷紧了神经。刚刚她听见了那些抓她过来的人打的电话，说是有个叫“卢哥”的人会来亲自问话。这个滑轮带下来的人，就是那个“卢哥”吗？

她会不会死？她不要死啊！她还年轻，她的人生还未过半，她不要死！恐惧压倒了一切，陈娇在矿车落地的瞬间哭喊着开口：“求求你们不要杀我，我有钱，我的钱都给你们！”陈娇在泥浆里翻滚挣扎，膝行着想要靠近卢志盛，却被身后绑着她的铁链阻拦，“我可以把我知道的都告诉你们，只要你们愿意放过我，求你们了，放过我吧，求求你们！”

卢志盛手里提着底下人递过来的工矿灯，打开后，LED 灯稍微有点儿刺眼。他侧过头避了避，虚着眼睛看向在泥水里扑腾的陈娇。

听见她毫不犹豫地出卖了丁世忠，卢志盛嘲讽地弯了下嘴角：“丁世忠怎么会找来你这种蠢东西？难怪他成不了事。”

陈娇只觉得浑身发冷。

“这事其实也挺危险的，以丁世忠的性格，应该给了你不少钱吧？”卢志盛随手把工矿灯放在角落，走到陈娇面前蹲下，“收钱办事，怎么就跟你没关系了？”

陈娇抠着地面：“我和徐飞莎本来就是朋友，她出事的时候，警方也找我问过话……”

“所以，你是想表达，你给丁世忠办事，不是冲着他开出来的价码，而是为了惩罚杀害你朋友的真凶？”卢志盛笑了下，饶有兴致地问道，“那如果丁世忠不给钱，你还会去做伪证吗？会吗？”他还真挺好奇的。他也不想刘东不明不白的死，但这个想法和他自身的利益存在冲突，所以只能当从来没这么想过。

陈娇咬了下唇，结果不小心把沾在嘴上的泥浆舔了进去，她连吐都顾不上往外吐：“我不会！都是丁局长让我那么做的！杀莎莎的凶手是你们的人吧？你们抓我除了要针对丁局长，还想报复我害你们的人被抓了？那你们去找丁局长啊，不关我的事！我只是……”

卢志盛甩了她一耳光，满脸嫌恶。陈娇被打得发蒙，表情都有些恍惚了。

卢志盛站起身，底下的人适时搬来椅子：“接下来，我问你答，敢多说一句废话，我就掰断你一根手指头。”他笑了下，笑得凶神恶煞，“别耽误我时间，可千万别等十根手指掰没了还没说完。”

“不要，你问什么我都会说的，不要掰断我的手指，我是画画的，啊啊啊……”

卢志盛收回手，再次提醒：“别说废话。”

陈娇捂着疼到钻心的右手食指，连惨叫都不敢发出了，只能死死咬着下唇点头。

“丁世忠有没有告诉过你，让你做伪证的目的是什么？”

“他说……找到了杀徐飞莎的凶手，但是证据不足，需要我帮忙做个人证。”

卢志盛哼笑一声。

陈娇一哆嗦：“我说的都是真话！”

“闭嘴！”就是知道陈娇说的是真话，他才觉得可笑。早在陈娇这个“人证”出现之前，丁世忠就应该已经向黄薇薇传达过林永华的意思了。说白了，那个时候不管警方拿出什么证据，人证也行，物证也行，真的也行，假的也行，只要有证据出现，黄薇薇就会认罪，因为她已经被放弃了。

“把丁世忠教你说的证词完整地复述一遍。”

陈娇忍着疼，结结巴巴地把丁世忠当时交代的话重复了一遍。

卢志盛又是一声冷笑：“不小心撞到黄薇薇，从她包里撞出了枪？”

问题就出在这里了。黄薇薇已经被放弃了，注定是个死刑。按照林永华的计划，只要黄薇薇死了，FH 俱乐部的事，就能彻底栽赃到黄薇薇和方树功这夫妻俩头上。

倒不是说这样就能证据确凿，而是作为给上面的“交代”，黄薇薇和方树功两条命已经足够了。足够警方拿去交差，足够让这个案子无论什么时候被翻出来都可以糊弄过去了。

可偏偏，陈娇的证词牵扯出了枪械。这么一来，方树功是枪械走私案主谋的结论就不成立了。警方只能，也必须继续深入地查下去。

“原来他是这么打算的。”卢志盛喃喃道，“这个计划没有黄薇薇的配合可成不了，也就是说，这对狗男女都背叛了啊。”

陈娇听不懂他在说什么，也不敢多问，只恨不得把自己缩进卢志盛看不到的阴影里。

“别怕，虽然你很蠢，但是目前还有点儿用，死不了。”

第20章　枪声

“也不算太意外。”听完卢志盛的报告，慢悠悠地品着茶的林永华如此评价道，“黄薇薇自从有了孩子之后，其实就没那么听话了。”林永华笑了一下，“估计一心想着咱们这儿就是条贼船，阻挡了她平稳安宁的生活。”

卢志盛垂着头，没应声。

“也不想想……”刚刚还笑着的林永华重重地把茶杯掷在花梨木茶盘上，滚动的杯子把茶盘上的其他茶杯和小茶宠撞得东倒西歪，“要不是我救了她，她现在搞不好连个人样都没有，还想过好日子？她也配？”他甩了下沾在手上的茶水，仰头靠回太师椅上，“所以这有了牵挂的人，就是麻烦，不管是男是女，用起来都没那么顺手了。”

卢志盛的心陡然收紧。他也是有妻有子的人，林永华这话到底是单纯地针对黄薇薇有感而发，还是在故意敲打他？卢志盛分辨不出来，他只能把所有的猜测和不安都强压在心底，努力摆出最忠诚老实的模样。

“把陈娇落在我们手上的消息告诉丁世忠。对了，他老婆那边也注意点儿。”林永华闭着眼，“丁世忠敢这么做，肯定是存了鱼死网破的心，他既然能安排那个女人出国，肯定也不会忘了安置他老婆，盯着点儿，别让人跑了。”

“是。”卢志盛犹豫了一下，还是问道，“要不我们还是直接把他的家人都抓来？”

林永华拨转着拇指上的玉扳指，思忖许久：“也行，按你说的办吧。我这阵子也确实被闹得有点儿烦了，该给他们一点儿教训了。”

并不是所有身处染缸里的人都是甘心堕落的，有些真的是一丘之貉，有些却是不得不同流合污。这些不得不这么做的人，例如丁世忠之流，大概从来没有真的甘心过。如果一直身处黑暗还好，可要是黑暗中有了一束光，这些蛰伏起来的飞蛾，就很容易会不顾一切地扑向光源。信念这个东西，有时候是真的能抵过所有恐惧的。

沈默大概就是南都市这些不甘堕落的人眼里的那束光，年轻、无畏、执着、干净，还有着南都之外的社会关系，这些社会关系可以从上下沆瀣一气、内部封闭的南都市打开一道口子。

最后这一点，恐怕那个叫沈默的小警察自己都没有清晰的认知，但林永华却很清楚，沈默的那个老师在警界的影响力有多大。

中国人讲究尊师重道，韩文慧教授本人对学生更是倾囊相授。如果沈默只是韩文慧无数学生里普普通通的一个，也就算了，可沈默不是。据林永华查到的消息，沈默极有可能是韩文慧多年前突然开始深入研究声纹的原因，有可能是因为那个小警察极其特殊的听力，也有可能是其他原因。

更详细的信息林永华没能查到，但他只需要知道，韩文慧对沈默视如己出就够了。如果那个小警察真的在南都出了事，那位老教授一定会舍下老脸，把这件事彻查到底，这一点从韩文慧在沈默还没毕业，就动用关系把人直接塞进南都市公安局就能看出来。

林永华倒不至于怕了。他只是觉得，南都市现在这样就很好，没必要，也犯不着给自己找麻烦。所以，他才一直没打过沈默的主意。但沈默的出现和他在曹建设案上的退让，似乎让南都市这潭死水有了活气，让不安于待在染缸里的人开始挣扎了。

“确实是到了该杀鸡儆猴的时候了。”林永华笑了笑，“志盛，送点儿证据给那个叫沈默的小警察吧。”

卢志盛不解：“什么?”

“丁世忠这种藏在警方内部的祸害，当然该交给警察去解决啊。”林永华意有所指，“黄薇薇那边的生意能进行得那么顺利，本来就是丁世忠庇护的结果，不是吗？你只需要想办法让沈默查到他头上就可以了。记得做隐蔽点儿，得让那位执着于真相的沈警官觉得，一切都是他亲自调查出来的。”

卢志盛呼吸一紧，他听懂林永华的意思了。现在的情况是 FH 俱乐部的枪械走私案在丁世忠的操作下，不可能再不了了之，所以林永华决定干脆就让丁世忠来背这个锅。不仅要丁世忠来背锅，还要让沈默以警察的身份来查出“真相”。杀人诛心，不过如此。

“……那还需要抓丁世忠的家人吗?”

林永华失笑道：“抓啊，当然要抓，不然怎么能保证丁世忠被沈警官指认的时候老实认罪?”

卢志盛只觉得不寒而栗。

而这个时候，在他们的计划里，即将被当成枪使的沈默正在给韩文慧打电话。拨打这通电话之前沈默一直很犹豫，因为荆棘刺上发现的 DNA 的造假问题让他怀疑上了丁世忠。不，不能说是怀疑丁世忠，而是怀疑所有在检测过程中接触过物证的人。在这些人里，嫌疑最大的就是丁世忠。因为进行鉴定，第一时间出结果，都是在丁世忠的安排下完成的。

没有疑虑的时候，沈默看丁世忠没觉得有任何问题，但心存疑虑之后再去回想，之前被他忽略的种种异常也都浮现了出来。在 FH 俱乐部这个案件的审理过程中，沈默其实不止一次地听到过丁世忠的心跳异常反应。当时的他因为信任，所以略过了。直到现在，沈默都不确定是不是自己疑人偷斧。所以，他想问问老师。

韩文慧教授和丁世忠是朋友，当初他进南都市公安局就是韩教授帮忙联系的丁世忠。韩文慧听到了沈默这样一段描述：“我发了一篇论文给老师，拜托老师帮我查一下论文的作者是谁，同时，我也把这篇论文发给了另一位老师，但是两位老师给我的答案并不一致，而我确定另一位老师给出的答案才是正确的，那么老师这边为什么会是错误答案？是故意的？还是无心的？还是调查的过程中被其他人插手了？”

韩文慧当然知道沈默不是想问论文的问题，这么打码也是出于案件保密的需要，可这么没头没尾，没有前因，更没有后果的打码描述，她能给出什么意见？听都听不懂啊！

年迈的老教授扶了下老花镜，干脆把案件本身放在一边，转而问道：“你会这么问，其实就说明你心里已经有所倾向了吧？有怀疑就去查，犹犹豫豫可不像你。”

沈默沉默了一会儿：“如果对方是我特别不想去怀疑的人呢？”

在南都市公安局，最照顾他的人是夏东风，其次就是丁世忠。他之前三天两头都把自己作进医院，丁世忠忙里偷闲都要去医院探望，这些点滴，沈默其实一直记在心里。比起看起来不着调的夏东风，丁世忠明显更符合沈默对“好警察”这个形象的理解。他是真的不希望这个形象破碎。

“听出来了，如果不是很想相信对方，你大概也不会拿我来作类比。”在沈默的打码描述中，他怀疑的那个人被类比成了韩文慧，这就已经足够说明沈默对这个人的敬重了。韩文慧在电话那头笑了一下：“是丁世忠吗？”

作为教育未来警察的人，韩文慧的推理能力显然是强大的，哪怕沈默把码打成了这样，她也还是抓住了重点。

“小默，我不知内情，没办法作出客观评断，但从个人意愿来讲，我认为丁世忠是个好警察。”韩文慧顿了顿，“你的想法其实是有问题的，作为一个警察，怀疑就该去求证，真相不会在你犹豫不决时自己出现。”

“……我知道。”

“我说你想法有问题并不仅仅是这一点，真正的原因是，你不该犹豫，你的犹豫是对警徽的侮辱，是对受害者的不负责，也是对丁世忠的不信任。”韩文慧语气严肃，“你如果真的相信他，你就该毫不犹豫地去查，去解决疑虑，去给丁世忠清白。”

沈默哑然。

“去查吧，如果他真的有问题，那你将会得到真相；如果他没有问题，那你将还他清白。”

沈默后知后觉地意识到自己的犹豫究竟有多滑稽。如果是刚刚来南都市的他，绝对不会在面对线索时裹足不前，但现在……

沈默这段时间一直亲力亲为地照顾着轩轩，他亲眼看着这个孩子从以前的乐天懵懂变得谨慎小心。偶尔沈默也会想，如果轩轩长大了，知道了一切，会不会恨他这个表哥。是他一手促成了黄薇薇被捕，也是他让轩轩失去了母亲。

这个念头只是偶尔浮现，带给沈默的影响却是巨大且潜移默化的。以前的他只会考虑真相，现在的他却会下意识地衡量得失。直到经过韩文慧的提醒，他才发现自己竟然不知不觉地走入了误区。同理心强不是坏事，但作为一个警察，作为一个一心追求真相的人，他不该被情感蒙蔽，更不该被情感左右。

“我准备去万华狩猎场玩几天。”沈默之前答应过，如果要调查狩猎场会告诉夏东风，所以他在下定决心之后就来到医院，“正好还有几天假，够我好好放松一下了。”

夏东风直翻白眼："你是去放松还是去查案？当我傻子呢？"

沈默坦然道："如果狩猎场没问题，那就是放松，如果有问题才会是查案啊。"

夏东风指指点点："你就狡辩吧你。"

沈默无视掉这种不痛不痒的指责，正色道："你是怎么发现狩猎场有问题的？俱乐部出事之后，你就一直在医院吧？消息来源可靠吗？"

夏东风崩溃："我从来没说过狩猎场有问题！我就是看看杂志啊！全是你自己猜的！"

沈默无情地拆穿他："你刚才心跳加速了。"

这熊孩子好烦。夏东风烦躁地啧了一声，犹豫了一下，还是选择卖掉徐建军："徐局提醒我的。"

沈默若有所思，片刻后才道："徐局之前也提醒过我一次，但我当时没注意。"他笑了，眼里却没有一点儿光，"现在回想一下，徐局知道的事情还真是不少。"

夏东风也沉默了。过了半晌，他长长叹了口气："你别怪老徐不担事，他在局长这位子上熬得也不容易。"

沈默低下头，垂落的发丝挡住了通红的双眼。他其实很愤怒，甚至想当面质问徐建军，为什么要对犯罪视而不见？为什么明明什么都知道，却又什么都不做？难道纵容包庇就不是犯罪了吗？在他沉默自保的时候，就不觉得愧对那些受害者吗？就不觉得愧对民众的信任吗?!

警察是什么？人民公仆啊！是为了保护国家、保护人民而存在的，不是吗？为什么可以做到无动于衷？为什么可以做到视而不见？为什么可以对着犯罪分子低头？

沈默心里有一千一万个不解，却一个字都说不出来。山洪当前，他可以选择自己跳进洪流中抵挡，却不能慷他人之慨。之前的他不懂南都市的局势，现在的沈默却不再一无所知。

牺牲是需要意义的。如果牺牲能换来光明，那总会有人义无反顾。可如果牺牲只是牺牲，不能带来任何益处，那还怎么慷慨前行？怎么随随便便地牺牲自己？

他理解徐建军，但并不认同。有些事总要有人去做的，如果谁都不去做，那最终的结果只会是所有人一起共沉沦。

“对了，这个给你。”夏东风从枕头底下摸出一个文件袋。

“这是什么？”

“一份是万华狩猎场的会员名单，一份是 FH 俱乐部的会员名单。”夏东风耸耸肩，“本来是想对比一下，看看能不能有什么发现的，结果一看，百分之六十的会员都是重合的，直接白瞎。反正也没用了，你既然要查狩猎场的话，提前多了解一点儿也好。”

会员重合简直太正常了。会去实弹俱乐部的人肯定就是对射击或者枪械感兴趣的，狩猎场这种真枪实弹的地方也符合这个标准。南都市就这么大，能上真枪的地方屈指可数，感兴趣的人肯定会扎堆聚集。只重合了百分之六十，估计都是因为狩猎场刚正式营业不久的缘故。

沈默把文件袋收了起来：“我回去会看的。”

夏东风“嗯”了一声，动作自然地将头转到一边，藏在被子里的手却死死掐住了掌心，指甲缝里全是抠出来的血痕。

“对了。”沈默问道，“夏青人呢？”

“在值班室吧。”夏东风闭上眼摆了摆手，“你要找她就直接去，我累了，先睡一觉。”

沈默看着他活动自如的手臂，愣了一下：“你这恢复得挺好啊，什么时候能出院？”

“再过半个月吧。”

“行。”沈默起身，“我过两天再来看你。”

沈默去值班室找夏青了。他要去狩猎场待几天，轩轩总得有人照顾，思来想去也只有夏青最合适。

病房门关上后，夏东风猛地睁开双眼，血丝爬满了眼球，让他整个人看着都狰狞了起来。

跟夏青商量好之后，沈默就先回家了一趟，轩轩现在心思敏感，为了防止孩子多想，他只能提前把人安抚好。

“……表哥会回来的吧？”

沈默不禁露出了果然如此的表情：“肯定会啊。”

轩轩垂着头：“爸爸妈妈离开家之前，也说很快就回来了。”

沈默喉头微哽：“不会丢下你的，别怕。”

等沈默哄好轩轩已经是晚上八点了。他用手机搜到万华狩猎场的官网，直接在预约界面下了三天的全套订单。所谓全套订单就是狩猎、住宿、餐饮、娱乐，这几个项目几乎囊括了狩猎场的所有经营范围。有这个订单在，沈默就基本上等于拿到了狩猎场大部分场地的通行证，到时候要调查也会方便很多。

晚上十点，万华狩猎场客服中心。

“还真有叫沈默的人下单啊？”负责安排客户接待事务的工作人员看着预约订单，愣了愣，“卢哥，这是您朋友？”

卢志盛点了根烟，眼神闪烁了一下。“算是吧。”他顿了顿，皮笑肉不笑地补充了一句，“这是别人给我的诚意。”

工作人员听到却没懂，他跟卢志盛也不熟，只知道他是集团里的领导，反正拍好马屁就对了：“既然是您朋友，那我可得好好接待……”

“用不着。”卢志盛打断他的话，“该怎么着就怎么着，见了面就装不认识，少做多余的事，明白了吗？”

万华狩猎场的占地面积远比沈默预估的要大得多，就连服务区都不是集中在一起的，而是分布在不同的位置和山头。来这里的客人，除了南都市本地人，还有不少是看到广告从外地赶来打卡的，沈默甚至还遇到了几个金发碧眼的老外。这让他不禁想起了旅游盛典时，万华集团打出的旗号，所谓的开拓国际市场。

狩猎场可玩性强对单纯的客人来说当然是好事，可对抱着特殊目的来的沈默而言仅有三天时间太短了。这么大的占地面积，别说是在几座大山上找线索了，他就是逛一圈时间都不够，更何况他还得避开人。

第一天，沈默装模作样地约了个导猎员，结果对方带着他漫山遍野地跑，最终的收获是打了两只兔子，吃了一顿烤兔肉。打来的兔子不用另外付钱，但烹饪费得付。负责跟着沈默的导猎员姓陈，南都市本地人，五十来岁，看起来十分憨厚老实。沈默把烤好的兔肉分了一半过去，两人就着啤酒边喝边聊。

"陈哥以前是做什么的?"沈默今天虽然累了个半死，还要被时不时的枪声折磨，但他也没忘了正事。

沈默观察过了，这个狩猎场的工作人员都很正常，或者说，应该都是通过正常渠道应聘来的工作人员。这也难怪，就算狩猎区有问题，也不可能把问题摆到明面上。

"我啊?"老陈喝了口酒，"我以前是护林员，打小就摸着猎枪过来的，对这几座山的地形也熟。本来这一片被万华集团收购之后，我还以为要没饭吃了，结果，嘿！遇上好心人了！"老陈一拍大腿，"万华集团把我们这一片的护林员都招了，工资也开得厚道，比以前当护林员的时候可赚得多了。"

沈默嗤笑一声："好心人?"

老陈没注意到沈默面上的嘲讽："可不是？现在时代发展得快，我们这些老东西也没别的本事，以前都是靠山吃山……"

沈默听了满脑子的好话，说道："真正的好心人，可没法儿在南都市把生意做这么大。”

终于意识到了沈默的嘲讽，老陈翻了白眼，笑道：“不信啊？说实话，我以前也不信。”

“那现在怎么信了？”

老陈露出回忆的神色：“大概两年前吧，这一片的三座山还没被万华集团的大老板买下来，我就在那边当护林员，我们村里就十来户人家……大老板那时候带着人来考察，说是评估什么东西。”

沈默静静地听着，心想，应该是万华集团的人在买地前来实地考察。

“村里进了熊。”老陈苦笑了一声，“我们当护林员的工作就是保护那些野生动物，但是……危险也是真的啊。”他叹了口气，满脸辛酸，“我们有枪，但没法儿真对准动物，只能以驱赶为主，可我们不打它，不代表它不伤我们。村里有个小娃子被熊瞎子扑了，半截身子都是血糊糊的……当时大家都受了伤，离救助站也远，都以为那个娃儿活不成了。”

沈默也听得心口发堵：“然后呢？”

“然后？然后那个大老板连夜把重伤的娃儿背下了山，我当时只伤了胳膊，跟着一起给指路……”老陈把嘴里的兔肉咽下去，“大老板不经常走山路，一路上摔了五六回，回回倒下去之前都先把小娃儿护在怀里，一路跑还要一路关心娃儿的情况……”

沈默蹙眉：“你说的大老板是指？”

“还能是哪个？万华集团不就一个大老板？林永华嘛。”

沈默越发恍惚。林永华？会为了救一个孩子做到这种程度？

“后来娃儿得救了，这三座山也被收购了，原本活动在这一片的动物也被迁移到了其他山上。我们这些住在这三座山里的人家也都拿到了钱，这个数。”老陈冲沈默比画了个八，“每家八十万，还给安排了工作，摸过枪的就来这儿当导猎员，没摸过枪的被安排去了其他岗位，我闺女就在服务区上班。”

沈默有些说不出话来。如果老陈说的这些事都是真的，那万华集团对收购的后续处理，完全就是无可挑剔，甚至可以称得上是善举。只是这样的林永华，和沈默认知中的完全不同。

因为曹建设一家的事，沈默认定林永万就是凶手，也觉得作为林永万亲哥哥的林永华不可能无辜。一是因为在宋明珠家里发现的那张收据，二是因为林永华才是林永万的靠山和倚仗。

比起相信莽夫一样的林永万能在南都市搅风搅雨，横行无忌，他更倾向于林永华才是一切的主导。他想象中的林永华和老陈口中所描述的林永华，究竟哪个才是真的？

“现在日子好过多了，想想真跟做梦似的。”老陈吃饱了，提着啤酒瓶往后一靠，“上头的领导说这一片还没开发完，以后还要建其他设施，到时候还能再多一批工作岗位。”

沈默先是一怔，随即就抓住了重点：“还没开发完？”就他今天所见，狩猎场的各项设施都已经到位了，连大型休息区都不止一处，狩猎场更是被划分得清清楚楚，哪里像是还没开发完的样子？

老陈估计是有点儿喝多了，打了个嗝，挠着通红的脸道：“对啊，有好些地方都不让进呢。”

沈默精神一振：“都有哪些地方？”

老陈抱着啤酒瓶歪在塑料椅子上，含含糊糊道：“挺、挺多地方，都拉了封锁线的，你走近了就能看见。”

这回答可太模糊了。三座山呢，没个大概范围，怎么走近啊？沈默又摸了瓶啤酒递过去：“具体说说？”

“具体有哪些我也不清楚，这猎场我都不敢说跑遍了。”老陈平时负责的猎场范围也就只在这一片，“不过这座山上的，我倒是知道……”他抬手指了个方向，“喏，就那头，走个把小时就能看见封锁线了。”老陈说完像是有些后悔，又叮嘱道，“你可别乱跑啊，山里不安全。”

沈默笑了笑：“放心。”

“老板，真的不用管他吗？”卢志盛把从狩猎场那边调来的监控录像交给林永华，心里有些不安。

“为什么要管？他付钱，我们接待，有什么问题？”林永华把U盘插进电脑。因为狩猎场范围太大，监控点也比较散，所以这份监控录像是卢志盛提前剪辑过的，只保留了拍到沈默的部分。

“目前布置的监控点，只在各个猎场外围和休息区，所以拍到的内容不多。”卢志盛解释道。

“这样刚刚好，监控再多会影响客户体验。”林永华笑道，仿佛他真的只是在单纯地经营狩猎场一样。

卢志盛犹豫了一下，还是忍不住问道：“为什么要提醒沈默未开发区域的事？”老陈是他特意安排给沈默的导猎员，倒没有故意让人去骗沈默的意思，老陈说的那些事也是真的。只是老陈是林永华的忠实拥护者，对每一个跟他聊到狩猎场的人都会这么说，所以只要把他安排给沈默，只要沈默向老陈打听，他就一定能听到他们想让沈默知道的事情。

至于提醒未开发区域的事，是卢志盛按照林永华的吩咐特意交代的：“客户是年轻人，恐怕会乱跑，可别忘了提醒他别进未开发区域。”就这么一句叮嘱就能达成目的。卢志盛虽然按照吩咐做了，却不明白为什么要这么做。明知道沈默是来查案的，为什么还要给他机会深入？直接隔绝在外不是更好吗？

林永华还是笑得一脸温和：“年轻人嘛，越是拦着不让干什么就越是要干什么。冲动，不听劝，比起别人说的，他肯定更相信自己看到的。与其把他隔绝在外，还不如让他亲眼看一看，只有亲眼看到了狩猎场里什么问题都没有，他才会彻底把视线从猎场离开。”

卢志盛眉头紧皱：“可万一……”

林永华把目光从电脑屏幕上移开，直直地看向卢志盛：“万一被他发现了什么，那就是你的疏忽！有心算无心还能被发现不对，志盛，你是在跟我开玩笑吗?”

冷汗顺着卢志盛的额角滑落：“不会，不会让他发现问题的。”

狩猎场的封锁区域至少有十几个，而且全部都只是障眼法。换个人，卢志盛一定有信心不被发现任何端倪。可是沈默这人真的有点儿邪门。

卢志盛想到被发现的王高途老家的地下室和 FH 俱乐部的地下储藏室，只觉得一阵赛一阵糟心。王高途家的那个小地下室先不提，单说俱乐部地下的那个储藏室，他们修建的时候，难道不是觉得没人可以发现吗？结果呢？沈默才用了多久，还不是被翻出来了？一想到真出了事，他百分百要负责任，卢志盛就两眼发黑。

林永华瞥见卢志盛的表情，又笑了：“别担心，那个小警察的优势是听力。狩猎场是对他最不利的地方。”

这是实话。猎枪是没有消音装置的，哪怕沈默一直带着隔音耳罩和耳塞，每次枪响也依然会对他的听力造成负担，况且……

沈默垮着脸推开房间门，对守在电梯口的服务员说：“你们这里晚上也不消停吗?”为什么凌晨还能听到这么频繁的枪响啊？他现在别说睡觉或者找线索了，连正常思考都做不到。

服务员露出营业式微笑：“抱歉，先生，是打扰到您休息了吗？我们狩猎场是有夜猎活动的，很多追求刺激的客人都更喜欢在夜间行动。”

沈默抽了抽嘴角：“这样不安全的吧？”

“夜猎是我们这里的主打项目之一，安全措施绝对是没问题的，参与夜猎的每位客人都会配备两名以上导猎员以及两只猎犬，还有特殊防护服，不会出现任何意外。”

沈默无奈，试图讲讲道理：“夜间视线受限，你们怎么能保证参与夜猎的客人不会意外打中其他客人？他们穿的是防护服，又不是防弹衣！”

“不会的，您多虑了。”服务员解释道，“夜猎是限制名额的，一片狩猎区只会安排一位客人。”

沈默还能说什么？还不是只能咬牙回房睡觉。亏他还以为晚上可以避开人去未开发区域看看，现在看来，纯粹是他想得太美了！

第一天，一无所获。

第二天，基本上约等于一宿没睡的沈默走出休息区，婉拒了导猎员的服务，自己扛着猎枪背上装备进了山。

老陈指的方向没错，沈默大概走了一个小时就找到了第一个封锁区。前两天南都刚下过雨，沈默看着封锁线内外非常明显的脚印，无语的同时又有些失望。

无语的是，这封锁线等于白拉了，能来狩猎场找刺激的人，愿意遵守规则的大概真的不太多。失望的是，既然有这么多人进出过，这未开发区域里大概率是没什么东西的。

沈默不死心，扛着猎枪，撩起封锁线猫着腰进去了。不到两分钟，沈默就知道这里被划为封锁区的原因，这里面是个天然钟乳洞。乍一进去，沈默就觉得周遭气温至少降低了七八度，大概是里面有地下水源的缘故，凹凸不平的地面上非常潮湿，洞内除了奇形怪状的钟乳石，还有无数岔路，根本估计不出实际面积。

三个小时后，沈默好好一个人进去，脏脏一个泥猴出来了。

因为已经过了吃午饭的时间，老陈正在漫山遍野地找他。看见浑身泥巴，连五官都看不清的沈默，老陈气得一个劲儿翻白眼。

“都说让你别去别去！外面的封锁线你看不到？”老陈是负责沈默的导猎员，哪怕今天被要求不用陪同，他也没真的撂挑子不管，“到了饭点儿还不见人影，你都不知道我有多着急！”

钟乳洞里地滑，哪怕沈默小心了再小心也还是摔了几回，这会儿正浑身疼：“……我就是好奇。”

“看出来了。”老陈白眼都快翻上天了，“你也不是第一个好奇的，现在的年轻人到底怎么回事？反正那些地方迟早是要被开发出来的，你什么时候去看不行啊？”

快接近休息区时，沈默突然听到了一阵熟悉的脚步声。那是丁世忠的。

午饭时间刚过，休息区里的人还没散去，大多数都正三三两两地聚在一起闲聊，还有些不讲究的，更是大中午就开始围着桌子喝酒撸串，划拳声震天响。在这种嘈杂的环境下，刚刚捕捉到的那点儿脚步声转瞬即逝。沈默只是一个恍惚就失去了跟上去的机会。

老陈举起手在他眼前晃了晃：“小伙子，发什么愣呢？摔傻了？”

沈默回神，犹豫着问道：“你刚刚有没有看到一个人……”他大概形容了一下丁世忠的长相。

老陈摇头：“光顾着你了，哪有工夫到处看啊？”

沈默没辙，借口说要回房间换衣服摆脱了老陈，自己去休息区里问了一圈。折腾了将近一个小时，什么消息都没打听到就算了，泥巴还都干在了身上，稍微一动就扑簌簌往下掉渣。泥猴沈默只能老老实实回去洗澡，热水一浇，他熬夜熬到不太灵光的脑子总算是清醒一点儿了。为什么要到处打听？他就不能直接打电话吗?!

出了浴室，沈默一手拿着毛巾擦头发，一手拨通了闻显的电话。

“小沈？”闻显开口就是调侃，“难得啊，你竟然会给我打电话？先说好，案子进度不能告诉你，丁局特意交代了的。”

“丁局在吗?”沈默问道。

“丁局？不在啊，好像是说这两天有个什么会议，在隔壁市办的。”闻显也没多想，“你找丁局有事？直接给他打电话不就行了。”

如果说之前的脚步声还不足以让沈默确定的话，那闻显的回答无疑是把丁世忠出现在狩猎场的可能性提高到了百分之八十。他闭着眼开始斟酌着胡扯：“我就是想再请几天假，不确定丁局会不会同意，所以先打电话跟你探探口风，你比较了解丁局嘛。”

闻显乐了：“之前休假也要查案，现在怎么转性了？乐不思蜀?”

沈默干笑。

“应该问题不大，丁局一直不太想让你参与这个案子。”闻显的语气沉重起来，“不是不相信你，而是……”他顿了顿，“你是新人，涉案人员又是至亲，全程参与调查的压力可想而知，丁局他……其实也是为你好。”

沈默沉默了两秒，说道：“我知道。”

挂断电话，沈默的手指在丁世忠的号码上虚点了几下，可最终，他也只是把手机收回了兜里。再找找吧。如果实在找不到他再打电话直接问。

下午，沈默又找到了两个封锁区域。一个是纯粹的地貌不适合开放，另一个情况与之前的钟乳洞相似。

两天一夜没怎么睡觉，再次回到房间的沈默已经疲惫到了极点，也因为太过疲惫，哪怕外面枪声不断，他也还是迷迷糊糊地睡了过去。

凌晨两点半，沈默猛地被枪声惊醒。他捂住满是冷汗的额头，用浑浑噩噩的大脑思考自己惊醒的原因。

虽然很累，但他在半梦半醒之间其实是能一直听到枪声的，没有什么规律，有时候隔一段时间才会响一声，有时候会不间断地连开好几枪。

沈默做梦都梦到自己在枪林弹雨中穿梭。事实上，他很习惯这种被声音影响梦境的情况，因为大多数时候，沈默都没办法完全隔绝“噪声”。

人的适应性是很强的，求生本能会让他的身体尽量去适应和习惯。今天的情况也是一样。他适应了枪声，在枪声中入睡，却又莫名其妙被惊醒。

砰！外面又有人开了一枪，就像是开在了沈默的脑神经上，把他黏稠如糨糊的思绪一下子给轰开了。这枪声和他在半梦半醒间听到的不一样，后者的枪声中有一声很特别，绝对不属于猎枪的！所以哪怕是在无知无觉的梦中，他也还是下意识地醒了过来。

沈默迅速下床穿衣，冲出门，朝着梦中那声枪响的方向飞奔而去。他怀疑那声枪响来自 64 式手枪，这是国内主要的警用手枪之一，也是南都市公安局配备的枪支型号。结合中午那一晃而过的脚步声，丁世忠极有可能就在狩猎场。

然而当他抵达枪声传来的位置附近时，沈默才意识到自己犯了个错误。枪声来自第一个钟乳洞，里面很黑，而他没有带照明工具，连手机都忘带了，唯一能依仗的就只有自己的听力。

他踏入钟乳洞中，拼命让自己冷静下来，努力将急促的呼吸放缓，尽量将干扰音屏蔽。随着渐渐深入，他终于听到了遥远的、轻轻的、几乎不可闻的脚步声。

这明显踩在泥浆中的声音，偶尔会打滑，抬脚的时候会有轻微的溅射音。说明这个声音是从洞内地下水源附近发出的。

他回忆着白天来时走过的路线，一边回想一边听声辨位，跌跌撞撞地接近声音的来源。因为干扰项实在太多，沈默没办法从脚步声确定对方的身份，只能暗暗祈祷，对方不是丁世忠。

黑暗中，他被旁边的钟乳石绊倒，一把枪抵住了他的太阳穴。

这是一把警用 64 式手枪。

第21章　恶人

伸手不见五指的漆黑洞穴里，两个人谁都没有率先开口。抵在沈默太阳穴上的手枪十分平稳，从某种层面上来说，也是代表着持枪者坚固稳定的内心世界。

沈默被按在地上，一侧脸颊陷进了淤泥里，鼻腔全是泥土的腥味。他突然就恍惚了起来，只觉得自己是在做一场没办法挣脱的噩梦。

短暂的接触已经足够沈默确定了。这个拿枪指着他的人，就是丁世忠。他猜丁世忠应该也已经认出他来了，否则不会保持沉默。

不知道过了多久，沈默感觉自己的舌头都咬僵掉了："……丁局。"

拿着枪的人还是没有说话。

沈默闭了闭眼："丁局，我知道是你……我认出你了。"

枪口并没有移开，丁世忠叹了口气："大晚上不睡觉，跑来这里干什么?"

沈默的心跳停滞了一瞬。丁世忠的问题听起来似乎没什么意义，但他的行为反馈却是最糟糕的答案。如果丁世忠心里没鬼，他现在就该把枪挪开。可现在，这把枪依然稳稳地抵着沈默的脑袋，这意味着丁世忠或许已经作好了杀他的准备。

"我听到了 64 式手枪的枪声。"沈默也不知道自己是什么心态，竟然能在死亡的威胁之下慢慢解释，"白天的时候，我听到你的脚步声了。"

丁世忠幽幽叹气："局里来过很多新人，沈默，你是最不听话的那一个。"

“我猜也是。”躺在泥浆里的沈默竟然笑了一下，“丁局，你杀人了吗？”

丁世忠没说话。但这种时候，沉默本身就是一种回答。

沈默呼出一口浊气：“开枪吧，不杀了我的话，我一定会逮捕你的。”倒不是沈默不想反抗，而是他在摔倒时磕到了旁边的钟乳石，右手手腕扭了。

当然，丁世忠要是真开枪，他肯定还是要挣扎一下的，比如随时准备就地一滚，然后找机会跑进岔路众多的石洞深处。但在这之前，他至少得先让丁世忠放松警惕。

丁世忠沉默了一会儿，问道：“不怕死吗？”

沈默认真想了想：“还是有点儿怕的，我有还没做完的事。”

丁世忠看起来还挺有可谈性的，也有可能是想给沈默机会多说点儿遗言，总之，他问道：“什么事？枪械走私案？”

“不是。”沈默否认了，“我爸妈……他们的死并不是意外，我是为了真相而来南都的。我爸爸也是警察，出事前正在调查一个走私珍贵野生动物的案子……”

黑暗之中，丁世忠的眸光微微闪烁了一下：“那你找到线索了吗？”

沈默想到了那本琴谱：“找到了。”

丁世忠语气古怪地感叹：“那可真遗憾。”

正常情况下，这句遗憾大概率是指沈默明明已经找到了线索，却要死在真相揭露之前。可沈默总觉得丁世忠不是这个意思。没有什么特别的依据，纯粹就是一种直觉，在习惯靠声音来分辨事物的情况下，沈默对人的语气和措辞都非常敏感，所以下意识就觉得丁世忠的语气不太对劲。有点儿微妙的幸灾乐祸，但这份幸灾乐祸却又不是冲着沈默来的。

外面不知道为什么安静了下来，原本接连不断的枪响，突然间消失得无影无踪。丁世忠侧耳倾听了片刻，没什么情绪地说道："你运气还挺好，看样子能多活一会儿了。"

外面太安静了，现在开枪很容易引来不必要的关注。沈默听懂了他的意思，笑了："可能是命不该绝？"

丁世忠在黑暗中摸索到沈默的肩胛骨位置，干脆利落地卸掉了他的肩关节。沈默的两条胳膊登时软绵绵地搭垂下去。丁世忠见他一声不吭，赞许道："还挺硬气，要是没这么倔就好了。"

双臂失去行动能力，沈默反击的可能性已经无限接近于无。丁世忠将枪抵在他的后脑勺上，强迫他站起身往钟乳洞深处走去。走了将近十分钟后，沈默突然闻到了一股浓烈的血腥味。他倏地站定，勉强适应了黑暗的视线，在钟乳洞深处捕捉到了模糊的人影。

一个躺在地上看起来大概是个女性的身影。

"……你杀了谁？"

丁世忠大概是觉得有些好笑："怎么还有空儿担心别人啊？"

就在这时，沈默突然听到有人声从钟乳洞外传来。是老陈的声音！沈默这才想起来，他从房间出来的时候太过着急，忘记了关房门，应该是被夜里值班的服务员发现了，然后又告诉了负责沈默的导猎员老陈。老陈知道他今天白天进了钟乳洞，大晚上找不到人，情急之下跑来瞎猫碰碰死耗子也正常。

随着人声越来越近，沈默也分辨出了来人的数量，有八个，应该是在这个休息区值夜班的安保人员也一起过来了。沈默闭了闭眼，咬牙下定了决心，必须要在救援的人赶来之前把丁世忠留住。他顾不上双臂的剧痛，侧身横扫，趁丁世忠不备，直接将人踹了个趔趄，紧接着两条腿交错，锁上丁世忠的脖子，同时提高了音量大声喊道："我在这里！"

丁世忠虽然没有这样逆天的听力，但沈默的反应已经足够说明问题了。有人来了！他在颠倒的视线中摸黑开了一枪，没打中。

沈默暗暗松了口气，正要想办法把丁世忠的枪缴走，腹部就先挨了一脚。这一脚力道极大，直接把沈默踹飞了出去。这个时候，老陈一行人的脚步声已经越来越近。丁世忠不再犹豫，转身就跑进了钟乳洞里的岔道。

沈默被踹得呕了口血，听着丁世忠逐渐远去的脚步声，满脑子只剩下一个念头，不能让他跑了，要把他留下！伤残指数四颗星的沈默头脑发热，不管不顾地从地上爬起来，循着脚步声跟上，然后一头撞上了前方的钟乳石，又摔了个狠的。事实证明，在特殊环境下，千里眼确实比顺风耳好使。

沈默被摔得浑身上下跟被卡车碾过似的，别说再次爬起来追人，不当场昏过去已经是他最后的倔强了。属于丁世忠的脚步声渐渐脱离了他的听觉范围，沈默重重地闭上了眼睛，后槽牙都被咬得开始疼了。

终于，手电筒的光落到了他身上。老陈可算是带着保安在七拐八绕的钟乳洞里找到了沈默。

“你小子是真的听不进劝啊！白天都摔成那样了，晚上还敢来？”老陈一边骂骂咧咧一边上前扶沈默，手里的手电筒随着他的动作晃了几晃，落在不远处躺在血泊里的女尸身上。

老陈吓了个半死：“死……死人了啊！”

“死者陈娇，三十二岁，画廊老板……”

沈默的胳膊已经被接了回去，这会儿正浑身是泥地裹着毯子听局里的同事报告死者信息。

在尸体被手电筒完全映照出来之前，他真的从来没想过死的人会是陈娇，徐飞莎的朋友兼老板，指认黄薇薇的重要人证。他本来以为在黄薇薇被捕后，陈娇就应该和这件事没关系了，却没想到她竟然死在了这里，还是死在丁世忠手上。

丁世忠为什么要杀她？虽然从犯罪的角度来看，在狩猎场行凶其实是个很明智的选择。无论是白天还是深夜，都有猎枪的枪声作为掩饰，封锁区众多，钟乳洞深处大概率也不会有人进来。如果不是沈默在半梦半醒间察觉到了不对，陈娇的尸体恐怕过个十天半个月都不会被人发现。但这并不是丁世忠杀陈娇的理由。陈娇身上到底有什么是值得丁世忠在意的？

沈默的胳膊虽然接了回去，但一时半会儿也没法儿正常活动。他低着头梳理思绪，过了好半天才转头看向在旁边抽烟的闻显。地上全是烟头，粗略一数，少说也有十七八根，全是闻显抽的，他才赶到现场不到两个小时。

大概是察觉到了沈默的目光，闻显夹着烟的手抖了一下，眼睛不知道是被烟熏的还是怎么的，通红，问道："确定是老丁吗？"

"嗯。"沈默心里也不好受，"如果不是丁局，我现在大概已经是个死人了。"这话倒不是说丁世忠救了他，而是指丁世忠确实对他手下留情了。如果丁世忠果断一点儿，见到他就直接开枪，那沈默这会儿绝对尸体都硬了。

闻显愣了一会儿才反应过来沈默的意思，勉强扯了下嘴角："我还以为你是在为他说好话。"

沈默活动了下僵硬肿胀的手指，心情复杂："也算是好话吧。"

"老丁救过我的命。"闻显抖了下烟灰，"其实整个公安局就没几个人没受过老丁的恩惠。"他低头看向沈默，"你应该庆幸子弹还留在陈娇身体里，否则在你指认老丁的时候，我就已经撕烂你的嘴了。"

子弹的存在，证明了杀人凶器是一把警用 64 式手枪，这才是闻显哪怕再愤怒再不愿相信，也不得不认真对待沈默供词的原因。

闻显红着眼烦躁地薅了把头发："我还是不相信，老丁杀她干什么？图个什么啊？"

沈默半点儿不介意闻显之前的话，他自己也知道这个指认有多讨人嫌。仰头往后一靠，沈默看着刚刚蒙蒙亮的天空："我也想不通。"

"我不会听信你一面之词的。"闻显像是在努力说服自己，"钟乳洞里那么黑，你根本什么都看不清，万一只是认错人了呢？万一是有人偷了老丁的枪呢？"

沈默欲言又止了半天，他理解闻显的自欺欺人，但并不赞同："联系不上丁局了。"

一句话，加起来还不到十个字，却成了压垮闻显的最后一根稻草。他重重地踢着脚边的石头，一边发泄似的骂着脏话一边落泪。一个小时后，闻显终于收敛了情绪。"痕检科带着死者和现场收集的证据回去，其他人继续搜山。"他咬牙切齿道，"一定要把人抓回来。"

其实在警方赶到后狩猎场就被封锁了，客人们全部被集中安置在了休息区，安保人员和警察一起漫山遍野地找人，熟悉环境的导猎员成了最好的向导。可是，三个小时过去了，依然没有发现丁世忠的踪迹。

沈默站起身："我准备再进钟乳洞里看看。"

闻显抹了把脸："我跟你一起。"

案发现场已经取证结束，痕检科的人撤退，钟乳洞里寂静无声。闻显拿着手电筒走在前面，沈默紧跟其后。泥泞的地面给他们提供了大量信息，至少光看地上的脚印就能判断出丁世忠当时的逃跑路线。但这也只是在靠近地下水源的地方，再远一些，地面干涸的区域，脚印也跟着消失了。

“这破山洞怎么这么大?”闻显被脚底下的石头绊了一下，“难怪你摔得浑身是泥，这搁谁不得翻几个跟头啊? 沈默，你……沈默?”

沈默想起在被丁世忠用枪抵着走进案发现场那个小溶洞时，他也经过这里，当时好像听到了另一个呼吸声。那个时候的沈默太紧张，将注意力全放在丁世忠的身上了，听觉虽然还在不停地收集信息，但大脑也没办法做到及时反馈。直到再次经过这里，沈默才从混乱且模糊的记忆里，挖掘出这条被忽略的信息。可他那时候太紧张了，紧张到很有可能会产生误判。

沈默有些犹豫地指了下不远处的一个岔路口：“我那时候好像听到了其他人的呼吸声……我也不太确定。”

“其他人?”闻显追问，“你的意思是，当时在这个钟乳洞里，除了你和……和老丁，以及死者，可能还有另一个人?”

“只是有可能。”沈默实话实说，“甚至我都不能保证，那个呼吸声，是不是陈娇的，也有可能她当时还没断气。”

陈娇的死亡地点也在这个方向，只是中间隔了两个小溶洞。闻显沉默了几秒：“去看看就知道了，说不定能找到其他线索。”

就在两人迈出脚步的瞬间，一声枪响划破夜空。沈默猛地转头看向声音传来的方向，嘴唇颤抖：“是……64 式手枪。”

闻显浑身一僵，随即闷头朝外冲去，速度快到沈默都差点儿没能跟上。开枪的地方距离钟乳洞一公里以外，两人气喘吁吁地赶到时，附近已经围了一圈人，全是警察和狩猎场的人。

沈默注意到，有几个警察的眼睛明显是红的，像是哭过了。不祥的预感如同厚重的阴云般压了下来，沈默喉头一紧，连呼吸都觉得像是有小刀在拉嗓子。

闻显等不及，一把拨开人群，只见丁世忠倒在血泊中。沈默觉得一阵天旋地转，膝盖一软就摔坐在了地上。

局里的小年轻红着眼开口："丁局他……自杀了。"

丁世忠是在另一个封锁区里被堵住的，在逃无可逃之后，这个当了半辈子警察的男人当场开枪自杀了，干脆、果决，连阻拦的机会都没给人留。

闻显戴着手套简单检查了下尸体。丁世忠是当着二十多个人的面自杀的，不存在任何疑点。闻显从他紧扣的手里把枪拿了出来，打开弹匣："子弹少了两颗。"一颗杀了陈娇，一颗杀了丁世忠自己。

闻显红着眼圈，却没再掉眼泪，只是说话的声音中还带着浓浓的鼻音："他死前说什么了吗？"

这话一问出来，目睹丁世忠死亡的警察们用隐晦的目光看向了沈默。全是偷偷看的，但因为都在偷偷看，所以被窥视的感觉十分明显。沈默的感觉糟糕透了。

闻显也察觉出不对，厉声呵斥："说话！"

"丁局只说了一句话……"一个小年轻边说边偷瞄沈默，"他说，让我们转告沈默，他这条命，还给他舅舅了。"

沈默如遭雷击："什么意思？这话是什么意思？!"问第一遍的时候，他的语气还带着茫然，到第二遍时，沈默的情绪就突然激动了起来，要不是闻显拦着，他都快掐上小年轻的脖子了。

小年轻欲哭无泪："我、我也不知道啊。"

一行人抬着丁世忠的尸体下了山，一路上都没人说过一句话。这很正常，谁看见信赖的老上司在自己面前自杀，恐怕都会没心情说话。

快到山脚下的时候，也不知道是谁先哭了出来，有了第一声抽泣就会有第二声，还没走出一百米，一群五大三粗的大男人就哭成了一片。只有沈默茫然四顾，格格不入。

发生了这样的事情，狩猎场这边肯定是要暂停营业的。林永华不知道什么时候来的，这会儿正在语气温和地安抚客人，一边承诺着优惠赔偿，一边让服务员给受到惊吓的客人送上热茶，体贴周到，连跟着忙了半晚上的导猎员都没落下。看起来太和善了，反倒让沈默觉得恍惚，总有种置身梦境的不真实感。

可能是察觉到了沈默的视线，林永华转过头来，看见沈默就先是一愣，随即满脸担忧地上前："沈警官，又见面了。今天的事我都清楚了，是我们狩猎场没做好安保防范，让你受惊了，真的非常抱歉。"

这种主动承担责任的态度，让沈默感到意外。他不是第一次见到林永华了，只是直到现在才意识到，其实几次见面，林永华的态度一直很好，温和儒雅，彬彬有礼……甚至沈默也从来没在他身上察觉到过心跳和呼吸的异常。到底是林永华太会伪装，还是沈默一叶障目，认定林永万不是好东西，那作为他靠山的林永华也绝对好不到哪里去？可如果是后者的话，曹建设家里的那张收据又该怎么解释？

"……没事儿。"沈默勉强调整了下心态，"今天的事和你们狩猎场无关，如果不是你们的导猎员尽职尽责，我恐怕也没办法得救，该我感谢你们才对。"

简单客套了两句，沈默就先回房间收拾东西去了。他的手机还在床头柜上放着，上面有十几个未接来电，全是夏东风打来的。案发到现在已经过去了将近六个小时，夏东风那边得到消息也很正常。

沈默现在脑子里一团乱麻，暂时没有跟人交流的欲望，想了想，干脆没回电话，提起包就准备跟大家一起回局里，结果刚出狩猎场，就在门口看见了夏东风。他身上的伤明显还没完全好，只是站着就已经满头冷汗了。

沈默怔了一下，上去扶住夏东风："不是还得十来天才能出院吗？”

夏东风勉强扯了下嘴角，却没什么笑意：“……是上面的意思，这个案子暂时由我带队了。”

沈默不理解。按理说，正常情况下，难道不是该把装病养老的徐建军给“拖”出来用吗？哪怕是要调走，可这不是还没走吗？再不济，直接另外调人过来啊！直接把伤患从医院里挖出来用是什么意思啊？

“也算是我自愿的。”夏东风模棱两可地解释了一句，“出了这种事，我不太放心。”

沈默瞟了他一眼，嘀嘀咕咕：“突然说了这么有责任心的话，我有点儿怕你是中邪了。”沈默总觉得这事离谱，想了想又问，“既然你都被翻出来用了，那付队是不是也……”

“不，上面还没这么残忍。”

沈默幽幽地看着他。

夏东风卡壳了一下，最后还是垮着脸道：“其实是我自己主动提的。”

沈默愕然：“为什么？”

夏东风左右看了看，凑近沈默，压低声音，做贼似的小声道：“局里现在没什么能管事的人了，我当了这么多年警察，也该动一动了吧？只说资历的话，副局的位子也不是不能想一想……”

沈默忍不住露出了一个生吞一百只苍蝇的表情：“你现在还有心情考虑这种事？”沈默头皮发麻，默默离夏东风远了点儿。

“你还年轻，不懂……”

沈默打断道：“我不想懂。”

夏东风撇嘴，别过头的瞬间眼角却红了一瞬：“我给你的会员名单你看过了吗？”

“还没有。”沈默压根儿就把这事给忘了，“没顾上，你不是说没什么线索吗?”

夏东风露出了一言难尽的表情。

沈默反应过来了:“有问题?”

“老丁……在俱乐部和狩猎场都是会员。”

沈默突然想起了一件事，一个被他忽略掉的很重要的信息。钟乳洞里很黑，地也很滑，他白天进去都摔了个人仰马翻，晚上在和丁世忠的交锋中，更是被黑暗环境限制得死死的。

可丁世忠好像不是这样。无论是推着他进入钟乳洞深处时，还是头也不回地逃走时，丁世忠的行动都很顺畅。人在没有光源的情况下，怎么才能做到行动自如?

答案是，熟悉。只要对环境足够熟悉就能做到。

“啊，确实。丁世忠先生是我们这里的常客。”狩猎场的客户经理拿着会员登记表，“开业的时候就办理了会员手续，还是……啊，是我们老板帮忙办理的那一批。”

沈默不解:“一批?”

“对。”客户经理解释道，“我们狩猎场其实是政府支持的开发项目，旅游盛典之后，老板就送了一批至尊会员卡出去，丁世忠先生就是其中之一。”

“他……丁世忠经常来你们狩猎场吗?”

“刚开业的时候来得比较频繁，最近大概是一周或者两周来一次，一般都是在 A1 区活动。”A1 区，指的就是钟乳洞所在的狩猎区和休息区。

夏东风一锤定音:“请林永华来问话吧。”

比起林永万眼高于顶，压根儿不把警方看在眼里的模样，真正作为大老板的林永华反倒没什么架子，在接到警方通知后就第一时间赶到，非常配合。

“是的，那一批会员卡是我统一安排办理的，不但你们丁局有，徐局，以及参与了旅游盛典项目规划的各位领导也有。”林永华说到这里苦笑了一下，“但我和丁局并不算熟悉。”他停顿几秒，难得流露出尴尬之色，“永万……就是我弟弟，做事比较没分寸，丁局大概是因为这个才跟我不太合得来。”

闻显是预审科的人，今天却一直很沉默，直到现在才开口问道：“陈娇，也就是在钟乳洞被枪杀的死者，你认识她吗?”

林永华略一思忖：“不，不认识。抱歉，我平时待在狩猎场的时间其实很少，大部分工作都是狩猎场负责人处理的。”

例行问话后，林永华离开了公安局。沈默站在露台上，自上而下地看着林永华坐上等在路边的车子离开。

“在想什么?”夏东风不知道什么时候跟了过来，循着沈默的视线望去，“还是觉得他有问题?”

沈默摇了摇头：“说不上来。我一开始是抱着调查狩猎场的目的去的，但就目前的情况来看，这个狩猎场很干净，也很规范。”

这就奇怪了。如果真的没问题，徐建军为什么会给出提醒?

夏东风眼神闪烁了一下，低头点了根烟：“你有没有认真想过，老丁最后那句话是什么意思?”

沈默浑身一僵。他想过的。对丁世忠留下的那句话，沈默最直接的反应就是，觉得舅舅的死和丁世忠有关。顺着这个思路再继续往下深想，他舅舅的真正死因是什么?按照黄薇薇语焉不详的证词来推测，方树功是因为发现了俱乐部走私枪械被间接逼死的。那要为这个“死因”赔命的丁世忠，在这里面扮演了什么样的角色?再联系荆棘刺错误的 DNA 检测结果，一个恐怖的猜想浮现在沈默的脑海，引发了山呼海啸般的震动。

见他不说话，夏东风也没再追问，转而道：“闻显已经申请提审黄薇薇了。”丁世忠的死，因为陈娇的缘故，再一次和枪械走私案关联到了一起。

再次见到黄薇薇，沈默的心情已经诡异地平静了下来。不是说不愤怒了，而是在接连出现意料之外的情况下，已经让他连愤怒都提不起劲了。这个案子，远比他想象的还要复杂。但似乎也很简单，在黄薇薇愿意开口之后。

“是丁世忠让我做的。”黄薇薇面无血色，仿佛浑身的精气神都被抽干了。

在得知丁世忠的死讯之后，她就一直是这样，就像是最后的希望落了空，整个人都显得颓丧至极。

“他就是我的老板。”黄薇薇蜷缩着手指，“他在南都市待了很多年，明里暗里的关系不知道有多少，有他的人脉在前面开路，想造枪卖枪有什么难的?”

沈默忍不住了：“那我舅舅……”

“他发现了俱乐部地下的储藏室，然后顺藤摸瓜查到了我和丁世忠有联系。我劝过他的，让他当作不知道，或者干脆一起干算了。他不听，最后还摸到了林场那边。”黄薇薇流着泪，“我怕再让他查下去会出事，就把这事告诉了丁世忠。”黄薇薇仰起头，露出满是泪痕的脸，“丁世忠威胁了他。”

沈默握紧拳头：“用什么威胁他?”

“用你、用我、用轩轩，要么去死，要么就大家一起死。”

沈默如遭雷击，好半天才勉强挤出话来：“用我威胁我舅舅?”

“小默，你该不会以为你是无懈可击的吧？到了丁世忠这个位置，想毁掉一个小警察太容易了，随便弄点儿你捏造假证据的罪名，或者刻意在查案时误导你，把你送到枪口底下，这很难吗?”黄薇薇摇头，“太简单了，只要丁世忠想，就一定能做到。”

沈默张了张嘴，竟然说不出反驳的话。

“就拿徐飞莎那个案子来说吧，唯一的实证就是那个音频文件，但其实只有你能听到吧?”黄薇薇直勾勾地看向沈默，“丁世忠当时就问过我，要不要干脆用你捏造伪证的理由脱身，我拒绝了。没必要，犯不着，反正老方不在了之后，我也没多想活。”

沈默怒极反笑：“那我还得谢谢你？”他呼出一口气，压下怒火，“那你之前为什么不说？”

“他还活着我怎么敢说？老方能为了你和轩轩去死，难道我要让他白死吗？”

沈默哑然片刻，又问：“那他为什么要杀陈娇？”

黄薇薇摇头：“这我就不知道了。”

“你当时说的……杀徐飞莎的理由是真的吗？”

黄薇薇闭了下眼睛：“……是真的。”

黄薇薇把能说的都说了。大量证据在短时间内被挖了出来，警队所有人坐在会议室里，看着一个接一个的铁证，一句话都说不出来。谁都没想过，丁世忠藏在正义之下的真面目竟然是这样的。

沈默翻看着桌子上的文件，视线落在与陈娇相关的内容上。陈娇一直在敲诈丁世忠。她确实算是徐飞莎案的半个人证，在决定舍弃黄薇薇之后，丁世忠主动联系了陈娇，希望她出面做证，直接把黄薇薇的罪名坐实，永绝后患。

但陈娇很贪。她不满足于丁世忠开出的价码，估计在证词里提到枪械，把本该解决的后患给暴露了出来，之后又一直拿着这个威胁丁世忠给钱。种种迹象看来，丁世忠杀陈娇都是为了灭口。可沈默总觉得奇怪。

目前的证据，打眼一看似乎是符合逻辑的，丁世忠和俱乐部、林场那边的关联也找到了明确证据，黄薇薇的说辞也证明了这一点，包括他自己之前对丁世忠的猜测……

可沈默还是下意识地觉得有哪里不对劲，总有一种高高拿起又轻轻放下的恍惚感，更别说还有很多矛盾的地方。

丁世忠要是那么想他死，又是拿他威胁他舅舅，又是拿他威胁黄薇薇，那在钟乳洞里的时候为什么不直接动手？甚至连卸掉他的胳膊都是拿捏好分寸的，完全没有伤到筋骨，是随便休息一段时间就能养好的程度。真要是觉得他那么碍眼，有必要在意这点儿小事？而且丁世忠要是真的那么丧心病狂，倒卖枪械，胡作非为，那他会死得那么干脆吗？刚被追上就畏罪自杀了？一点儿都不带挣扎的？还有在黄薇薇家里发现的琴谱……

沈默倏地站起身："黄薇薇，琴谱！那个琴谱到底是什么？和丁……和丁世忠有关吗？"

黄薇薇给了他一个堪称茫然的眼神："什么琴谱？你在说什么？"话音落下的下一瞬，沈默听到她声若蚊呐、语速飞快地补了一句，"闭嘴，别在任何人面前提到琴谱。"

说这句话时，黄薇薇低下了头，没人看到她嘴唇开合的情况，监控也拍摄不到，声音很轻，轻到沈默可以确定，这句话只有他一个人听见了。

沈默倏地攥紧手心："没事儿了。"他转头看向正在审讯中的闻显和崔玉林，"抱歉，你们继续。"沈默头重脚轻地走出审讯室，此刻他无比确信丁世忠的死，并不是结束。

短短一周时间，所有的疑点似乎都被解决了，无数证据砌成了厚厚的墙，圈定出了一个所谓的"真相"。局里的人似乎也在搜集罪证的过程中逐渐接受了现实。难以置信，却又不得不信，只能把所有的迷茫不解都按捺下去，强迫自己公事公办。

"差不多该结案了。"闻显揉着太阳穴，"按照规矩，涉案人员是厅级干部，案件必须上报，由上面复审核实，这两天把材料补充一下报上去吧。还不知道以后的头儿好不好相处，希望能调来个好说话的。"闻显心态调整得很快，这两天已经明显活跃了不少，他伸手在沈默眼前晃了晃，问道，"小沈，你这几天怎么回事？魂不守舍的。”

沈默愣怔一瞬：“……就是觉得挺诡异的。之前什么都查不到，这阵子却跟上赶着往手里送一样，感觉怪怪的。”

这其实并不是说不通。之前查不到是因为调查方向不对，从来没人怀疑过丁世忠，找不到正确的方向，自然怎么查都不会有线索。现在方向找准了，要查起来自然就容易了。

逻辑上是合理的。但这真的不奇怪吗？就他们查到的那些证据，丁世忠要是真的暗地里做了那么多事，局里的人这些年都是瞎了吗？竟然从来没怀疑过？

闻显眼神诡异地盯着沈默看了一会儿：“我还以为你会高兴。”

沈默不解：“什么？”

“根据目前查到的东西，你舅舅的死和老丁有直接关系吧？”闻显用手撑住下巴，心不在焉道，“我还以为你会很高兴，觉得他死有余辜，罪有应得之类的。”

沈默矢口否认：“我没有。”

真的没有，这一点也很奇怪。大概是在钟乳洞里的时候，丁世忠对他放水放得太明显了，以至于他无论如何都没办法把证据里拼凑出来的那个无恶不作的丁世忠和本人联系到一起。

而且丁世忠当时真的没机会逃跑吗？他对狩猎场很熟悉，手里又有枪，哪怕是挟持人质，他有过一点儿自保行为吗？他是跑了，他边跑边留下一地痕迹，在短短两个小时之内被人从地形复杂、到处都是未开发区域的深山里找到了。

沈默这几天真的想了很多，越想越觉得情况诡异，越想越觉得疑点众多。可他认知上的疑点都是没有证据的，全是主观臆测，比起找出来的那些铁证，这些疑点简直像纸一样脆弱。

“现在回想起来都还有一种不真实感。”沈默把手心摊开，露出自己还有些肿胀的手指，“行为太矛盾了。”

描述中的丁世忠和他认识的丁世忠简直就是两个人，差异大到哪怕铁证如山，沈默都没有办法真情实感地产生愤怒。一开始，他以为他的平静是因为方树功去世已经有段时间了，是他逐渐接受了现实，不再愤怒，但仔细分析起来似乎又不是。

沈默语气无奈："我自己都不知道自己在说什么，你别放在心上。"

"啊，其实我还挺理解你的。"闻显别过头，"这两天局里已经开始有人说什么知人知面不知心了，说他们竟然被老丁蒙蔽了这么久。"他笑了一下，"挺讽刺的。"

沈默抿了下唇，有心想说什么，却又觉得怎么说都不合适，干脆转移了话题："我打算再回钟乳洞里看看。"

闻显先是一愣，随即反应过来："你是说……你之前听到的呼吸声？"

"嗯。"沈默挠了下头，"虽然不太确定，但思来想去还是觉得该回去确认一下，不然总觉得不安心。"

闻显想了想："行，我跟你一起去吧，你这胳膊现在还没好全呢。"

两人站起身，旁边忙着整理材料的夏东风忙里偷闲地抬头："去哪儿？"

"回钟乳洞看看。"沈默也没瞒着，把当时的情况说了，"很快就回来了。"

夏东风眉梢微挑，眼底似有暗流涌动："去吧，注意安全，有事随时联系。"等到闻显和沈默离开，夏东风丢开笔，皮笑肉不笑地扯了下嘴角，"沈默这个耳朵……到底还能搞出多少惊喜啊。"他低声喃喃。

林永华别墅，玻璃花房里。

卢志盛耷拉着脑袋站在门口，高大健硕的身体紧紧绷着，表面看起来凶悍，却莫名有点儿像缩着脖子的鹌鹑。冷汗从他的额头一颗一颗地滴落，很快就将脚前的一小块地面洇湿了。他已经在这里站了快四个小时了，其间别说是吃喝拉撒，卢志盛连一根手指头都没动过。

丁世忠那边的事情基本上已经收尾了，他按规矩来给林永华做“工作报告”，结果整理出来的材料刚递上去，一句话都没来得及说，林永华就把他踹到太阳底下罚站了。

他怕的倒不是罚站本身，而是担心这会不会是某种征兆。

“说说吧，为什么要在狩猎场处理丁世忠?”一直在翻看文件的林永华终于开口了。

卢志盛额角的冷汗更多了，说话时连牙关都在发颤。

“因为沈默正好在狩猎场，陈娇也一早就安置在了狩猎场的矿洞，我觉得天时地利人和，就……”

嘭！巴掌大的紫砂茶壶精准地砸中了卢志盛的额头。林永华怒极反笑：“天时地利人和？你倒是省事了，但你有没有想过现在有多少双眼睛在盯着狩猎场?”

血水从伤口淌进了卢志盛的眼睛里，将他眼底染成了血色。

“后续处理得很干净，警察搜山之后什么都没发现，按照老板你之前说的，这样他们亲眼看过，就应该更放心了。”卢志盛知道林永华不喜欢辩解，一切反驳在他听来都会是狡辩，可如果不说，他怕他今天会直接死在这里，“要让沈默怀疑丁世忠，查到丁世忠头上，这是最快的方法，而且丁世忠一心想救那个女人，如果当时不下手，不把他逼到绝路，我怕丁世忠后面不会配合。”

陈娇是卢志盛杀的，用的是丁世忠的枪。一切都顺利得不可思议。除了被枪声引来的沈默，丁世忠简直全程都在按照他给的剧本走。

林永华揉按着眉心："那上面那些人又是怎么回事？觉得丁世忠死了，就什么事都往他头上推？看看这些罪名，走私、受贿、保人、销赃、销案，丁世忠要是有这个本事，他还当什么公安局副局长？直接上天不行吗?!"

卢志盛："他们说机会难得……"

林永华咬牙："蠢货。"他喝了口茶，压下火气，"丁世忠是厅级干部，他出事，按照规矩，必须要把案子交到省厅核实，查证无误之后，才会安排新的人来南都市接手，你知道这意味着什么吗?!"林永华重重一拍桌子，"意味着这件事，不会只限定在南都市范围内了！要捅破天了！他们现在往丁世忠身上推的罪名越多，在核实的时候露出马脚的可能性就越大，他们是想死吗?!"

卢志盛像是终于意识到了问题的严重性，白着脸问道："那……现在要怎么办?"

林永华面沉如水："去告诉那群蠢货，不管他们用什么方法，不想死的话就别让公安局上报这个案子。"

……

两个小时后，卢志盛顶着一脑门血出了别墅，一走出监控范围就掏出手机发了条短信出去：成了，都按你的意思办了，别忘了你答应我的事。

夏东风放在桌上的手机嗡嗡振动了两下，是信息提示音。

第22章 收买

因为出了命案，狩猎场虽然因为背景过硬还能照常营业，但封锁区外围却“裹”得严实了很多。以前只是拉了几根封锁线意思一下，现在则是直接用彩钢围挡给完全隔开了。

沈默和闻显两人做贼似的翻过围挡，翻的过程中，因为沈默手上使不上劲，闻显承受了本不该他承受的重量。等成功落地的时候，闻显直接累成了死狗。

沈默还在说风凉话：“预审科的人体力这么差吗？就算不用经常出现场，平时也得锻炼吧？”

闻显想说自己不愿意跟一线的肌肉猩猩比，但仔细一想，沈默也不经常去现场，因为他是技术科的。最后，闻显瞥向沈默还没消肿的手指头：“其实我也还行吧，至少没有三天两头住院，也没有动不动受伤。”

沈默被气得脸疼：“进去吧。”

钟乳洞里很空旷，干什么都能听到回声，两人下意识地蹑手蹑脚起来，走了半天，闻显有点儿绷不住了：“我说……我们不是警察吗？为什么像做贼似的？”偷偷摸摸混进狩猎场就算了，还要偷偷摸摸翻进封锁区，这种事难道不是一掏证件就能光明正大进来的吗？

沈默脚步一顿，这几个月，他要么被停职，要么“被”请假，能明确表示自己是警察的时候屈指可数，时间长了竟然就习惯了。好丢脸，但实话绝对不能说。

“我们是以陈娇被杀案另有隐情为前提，来这里找那个或许存在的第三人。对方身份不明，要么是狩猎场的员工，要么是这里的客人，我们大张旗鼓地跑来调查容易打草惊蛇。”沈默自己都差点儿被自己说服了。

闻显竟然听进去了：“你说得很有道理。”

因为不确定具体位置，只知道大概方向，两人只能在洞里深一脚浅一脚地找。折腾了将近两个小时，闻显硬生生摔了三回，要不是沈默搀扶了几次，他摔跤的次数估计还得翻倍。倒是沈默，因为已经是第三次来了，哪怕做不到完全熟悉地形，大概需要注意的地方也记住了，总算是没再摔成泥猴。

闻显龇牙咧嘴地捂着磕破皮的胳膊：“我现在是真信老丁对这里很熟悉了，没来个十七八回，绝对不可能在这里健步如飞。”

“嗯。”沈默蹲在地上，拿着手电筒寻找线索，“但也不排除他有地形图，在来之前就记熟了的可能。”

“也对。”闻显想了想，笑了，“你还挺客观的。”他是真没想到，局里最不接受目前这个调查结果的人竟然是沈默。

“不客观怎么查案？警察……闻显！”沈默骤然起身，指着不远处的地面，“那里，是不是被处理过？”

这个钟乳洞是纯天然的，又从来没开发过，地面凹凸不平，奇形怪状的钟乳石到处都是，因为内部连通地下河，地面潮湿至极，但凡走过就必定会留下脚印。他们目前查看的这个石洞内部是没有足迹的，按照丁世忠当时的逃跑路线，也没有经过这里。正常情况下，这里的地面应该是潮湿的烂泥状态，但沈默指的那个位置，地面却不合常理地平整，就像是被人刻意抹平过一样。

闻显也正经了起来，跟着沈默蹲下观察片刻才道：“再找找有没有其他的。”如果真的是刻意抹平的，那就绝对不会只有这一个地方有异常。因为处理痕迹的人也必定会留下脚印，要想彻底抹除，那就得边走边抹。

两人齐齐精神一振，开始仔细查找，竟然发现了很多痕迹，跟随着痕迹，两人意外地发现了钟乳洞的另一个出口直通后山。

闻显忍不住吐槽："这到底是抹了个什么？跟直接留下脚印有什么区别啊？猪脑子吗？"

沈默也无语了一下，但他很快就想通了其中关窍："抹掉的是能够证明他身份的所有线索。"脚印是能传达很多信息的，身高、体重、鞋码等，有些案子只凭这些信息就足够锁定嫌疑人了。

钟乳洞这个地点，除非一堆人涌进来把脚印变得杂乱无序，或者干脆动大工程把内部搞乱，否则想独自一个人完全清理掉痕迹是不可能的。所以这种"抹平处理"大概已经是没有办法的办法了，而且对处理的人来说，这估计也只是个以防万一的保险措施。毕竟，如果不是沈默，警方根本不可能返回来搜地皮。

"但这已经足够证明陈娇死的那天，洞里还有另外一个人在场了吧？"闻显听了沈默的结论倒也不觉得失望，心情肉眼可见地好了起来，笑道，"虽然可以理解，但总觉得他的这种行为是'此地无银三百两'。"

钟乳洞的封锁并不是不可突破的，来狩猎场的客人总有些好奇心旺盛的人会偷溜进来，这些人也是会留下脚印的。那个"第三人"哪怕留下脚印不去抹平，就算被警方发现了，也有可能会被当成偷偷溜进来的客人。

闻显突然脸色一变："不对，从这个角度想的话，那是不是说明这个人绝对不会是客人？"

沈默迅速领会了他的意思，接口道："不但不是客人，身份或许还很特殊。"

"可能他的脚印也很特殊。"特殊到不得不抹除，否则就到了按照脚印就能筛查出他的地步。

"特殊？这里的地面很潮，又到处都是稀泥，基本上不会留下清晰的鞋底花纹，就算当时留下了，以这里的湿度，不超过一个小时也会模糊消失。”沈默抬脚在地上踩了一下，留下了一个四十码的脚印，但鞋底的花纹却是模糊不清的，“所以可以排除是鞋子本身特殊的可能性，那么特殊的就只有……”

两人对视一眼，异口同声道：“鞋码！”

南都市一家手工鞋店里，老板系着皮革围裙，一手拿着牛筋鞋底，一手拿着锉刀，正低头忙碌着。店门口挂着一串贝壳风铃，只要有客人进来，风铃就会响起。

店老板抬起头，朝刚走进来的熟客打招呼：“又来订鞋啦？”

站在柜台前的高大男人态度熟稔地笑道：“没办法，脚太大了，现成的鞋子都穿不了。”

阴影褪去，露出了卢志盛那张五官凶恶的脸。

万华狩猎场的员工在警方的要求下集中到了 A1 休息区。

几个服务生凑在一起嘀嘀咕咕：“不会又出事了吧？”“最近咱们猎场是不是有点儿霉啊？之前不是刚死了人吗？警察今天怎么又来了？”

一个上了年纪的保洁阿姨插嘴道：“好像不是什么大事，就是登记一下鞋码。”

众人齐齐呆滞，登记鞋码干什么？而且为什么是警察来给他们登记啊？不少人都在暗中寻思，总觉得怪怪的。

沈默跟闻显在通知同事过去取证之后就回了公安局，这会儿正凑在一起看监控。

“休息区的监控点还真不少，帮大忙了。”闻显打了个哈欠，“先看看有没有对不上号的。”

从鞋码入手只是他们的猜测，但既然有了方向，那就肯定得查下去。幸亏现在公安局能说得上话的人是夏东风，不然这么离谱的思路，搞不好都不会被批准。

沈默虽然不想打击闻显，但还是实话实说道：“大海捞针，别抱太大希望。”

案发时的监控在当天就调来了，只是当时没能发现什么有用的线索。他们现在重新筛查，只是想看看当天在狩猎场的人是不是和他们当时统计的名单一致。两人从早上看到下午，去狩猎场那边测量鞋码的队员也回来了。

“没什么特殊的，男性的鞋码都在四十至四十七码，女性的鞋码都在三十五至三十九码，全都是符合正常情况的。”报告的队员顿了顿，又尴尬地补充了一句，“哦对，有个六趾。”

沈默和闻显同时沉默了。六趾虽然少见，但穿了鞋也看不出来啊，对方总不能光着脚跑去钟乳洞。要真是这样，按照钟乳洞那个糟心的地面情况，他们就该在地上发现血迹了。

“名单都在这里了？确定没有遗漏？”沈默问道。

“对，我们看了排班表，又反复找不同的员工进行了确认，最后统计出来的人就是这些。”队员又拿出一份文件，“我把那天入住的客人登记表和园区消费记录也复印过来了。”

也就是说，这两份名单，包括了案发当天在狩猎场出现过的所有人。要把名单上的人和监控录像里的人一一进行对照，借此检查是否有遗漏的人……

沈默和闻显又看半个小时后，开始疯狂揉眼睛。夏东风拎了两份盒饭进门，一看这架势就嘴角狂抽：“你俩这是熬鹰呢？该吃饭吃饭，该休息休息，累成这样能看得清楚吗？”他伸手在沈默脑袋上撸了一把，动作跟揉小狗似的，“尤其是你，沈默，你的特长是听力，又不是视力，适可而止哈，别……”

话还没说完，沈默噌地就从椅子上站起来了，并且两眼发光：“特长……视力……”他边念叨边蹿了出去。

沈默回到自己办公室。他这段时间太忙，精力又全部都放在了别处，回办公室的时候都少。庄梦瑶坐在工作台前，不知道在忙活什么，手边全是局里的旧档案。

沈默敲了敲门。庄梦瑶这才抬头："师弟？"

"师姐。"沈默难得表情谄媚，"帮个忙？"

两分钟后，庄梦瑶被按在了电脑前，接替了沈默和闻显开始看监控。夏东风看着又是给庄梦瑶倒水，又是给人家上供小零食的沈默，嘴角一阵抽搐。再想想家里那个还在帮沈默带孩子的糟心妹妹，登时更糟心了，甚至有种想吸氧的冲动。

庄梦瑶的动态视力确实远超常人，视频开成八倍速，两台电脑同时播放，除了她自己，别人根本看不清监控录像里的人脸。

夏东风和闻显起初还以为庄梦瑶只是被沈默抓来的壮丁，可看着她一边看录像一边飞快地在名单上划去名字，两人逐渐呆滞。

夏东风推了下合不拢的下巴："她这个眼力……刷剧一定很快吧？"别人同一时间只能看一部，庄梦瑶这不得翻十倍。这种膜拜大神的状况最终是被夏东风的手机铃声打断的，他看了眼来电显示，皮笑肉不笑地扯了下嘴角。

"我出去接个电话。"夏东风说完又瞪了沈默一眼，"不准偷听。"

沈默翻白眼，捂紧耳罩："我稀罕吗？"

夏东风拿着手机去了露台："我说过有事发信息，别打电话过来吧？"

电话那头是粗重又急促的呼吸声，显然对方的情绪极度紧绷。"你们又在查什么？丁世忠那事不都快结案了吗？你们为什么去狩猎场统计鞋码？"卢志盛是刚刚才知道的消息，一听到测量鞋码，他就知道糟了。

"局里有人发现了你抹平脚印后留下的痕迹，有了新线索就肯定要查下去啊。"夏东风语气无辜，表情却是实实在在的幸灾乐祸，“要不是你这个此地无银三百两的操作，说不定根本就不会有人在意那几个脚印。”

“你以为我想吗？我是万华集团的保安部经理，你们局里那个姓沈的小子本来就在怀疑万华，一旦查到我也去过那个钟乳洞，你觉得他会放过我？”卢志盛忍不住怒吼道，“让你们的人别再查了，直接结案！别忘了我们俩的交易！”

夏东风靠在围栏上，笑容讽刺，语气真诚：“我没这权力啊！我现在的职务就是个小警察，你真以为我能命令得了所有人？我也很想帮你，但我现在这情况真不行，有心无力啊。”

卢志盛沉默许久才道：“你很快就不会只是个小警察了，升迁之后就别再查这事了。”

“行啊，但你可得快一点儿。”夏东风想到庄梦瑶那个看视频的速度，笑了，“如果局里在我升迁之前把你揪出来，那我可就没办法了。”

卢志盛磨牙凿齿：“你就不能拦着点儿？我出了事你也别想好！夏东风，你真不怕我把你跟我的交易告诉老板？”

夏东风认真回答：“不怕，你敢说，那就一定是你先死。”

卢志盛骂了句脏话，最后还是只能妥协：“我会尽快安排的。”

挂断电话，夏东风仰头看着天空，心中只觉得可笑又可悲。

“这就是你想出来的好办法？”林永华似笑非笑地睨了战战兢兢的卢志盛一眼，“让我想想你前阵子是怎么跟我说的，万无一失？天衣无缝？这才几天，半个月有没有？人就摸到你头上了？”

卢志盛冷汗涔涔：“我也没想到那个姓沈的小子听力会那么好！我当时真的一点儿声音都没发出来。”

林永华烦躁地摆了摆手：“你说的那个夏……夏东风是吧？可信吗？”

"可信。"卢志盛笃定，"丁世忠的事他也插了一手，当时就是他把丁世忠是俱乐部会员的事告诉沈默的。"顿了顿，又道，"我查过他的底，在公安局待了十几二十年了，到现在连个小队长都没混上，没钱没老婆没孩子，工资月月光，住处都是爹妈留下的。"卢志盛的语气难掩轻蔑，"这种人，怎么可能不想往上爬?"

林永华挑眉："只凭这些，你就敢肯定他是真的投诚，而不是想背后捅我们一刀?"

"丁世忠的死跟他脱不了干系，他真敢背后捅刀子，自己也得完蛋。"卢志盛解释道，"而且我查了他这些年在局里的所作所为，总结下来就是三个字，不作为。每天就是混吃等死，查案子能糊弄就糊弄，这种人咱们用起来也更省心。"

"还有呢?"

卢志盛踌躇片刻才道："还有就是……他说他能把您当年留给宋明珠的收据搞到手。"

林永华倏地抬头："确定?"

"……他是这么说的。"卢志盛想了想，还是替夏东风说了两句好话，"他跟沈默的关系好像很亲近，丁世忠当初就是安排他带的沈默，他应该是真的知道收据的下落。"

林永华若有所思："正直的徒弟和混吃等死的师父？能合得来?"

卢志盛心头一沉，知道他刚刚的描补起了反作用。

"安排一下，我跟他见面聊聊。"林永华道。

卢志盛愣住，不是在怀疑夏东风居心叵测吗？怎么反倒要见面谈了?

林永华笑道："他到底是怎么想的根本就不重要，这人啊，不管心里愿不愿意，只要手脏了，就只能一点一点地烂进泥里。丁世忠当初不够正直吗？最后还不是落到这个下场?"他站起身，

“这用人啊，就像是下棋，棋子是什么想法不重要，输赢全看下棋人的本事。”

一天后，沈默披着外套打着哈欠从看监控的小会议室里出来，两个眼圈因为熬夜变得乌青乌青的，看起来活像是被人揍了两拳。

夏东风瞅着他这个新造型，竖起大拇指：“这个眼妆，有特色。”

沈默翻了个大白眼：“回去吗？把我捎上？”

“不回，还有点儿事要办。”夏东风甩了甩小电驴的钥匙，“上面传召，不去不行。”

沈默见没有顺风车可以蹭，也不多留，转身就走。他这阵子忙得脚不沾地，轩轩一直都是夏青在帮忙照顾，今天怎么也得回去看看，不然他这监护人就当得太渣了。

夏东风等沈默走后才骑车离开，小电驴借着身材娇小的便利，绕开了堵车和人流量大的地方，在各种狭窄的巷道里穿梭，最后在一家装修精致的湘菜馆门外停下。

服务员迎了上来：“欢迎光临，先生一位吗？”

“有预约。”夏东风抱着头盔往里走，“201 包间。”

服务员把他带到包间门口，夏东风一进门就挂上了笑脸。

“林董，卢哥，真是不好意思啊，下班有点儿晚，让二位久等了。”

林永华还是那副儒雅有礼的样子：“我们也刚到，坐。”说完又看向卢志盛，“志盛，你出去催催菜，我记得夏警官口味偏辣，刚才听这里的老板说店里刚到了几条蛇，正好让加个辣口味的蛇。”

卢志盛应声出去，跟服务员点完菜后就守在了门口。林永华当然不是真想让他出来催菜，只不过是把他支开罢了。

包间里的夏东风却从林永华刚才的话里听出了下马威的意思。他确实嗜辣，但因为烟抽多了，又有咽炎，夏青就约束了他吃辣的分量，外面的人只会觉得他偏好咸口，林永华却一句道破他嗜辣的事实。

这当然不可能是真的体贴他的口味，而是在间接告诉夏东风，他的老底已经被查得很清楚了。夏东风心明如镜，面上却还是笑着："让您费心了。"

两人虚来晃去地来回客套了几句，十几分钟后才总算进入了正题。

"夏警官的情况我都听志盛说了，你在公安局兢兢业业干了这么多年，也确实该升迁了。"林永华谢了夏东风的敬酒，"还是你们这些吃公家饭的铁饭碗好啊，哪像我们这些做生意的，动不动就出意外。"

这话前面是暗示可以让夏东风升迁，后面则是在隐晦地要求夏东风升迁后庇护他的生意。哦，说庇护不太准确，应该说是，要求夏东风为他所用。

夏东风眸光微闪："那就借您吉言，我要是真升迁了，以后可得好好谢谢您。"他的表演毫无瑕疵，完全就是个谄媚小人，一副铁了心想升官发财的模样。

"夏警官对你们丁局那事是怎么看的?"林永华笑问。

夏东风道："那个案子的情况已经很明了了，证据确凿的事情，就是局里有些小年轻比较倔，对丁局感情也深，我现在说话也不算数，这才一直没能结案。"

"夏警官对丁局倒是没什么感情?"

夏东风神色阴霾了一瞬，笑道："说出来也不怕您笑话，丁局这人正直，看不惯我混日子，这么多年我也才是个小警司。这人被压得久了，心里就不太舒坦，感情也就淡了。"

林永华盯着夏东风看了一会儿笑道："夏警官这是什么话？你这样的真性情总比丁局那种伪君子要强。"

夏东风掩在桌子下的手猛地攥紧，脸上的表情却没有一丝变化："您说的是。"

又一阵含沙射影的对话后，林永华突然道："我听志盛说，夏警官给我备了份大礼？"

"也不算是什么大礼，只是送礼得送到人心坎上，希望我这礼物能正好合了林董您的心意。"夏东风从裤兜里摸出个物证袋，里面装着的正是沈默从宋明珠家找出来的那张收据。

林永华挑眉收了："这对我来说已经是份大礼了，主要是诚意够。"

把证据从沈默手里偷出来，夏东风就等于一只脚踏进了泥潭，再想抽身可就难了。

林永华确认了下收据的真假，然后才收了起来："夏警官想没想过后面要怎么跟你那小徒弟解释？"

夏东风早就盘算好了："这东西沈默一直藏在星辉小区，他人不在那边住，回头只需要找几个人进去把他家翻个一团乱，做出找东西的假象就行。我好歹也是他师父，只要不出大纰漏，他绝对不会怀疑到我头上。"

林永华慢悠悠地给夏东风鼓起了掌："夏警官一看就是能成大事的，敢想敢做，以后咱们合作愉快。"

夏东风可不管这话里有多少阴阳怪气的成分，权当夸奖来听，一副只要能升官，别的都不是问题的架势。

从饭店出来已经是晚上十点，夏东风哼着歌骑上小电驴，一溜烟走了。

卢志盛回了包间，站在林永华身后，跟他一起透过窗户看着乐陶陶的夏东风："小人得志。"

林永华不以为意："只要用得好，小人也是能成利刃的。"他拍了下卢志盛的肩膀，"去帮我约上面的人吃顿饭，以后局里有个这样的小人当局长，我们可就省心多了。"

卢志盛眼底的喜色一闪而过："是。"

林永华却又警告道："我就给你收拾这一回烂摊子，再有下一次，你就去给刘东做伴吧！"

"是。"

夏东风一路火花带闪电地把小电驴骑出了几千米，直到确定周围不会再有人盯着他之后才渐渐放缓了车速。冷汗早就浸透了他的衣服，后背冰凉一片，被夜风一吹更是骨头缝里都在发冷。

在今天之前，夏东风虽然隐约感觉，那张收据没他们表面看到的那么简单，可直到刚才看见林永华仔细检查的模样，他才后知后觉地意识到那个收据里一定藏着极为重要的信息，否则林永华绝对不会如此谨慎对待。

那张纸上就那么几个字，无论是他还是沈默，都翻来覆去地看过无数遍，到底有什么信息是被他们所遗漏的？

一阵夜风刮了过来，夏东风不自觉地打了个寒战。他缩了缩脖子，苦笑着自言自语道："这要是被沈默那个臭小子知道了，少说得卸我两条腿吧！"

被他念叨的沈默正在哄轩轩吃饭，结果一个喷嚏直接打进了轩轩的鸡蛋羹里。轩轩清晰地看见口水喷进了蛋羹，登时瞪大了眼睛："……表哥，我真的不能不吃吗？"

沈默抹了把脸："现在可以了。"

轩轩小心翼翼地抓住他的裤腿："其实我不是不饿，但表哥你蒸的鸡蛋羹真的太难吃了，呜呜呜……"难吃到会让小孩儿哭出来的程度。

沈默犹豫了一下，开始翻外卖 APP，正翻着呢，就听见楼上的门响了。沈默一个箭步冲了出去：“夏青，轩轩想吃你做的鸡蛋羹。”

“滚蛋!”夏青骂骂咧咧的声音从楼上传来，“我是你们兄弟俩的老妈子吗!”

五分钟后，夏青持续骂骂咧咧地进了沈默家的厨房，蒸鸡蛋羹。沈默闻着味儿，抽了抽鼻尖，有点儿香，于是喊道：“大厨，蒸两碗。”夏青一个铲子就飞了过来。沈默刚想再争取一下，手机就响了。是庄梦瑶打来的。

“师弟，你现在能回局里一趟吗？找到人了。”

沈默顿时收了玩笑的心思：“我马上到。”

挂了电话，他把铲子还给夏青：“我先走了，今天晚上轩轩还是麻烦你照顾了。”话音落下的时候，人已经换好鞋站在门外了。

夏青虽然听力跟沈默比不了，但也不算太差，刚刚电话接通的那一瞬，夏青就听出来了，电话那头是个年轻的女人。虽然清楚大概率是同事，但夏青还是有点儿泛酸。

蒸好鸡蛋羹，夏青端着碗去找轩轩。孩子正趴在小桌子上等饭，看见夏青就咧开嘴笑了起来。夏青感觉心里更苦了。她怎么这么像被沈默丢在家里的黄脸婆啊?!

一大一小缩在桌子旁边，小的专心吃饭，大的直勾勾地看着小的吃。夏青越想越不爽：“轩轩，你知道吗？你表哥是个渣男。”

轩轩举着勺子，疑惑地问道：“渣男是什么?”

“就是有家不回，有孩子不管的男人。”夏青偷换概念。

轩轩用他聪明的小脑瓜思索片刻，认真点头：“对，是的，我表哥就是渣男。”

夏青笑着叮嘱道：“那你记得以后就这么叫他。”

“好的哦。”

夏青登时爽了，神采飞扬。

沈默赶到公安局后就一头扎进了会议室。

“找到了？”

“嗯。”答话的人是闻显，他用看神仙的眼神看了庄梦瑶一眼，感叹道，“我们局里都是些什么人才啊！”

一个沈默，听力堪比顺风耳。

一个庄梦瑶，动态视力恐怖到不科学。

沈默起先还觉得闻显的表现过于夸张了，等他看到庄梦瑶从监控录像里找出来的线索之后也跟着麻了。庄梦瑶不是从录像里找到了嫌疑人，而是找到了嫌疑人的一条腿和一只脚。

“他应该对狩猎场的监控位置非常了解，案发当天的所有监控录像里，只有这一个拍到了他，狩猎场用的监控是一秒三十帧的，拍到这人的画面只有十六帧。”也就是说，不到一秒时间，只从摄像头下经过的一条腿，被庄梦瑶凭肉眼找了出来。“幸好拍到了脚，不然真的很难确认。”庄梦瑶敲击暂停，将画面中的那只左脚放大拉近，“这个鞋子的尺码，至少得五十往上了吧？”

沈默比画了一下：“五十三左右，难怪要把脚印抹除，这脚比脸都好认吧？”

闻显也道：“从他小腿的长度和粗细来看，这人的身高至少有一百八十五厘米，体重一百六十斤往上，特征还挺明显的。”

“我可以确定你们统计的名单里没有这个人。故意避开摄像头，不做登记，很明显是有问题。”庄梦瑶道。

沈默思忖片刻：“现在有两个问题，第一，当然是想办法把这人找出来；第二，要搞清楚他当时去钟乳洞的目的，他总不能是随便逛逛就逛到了凶案现场，我怀疑陈娇被杀的事另有隐情。”

闻显的眼睛逐渐变亮："这意思是不是说老丁他……"

沈默打断了他的话："只是有这个可能，你先别激动。"

闻显稳住情绪道："可以让痕检科去进行现场复原。"

"可以试试。"沈默想了想道，"但不仅要尝试复原被抹平的那些，还要复原整个钟乳洞里的脚印。"

闻显咋舌："那这可是个不得了的大工程。"钟乳洞这段时间进出的人不少，光是警方这边就留下了无数脚印，更别说还有之前的。

"但只要复原出来，我们就能大概清楚这个人的行动轨迹，对他当时到底做了什么也能有所猜测了。"沈默觉得这个还是挺值的，"至于怎么找到人……"

虽然这脚大得出奇，可警方就算做人口调查也不会问人鞋码啊！根本没什么内部数据可用，真要找起来也不容易。

庄梦瑶小学生似的举起手："我觉得很简单啊，他这么大的脚，肯定是买不到鞋穿的，只能定制。监控里他穿的这双就是明显的手工皮鞋，他的裤子也是大牌，应该挺有钱的，我们只需要去查市内接定制的高档鞋店就行了。"

沈默和闻显对视一眼，齐齐拍了下额头。

"那就兵分两路……"沈默说到一半，又哽住了，"我师父呢？他现在不是负责人吗？他不在我们怎么调人？"

闻显又火急火燎地给夏东风打电话，打完电话说："他说马上就回来。"

挂断电话的夏东风是真觉得有些好笑。他本来没在沈默他们身上抱多大希望，没想到这三个人还真能搞出大惊喜。夏东风在心里没什么诚意地对卢志盛说了句抱歉。

要去现场进行采集和复原，狩猎场那边根本瞒不住，但找鞋店这事倒是可以做得动静小点儿。

庄梦瑶为了看监控，熬夜两天没闭眼，结果一出来她就直接请假回去休息了。沈默属于放在狩猎场那边浪费特长且没有其他作用的人，所以就被夏东风踢去查鞋店了。一块儿被踢走的还有闻显和崔玉林。

沈默看着两个预审，嘴角狂抽："为什么你们也要跟我去？"

"人手不够？"闻显打了个哈欠，"我们就是来凑数的。"

崔玉林翻了个白眼，没好气道："我才是那个凑数的，闻显是自己上赶着来的。"

话说得不怎么客气，但崔玉林还真就是随口一吐槽。他和闻显都是预审科的人，日常审讯都是他俩打配合，默契和关系非同一般。所以哪怕闻显从来没明说过，崔玉林也知道，他其实一直对丁世忠的事抱有疑虑。

沈默扫了闻显那俩大黑眼圈一眼，张了张嘴，最后还是没说什么。

人与人之间的感情是不同的，沈默对丁世忠的死虽然惋惜，但更多的是疑惑和不解，可闻显明显不是这样。他就像是刚知道方树功被推出来顶罪时的沈默，哪怕证据摆在眼前，情感上也依然没法儿接受，所以哪怕只有一丝希望，也要紧咬不放地追查下去。

沈默当时成功了，追查到底的结果是：方树功清清白白。那闻显呢？沈默希望他也能成功。毕竟他也不愿意相信，丁世忠真的是证据显示出来的那样一个烂人。

"市里注册过的鞋店，可以手工定制的，一共有十六家。其中十二家是个体经营，纯粹卖手艺；四家是跟品牌合作，接受高端定制。"沈默叹了口气，"这些都只是明面上能查到的，还有些老手艺人不开店，只私人接活儿，生意都是客户口口相传互相介绍，这种是最难找的。"

闻显考虑了一下："小庄说那人身上的衣服鞋子都不便宜，我们先去看看这四家品牌店？"

沈默无奈："你以为个体经营的定制就便宜了？差不了多少的。"手艺越好的老匠人价格就越高，跟品牌还真没什么关系。说是这么说，沈默也不是真的反对，反正在找到目标之前，这十六家店都得跑个遍，这不是先后问题，而是运气问题。沈默自觉运气不好，所以决定听闻显的。

然后，他们跑完了四家品牌店。毫无收获，还累得气喘吁吁。体力稀烂的崔玉林抹着汗打哈哈："我们先找个地方吃饭吧。"

于是三个人就坐到了路边的拉面馆里。点完单，闻显拿着手机看了一阵："FH 俱乐部那边的财产清算完了，今天司法拍卖。"

沈默愣了一下。他没关注过俱乐部后续的财产问题，不管方树功在世时知道了多少，俱乐部涉嫌违法走私枪械都是事实，在黄薇薇被捕后，FH 俱乐部的产权就被收走了。说实话，沈默觉得能给轩轩把贵和园那套房子留下已经算是不错的结果了。

闻显后知后觉地意识到自己说了不合时宜的话题："抱歉抱歉，不该说这事。"

"没事儿，没什么不能说的。"沈默的面上来了，他拌了两下，"继续说吧，有人买吗？"

闻显讪讪一笑："好像有人买了，我看看买家是谁……林永万？!"

沈默的手顿住了，眼底波涛涌动："……怎么会是他？"

FH 俱乐部的事，其实至今都不算是完全了结，反倒像是一个被扯出了线头的毛线球，牵一发而动全身地引出了不少事。换句话说，FH 俱乐部其实就是个烫手山芋，不管是谁买了都会受到警方的特别关注，这要是个清清白白的人还好，偏偏是林永万。

是没事儿找事儿，还是真的不觉得警方能对他构成任何威胁？或者是有不得不买下来的理由？沈默想到 FH 俱乐部会员消费记录里，林永万那一长串堪称常驻的包场记录，眸光止不住地暗了暗。

“啊……不是很懂有钱人的想法。”闻显一手支着脑袋，一手拿着筷子，时不时还要抽空儿点一下手机，硬生生地把饭吃成了很忙碌的样子，“不过那个俱乐部各种设施都挺齐全的，买回去之后继续营业也是可以的吧？反正南都也没别的大型实弹俱乐部。”

“重新营业？”沈默对林永万的印象特别差，从不吝于用最大的恶意去揣测对方，“那要看是营哪个业了。”

闻显没反应过来：“什么？”

崔玉林从桌子底下踹了他一脚：“闭嘴，吃你的面！”他也听说过沈默针对林家兄弟的刺头操作，除了感慨一句年轻真好，崔玉林都不知道该怎么评价。

吃完饭，三人继续扫荡南都市的手工鞋店。四个小时后，崔玉林和闻显奄奄一息。

“我现在闻什么都是一股皮革味儿，晚饭都不想吃了。”闻显脸色惨白。

崔玉林也没好到哪儿去：“还有几家？”

沈默无奈：“两家。”顿了顿，还是忍不住道，“我们的运气好像真的很差。”

“话不能这么说。”闻显绞尽脑汁地想着安慰人的话，“千万别把问题怪到自己头上，你应该这么想，说不定这十六家鞋店全部都不是呢，这不就跟运气没关系了吗？”

崔玉林面如死灰。

又一个小时过去，三人站在最后一家店门口，挂在门上的贝壳风铃叮当作响。

“这是最后一家了。”崔玉林握紧拳头，咬牙切齿地对闻显道，“如果还不是，我就揍死你。”

“关我什么事啊?!”

第 23 章　黑锅

这家店的名字没什么特色，甚至还略微有点儿土气，叫行万里手工鞋店。老板是个上了年纪的老大爷，七十岁上下，花白的头发被皮筋在脑后扎成个丸子，蓄了整齐的短须，看起来特别有艺术家气质。

风铃的声音惊动了正在锉鞋底的老板，他抬起头来，看见沈默三人身上穿着的制服，先是微微一怔，随即就笑道："三位是来买鞋子还是有事要问？"态度自然，语气亲和，没有丁点儿慌张的迹象，看他们仨的眼神就像是在看普通小辈。是个脾气很温和的老人，三人同时在心中断定。

闻显掏出证件："有点儿事需要您的配合，关于我们询问的内容，希望事后您可以保密。"

老爷子十分洋气地冲他们比画了个可以的手势。因为给人的感觉实在太亲切了，以至于三个进入工作状态立马正经起来的警察都跟着放松了不少。等他们说明来意，老爷子几乎想都没想："有的，我这里有位常客，脚很大。"

沈默意外："记得这么清楚？"

老爷子伸出两只手比画："因为太大了，每次做出来的鞋子都跟小船似的，不印象深刻都难，而且他最近才来过。"

"最近？具体什么时候？"

"稍等。"老爷子从柜台底下拿出个本子，戴上老花镜翻了翻，"三天前，来订了两双皮鞋，一双布鞋。"

"您知道他的名字吗？或者有他的联系方式也可以。"

老爷子爽朗一笑："这当然有啊，七八年的老客户了。他叫卢志盛，应该是个大老板吧，反正挺有钱的。”

“卢志盛……”闻显皱着眉，“这名字怎么有点儿耳熟？”

崔玉林喃喃道：“我也觉得有点儿。”

沈默愕然地瞪大了双眼。详细问明了情况，从老爷子的记账本上，把属于卢志盛的那几页复印了一份，最后还拿了双卢志盛预订的半成品鞋子，三人就准备告辞。走到门口时，老爷子把人叫住，有些犹豫地问道：“我还是想问一下，他是犯了什么事吗？”

大概是怕他们多心，老爷子又飞快地解释道：“毕竟是我这里的老客户了，一直照顾我生意，还是忍不住想关心一下，要是不方便说就算了。”

三人对视一眼。

“目前正在调查中，您只需要记住，别跟人说我们来问过话的事就行了。”出了店门，闻显拽了沈默一把，“怎么了？从听到那人名字开始就魂不守舍的，你认识这人？”

“……见过。”沈默按了下太阳穴，“不久前，我去给我舅舅买墓地，在南都陵园遇到了他，他是……刘东的朋友。”他解释了一下在南都陵园发现了刘东墓的事，“当时还打了一架，他身手很好，个子很高，人也壮，但我不习惯靠外表认人，所以并没有留意他的脚到底大不大。”说到这里，沈默不禁有些懊恼。当时要是多注意一下，说不定就不需要绕这些冤枉路了。

“刘东的朋友……还是能花大价钱给他买墓地的朋友。”闻显面色发沉。

崔玉林突然说了一句：“刘东还是林永万的人。”

三个人登时都沉默了下来，尤其是闻显，简直能用面白如纸来形容。他进公安局也有七八年了，很清楚涉及万华集团的案子有多少是稀里糊涂就揭过去的，如果这个案子最后的结果也是这样……他死死地攥紧了拳头。

沈默的心情也沉重了起来："先回去查一下这个人再说吧。"

有了姓名和联系方式，要调查就太容易了。

"卢志盛，南都市本地人，三十九岁，身高一百八十七厘米，体重一百七十六斤，万华集团保安部经理……"

闻显肉眼可见地丧气了起来。

沈默知道他在想什么，轻声问道："你怎么想的？"

卢志盛的身份一经查明，这件事就是板上钉钉地牵扯到了万华集团。那闻显还有勇气再查下去吗？沈默想到自从曹建设案后他遭遇的那些危机，心情也不由得复杂起来。如果只从他个人意愿的角度来说，他是一定要查下去的。

卢志盛与丁世忠案有关系，丁世忠案的根源又是 FH 俱乐部案，而沈默又在黄薇薇的暗示下找到了那个像密码本一样的琴谱，那个琴谱里的一段旋律又与他在当年他父母车祸身亡时听到的特殊声音相似……

就凭这一点，哪怕不是为了丁世忠案的真相，沈默也会一直查下去。他有感觉，他的耳朵坚持不了多久了。之前在狩猎场待的那两天，持续不断的枪声给他的耳朵带来了巨大的负担，最近这段时间他的耳内分泌物明显增多，耳鸣的情况也更加频繁。他必须要在听力真的出问题前查清楚所有真相，必须要给无辜被害的父母一个交代，所以无论如何，沈默都会死死揪住这条线索。

"我不会放弃的。"闻显很清楚作这个决定后可能会面对什么，他的手一直紧紧攥着，手背青筋暴起，"人总要有点儿坚持的东西吧。"

沈默安静了两秒，笑了："好巧，我也是这么想的。"

就在他们作决定不到四个小时，局里这边接到了两个通知。第一个是，夏东风因破获 FH 俱乐部爆炸案，并在案件发生时因保护队友负伤，提升警衔二级警监，升任南都市公安局副局长。

第二个是，丁世忠案证据确凿，限两天内将相关资料和涉案人员移交司法部门，作结案处理。

两条通知下来，所有人都沉默了。

半晌，沈默哑着嗓子开口："夏东风人呢？"

队里有人答话："不清楚，应该是被上面叫走了吧，毕、毕竟是升迁嘛。"

"升迁"两个字一出来，局里的气氛登时凝滞得吓人。按照资历，夏东风入行这么多年，正常情况下，警衔三年一升，哪怕是熬时光，他的级别也离二级警监不远了。可夏东风一直在警司的级别上被压了很多年，原因不明，只隐约听人提过，似乎是夏东风自己不想升。沈默猜测应该是和夏东风过去的经历有关。

如果说第一条通知里，夏东风警衔级别的提升还勉强算合理的话，那副局长这个职务就真是离大谱了。警衔级别和行政级别是完完全全的两码事，行政职位有警衔要求，但却不是每一个达到警衔要求的人都能获得对应的行政职位。

夏东风的升迁理由也十分离谱，准确地说，FH 俱乐部的爆炸根本就不算是一个单独的案件，它只是枪械走私案的一部分，这谈得上什么破获？至于救了队友……救了林永华的付铭海还在医院躺着呢，怎么没见给付铭海个局长当当？

再联想一下第二条通知，顿时感觉就更微妙了。

闻显脸色煞白，只觉得这简直就是个笑话。明明已经找到了疑点，明明已经在调查核实之中了，为什么还要说证据确凿？为什么还要让他们强行结案?!

局里比较圆滑的人已经主动跟沈默打起了招呼："小沈，恭喜啊，以后可就是咱们局长的徒弟了。"沈默和闻显隔着人群对望，莫名产生了一种沉入幽深海底的窒息感。

夏东风是第二天早上才出现在局里的，两眼略显浮肿，身上带着轻微的酒气，不太明显，感觉就像是宿醉之后洗了澡，又没完全把酒气洗掉的结果。他倒是没什么春风得意的表现，面对局里人的恭喜也只是嘻嘻哈哈地糊弄过去，看起来似乎没什么变化。

丁世忠的办公室昨天就已经被清理出来了，现在是属于夏东风的。他在办公室门口静静地站了许久，脸上没什么表情，却给人一种仿佛会在这里站到天荒地老的空茫。

墙上的挂钟"铛铛铛"响了三声，是准点报时。夏东风像是突然被惊醒了似的，推开门走了进去。

沈默一直在大厅里的橡胶树后面坐着，看见夏东风进了办公室之后，犹豫了一下，还是起身跟了进去。

"你到底做了什么？"沈默昨天回去之后想了很久，他记起了丁世忠出事那天，夏东风在狩猎场门口等他时说的那些话。想升职？真想升职夏东风就不会摆烂这么多年。

夏东风瞥了他一眼："进来连门都不敲？"

沈默气笑了："摆架子啊？夏局长。"

夏东风眸光晦涩一瞬，随即恢复常态，痞里痞气地笑道："这是在教你懂礼貌。"

沈默没心情跟他开玩笑，当即垮下了脸："回答我的问题。"

"问题？什么问题？哦，你刚才问我做了什么？"夏东风靠在办公椅上，两手一摊，"我能做什么？沈默同志，我可什么都没做哦。"

沈默咬牙："什么都没做，你会突然升职？"

这话听起来十分伤人，但这几乎是局里所有人共同的疑惑。

"你这么说可就不礼貌了。"夏东风还是那副滚刀肉的架势，"我在局里当牛做马这么多年，难道还不配升个职？"

沈默一捶桌子："夏东风！"

夏东风掏了掏耳朵："在呢在呢。"

沈默深吸一口气："那丁局的案子你准备怎么办？"

"能怎么办？上面不都下通知了吗？过两天把材料交上去，结案。"夏东风回答得毫不犹豫。

沈默气了个倒仰："你明知道我们已经查到线索了！这个案子肯定另有隐情，为什么还要结案？！"

"沈默，这是上面的命令。"夏东风也板起了脸，"适可而止，对所有人都好，懂吗？"

沈默看向夏东风的眼神逐渐陌生，半晌，他哑着声音问道："到底是我从来都没了解过你，还是你又变回去了？"

刚认识的时候，夏东风就是一副混吃等死、得过且过的样子，但从宋明珠案开始，沈默发现夏东风其实并不像他表现出来的那么无所谓。他会在宋明珠被家暴的时候装成喝醉酒的邻居去敲门；会在曹建设从市医院逃走时，不顾危险一个人追上去；会在沈默被停职时，明明不赞同，却依然透露消息给他；会在俱乐部发生爆炸时让其他人先走，自己殿后……

沈默一直以为夏东风的顽劣和不在乎只是一层面具，尽职尽责的警察才是他的真容。可现在看来却不是了。是他看错人了？还是夏东风变了？

"沈默，我跟你说过很多次了，要见好就收，真相其实没那么重要，死去的人已经死了，活着的人总得好好活着吧！"夏东风道，"总不能为了个死人把自己搭进去，现在这样不挺好的吗？"

沈默闭了闭眼："只有你觉得好。"他转过身朝门外走去，语气坚定，"这个案子我会继续查的！一定会！"办公室的门被沈默从外面怒气冲冲地甩上。

夏东风用手撑着额头静静地坐了许久才低低笑了一声："臭小子，倔得跟驴一样。"

沈默去找了闻显："夏东风打算按照上面的意思结案。"

闻显露出并不意外的表情："猜到了，老夏这人……有时候跟徐局挺像的。"都是很会审时度势、明哲保身的类型。不然就夏东风前些年那个摆烂样，早就被踢出警队八百回了。

沈默对此不予置评。

闻显犹豫了一下，问道："那我们……还查吗？"没有夏东风的支持，他们就没办法调用警队的人手，很多事也都做不了。

"为什么不查？"沈默理所当然地开口，"我们还有一天半的时间，不努力到最后一秒，怎么知道赶不上？"只要在正式结案之前查出结果，那上面就算再想结案，也得考虑考虑后果。

世上没有不漏风的墙，真要是面对不可辩驳的事实还想把案子压下去，那后果谁也兜不住！

"我们运气还算好，狩猎场那边的脚印修复工作已经完成一多半了。"这也多亏了痕检科的人前两天够努力，沈默笑了下，"先去狩猎场吧。"

两人一路飞车赶到狩猎场，照旧偷摸翻进封锁区进入钟乳洞。结果一进去就傻了眼。地上很乱，非常乱。这里的地面，尤其是发现陈娇尸体的那个山洞，整个地面像是被犁过一样。这种情况，别说是找脚印了，他们现在连个下脚的地方都没有！

闻显脸色煞白："现在怎么办？"

沈默没吭气，拿着手电筒在钟乳洞里转了一圈，没有放过任何一个岔路。"所有的小山洞我都看过了。"沈默若有所思，"只有这里是被破坏得最严重的，就连之前被处理过的那个小山洞的破坏程度都比不上这里。"

闻显倏地睁大眼："你的意思是……"

"老操作了，此地无银三百两。"沈默笃定道，"这里被毁得越严重就越说明有问题。"

闻显有点儿想不通："可他之前为什么不……"

既然之前能处理小山洞那边的脚印，为什么不把这里的也顺便处理了？话还没问完，闻显自己就反应过来了。

因为不能处理。这里是第一案发现场，警方必定会进行最仔细的调查，如果把这里也抹平了，那他们就会第一时间意识到不对。根本不用等找到丁世忠，他们就能确定这里还有另一个人出现过。

另外，这个山洞从案发之后脚印就非常凌乱，因为进来过的人太多了，导猎员老陈、七八个狩猎场的安保人员，以及沈默和丁世忠过招时留下的痕迹，还有陈娇死前留下的。这么多痕迹交叠在一起，地面又非常潮湿，如果不是特别去关注的话，根本不可能发现问题。

当然，那个时候，他们还不知道鞋码这件事，就算关注了，估计也会忽略。所以，在当时那个情形下，不对这里做任何处理才是正确的做法。

想通这一点后，闻显先是一喜，很快又丧气了下去："可这只是推测，不能从第一案发现场找到证据的话，哪怕我们证明了卢志盛来过钟乳洞，他也有无数借口可以狡辩脱身。"

"他趁队里的人撤离后把这里毁掉，不外乎也是跟你抱着一样的想法。"沈默耸肩，"不知道你有没有听过一句俗语，写字像画狗，越描就越丑。"

这话的意思是，写毛笔字贵在一气呵成，如果对不顺心的笔画加笔再描，就会越描越走样。放在这里也是类似的道理，对方做的手脚越多，留下的痕迹也会越多。

"这里地面的破坏情况绝对不是一个人可以完成的。"沈默环视四周，找到了不少残缺凌乱的脚印，"至少是十几个人一起，大概率是狩猎场内部的员工，要调用这些人，那就肯定不会一点儿风声都不漏，最重要的是……"沈默笑了下，"陈娇死的那天，队里是来取过证的，这个山洞被完整地拍摄了下来，包括地面。在没有目标的时候，我们很难从凌乱的脚印里分析出什么，但现在，我们只需要从照片中那一堆乱七八糟的脚印里，找出一个属于五十三码的就可以了，哪怕它被覆盖过，哪怕它是残缺的，也一定能找到。”

沈默和闻显离开钟乳洞后就直接联系了导猎员老陈。

“哦，你说那个山洞啊？是我们挖的。”老陈憨厚地笑了笑，“算是额外加班，有加班费的，我们这里的导猎员全扛着锄头去了，怎么样？地翻得不错吧？别看我们现在工作挺时髦的，以前可都是种地的好手。”语气竟然还挺得意。

“好端端地让你们去翻地干什么？那可是案发现场。”沈默无奈。

“就是案发现场才要翻啊。”老陈解释道，“是我们经理安排的活儿，做生意的人讲究多，那山洞本身就阴，现在还死了人，死的还是个女人，听着就不吉利。经理说，要不了多久就要开发那个钟乳洞了，得尽快把地翻一下去去晦气，免得以后影响生意。”

沈默虽然知道去晦气只是个借口，但依然觉得很离谱。

给老陈散了两包烟作为感谢后，两人又去找了狩猎场的经理。这位的配合程度完全不输给老陈，同样是问什么答什么。

“嗯，是我通知他们去挖的，这也是集团那边的意思。”经理颇有些头疼道，“发生命案是大事，你们警察又一直来调查这个调查那个，消息根本瞒不住。这才出事几天啊？狩猎场的人流量就直接往下跌了一大截，我还打算请个大师来一趟呢，就算不信这个，也得做个样子给信这一套的客人看啊！”

闻显听得又好气又好笑：“那是命案现场！正常情况下是要封锁很长一段时间的，你让人去挖地是违规的，知不知道？”

“可这案子不是已经结了吗？你们警方说可以挖，不妨碍什么，我们才挖的啊。”

沈默皱眉：“警察说可以挖了？哪个警察说的？”

经理挠了挠头：“具体叫什么不知道，反正是姓夏。”

整个南都市公安局只有一个人姓夏。

闻显的脸登时黑成了锅底：“他什么时候跟你说的？”

“就昨天。”

沈默也愣了：“夏东风昨天来狩猎场了？”

“对啊，之前你们查案的时候，我也见过他一回，所以认得脸，昨天见到了，我就干脆问了下那个钟乳洞能不能挖，他说已经结案了，我们想怎么处理都行。”

沈默稍微捋了下时间线。也就是说，昨天夏东风在见完上面的人以后，之所以没回公安局，是因为来了狩猎场？

沈默又想起了夏东风身上淡淡的酒气。他还在狩猎场喝了酒？是一个人喝了闷酒，还是另有应酬？在这个敏感的时间点，跟他喝酒的会是谁？

“把你们狩猎场昨天的监控录像给我拷贝一份。”沈默顿了顿，“还有你刚才说最开始挖地是集团那边的意思，是万华集团谁通知你的？”

“保安部的卢经理。”

拿着拷贝了监控录像的U盘，沈默边走边琢磨事，因为心不在焉，直接一脚踩在了崖边，要不是有闻显拉着，他估计得直接滚下山。

闻显硬生生被吓出一身冷汗：“想什么呢？走路的时候长点儿心。”

“我在想……”沈默皱着眉，“保安部的卢经理……是指卢志盛没错吧？”

“肯定是啊！”

“那他这么做，不就是毫不掩饰了吗？”沈默费解道，“也没封口，直接让人开挖，他这是彻底不装了啊！？”

闻显倒是比他看得更明白一点儿：“因为他没必要装了。”

上面肯定不会无缘无故地催他们快点儿结案，大概率是万华集团那边运作的结果。既然已经确定案子要结了，那卢志盛只需要保证警方在正式结案之前找不到新的证据就可以了。

至于会不会怀疑他，这根本就不重要。就算再怀疑他又怎么样？只要没有证据，他们不还是只能干瞪眼？

“其实……以前涉及林永万的案子，他也是这个态度，狂妄，傲慢，不把警察放在眼里，”闻显苦笑一声，“想不到现在连万华集团一个经理也能在南都市横着走了。”

沈默想起了曹耀死后，林永万被请去局里问话时的态度。确实很傲慢，全程高高在上，一副他肯来就已经给足警方面子的态度。

等等，不对劲！沈默倏地站定：“有点儿怪……闻显，这事不太合理。”

“什么？”

“林永万狂，那是因为他背靠林永华，整个万华集团都是他的靠山，可卢志盛他凭什么？就凭他是万华集团的一个小领导？难不成他们万华集团还有什么员工保障吗？只要进了万华，杀了人也能给你摆平？没这种道理吧？万华旗下这么多产业，挂着经理名头的人没有一百个也有几十个，难道每一个惹了事，万华集团都会帮忙搞定？根本不可能的吧？”

闻显被他说得一愣：“……确实。”

因为之前被他们请来局里的，跟万华集团搭边的人只有林永万，而林永万的态度又一直是那个鬼样子，要不是沈默提出来，他甚至都没觉得卢志盛这种稳坐钓鱼台的表现有什么不对。他只认为这是跟万华集团有关的人，那这态度和操作很正常，以前也是这么干的，却忽略了林永万和卢志盛在身份上的区别。

“最大的可能是，如果顺着卢志盛这条线追查下去，我们可能会查到一些不得了的事，或者是会查到万华集团必定会保的人头上。”沈默有些焦躁地掰着大拇指，他嘴上说的是“可能”，心里却十分笃定这个推测。

夏东风的升迁和对待这个案子的态度明显是不正常的，可如果要在厅级行政职位上做手脚，这得多大的能量？又需要付出多大的心力？花这么大工夫，总不能只是为了让夏东风升个职吧？

只能说，对方认为，付出这些代价让夏东风升职是值得的，而夏东风在升职后，做的第一件事就是按照上面的命令，暂停了针对丁世忠案的一切调查。

夏东风现在到底是什么立场？他还可信吗？

更糟糕的是，对方既然愿意付出这么多去掩盖真相，那就意味着这个真相一定是比他们预想中还要糟糕的大事。各种猜测如同乱麻般缠绕在沈默的心头，有对案件本身的，也有对夏东风的。来南都后，夏东风是对他最好的人，也是最照顾他的人。沈默不愿意，也不想去怀疑他，但理智却一再地对他进行提醒……

沈默攥紧拳头，把掐破的掌心藏了起来：“回去吧，时间很紧迫，没工夫在这里耽搁了。”

不管夏东风走了哪条路，沈默的选择都不会改变。如果夏东风走错了路，那沈默就去拉他回来。如果没有，那等事情了结了，沈默会向夏东风好好道歉的。至于现在他只需要坚定地走在他认为是“对”的路上就可以了。

“我说过了吧？案子已经结了，不要再查下去了。”夏东风捏着鼻梁，“浪费警力资源。”

沈默无语，浪费什么资源？他是调走队里哪个人了？还是耽搁什么案子了？

“看你这表情，你还觉得挺冤是吧？”夏东风皮笑肉不笑道，“你跟闻显不是队里的人？你俩是被开除了？还是我给你们放假了？”

沈默被他这胡搅蛮缠的说辞气了个半死，磨牙凿齿道：“那行，我请假，你批吧！”

“请假？可以。”夏东风伸出手，“证件交上来，休假期间不允许私自查案，也没权利查案。你想请多久的假？半年够不够？”

半年？是不是条件允许的话，他这个师父，巴不得直接把他开除警籍呢？沈默深吸一口气：“我不请了。”

夏东风哼笑一声。

沈默试图跟他讲道理：“我不信你不知道那个卢志盛有问题，我跟闻显去了狩猎场，那边……”他把钟乳洞被翻了地的事情详细地跟夏东风说了，“这事你也知道吧？那个经理说，还是经过你同意了的。师父，你是怎么想的？这种事你也同意？”

“案子确实已经结了，为什么不同意？”夏东风撩起眼皮，“还有卢志盛的事，说到底，这些都是你的主观臆测，一点儿证据都没有，你就让我发话把人带回来？”

沈默抿了下唇：“我会找到证据的。”

“那就等你找到了再说。”他看了下时间，“哦对，你还有二十六个小时，二十六小时之后我就把材料移交到法院了。”

沈默重重地闭了下眼睛：“我现在就去找，等我找到证据，你要是还推辞不干，那我就……”

夏东风吊起一边眉毛：“你就怎么样？”

“我就举、报、你！”沈默一字一顿，“我是认真的。”

“行行行，你去找。”夏东风赶苍蝇似的挥手，“赶紧去，希望你能快点儿把我弄下去。”

沈默转身就走，把夏东风的办公室门摔得震天响。夏东风靠在办公桌上点了根烟，抽了两口之后，忍不住笑骂了一句：“这狗脾气，以后没人约束了可怎么办？不得把天捅个窟窿？”他仰头吐了个烟圈，将手撑在桌沿上，“算了，就算真有那个时候，我大概也看不到了。”

闻显一直站在门口等着沈默，见他出来就连忙问道：“怎么样？他同意了吗？”

“没有！”沈默摆着个臭脸，“先找证据。我去查现场照片，你去看监控录像？”

“行。”闻显先是一口答应下来，紧跟着又想起了狩猎场那边的监控数量，整个人都卡顿了一下，“那个……小沈，你师姐呢？找她来当下人肉扫描仪？我一个人看太慢了。”

五分钟后，庄梦瑶再次被按在了小会议室的电脑桌前。庄梦瑶道：“又看监控？这次是要找什么？”

闻显说：“还是找那个姓卢的，看看他……”

“不是。”沈默打断他的话，“找一下昨天跟夏东风在狩猎场见面的人都有谁。”

庄梦瑶和闻显齐齐扭头看向了沈默。沈默攥紧了手心：“先按我说的来，具体原因……我之后再跟你们解释。”

闻显又不是傻子，稍微想一想就明白了，沈默是在怀疑什么。他的嘴巴张张合合了好几下，最终还是一个字都没说。倒是庄梦瑶这个伪编外人员对目前的局势是真的了解不多，反倒没什么特别的想法，沈默怎么要求，她就怎么做，其他一概不管。

庄梦瑶的效率是真的很高，闻显在旁边完全就是个打酱油的，别人开八倍速看监控，他得开 0.5 倍；别人能同时看四个屏幕，他看一个都费劲。

闻显接连看了五个小时，顶不住了，两眼控制不住地掉眼泪："你不仅视觉离谱，记忆力也很离谱啊。"

庄梦瑶还盯着显示器，慢吞吞道："其实不能用记忆力来概括，应该说脑力。"人对信息的接收量其实是有上限的，超出这个上限，即使眼睛看到了，脑子也不一定能反应过来。庄梦瑶能做到现在这样，动态视力和脑力缺一不可。

闻显抽了抽嘴角："虽然知道你不是故意的，但这话听起来真的是既嘲讽又臭显摆。"

庄梦瑶眨了下眼睛："我没这个意思。"

闻显摆手："知道知道。"

又过了三个小时，疲惫的沈默拿着一沓照片回了小会议室。他脸上的倦容十分明显，但一双眼睛却亮得惊人，甚至隐隐带着亢奋。

闻显心头一跳，呼吸都急促了起来："找到了？"

"找到了！"沈默把桌子上的文件推开，将手里的照片一张一张摆放出来，"你看这张，在重叠的脚印底下，有一个尺码偏大的鞋跟印……还有这张……"

被他挑出来的照片都是有问题的。十几张照片并排放着，分别圈出了尺码不对劲的部分。

"我把这些照片另外打印了一份……"他拿起剪刀，将打印出来的照片剪碎，然后把圈出来的特殊脚印拼合在一起，"虽然不能拼出完整的，但目前这个轮廓已经确定，在陈娇死时，卢志盛一定在场。"

重重叠叠且杂乱的脚印，也不是完全没有好处的。至少他们可以通过这些脚印的重叠覆盖情况，大概推断出这些脚印出现的时间。而卢志盛的脚印就在最下方，也就是案发当时那一批。

“幸好他鞋码特殊，体重也够重。”沈默不由得庆幸。

同样是踩在泥地里，体重决定了脚印的深浅，卢志盛的脚印也是因为足够深，所以才会在经过案发和后续调查后，依然被相机拍摄了下来。虽然现在案发现场已经找不出他的脚印了，但这些照片已经足够说明问题。

闻显盯着拼在桌上的超大码脚印，忍不住笑了起来，笑着笑着就开始眼圈发红，眼角湿漉漉一片：“这样……是不是就能证明丁局不是凶手了？”

沈默侧头看了他一眼，薄唇紧抿，难得情商上线，没吭声。

这当然是不能的。陈娇的死因是中弹，而打出子弹的那把枪是属于丁世忠的，丁世忠本人也确实在凶案现场。现在发现卢志盛的脚印，能证明的也只是他有嫌疑……

沈默蜷缩了下手指，无奈闭眼。还是缺少实证。只凭目前掌握的信息还不够。

“啪。”就在沈默和闻显双双陷入沉默时，庄梦瑶的鼠标突然从桌子上滑落，清脆的撞击声让两人回神。沈默看着庄梦瑶隐隐发白的脸色，轻声问道：“师姐，怎么了？”

“我……”庄梦瑶吞咽了下口水，“我看完了。”

沈默微微蹙眉，隐约觉得有些不对劲：“有什么发现吗？”

庄梦瑶沉默了一会儿，打开存放在电脑桌面上的一个文件夹，里面都是她在观看监控过程中截取的图片。这些图片被一一点开，然后一张一张地翻过，一张张不同的人脸，也随着庄梦瑶点击鼠标的动作，从闻显和沈默眼前划过。

庄梦瑶苍白着脸问：“这些人……你们认识吗？”

“我不认识。”沈默的认人习惯，让他在没有声音作为参考的时候，接近于半个脸盲，看了几眼觉得没有熟悉感就放弃了，扭头问道，“闻显，你认识吗？”

问完，沈默才看清闻显此时的模样。满脸冷汗，嘴唇发白，呼吸急促粗重，心跳失序。这要不是极度贫血，那就只能是极度惊惧了，约等于活见鬼的惊惧程度。

“闻显？”沈默这回是真觉得不对了，先是庄梦瑶这样，现在连闻显也这样，他又转回头看了眼电脑屏幕，“你们……都认识这些人吗？”

半晌，闻显干巴巴地扯了下嘴角。“你不认识吗？”他的语气像是在开玩笑，也确实在努力让自己显得轻松一些，但脸上的表情却像是要哭出来了，“那你可真得好好补一下课了。”

很快沈默就知道闻显为什么认为他需要补课了。

庄梦瑶在几乎凝滞的气氛中，敲击了几下键盘，调整屏幕方向，把新打开的网页展露在沈默面前，这是南都市人民政府门户网站。庄梦瑶点开的是市政府人事页面，根据行政等级从上往下排列，市长、副市长、秘书长……相关官员的职务、照片、姓名、个人履历都在其中。

沈默瞳孔骤缩。等了将近两分钟，庄梦瑶又在键盘上敲了几下，这次打开的是市人民法院的门户网站，还是人事页面。

半个小时后，闻显反锁了小会议室的门，冷汗涔涔地在沈默对面坐下。

沈默仰头靠在椅背上，大脑一片空白：“这算什么啊？”

闻显也没比他好哪里去，状态甚至可以说是更加糟糕，连扶着额头的手都在发颤：“或许只是正常的应酬。”

沈默扯了下嘴角：“然后给夏东风应酬出了个副局长？”

闻显闭了闭眼，不知道是在说服自己还是在说服沈默：“这也不好说，老夏是先升的职……”

沈默打断他的话：“这话你自己信吗？”

闻显沉默了一会儿：“没什么不信的吧？老夏升职，跟上面的人打交道维护人际关系，这很正常，也是必须做的。”

“嗯。”沈默应了一声，“应酬的时候，还顺便同意让狩猎场的人去把案发现场破坏了。”

闻显沉默许久，突然苦笑出声：“我以为你会比我更相信夏东风。”

沈默睨着他，静静地看了一会儿才道：“我确实比你相信他。”

闻显撩起眼帘看他：“你从让小庄看监控之前，就开始怀疑他了吧？”

“嗯。”沈默想了想，琢磨着措辞，“但我的怀疑跟你不太一样。你怀疑他不是个好东西，但我更怀疑……他是不是在瞒着我搞事。”

闻显抬起双手重重地在脸上搓了几下，看向许久没吭声的庄梦瑶：“小庄，说说你是怎么找出这些人的吧，他们总不会坐在监控底下应酬吧？”

庄梦瑶对南都市的了解其实很少，但最近局里的动荡她也是清楚的，所以才会在看到监控后反应那么大。“这些人虽然没有明显避开监控的举动，但拍摄到他们的监控位确实不多。”庄梦瑶深吸两口气稳住情绪，“我首先确定了夏东风所在的包间，然后通过时间来排查这期间有可能进出过这个包间的人……”

沈默注意到庄梦瑶的措辞，怔了怔：“他们走的时候也没有一起吗？”

“是，包间外面并没有监控，但楼下有，所以我是按照停留时长和时间点来推断的。夏东风在包间的时间应该是晚上七点到十一点半之间，所以我筛选了这个时间段里，消失在监控探头下超过四个小时的人……”其实就是挑出七点左右和十一点半左右都在一楼监控探头里出现过的人。

庄梦瑶把垂落的发丝勾到耳后：“我有百分之九十以上的把

握不会出错，但是……”她嗫嚅着唇，叹了口气，“但是这也不能算是铁证，而且说明不了太多问题。”

哪怕他们怀疑的东西再多，甚至连逻辑都是完全自洽的也没用。证据，不需要存疑的地方。

“不，重点不是这个。”沈默按压了下眉心，“重点是，如果只是正常应酬，他们根本不需要分头进去再分头离开。”

闻显和庄梦瑶齐齐一怔。普通应酬的话，分散着进入很正常，毕竟只要不是一起来的，那进入的时间总会有点儿差异，但出来的时候呢？如果不是刻意而为，谁会在下了酒桌之后，再分别离开包间？难道不该是一起说说笑笑着走人吗？

闻显看着沈默，眼神怪异：“我是真搞不懂你是怎么想的。”

说沈默不信夏东风吧，他刚才明确表态了，可要说他相信吧，一直在找问题的人也还是他。难道沈默不明白，他的这些猜测，如果被证实意味着什么吗？至少可以间接证明，夏东风这个副局长的位置来路不正，再往深里想或者更阴谋论一点儿，丁世忠的身败名裂搞不好都和夏东风有关……

“我怎么想无所谓，要紧的是他打算怎么解释。”沈默站起身对庄梦瑶道，“师姐，把你找出来的这些东西帮我拷贝一份吧。”

闻显愕然：“你打算直接去问他？”

“这是正常流程吧？”沈默仿佛压根儿不觉得直接去问有什么不对，“我们现在能找出来的东西只有这些，距离夏东风移交证据只剩不到十五个小时，接下来就是该说服他调查疑点了。”

闻显张了张嘴，嗓音嘶哑：“你觉得他会同意吗？”

沈默接过庄梦瑶递给他的 U 盘，沉默许久，说道：“我不知道。”

从规矩和常理的角度来说，他们找出来的疑点确实足够让结案进度延缓了，但问题是这个案子，从夏东风莫名其妙地上位开始，就已经不符合规矩和常理了。

现在早就过了下班时间，出了小会议室就是一片黑暗。沈默正要打电话联系夏东风，却在掏手机的瞬间瞥见了从副局长办公室的门缝里露出来的光线。

沈默过去敲了两下门，也不等里面发话，直接就把门给推开了："你是在等我这里出结果吗？"

夏东风正靠在椅子上打盹，身上的衬衣睡得皱巴巴的。他半睁开眼打量着沈默，嗤笑道："谁等你？少给自个儿脸上贴金，我巴不得你少给我添点儿麻烦。"

沈默直截了当地把找到的东西铺开放在桌子上："从脚印来看，卢志盛当时就在案发现场，丁世忠杀害陈娇这件事明显存疑。"他盯着夏东风，"夏东风，这案子不能结。"

夏东风拿起拼凑出来的鞋印图看了看："你怎么证明，他一定是在案发当时出现在钟乳洞里的？如果他是更早之前去过呢？这些照片只能证明他去得比你早吧？如果他只是在更早的时候，比如当天中午或者下午进了钟乳洞一次呢？"

沈默哑然。这就是他觉得脚印不能作为铁证的原因，因为这是存在狡辩余地的。他说："但这确实是疑点吧？既然有疑点，那就该查清楚，不是吗？"

"正常情况下，确实是这样。"夏东风摊了摊手，"可现在这不是非正常情况吗？"

沈默咬牙："那你就去争取啊！直接摆烂是怎么回事啊？"

"胳膊拧不过大腿的事，怎么能叫摆烂？"夏东风的语气还挺委屈，"这事我说了不算的嘛。"

沈默被气笑了。他推开夏东风，直接把 U 盘插到他电脑上，阴阳怪气道："你说了不算？你夏东风人脉这么广，连这点儿事都搞不定？"

夏东风看着电脑屏幕上显示的截图，几张不算特别熟悉的面孔，映照在他的瞳孔里。他在沈默看不到的地方微微挑起眉梢，无声地弯了弯唇角：“这哪能叫人脉？我刚升职，以后多的是被这些人使唤的时候，只是提前打好关系而已。”

沈默憋着气：“那你打好了吗？”

“还没有。”夏东风无辜，“好事多磨，打好关系也得循序渐进，所以这还不算是我的人脉。这事我搞不定。”

夏东风彻底不要脸了，沈默死死咬着后槽牙：“夏东风!”

“在在在!”夏东风用小拇指掏了掏耳朵，打着哈欠道，“说实话，我还挺失望的。折腾这么长时间，我以为你好歹能找出什么要紧的东西，结果就这?”他按住沈默的肩膀，“好徒弟，你体谅一下我吧，光凭这个，真的不行。”

沈默闭了闭眼：“时间太短了。”

“我倒是觉得你压根儿不用急。”夏东风浑不在意，“急也没意义啊，老丁死都死了，他身上的罪名又不是只有杀人这一条，你……”

沈默彻底忍不了他这副混不吝的样子，直接一捶桌子：“什么叫死都死了？死了就该背上本来不属于他的罪名？”

夏东风一摆手：“反正他替人背的黑锅又不止这一个，债多了不……”像是自知失言，夏东风的声音戛然而止，随即话锋一转，“我的意思是，他人都已经不在了，这案子大可以慢慢查，没必要急于一时，就算明天结案了，要是回头再查出证据，那也是可以翻案的啊。”

沈默却没被糊弄过去，他的听力足够他捕捉到夏东风之前说的每一个音节：“替人背的黑锅是什么意思？你知道陈娇不是丁局杀的？不，不对……”他垂下头，指尖神经质地抽搐着，像是在说给夏东风听，又像是在独自整理思路，“丁局身上的罪名有很多，每一个都在短时间内被挖出了证据，但之前却没表现出任何异样……你说他不止背了一个黑锅，这就意味着……”

丁世忠背负的罪名，很有可能是被人强行扣上去的！

“我找错方向了。不该以捉拿卢志盛归案为目的，应该从调查丁世忠的角度出发……”沈默掰着抽筋了的指节，喃喃自语，“如果丁世忠身上真的有替人背的黑锅，那能给他扣上罪名的人有哪些？”

能在极短的时间内伪造出证据，直接用假的证据把丁世忠锤死的人有哪些？想到催着结案的领导，沈默直勾勾地看向电脑屏幕上的人像截图。会是他们吗？

被沈默连人带椅子挤进旮旯角的夏东风无声地笑了笑，紧跟着又收敛了所有表情，重重地在沈默的肩膀上抽了一下，满脸苦涩道：“你在嘀嘀咕咕些什么东西呢？没事儿就赶紧回家睡你的觉，什么黑锅不黑锅的，随口一说你也信啊？”

“我信。”沈默笃定道，“我会去查的。”

虽然他确实想捉拿卢志盛归案，但一条路走不通，他也不会真的死磕到底。更何况，这些事情本身就是一体的，从其他角度入手，只要真相大白，卢志盛一样逃不掉。

第24章　后手

沈默马不停蹄地跑了。夏东风看着他的背影以及被重重甩上的办公室门，狠狠地松了口气。好歹是把这头倔驴给忽悠“瘸”了，不然他还不知道得操多少心。

夏东风站在窗口朝外看，确定沈默已经离开公安局后，才掏出手机拨打了一个号码：“沈默从之前警方取证时拍摄的照片里，找出了你的脚印。”他的语速很快，带着明显的焦急和迫切，脸上的表情却无比平静，看起来有种诡异的割裂感，“这是很重要的证据，按照正常流程，警方必须得找你问话……是是是，你确实可以狡辩你只是之前去过，但你有不在场证明吗？没有？……你不知道吗？你被狩猎场的监控拍到了！……怎么不可能？没拍到的话，他们是怎么查到你头上的？……我答应你的是尽量保你，可在铁证如山的情况下，我怎么保你？跟你一起倒霉吗？”

两人一来一往地隔着电话打嘴仗，扯了五六分钟，夏东风像是累了似的长长地叹了口气：“这样吧，我再给你支个招。你尽快找个上面的人，要说话算数的，级别越高越好，明天一早直接来局里一趟，强行要求我这里结案。”

卢志盛在电话那头直接炸了：“你以为上面的人是什么？我养的狗吗？说安排就安排？”

夏东风无声嗤笑，语气却是要多真诚有多真诚：“你使唤不动没事儿，你老板总能使唤得动吧？”

“如果他会为了保我费心，我还有跟你合作的必要吗？”卢志盛恼火道，“夏东风，我们现在就是一条绳上的蚂蚱，我出了事你也别想好过！”

“知道知道，我这刚升职，屁股都没坐热呢，肯定是不想出事的。这样，我这边肯定尽量拖延出警时间，你就按我说的，撺掇个人来强行结案。”

卢志盛深吸一口气：“你以为我不想？问题是做不做得到！”

“怎么做不到？”夏东风佯装诧异，“老丁的老婆不还在你手上吗？你就不能想个招运作运作，逼你老板出手把这事给彻底按下去？只要不按下去的后果足够严重，你还怕他会不管你？”

“我想想办法。”电话那头沉默半晌，说完这句话就挂了。

听筒里传来挂断后的忙音，夏东风讽刺一笑：“蠢东西。”

“你们要带我去哪儿？”双手被反绑在身后的中年女人语气惊慌，她的头上套着纯黑色的头套，只有鼻子的位置开了一道刀口，头套末端被人用绳子紧紧扎在脖子上，“你们抓我是不是跟我家老丁有关？”

丁世忠的妻子温秀芳竭力保持着镇定，但浑身的血液却像是早已凝固一般，让她通体冰凉。她已经不记得自己究竟被绑架多少天了，除了吃饭喝水，脑袋上的头套从来没有摘下来过。

一开始，温秀芳还能通过吃饭的次数和隐约窥见的天光，来计算被抓的时间，可随着日子一天天过去，她的体力也在少量的食物摄入和紧绷的神经之下，被逐渐消耗。

在今天被带出来之前，她甚至怀疑自己会被这些绑匪直接饿死。车辆在马路上飞驰，温秀芳只能通过耳边刮过的风声判断出车速很快。她想，这些人是不是打算灭口了，所以才会大半夜把她带出来？

“也挺好。”温秀芳自我安慰似的呢喃，“我家老丁遵纪守法了一辈子，我这个做媳妇的也不能给他丢脸。”

在被抓时她就想过，这些人抓她，大概率是因为丁世忠。一是在出事之前，丁世忠已经安排了她离开南都；二是作为老刑警家属，被罪犯报复或者当作人质的概率都不低，尤其是丁世忠这种一直活跃在一线的破获过无数大案要案的警察。

开车的人大概听到了她的自言自语，突然“扑哧”一声笑了出来。

“遵纪守法?”男人声音嘶哑，明显是刻意扭曲了嗓音的状态，“你是在给我讲笑话吗?”

温秀芳视线受阻，却并不觉得恐惧，大概是已经作好了坦然面对的准备：“我的丈夫兢兢业业了大半生……”

后面的话还没说完，那个男人就开口了：“不管他兢兢业业了多久，反正他这辈子已经到头了。”

温秀芳瞳孔骤缩：“你什么意思?”

“你老公，丁世忠，丁副局对吧?”男人幸灾乐祸地笑了起来，“死啦，一枪爆头，死得干干净净。”

温秀芳怔住，比悲痛更先涌现的情绪是抗拒，拒绝相信对方的话，抗拒理解这句话的意思。她咬破了舌尖，声音颤抖：“我不信。”

“这有什么不信的?”男人一拍方向盘，哈哈大笑，“等你也死了，你们两口子在黄泉一碰头，不信也得信!”

有丁世忠身亡的消息在前，男人针对温秀芳的死亡预告，并没有起到任何作用。他无趣地耸耸肩，想了想又道：“哦对，你说你老公兢兢业业遵纪守法？你这女人看着明明挺精明的啊，怎么能被糊弄成这样?”

温秀芳的脑中嗡嗡作响，愤怒和悲恸齐齐涌上心头：“闭上你的臭嘴！要杀就赶紧杀！掉一滴眼泪就算我这辈子白活了！一个犯罪分子有什么资格评价警察？你们这种阴沟里的臭老鼠也配?”

“我们是阴沟里的老鼠？那丁世忠是什么？端着公家饭碗的

老鼠屎？”男人的声音冷了下去，语气也不像之前那么幸灾乐祸和阴阳怪气，“你老公杀了人，然后在被追捕的过程中自杀了，之后警方翻出了他一堆事，看着正直老实，私底下要多烂有多烂……啧！直接自杀也算他果断，不然被抓了也是挨枪子的命。”

温秀芳的胸口剧烈起伏：“胡说八道！”

男人无所谓道：“爱信不信。”说完这话，车子忽然一个急停。温秀芳被推搡着下车，她下意识想要呼救，后颈上却挨了一记手刀，紧跟着就软绵绵地倒了下去。

卢志盛烦躁地啧了一声，抱着温秀芳大步迈入眼前的建筑。在把人绑在椅子上的时候，他是真的开始后悔了。不是后悔绑架温秀芳，更不是后悔曾经的所作所为。他开始后悔跟夏东风合作。一开始只是想给自己找条后路，一条哪怕林永华放弃他，他也至少能保住老婆孩子的后路，所以他必须想尽办法把夏东风往高处推。而夏东风这人也确实聪明，每次给他的建议都恰到好处。但现在的情况还是有些失控了。按照卢志盛的计划，他其实是想两头讨好的，可今天之后，他做的事一旦暴露，林永华就绝对会要了他的命。

真的要这么做吗？可是不做的话……警方已经找到了证据，如果被抓走调查，不管警方那边怎么样，林永华大概也会为了永绝后患而舍弃他。脑子里的思绪如同乱麻一般搅和在一起，最终，卢志盛呼出一口浊气，在绑住温秀芳手脚的绳子上留下了一点儿缝隙。

极致的干渴切割着温秀芳的喉咙，让她每一次呼吸都像是在撕裂脆弱的气管。剧痛和微弱的窒息感迫使她从昏睡中醒来，脑袋上的头套并没有被摘掉，耳边没有任何声音。

温秀芳犹豫片刻，试探着出声：“有……有人吗？”开口就是干哑的变调，吸入的空气刺激到了干燥的喉管，引发一阵撕心裂肺的咳嗽。

发现没人回应，温秀芳再次试探出声："有人在吗?" 回答她的只有长久的静默。

温秀芳告诫自己，冷静，必须要冷静。她是刑警家属，哪怕只是个普通的家庭主妇，在应对危机时也比一般人要强一些。温秀芳想，但凡有一丝可能，她都一定要活着从罪犯的手中逃离。

原本她是没有这么强烈的求生欲的，丁世忠把她送走时虽然没有明说，但她也清楚她的丈夫一定是遭遇了危机。被抓住之后，境遇极其恶劣的时候，她也考虑过不如干脆死了算了，至少不要拖丁世忠的后腿。可那个人跟她说丁世忠死了，而且还死得一身罪恶。

温秀芳接受不了这个现实，所以她必须活下去，活着亲眼确定真相，如果老丁死了，那她就去给他收尸，给他上坟，给他找回清名。他们没有孩子，两个人互相扶持着走了几十年，温秀芳不接受她的丈夫死得不明不白。

她无声地读着秒，静静地聆听周遭的声音。大概过了半个小时，温秀芳终于确认，这里没有人！带她过来的那个男人离开了，之前负责看守她的人也不在。

温秀芳开始扭动身体，拼命地将手腕从捆着她的绳索里往外抽。皮肤被粗粝的麻绳刮破，手腕扭得生疼。好在绳子捆得不算太紧，折腾了将近十分钟，温秀芳终于把血淋淋的右手从绳索里抽了出来。她一把扯掉头套，谨慎地观察四周。幸好这里是真的没人，而不是犯罪分子为了给她希望又让她绝望所安排的无聊把戏。有了视觉和一只手，要解救自己的难度开始直线下降。

这里是什么地方？跌跌撞撞在黑暗中逃离的温秀芳，看见了一块没有点亮的灯牌。那是 FH 实弹射击俱乐部！

她还在南都！她要去公安局，要报警，要去找老丁……

温秀芳不敢走门，甚至不敢走明显的路径。她穿过障碍密集的户外模拟对战区，找到一段相对低矮的围墙，笨手笨脚地攀爬了上去。不知道过了多久，温秀芳终于翻过了墙头，浑身脱力让她直接从墙上摔了下去，将近两米的高度，使温秀芳产生了一种五脏六腑都被摔移位的错觉，扭到的脚踝更是一阵阵抽痛。

不等她平复好呼吸，凌乱的脚步声和叫骂声就隐约传了过来："妈的！赶紧找！别让那个女人跑了，不然我们都没好果子吃！分开搜！她肯定跑不远……"

距离越来越近，温秀芳狠狠咬了下舌尖，强迫自己保持清醒，忍着疼痛从地上爬了起来……

清晨六点，卢志盛铁青着脸赶到林永华居住的别墅。林永华习惯早起，卢志盛到的时候，他正在花园里慢悠悠地散步。

"老板，出事了。"

林永华停下脚步，手里慢悠悠地盘着核桃："看出来了，不过，志盛啊，你最近好像一直没给我传过什么好消息。"

卢志盛心脏狂跳，强忍着心悸解释道："昨天夏东风给我传递了消息，说那个姓沈的小警察找到了我杀陈娇的证据，因为今天就是把案件移交法院的时间，我担心他会不管不顾地潜入狩猎场继续调查，就把原本藏在矿洞里的温秀芳转移了，但是……负责看守的人没尽心，被那个女人找到机会跑了。"

林永华拨转核桃的手指顿住，指腹死死按在核桃上："你把她转移去哪了？"

"FH 俱乐部。"

下一秒，两枚油光水滑的核桃，直接朝着卢志盛的脸丢了过去。

"你可真是能给我找事啊！"林永华儒雅的气质在一瞬间崩

塌，“人抓回来没有？”

“……没。”卢志盛急忙道，“但我在她家附近和公安局附近都派人守着了，还另外安排了人继续搜查，找不到只是暂时的！”

林永华闭了闭眼，被气得脑袋发晕。半晌，他按捺下怒火，掏出手机开始打电话：“方委员，实在抱歉，这么早联系你，没打扰到你睡觉吧？对……出了点儿事，处理不好会比较麻烦……是，要辛苦你走一趟，最好在公安局上班之前把丁世忠的案子结了。”

卢志盛听着电话内容，低垂的眼里闪过一抹亮光。他知道林永华联系的这人是谁。南都市人民法院的审委会委员，有足够的权力要求公安局立刻移交丁世忠案，这也代表着成功了。

卢志盛从来没想过真的放过温秀芳，毕竟那个女人要是跑了，会给他带来更多的麻烦，但他需要一个理由让林永华找人把结案这个结果提前。所以，他选择把温秀芳从狩猎场的矿洞转移到 FH 俱乐部。

现在的 FH 俱乐部是属于林永万的，这女人之前又被抓到过狩猎场，谁也不能保证她对身处的环境没有印象。也就是说，最万无一失的办法就是，在抓到这个女人之前，直接把丁世忠案一锤定死。如果不想 FH 俱乐部和狩猎场再一次陷入警方的调查之中，林永华就一定会按照他预想的情况走。卢志盛承认他有赌的成分，幸好他赌赢了。多谢夏东风，虽然不太靠谱，但好歹有个灵活的脑子。

挂断电话，林永华捏了捏鼻梁：“方委员那边会赶在公安局上班前过去，你现在要做的就是尽快把丁世忠的老婆抓回来，抓不到活的那就……”他向来温和的脸上显露出清晰的狠辣，“直接弄死，总之别让她跳出来碍事就行。”说罢，林永华溜了卢志盛一眼，“志盛，别再让我失望了，这次的事要是再出纰漏，你以后也不用跟着我了。”

冷汗从卢志盛的额角滴落，他毕恭毕敬地弯下腰：“绝对不会了。”给林永华打这个包票的时候，卢志盛是真的信心满满。

温秀芳一个手无缚鸡之力的家庭妇女，能逃出去都是他提前在绳索上做了手脚，又刻意用言语引导看守的人离开吃夜宵的结果。要不是他故意制造机会，温秀芳就是会遁地也别想逃掉。

但计划永远是没变化快的，直到上午十点，方委员都办完事了，卢志盛派出去的人依然没能找到温秀芳。

公安局里，刚刚确认了丈夫死讯的温秀芳从呆怔中回神，她手上的伤刚刚才处理过，蜷缩一下就疼得不得了，像是能从手指一路疼到心底。从付铭海口中确定了丁世忠的死讯后，她没有哭，至少没有预想中那样号啕大哭，只是恍惚。

温秀芳捧着水杯：“你也受伤了啊。”

付铭海说：“刚刚出院。”

“你们局里最近……是不是出了很多事？”温秀芳回想着刚刚听来的消息，只觉得心里发苦，“老丁从来不跟我说工作上的事，我什么都不知道……他让我出去玩一段时间，我觉得不对劲，但也听了，结果还没出门就被绑了……”

温秀芳被绑架是在丁世忠自杀的前一天。一个不知道丈夫已经死了，一个直到死都不知道妻子被绑架了。

“绑我的说老丁他杀了人，犯了事……”温秀芳控制住眼泪，尽量不让鼻音干扰她说话，“小付，你是特意在那个俱乐部附近等我的吗？”

她本来是逃不掉的，却在即将被追上的时候遇到了付铭海。凌晨，天光未现，一个刚刚出院的人，无论如何都是不可能恰好经过她逃亡的地方。说明付铭海是特意等在那里的。他知道她被困在那个俱乐部，也知道她会逃出来……

温秀芳性情沉稳冷静，心思谨慎细腻，这些细节和疑点，从见到付铭海的那一刻，就已经被她捕捉到了。

付铭海知道否认没用，干脆大方承认："是，算是……受人之托吧。"

温秀芳的眼里露出一丝祈求："那你应该知道很多事吧？能都跟我说说吗？我家老丁绝对不会是违法犯罪的人，他是个警察啊！他救了那么多人，抓了那么多罪犯，怎么可能自己去犯罪？"

付铭海在公安局工作多年，从一开始什么都不懂的愣头青，成长到遇到任何危机都能游刃有余的支队长。在他的从业生涯里，始终有两件事是最难面对的，一是穷凶极恶毫无悔意的罪犯，二是死者家属。

"我会尽量把我知道的都告诉你。"付铭海叹了口气，甚至想不通他只是短暂地住了个院，事情怎么就发展到了这个无可挽回的地步，"毕竟我这里也有事情需要您的配合。"

就在付铭海与温秀芳沟通交流的时候，南都市公安局却是一片死气沉沉。

沈默昨天回去的时候本来就已经很晚了，到家后又要想办法核对丁世忠身上那些罪名的真实性，熬到第二天早上才迷迷糊糊地睡了过去，再一睁眼就过了上班时间。等他匆匆赶到局里，迎面而来的就是惊天噩耗。

"已经结案了。"闻显死死咬着后槽牙，"法院那边直接来人了，说是上面的一致决定。丁局的案子影响恶劣，必须尽快结案。"

服从上级命令是做警察的铁则之一。面对这种自上而来的强制命令，别说是沈默反抗不了，就是徐建军还在也同样没办法。

感觉沮丧的不止沈默和闻显，能做警察的，大部分脑子都不会太差，这段时间的暗流涌动，局里大部分人都心里有数。

有句话叫作过犹不及。之前查出那些针对丁世忠的证据时，其实大部分人都是信了的，毕竟当警察的嘛，永远习惯拿证据作为第一判断标准。可为什么连半天都等不及？明明说好了今天下班之前移交的案子，有什么理由非得提前半天，甚至还要委员亲自来公安局走一趟？

沈默沉默了一会儿，问道："来的委员是谁？是在监控录像里发现的人之一吗？"

闻显的眼皮狠狠一跳："是，是审委会的方委员。"

"这样啊！"沈默抓了下头发，"我突然觉得夏东风说的话也有道理。"

闻显一愣。他对夏东风其实不是没有怀疑的，甚至颇有怨言。

沈默想了想，还是把夏东风那句不知道是有心还是无意的提醒瞒了过去："我觉得丁局身上的罪名有问题……既然从卢志盛那边入手没用，不如就换个方向去查，只要找出真相，卢志盛一样逃不了。"可以的话，沈默当然想在结案前查清楚真相。既然不行，那就换个思路也无所谓。就像夏东风所说的，丁世忠已经死了，他不需要靠查案去救人，时间反倒充裕了起来。

闻显依然有些不甘心："那就这么放着那个姓卢的不管？"

"只是暂时的。"沈默从来不觉得卢志盛能真逃过法律的制裁，"现在我要去见邱季。"

按照邱季的说法，他伪造证据是因为收到了刘东给的好处，但沈默觉得事实恐怕并不是这样。

之前他把从荆棘刺上找到的血渍分成了两份，一份给了局里，一份拿去让贺生戈帮忙检测。然后他得到了两种截然不同的结果。而作假的一方很显然是局里这边，到底是流程上出了问题，还是丁世忠从一开始就没交上真正的证据，抑或是负责检测的人有问题，这些都说不准，但沈默确实认为丁世忠是最大的嫌疑人。那么，有没有一种可能，当初安排邱季伪造证据的人，也是丁世忠呢？

在这个案子里，沈默并不认为丁世忠是完全无辜的，他绝对不像查出来的那样无恶不作，但也不可能真的清白。很明显的一点就是，如果丁世忠心里没鬼，在钟乳洞遇到他时就不该是那个反应，解释也好，澄清也罢，都不该在第一时间袭击他。丁世忠当时的袭击行为很奇怪，充斥着一种不上不下的违和感。

“你竟然会来看我？”邱季见到沈默时明显感到十分意外，“我们并不熟吧？”

两人之间隔着玻璃，说话全靠话筒传音。

“丁世忠死了，你知道吗？”沈默一动不动地盯着邱季，玻璃的隔音效果极大地削弱了沈默的听力优势，让他不得不更加认真地观察邱季的面部表情。

邱季面色一僵：“……我不知道。”监狱里的消息并不灵通，如果不是沈默来这一趟，他大概得等到出狱才能知道丁世忠的死讯。

沈默看着他愕然又难以置信的表情，准备好的问题，突然就有点儿问不出口了，因为他发现丁世忠在局里是真的很受敬重。

半晌，邱季主动开口询问道：“能……跟我说说具体情况吗？”

“可以。”沈默讲述了他所了解的情况，“畏罪自杀，死后警方对他进行调查，发现了很多他滥用职权、违法犯罪的证据。”

邱季许久没说话。沈默隔着玻璃看见了他囚服袖口上的几滴水渍才意识到他哭了。

“你今天来总不能就是为了给我讲个故事，有什么目的？”邱季抬起胳膊擦了下眼泪，“有什么想问的就直接问吧，既然丁局没杀你，那我也会配合你的。”

沈默愣了一下。邱季这话乍一听没什么问题，可仔细一想却又处处透着古怪。沈默问："你当时伪造证据，是受谁的指使？"

邱季抬起头，定定地看了沈默几秒，然后忽然侧过身，用口形无声吐出两个字："丁局。"

沈默意识到，他这是在躲监控，心头猛地一沉。

同时，邱季的声音从听筒传来："不是交代过了吗？拿钱办事而已，沈警官，我都坐牢了，你还要咬着我不放吗？"

沈默控制住脸上的表情："只是丁局事发，重新来求证一下而已。"而在他抬起胳膊的瞬间，也学着邱季用口形说了三个字，"雪茄剪。"没头没尾的三个字，但他相信邱季一定能懂。

邱季眸光微闪："有什么好求证的？我确实收了钱，也确实动了证据，事实就是这样。"

沈默瞳孔骤缩。那个雪茄剪果然就是证据！只不过被邱季处理了。

"没什么事我就回去了。"邱季站起身，临走前又像是突然想起了什么似的，问道，"对了，我办公室里那盆绿萝还好吧？可别给我养死了。"

邱季走后，沈默怔怔地坐了许久才抓住重点，他抓起外套，沉着脸起身离开。

南都市公安局痕检科的人不算多，加上邱季也只有四个，互相之间关系极好，倒是避免了邱季入狱，他的绿萝就被直接送入垃圾桶的惨烈局面。但要想光明正大把那盆绿萝搬出来也很难。虽然是邱季违规违法在先，但他也确实是沈默硬憋着一口气给弄去吃牢饭的。

在这个前提下开口讨要邱季的东西，怎么找理由都不太合适。也没办法找人帮忙。他不知道那盆绿萝里到底放了什么，多个人知道就多一分暴露的可能性。纠结了半个小时，沈默最终决定偷偷进去看看。

晚上九点，和沈默凑在一起，查了一天丁世忠罪证的闻显打着哈欠下班。没案子的时候局里几乎不会有人加班，沈默在局里转了两圈，确定没人之后才避开外面走廊的摄像头，偷摸进了痕检科的四人办公室。

沈默几乎一眼就看见了，摆放在小阳台上的那盆枝繁叶茂的绿萝。它占了痕检科三分之一的阳台，花盆很大，直径大概有四十厘米，高度约莫二十五厘米，是上宽下窄的碗状造型，款式简约大方，但一眼就能看出花盆本身不存在有夹层的可能性。

沈默抱着盆上上下下摸了几个来回，最终确定，这绿萝里要是真藏了什么东西，那就只能是被埋在土里了。虽然灯下黑的道理他明白，但是这么藏东西也太随便了吧?! 万一有人不小心把盆打碎了呢？退一万步说，就算盆没事儿，这绿萝隔三岔五总得浇一次水吧？万一里面的东西被泡烂了呢？

沈默一边在心里骂骂咧咧，一边拿着个铲子挖绿萝，不知道是不是他的错觉，总感觉这盆里的土没他想象中那么结实，就像是被人松过一样。

耗时半个小时，在沈默的努力下，绿萝断了无数条根须，折了好几段枝条，沈默总算是找到了他想找的东西。花盆的底部埋了一个巴掌大的透明物证袋，里面装了几张叠起来的纸。

沈默正要打开物证袋，却听见外面有脚步声传来。他心头一跳，连忙把物证袋揣进外套内部的暗袋里。刚把东西藏好，痕检科办公室的门就被推开了。

“谁在里……”推开门的夏东风看看灰头土脸的沈默，再看看被挖得惨兮兮的绿萝，嘴角一抽，“你是在报复社会吗？虽然我能理解你的心情，但这盆绿萝是无辜的。”夏东风退后两步，确定了下门牌，“而且还是挖人家痕检科的绿萝，痕检科怎么得罪你了？”

要是搁以前，沈默就实话说了，现在不行。夏东风明显有事情瞒着他，跟他说实话还不知道要整出什么幺蛾子。

“他们工作效率太低了。”沈默半真半假地抱怨，“要是他们当时动作快点儿，说不定就能赶在钟乳洞被挖之前找出证据了。”

夏东风摸了摸下巴尖：“小沈同志，你这思想很有问题啊！”

沈默冷笑：“我为什么要被一个采用不正当手段上位的人教育思想问题啊？”

夏东风沉默三秒，搓了搓胳膊：“好怪！我上次听到这话还是在电视剧里，女主角骂一个靠身体上位的‘小三’女秘书的时候说的。”

沈默的脸绿了。一时间竟然不知道该吐槽夏东风把自己定位成“小三”女秘书，还是该糟心他自己被定位成骂“小三”的女主角。沈默决定放弃跟没有下限的人比下限，沉着脸问道：“你升职到底怎么回事？法院那边提前派人过来跟你有没有关系？”他昨天才挖出了点儿线索，今天案子就被腰斩了，里面要是没点儿猫儿腻才是真的活见鬼。

“沈默，你也是个成年人了，难道不明白什么叫看破不说破吗？”

沈默心头一沉：“你这话的意思是承认了？”

夏东风一脸无辜：“承认什么？”

“夏东风！”沈默火气噌地蹿了上来，“我这么相信你！相信你是个好警察！相信你就算妥协也是不得已而为之！”

夏东风神色淡淡：“我们才认识多久？你了解我吗？不了解就敢相信，你是头脑简单还是真蠢啊？”

沈默盯着夏东风定定地看了一会儿：“我只是相信我自己看人的眼光。”

“啧。”夏东风走到绿萝前蹲下，开始拿着铲子一点一点地把土往里面填。他的动作谈不上熟练，但也绝对不生疏，感觉就像并不是第一次做这种填土工作。“我没什么好说的。”夏东风边整理绿萝的根须边道，“坐到这个位置就只能这样，要么像老徐，要么像老丁。哦，我还没老徐的关系网和背景，混不成他那样。”

公安局之前的两个局长，正局长徐建军，滚刀肉一个，做事滑不溜秋，无功无过。副局长丁世忠，表面看起来正直忠义，铁面无私，但他在职期间，该被糊弄过去的案子依然被糊弄过去了，该睁一只眼闭一只眼的时候，照样睁一只眼闭一只眼了。

而从最后的结果和目前查到的东西来看，丁世忠明显比徐建军在泥潭里陷得更深。

沈默心头发堵：“那不做不就行了？这活儿难道不是你自找的？”

“不是我也会是别人。”夏东风把绿萝栽了回去，“以前有老丁和老徐是我们运气好……算了，我跟你说这个干什么？”

沈默欲言又止。

“沈默，你就听我一回劝吧，别再折腾了，老老实实地睁一只眼闭一只眼混资历，有机会就调走，没机会也别自找麻烦。”夏东风语气认真，“南都市需要破的案子多了去了，别总盯着不该盯的案子不放，行吗？”

沈默黑了脸：“案子还分该不该？”

夏东风被他这个反应气了个倒仰，用沾着泥巴的手指虚点了他两下：“等着吧，回头我就把你给开了。”

沈默冷笑：“夏局现在权力这么大呢？”

夏东风也不搭理他的阴阳怪气，三两下把绿萝整理好放回阳台，起身往外走，临到门口时突然回头：“赶紧回去换身衣服吧，泥巴都沾里衬上了。”

办公室的门从外面合上。沈默僵硬地低下头，看见了自己外套上的泥巴，那是他刚才急着把物证袋揣进暗袋时蹭上去的。从这些泥土的痕迹，很容易就能猜到他在里面口袋藏了东西。这点儿观察力夏东风肯定是有的，不然他也不会临走前突然点沈默一下。可他为什么没问？

被邱季藏在绿萝花盆里的是一份指纹鉴定报告。一份属于林永万的指纹鉴定结果。而这份被鉴定的指纹采集自宋明珠案时，沈默找到的那个雪茄剪。也就是说，他的推断从一开始就是对的。杀死宋明珠的人是林永万，在背后操纵曹建设一家死亡的人，也是林永万。从今天邱季的反应来看，指使他销毁证据和伪造证据的人，应该都是丁世忠。

而丁世忠又死在万华集团旗下的狩猎场，这个案子还牵扯了万华集团的保安部经理卢志盛。陈娇会被杀是为了灭口，灭的什么口？黄薇薇杀徐飞莎案的口，抑或是枪械案的口。那黄薇薇一开始，又是怎么被挖出来的呢？FH 俱乐部枪械走私案。

沈默一条条地在纸上写下整理出来的信息，最后画了一个圈，把所有的信息全部圈在了一起。他想，或许他搞错了一件事。这些案子是不是从头到尾，都可以当作一个大型案件来看？他要追查的不是丁世忠，甚至不是卢志盛，而是万华集团，或者说，林永万？

沈默去见了黄薇薇，他需要再确定一件事。

“我说过了，在你把轩轩送走之前，我什么都不会说的。”

沈默平静地询问：“你想死吗？”

黄薇薇瞳孔紧缩一瞬，随即问了一个出乎沈默意料的问题：“丁世忠死了吗？”

沈默愕然：“你怎么知道？”

黄薇薇没说话，只是颓丧地抬起手捂住脸，她看起来很失落，甚至可以说是绝望。就像是一个把所有筹码都摆上赌桌的赌徒，突然得知了自己输得倾家荡产的噩耗。

“你的老板真的是丁世忠？”沈默打量着她的表情，“你应该很清楚，如果现在还不说实话，是真的会死的。”

黄薇薇的判决，之所以一拖再拖，就是因为枪械走私案始终悬而未决。现在丁世忠案已经结了，这就等于黄薇薇这边的判决，也会一起下来。正常情况下绝对不会超过半个月，而以上面催促结案的急迫程度来看，这个时间只会更短。

黄薇薇紧攥着双手：“轩轩……”

“我拜托了我的老师。”沈默也有点儿头疼，约好的半个月已经过了好几天，但老师那边抽不出时间，他这边又脱不开身送轩轩过去，所以才耽搁到现在，“最多一周，他就会被送去北京。”

“你的老师？”黄微微眸光微闪，想起了丁世忠曾对她说过的话，沈默的那位老师能量极大，人脉也很广，如果真能把轩轩送过去的话，那将是最好的选择。

“是位很可靠的长辈。”沈默叹了口气，难得的心平气和，“我建议你不要再说拖延时间的话了。一周，我能保证把轩轩送走，但你能保证你的判决，不会在一周之内下来吗？”

黄薇薇呼出一口浊气。

沈默问：“所以，你的老板是丁世忠吗？”

黄薇薇盯着他：“是。”她嘴上说着“是”，但手指却在监控看不到的地方，飞快地写下了一个字母“N”。N？No（不是）？

沈默只觉得心头发紧，几近窒息。邱季是这样，黄薇薇也是这样。哪怕他们已经身在牢狱，也依然觉得背叛会被报复，透露消息也只能偷偷摸摸。因为他们都认为，在这里的谈话是瞒不住人的。换句话说，哪怕是监狱和看守所的人，在他们看来也都是不可信任的。

这太可笑了。可笑，却又是现实。

“我看过你们俱乐部的会员名单，丁世忠是那里的常客，经常包场，你们是趁着包场运送枪械的吗？”沈默有不得不确认的事情，所以他只能尽量把信息藏在问题里，最好是让盯着这边的人，认为他和黄薇薇的交谈毫无内容，没有上报给幕后之人的意义。就比如这个问题，他问的是丁世忠，但其实一直在 FH 俱乐部包场的人是林永万。这一点盯着黄薇薇的人不一定清楚，但黄薇薇本人一定知道！

“我只是个被利用的棋子而已，很多事情都不知道。”黄薇薇靠回椅子上，看起来颇有些倦怠地揉了揉眉心，抬起手的刹那，她在桌面上飞快地写下一个“Y”。Yes（是）。是他！是林永万！

这么一来，整个案子都说得通了。黄薇薇是听林永万的命令行事，丁世忠应该是他们走私枪械的保护伞之一。在方树功发现俱乐部里的猫儿腻之后，为了灭口，林永万派人逼迫方树功自杀。方树功在死前利用枪支留下线索，暴露了俱乐部走私枪械的事，之后林永万为了不让火烧到自己身上，让丁世忠做伪证嫁祸方树功，想把枪械走私案全部推到方树功的头上。

他们差一点儿就成功了，可庄梦瑶在紧要关头修复了声纹，几年前徐飞莎被杀案让黄薇薇被捕，又因为陈娇的供词，暴露了黄薇薇和枪械走私案有关。再之后就是沈默去狩猎场，意外撞上陈娇被灭口，然后丁世忠自杀，成了新一任的替罪羊。

抛开证据不谈，这里面的逻辑无疑是通顺的，但也有说不通的地方。丁世忠为什么要为林永万做事？是单纯的图财图权，还是有什么把柄落在了林永万手里？沈默更倾向于第二种。把柄这种东西，只要有了一个导火索，只要妥协一次，那就会像雪球一样越滚越大。那么，最初的把柄是什么？会藏在丁世忠现在背负的那些罪名之中吗？

沈默斟酌了一下，问道："你为什么会替丁世忠做事？"

他问的时候真没太走心，因为他真正想问的是，丁世忠为什么会帮林永万做事，这里说话不方便，只能这么拐着弯来，他甚至都不觉得黄薇薇能理解他真正想问的问题。

可黄薇薇的反应却是愕然、懊悔、紧张、心虚。沈默的心狠狠一沉。黄微微的这个反应他太熟悉了。之前，他无意中提到"轩轩毕竟是我舅舅的孩子"这句话时，黄薇薇的反应就是这样。紧张心虚到完全失态，就像是被戳破了心中最深的秘密。

一个糟糕的联想在沈默的脑海中浮现。他倏地站起身，看向黄薇薇的双眼几乎充血到赤红："你！"

黄薇薇闭了闭眼，所有外泄的情绪又被收了回去："怎么了？"

沈默深吸一口气，强迫自己冷静。他不能被自己的联想影响情绪，轩轩的亲子鉴定是做过两次的，总不能丁世忠骗他，夏青和夏东风也骗他。一定是他想岔了。沈默重重地坐了回去："最后一个问题，你进看守所以来，有人提审过你吗？或者，找你问话？"

黄薇薇摇头："除了你，没有别人。"

沈默几乎要被气笑了。这说明什么？说明根本没有人在乎真相！更甚的是，他们都知道真相！所以才不需要询问，不需要查证！他们要的只是一个对他们有利的结果！

而这个"他们"又有哪些人？"他们"联合在一起的权力又有多大？有多可怕？可怕到一个足以轰动全国的枪械走私案，都可以在他们的运作之下，悄无声息地被处理干净！

林永万是幕后之人吗？大概率是。但他只是其中之一！隐藏在幕后的岂止是一个人？那根本就是一个大型利益共同体！

难怪夏东风不让他查，难怪这个犯罪团伙可以肆无忌惮，屹立不倒！有着这样的保护伞，谁去不是蚍蜉撼树？

第25章　熏老鼠

沈默离开看守所后，原本是打算直接回局里的，可在经过司法鉴定中心时，他却犹豫了。那个被他强行压下去的糟糕联想再次涌现。

沈默在鉴定中心门口迟疑许久，最终还是下定了决心。不管是不是，再鉴定一次也不影响什么。他先回家从梳子上找了两根轩轩的头发，然后直接打车去了南都市另一家三甲医院。

“亲缘鉴定?”医院鉴定中心的医生接过沈默的身份证和轩轩的出生证明做好登记，“最快三天吧，出结果会联系你的。”

沈默拿给这家鉴定中心的 DNA 样本，是他和轩轩的头发。如果轩轩和方树功之间确实是父子关系，那他和轩轩也就存在血缘关系，通过亲缘鉴定就可以确定这一点。相反……沈默闭了闭眼，阻止自己再深想下去，现在也不是考虑这些问题的时候。

回到局里，沈默刚一进门就听见了撕心裂肺的哭声，队里的人全都缩手缩脚地挤在走廊里，个个面色难看。

“出什么事了?”沈默看着一个个仿佛蹚过地雷一般的同事，嘴角一阵抽搐。

众人一阵沉默。好半天才有人压低声音小心翼翼地回了一句:“丁局的妻子来了。”

沈默蒙了一下，这才恍惚意识到丁世忠还有个妻子:“怎么现在才来?”是的，问题不在于丁世忠的妻子为什么来，而是为什么现在才来!

有人凑到他耳边:“被绑架了七八天，要不是自己找机会跑出来，估计……刚刚才做完伤情鉴定，挺严重的。”

沈默只觉得晴天霹雳："不是，你们之前调查丁局的事情，难道就没找他妻子问过话？"但凡找过，也不至于现在才知道人被绑架了吧？！这么大的案子，不找嫌疑人家属问话？这合理吗？

答话的人摸了摸鼻尖："当时都是直接分配的任务，各查各的，一直没发现那边没人去……"

沈默想起来了。之前查丁世忠的事情，局里的人就跟开卷考试，而且还分别划了重点一样，分成好几队，几天时间就把案子查了个七七八八，丁世忠的罪名也是一涨再涨。这种流程上的问题，要是没人挑破也就算了，一旦挑破了，哪怕再心大的人都会意识到不对，难怪所有人都缩在这里听墙角。

跟队友们凑在一起偷听的沈默，突然直起身朝外面看去。

"怎么了？"

"有人来了……很多人。"沈默皱了皱眉。至少四五十个，其中不少人脚步沉重，听起来像是扛着什么东西。

有人抻长了脖子往外看去："没人啊，我出去看……啊！什么情况？"

乌泱泱一群人突然闯进了公安局大门，拿话筒的拿话筒，扛摄影机的扛摄影机，一眨眼工夫就把公安局大厅挤成了记者招待会现场。

沈默先是蒙了一下，然后才反应过来连忙上前："都站住！这里是南都市公安局，未经允许擅自闯入是违法行为！再不停下我们有权以妨碍公务罪逮捕你们！"

话音刚落，一个话筒就戳到了沈默嘴边："警察同志，我是宁武传媒的记者，听说你们公安局包庇罪犯，不接受受害人的报警是真的吗？"

"没有的事！我们局一向……"

沈默的话还没说完，又一个话筒戳了过来："听说受害人被绑架了很长时间，你们警方却没有展开任何营救，是因为她的丈夫有犯罪记录吗？这种行为，是不是说明你们警方对民众存在连坐态度？只要家中有人犯罪，其家属就不会再受到警方的保护了？关于南都市公安局前副局长的案子，你们有什么要解释说明的吗？你们真的违规结案了吗？这么急着结案是为了隐瞒真相吗？”

沈默大概猜到是怎么回事了。丁世忠的妻子，竟然在来局里前直接联系了媒体？见过报警不成求助媒体的，还没见过警都没报就先一步找媒体的。而且，看这些记者身上的工作牌，这是把半个南都市的记者都找来了，还有几家甚至都不是南都市的。

沈默脑子转得飞快，不到十秒钟就从慌乱中恢复了，其实这还真不一定是件坏事。

丁世忠的案子在内部看来已成定局，就算他的妻子跑来报案，查的也只会是绑架案，但如果媒体真的报道出来的话，性质就完全不一样了。哪怕只是为了安抚民众，政府都必须给出一个足够有说服力的解释。更何况，仓促结案本来就是事实。

不只是沈默被话筒包围，听见动静出来的同事，全都被围得严严实实。记者的问题一个比一个刁钻，一个比一个离谱，感觉就像是盯着腐肉的秃鹫，只要他们说错一句话，这些人就会一窝蜂地拥上来。

“安静！”有人提高音量喊了一声，结果才说了两个字，话筒就杵了过去。

“作为纳税人，我们难道没有知道真相的权利吗？”

“受害人还在这里吗？能不能请她出来说两句？”

数不清的人声，乱七八糟的提问，别说是沈默了，哪怕是听力普通的人也受不了这么吵。偏偏干记者这一行的，真的很难对付，拿他们一点儿办法都没有。沈默被吵得眼前发黑，差点儿当场栽倒。匆匆赶来的夏东风见沈默被闹得脚底打晃，连忙上前扶了一把。

“请大家安静一下。”夏东风让人把沈默扶到一边，然后冲一众记者抬手示意，“我是公安局的副局长，诸位刚才的问题我都听到了。没有不接受报案，保护民众是警察的职责，我们会认真对待每一个案子，也会全力保护每一位受害人。”

细长的高尔夫球杆直接砸上膝弯，卢志盛膝盖一软，当场跪了下去。剧痛加重了心头的恐慌，他甚至顾不上求饶，只是一个劲儿问：“老板，现在要怎么做?”

“你问我?”林永华撑着球杆，怒极反笑，“你还有脸问我?我是怎么叮嘱你的？你为什么连一个女人都看不住?！你不是派人去抓了吗？为什么她不但进了公安局还能找到那么多媒体？卢志盛，你是个死人吗？啊?!”

这还是卢志盛第一次见林永华发这么大火，一时间连舌头都有些打结：“我、我真的安排人盯着了，老板，我真的不知道那个女人是怎么回事……”

卢志盛是真的慌了。抓温秀芳是他带着人去的，把温秀芳从狩猎场转移到俱乐部的人也是他。现在这么多媒体参与进来，这件事肯定没那么容易了结，真要是查下去，第一个被推出来的人就是他卢志盛!

“你不是跟夏东风走得挺近吗？先想办法让他拖一拖。”林永华可能是气劲过了，很快就恢复了冷静，“再帮我联系那几位一起吃个饭，这也不是我们一家的事，大家都有份，那就大家一起出力，想办法把这事压下去。”

卢志盛连忙爬起来：“我这就……”

“等等。”林永华摩挲着拇指上的扳指，“把永万叫来，我有事跟他说。”

公安局内的气氛微妙极了。

“为什么这么做?”闻显先是倒了杯水放在温秀芳面前，然后才自己拖开椅子坐下，“你应该知道，媒体的大肆报道只会打草惊蛇，加大调查难度。”

温秀芳喝了口水，抬手揉了下红肿的眼睛，苦笑道：“从我逃跑开始就已经打草惊蛇了吧？他们不会放过我的，如果只是单纯的报警，等我离开公安局就一定会再次被抓住，我这么做也只是想让那些人投鼠忌器。”顿了顿，又道，“也是为了逼你们保护我。”

现在事情闹成这样，警方除了不得不尽快调查，还必须保证温秀芳的安全。她从来没指望媒体在这个案子里起到什么实质性作用，只要能有所牵制就够了。

闻显的表情登时复杂了起来：“您不信任警方?”

“老丁在的时候，我当然是信任的。”温秀芳的语气里不无讽刺，“但现在连老丁那样的人，都被打成十恶不赦的罪犯了，你让我还怎么相信你们?”

闻显沉默数秒：“丁局做的事，您真的一点儿都不知道吗?”

“是，我一点儿都不知道，我和老丁做了几十年的夫妻，其间没红过一次脸，我不信他要是真做了那些事，能瞒得过我。”温秀芳笃定道，“就是因为我一点儿都不知道，所以我才坚信那些事绝对不是他做的。”

闻显微微一怔：“你……”

坐在旁边的崔玉林咳嗽了一声：“先说说你被绑架的事吧，有什么怀疑的对象吗?”

“我只知道他们绑架我是冲着老丁来的，我也没什么明确的怀疑对象，但我有证据。”温秀芳从上衣口袋里翻出一个纸包打开，“我在被抓的时候反抗过，其间抓破了那个人的手背，所以我的指甲缝里有那个人的血肉。”

她是警察家属，自我保护意识和刑侦意识远超一般人。在抓破那个人的手背之后，她做的第一件事，就是趁着没人看守的时候，把指甲缝里干涸的血渍保存起来。

这一下，别说是审讯室里的闻显和崔玉林愣住了，就连在隔壁监控室里的人也呆滞了起来。如果温秀芳说的是真的，那这根本就是无可辩驳的铁证。

沈默眸光闪烁一瞬，想起一次又一次鉴定结果造假的糟心情况，当即就有种冲进审讯室刮一点儿血渍带走的冲动。

“虽然收集下来的血痂很少，里面也混杂了不少乱七八糟的东西，比如灰尘，比如在挣扎时撕扯掉的布料纤维。”温秀芳红着眼，用最悲伤的表情说着最理智的话，“但我还是把它们分成了两份，一份我会交给你们，另一份我已经委托人送去了北京的司法鉴定机构。”她低头看了下时间，“现在应该也已经送到了。”

闻显错愕至极：“您的意思是，您并不是在逃出来之后，第一时间报警的？”

“显而易见，是的。”温秀芳冷静的态度和脸上掩饰不住的悲喜形成鲜明的反差，导致她整个人看起来都有些割裂，“我没那么相信你们，所以要作好准备再来。”她顿了顿，又道，“更何况，如果我第一时间就来报警，现在大概率已经是个死人了。”

辛辣又尖锐的言辞，带给人的冲击远比号啕大哭更加强烈。站在监控室里旁听着的所有公安局同事，有人不满，有人惊讶，沈默却只觉得诡异。温秀芳的表现和她的提前布置，总给人一种诡异的违和感，就像是一个已经拿到了剧本的演员，莫名有种通过上帝视角，提前预知了很多事的怪异感。

不是说这样不好或者这样不对，而是这种情况至少不该出现在一个刚刚经历过绑架，又猝不及防遭遇丧夫之痛的家庭主妇身上。可沈默又不得不承认，温秀芳确实通过她超出所有人预计的行为，将密封的南都市打开了一扇门。但同样地，她的处境也会更加危险。

沈默的手指蜷缩了一下，低声对旁边神情莫测的夏东风道："多安排点儿人手保护她吧。"

夏东风无奈耸肩："这是肯定的啊，她要是现在出了事，整个南都市公安局都得被钉在耻辱柱上。"

"还有警局周围……"沈默回想着温秀芳说过的话，"那些人肯定不会放过她，她家附近，警局周围，说不定都有人盯着，要派人去找找吗？"

夏东风微微挑起眉梢，笑了："要啊，怎么不要？"

半个小时后，七八个便衣分散混入人群，开始暗中寻找那些盯着公安局，或者说盯着温秀芳的眼睛。

夏东风的手机一直在振动，他除了第一通电话打来时看了一眼，之后就再没把手机掏出来过。

手机振动的声音在沈默听来跟响铃没有任何区别，他犹豫了一下，还是问道："不接吗？"

夏东风瞥了他一眼："等你走了我再接，你在这里不方便。"

沈默竟然有点儿分不清夏东风是认真的还是在开玩笑。

"根据目前的情况来看，温秀芳被转移到 FH 俱乐部的时间正好是林永万买下俱乐部之后。"会议室里，给温秀芳问完话的闻显在身后的白板上画下关系图，"而她被绑架的时间，又刚好在丁局出事之前，我们之前已经在陈娇的死亡现场发现了另一个人的脚印，所以，有没有一种可能，丁局自杀其实是被逼的？有人在用他妻子的生命威胁他？"

夏东风双手抱胸靠在椅子上，脑袋时不时地点一下，完全就是一副开会打盹、混吃等死的架势。

沈默无奈地翻了个白眼，从后面重重地踹了夏东风的椅子一脚，嘴里还在附和闻显的话："不排除这个可能，但我认为现在的重点是查清楚林永万到底在这个案子里，扮演了什么样的角色。俱乐部刚被他买下来，温秀芳就被转移过去了，钟乳洞里找到的脚印，又属于万华集团的保安部经理，跟林永万也有不可分割的关系……"

被踹得差点儿平移出去的夏东风一个激灵，直接从椅子上弹了起来："对！说的都对！"

沈默没好气道："你根本没听见我们说了什么吧？"

"听了，怎么没听？"夏东风抬手在嘴角擦了一下，看样子像是在擦睡出来的哈喇子，"不就是查林永万吗？查！直接查！把人给弄回来审个三天三夜！"

沈默怀疑这人压根儿没睡醒。林永万要是个随随便便就能抓回来审的人，他们还需要费这工夫？

"还有一件事，关于被转移前的藏身地点，温女士虽然没有提供太多线索，但她告诉了我们从第一个藏身地点，到 FH 俱乐部的大概行车时长。"闻显又道，"把她通过读秒的误差和车速误差考虑进去，初步断定两个地方之间的距离在一百至一百二十公里。"他在白板上写下"FH 俱乐部"几个字，又分别画了几条线朝四方辐射，"以 FH 俱乐部为圆心，距离它一百至一百二十公里，方便藏身的地方大概有这些……"

沈默倏地站了起来，喉头发紧："万华狩猎场也包含在内？"

"是的。"

"怎么样？还是不同意搜查狩猎场吗？"沈默跟在夏东风身后，连声追问。

在得知万华狩猎场也在覆盖范围内后，沈默就觉得有必要进行一次彻底的搜查。毕竟那个狩猎场真的很邪门。陈娇被抓到那里，又死在那里，丁世忠也死在那里，早在之前被误导去林场的时候，夏东风也说过，徐局之前暗示过狩猎场存在问题。这一桩桩一件件加起来，怎么想他们都没理由申请不下来这个搜查令。

按照惯例，警方这边申请搜查令，经过检察院和法院批准之后才能实施。问题是，申请不下来。无论是检察院还是法院，都不批准。

夏东风还是笑嘻嘻的："说是狩猎场这一周要接待外宾，在没有明确证据指向狩猎场的情况下，我们申请搜查纯粹就是没事儿找事儿。"

沈默脸色发青："抓捕罪犯叫没事儿找事儿？"

夏东风挠了挠下巴："大概在大人物看来，任何会打扰南都市对外贸易的都叫没事儿找事儿吧。"

沈默眼神诡异地盯着他看了好半天："你似乎心情很好？"

夏东风咧嘴一笑："确实挺好的。"

"夏东风！你还是我师父吗？"沈默气了个倒仰，"这种时候你还有心思笑？"

"哭着就能把搜查令申请下来？要是真能，我现在就给你表演个一哭二闹三上吊。"夏东风摊手，"你这么急做什么？不就是多等一周吗？一周之后再去搜也来得及。"

沈默急得直跳脚："一周！七天！真等到那个时候，黄花菜都凉了！说不定人家早就把证据抹消，把该转移的东西转移走了！"

沈默并不认为检察院和法院是真的为了接待外宾才不批搜查令的。按照他之前的推测，这两个机构内部明显也存在问题。申请搜查令已经暴露了他们的目标，别说等七天，沈默甚至怀疑只需要七个小时，这漏风似的内部消息就能传到林永万耳朵里。

夏东风给了他一个看傻子似的眼神："这有什么不好吗？臭小子，你见过熏鼠洞吗？把老鼠洞的一头堵住，然后把烟枪塞里面，要不了多久，老鼠就会从另一个洞口跑出来，抓老鼠的人，只需要用个布袋子把洞口罩住，就能套到所有老鼠。"他像是想起了什么好笑的事，嘴角弧度逐渐扩大，"况且，我们这熏的还不止一窝老鼠。"

沈默有些反应不过来："……什么意思？"

夏东风语气无奈："多动脑子想想，别张嘴就问，不然你这脑子真就得生锈了。"

沈默被嘲讽得火气乱冒，但也确实把夏东风的话给听进去了。就在他靠在沙发上挠头皮研究"熏老鼠"的时候，闻显拿着手机过来了。

"沈默，这事不对劲。"

"怎么了？"

闻显把手机屏幕转向他："截至目前，没有一条消息是跟温秀芳来报警有关的。两个小时前，我还看见有个小媒体发了稿子，结果刚刚一刷，已经被删了。"他只觉得离谱，"那么多家媒体就没一个发出来的？这捂嘴捂得太严了吧？又不是国家动手，怎么……"

沈默的眼睛逐渐亮了起来。熏老鼠！老鼠这不就自己冒出头来了吗?！这四五十家媒体有大有小，有官媒有私媒，要让他们同时闭嘴何等之难，又需要多大的能量？那么，是不是只需要知道让这些媒体闭嘴的人是谁，他们就能找出老鼠了？是不是就能顺藤摸瓜，就能摸清楚这个利益团体的成员了？

而且这还只是一个老鼠洞，另一边呢？他们申请搜查令的消息传出去，狩猎场那边要是真的心里有鬼，那他们就一定会销毁证据或是转移罪证。没有搜查令没关系，守在狩猎场外围不违规吧？

只要有烟，他们本来也不需要钻进老鼠洞，只需要守株待兔就可以了，不是吗？

闻显看着整个人都精神起来了的沈默，嘴角抽了抽："你这是怎么了？突然跟打了兴奋剂一样。"

"走，我们去找那些媒体。"沈默把他的想法简单跟闻显一说，两人一拍即合，当场开溜。

等两人跑下楼，站在拐角处的夏东风才走了出来，手里还夹着根没点燃的烟。

"不愧是我的关门弟子，一点就通。"夏东风掏出手机打了个电话出去，"人已经去了，你找机会把该递的消息递过去。对了，那小子的耳朵特别好使，你小心点儿，别引起他的怀疑。"

这通电话刚挂断，另一通电话就打了进来。夏东风看了眼来电显示，总算是赏脸接通了。

"我要是你，现在一定不会选择打电话给任何人，只会抓紧时间跑路。"夏东风开口就是一记重锤，堪称开屏雷击。

电话那头的卢志盛登时气不打一处来："你什么意思?！别忘了我们俩的交易，我出了事，你难道就能好？少在这儿幸灾乐祸！"

夏东风笑了笑："这你可就冤枉我了，我只是在给你忠告。"

卢志盛警觉："你这是什么意思？"

"你的手被温秀芳抓伤了吧？伤口应该还挺深的，不然留不下那么多血痂。"夏东风阴阳怪气道，"带人转移也不知道把人打晕，甚至让人清醒地计算出车程。卢志盛，我们俩是合作关系没错，但你做事的时候能不能稍微带点儿脑子？你自己往死路上走，我这里使出吃奶的劲也拉不回来啊。"

卢志盛的呼吸陡然粗重了三分。他低头看向自己手背上的抓痕，真的很重，哪怕已经过去了将近十天，伤口也没有彻底痊愈。夏东风的话他也听懂了。他的血液被温秀芳保存下来交给了警方，而转移时没打晕那个女人的疏忽，更是极有可能暴露了狩猎场。与这两件事相比，温秀芳跑去跟媒体哭诉算什么？

血液的存在成了他绑架人的铁证，暴露狩猎场会让林永华对他彻底失去信任，不但警方要抓他，林永华也绝对不会放过他！前有狼后有虎。他该怎么办？

恐惧让卢志盛浑身发冷：“夏东风，救我……你再帮我一回。”到了这个地步，他才总算是放下了作为林永华爪牙的傲慢。

夏东风在电话这头无声一笑，语气却满是真诚：“你最大的心愿，是保护你的妻子和孩子吧？卢志盛，我可以把话给你说明白了，这一次，你绝对逃不过。温秀芳不但把你的血液送来了，她还特意请人往北京那边也送了一份，你知道这意味着什么吗？”

意味着这件事不可能再瞒下去了。在这种情况下，林永华是选择舍弃一个爪牙，还是为了这个爪牙暴露出更多问题？当然是舍弃这个爪牙。不仅林永华会这么选，哪怕他不想这么做，和林永华沆瀣一气的那些上层官员，也会逼着他这么选的。

“摆在你面前的只有两条路，要么被舍弃，直接去死，按照你老板的性格，你的老婆孩子大概率也会给你陪葬。”夏东风点燃了夹在手里的烟，“要么彻底背叛他，在他弄死你之前，先捅他一刀。我会尽量给你弄成戴罪立功，避免死刑，你的老婆孩子，我也能保证他们的安全。”

电话那头沉默了很久很久。半晌，卢志盛嘶哑的声音传来：“我该怎么做？”

夏东风笑了：“去找林永万，按我说的做。”

林永万烦躁地坐在包间的长沙发上，面前摆了两排还没开的酒水。他挥了挥手，把面容姣好的包间服务员撵了出去，然后才转头看向在场的另一个人："找我什么事？"

卢志盛没入座，只是毕恭毕敬地站着，从见面开始就把姿态放得极低："小林总，你知道最近狩猎场那边的事吗？"

林永万一脸晦气："我能知道什么？我哥现在什么都不跟我说，而且还……算了。"他眯着眼打量卢志盛，"怎么着？你之前不是还跟着一起瞒我吗？现在不瞒了？"

"之前都是老板的意思，他不让我多嘴也是怕您担心。"

"行了。"林永万赶苍蝇似的挥了挥手，"有话就说，有屁就放，场面话省省吧。"

"狩猎场那边出事了。"卢志盛一脸羞愧，"之前我按老板的意思绑了丁世忠的妻子，结果……"他半真半假地说了原委，又道，"老板已经安排您出境了吧？现在FH俱乐部在您名下，不管警方那边压不压得住，您都会被烦一阵子，而且……"

"而且什么？"

"而且丁世忠死了之后，警方那边原本因为他才听话的人也开始反水了。您还记得您杀宋明珠的时候扔的那个雪茄剪吗？上面有您的指纹。"卢志盛叹气，"老板也是为您着想，所以才打算尽快让您出境，这样也……"

林永万脸色铁青："我走了我哥怎么办？"

卢志盛故作为难："警方那边最多查上一阵儿，虽然肯定会被查出来点儿东西，但只要不伤及根本就没事儿，您放心，老板心里有数的。"

"卢志盛，你实话跟我说，狩猎场里到底有什么？"林永万手里确实不干净，但狩猎场那边的事情一直是把他隔绝在外的。

"枪，很多。"

林永万一拍桌子："我哥就因为这么点儿事瞒着我？他是不相信我这个人，还是不相信我的能力？警察已经对狩猎场起疑了吧？”林永万问道，“里面的货还多吗？会被查出来吗？”

“狩猎场虽然大，但真想搜的话，肯定也藏不住。”说到这里，卢志盛话锋一转，“但您放心，警方那边暂时还拿不到搜查令，上面有人压着呢。”

“能压多久？”

“一周。”卢志盛道，“只要一周之内把货送走就行。”

“我哥把转移货的事交给你了？”林永万满脸质疑，明摆着不相信卢志盛能办好这事，“警察现在已经盯上你了吧？而且这娄子还本来就是你捅出来的。我哥到底怎么想的？把这么重要的事交给你来办？”

卢志盛唯唯诺诺，主打的就是一个让林永万信心膨胀。

“行了！这事你别管了，我来办！”林永万起身拍了拍他的肩膀，“正好也让我哥看看我的能力，免得他以后宁愿用你这个废物也不用我。”

卢志盛满脸恐慌：“这不行！老板那边我没法儿交代啊！”

“有什么没法儿交代的？只要事情办成了，我哥根本不会生气。”林永万信心十足，“横竖他都要把我送出去了，干脆走之前干票大的，还能给我哥省点儿事。”林永万哥儿俩好似的将胳膊搭上卢志盛的肩膀，直接把他按在沙发上坐下，“来，卢哥，跟我说说你本来是怎么打算的，再具体给我说说狩猎场那边的情况，还有这批货……”

……

三个小时后，卢志盛把醉醺醺的林永万扶上车，吩咐一直等在车上的司机把人送回去。等车子开走之后，卢志盛才又重新回了会所包间，进去坐了不到五分钟，戴着帽子口罩的夏东风就进来了。

夏东风打量着卢志盛的表情：“成了？”

“嗯，比我想象中简单。”卢志盛叹了口气，“林永万这人一直不太聪明，唯一的优点就是听他哥的话，什么事都肯为他哥干。”

现在，这个优点却成了突破口。

“送货的路线我已经告诉他了，你们到时候在这个地点堵人就行。”卢志盛猛地灌了口酒，“这一回我是彻底没回头路了。”他顿了顿，又问，“我家里人呢？”

“已经送走了，我亲自送的。”夏东风掏出手机，点开一个视频，“喏，到地方之后拍的。”

卢志盛点开视频，出现在画面里的是他的妻子和孩子，一大一小两个人隔着屏幕跟他打招呼，让他放心，叮嘱他照顾好自己……

同样的话由不同的人说出来，在不同的境遇下听到，效果是不一样的。卢志盛自认是个硬汉，这会儿也止不住热泪盈眶。

“刘东死的时候，我就后悔了……”卢志盛又闷了瓶酒，抬起手在通红的脸上搓了两把，“这人作孽啊，总是要还的，早晚罢了。”

夏东风没吭声。

“为什么非得等两天后，再让林永万把货运出去？”卢志盛最不理解的就是这一点，“林永华这人性格谨慎，我们拖得越久，被他发现的可能性就越大。更何况，林永万也不是个能藏事的，但凡他多嘴几句，林永华就能知道是我在搞鬼。”

“他知道又怎么样？你以为他为什么要把FH俱乐部挂到林永万名下？”夏东风冷笑，“你还不知道吧？他在俱乐部的会员名单上动了手脚，把所有的记录都改成了林永万的。他啊，早就给林永万安排好怎么当替死鬼了。”

卢志盛只觉得脊骨生寒：“可他本来已经准备送林永万出境了。”

“林永万是出境还是死，从结果上来说，对林永华没有任何区别。”夏东风叼着烟解释道，“只要林永万不落在警方手里，林永华就可以把所有的事情全部推到他头上，他出境了又怎么样？通缉犯而已。”

“那你还敢再拖两天？”卢志盛完全无法理解。

夏东风笑了一下：“我有必须拖两天的理由。”这两天时间是用来钓上层那些鱼的。虽然沈默那边已经在查了，夏东风也相信他的能力，但前提是必须给沈默留下足够的时间。“况且……”夏东风用食指敲了敲桌面，“林永华这两天大概也顾不上这些事。”

卢志盛惊愕：“你还做了什么？”

“你之后会知道的。”

卢志盛咬了咬牙，越想越觉得不对：“夏东风，你是不是在算计我？”这事硬说起来，就是从他跟夏东风搭上线之后，才开始急转直下的。

“卢志盛，没有我，你们一家子都得死，怀疑我之前先多动动脑子。”说完，夏东风起身，离开前又丢下一句话，“这两天你先找个地方躲着吧，运货的那天你再来局里自首。”

阴暗的地下室内，夏东风反向骑在椅子上，下巴抵着椅背，目光冰冷地看向蜷缩在地上的年轻女人。这女人双手被反绑在身后，身上的衣服又脏又皱，头发也打了结，但抛开这些外在因素不谈，只说长相的话，这女人实在是长了张漂亮脸蛋。

“怎么样？还是不肯说吗？”夏东风慢悠悠地打开放在手边的外卖盒，冲年轻女人笑道，“这是你今天的晚饭。”他用筷子夹起里面的蒸饺，以三十秒扔一个的频率，开始把饺子往地上扔。“还不说吗？”夏东风又丢了个饺子，“还剩一半，再不说的话，你今天就得在地上捡东西吃了。”

年轻女人满脸屈辱：“变态！疯子！”

“我吗？我这可是跟你们学的。”夏东风伸长了胳膊，用一根筷子抵在女人手背上，用一种仿佛随时会直接将她的手扎透的力道戳了上去，他的眼底一片冰冷，“把狗吃过的东西倒在地上喂人，把抓来的人关在排泄物中间，不回答就砍掉一节手指……这些不都是你们万华抓人之后的正常审问手段吗？我只是让你在地上捡东西吃而已，这才哪到哪啊？”

年轻女人在听他提到万华时浑身一僵，随即偏头移开视线：“我……我不知道你在说什么。”

“苏倩。”夏东风直接叫出女人的名字，“我劝你最好别跟我装傻。要不确定你是个什么垃圾东西，我会直接抓你过来？”

“你、你既然知道我是谁，就该清楚我只是个小有名气的钢琴家……”

夏东风笑出了声：“钢琴家，是靠林永华花钱营销出来的那种钢琴家吗？”

“你胡说！”苏倩如同被戳中痛处一般，“你有什么资格评价我？像你这种人能懂什么艺术？”

夏东风丁点儿不带生气的，反而饶有兴致地问道：“你很喜欢音乐？也很喜欢钢琴？”

苏倩不明所以：“……对。”

“那你一定很在乎你的手。”夏东风丢开手里的筷子，从腰后摸出一把折叠刀，“我数三声，你要么回答我的问题，要么……”

苏倩惊恐摇头：“不，你不能……”

“你不是钢琴家吗？怎么能帮林永华走私枪械？你说你爱音乐？你爱音乐的方式就是利用音乐帮林永华犯罪？好恶心的女人。”

苏倩瑟缩着，下意识答道：“你什么都不懂，永华是我的知音……”

“我不需要懂。”夏东风意识到苏倩开始破防，又逼近一步。

苏倩彻底怕了。夏东风是以警察的身份联系她的，苏倩自觉和林永华的关系没人知道，也不怕被警察找上门。结果一见面，连话都没来得及说，她就被带到了这个地下室。

“……你想知道什么？”

一本封面空白的乐谱，被夏东风丢到苏倩脚边：“这是你们的密码本吧？来，给我翻译翻译。”

这本乐谱是卢志盛之前交给他的，如果沈默现在在这里，大概就会发现这本乐谱的内容，和他在黄薇薇家中找到的那本一模一样。

这个乐谱在林永华的暗部关系网里几乎人手一本，但每个人都只知道自己负责的那部分旋律的含义。真正知道全部内容的，除了林永华本人，就只有负责编写这本乐谱的苏倩。苏倩的存在是卢志盛透露给他的，作为让夏东风帮忙保护他家人的诚意。

“你怎么会有这个？”苏倩看清乐谱后就是一阵绝望，这个警察知道的东西远比她想象中更多！

夏东风避而不答，然后笑盈盈道：“我说过吧？不要浪费我的时间，让你干什么就干什么。”

“我、我知道了……”苏倩边哭边在五线谱下写字。

夏东风冷冷看着，眼底没有一丝波澜。他当了这么多年警察，还是第一次当绑匪。他刚刚说的那些话都是真的。落在万华手里的人，除非一开始就死了，否则哪一个没被折磨过？哪一个没遭受过非人的虐待？想到曾经因为牵涉进与万华有关的案子而丧命的同事，夏东风只觉得戾气上涌。他没直接动手杀人，就已经是受理智约束的表现了。

一个小时后，苏倩冷汗涔涔地放下笔：“写好了，现在能放我走了吗？”

“别急。”夏东风掏出手机，点开早就下载好的钢琴模拟器APP，对着乐谱开始输入旋律，“这一段是什么意思?”

苏倩紧张地咬紧后槽牙：“……撤退。”

夏东风又输入了一段：“这个呢?”

“灭口。”

接下来的时间，夏东风把乐谱上的旋律分段，打乱顺序，反复询问苏倩。苏倩身上的冷汗越流越多，紧张到几乎窒息。

夏东风冷笑：“还记得你说错了几次吗？哦，不对，应该问，还记得你编错了几次吗?”

苏倩两股战战：“我……”

苏倩对上夏东风毫无温度的目光，彻底熄灭了要小聪明的心思。在夏东风的目光里，只有仇恨和愤怒。

第 *26* 章　暗号

沈默和闻显接连跑了将近二十家传媒公司，得到的答案一律是无可奉告。哪怕是一心只想赚钱，没什么道德可言的私媒也是同样的说辞。

“这种集体沉默，又何尝不是一种回答？”见沈默面色沉郁，闻显连忙安慰道。

沈默抓了把头发：“可我们想知道的是都有谁……谁?!”话音未落，沈默就听见身后传来微乎其微的响动，下意识警觉转头。他们现在身处的位置是一条细长的小巷，沈默听到的声音大概在二十米开外。

“我劝你最好别跑。”沈默盯着声音传来的位置，转头刻意提高了音量对闻显道，“他要是敢跑，你就直接开枪。”

闻显兴冲冲地掏出枪，配合得不得了：“好嘞！”

“别别别！千万别开枪！”一个身材矮小、皮肤黝黑的男人从巷子深处走了出来，双手高举以示无害，“我是明升传媒的记者，你们是警察吧？”

沈默蹙眉：“记者？你跟着我们干什么？”沈默对明升传媒倒是有印象，就是他们刚刚去过的一家私媒。

“你们是不是在查媒体被集体捂嘴的事情？”矮小男人吞了吞口水，“我有消息告诉你们。”

沈默下意识戒备：“为什么？”

男人咳嗽了一声，像是有些不好意思地轻声道：“因为……媒体人的良心。”

虽然男人的理由很离谱，但沈默和闻显还是跟着去了对方家中。狭窄的公寓，谈不上干净，乱七八糟的杂志和打印出来的新闻页，被扔得满地都是。

“抱歉，家里比较乱。”男人倒了两杯水放在闻显和沈默面前。

这公寓顶天也就四十平方米左右，三个大男人往这儿一挤，看起来都有种窒息感。

“我叫伍起，这是我的身份证和工作证。”伍起的表情看起来有些犹豫，像是不知道该从何说起，“我之前是在邻省工作的，大概三年半以前，我跟踪了一起女性失踪案，在一路查到南都市后，这个案子突然莫名其妙宣布告破，以凶手自杀结案了。我觉得不太对劲，本来不想管的……”他搓了搓脸，“但还是那句老话，良心过不去。我从邻省辞职后就来了南都，一直在暗中调查当年的事，但越查越觉得可怕。如果不是温女士被绑架的事，我大概已经辞职走人了。温女士被绑架的案子让我看到了希望，我以为集合媒体的力量，是可以改变一些事情的，但是……”伍起苦笑摊手，“你们也看到了，只是几个小时，我们写的新闻就成了废稿，我们经历过的事情也都成了不可说。”他低下头咬紧牙关，“我不甘心！”

伍起的叙述很乱，但沈默和闻显却都听得很认真，全程没有打断过他一次。按照伍起的说法，他在南都市这三年暗中跟踪过很多案子，一开始只以为是一粒老鼠屎坏了一锅汤，等知道的多了才意识到，这不是一粒老鼠屎，而是整个锅里全是老鼠屎！

伍起起身掀开床板，从下面的储物格里拿出一个大纸盒。

“这里面都是我这几年查到的东西，有些有证据，有些则只是猜测。”伍起把盒子里厚厚一沓资料全部拿了出来，“这个案子是两年前的，有女性被强奸后报警，嫌疑人被捉拿归案后，不到两天就被放了出来，受害人主动撤案，并声称是自己恶意污蔑对方……我见过受害人，也见过她身上的伤，那不是自己能弄出来的……之后我查了很久，却没有找到什么证据，受害人在改口后被拘留警告，出来后就离开了南都市。”他呼出一口浊气，“我去查了当年那个嫌疑人的身份，他的父亲是检察院的反贪局长。还有这个案子，同样是两年前，南都市云盘区于深夜发生车祸，酒后驾驶的司机撞到了夜班下班的便利店营业员，在一次撞击后，又倒车回来碾轧了一次……直到受害人……全身骨骼碎裂……”伍起捂住通红的眼睛，“我去现场看过，说骨骼碎裂都是委婉了，根本就是不成人形……之后，案件被移交南都市公安局，经过追查后通缉了肇事司机。因为影响恶劣，这个案子是公开过内情的。”他拿出一张打印出来的新闻，“官方的说法是，肇事司机酒后驾驶，杀人逃逸，目前警方正在全力追捕中，然后，又是不了了之。警方从始至终都只通缉了一个人，但我当时跟着去看了道路监控，有个一晃而过的镜头拍到了车辆内部，那辆车上有两个人……被通缉的那个，并不是真正开车的人。”伍起自嘲一笑，“我们做记者的，认人一定得准，不然跟踪的人稍微变个装就得跟丢，我当时只看了一眼就大概记住了那个肇事司机的长相，后来，我又见到了那个人一次，他是南都市市场监督局局长的儿子。”

伍起装在大纸盒里的资料，每一张都记录着一个血淋淋的惨案。

闻显的手止不住地开始颤抖：“沈默，你说我们到底生活在一个什么鬼地方啊？”他抬手捂住双眼，“我以前也不是没怀疑过，但我真的没想到……”

在丁世忠出事之前，闻显和局里的大部分人一样，听命行事，上面怎么吩咐他就怎么做。哪怕有疑虑也只会压在心里，时间长就忘了，也习惯了。直到伍起把这些东西一次性摊开放在他面前，他才突然意识到自己以前忽视的到底是什么。惨剧这种事，一件一件地看，隔着时间地看，和一次性看个够的冲击是完全不一样的。

沈默受到的冲击更大。他才刚刚毕业，怀揣着信仰和执念来到南都，结果……

沈默深吸一口气，问伍起："为什么要告诉我们这些？你并不认识我们吧？"

"你们今天跑了很多家媒体吧？光冲这一点，我就可以确定你们不是走在歪路上的人。"伍起勉强扯了扯嘴角，"而且，我准备走了。这些人我惹不起，南都市我也不想待了，我这人胆子不大，奉献精神也不够，与其眼睁睁看着却无能为力，我宁可选择不看。"

"我倒觉得你胆子挺大的，这么多东西，没胆子的人可查不下来。"沈默笑了笑，"你很厉害。"

沈默和闻显征得他的同意带着东西离开。伍起在小沙发上怔怔坐了许久，直到天色擦黑才掏出手机打了个电话出去。

"东西我都给你徒弟了。"伍起低下头，用胳膊挡住脸，哭着问道，"夏哥，丁局真的不会白死吗？"

电话那头静默许久才传来夏东风简洁又笃定的声音："不会。"

另一边，沈默和闻显赶回局里，就把伍起给的资料重新整理了一遍，然后将牵涉其中的官员名单一一整理出来。

"闻显，这个案子是不是扣在丁局身上的那个？"这是一桩凶杀案，在丁世忠的罪名里，是他收受贿赂，强行把谋杀定义为凶杀。但在伍起查到的资料里，收受贿赂的另有其人。

闻显连忙凑过来："……是这个没错。"

两人对视一眼，又继续找。伍起给他们的东西堪称信息量巨大。沈默和闻显越整理就越心惊。他们在这些资料里，找到了七个被扣到丁世忠头上的案子，这足足占了丁世忠罪名的百分之八十！

沈默目瞪口呆："这些人是要干什么？真就觉得死人不会说

话，所以想怎么甩锅就怎么甩锅？”

闻显已经哭了快两个小时了：“我就知道，我就知道丁局不是那样的人。”

沈默叹了口气。

闻显垮着脸问道：“沈默，你觉得这事我俩兜得住吗？”

沈默也想过这个问题，所以他回答得非常干脆：“兜不住。”

闻显的心都凉了。

“就凭我们两个的话，消息一旦传出去，等着我俩的就是个死。”沈默现在是彻底懂了，很多时候不是公安局的人不想反抗，而是根本抗衡不了。

在伍起给的资料里，林永万犯的事简直多如牛毛，但每次都被各种各样的人以各种各样的理由压下去了。很显然，这就是一个有着共同利益的团体。之前沈默确实想过，或许林永万就是这个利益团体的核心。但现在他不这么认为了。只凭一个林永万绝对做不到这一点。更符合条件的是万华集团，或者说是，林永华。

沈默不自觉地想起了，林永华那副亲和力爆表的做派，还有狩猎场老陈给他讲的那些事。当时有多动容，现在就感觉有多讽刺。

当然，这一切的前提是，伍起这些资料都是真的，至少得有百分之九十是真的，才能支撑沈默的这个推论。

闻显叹了口气：“那现在要怎么搞？”

“两件事，第一，先验证这些资料的真实性，第二……”沈默眨了下眼睛，“找个技术过硬的黑客，看看封媒体口的人和这些资料上的人能不能对上号。”

闻显想了想：“这两件事其实也算是一件事吧？只要我们确定封口的人是他们，那不就等于是从侧面证明这些人有问题吗？”

沈默点头：“这也是最快的办法。”

闻显凑近他问道："那么问题来了，你有认识的黑客吗?"

"说实话，在今天之前，我从来没觉得自己查案还得找黑客。"他是个警察啊！局里又不是没有网络技术员！沈默有什么必要去结识黑客啊？糟心的是，现在事关重大，他还真不敢让局里的技术员帮忙查。而且没有夏东风的同意，技术员绝对不会帮他干这个！

"啊，我想起来一个人。"闻显眼睛一亮，"我们局里以前有个技术员，很厉害！后来辞职了。"

沈默也顾不上问为什么辞职了，直接问出了最在意的问题："可信吗?"

"好歹已经是局外人了，总比……"闻显隐去后半截话没说，话锋一转道，"而且他跟你有点儿像，都是倔驴。"

沈默抽了抽嘴角："要不你先联系他一下？我们吃完饭就过去，你问问他方不方便。"

闻显说的这个技术员姓赵，全名赵宇，目前住在西临区，距离局里大概四十分钟车程。沈默和闻显吃完饭就打车过去了，下车之后看见门口有家二十四小时便利店，进去买了两瓶果汁和一大包零食。

沈默额角青筋狂跳："……我第一次给人送这种礼。"

闻显理直气壮道："我就是意思意思，他要查这个至少得好几个小时，我们总不能干等着，有点儿东西吃吃喝喝也好啊。"

沈默拉不下这个脸，准备多买点儿东西，却被闻显拽走。等两人晃到赵宇家门口时，已经是晚上十点了。

赵宇顶着两个巨大无比的黑眼圈打开门，低头扫视闻显抱在怀里的零食大礼包，额角青筋突突跳了两下："你们最好是真的有正经事。"

闻显连忙举手澄清："绝对是正经事！我拿人格担保！"

赵宇的家里很乱，客厅里摆满了电脑和各种器材，电线拖得到处都是，沈默走路都恨不得踮着脚。说实话，这要是没人说，他一准儿得当这是什么办假证的黑心作坊。客厅里没沙发，赵宇干脆给他俩搬了两个塑料凳子，儿童款，高度不超过二十厘米，闻显和沈默坐上去都怕直接把这凳子给坐塌了。

倒是赵宇舒舒服服地往电竞椅上一瘫："说吧，找我什么事。"

闻显双手合十："请你帮忙查点儿东西，丁局老婆的事你知道吗？"他是真不怀疑赵宇的消息灵通程度，常年游走在网络中的人，哪怕上面捂嘴捂得再快，赵宇也绝对能找到痕迹。

果然，赵宇点了点头："知道。"

"我们想让你帮忙查一下，捂这些媒体嘴的人都有哪些。"

赵宇沉默片刻，幽幽道："我看你是想我死。"

"不至于不至于，我保证，出了这个门，我们就当这资料是自己查的，绝对把你撇得干干净净，行不行？"

赵宇仰头闭上眼："闻显，你觉得这么做有用？"

闻显安静了一会儿，抬手抓了抓后脑勺："……我不知道，但总得试试吧？总不能真让丁局背着那么多黑锅去死，这死了都不消停吧？"

屋里安静了下来，除了三人的呼吸声，再无其他动静。

半晌，赵宇转动椅子面朝电脑，又头也不回地抬手一指卧室："要是困就进去睡一觉，我尽量在你们明天上班之前搞定。"

沈默和闻显也没推辞，洗漱完就躺进了客房。赵宇的效率是真的很高，第二天沈默和闻显刚起床就被叫了过去。

"因为都是上面动动嘴，下面跑断腿的操作，一道命令过了好几道手，所以查起来费了点儿工夫。"赵宇的眼袋都快耷拉到颧骨上了，"为了查这个，我黑进了好几次内部系统，如果东窗事发，我希望你俩能勇敢承担责任，把我从这个破事里头摘出去。"

沈默和闻显虽然知道赵宇是在开玩笑，但还是很无语。

“参与封口的所有人名字都记在这上面了。”赵宇直接给他们塞了个笔记本，沈默猜，之所以给本子而不是纸，估计是因为一张纸压根儿写不下。

事实也确实如此。随手一翻就是十几页，从上到下加起来至少一百来个人名。上面那些人肯定不会屈尊亲自去跟媒体谈，多半是吩咐一句就完了，然后下面的人一层递一层，等递到媒体这边的时候，经手的人自然也就多了。沈默估计这一百来个人里，至少有八十个都是稀里糊涂听令办事，对内情一无所知的。

闻显和沈默昨天就已经把伍起给的资料记了个滚瓜烂熟，这会儿两边名单一对照，闻显啧了一声：“这重合率是不是过于高了？”至少重合了百分之九十。

“多亏了温秀芳女士，如果不是她把事情闹得这么大，这些人也不会急到一起出手捂嘴。”沈默摸了摸下巴，总觉得这几天简直顺利得不可思议。去监狱找邱季就拿到了指纹鉴定书；正愁着不知道该怎么继续调查，温秀芳就来报了警；跑去查媒体被捂嘴的事，结果撞上了伍起……真是顺利得过分了。

回局里之后，沈默避开闻显，再三犹豫之后还是给韩文慧发了一份加密邮件。他在邮件附件里打包了目前掌握的所有证据，又对案件进行了文字描述，零零碎碎地整理下来，竟然直接折腾出了一个将近 2G 的压缩包。

老师，之后我如果突然断了联系，请您把这些资料，交给您认为可以解决这件事的人，拜托了。

沈默原本并不想把韩文慧牵扯进来，但案子查到这一步，他已经完全认识到了自己的渺小。坦白地说，沈默已经作好了失败，甚至是死亡的准备。他倒是不怎么害怕，只是想着，就算他失败了，也不该让南都市继续烂下去。所以，他选择违规将案件情报透露给韩文慧。

中午的时候，沈默接到了鉴定中心的电话，说是亲缘鉴定的结果出来了。忙昏头的沈默差点儿都忘了这事，匆匆打了声招呼就赶了过去。

然而结果令人傻眼。鉴定结果：他与轩轩不存在任何血缘关系。也就是说，方树功根本就不是轩轩的父亲！

沈默本应该思考轩轩生父的身份，可在拿到鉴定结果的这一刻，他满脑子却只剩下一个问题，夏东风为什么要骗他！

夏青跟他之间不存在任何矛盾和理念冲突，她不可能莫名其妙地造假骗他。这肯定是夏东风的意思。原因呢？总不会是夏东风觉得，他一旦发现跟轩轩没有血缘关系，就会弃这孩子于不顾吧？

沈默忽然想起了去看守所见过黄薇薇之后，脑海里浮现的那个离谱念头。他当时问黄薇薇为什么要听丁世忠的话，实际上想知道的是，丁世忠为什么会受制于人，幕后之人到底拿捏住了他什么把柄。黄薇薇当时的反应无比惊慌且心虚。沈默下意识地浮现出一个念头，轩轩的父亲会是丁世忠吗？

胸腔里像是有一团火在不断烧灼，沈默忍了又忍，还是没忍住，直接给夏东风打了个电话："你现在在哪儿?!"虽然沈默向来对夏东风不怎么客气，但态度恶劣到这个程度还是第一次。

夏东风显然也意识到了这一点，难得地没有嘻嘻哈哈："怎么了?"

沈默再三深呼吸："我给自己和轩轩做了亲缘鉴定。"

夏东风万万没想到会在这里出现纰漏。

"说话！你有胆子让夏青造假忽悠我，没胆子承认?"

夏东风被脏话糊了一脸："见面说吧。去星辉小区，你家！"

沈默被忽悠怕了，警觉道："为什么要约那么远？你该不会是想趁我过去的时候直接跑路吧？"

"我没那么㞞。"夏东风咋舌，"两个小时后见，爱来不来。"

沈默肯定是要去的，他就是想不通，为什么做了亏心事的人可以这么理直气壮？脸皮厚了不起吗？

沈默打了个车，紧赶慢赶地回了星辉小区的家。夏东风已经到了，这会儿正站在院子外面用脚踢落叶玩。沈默在距离他两米开外的地方站定，连续做了五六个深呼吸才把冲上去暴打夏东风狗头的冲动按下去。沈默开了门，两人一前一后地进了院子。

刚迈进客厅沈默人就傻了："……我家这是……遭贼了？"沈默已经有一段时间没回星辉小区这边了，实在是忙得顾不上，万万没想到一回来，却发现家里乱得惨不忍睹。

"嗯。"夏东风坦坦荡荡，脸皮厚如城墙拐角，"你藏起来的收据被人偷了。"

沈默倏地扭头："你怎么知道？"

夏东风摸了摸下巴，咳嗽一声："是我偷的。"

沈默当场火冒三丈："夏东风！"

"别急别急！沈默，你先冷静一点儿！"夏东风懒懒道，"我拿那个收据给你换了别的东西！"

沈默懒得问他换了什么，直击要害："跟谁换的？"

夏东风无奈地想，这倔驴，怎么不按常理出牌呢？他眼神游移，声若蚊呐："……跟林永华。"

沈默气急攻心，恨不得当场给他两刀："夏东风，你是不是拿那个收据去换副局长的职位了？"

沈默愤怒地瞪着夏东风，咄咄地逼近了夏东风，他抬起手想要抓住他的衣领，可手到了中间，又无力地垂下。再怎么说，这个人也是他的师父。虽然他看起来不靠谱，甚至好几次，他都想过换师父，生气的时候，也会直呼其名，不再尊称他“师父”，但这段时间，他在内心深处还是认可这个师父的。

理智和情感在此刻产生冲突，他不知道该以什么面目来面对夏东风。如果换作是旁人，他早就一拳打过去了。作为师父，夏东风确实没教过他什么过人的东西，但对于生活上的照顾，是处处体现的，夏东风没明说，可沈默能感受到。

强烈的情感挣扎之下，沈默颓败地坐在地上。见此，夏东风的心里也是五味杂陈。他以为这个小子会一拳打过来，或者揪着他的衣领咆哮和质问，却没想过他会以这种姿态来面对自己。一个对案子执着、对真相锲而不舍、对正义怀有信仰的人，不该被这些打倒，也不能被这些打倒。仿佛是看到了曾经的自己，夏东风的内心又是一痛。

曾经的他也这般热血过，可现实让他不得不低头，他只能通过混日子，不看、不想、不听，才能获得安宁。后来，他也当过别人的师父，对那个徒弟，他很用心去呵护和维护，但他的徒弟还是死于非命。因此，丁世忠让他带沈默时，他是拒绝的。可见到沈默时，他的内心又是窃喜的。仿若那个死去的自己回来了，仿佛尘封的热血又沸腾起来。

他想，刚入南都市，一腔热血的他，没人照顾，没人提点，所以他横冲直撞，带着徒弟九死一生，最终徒弟死了，自己却活下来了，在地狱里生不如死。午夜梦回时，他曾多次质问自己，为什么死的那个人不是自己？

如今，他要做那个能守护徒弟、指导徒弟的好师父。他不仅仅要教沈默查案，更要教他怎么“做人”。无论在什么地方，处理好了人际关系，才能更好地做事。好几次，他都在私下帮不懂人情世故的沈默，处理好了跟上级的关系，也作为润滑剂，协调他和同事的关系。否则，以沈默这性子，局里怕是没一个人跟他说话，更别说现在让闻显陪着他跑上跑下跑东跑西了。

他守护的，不仅仅是一个好警察，更是一份赤诚之心，一份为正义而战、永不屈服的信仰！那，才是一个警察该有的东西！

可能是怕沈默会一蹶不振，夏东风赶紧从怀里摸出个本子。

“这东西你从哪里弄来的？”沈默看清了本子封皮，表情一滞，这本子就是沈默从黄薇薇家里找到的乐谱，他怀疑地瞅着夏东风，“该不会又是你去我屋里偷的吧？”

夏东风裂开：“你看清楚一点儿！这不是你找到的那一本！”

沈默半信半疑地接过乐谱翻开，随即脸色骤变：“夏东风，你到底干了什么？”

沈默这一刻简直是心惊肉跳。这个乐谱和他找到的那一本，表面上看起来根本没有任何区别，但是一翻开，区别可就大了！

夏东风这本是带翻译的啊！这一瞬间，沈默真的想了很多，他想到夏东风突然积极地要当副局长，突然开始跟那些暗处的人有了不清不楚的联系……

“师父，你该不会是跑去当卧底了吧？！”

这个乐谱明显是内部人员才会掌握的东西，而且必然是很受信任的人，才有可能拿到手的。这么短的时间，夏东风是怎么获取信任的？他到底做了什么？沈默蜷缩了一下手指，只是短短几秒，冷汗就浸湿了他的后背。

“师父，你把事情说清楚。”沈默的声音克制不住地微微颤抖，“你知道卧底没那么好当的，要是真做了什么触及底线的事，即使是卧底也会被追究的，你明白吗？”

夏东风看了他一会儿，突然收了嬉皮笑脸的模样：“稍微多信任我一点儿吧，谁会让公安局副局长去做卧底啊？你也太能想了吧。”

好像也是这么个道理。沈默晃了晃手里的乐谱："那这个东西你从哪里弄来的？"

夏东风摊手："都说了是用你的收据换的啊。"

沈默信他个鬼！他磨了磨牙："师父，你嘴里还有没有一句实话？"

夏东风沉默两秒："这个暂时还不能说。"

沈默审视他片刻，咽下了这口气："那就换个问题，为什么要在轩轩和我舅舅的亲子鉴定上造假？"

夏东风挠了挠脸："……要不我们还是聊回之前那个话题吧？"

沈默直接开口："轩轩的生父是丁世忠吗？"

夏东风倏地瞪大了眼。沈默听到他心跳漏了一拍，懂了。

沈默呼出一口浊气："看来是了，所以你当时让夏青造假，是为了不让我跟丁世忠起冲突？"

那个时候丁世忠还没出事，还是南都市公安局最值得信赖的副局长。以夏东风这个看起来大大咧咧，实际上什么都藏在心里的糟糕性格，极有可能会为了避免冲突而选择隐瞒。大概在他看来，这既是在保护沈默，也是在顾全丁世忠。

夏东风坐直身体，长长地叹了口气："沈默，等一周吧。一周之后，我会把所有事情都告诉你。"

沈默妥协了，现在想来，他其实比想象中的还要信任夏东风，就像是一种直觉，一直在告诉他，夏东风是值得信任的。

沈默想到夏东风嬉皮笑脸的鬼样子，登时瘫下了脸。他烦躁地翻着手里的乐谱，一边挠头一边死记硬背。这是夏东风交给他的"任务"。他让沈默在二十四小时之内背完所有旋律所代表的含义，而且是要牢记，必须要熟悉到匆匆一听，就能立刻反应过来其中含义的程度。沈默没问原因，因为他觉得即使问了，夏东风现在也什么都不会说。

把乐谱翻到下一页，首先跃入眼帘的旋律变了。沈默无意识地跟着哼唱出声，随即猛地顿住，再然后就是浑身紧绷。他死死地看着这行旋律下面的注解：

任务完成，已灭口。

沈默仿佛又回到了二十年前的车祸现场，在血与痛的交织中，在母亲逐渐冰冷的怀抱里，他听到的这段旋律，原来是这个意思。

原来他的父母是死于被灭口！

沈默静静地坐了将近半个小时，然后用冰凉的指尖拨通了夏东风的电话："你之前说，这个乐谱是你拿收据和林永华换的对吗？所以林永华就是罪魁祸首是吗?!"

沈默自己没感觉，电话那头的夏东风却已经惊住了。因为他在沈默的声音里，听到了压抑到极点的呜咽。"沈默，出什么事了吗?"夏东风想不通，为什么他前脚刚走，后脚沈默就能出事。

沈默闭着眼靠在墙上："师父，我有没有跟你说过，我父母死于一场车祸，当时我也在车上，是我妈妈用身体护住了我，我才能活下来。"他深吸了一口气，"在那场车祸里，我听到了一段旋律，只有我听到了。事后，我把这件事告诉警察，可是没有人相信我，没人帮我寻找真相，所以我只能自己来找，所以我考了公安大学，所以我不顾老师的劝阻一定要来南都……"

夏东风哑然："沈默……"

"你总是劝我见好就收，劝我适可而止，劝我睁一只眼闭一只眼，我偶尔也会想，当年那些警察是不是也是这么想的？查起来太麻烦了，或许会招惹到惹不起的人，那就睁一只眼闭一只眼，当作什么都没发生过。"沈默咬了咬牙，"师父，我不会变成那样的人。二十年前，那些警察让我失望甚至绝望；二十年后，我绝对不会变成那个让受害者失望绝望的人！绝对不会！”

夏东风喉头堵得要命，再怎么巧舌如簧，面对此时的沈默，都没办法随意开口安慰。

沈默本来也没打算要夏东风的安慰：“我在这本乐谱里，看到了那段旋律的意思，是‘任务完成，已灭口’。”他攥紧拳头，“我只问你一个问题，是林永华吗？”

“……是。”

“我知道了。”沈默呼出一口浊气，他现在开始庆幸了，庆幸自己之前，就找到了林永华与枪械走私案之间的关联。有了这层关联，只要他死咬不放，只要他一直查下去，他就一定能抓住那个害死他父母的凶手！

夏东风隔着电话都感觉到了搞事的气息，登时头皮发麻：“沈默，不管你打算干什么，贸然对上林永华都是不现实的，你……”

“我是警察，他是罪犯，我不需要贸然对上他，只需要依法抓捕他。”沈默却比夏东风想象得更冷静。

夏东风松了口气：“说真的，我刚才都怕你一时冲动拿把刀去把林永华捅了。”

沈默下意识地问道：“捅不死的吧？至少得有把枪啊！”

夏东风无语了，没忍住又叹了口气，只觉得认识沈默之后，他叹的气比前半生加起来都要多。“再等等吧，或许不久之后就会有惊喜呢。”夏东风说完就直接挂了电话。

万华集团，董事长办公室。

林永华丢开刚签完的文件，转头问助理：“还没找到人吗？”

“是的，这两天我一直在联系苏倩小姐，但是她的电话始终无人接听，也一直没有回家。”助理顿了顿，又补充道，“她的朋友和工作室那边也联系过了，没人知道苏倩小姐的下落。”

林永华头痛欲裂，只觉得这段时间简直诸事不顺：“继续找！活要见人，死要见尸！”

但凡换个人失踪，林永华都不至于焦虑到这个地步。但苏倩不一样。目前他们暗中使用的旋律密码，全是由苏倩一手编曲的，那个女人也是除他以外，唯一一个知道所有旋律含义的人。

这么一个人要是落到他的对家手里，后果简直不堪设想。这一刻林永华甚至动了干脆换一套旋律密码的心思。但一来这事操作起来需要时间，二来现在还不确定苏倩到底是自己跑了，还是被人抓了。

当然，重点是第一条。更换通用密码并不是一件容易的事，重新编曲需要花费的时间只是小头儿，要重新应用推广到下面所有人身上，还要让他们习惯、牢记并适应新的暗号。这怎么想都不可能是一两天能搞定的事。偏偏最近又是频繁出事的时候，丁世忠的老婆被绑架那件事，也只是暂时拖着，想完全压下去还得再运作运作。总而言之，现在真不是给密码本更新换代的好时机。

林永华头痛地按住太阳穴，决定暂时把音乐密码的事放到一边。“这段时间其他事情都可以往后放一放，以找到苏倩为优先目标。”林永华的眼底掠过一丝狠辣，“她要是真落在了别人手里，不管对方是谁，必须第一时间处理干净，明白了吗?”

助理恭敬地点头：“是。”

林永华又想起一件事：“卢志盛今天还是没来?”

“请了病假。”

林永华眉头紧皱：“病了？真的假的?”

“应该是真的，我之前安排保安部的人去探望过了。”

“这样啊，那这几天就让他休息吧。”话虽这么说，可林永华却还是本能地觉得有哪里不太对劲。

凌晨一点半，南都市公安局刑警支队以及下属派出所的民警分作四队，呈合围之势隐藏在狩猎场外茂密的丛林之中。

夜晚蚊虫多，闻显属于招蚊子的体质，在地上趴了不到一个小时就被叮得浑身是包。他一边一个劲儿挠一边蹭蹭地，跟沈默嘀嘀咕咕："我知道出现场辛苦，但我真没想过是吃蚊子的苦。"

沈默看着他被叮肿了一圈的脸，满目同情。

闻显痒得恨不得当场脱了衣服，找块树皮蹭两下："在这儿守着真能堵到人？"

沈默撩起眼皮："卢志盛跑来自首，这是他戴罪立功的机会，他没理由说谎。"

昨天下午，之前还在警方面前耀武扬威的卢志盛突然跑来投案自首。不但对自己的罪行供认不讳，承认了杀害陈娇嫁祸丁世忠的事，还提供了一条重要情报。林永万在凌晨会带人将私藏在狩猎场内的枪械运走。因为时间紧迫，他们没来得及对卢志盛进行更细致的审问，就调集人手赶来了狩猎场外围。

最有意思的是夏东风安排的分组。这一点还是闻显告诉沈默的，他说，夏东风的分组有古怪，满满的心机，一看就老阴险了。经过闻显的解释，沈默才知道，夏东风这个分组搞得十分巧妙，总结下来就是，处在同一个组的，要么直接不认识，要么就是关系非常一般。

出发前，夏东风又特意收缴了所有人的通信工具。也就是说，没有通信工具，同组的人又因为关系普通，无形中形成了一种互相盯梢的模式。在这样的情况下，哪怕今天抽调的人手里有人不对劲，在抓到人之后，他们也不会有往外传递消息的机会。

沈默觉得很诡异。万万没想到夏东风还能有这个智商。又等了半个小时，林道间终于传来了车轮滚动的声音。沈默是第一个发现的人，连忙朝夏东风打了个手势。

夏东风压低声音："来了！作好准备！"

狩猎场后山的这个出口并没有大路，只有一条宽度不足两米的泥土小道，根本没办法通车。沈默听到的车轱辘声也只是推车的声音。说白了就是人力运送，只有把东西都运送到山下之后才能上货车。所以，这里也是最便于警方围堵的地方。

因为清楚这些人要运送的是枪支，所以出发前夏东风不但给每个人都配了枪，还挨个盯着所有人穿上了防弹衣。

五十米……四十米……三十米……十米……

沈默深吸一口气，将枪上膛。推着小破车的一群人终于踏入了包围圈，夏东风率先翻出荆棘丛，持枪瞄准，其余人齐刷刷跟上，从四面八方将这一行人团团围住。

"不许动！警察！"

林永万穿了件连帽衫，整张脸都被兜帽遮住，听见动静反手就从盖着帆布的推车里抽出一把枪。"妈的！被堵了！都别愣着，抄家伙！"他带了将近二十个人，一声高呼之后，真的去掏枪响应的却只有两个。

场面一度十分尴尬。不但没去掏枪的人尴尬，掏了枪的那两个也很尴尬。在这种局面下负隅顽抗，总觉得是自寻死路。

林永万脸色铁青："你们这些废物！"

他来运货这事是瞒着林永华的，所以跟来帮忙的全是他自己招揽的帮手，就类似于之前跑去砸沈默家的那个水平。这些人给点儿好处就愿意喊大哥，可真遇上事的时候，有胆子一条黑路走到底的却没几个。就像是街头混混儿和黑手党帮派的区别，前者简直就像是在玩过家家。跟着林永万的，就差不多是这一类人。

很滑稽，也很可笑。警方这边兴师动众，严阵以待，结果对手直接开局白给，一时间众人都有些茫然。

“把枪放下吧，小林总。”夏东风拿着枪的手很稳，始终瞄准着林永万，“就凭你走私枪械这一点，我就算当场开枪杀了你，也不用承担任何责任。”

林永万咬紧牙关，片刻后，将枪扔在脚边。他恶狠狠地瞪着夏东风：“你很有种，给老子等着！”

在捆人的间隙，夏东风冷笑着回话：“真可怜啊，直到现在还没意识到问题的严重性。”

林永万依旧一副高高在上的姿态，仿佛笃定自己就算被抓，也只是走个过场，他还会像之前无数次一样，在公安局来去自如。

夏东风从后面踹了他一脚，硬生生把林永万踹得跪倒在地：“你是不是还想着你哥一定会来捞你？是不是还觉得，在南都市你就算是杀人放火也无所谓？”他轻蔑地用枪管拍了拍林永万的脸，“小林总，你这美梦也该醒了，这一次，你、死、定、了！”

夏东风站起身，一挥手：“收队！”

在夏东风的要求下，哪怕回到局里，众人的通信工具也没有归还。以犒劳的名义，点了一大堆烤串堆在局里大厅里，局里的人和下属派出所的民警围着桌子挤成一堆撸串。

沈默靠墙站着，视线时不时地落在人群中两个神情不太自在的人身上。他试着分析这两个人的表情，焦虑、惊惧、着急……这俩八成是在急着通风报信。

闻显抓了一把羊肉串凑过来：“你在看什么？怎么不过去吃？”

沈默看见他还愣了一下：“你没去审讯室？”

“饿了。”闻显吧唧着嘴，“这一轮老崔和夏局上，待会儿再换我和你。”

沈默愕然，反手指了指自己：“我？”

“嗯，夏局刚刚交代过了，说你了解的情况比较多。”

沈默愣了一下，随即反应过来。夏东风大概是还记着他之前提到父母被害的事，让他参与审讯跟了不了解情况关系不大，应该只是想让他亲口问一问。

闻显没注意到他的晃神，兀自追问道：“你还没说你在看什么呢。”

沈默想了想，凑到闻显耳边压低了声音：“那两个……”他把自己的猜测说了，闻显转头看了那两个人一眼，神情登时复杂了起来。这两个人，一个是下属派出所的，另一个却是他们局内部的。

闻显沉默了一会儿才道：“知道了，我会找人盯着的，保管在夏局发话之前，他们没法儿往外传一个字。”

沈默后知后觉地问道：“……啊，你怎么突然叫他夏局了？”

闻显以前倒也不是没叫过，只是要么阴阳怪气，要么嘲讽拉满，跟眼下这真心实意的情况明显不一样。

“……咳。”闻显尴尬一瞬，眼珠子乱转，“我就是觉得之前误会他了，挺不好意思的。”顿了顿，又叹了口气，“现在想想，他承担的搞不好比我想象中的还要多。”

沈默几乎是无缝衔接上了闻显的脑回路，这位估计也是在猜夏东风舍己为人、以身饲虎之类的。

第 27 章　收网

“外头很香啊，我肚子也饿了。”林永万大大咧咧地靠在椅子上，两条腿直接往桌面上一架，“先来一百串羊肉串，两根羊蹄……”他态度嚣张地点着菜，看向夏东风的眼神满是挑衅。

崔玉林露出个匪夷所思的表情，忍不住转向夏东风，抬手点了点自己的脑袋，只差没直接问“这人是不是脑子有问题”。

夏东风喝了口水，笑了下：“他脑子没问题，只是惯性思维罢了。”

之前那些年，林永万在公安局如入无人之境，进来过无数次，也毫发无损地离开过无数次。人会因为习惯而失去敬畏心。虽然看起来蠢到离谱，但也勉强算是合理。

“已经快三个小时了。”夏东风看了下时间，“小林总，按以往的情况，你大哥应该早就安排人来捞你了吧？今天怎么还没反应?”

林永万呼吸一滞。

“你看起来没读过什么书，多年经历，也让你对法律失去了敬畏之心，换句话说，小林总，从某方面来说，你就是个彻头彻尾的法盲啊！”夏东风敲了敲桌子，“所以……在让你开口之前，我有必要先给你普个法。根据我国《刑法》第一百二十八条第一款，违反枪支管理规定，非法持有、私藏枪支、弹药的，处三年以下有期徒刑、拘役或者管制。”夏东风的语调慢悠悠的，像是真的在给林永万普法，“当然，这是情节较轻的。像你这种非法制造、买卖、运输、邮寄、储存、盗窃、抢夺、持有、私藏、携带成套枪支散件，并直接或间接导致人员伤亡的，基本上就是无期起步，死刑指日可待。”

林永万吞咽了下口水：“你吓唬谁呢？”

“你自己其实也清楚，这次的情况，跟你以前不一样吧？情节严重，而且还被抓了个正着，能出去的可能性几乎没有，与其负隅顽抗，不如……”

审讯室的门被推开，打断了夏东风的循循善诱。沈默脸色铁青地站在门口，整个人都像是一根随时都会崩断的弦，紧绷压抑到了极点。他哑着声音开口：“检察院那边来人了，要求立刻移交林永万。”

夏东风怔了一下，又忍不住看了看时间，然后烦躁地啧了一声：“比我想象中反应还快啊。”他们去抓人的动静太大，就算是已经尽量控制了消息外泄，也不可能真的隐瞒太久。

沈默抿了抿唇：“……怎么办？”

“能怎么办？”夏东风耸了耸肩，“既然检察院要人，那就给他们。”

“可是……”

夏东风打断他的话，提醒道：“检察院是司法监督机关。不把林永万给他们查，那他们可就要来查我们了。”

沈默满心不甘。检察院现在来要人，明摆着是有问题的。现在把林永万交出去，这案子还不知道会不会再有后续。

林永万从听到检察院来要人起就开始笑了，这会儿更是直接站起来伸了个懒腰，大声道：“我说过我饿了吧？弄点儿吃的来，吃完了我再走。”

沈默怒不可遏：“林永万，你别得寸进尺！”

林永万斜眼看他：“小警察，你可别自己找死，没见你们夏局长都不敢招惹我吗？”

公安局肯定是不会请犯罪嫌疑人吃饭的，这里又不是监狱，还包吃包住。所以，哪怕林永万闹腾得要命，各种小人得志地摆起架子，最后也只能饿着肚子被押上车。

“防弹衣都穿好了吧？”夏东风照旧挨个检查，“都别大意，注意安全。”

闻显火气大得要命：“人都要交出去了，还能出什么事？”

“那可不一定。”夏东风像是意有所指，又像只是随口一说，“小心驶得万年船嘛。”

公安局刑警支队这边几乎是全队出动，所有人分乘七辆车，载着林永万的那一辆开在最中间，其余六辆分别保持在左前、右前、左、右、左后、右后，六辆车匀速行驶，检察院那边来的车则跟在最后面。

其实检察院的意思是想直接把林永万带走的，不需要公安局这边押送，但夏东风没同意。从公安局去检察院，大概需要一个小时的车程，沈默坐在左前方的车上，开车的是闻显。

沈默双手抱臂，把安全带压在胳膊下面，时不时瞥一眼闻显握着方向盘的手，最后还是没憋住：“你要是再使劲，方向盘就要被你掰断了。”

闻显下意识地一松手，然后又用加倍的力气握了回去：“我就是气不过，辛辛苦苦查了这么久……”

“等等！”沈默打断他的话，脸色倏地冷了下去，他攥紧手心微一侧耳。五秒后，沈默白着脸掏出手机打给夏东风：“师父，情况不对！我们被包围了！”

这话一出来，别说是电话那头的夏东风，就连开车的闻显都是一愣。

沈默深吸一口气：“再往前就是一个十字路口，我听到了引擎的声音，分别从四个方向传来的，初步估计是四辆车，车型偏重，对方人数应该不比我们少……”

话还没说完，警方这边的七辆车，已经驶入十字路口。

沈默咬紧牙关："来了，小心！"

嘭！一辆没有车牌号的重型越野，直接撞上沈默所在的这辆车。重量和车型的差距，让警车在惯性的推动下，又撞上并行在右前的车，然后是后面的车来不及停下追尾。接连不断的几声枪响，如同响雷般在沈默耳边炸开。巨大的声音冲击，让他迟钝了两秒才反应过来，对方是开枪打中了什么。

"……下车！"沈默顾不上去按一阵阵发晕的脑袋，一边僵硬着手指去解安全带，一边努力挤出声音提醒。

他的声音太小，现场又太混乱，闻显没能听清："什么?"

"下车！"沈默几乎是嘶吼出声，"那群法外狂徒打穿了油箱！"不止打穿了一个，从听到的声音判断，现场至少有四辆车的油箱都被击中了，轮胎大概也中了七八枪。这种情况下，躲在车里就是纯粹等死，对方只需要一把火就能把他们全部升天。

闻显先是一愣，随即解开安全带，连滚带爬地往外跑。沈默的动作不比他慢，下车之后就找到掩体，大声提醒："离开车子！快点儿！"

一颗子弹几乎是在他话音落下的同时，打中了挡在沈默身前的车门，但凡他刚才退得稍微慢一点儿，这一枪就能命中沈默的心脏。这个时候，防弹衣的作用，就体现出来了。虽然没办法百分百保证不会死，但至少防御值是拉上去了。一边拿着枪找机会反击，一边退离车辆周围时，沈默的精神完全是恍惚的。不只是枪声对听力造成的负担，更多的是对眼前场景的错愕和不能接受。

"他们是来救林永万的?"闻显之前腹部中了一枪，虽然穿了防弹衣，但冲击力也不小，受了严重的内伤，这会儿嘴里也全是血沫子，"阵仗还挺大。"

沈默的耳朵里依然山呼海啸，他下意识抬手抹了一把，才发现全是血。高频率的枪声，给耳朵带来的负担，比他想象得还要大。当然，也有可能是因为他的病情更糟糕了。

沈默放轻了声音长出一口气："我觉得你抓错了重点。"

闻显一手捂着腹部，一手伸出去回敬了一枪："……嗯？"

"我们从局里到这里还不到半个小时，这些人却明显是有备而来。"沈默头一次觉得人可以可恨到这个程度，"他们早就知道林永万会被转移了。"这意味着检察院那边和这些人是同谋。

闻显也反应了过来，瞪大双眼愣在原地，好半天没说话。

"躲开！"察觉到不对，沈默直接伸手将闻显按倒在地，子弹擦着两人的头顶飞过，"这个时候发什么呆啊？不要命了？！"

闻显哆嗦着嘴唇，眼眶突然就红了。

沈默小心提问："你该不会是要哭了吧？被吓的？"

"没有。"闻显顿了顿，又哑声道，"我就是……突然觉得有点儿不值得。"他推开沈默，发狠似的咬着牙，一边找准时机反击一边道，"所以这些人不是来救林永万的，是来灭口的，对吧？灭我们的口！"

"那也要看他们能不能成功。"沈默拍了拍防弹衣，"这玩意儿可是帮大忙了。"

这话不是宽慰，更不是说笑。双方混战，双方都拿着枪，有防弹衣和没防弹衣，那就是天壤之别。至少警方到目前只是出现了伤员，可对面光是沈默可以确定的，至少已经死了六个，还有五个彻底失去了行动能力。得出这个数据的时间点，是距离枪战开始第三十八分钟。

这场混战差不多持续了一个小时。伤在警方这边，死在对方那边。眼看混战就要结束，沈默刚要松一口气，却突然听到了短暂又熟悉的旋律。几乎是下意识，他的脑海中就浮现出了这段旋律的意思：

任务变更。

灭口。

灭口？灭谁的口？警方的？

不，从目前的情况来看，对面完全就是垂死挣扎，除非再来一拨援兵，否则这个事也就只能在梦里想想。那又是灭谁的口？

沈默恍惚的视线，划过了被保护在人群中央的林永万的脸，仿佛一道惊雷，破开了他混乱的思绪。沈默飞奔上前，双手按在林永万肩头，直接把人掀翻在地。下一秒，枪声响起，又一次与死亡擦肩而过。沈默高声提醒："狙击手！两点钟方向！高度……"他估计了下子弹射来的角度，"离地五十米以上……十六层到十八层之间。"

两点钟方向，正好有南都市一家全高二十五层的星级酒店。在听力方面，夏东风对沈默无疑是无条件信任的，几乎没有任何犹豫，就安排了一支小队去酒店搜索。

被沈默扑倒在地的林永万，像是吓傻了似的，神情愕然地看向酒店所在的方向。

又一段旋律传来。这次是"撤退"。

沈默咬紧后槽牙："他们要跑了。"

追逐战总是充满变数，尤其是在己方伤员众多的情况下，跑了五个。夏东风闭了闭眼："收队，不用去检察院了，直接回局里。"重伤的人被赶来的救护车拉走，轻伤的简单包扎后，就跟着一起回了公安局。

沈默跟医护人员借了酒精和棉球，找了个角落，把堵在耳朵眼里的血痂清理干净。耳朵很痛，每次吞咽都会扯着疼，更难受的是仿佛永不停歇的耳鸣。把沾了血的棉球丢进垃圾桶，沈默若无其事地跟着车一起回到公安局。

林永万再次坐进了审讯室，但比起之前的趾高气扬，现在的他几乎只能用失魂落魄来形容。没人搭理他，也没人进去进行问讯。这也是一种常见的审讯手段。

在他隔壁，正在被审问的是被警方堵在了酒店，直接抓了个正着的狙击手。

闻显用食指点了点桌子，开门见山："为什么要杀林永万？"

狙击手撩起眼皮："林永万是我老板，我怎么可能杀他？"

闻显气笑了："那你那一枪是走火了吗？"

"距离太远了，没瞄准而已。"狙击手比画了个瞄准的动作，挂在腕骨上的手铐叮当作响，"本来是想杀你们局长的，擒贼先擒王嘛，结果不小心打歪了。"

"林永万，你搞清楚自己现在的处境了吗？"夏东风靠在椅背上，伸手点了下手机，开始播放刚刚在隔壁审讯室录下的音频。

狙击手的声音从扬声器里传出来："我们都是冲着救老板来的，老板这些年带着我们兄弟赚了不少，他出了事我们当然得救了……是又怎么样？能在你们眼皮子底下走私，那是我们老板的本事……你们还有完没完啊？说了那一枪不是瞄准老板的！谁会杀自己的衣食父母啊？"录音持续了将近二十分钟，林永万的脸色也越来越难看。

夏东风单手撑着下巴，皮笑肉不笑道："小林总，升职成大老板的感觉怎么样？"

这狙击手话里话外全是一个意思，林永万就是他们的老板，是他们的老大，是所有罪恶的根源。说着忠心耿耿的话，其实全是甩锅。

夏东风颇有些好笑道："你以前为了脱身，找了那么多替死鬼，现在自己也被当成替死鬼的感觉如何？”他往后一靠，大笑出声，“风水轮流转啊，小林总。”

狙击手的话，不但代表着林永万沦为了替死鬼，也同样意味着他被放弃了。这一次，不会有人再来捞他了。

“配合一点儿，你应该知道，刚才如果不是小沈救你，你绝对死定了。”夏东风半是嘲讽半是认真地提议着，“你可以想象一下，你要是死了，那这次的事就是死无对证，等狙击手被抓之后，他只需要说场面混乱，开枪误杀了你，到时候还不是想让你怎么顶罪就怎么顶罪？”

来袭击的这些人，从一开始拿到的就是两个任务：第一，救出林永万；第二，如果救援失败，那就直接灭口。由此可见，林永华对林永万的兄弟情也是有限的。比起留弟弟一条命，那位真正的大老板还是更在乎自己。

好在沈默赶在狙击手开枪之前，把林永万救了下来，不然这次就又麻烦了。夏东风摸了摸下巴，想着这次得给那个小倔驴记一功才行。

林永万像是终于接受了现实，他把微微颤抖的双手交叠在一起，笃定开口：“都是我做的，我就是他们的老板。”

这可真是大出意料。一直以来，林永华和林永万这两兄弟，都是林永华这个当哥哥的，追在弟弟屁股后面收拾烂摊子，总觉得应该是哥哥更加情深义重一点儿，却没想到真正情深义重的竟然是弟弟。

虽然跟这些堪称恐怖分子的人谈情深义重，本身就是一件挺搞笑的事，但听到林永万回答的夏东风，这一刻确实是在心里这么感慨的。他笑了一下：“既然这样，那就麻烦坏事做尽的小林总好好说说你都干过什么了。”

顶罪也不是那么好顶的，夏东风可不觉得林永华会真的什么都跟林永万说。

于是，夏东风问道："曹建设一家的死，跟你有关吗？"

"宋明珠是我杀的。"林永万眼神游移了一瞬，"我撞了她儿子，那个女人一直勒索我，没完没了，很烦，我就把她杀了，顺便嫁祸给她男人……曹耀也是我安排人动的手……曹建设是我让人绑架的……"

林永万的叙述十分混乱，被模糊掉的细节也很多，夏东风却全程没有打扰，直到林永万的叙述告一段落后，才又带着笑意开口："根据警方的调查，你第一次和宋明珠接触，是在曹耀出车祸之前，所以因为车祸而被勒索这个理由，大概率是不成立的。至于绑架曹建设，你既然不在乎杀人，也喜欢用杀人的方式解决问题，那为什么不是直接杀了他，而是选择绑架？你想从曹建设身上得到什么？"

林永万支支吾吾半天，也没能说出个一二三，可见智商是真的不高，最后只能摆烂道："哪有什么为什么？想绑就绑，想杀就杀，看心情的事而已，哪来的那么多理由?!"

夏东风还是笑盈盈的："我算是知道林永华为什么要把你灭口了，因为小林总你啊，真的不是个做大事的人。"他伸手从裤兜里摸了摸，然后掏出一个纸条在林永万面前铺开，"眼熟吗？虽然是复印件，但我相信你应该能认出来这是什么。"

这是沈默从宋明珠家里找到的那张收据，虽然是复印件。

"我之前一直想不通，一张收据而已，而且还是那么多年前的收据了，有什么价值，让你们费那么多工夫去拿到手？后来我明白了。"夏东风手指灵活地将收据折叠几次，最后叠成一个工工整整的四方形，而原本散布在收据四处的小黑点，也在经过折叠后，拼凑成几个形状略微有些扭曲的音符，"你们一直想销毁的证据不是收据，而是这个吧？"

站在监控室一直盯着这边的沈默倏地瞪大了双眼。他凑近玻璃墙，仔细辨认着复印件收据上的旋律，最终读懂了它的意思：任务……送货……封口费……

能辨认出来的含义，只有寥寥几个词汇，沈默猜测，这是因为十几年前的旋律密码和现在的旋律密码是更新换代过的，所以才不能完全解读。但仅有这几个词汇也够了。

“当年，曹建设走私是受了林永华的差遣，出事之后，他和你哥哥做了一笔交易，他把罪名扛下来，林永华给他一百万，这张收据就是证据。”夏东风屈指在纸上弹了一下，“宋明珠写的那几行字从来不是重点，这些音符才是。把收据写在这张纸上，应该是曹建设的要求之一，他大概也是担心你们会卸磨杀驴。”

林永万面如土色。

夏东风悠悠道：“也幸好十几年前，林永华的生意刚刚起步，人脉和势力都相当一般，所以才会被曹建设拿捏，否则……你，哦，或者该说你哥哥，派人绑架曹建设，是为了拿回这张收据，但你们没想到曹建设能逃走，更没想到他不但逃了，还要豁出命去报复，也因此制造了旅游盛典时的那场爆炸案……”夏东风颇有些遗憾地啧了一声，“当时老付就不该多事，直接让你哥被炸死了该多好。他这一多事，不但林永华活下来了，曹建设也被你们找到机会斩草除根了，真是太可惜了。”

“你！”可能是被夏东风语气中的惋惜给气到了，林永万怒喝一声，在拍着桌子站起身时，又突然反应了过来，他重新坐了回去，平静道，“这些事跟我哥没关系，全都是我做的。”

夏东风皮笑肉不笑地扯了下嘴角：“小林总，别说我看不起你，很多事还真不是你能做得到的。”他站起身，单手撑着桌子，“你能在南都市搞出制枪厂？你能在南都市搞出一条完整的走私链？你能……”

林永万打断他的话："我能！我为什么不能？"

"哦。"夏东风抬手做了个请的手势，"那就麻烦小林总具体说一下细节吧，警方办案得实事求是，总不能随便冤枉人，你说是不是这个道理？"

正如夏东风所猜测的，林永万知道的事情确实不少，但细节上是真的了解甚少。林永万努力开始编，越编越前言不搭后语，夏东风脸上的笑容也越来越大，这完全就是拿林永万当个笑话看的态度了。

"辛苦了，下面就请我的污点证人来跟你聊聊好了。"夏东风听完故事，转身出去了一趟，再进来时，身后就多了个人，是卢志盛。

高壮的男人胡子拉碴，形容憔悴，却在看见林永万的时候忍不住露出喜色。卢志盛从自首开始，就知道他的命运已经注定了，唯一所求的就是林永华兄弟能跟着他一起完蛋。倒不是完全出于报复心理或者拉个人垫背之类的，他只觉得，只有万华集团彻底完蛋了，他的妻子和孩子才能真正安全。

夏东风问卢志盛："他刚才说的话你都听见了？"

"都听见了。"卢志盛点头，总结道，"全是胡说八道，他虽然是林永华的弟弟，事实上却根本接触不到真正的核心……"

"卢志盛！"林永万怒不可遏，"你这个叛徒！你怎么敢……"他蛮横地揪住卢志盛的衣领，"你故意算计老子是不是？从一开始，你这个白眼狼就投奔了警方是不是？"

林永万就算再蠢，现在也该弄明白情况了。他被抓获，从始至终都是一个阴谋。

卢志盛掰开他的手："小林总，抱歉了！我也只是想保护我的家人。"他闭了闭眼，"况且，我不想像刘东一样，死得那么冤枉。"

“你……”

“小林总，你真要怪的话，就该怪你自己。如果不是你当时惹了事，杀了人，非要让刘东给你顶罪，让他死得一文不值，我也不会意识到自己竟然活得那样朝不保夕。”卢志盛顿了顿，又道，“你被抓只是开始，接下来，林永华也会被抓，你想给他顶罪？也就只能想想了。小林总，这些麻烦事全都是你惹出来的啊。”

这话可够杀人诛心的。林永万之前想顶罪的时候有多悲壮，这会儿就有多后悔。活到这个岁数，林永万不说坏事做尽，却也确实没干过几件好事。但这是他第一次尝到了后悔的滋味。

“这样真的有用？只要林永万愿意顶罪，上面多的是人愿意睁一只眼闭一只眼。”卢志盛出了审讯室，之前那副咄咄逼人的模样，登时散了个一干二净，颇有些焦虑道，“这次一旦让林永华摘出去了，以后想找机会可就难了。”

“急什么？”夏东风给他散了根烟，卢志盛戴着手铐别扭地接过来，两人靠在窗边吞云吐雾。

等到一根烟抽完，夏东风才道：“审林永万只是个幌子而已。”一个让上面的人和林永华认为公安局正在全力跟林永万死磕，且注意力全部放在了审讯上的幌子罢了。

卢志盛错愕：“幌子？你又想干什么？”

夏东风笑了一下：“不干什么，就是争取点儿时间。”

四个小时后，在家里等消息的林永华，怒气冲冲地踹翻了摆放盆栽的花架。“一群废物！”温文尔雅的表象彻底褪去，露出了底下阴暗扭曲的狰狞。他掏出手机开始拨打电话，一通又一通，不是没人接听就是已关机。

林永华眉头紧锁，清楚地意识到了事态已经彻底失控。他联系的都是跟他一条船上的人。在这种急需解决问题的情况下，这些人就算再想明哲保身也不可能也不敢不接他的电话。

除非是接不了。可到底是出了什么事，会让这些人连电话都没法儿接？

“老板！”助理跌跌撞撞连滚带爬地跑了进来，“出、出事了。检察院、法院，还有政府大楼和我们公司，全部被包围了！”

林永华只觉得匪夷所思：“包围？被谁包围？”

“……是军分区的人。”助理紧张到声音都变了，“武装部队。”

林永华如遭雷击，身体承受不住打击似的晃了晃，要不是旁边就是桌子，他恐怕能一头栽倒。难怪无论他怎么打电话都是无人接听。竟然是真的没办法接电话了！

他现在开始庆幸在林永万被抓之后，他为了以防万一，直接转移到隐蔽的地方，不然的话，只怕他现在已经被抓了！

“通知下去，撤……”林永华的双手紧握成拳，多年心血付之一炬的打击几乎让他喘不上气来，“出境。”

留得青山在，不怕没柴烧。他得走。必须得趁现在走！

南都市公安局，表面上在跟林永万要嘴皮子，实际上一直在等消息的夏东风，也终于等到了期盼已久的电话。

“找不到林永华？”夏东风眉头紧拧，“狩猎场搜过了吗？他不会在公司，也不会在明面上的产业里……”他烦躁地抬手按了按眉心，“狡兔三窟，只要他还没离开南都……”夏东风的声音戛然而止，随即语气飞快道，“他可能是想出境！不管他躲在哪里，准备躲多久，最后的目的都一定是出境！”

但要追捕并不容易。越靠近边境，地势就越复杂，能藏身的地方就越多。

夏东风深吸一口气：“我们这边会全力搜查，其他的事就麻烦你们了。”

电话那头不知道说了什么，夏东风阴沉的脸色微微回暖：“衷心感谢诸位为南都市所做的一切，真的谢谢。”

对现在的南都市公安局来说，搜查工作是真的不好做。之前的枪战，导致三分之二的人负伤，越能打的伤得越重，就跟淹死的都是会游泳的一样糟心。人手不足，时间紧迫，两座大山压在公安局众人的心头，硬生生让人产生了一种呼吸都会耽搁时间的窒息感。

经过一天一夜的搜查，夏东风疲惫不堪地捏着鼻梁：“这样下去不行。”

连绵的大山成了追捕工作的最大阻碍，哪怕他们有再多的人，也做不到在同一时间扫荡所有地点。只要做不到这一点，这场追捕就会成为彻头彻尾的游击战，他们往东，对方就往西……再这么下去就成纯粹的消耗战了。

打消耗战也不是不行，问题是，谁能保证在这期间一点儿错都不出？万一出现失误被林永华跑掉，那就是前功尽弃！

一直跟着漫山遍野跑的沈默突然开口：“我有办法。”

南都市各片区派出所都抽调了人手。公安局的训练场从来没挤进来过这么多人，粗粗扫一眼，至少三四百起步。

“这是要干什么？”

“……不清楚，反正肯定是出大事了。”

有人翻了个白眼：“能不出大事吗？市政府都被围了，公检法三机关，现在也就公安局这边还能正常运作，另外两个……啧，世界变得好快。”

“反正不是坏事。”窃窃私语的人群安静一瞬，随即相视而笑。

“是啊，反正不是坏事。”夏东风趁着调集人手的时候，匆匆扒了两口饭，看时间差不多了，拿着大喇叭就站在了训练场中间的桌子上，“大家安静！听我说！”

众人齐齐沉默。

夏东风高举左手，手里拿着一张打印出来的二维码：“请大家拿出手机，扫一下这个二维码，下载 APP。”

执法人员的服从性还是很高的，哪怕夏东风的行为怎么看怎么离谱，但在他下令之后，所有人也还是照做了，然后服从性极高的执法人员们就炸锅了。

“这不是前阵子查出来的那个骚扰 APP 吗？”

“我也有点儿印象，好像是有程序员为了报复社会，自己搞出来的东西。一个虚拟号可以同时拨打上千个电话，主打一个大范围电信骚扰……”

“问题是，为什么要让我们下载这个？”

夏东风抬手往下压了压，示意大家安静：“接下来，我会给你们每个人分配一个地点，所有人必须在一个小时之内到位。等到位后，你们的手机会通过这个 APP 被拨通，接通之后，你们什么都不用做，只需要把手机的收音音量调到最大，站在原地保持安静和隐蔽就可以了，具体的后续指令会通过手机传达。

“切记！你们需要做的只是安静等待，如果在指令下达前意外遭遇了不法分子，那就以自身安全为第一优先考虑，撤退或者隐蔽都可以，千万不要一个人鲁莽行动！”

四百六十七人，以每人之间间隔三十米左右的距离，散入沿边的绵延山脉。链接着所有人定位的 APP 界面被放大，一个又一个代表着抵达目标地点的红点亮起。

沈默直勾勾地盯着电脑屏幕，耳内至今没停的轰鸣，让他皱紧了眉头。庄梦瑶因为动态视力出众，被叫来给沈默打辅助，这会儿看他脸色不好，难免有些担心：“师弟，你还好吗？”

“……没事儿。”确实问题不大。沈默这段时间都有点儿习惯耳鸣的状态了，其实并不会对声音的接收造成太大的影响，只是听声音的时候，会有种隔着一层水膜的不真切感。“等所有人到位，所有的通信红点都会亮起来，我不能保证自己在分辨出声音的同时，不会看错闪烁的红点，所以就需要师姐你来帮我纠错了。”

全部人员到位后，所有人都会同时和沈默进行语音通话，而沈默需要做的就是去倾听通话那边的异常声音，去捕捉那些逃犯的具体行踪，然后给出准确的定位，让随时待命的武装部队进行追捕。

庄梦瑶有些不安地看了他一眼：“所有通话全部接通的话，就意味着你需要同时聆听将近四百七十个来自不同方位的声音……这样真的没问题吗？”

沈默的听力太好了，哪怕电话那头的警务人员竭力保持安静，他们的呼吸声和衣料的摩擦声，也都会成为干扰项。要在海量的杂音中，找出不法分子的痕迹，光是想想都让庄梦瑶觉得头皮发麻。

“所以他们的间隔距离是三十米。”沈默笑了下。他的听力很出色，正常情况下的接收范围绝对不止三十米。

庄梦瑶呼出一口浊气：“那就加油吧！”

门外，夏东风也在和军分区那边的负责人谈话：“因为对方大概率弹药充足，所以警方这边能做的，也就是帮你们定位追踪了，其他的就拜托你们了。”

“已经帮大忙了。”军分区这次派来的负责人侧头往室内看了一眼，他其实对南都市公安局提出的这个定位计划是抱有疑虑的。

还是那句老话，没有亲身经历过，真的很难理解和信任沈默的听力，更何况还是这种要紧的时刻。好在南都市这边大概也是考虑到了他们的不信任，提出这个计划时并没有要求部队这边待命，而是选择了双管齐下。武装部队继续按照他们的原计划进行搜索，警方这边通过声音来找人，找到之后再通知部队赶过去，也算是两不耽误。

夏东风也清楚这些负责人的顾虑，跟着扭头看了眼屋里的沈默，笑了下："放心吧，他真的很厉害。"

夏东风的声音已经很轻了，但在他话音落下的瞬间，戴着耳机的沈默还是转头看了过来，并附带了一个十分嚣张的小眼神。

"确实很厉害。"军分区的负责人看乐了，看向夏东风，"这就是韩教授的学生吧?"

"是。"夏东风压低声音，"这次的事情真是多亏了韩教授。"

沈默在把邮件发给韩文慧教授之后，那边就果断展开了行动。什么等到沈默失联再上交证据？那不是黄花菜都凉了？韩文慧教授通过过硬的人脉关系，第一时间隐蔽地将沈默搞成压缩包的那一大堆证据上交，之后就是军分区受命来南都市。

夏东风也早在证据上交之前，就和韩文慧教授联络上了，两个素未谋面的人，隔空打了一场堪称时机完美的配合。

室内，把两人对话听得清清楚楚的沈默暗暗啧了一声，感觉自己像个全程被蒙在鼓里的大傻子。他倒不是生气夏东风的隐瞒和"利用"，就是单纯地有点儿烦自己不争气，竟然被夏东风当成棋子，摆弄了那么长时间都没发现不对!

"嘀。"地图上最后一个用来定位的红点亮起，沈默收敛了乱七八糟的思绪，把注意力全部放在了耳机上。

四百六十七个语音通话，四百六十七道来自不同人不同位置的声音交织在一起。沈默除了捕捉声音，还要准确地判断出他找到的声音是出自哪条通话频道的。

要单纯地通过听力优势，来确认这个信息其实很难，他也不能保证完全不会出错，所以就需要庄梦瑶的帮助。在有声音传来时，定位的红点会闪烁，以庄梦瑶的眼力，绝对可以捕捉到声音响起时同时闪烁的那个定位点。

但这也不是百分百没问题的，如果沈默捕捉到的那个声音太小，过低的分贝极有可能根本不会被数据采集，所以庄梦瑶只是作为双重保险出现在这里，真正的压力其实始终都在沈默身上。

沈默扪心自问，他能做到吗？

能的，必须能！他必须竭尽所能地去做到！这样才能给他的父母、他的舅舅、他的同事，以及过往那些被权势与财富强行抹消的冤魂，一个重见天日的机会！

深山之中，一个已经废弃多年的砖厂里，一身运动装的林永华，正躲在一间地窖里擦拭随身携带的枪支。地窖已经荒废多年，里面以前大概储存过粮食，一股子散不去的发酵味和霉味。林永华已经很多年没在这种恶劣的环境里待过了，如今龟缩在这么个破地方，他恍惚中有种回到了几十年前，一无所有时的错位感。

在逃亡的这一路上，他思考了很久，事情到底是从哪个环节出错的。最后得出的结论是，从丁世忠死开始，他就已经踏进了陷阱里。那个当了一辈子警察的男人，或许曾经确实被他拿捏过，但最后的最后，也是丁世忠用命给他挖了个大坑，用他自己的死，在林永华构筑的世界里，撕开了一道缺口。

林永华的助理，是纯粹的文职工作者，体力极差，跟着跑了这一路早就累瘫了。但他不敢停，更不敢求助。现在这个时候，他要是停下来，就只有被放弃的下场。如果只是被林永华丢下还好，但问题是，他要是真的走不动了，等待他的绝对是一梭子子弹。他知道的东西比卢志盛还要多，哪怕只是为了封口，林永华都不会允许他活着，所以，他只能跟上，上了贼船的下场就是这样。

“……老板，现在该怎么办?”

他们这次撤离，不对，发展到现在，应该已经能被称为逃亡了。跟他们一起走的人很多，几乎是林永华手底下，负责见不得光的那些事的人。

当然，这些人是指有一定话语权的，叫得出名号的。底层的小卒子，则是一开始就被抛弃了。八十二个人，弹药充足，虽然不至于个个手上都有人命，但也都是不拿杀人当回事的狠角色。

如果不是武装部队的出现，以他们的人数和火力，可能从一开始就不会逃，而是选择直接干一票大的。火力拼不过，可以帮他们收尾的人自身难保，所以他们就只能逃。但现在，似乎连逃都成奢望了。

出去打探消息的人灰头土脸地回来了：“老板，老路恐怕走不通了，全被封锁了，我们现在撞上去就是自投罗网!”

林永华收起枪站了起来：“那就找条新路走。”他打量着挤在地窖里的人，叹了口气，“所有人一起走目标太大了，分头行动吧。五人一组，避开搜索的人寻找出境的路线，或者其他可以藏匿的地点，音频程序保持登陆，十分钟发送一次信号报点。”

第 28 章　落幕

无论是等待还是寻找，都是一个漫长又急需耐心的过程。最开始的两个小时，沈默能听见的只有交错的呼吸声和夜晚的虫鸣。他这边没有进展，武装部队那边也同样没有发现。

沈默甚至听见了四百多个音频通话中，至少有三百个都被蚊子咬过了。其中有几个估计跟闻显的体质差不多，尤其招蚊子，属于他们的音频通话中嗡嗡嗡的蚊子声就没断过。偏偏这次的任务是潜伏类的，哪怕被叮得满头包也没法儿拍打，只能被迫承受，好惨。

旁边的庄梦瑶盯电脑屏幕盯得眼花，隔半个小时就要滴一次眼药水。沈默的情况也没好到哪里去，虽然没有收集到有效信息，但他必须全神贯注，仔细分析分辨每一个捕捉到的声纹。长时间下来，不只是对听力，对大脑也是巨大的负担。

“簌簌”，靠在椅背上的沈默猛地坐直了身体，仔细凝神聆听后飞快地通过麦克风下达指令：“273、274、275、276 号位，注意隐蔽。初步估计，大约三十秒后，目标会出现在你们其中一人的视线范围。确认目标出现后，以敲击手机的形式作为回复，敲一下表示肯定，敲两下表示否定。”

三十五秒后，275 号位的音频通话传来轻微的敲击声。

一下，肯定，发现目标……沈默继续道：“从声音推断，目标应该有五人，携带枪支和匕首类冷兵器，275 号保持安静，不要让对方察觉。”

仿佛前两个小时的安静，只是大戏开场前的等待时间，在发现第一个目标之后，沈默开始接二连三地捕捉到有效信息。

“133 号位注意，有目标正在接近你，同样是五人，注意隐蔽！别管你的警棍了，先趴下！”

133 号位的民警愣住了，他这接的是音频通话，不是视频通话吧？为什么对方连他警棍掉了，都能发现啊？

“86 号位，目标五人正在接近中，注意隐蔽……别往下看了，抱着树杈站好行吗？”他都能听见对面抻脖子时，衣服擦过树干的声音。真的好离谱，为什么会有人直接蹲树上啊？

这头沈默觉得离谱，那头刚抻了下脖子的 86 号位民警也觉得离谱，还忍不住开始猜，公安局是不是找了个什么“灵媒”，跑来帮忙破案了，这也太恐怖了！

旁边的夏东风拿出打印出来的点位分布图，根据沈默的报点在图纸上画下对方的行动路线。

沈默瞥了一眼，眉头皱起：“路线很混乱，明显是分组行动，他们在找绕开警方的路？”

“应该是。”夏东风啧了一声，“这不就跟养鸡场散养的小鸡一样了吗？”

就在此时，沈默听见了此起彼伏的短促旋律，只有四个音节。翻译过来的意思：没有发现目标。大概可以理解为两个意思，一是没有发现警方，二是没有发现合适的逃跑路线。沈默还注意到，这些旋律的声音都很小，应该是手机漏音才泄漏出来的。这段重复旋律，陆陆续续大概响了将近一分钟，至少在二十个点位附近同时出现。

沈默猜测道：“他们这是在……签到？”

又过了十分钟，同样的旋律以类似的频率再次响起。沈默确认了自己的猜测。

夏东风将画下来的大概范围传给武装部队那边，示意部队可以行动了。这种规律的签到行为，持续了差不多一个小时，这一次，沈默终于捕捉到了另一个不同的旋律。

两个音节。意思是集合。

“发出集合指令的声音，靠近 423 号点位。”沈默看了眼地图，“这里是……”

夏东风说：“几十年前的一个砖厂，废弃很久了，他们应该是在找地方藏身。”

沈默点了下头：“部队那边也到了，直接上？”

夏东风思忖片刻：“不，不急着抓人，既然已经确定了他们的目标地点，那就直接包围砖厂，瓮中捉鳖！”

军分区那边的负责人也赞同夏东风的这个想法。山里地势复杂，如果现在动手抓人，很有可能会放跑几个，与其漫山遍野地追人，那还不如直接把砖厂围了。

这一次的追捕行动，终于到了收网的时刻，无论是隐蔽在山林之间的民警，还是隔着音频连线的沈默几人，都下意识地屏住了呼吸。

半个小时后，一声枪响打破了静谧的夜晚，就像潜伏的凶兽，终于露出了尖锐的獠牙。林永华那边的人确实身手不错，火力也足，但这要看跟谁比。在武装部队的压制下，这场对峙结束得远比想象中更快。

沈默听着耳机里频繁传来的枪击声，突然一阵恍惚，只觉得所有声音都在此刻逐渐远去。

夏东风正因为行动成功而兴奋着，转头看见沈默，脸色一白，大惊失色道：“沈默!”

沈默只觉得自己像是被按进了深海里，水压让他窒息，海水还不断地往耳朵里倒灌。他茫然地看向夏东风：“……啊?”

“啊什么啊?! 你的耳朵!”夏东风抖着手去桌子上拿抽纸，旁边的庄梦瑶也慌得带翻了凳子。

沈默后知后觉地感觉到了疼痛，他微微侧了下头，感觉到了脖颈上的湿润。他抬起手摸了一把，低头一看，好多血，是耳朵又流血了吗？夏东风和庄梦瑶的嘴巴，在他眼前开开合合，沈默却觉得自己像是被塞进了隔音效果极佳的玻璃箱里。听觉和意识同步被抽离，在彻底听不到的那一刻，沈默眼前一黑，栽倒在了电脑前面。

彻底沉入黑暗的前一秒，他才恍恍惚惚地意识到一个问题。这次好像控制不住了，他会失聪吗？以后是不是再也听不见了？算了，无所谓了，反正他已经抓到他想抓的人了，也做到了他想做的事。

“你能不能稍微把我的话听进去一点儿？我有没有跟你说过，沈默的耳朵已经产生病变，必须及时医治？”夏青双手环抱靠在墙上，对着夏东风横挑鼻子竖挑眼，“你倒好，不但没监督他，还让他这样用耳朵？让他给你表演听声辨位？让他听枪战？你怎么不直接拿个唢呐对着他吹呢?!”

夏东风摸了摸鼻子，小声嘀咕：“那是你才干得出来的事……”

真拿着唢呐对着沈默吹过的夏青顿时有些心虚。

夏东风咳嗽了一声：“……情况真那么糟糕?”

“是啊，运气好了能不做聋子，运气不好的话就连听力都保不住。”夏青没好气道，“反正想保持以前那种听力，是绝对不可能的了。”

夏东风脱力般地重重往墙上一砸：“最近事情实在太多了，我压力大得要命，根本顾不上他，偏偏这小子还倔，出了事也不说，要不是我跟 120 那边打听，都不知道他的耳朵早就出过血了。”

“现在说这些也没用。”夏青也不是真的埋怨夏东风，这事儿没办法怪谁，真要怪，那就得怪沈默讳疾忌医，有病不肯治。

夏东风神色疲惫地闭了闭眼："你对他的病情比较了解吧？怎么没跟去手术室？做个副手也行啊。"

"不行。"夏青沉默了一会儿，把双手伸到夏东风面前，"手抖得停不下来，真要进去了，恐怕得把沈默的耳朵削掉。"

最近局里那边实在太忙了，无论是夏东风还是沈默，跟夏青的交流都几近于无。她也是今天才知道，她的哥哥和她喜欢的人，在这段时间里做了多少事，面对了多少危险。

夏东风看了看她抖得跟帕金森似的手，好气又好笑："什么叫嫁出去的女儿泼出去的水啊？你这连恋爱都没谈上呢，就倒贴成这样了？"

夏青翻了个白眼，偏偏又不想解释，省得这个糟心的哥哥得意。她的恐惧和后怕，确实有一部分来自对沈默的担心，但更多的，其实是因为夏东风。哪怕只是听说了只言片语，夏青也弄清楚了她哥哥在这个案子中到底扮演了个什么样的角色。深入虎穴，与虎谋皮，稍有不慎就是满盘皆输。夏青光是想象一下就觉得眼前发黑。

"你有没有想过，如果韩文慧教授不帮忙，那你要怎么办？"

没有韩文慧教授的帮助，那些证据就递不上去，武装部队就不会来，调查南都市官员的几位书记也不会来……一个南都市公安局，哪怕所有人都愿意豁出命去，能在跟林永华一行人的交火中获胜吗？

夏东风沉默了两秒，笑道："那我当然是因为清楚韩教授的为人，才制订的计划啊。"

其实不是的。任何计划都存在变数，夏东风只是觉得只要胜利的可能性能有百分之五十，那就可以去做一做。就算赌输了也没关系，他可以跟林永华一命换一命嘛。

只要没了林永华，他背后的犯罪组织就是一盘散沙。有沈默在，有一心想为丁世忠报仇的闻显在，有公安局那些热血未凉的同事们在，终有一天，南都市依然可以拨云见日。

夏东风想到这里，忍不住又笑了一下："我运气真的还挺好的。"在彻底忍无可忍之前，捡到了沈默这个愣头青，在已经作好赴死准备的情况下又捡回了一条命。他的运气真的是很好了，至少要比丁世忠好。

手术持续了两个半小时，主刀医生推开门出来，看见夏青就先翻了个白眼。

夏青往后缩了缩："主任……"

"患者是你朋友？"主刀医生的嘴巴估计比他的手术刀还锋利，"是你们的友情太塑料，还是你下班之后就不管人死活了？恶化成什么样了才送来医院？"

夏青被训成了狗，狡辩的话一句都不敢说。

夏东风缩在后头装孙子，全当这事跟他没关系。

夏青劈头盖脸被骂了五分钟，眼看主任还能再骂俩小时，只能硬着头皮打断："主任，我朋友的情况怎么样？"

主任拿眼白看她："咱们做医生的呢，要是出了手术室还能闲聊，那就代表病人没事儿，这个潜规则你懂的吧？"

夏青差点儿没绷住笑。要说这是潜规则还真没错，这规则甚至适用于整个医疗行业。医生表现得越轻松，就说明问题越小，真要是垮起个上坟脸，那估计就是真的得准备上坟了。

"病灶算是解决了，但他拖了这么久，肯定不可能恢复如初，具体的情况还得等人醒了看看再说，恢复期大概一周，到时候能听到多少就看命了。"

沈默被推进病房，夏东风在床边坐了一会儿，起身对夏青道："他这边既然没事儿，那我就先回局里了。"

夏青颇有些意外："你不等沈默醒吗？"

“案子还没结呢，我这里另外有事。”夏东风抓了抓后脑勺，“还是等他能出院了，让他来看我吧。”

夏青一愣：“你什么意思？”

夏东风摆了摆手，避而不答：“我先走了啊。”

夏东风出了医院就骑着他的小电驴去了关苏倩的地方。

这个之前还活得像个明星一样的女人，此时狼狈如弃犬，整个人瘦了一圈不说，浑身上下都是脏污和泥垢。夏东风大大咧咧地在椅子上坐下，门大敞着，仿佛连遮掩都懒得遮掩了。

“林永华被捕了。”他将两个胳膊肘抵在膝盖上，幸灾乐祸道，“他、他弟弟、他手底下的人，还有和他沆瀣一气的官员，全被抓了。”

蜷缩在地板上的苏倩抽搐了一下，艰难扭头：“……不可能。”

“没什么不可能的，苏倩，没人能救你了。”夏东风仰头看着天花板，“你帮林永华谱曲，帮他利用旋律密码杀人犯罪的时候，想过自己会有今天吗？”

苏倩沉默。

“你是不是帮林永华骗过一个警察？借着他的善心，把他骗到埋伏地点，看着他被人杀死。”夏东风想起记忆中那个像沈默一般执拗的青年，嘴角扯出个冰冷的弧度，“真想直接弄死你算了。”

苏倩狠狠地哆嗦了一下：“我、我没有……”

“现在还否认可就没意思了。”夏东风撑着下巴，“你该不会以为，只要不是亲自拿刀，就不算犯罪吧？就你辅助林永华干的那些事，你猜够不够判你个无期。花钱的时候很爽吧，拿着林永华给的钱，把自己捧成音乐家，是不是特别得意？你还记得这些钱是哪来的吗？都是沾了血的钱，你是怎么敢用的啊？”

苏倩呜咽出声：“……我知道错了，是我不对，你放了我吧，我会改的！你让我写密码本，我已经写了啊！这也算是给你帮忙了吧？你放我走行不行？我保证，只要你放了我，我马上离开南都，这辈子都不会出现在你面前……”

夏东风低下头，定定地凝视着她许久，突然笑了：“姑娘，做错事是要赎罪的。”他掏出手机，拨打报警电话，“喂，我要自首，我非法囚禁了一个人。”

做错事，要赎罪。做错了，就该承担责任。苏倩有罪，但这罪不该夏东风来审判。他未经许可绑架嫌疑人，这是违规，也是违法。警察违法，一样要接受惩罚。

沈默在术后第三天就溜出了医院，医生不批准也没关系，反正他动手术的又不是腿。

术后恢复比沈默预想的情况要好很多，他不但没聋，根据他自己的测试，听力似乎还是要比正常人灵敏一些。可能是基数太高了，所以哪怕听力数值被砍掉一半，也比普通人要强一点儿。沈默觉得这样就很好，他很知足了。更何况夏青也说了，现在的听力不是最终结果，具体恢复到什么程度，还得等他彻底康复之后再确认。

沈默之所以会溜出医院，是为了去局里探望夏东风。因为闻显昨天来探望他的时候说，夏东风在他住院期间，把自个儿整进了拘留室。沈默无话可说，只能说一句“厉害”。他现在不方便说话，耳内的创口还没完全恢复，说话会扯到伤口，对康复不利。

沈默跟个聋哑人似的，一路比画着跟人打招呼。路过审讯室的时候，他往里面看了一眼，林永华还穿着被捕时的运动服，蓬头垢面，斯文儒雅的脸上满是疲惫，之前那种仿佛镌刻在他身上的游刃有余，早已消失得一干二净。

沈默犹豫了一下，还是没进去，转身直接去了拘留室。夏东风正坐在床上面壁。如果不是手边还摆着两袋瓜子、一把香蕉，这场面看起来确实是有那么点儿凄惨。

夏东风听见脚步声回头，看清沈默之后就是一个战术后仰："你怎么来了？市医院到底还行不行啊？就没人能管管吗?!"

沈默虚起眼睛瞅他，掏出手机用文字转语音软件开始"说话"。

"之前是你说过一周就告诉我真相的吧？夏东风，你该不会是为了躲我，才把自己弄进拘留室的吧?"机械男声毫无情绪的诵读，听起来极具嘲讽意味。

夏东风噎了噎："……你做手术的是耳朵不是喉咙吧？为什么不能说话了?"

沈默噼啪打字，机械音掷地有声："不要试图转移话题!"

夏东风抓了抓头发："真相是吧？我想想啊……"

沈默直接抓起身后桌子上的笔筒，砸在了夏东风的脑袋上。

"嘶!"夏东风吃痛，崩溃道，"你就是这么对待你师父的?懂什么叫作尊师重道吗？再说了，我也没说不告诉你啊！你总得让我想想从哪里开始讲吧!"

沈默压根儿不吃这套："赶紧说。"

夏东风挠了挠下巴，转身面朝沈默在床上坐下："其实也没什么不能说的，就从……丁世忠是怎么被林永华拿捏住的讲起吧。"然后沈默就听到了一个奇葩又诡异的故事。

多年前，油盐不进、刚正不阿的丁世忠，一直都是林永华眼里最难啃的骨头。为了将丁世忠拖下水，林永华尝试过无数办法，可不管怎么打压，怎么利诱，丁世忠都不曾屈服。

林永华百般尝试无果，最后只能把主意打到了丁世忠的心结上。丁世忠与妻子温秀芳结婚多年，感情甚笃，唯一的遗憾就是始终没能有个孩子。夫妻俩从三十岁开始检查身体，吃药改善，结果却一直不理想。

变故发生在丁世忠某次做完检查之后，被林永华买通的护士偷走了他储存在医院精子库中的精子，然后黄薇薇用丁世忠的精子人工受孕，生下了轩轩。

黄薇薇是孤儿，是林永华把她养大的。她是林永华精心培养的爪牙，心狠手辣，没有底线，为达目的不择手段。和方树功结婚是为了合理接手他的人脉，给走私生意蒙上一层表象；给丁世忠生孩子，是为了让这个刚正不阿的绊脚石老老实实听话。

丁世忠确实被拿捏住了。他有很多顾虑，孩子只是一方面，更重要的是，温秀芳如果知道这个孩子的存在，又该如何自处？被黄薇薇和林永华拿孩子威胁，拿家庭威胁，拿前途威胁……丁世忠妥协了。他也开始对以林永华为首的黑恶势力，睁一只眼闭一只眼。就像是陷入沼泽的人，哪怕一开始只是踩进去了一只脚，在无法挣脱的情况下，也迟早会整个沦陷。

"黄薇薇被捕后，老丁就知道他隐藏不了太久了，无论是孩子的事，还是他自己的事，总有一天，都会被你揭开。"夏东风苦笑一声，"所以他就盘算着，既然横竖都没有好下场，那不如用命换一个清净的南都。以他的级别，一旦死亡，是必须上报的，南都市经不起调查，所以最难的不是怎么查清楚罪恶，而是……怎么让有权力调查的人知道这里的罪恶，又怎么让这个调查过程不被阻止……"

林永华的人绑走陈娇，从一开始就是为了给丁世忠一个教训。他们想让丁世忠知道，如果不听话，那他身边的人，就会一个接一个地死去。他们想彻底打断丁世忠的脊梁骨，让他再也生不起反抗的心思。

丁世忠很清楚这一点，但他还是去了狩猎场，想把被绑架的陈娇救下来。可惜他失败了。枪声还引来了沈默。当时的丁世忠有两个选择，要么直接杀了沈默，然后彻底堕入黑暗，要么把事情闹大，闹到不可收拾的地步。丁世忠选了后者，他在狩猎场自杀了。这场以狩猎林永华的势力为目的的大戏，由丁世忠的死亡，开启了第一幕。

“之后的事，你应该也能猜到一些。”夏东风笑了下，“我从你那里听说了卢志盛的态度，觉得这个人可以利用，就干脆跟他谈了一笔交易。”

夏东风细细碎碎地说了很多事，说他和付铭海怎么一明一暗地打着配合，说他怎么引导卢志盛放走温秀芳，说他怎么让卢志盛撺掇林永万，瞒着林永华私自转移枪械，说他怎么绑架苏倩，说他怎么弄来密码本……他说了很多很多，就像是拿着一块又一块的拼图，帮沈默复原了整个事件。

夏东风仰头靠在墙上：“现在林永华落网，他的那些保护伞也都被查了，老丁死得其实挺值的。”

沈默半晌没有说话。他在自责，还有些愧疚。虽然夏东风说得轻描淡写，但这其中的压力和痛苦，光是想象一下就能让人感到窒息。沈默呼出一口浊气：“你要在拘留室里待多久？”

“半个月。”夏东风撑着下巴，“已经很短了，要不是看在我绑架苏倩也是为了查案的分儿上，我这会儿早被送去看守所了。”他顿了顿说道，“对了，我问过林永华为什么要制造车祸杀害你父母。”

沈默倏地抬头。

“他说，你父亲是个比丁世忠还难啃的硬骨头，不除掉你父亲，他在南都市的行动就无法展开。”夏东风对沈默比了个大拇指，“这说明，你爸爸是个值得尊敬的好警察，他是烈士。”

“……我知道。”沈默这次没再用软件当嘴替了，“还有……谢谢你，师父。”

夏东风笑出了声：“乖徒弟，回头师父一定好好教你这个关门弟子怎么关门。”

由于中央高度重视，特别小组下来进行调查，以林永华为首的黑恶势力，被一网打尽，他们各自交代了这些年的罪行。接下来，等待他们的，将是法律的严惩。

一个月后，南都市的天空晴空万里。

沈默和夏东风捧着菊花来到了烈士陵园。望着父亲睡在了属于他的坟墓里，沈默瞬间红了眼。

纵有乌云遮日，总有拨云见日的那天。